16	3	2	13
5	10	11	8
9	6	7	12
4	15	14	1

Johann Wolfgang von Goethe

Fausto
Uma tragédia

Segunda parte

Ilustrações de Max Beckmann
Tradução do original alemão de Jenny Klabin Segall
Apresentação, comentários e notas de Marcus Vinicius Mazzari
Edição bilíngue

editora 34

EDITORA 34

Editora 34 Ltda.
Rua Hungria, 592 Jardim Europa CEP 01455-000
São Paulo - SP Brasil Tel/Fax (11) 3811-6777 www.editora34.com.br

Copyright © Editora 34, 2007
Tradução © Herdeiros de Jenny Klabin Segall, 1967, 2007
Apresentação, comentários e notas © Marcus Vinicius Mazzari, 2007

A Editora 34 agradece ao Freies Deutsches Hochstift, fundação sediada no Museu Goethe,
em Frankfurt, pela permissão para reproduzir os desenhos a bico de pena de Max Beckmann,
bem como à Biblioteca Jenny Klabin Segall, do Museu Lasar Segall, em São Paulo,
que permitiu a Marcus Vinicius Mazzari a consulta aos manuscritos originais da tradutora.

A fotocópia de qualquer folha deste livro é ilegal e configura uma
apropriação indevida dos direitos intelectuais e patrimoniais do autor.

Edição conforme o Acordo Ortográfico da Língua Portuguesa.

Título original:
Faust: eine Tragödie — Zweiter Teil

Capa, projeto gráfico e editoração eletrônica:
Bracher & Malta Produção Gráfica

Revisão:
Alberto Martins, Cide Piquet

1ª Edição - 2007, 2ª Edição - 2008, 3ª Edição - 2011, 4ª Edição - 2015,
5ª Edição - 2017, 6ª Edição - 2020 (2ª Reimpressão - 2024)

Catalogação na Fonte do Departamento Nacional do Livro
　　(Fundação Biblioteca Nacional, RJ, Brasil)

G217f
Goethe, Johann Wolfgang von, 1749-1832
　　Fausto: uma tragédia — Segunda parte / Johann
Wolfgang von Goethe; tradução do original alemão de
Jenny Klabin Segall; apresentação, comentários e notas de
Marcus Vinicius Mazzari; ilustrações de Max Beckmann.
— São Paulo: Editora 34, 2020 (6ª Edição).
1.088 p.

ISBN 978-85-7326-373-2
Edição bilíngue alemão-português.
Tradução de: Faust: eine Tragödie — Zweiter Teil

　　1. Literatura alemã - Séculos XVIII e XIX.
I. Segall, Jenny Klabin, 1899-1967. II. Mazzari, Marcus
Vinicius. III. Beckmann, Max, 1884-1950. IV. Título.

CDD - 981.03135

Sumário

A segunda parte do *Fausto*:
"esses gracejos muito sérios" do velho Goethe
Marcus Vinicius Mazzari 7

Fausto:
Segunda parte da tragédia

Primeiro ato

Região amena 33
Palatinado Imperial
    Sala do trono 49
    Sala vasta com aposentos contíguos 87
    Parque de recreio 183
    Galeria obscura 213
    Salas brilhantemente iluminadas 233
    Sala feudal de cerimônias 245

Segundo ato

Quarto gótico, acanhado, de abóbadas altas 281
Laboratório 315
Noite de Valpúrgis clássica 345

Terceiro ato

Diante do palácio de Menelau em Esparta 547
Pátio interior de uma fortaleza 627
Bosque frondoso 679

Quarto ato

Alta região montanhosa	749
Nas montanhas do primeiro plano	793
Tenda do Anti-Imperador	851

Quinto ato

Região aberta	893
Palácio	907
Noite profunda	929
Meia-noite	943
Grande átrio do palácio	967
Inumação	989
Furnas montanhosas, floresta, rochedo	1.023

Apêndice

Agradecimentos	1.069
Bibliografia de referência	1.071
Sobre o autor	1.079
Sobre o ilustrador	1.082
Sobre a tradutora	1.085
Sobre o organizador	1.086

A segunda parte do *Fausto*: "esses gracejos muito sérios" do velho Goethe

Marcus Vinicius Mazzari

> "*Como matemático ético-estético tenho de avançar sempre, em meus anos provectos, até àquelas últimas fórmulas, mediante as quais o mundo ainda se me torna apreensível e suportável.*"
>
> Goethe em carta de 3 de novembro de 1826
> a Johann Sulpiz Boisserée

> "*Como muita coisa em nossa experiência não pode ser pronunciada de forma acabada e nem comunicada diretamente, há muito tempo elegi o procedimento de revelar o sentido mais profundo ao leitor atento por meio de configurações que se contrapõem umas às outras e ao mesmo tempo se espelham umas nas outras.*"
>
> Goethe em carta de 27 de setembro de 1827
> a Carl J. L. Iken

I. Do "reflexo colorido" ao "Eterno-Feminino": a trajetória de Fausto na segunda parte da tragédia

Na segunda cena "Quarto de trabalho" do *Fausto I*, presenciamos o atormentado doutor assinar com sangue — "extrato muito especial" — o insólito pacto cuja letra o obrigava a entregar-se a Mefistófeles caso viesse a dizer perante um momento de felicidade plena: "Oh, para! és tão formoso!" (v. 1.700). Tais palavras embutiram no pacto uma aposta e esta começa a ser colocada à prova nas cenas subsequentes. Para isso, Mefisto retira Fausto dos estreitos, embolorados limites do quarto gótico ("maldito, abafador covil") e, em seu manto mágico, leva-o ao encontro das aventuras desenroladas no *piccolo mondo* da primeira parte da tragédia — aventuras comprimidas, a partir de então, entre o ambiente tacanho e inconsequente da Taberna de Auerbach, em Leipzig, e as grades do cárcere de Margarida. Abrindo-se agora o primeiro dos cinco atos do *Fausto II*, chega o momento de transpor o limiar do grande mundo que Mefistófeles prometera igualmente ao doutor pactuário no início das peregrinações: "Ver o pequeno mundo, e o grande, eis o mister".

Numa das inúmeras e sempre extraordinárias *Conversas com Goethe*, Johann Peter Eckermann (1792-1854) registra, sob a data de 17 de fevereiro de 1831, as seguintes palavras do poeta sobre os dois mundos configurados na tragédia: "A primeira parte é quase inteiramente subjetiva. Tudo adveio aí de um indivíduo mais perturbado e apaixonado, num estado de semiobscuridade que até pode fazer bem aos homens. Mas, na segunda parte, quase nada é subjetivo, aqui aparece um mundo mais elevado, mais largo e luminoso, menos apaixonado, e quem não tenha se movimentado um pouco por conta própria e vivenciado alguma coisa, não saberá o que fazer com ela".

Este mundo superior aparece inicialmente sob a forma de "Região amena", tradução goethiana do antigo *locus amoenus* com raízes na poesia pastoril, e logo nos deparamos com um Fausto estendido sobre a relva florida, absorvendo os influxos regeneradores da Natureza. Banhado por novas forças vitais, fortalecido sobretudo pela intuição de que o sentido mais elevado da Vida se revela ao homem no "reflexo colorido" dos fenômenos terrenos, ele mostra-se pronto a reassumir sua trajetória ao lado do diabólico companheiro, e o primeiro passo será adentrar os vastos domínios do Palatinado Imperial.

Em dezembro de 1816, quando não mais acreditava na possibilidade de concluir a tragédia, Goethe ditou um resumo do que deveria ser o enredo do *Fausto II*. Nesse esboço, destinado originalmente ao livro XVIII da autobiografia *Poesia e verdade*, a passagem da "Região amena" ao Palatinado é motivada de maneira explícita pela ação de Mefistófeles, e o Imperador surge sob a figura histórica de Maximiliano I (1459-1519), que de 1493 até sua morte governou o Sacro Império Romano Germânico. Ao lançar-se mais de dez anos depois, estimulado principalmente por seu colaborador Eckermann, à redação definitiva do primeiro ato, Goethe esfuma os traços individualizados do Imperador e eleva sua figura a uma dimensão mais geral e abstrata, substituindo ao mesmo tempo o contexto histórico do reinado de Maximiliano I pela mera sugestão de um ambiente de transição do feudalismo para a moderna era burguesa — ou, em termos mais precisos, da Baixa Idade Média para o incipiente Renascimento. O poeta abandona também a intenção original de outorgar a Mefistófeles a missão de introduzir Fausto na corte imperial, preferindo deixar a cargo do leitor ou espectador suprir, por assim dizer no "palco de sua imaginação", a lacuna entre as duas primeiras cenas do ato de abertura.

Manifestam-se assim, de imediato, dois princípios estéticos que atravessam e modulam todos os cinco atos do *Fausto II*: diluir referências históricas mais precisas num plano genérico, que dificulte identificações concretas, e deixar ao processo de recepção a tarefa de criar imaginariamente as passagens entre determinadas etapas do enredo dramático — "suplementar as transições" (*an Übergängen zu supplieren*), conforme se expressou numa carta de 1º de dezembro de 1831 a seu velho amigo Wilhelm von Humboldt (1767-1835).

Nas seis cenas que transcorrem no Paço Imperial do ato de abertura o leitor se verá confrontado com verdadeira profusão de temas e motivos. Estes, contudo, são enfeixados por dois "projetos mágicos" que se apoiam no elemento abstrato, ilusório, virtual: a criação do papel-moeda e a invocação do espectro de Helena no "reino das mães". O primeiro projeto consiste no plano econômico que Mefistófeles elabora e põe em prática para sanear as finanças do país arruinado. Uma avalanche de dinheiro (o "papel-moeda mágico") revoluciona a mentalidade e as estruturas feudais do Império, mas por trás da euforia generalizada se delineia uma crise inflacionária que, como o quarto ato nos revela retrospectivamente, irá agravar o caos econômico e desencadear a guerra civil. Já o projeto de oferecer em espetáculo a figura fantasmal da mais bela das mulheres decorre da ânsia da sociedade da corte — uma elite que se compraz numa verdadeira dança sobre o vulcão — por infindável entretenimento e, desse modo, por sensações que se atropelam umas às outras. Mas, apesar da advertência de Mefistófeles, o próprio Fausto acaba sucumbindo ao fascínio erótico que emana da imagem resgatada no misterioso reino das divindades maternas e materializada, agora numa dimensão tecnológica, com o recurso ilusionista da *laterna magica*.

Mergulhado em profundo desmaio, o herói é levado de volta ao conhecido quarto gótico, onde o ex-fâmulo Wagner, agora uma sumidade no mundo da ciência, está a um passo de seu maior feito: a criação de um ser humano nas retortas do laboratório adjacente. Trata-se da alegoria genial do Homúnculo, cujo processo de cristalização é favorecido pela presença de Mefisto e, logo que adquire consciência e voz, prescreve para a cura de Fausto uma incursão pelo mundo cultural e mitológico da Antiguidade grega. Assim, está dado o ensejo para a mais longa cena não apenas do ato subsequente, mas de todo o *Fausto II*: a "Noite de Valpúrgis clássica", notável criação mito-poética que brotou da fantasia do poeta octogenário.

À passagem de espaços limitados e sombrios do *Fausto I* (Taberna de Auerbach, cozinha da bruxa) para o Palatinado Imperial do *Fausto II* corresponde agora a transição da Noite de Valpúrgis nórdica, assembleia orgiástica e demoníaca no provinciano monte Brocken, para o seu *pendant* clássico, a celebração da beleza, de Eros e da gênese da Vida desdobrada nas amplas regiões da Hélade, sob o brilho encantatório de uma "lua estacionária no zênite": as planícies da Tessália, as margens do rio Peneu e, em sua última etapa, as baías rochosas do mar Egeu.

Também em solo grego (Esparta e a mítica Arcádia) estão ambientadas as cenas do terceiro ato da tragédia, a "fantasmagoria clássico-romântica" em que se configura plasticamente a aproximação entre o cavaleiro Fausto, representante da Idade Média e do Romantismo nórdico, e Helena, encarnação aurática da Antiguidade clássica. Mais uma vez, portanto, encontraremos o movimento ampliatório da primeira parte da tragédia (o quarto de Margarida) para a segunda (os amplos aposentos do castelo em que a antiga esposa de Menelau é exortada a assumir a dignidade de rainha). Todavia, a tragédia que se desenrola no pequeno mundo da jovem alemã repete-se em escala ampliada nessa grande fantasmagoria alegórica que, segundo palavras de Goethe, abarcaria três milênios de cultura, "desde a derrocada de Troia até a tomada de Missolungui", cidade em que Lord Byron veio a falecer em 1824, engajado na luta pela libertação do povo grego.

Embora efêmero e envolto num halo irreal, o encontro de Fausto com Helena — para o historiador suíço Jacob Burckhardt (1818-1897) uma peça com "poucos paralelos na poesia de todos os tempos" — constitui um momento fundamental no conjunto do *Fausto II*, e entre os seus muitos significados está a sugestão, no desfecho trágico do ato, do término de um período da história cultural europeia marcado pela predominância da dimensão estética — o chamado "período artístico ou da arte" (*Kunstperiode*), que segundo

O triunfo de Galateia, afresco de Rafael na Villa Farnesina, em Roma (c. 1512), uma das fontes de Goethe para a elaboração da apoteose final da cena "Noite de Valpúrgis clássica", no segundo ato do *Fausto II* (vv. 8.424 ss.).

um prognóstico feito por Heinrich Heine em 1831 se encerraria com a morte de Goethe.

Esvaecido o idílio com Helena (momento de felicidade plena, mas situado em paragens por assim dizer extraterritoriais), o quarto ato nos reconduz de maneira consequente à alta esfera dos assuntos de Estado. Do caos econômico, que o mirabolante plano mefistofélico da moeda sem lastro não fez senão acirrar, surgiu a figura desafiadora do Anti-Imperador, e o país encontra-se engolfado em encarniçadas disputas internas — batalhas que ilustram alegoricamente o conceito goethiano de "vulcanismo", transplantado da ciência contemporânea para a esfera política.

Nos desdobramentos da guerra civil, o poeta irá inserir ainda uma série de alusões que condensam a história militar europeia desde o final da Idade Média até a Restauração, com ênfase nas inovações introduzidas por Napoleão Bonaparte. E assim reitera-se, nesse quarto ato, o movimento ampliatório da primeira para a segunda parte da tragédia: da estreita rua em que a espada de Fausto trespassa Valentim, o irmão de Margarida (cena "Noite", v. 3.711), para o "banco de açougue" (*Schlachtbank*) e "campo de caveiras" (*Schädelstätte*) da História universal, para citar as célebres expressões de Hegel.

Representantes alegóricos do progresso bélico (assim como, no primeiro ato, da modernidade econômica), Mefisto e Fausto munem as forças imperiais não apenas com inovações tecnológicas da indústria militar, mas também com as mais avançadas táticas e estratégias (também no terreno da guerra psicológica). Consequentemente a vitória cabe ao Imperador e, como recompensa, Fausto recebe, num episódio de doação feudal recheado de sugestões de corrupção e suborno, toda a região costeira do reino. Com o poder político que então adquire estão lançados os pressupostos para a última etapa de sua trajetória terrena: a tragédia do colonizador.

Todavia, esses pressupostos não desincumbem o leitor da tarefa de suprir as lacunas do enredo dramático na passagem do quarto para o quinto ato, pois num espaço temporal que se deve estimar em décadas (e que Goethe faz transcorrer como que "atrás do palco"), Fausto conquistou ao mar extensões de terra em que se desenvolve agora um titânico projeto colonizatório, com marcas simbólicas e alegóricas da Era Industrial. Somos introduzidos então no suntuoso palácio senhorial, no qual se pode vislumbrar o contraponto ao atravancado "quarto gótico" em que assistimos, no *Fausto I*, à tragédia do erudito. Ainda no âmbito desse quinto ato, o poeta contrasta a residência do colonizador em idade bíblica com os miseráveis alojamentos de seu exército de operários e, sobretudo, com a humilde cabana do casal de anciãos Filemon e Baucis, ensombrada por duas tílias ancestrais.

O avanço do novo projeto colonizatório, sob supervisão cínica e brutal de Mefisto ("Que cerimônia, ora! E até quando?/ Pois não estás colonizando?", vv. 11.273-4), impõe a destruição da Natureza e de um mundo de vida enraizado em antigas tradições. Com clarividência que poucos artistas terão atingido, Goethe expõe, nas cenas agrupadas em torno do palácio, as contradições e ambivalências do moderno progresso industrial, o corromper-se das utopias sociais pela prática, a inextricável imbricação entre o Bem e o Mal. O leitor se verá frente a frente com o mais alto conceito de "ironia trágica", sem que o poeta lhe ofereça qualquer orientação segura quanto às questões colocadas. — "Não espere elucidação" — escrevia, aliás, Goethe a respeito do *Fausto II* numa carta de setembro de 1831 — "como a história do mundo e do homem, o último problema solucionado sempre desvela um novo problema a ser solucionado".

A profunda ambivalência, a ironia amarga com que o velho Goethe impregnou os últimos momentos da trajetória terrena de Fausto — em especial o grandioso monólogo final no átrio do palácio, com a visão utópica de um povo livre trabalhando livremente numa terra livre —, sequer permitem resposta inequívoca sobre o desfecho do pacto e da aposta. No entanto, as palavras fatídicas acordadas com Mefistófeles são pronunciadas e, se não pelo espírito ao menos pela letra, Fausto deveria ser o perdedor. Contudo, no momento decisivo Goethe faz intervir não a justiça divina, mas sim a graça, entregando a redenção do herói ao "amor do alto": um passo que, de certo modo, já se insinuara no final do *Fausto I* com a exclamação "Está salva!". Como sabemos, estas palavras referiam-se a Margarida, e na cena final do *Fausto II* presenciaremos o seu retorno como penitente que intercede pelo amado. Ela retorna trazendo consigo a lembrança dos pungentes versos da oração à Mater Dolorosa que soara no opressivo nicho junto ao "muro fortificado da cidade" (vv. 3.587-3.619). Agora, porém, nos encontramos nos espaços infinitos das "Furnas montanhosas" que fecham essa obra de vida — espaços místicos, mas que ao mesmo tempo encenam, em outro plano de significado, uma espécie de coreografia "meteorológica" em que Goethe buscou vazar concepções científicas relativas às formações e metamorfoses das nuvens. E é sobretudo na cena final que se descortina, sob o influxo do Eterno-Feminino, o mundo cada vez "mais elevado, mais amplo, mais luminoso" que, nas palavras do poeta, caracterizaria o *Fausto II* — e a Mater Dolorosa converte-se então na Mater Gloriosa que preludia a manifestação do Chorus Mysticus, assim como os antigos versos de angústia e morte transmutam-se em oração de bem-aventurança: "Inclina, inclina/ Ó Mãe Divina,/ À luz que me ilumina,/ O dom de teu perdão infindo./ O outrora-amado/ Já bem fadado,/ Voltou, vem vindo". Intensa é a felicidade despertada por esses versos, tão mais intensa por recuperarem uma prece sepultada no esquecimento de longínquo passado — ou, como diz Adorno em seu ensaio "Sobre a cena final do *Fausto*": "Esperança não é a lembrança fixada, mas sim o retorno do esquecido".

II. Suma métrica e poética

Ciência e história, economia e política, filosofia e teologia, arte e mitologia: aventurar-se pela segunda parte do *Fausto* significa empreender uma travessia pelos mais variados âmbitos do espírito humano. Universal e enciclopédico como a *Divina Comédia*, o poema alemão foi construído, entretanto, sob a apropriação genial de toda a riqueza de gêneros, metros e formas poéticas da literatura ocidental. Se, desse modo, o *Fausto* se constitui não apenas como síntese do conhecimento, mas também como *summa metrica et poetica* sem paralelo na literatura mundial, cumpre lembrar que as formas de que Goethe se apodera, muito mais do que promover um multifacetado e cambiante jogo artístico, são sempre mobilizadas no sentido de adensar o nível dos significados, convertendo-se assim metros, ritmos, rimas, sonoridades em componente intrínseco da mensagem poética.

À semelhança do que já ocorrera na primeira parte da tragédia, também a segunda é amplamente dominada pelo chamado "madrigal", verso oriundo das operetas italianas e que se caracteriza por grande liberdade no número de sílabas acentuadas (em geral, de duas a seis tônicas) e na disposição de rimas. Perfazendo cerca de um terço dos 12.111 versos do *Fausto*, o madrigal constitui o seu tecido fundamental: na variedade e ductilidade que lhe são próprias, oferece a base de apoio para as partes dialogadas e, principalmente, mostra-se como que talhado para revestir a cintilante irreverência de Mefistófeles.

Sobre essa espécie de "talagarça" métrica, assenta-se toda a exuberância de formas poéticas que Goethe incorporou à obra, começando com a "oitava

Manuscrito final do *Fausto II*, passado a limpo pelo secretário do autor, com trecho da última cena da tragédia (vv. 12.053-75). Nesta página Goethe fez a derradeira emenda de próprio punho, logo abaixo da rubrica "Una Poenitentium", em janeiro de 1832.

rima" (evocativa, na "Dedicatória" de abertura, das epopeias de Tasso, Ariosto e Camões) e fechando-se nos versos breves e melodiosos do Chorus Mysticus, semelhantes em suas rimas cruzadas a estrofes litúrgicas da Idade Média ("*Salve sancta facies/ nostri redemptoris/ In qua nitet species/ divini splendoris*", para citar apenas um dos exemplos arrolados por Erich Trunz).

Pelo umbral da "Dedicatória" desfilaram diante de nós as "trêmulas visões de outrora", que o poeta estabilizou nas personagens da tragédia; pelo portal de saída do Chorus Mysticus a "enteléquia" de Fausto irá furtar-se aos nossos olhos ingressando nos espaços infinitos da escatologia concebida pelo velho Goethe: e entre esses dois extremos desdobra-se o profuso labirinto de formas jamais usadas por mero virtuosismo. Assim, o doutor de extração medieval-renascentista que se apresenta no quarto gótico da cena "Noite", no *Fausto I*, exprime a sua profunda frustração não mediante os ritmos livres do discurso em que expõe depois a Margarida o seu panteísmo, ou o decassílabo com o qual marcha ao encontro de Helena no terceiro ato, mas sim com o típico verso germânico de quatro acentos cambiantes, conhecido como *Knittelvers*. É um verso oriundo de obras épicas e dramáticas alemãs dos séculos XV e XVI e brotará dos lábios do doutor contemporâneo de Lutero e Paracelso com a mesma naturalidade com que o envolve a embolorada "livralhada" de seu gabinete de estudo, todos os "trastes e miuçalhas" amaldiçoados em seu monólogo inicial.

Essa função de intensificar a caracterização das personagens, adensar os significados mais profundos, exercem-na todas as demais formas poéticas do *Fausto*, sejam os tercetos dantescos da "Região amena", os ritmos livres aperfeiçoados na Alemanha por F. G. Klopstock (1724-1803), os versos brancos shakespearianos que, como a lírica amorosa medieval (*Minnedichtung*), soam na "fantasmagoria clássico-romântica", ou ainda — para mencionar apenas dois outros exemplos — o verso alexandrino característico do teatro clássico francês e do drama barroco alemão, assim como o trímetro jâmbico da antiga tragédia ática, que o poeta alemão absorveu sobretudo a partir do intenso estudo que fez da obra de Eurípides.

Quando Helena pisa o palco da tragédia goethiana ("Muito admirada e odiada muito, eu, Helena", v. 8.488), o seu esplendor vem reforçado pela beleza daquele verso grego, traduzido por Jenny Klabin Segall em dodecassílabos brancos que preservam os traços essenciais do original, em particular a dicção arcaizante e intencionalmente artificial. Com inexcedível maestria formal, Goethe irá plasmar o enlace amoroso entre a bela representante da Antiguidade clássica e o cavaleiro nórdico mediante a aliança dos sons, isto é, a rima, desconhecida dos antigos gregos. É quando o trímetro jâmbico se dissolve no moderno verso alemão rimado e com cinco acentos; e só volta a soar nos lábios de Helena, em tom de despedida, no final do ato, após a trágica morte de Eufórion — a quem os versos do coro atribuem então, num dos mais belos necrológios já dispensados a um poeta, os traços de Lord Byron, considerado por Goethe o maior talento do século XIX.

Já no ato subsequente, quando o Imperador toma solenemente a palavra ("Esteja ele onde for! Vencemos a batalha", v. 10.849) para introduzir uma dieta que visa à restauração de estruturas políticas ultrapassadas (sob o modelo histórico da Restauração pós-napoleônica), é com um verso igualmente obsoleto que ele o faz: um pomposo alexandrino no qual Goethe insere propositadamente alguns tropeços e escorregões métricos para indiciar o caráter não apenas obsoleto, mas também pusilânime e canhestro desse Imperador.

III. Tradução e comentário

Não seria improcedente supor que a longa convivência de Jenny Klabin Segall com o teatro clássico francês tenha sido fecundamente propícia à tradução dos alexandrinos goethianos. A fidelidade ao texto francês — este o argumento central dos elogios feitos a sua transposição para a nossa língua de comédias de Molière e tragédias de Racine e Corneille — teria possibilitado à tradutora, como observa por exemplo Guilherme de Almeida, a apreensão do "precioso sabor original", o qual "se mantém intacto na versão, intacto no fundo e na forma. No fundo: pela identidade do espírito, das mínimas intenções, dos mais sutis propósitos. Na forma: pelo condimento estimulante da linguagem, leve e deliciosamente arcaizada, e pela técnica do verso, conservado, quanto possível, igual no seu corte, ritmo e rima".

No entanto, mesmo em face dos comprovados recursos da tradutora, seria temeroso querer estender ao *Fausto* a ousada afirmação feita por outro admirador de sua versão dos clássicos franceses: "E essa tradução é tal que a crítica poderia, se quisesse, estudar através dela os caracteres próprios do estilo de Molière ou de Racine e mesmo os processos gerais de versificação".

Estas palavras entusiastas são de Roger Bastide, e seria temeroso estendê-las ao *Fausto* dado que princípios fundamentais da versificação praticada por Goethe — trocadilhos ou infrações e irregularidades demasiado entranhadas na língua alemã, também o estabelecimento de rima entre pronúncia erudita (alto-alemão) e dialetal (a de sua terra natal, Frankfurt, ou o modo de falar nas regiões da Turíngia e Saxônia) — perdem-se necessariamente nesta tradução, como de resto nas outras transposições integrais da tragédia para a língua portuguesa, seja a mais antiga — e vincadamente prosaica — de Agostinho D'Ornellas (Lisboa, 1867 e 1873), ou a excelente versão de João Barrento (Lisboa, 1999), ou ainda as duas cenas finais do quinto ato do *Fausto II* transcriadas por Haroldo de Campos, com grande virtuosidade, em seu *Deus e o Diabo no* Fausto *de Goethe* (São Paulo, 1981).

São limites que se colocam a todo tradutor e que o próprio Goethe comentou, em perspectiva generosa e construtiva, na passagem reproduzida na Apresentação ao *Fausto I*: "Pois não importa o que se possa dizer das insuficiências da tradução...". E, assim, esses limites não nos impedem de lembrar ao leitor brasileiro que ele tem novamente em mãos uma versão em que o princípio de fidelidade, mantido ao longo dos milhares de versos, irá proporcionar-lhe aproximação sensível e consistente ao original alemão. Evidentemente, não só em relação às passagens em versos alexandrinos do quarto ato, mas em toda a vasta floresta de formas métricas, rítmicas, rímicas e sonoras desta obra máxima da literatura mundial. Continuam vigentes, portanto, tanto as observações com que Augusto Meyer expressou o seu "pasmo" diante da "energia intorcível" que presidiu a este extraordinário exercício de "rigor de fidelidade", como as palavras de Sérgio Buarque de Holanda sobre a concepção "admiravelmente absolutista e intolerante" que a versão de Jenny Segall deixa entrever: "E como a aproximação entre qualquer tradução e o texto nunca poderá ser definitiva e sempre há de comportar várias gradações, note-se que é um autêntico prodígio a soma de trabalho que ela desenvolveu para alcançar essa proximidade ideal a que deve tender qualquer tradução".

Tais comentários de Augusto Meyer e Sérgio Buarque de Holanda referiam-se, como sabemos, apenas à primeira parte da tragédia, mas o seu propósito era justamente incentivar Jenny Segall na empreitada de levar a cabo a tradução integral também do *Fausto II*. Tendo concluído a tarefa apenas no ano de sua morte (1967), a tradutora não pôde acompanhar o trabalho final de revisão e edição. Com isso, já nos dois volumes publicados em 1970 pela

PRIMEIRO ATO

REGIÃO AMENA

Fausto, acamado num prado florido,
Lasso, agitado, tentando adormecer

CREPÚSCULO

Ronda de gênios em flutuante animação, vultozinhos graciosos

ARIEL

(Canto, acompanhado por harpas eólicas)

Quando a primavera em flor
~~Quando as pétalas vernais~~
Pétalas ao solo espraia,
~~Caem ao solo em chuva amena,~~
E dos campos o esplendor
~~E que aos sêres terrenais,~~
A todo ente térreo raia,
~~O frescor do prado acena,~~
 vosso
~~Dê~~ Elfos miúdos ~~o alma~~ encanto
A prestar auxílio é dado;
Seja mau, ou seja santo,
 Dó sentis
~~Sentem dó~~ do infortunado.

Vós, sílfides, que o envolveis em cêrco aéreo,
Lidai agora a vosso modo etéreo!
Da alma extraí-lhe o dardo de amargura;
 apagai
Nele ~~afastai~~ do remorso o vulto atro,
Livrai-lhe o ser das visões de negrura!
As pausas da noturna paz são quatro,
Desde já preencheias com brandura.

Página do manuscrito de Jenny Klabin Segall, que revela um dos estágios do trabalho de tradução no *Fausto*, ao qual se dedicou ao longo de trinta anos. A versão final desta passagem (abertura do primeiro ato da *Segunda parte*) está nas pp. 37-8 do presente volume. Os originais da tradutora encontram-se na Biblioteca Jenny Klabin Segall, do Museu Lasar Segall, em São Paulo.

editora Martins numa divisão inteiramente arbitrária (no primeiro, o *Fausto I* vem seguido dos dois primeiros atos da segunda parte; o segundo volume traz os três atos restantes do *Fausto II*), e, mais ainda, na edição integral de 1981 (editora Itatiaia), o texto foi entregue ao leitor brasileiro eivado por toda sorte de erros: palavras que absolutamente não provêm da tradutora (inúmeros seriam aqui os exemplos); versos suprimidos ou em posição trocada; indicações cênicas que aparecem no texto como versos e vice-versa; pontuação arbitrária, que coloca dificuldades suplementares à leitura; segmentação frequentemente equivocada de estrofes etc. Entre os erros mais graves que se podem observar nas duas edições referidas está a localização do início do *Fausto II* no seu terceiro ato — o qual, por seu turno, divide-se em três cenas que não são indicadas como tais nessas mesmas edições.

O cotejo minucioso com os originais da tradução, gentilmente cedidos pelo Museu Lasar Segall, foi de grande valia para o trabalho de correção e, consequentemente, para a reconstituição do texto visado por Jenny Segall. Em momento algum se tomou a liberdade de intervir nas soluções encontradas pela tradutora, mas apenas corrigir tacitamente uma ou outra distração, como troca evidente na posição de versos ou ainda a ausência de padronização para determinados termos ou personagens. Cumpre lembrar ainda que alterações na estruturação das estrofes, na entrada de indicações cênicas e em outros detalhes da configuração gráfica dos atos pautaram-se, como também todo o procedimento de correção, pelo cotejo com o texto estabelecido em duas das mais autorizadas edições alemãs: a de Hamburgo, preparada por Erich Trunz (edição ampliada de 1996; a primeira é de 1949), e a organizada por Albrecht Schöne para a Editora dos Clássicos Alemães de Frankfurt (Deutscher Klassiker Verlag, 1999).

Como já se dera em relação ao *Fausto I*, essas duas edições constituíram mais uma vez a principal fonte para a elaboração dos comentários e textos que acompanham a presente tradução, cabendo especial destaque ao trabalho de Albrecht Schöne, notável marco na filologia fáustica e nos estudos goethianos. Amplamente consultadas foram ainda outras relevantes edições alemãs do *Fausto*: os dois volumes organizados por Erich Schmidt no contexto da vasta edição de Weimar (143 volumes, publicados entre 1887 e 1919); o volume preparado por Ernst Beutler para a edição das obras de Goethe comemorativa do segundo centenário de seu nascimento (Artemis Gedenkausgabe, 1949); também os comentários de Dorothea Hölscher-Lohmeyer para a edição de Munique (1997). Recorreu-se com frequência a duas publicações de Ulrich Gaier: o volume dedicado ao *Fausto II* de seu comentário *Goethes Faust--Dichtungen. Ein Kommentar* (Reclam, Stuttgart, 1999) e, ainda, os "Esclarecimentos e documentos" relativos à segunda parte da tragédia: *Erläuterungen und Dokumente — Faust: Der Tragödie Zweiter Teil* (Reclam, Stuttgart, 2004). De imensa valia, mais uma vez, foram também duas obras mencionadas na Apresentação ao *Fausto I*: o estudo de Jochen Schmidt sobre as duas partes da tragédia (*Goethes Faust. Erster und Zweiter Teil. Grundlagen. Werk. Wirkung*, Munique, 2001) e o *Goethe. Lexikon*, de Gero von Wilpert (1999).

A enciclopédia de mitologia *Gründliches Lexikon mythologicum* (1724) de Benjamin Hederich (1675-1748), principal fonte das incontáveis referências e alusões mitológicas no *Fausto*, e as *Conversas com Goethe* (*Gespräche mit Goethe*, volumes I e II, 1836; volume III, 1848) de Eckermann, que Nietzsche considerava um dos livros mais belos de toda a literatura alemã, foram igualmente objeto de frequentes consultas na elaboração dos comentários e textos.

IV. Trama e urdidura de um legado incomensurável

Iniciado em 1938 e concluído no ano de sua morte, o projeto de tradução do *Fausto* a que Jenny Klabin Segall se lançou "intermitente mas obsessivamente", como entre nós já havia observado Antônio Houaiss, estendeu-se ao longo de quase três décadas. Um esforço, portanto, de fôlego sobremaneira longo, correlato em seu plano aos sessenta anos abarcados pela gênese do texto alemão em que Goethe, alternando períodos de trabalho intenso com outros de distanciamento, deixou impressas as marcas do movimento pré-romântico "Tempestade e Ímpeto", do Classicismo de Weimar, do depurado estilo da velhice.

E se o poeta octogenário reservou o *Fausto II*, de plena consciência, como presente à posteridade ("O meu consolo" dizia ele em dezembro de 1831 ao seu jovem amigo Boisserée, "é que as pessoas que realmente me importam são todas mais novas do que eu e irão a seu tempo desfrutar em minha memória o que foi preparado e reservado para elas"), esta tradução pode ser vista — traçando outro paralelo com o original — na condição de legado goethiano de Jenny Segall. Livre de tantos erros e equívocos que se infiltraram nas edições de 1970 e 1981, é como texto em larga medida inédito que chega agora às mãos do leitor brasileiro a tradução desse *opus magnum* da literatura mundial, a que não obstante o poeta chamou, do alto de seus anos provectos, "esses gracejos muito sérios".

Esta expressão assoma na derradeira carta de Goethe, ditada aos 17 de março de 1832, portanto cinco dias antes da morte. Dirigida a Wilhelm von Humboldt, a carta respondia a uma pergunta sobre as fases de concepção e redação do *Fausto II* e se posicionava ainda perante a tentativa do amigo de persuadi-lo a publicar a obra ainda em vida. A resposta de Goethe — coroamento das belíssimas cartas que escreveu na velhice — recorre em determinado momento a imagens tomadas à esfera do trabalho artesanal (já em vias de extinção) para delinear plasticamente a interação de estados conscientes e inconscientes em seu processo de criação artística: entrelaçando-se de maneira complexa e multifacetada, consciente e inconsciente se relacionariam entre si como "trama e urdidura" sob as mãos do tecelão.

Largos trechos do *Fausto*, diz o poeta numa linguagem que parece igualmente entretecer a força imagética da juventude à profunda sabedoria da velhice, teriam brotado da pura inspiração (ou de fontes inconscientes e inatas), mas imprescindível para a conclusão da obra foi, antes de tudo, a autoimposição da mais rigorosa disciplina intelectual — como se voltassem a adquirir atualidade aqueles antigos versos pronunciados pelo diretor do "Prólogo no teatro": "Já que dizeis que poetas sois,/ Deveis reger a poesia" (*Fausto I*, v. 220). Quanto ao esforço de Humboldt no sentido de reverter a decisão de não publicar em vida o *Fausto II*, o velho Goethe permanece inamovível, mas envereda pelos motivos que o levavam a agir desse modo:

> "Há mais de sessenta anos que a concepção do 'Fausto' estava clara, desde o início, em meu jovem espírito, mas a sequência completa menos desenvolvida. Bem, fiz com que a intenção sempre caminhasse lentamente ao meu lado e só elaborava, de maneira isolada, as passagens que se me iam afigurando como as mais interessantes, de tal modo que na segunda parte restaram lacunas, a serem relacionadas ao restante por meio de um interesse homogêneo. Mas aqui veio à tona a imensa dificuldade de alcançar, mediante propósito e caráter, aquilo que no fundo deveria caber tão

somente à Natureza ativa e espontânea. Não seria bom, porém, se isso não tivesse sido possível após uma vida tão longa, tão plena de reflexão ativa; e não me deixo dominar pelo temor de que se venha a distinguir o elemento mais antigo do elemento mais novo, o mais recente do mais primitivo — coisa, aliás, que entregamos aos futuros leitores para verificação propícia.

Sem dúvida alguma me daria alegria infinita comunicar e dedicar esses gracejos muito sérios aos meus queridos amigos, gratamente reconhecidos e dispersos pelo mundo, acolhendo também o seu retorno. Mas o dia presente é de fato tão absurdo e confuso que me convenço de que os meus esforços sinceros, despendidos por tão longo tempo em prol desta construção insólita, viriam a ser mal recompensados e por fim arrastados à praia, onde ficariam como destroços de naufrágio para logo serem soterrados pelas dunas das horas. Doutrina desorientadora aliada a ação desorientadora é o que reina no mundo, e eu não tenho nada de mais imperioso a fazer do que intensificar aquilo que existe e restou em mim e depurar as minhas particularidades — coisa que o senhor, meu digno amigo, também vai realizando em sua fortaleza."

Às vésperas da morte, Goethe não acalentava, como se vê, nenhuma ilusão quanto à acolhida que a sua obra de vida — ou "ocupação principal" (*Hauptgeschäft*), como costumava então dizer — teria junto ao público contemporâneo; contudo, eventuais ressaibos de amargura vêm atenuados pela serenidade da experiência octogenária. O poeta quis, sobretudo, poupar-se de ouvir o juízo daqueles que de imediato elevariam a voz sobre uma obra que em nenhum ponto correspondia às concepções estéticas vigentes — poupar-se, em suas próprias imagens, de vê-la jazer como "destroços de naufrágio" expostos a "doutrina" e "ação" desnorteantes. O quanto esteve certo com tal decisão ilustram-no, por exemplo, as reações desencadeadas pela cena final, que se desfralda num céu católico pontilhado de sugestões do barroco espanhol. Aos leitores protestantes desagradou a coreografia apoteótica que cerca a aparição da Mater Gloriosa, enquanto que aos católicos causaram espécie o epíteto pagão de "Deusa-Rainha" e os evidentes paralelos com a apoteose da deusa Galateia no final da "Noite de Valpúrgis clássica". Já os livre-pensadores não perdoaram ao velho panteísta o assomo de laivos místico-cristãos; assim, o influente crítico Wolfgang Menzel (1795-1873) — formado, além de tudo, num ambiente luterano — escrevia indignado logo após a publicação do *Fausto II*: "Goethe apresenta-nos o céu cristão como a corte de uma alegre rainha, por exemplo a sociável Maria Antonieta. Vemos ao seu redor apenas damas da corte e pajens como anjos mais e menos graduados; na entrada, alguns místicos em adoração como porteiros devotos. E então o velho pecador é introduzido [...], é bonito, uma jovem dama da corte intercede por ele, a rainha celestial sorri e — a sinecura no céu é toda sua. — Onde fica Deus? Será que não há mais homem nenhum no céu?".

No entanto, aquela mesma carta que falava de "doutrina desorientadora aliada a ação desorientadora" exprimia também confiança na "verificação propícia" por parte de outros futuros leitores, mais sensíveis às imagens irisadas de sua criação, ao ritmo dos versos, à integridade da palavra poética, a sentidos só levemente insinuados — coisas, enfim, que logo encontrariam também os seus admiradores e amantes e repercutiriam mais tarde na *Oitava Sinfonia* de Gustav Mahler, nos desenhos a bico de pena de Max Beckmann ("Mater Gloriosa" e "Chorus Mysticus"), ou ainda no já mencionado ensaio de Adorno sobre a cena final do *Fausto*.

Mas o capítulo seguramente mais controverso na filologia fáustica (e porventura de toda a história da literatura alemã) foi deflagrado pelas cenas do quinto ato, no qual se desenrola a tragédia do colonizador. São-nos oferecidas então, mais uma vez, imagens "magnificamente poetizadas" (na formulação de Thomas Mann), e sobre elas manifestaram-se críticos de todos os matizes ideológicos — os chamados "perfectibilistas", que veem na trajetória de Fausto uma ascensão contínua a simbolizar o aperfeiçoamento do gênero humano e, no campo oposto, aqueles que vislumbram na inquebrantável, frenética aspiração fáustica, em particular nos feitos do colonizador em idade bíblica, a expressão acabada do horror nutrido pelo poeta, contemporâneo das revoluções industriais e políticas, em relação a todas as ideologias que impulsionavam a incipiente civilização "velocífera".

A título de exemplificação sumária desse controverso capítulo que extrapolou em muito os limites da crítica literária, lembremos apenas que entre os leitores perfectibilistas estão proeminentes marxistas como Georg Lukács (*Estudos sobre o "Fausto"*, 1940) ou Ernst Bloch ("Figuras da transgressão de limites", ensaio de 1956 incorporado depois ao capítulo 49 de sua obra *O princípio esperança*, 1959). Enquanto o pensador húngaro interpreta a carreira de

Max Beckmann realizou a série de 143 desenhos a bico de pena para o *Fausto II* entre 1943 e 1944, em plena Segunda Guerra Mundial, quando estava exilado em Amsterdã. Os originais hoje estão guardados no Freies Deutsches Hochstift, fundação sediada no Museu Goethe de Frankfurt. A ilustração acima retrata a aparição da Mater Gloriosa nos versos finais do quinto e último ato da obra-prima de Goethe.

Fausto, desde a aspiração de ampliar e fundir o seu próprio Ser ao Ser de toda a humanidade (v. 1.774) até a utópica visão final do colonizador cego, enquanto decidido avanço (e com as inevitáveis vítimas de sempre, como Filemon e Baucis) na direção de concepções que apontariam para o futuro socialista da humanidade, Bloch, o teórico da "esperança", vislumbra no ativismo "prometeico" do herói goethiano atos contínuos de extrapolação de fronteiras, que configurariam disposição antropológica própria do *homus utopicus*: "Ele [Fausto] é, por excelência, o transgressor de limites, mas sempre enriquecido por novas experiências ao transgredi-los, e por fim salvo em sua aspiração. Desse modo, ele representa o mais elevado exemplo do Homem utópico".

Desnecessário explicitar de que modo a propaganda nacional-socialista apropriou-se do derradeiro sonho fáustico de um povo livre em terra livre; mas valeria mencionar que Paul Celan — cujo célebre poema "Fuga sobre a morte" (1952) traz alusões inequívocas ao *Fausto* ("Teu cabelo de ouro, Margarida") e, em particular, a imagens desse quinto ato — enxergou prefigurado no massacre de Filemon, Baucis e do "Peregrino" aquilo que os nazistas infligiriam mais tarde aos judeus. Em chave semelhante, mas por assim dizer no "calor da hora" — pois já em março de 1932, por ocasião de um discurso proferido em Frankfurt durante as comemorações do centenário da morte de Goethe —, Albert Schweitzer reconhecia em seu legado poético um vigoroso e clarividente potencial de advertência aos pósteros — no caso, os contemporâneos que se deixavam emaranhar cada vez mais pela sedução dos totalitarismos: "E, de modo geral, que outra coisa é isso que está acontecendo nestes tempos tenebrosos senão uma repetição gigantesca do drama de Fausto sobre o palco do mundo? Em mil chamas está ardendo a cabana de Filemon e Baucis! Em violências multiplicadas mil vezes, em milhares de assassínios uma mentalidade desumanizada põe em prática os seus negócios criminosos! Em mil caretas Mefistófeles nos dirige o seu sorriso cínico!".

Procedentes ou improcedentes, com fundamentos sólidos ou frágeis, as leituras e interpretações suscitadas por esta obra de sentido inesgotável vêm se processando até os dias de hoje, embora não mais com a virulência ideológica atingida nos anos 30 e 40 do século passado. De elevada magnitude são, porém, os questionamentos que o *Fausto* atualiza para o nosso tempo, as indagações que coloca a um mundo mais do que nunca "velocífero" e globalizado, talvez em excesso, a gosto de Mefistófeles: "Que cerimônia, ora! E até quando?/ Pois não estás colonizando?".

O século XXI já trouxe novas perspectivas críticas orientadas por tais questões, começando com o excelente manual de Jochen Schmidt (*Goethes* Faust, 2001) sobre os principais temas e motivos da tragédia. Em 2004 Michael Jaeger publica *Fausts Kolonie* [A colônia de Fausto], ampla abordagem da "fenomenologia crítica da modernidade" e, dois anos depois, o sociólogo Oskar Negt nos oferece uma interpretação do *Fausto* à luz da própria experiência de vida, ao longo de várias décadas e sob diferentes constelações políticas: *Die Faust-Karriere* [A carreira de Fausto], em que o pactário é visto como "intelectual desesperado" e "empresário fracassado". Colocando a figura de Mefistófeles no centro de seu interesse crítico e enfocando também o diálogo do texto goethiano com fontes bíblicas e as artes plásticas, Johannes Anderegg publica em 2011 *Transformationen: Über Himmlisches und Teuflisches in Goethes* Faust [Transformações: Sobre o celestial e o demoníaco no *Fausto* de Goethe]. A leitura antroposófica se faz representar por Martina Maria Sam (*Rudolf Steiners* Faust-*Rezeption* [A recepção de *Fausto* por Rudolf Steiner], 2011) e pelo livro de Karl Pestalozzi (*Bergschluchten* [Furnas montanhosas], 2012) sobre a cena final do drama. Fechando, por fim, esse elenco bastante incompleto de títulos que vieram avolumar a filologia fáustica nos primeiros anos deste século, mencione-se ainda a nova contribuição que Michael Jaeger publica no final de 2014: *Wanderers Verstummen, Goethes Schweigen, Fausts Tragödie* [O emudecer do Peregrino, o silêncio de Goethe, a tragédia de Fausto].

A extraordinária vitalidade dessa amostra, que poderia ser complementada com tantos outros trabalhos publicados na Alemanha e em outros países, permite concluir que a cadeia exegética em torno do *Fausto* jamais cessará de desdobrar-se, já que os leitores com os quais contava Goethe — atentos a "gestos, acenos e leves alusões" — sempre encontrarão nessas imagens contrapostas e ao mesmo tempo mutuamente especulares muito mais do que a consciência artística do poeta foi capaz de conceber.

A tradução de Jenny Klabin Segall, tal como se apresenta agora em cuidadosa edição desses "gracejos muito sérios" que tanto enriqueceram a literatura mundial, descortinará certamente novos horizontes ao leitor brasileiro — na medida em que também "tenha se movimentado um pouco por conta própria e vivenciado alguma coisa" — para pôr à prova a confiança do velho mestre de Weimar na força inexaurível e sempre ativa das grandes criações artísticas.

Faust:
Der Tragödie zweiter Teil

Fausto:
Segunda parte da tragédia

Erster Akt

Primeiro ato

Anmutige Gegend

Região amena

A primeira parte da tragédia fechou-se com os esforços frustrados de Fausto para libertar Margarida do cárcere e, por conseguinte, da execução iminente. A recusa da moça a submeter-se ao plano de fuga, engendrado por Mefistófeles, levou o pactuário à exclamação: "Ah, nunca tivesse eu nascido!".

Quanto tempo terá transcorrido entre o sombrio desfecho da história amorosa na cena "Cárcere" e o despertar do novo Fausto na abertura da segunda parte da tragédia? A questão não parece passível de resposta precisa, uma vez que Goethe evoca os acontecimentos em torno de Margarida apenas com a sucinta referência a um Fausto "lasso, agitado, tentando adormecer". Na sequência, abre-se o quadro grandioso de uma paisagem em que o "infortunado" irá vivenciar a superação dos sofrimentos anteriores, assim como a renovação de suas forças físicas e espirituais. Em seguida o veremos na corte do Imperador e incursionando depois pela antiga Hélade povoada de seres mitológicos, até envolver-se fantasmagoricamente com a bela Helena: acontecimentos que Goethe subtrai ao decurso do tempo cronológico e objetivo, do mesmo modo como os desdobramentos militares no quarto ato da tragédia e os subsequentes empreendimentos do velho Fausto no último ato, quando teria então, segundo uma indicação do poeta, cem anos.

Contudo, para que possa ingressar no "grande mundo" dos negócios de Estado, da Grécia clássica e de seu titânico projeto colonizatório, é necessário, em primeiro lugar, recuperar-se da experiência traumática vivenciada no "pequeno mundo" do seu gabinete de estudos e, sobretudo, da relação amorosa com Margarida. A abertura da segunda parte da tragédia conduz então o herói a um processo de regeneração biológica e psíquica, graças ao *esquecimento*, simbolizado aqui pela referência ao mitológico rio Letes, em cujas águas os mortos deixavam as lembranças da vida terrena. É uma dádiva da Natureza e, consequentemente, Goethe coloca em cena entidades ligadas à força misteriosa de florestas e bosques: pequeninos elfos comandados por Ariel, o espírito etéreo que atua na última peça de Shakespeare, *A tempestade*.

Como na cena "Noite", que abre o *Fausto I*, também aqui o herói apresenta-se sozinho (isto é, ainda sem Mefistófeles) e pronuncia um monólogo em que logo desponta o motivo da "aspiração" (*Streben*, em alemão): "Já, com vigor pões minha alma alentada,/ Para que aspire à máxima existência". Porém, enquanto o Fausto da primeira parte encontra-se encerrado num sufocante quarto apostrofado como "antro vil" e "maldito, abafador covil", agora ele se vê em meio a uma paisagem majestosa, cercada por montanhas e águas: "região amena", como Goethe traduz e exprime o velho *topos* literário *locus amoenus*.

Esta cena de abertura impressiona não apenas pela beleza das sugestões visuais (as sombras do anoitecer e as cores da alvorada, presença de montanhas, cascata e arco-íris), mas também pelo aspecto sonoro, rítmico e musical, compondo tudo isso uma grandiosidade que Emil Staiger, no terceiro volume de seu estudo *Goethe* (Zurique e Friburgo, 1959), comenta com as seguintes palavras: "Ouvimos um dos mais maravilhosos poemas de Goethe sobre a Natureza. O seu encanto se revela plenamente quando relacionamos cada estrofe à hora noturna em questão. [...] Esses versos, que ao final desembocam no sonoro nascer do sol, estão à altura do canto dos anjos no 'Prólogo no céu'; são menos majestosos, mas inteiramente impregnados da misteriosa serenidade goethiana".

E, voltando-se em seguida para o significado do sono e do esquecimento a que Goethe submete o seu herói neste início do *Fausto II*, continua Staiger: "Todo sono não significa apenas um apagamento da consciência, mas também o ingresso na vontade benéfica, voltada sempre para a vida, da Natureza. [...] O sinal da graça é a transformação. Em que medida Fausto se transforma? Ele já não almeja ser igual a Deus. Ele toma para si o destino humano. Reconhece a finitude, o conhecimento que é possível ao homem, que só consegue contemplar o eterno no espelho do efêmero. Com isso, ele se mostra transformado, purificado. Extinguiram-se exatamente aqueles traços de seu ser que haviam desencadeado a tragédia de Margarida".

Contudo, se tais considerações de Emil Staiger têm validade para o Fausto que desperta na "região amena" desta cena de abertura, revelar-se-ão discutíveis (ou já improcedentes) à luz de suas empresas e aspirações subsequentes, que cessam apenas com a morte e a sua silenciosa ascensão pelo céu católico da última cena. [M.V.M.]

Erster Akt — Anmutige Gegend

*(Faust auf blumigen Rasen gebettet,
ermüdet, unruhig, schlafsuchend.)*

(Dämmerung)

(Geisterkreis schwebend bewegt, anmutige kleine Gestalten)

ARIEL *(Gesang, von Äolsharfen begleitet)*

    Wenn der Blüten Frühlingsregen
    Über alle schwebend sinkt,
    Wenn der Felder grüner Segen
    Allen Erdgebornen blinkt,
    Kleiner Elfen Geistergröße
    Eilet, wo sie helfen kann,
    Ob er heilig, ob er böse,
    Jammert sie der Unglücksmann.   4.620

Die ihr dies Haupt umschwebt im luft'gen Kreise,
Erzeigt euch hier nach edler Elfen Weise,
Besänftiget des Herzens grimmen Strauß,
Entfernt des Vorwurfs glühend bittre Pfeile,
Sein Innres reinigt von erlebtem Graus.
Vier sind die Pausen nächtiger Weile,

PRIMEIRO ATO — REGIÃO AMENA

*(Fausto, acamado num prado florido,
lasso, agitado, tentando adormecer.)*

(Crepúsculo)

(Ronda de gênios em flutuante animação, vultozinhos graciosos)

ARIEL *(canto, acompanhado por harpas eólicas)*[1]

    Quando a primavera em flor
    Pétalas ao solo espraia,
    E dos campos o esplendor
    A todo ente térreo raia,
    Elfos miúdos, vosso encanto
    A prestar auxílio é dado;
    Seja mau, ou seja santo,
    Dó sentis do infortunado.   4.620

Sílfides,[2] vós, que o envolveis em cerco aéreo,
Lidai agora a vosso modo etéreo!
Da alma extraí-lhe o dardo de amargura;
Do remorso abafai a voz tenaz;
Livrai-lhe o ser das visões de negrura!
São quatro as pausas da noturna paz,[3]

---

[1] Tomado à última peça de Shakespeare (*A tempestade*), o nome desse espírito etéreo e benfazejo já assomara na cena "Sonho da Noite de Valpúrgis", na primeira parte da tragédia. Agora, porém, a aparição de Ariel possui um significado inteiramente diferente, como se se tratasse de outra personagem: regendo o coro dos "elfos" e com acompanhamento de "harpas eólicas" (cujos sons delicados são produzidos pelo vento), Ariel está empenhado aqui em levar auxílio ao "infortunado" Fausto (*Unglücksmann*, no original: *infausto*, como se poderia dizer no sentido etimológico visado por Goethe).

[2] No original, Goethe escreve "elfos", os pequeninos espíritos aéreos que na mitologia nórdica são associados a danças e cantos noturnos, em prados e florestas. A tradutora opta aqui por "sílfides", entidades mitológicas ligadas igualmente ao elemento "ar": silfos e sílfides já estavam entre os espíritos elementares invocados por Fausto na primeira cena "Quarto de trabalho" (*Fausto I*), para enfrentar o ente desconhecido (Mefistófeles) que se desprendia da figura do "perro".

[3] O transcurso da noite compreende quatro "pausas" a serem observadas. Essas fases noturnas correspondem às vigílias outrora mantidas pelas legiões romanas e depois incorporadas no culto cristão, com suas quatro *vigiliae* de três horas cada uma. Em um manuscrito que se perdeu, Goethe teria dado a essas "pausas da noturna paz", segundo Eckermann, designações musicais: *Serenade*, *Notturno*, *Matutino*, *Reveille*.

Nun ohne Säumen füllt sie freundlich aus.
Erst senkt sein Haupt aufs kühle Polster nieder,
Dann badet ihn im Tau aus Lethes Flut;
Gelenk sind bald die krampferstarrten Glieder, 4.630
Wenn er gestärkt dem Tag entgegenruht;
Vollbringt der Elfen schönste Pflicht,
Gebt ihn zurück dem heiligen Licht.

CHOR *(Einzeln, zu zweien und vielen,*
abwechselnd und gesammelt)

      Wenn sich lau die Lüfte füllen
      Um den grünumschränkten Plan,
      Süße Düfte, Nebelhüllen
      Senkt die Dämmerung heran.
      Lispelt leise süßen Frieden,
      Wiegt das Herz in Kindesruh;
      Und den Augen dieses Müden 4.640
      Schließt des Tages Pforte zu.

      Nacht ist schon hereingesunken,
      Schließt sich heilig Stern an Stern,
      Große Lichter, kleine Funken
      Glitzern nah und glänzen fern;
      Glitzern hier im See sich spiegelnd,
      Glänzen droben klarer Nacht,

Desde já preenchei-as com brandura.
Pousai-lhe a fronte em fresco, verde leito,
Do Letes[4] banhe-o a límpida onda fria;
Relaxe o corpo rígido, e refeito   4.630
Aguarde no repouso o alvor do dia.
Das sílfides cumpri o anseio pio,
À luz sagrada restituí-o.

CORO *(individualmente, em duas e várias vozes, alternadas e reunidas)*[5]

Quando do ar o eflúvio morno
Se difunde e à terra ruma,
Baixa o anoitecer em torno
Suave aroma e véus de bruma.
A sorver-lhe o brando hausto
Que a alma afaga e à paz exorta,
Ao olhar deste ente exausto,   4.640
Cerra-se do dia a porta.

Já se esparzem trevas mudas,
Veem-se estrelas que o céu trilham;
Luzes miúdas e graúdas
Perto e no infinito brilham;
Na água espelham-se; cintila
No alto o seu clarão sereno;

---

[4] Na mitologia grega, Letes é um dos cinco rios que correm nas regiões infernais: bebendo de sua água, os mortos se esqueceriam das alegrias e tormentos da vida terrena. Como Fausto ainda deve continuar entre os vivos, o esquecimento provocado por essas águas não pode ser absoluto: no original, Ariel determina que ele seja banhado apenas pelo "orvalho" do Letes. Na *Divina Comédia* de Dante, cuja influência se faz sentir em alguns momentos do *Fausto II* (como nesta cena de abertura), o Letes corre não mais no Inferno, mas sim no Paraíso, e nele se banham as almas em busca de purificação (*Purgatório*, XXVIII).

[5] Estruturando-se em quatro estrofes, o canto dos elfos corresponde a cada uma das quatro "pausas da noturna paz" a que se referiu Ariel. Em seu livro dedicado a Goethe, Emil Staiger escreveu as seguintes palavras sobre este canto: "Os versos vão fluindo de maneira tão infinitamente suave e tranquila, tamanha plenitude de aparições se volatiliza em melodia tão leve, que nós fechamos os olhos como Fausto, não pensamos em nada e nos deixamos envolver por uma felicidade sem nome".

Tiefsten Ruhens Glück besiegelnd
Herrscht des Mondes volle Pracht.

Schon verloschen sind die Stunden, 4.650
Hingeschwunden Schmerz und Glück;
Fühl es vor! Du wirst gesunden;
Traue neuem Tagesblick.
Täler grünen, Hügel schwellen,
Buschen sich zu Schattenruh;
Und in schwanken Silberwellen
Wogt die Saat der Ernte zu.

Wunsch um Wünsche zu erlangen,
Schaue nach dem Glanze dort!
Leise bist du nur umfangen, 4.660
Schlaf ist Schale, wirf sie fort!
Säume nicht, dich zu erdreisten,
Wenn die Menge zaudernd schweift;
Alles kann der Edle leisten,
Der versteht und rasch ergreift.

(Ungeheures Getöse verkündet das Herannahen der Sonne)

ARIEL

Horchet! horcht dem Sturm der Horen!
Tönend wird für Geistesohren
Schon der neue Tag geboren.
Felsentore knarren rasselnd,
Phöbus' Räder rollen prasselnd, 4.670
Welch Getöse bringt das Licht!
Es trommetet, es posaunet,
Auge blinzt und Ohr erstaunet,

E selando a paz tranquila,
Do luar raia o brilho pleno.

Somem-se dita e pesar! 4.650
Aplacou-se a dor de outrora;
Sente-o na alma! vais sarar;
Fia-te na nova aurora!
No val verde, nas colinas,
A noturna calma para,
E entre vagas argentinas
Flui a semeadura à seara.

Nada anelos teus entrave,
Vê o céu que o alvor colora!
Só te envolve um torpor suave, 4.660
Põe do sono o manto fora!
Que a hesitar outrem se dobre,
Teu ser à obra se encoraje!
Tudo pode uma alma nobre,
Que o alvo entende e ao repto reage.

(Estrondo tremendo proclama a aproximação do Sol)

ARIEL

Dai ouvido ao troar das Horas![6]
Colhe a mente ondas sonoras,
Dia novo, à terra alvoras.
Portas de rocha crepitam,
Rodas de Febo estrepitam; 4.670
Da trompa o som repercuta.
Traz a luz toante estampido!
Pisca o olhar, ribomba o ouvido.

---

[6] As três deusas associadas, na mitologia grega, às estações do ano e às horas do dia. Na *Ilíada*, são as guardiãs dos portões celestes, que se abrem com estrondo para que Febo Apolo saia com seu carro solar. Como no "Prólogo no céu", a harmoniosa música das esferas só pode ser ouvida pelos anjos; Ariel diz aqui que apenas a "mente" (os "ouvidos do espírito") colhe as "ondas sonoras" produzidas pela ação das Horas.

Unerhörtes hört sich nicht.
Schlüpfet zu den Blumenkronen,
Tiefer, tiefer, still zu wohnen,
In die Felsen, unters Laub;
Trifft es euch, so seid ihr taub.

FAUST

Des Lebens Pulse schlagen frisch lebendig,
Ätherische Dämmerung milde zu begrüßen; 4.680
Du, Erde, warst auch diese Nacht beständig
Und atmest neu erquickt zu meinen Füßen,
Beginnest schon, mit Lust mich zu umgeben,
Du regst und rührst ein kräftiges Beschließen,
Zum höchsten Dasein immerfort zu streben. —
In Dämmerschein liegt schon die Welt erschlossen,
Der Wald ertönt von tausendstimmigem Leben,
Tal aus, Tal ein ist Nebelstreif ergossen,
Doch senkt sich Himmelsklarheit in die Tiefen,
Und Zweig und Äste, frisch erquickt, entsprossen 4.690
Dem duft'gen Abgrund, wo versenkt sie schliefen;
Auch Farb' an Farbe klärt sich los vom Grunde,

O inaudito não se escuta.[7]
Recolhei-vos, à ramagem!
Em recôndita paragem,
Correi a vos abrigar;
Ensurdece, a quem pegar.

FAUSTO

Pulsa da vida o ritmo palpitante,[8]
Saudando a etérea, pálida alvorada;   4.680
Foste, ó terra, esta noite ainda constante,
Respiras a meus pés, revigorada.
Já, do deleite estou haurindo a essência,
Já, com vigor, pões minha alma alentada,
Para que aspire à máxima existência. —
No clarão da alva se revela o mundo,
De mil sons se ouve na floresta a afluência;
Do val sobe ainda a névoa, mas, ao fundo,
Clarão dos céus aos poucos vai baixando;
Brota dos ramos verdor fresco, oriundo   4.690
Da noite em que o envolvia sono brando;
Cor após cor surge do térreo piso,[9]

---

[7] Ariel sugere com estes versos que o som "inaudito" que acompanha o nascer do sol é insuportável para os elfos, os pequeninos seres noturnos.

[8] Alça-se aqui o primeiro grande monólogo de Fausto nesta segunda parte da tragédia. Goethe o configurou em versos iâmbicos de cinco pés (que na tradução de Jenny Klabin Segall aparecem adequadamente como decassilábicos), enfeixados na estrutura rímica da tercina (o encadeamento aba bcb cdc ded... que desemboca, porém, na rima yzyz). Somente nesta passagem do *Fausto*, vale-se Goethe da forma da tercina, evocando assim a *Divina Comédia*, embora renunciando às estrofes de três versos em que Dante narra a sua peregrinação do Inferno ao Céu, passando pelo Purgatório. Numa carta ao chanceler von Müller, Goethe dizia que "tercinas precisam ter como fundamento um assunto grandioso e rico"; e assim manifestam-se, no ritmo solene e vigoroso deste monólogo, as forças que animam o "novo" Fausto, brotadas da Natureza e do seu próprio íntimo.

[9] Exprimindo as suas grandiosas impressões do amanhecer, Fausto vê os primeiros raios solares alcançarem as profundezas ainda escuras do vale, e desse encontro entre luz e sombra se desprenderia então "cor após cor". Desse modo, Goethe atribui a Fausto as próprias concepções (contrárias às de Isaac Newton) sobre o surgimento das cores, expostas em seu alentado estudo *Zur Farbenlehre* (*Sobre a teoria das cores*), desenvolvido ao longo de 43 anos e publicado finalmente em 1810.

Wo Blum' und Blatt von Zitterperle triefen —
Ein Paradies wird um mich her die Runde.

Hinaufgeschaut! — Der Berge Gipfelriesen
Verkünden schon die feierlichste Stunde;
Sie dürfen früh des ewigen Lichts genießen,
Das später sich zu uns hernieder wendet.
Jetzt zu der Alpe grüngesenkten Wiesen
Wird neuer Glanz und Deutlichkeit gespendet, 4.700
Und stufenweis herab ist es gelungen; —
Sie tritt hervor! — und leider schon geblendet,
Kehr' ich mich weg, vom Augenschmerz durchdrungen.

So ist es also, wenn ein sehnend Hoffen
Dem höchsten Wunsch sich traulich zugerungen,
Erfüllungspforten findet flügeloffen;
Nun aber bricht aus jenen ewigen Gründen
Ein Flammenübermaß, wir stehn betroffen;
Des Lebens Fackel wollten wir entzünden,
Ein Feuermeer umschlingt uns, welch ein Feuer! 4.710
Ist's Lieb'? ist's Haß? die glühend uns umwinden,
Mit Schmerz und Freuden wechselnd ungeheuer,
So daß wir wieder nach der Erde blicken,
Zu bergen uns in jugendlichstem Schleier.

So bleibe denn die Sonne mir im Rücken!
Der Wassersturz, das Felsenriff durchbrausend,
Ihn schau' ich an mit wachsendem Entzücken.
Von Sturz zu Sturzen wälzt er jetzt in tausend,

Vês pérolas de orvalho gotejando,
Torna-se em volta o mundo um paraíso.

Olha para o alto! — Os cumes da montanha
Da soleníssima hora dão o aviso;
O pico cedo a luz eterna ganha,
Que mais abaixo se aproxima lenta.
Dos Alpes já viçosos prados banha,
Cujo verdor com nitidez salienta;   4.700
Gradualmente ilumina a extensa pista.
Surge o astro! — e eu me desvio, ah não o aguenta,[10]
Já deslumbrada, a dolorida vista.

É assim, pois, quando à férvida esperança,
Do anelo máximo que na alma exista,
Se abrem portais da bem-aventurança.
Mas jorra então, de páramos extremos,
Um mar de chamas que em temor nos lança.
Da vida o facho incandescer quisemos,
E nos envolve um fogo que nos traga.   4.710
É ódio, é amor, em cuja chama ardemos,[11]
Do prazer e da dor mutuando, a vaga?
Retorna à terra o olhar, que em suave manto[12]
De infância nos envolve, e o peito afaga.

Que fique atrás de mim, o sol, portanto!
A catarata que entre pedras ruma,
Contemplo agora com crescente encanto.
De queda em queda se despenha e escuma,

---

[10] Tal como os "ouvidos" dos elfos não suportam o "estrondo tremendo" que acompanha o crepúsculo matutino, aqui são os olhos humanos que não aguentam a contemplação direta do astro solar, indiciado no original apenas pelo pronome feminino *sie*.

[11] Fausto indaga nesta passagem se o que nos envolve de maneira ardente, alternando com desmesura sofrimento e alegria, seria manifestação de ódio ou de amor. Nos termos da tradução: a vaga que em chamas nos envolve, mutuando prazer e dor, provém do ódio ou do amor?

[12] *in jugendlichstem Schleier*, no original: literalmente, "no véu mais jovem". Fausto refere-se às faixas de névoa em meio à claridade dos primeiros momentos matinais.

Erster Akt — Anmutige Gegend

Dann abertausend Strömen sich ergießend,
Hoch in die Lüfte Schaum an Schäume sausend. 4.720
Allein wie herrlich, diesem Sturm ersprießend,
Wölbt sich des bunten Bogens Wechseldauer,
Bald rein gezeichnet, bald in Luft zerfließend,
Umher verbreitend duftig kühle Schauer.
Der spiegelt ab das menschliche Bestreben.
Ihm sinne nach, und du begreifst genauer:
Am farbigen Abglanz haben wir das Leben.

Mil turbilhões espúmeos derramando,
Enche o ar de nuvens de escumosa bruma.
Que esplêndido, do turbilhão brotando,
Surge, magnífico, o arco multicor!
Nítido ora, ora no éter se espalhando,
Imbuindo-o de aromático frescor.
Vês a ânsia humana nele refletida;
Medita, e hás de perceber-lhe o teor:
Temos, no espelho colorido, a vida.[13]

4.720

---

[13] Este grandioso quadro do amanhecer que abre o *Fausto II* culmina por fim na visão do arco-íris como símbolo de toda a existência humana. Uma vez que o olho humano não foi feito para mirar diretamente o sol, Fausto teve de desviar a vista para a "terra" (a amena paisagem que se coloria ao seu redor) e, agora, para as águas que despencam de penhasco em penhasco, refletindo os raios solares e formando assim o "arco multicor", cambiante e constante ao mesmo tempo (*Wechsel-Dauer*): "Nítido ora, ora no éter se espalhando".

Como estudioso das cores, Goethe contestava a teoria newtoniana de que partículas de água fragmentam a luz branca nas cores espectrais, defendendo antes uma reflexividade que possibilitaria o surgimento do arco-íris. Este é visto então, em seu "reflexo colorido" (*am farbigen Abglanz*, no original), como símbolo de um conhecimento ou de uma percepção indireta da vida. Vislumbrando no mundo sensível um símbolo ou símile (*Gleichnis*) ou reflexo (*Abglanz*) do infinito, esta concepção atravessa toda a obra de Goethe e num estudo publicado em 1825, *Versuch einer Witterungslehre* (*Ensaio de uma teoria meteorológica*), encontrou a seguinte formulação: "O verdadeiro, idêntico ao divino, jamais se deixa apreender por nós de maneira direta. Nós o contemplamos apenas como reflexo, como exemplo, símbolo, em fenômenos particulares e afins. Nós o percebemos como vida incompreensível e, contudo, não podemos renunciar ao desejo de compreendê-lo. Isto vale para todos os fenômenos do mundo apreensível".

Kaiserliche Pfalz — Saal des Thrones

Palatinado Imperial — Sala do trono

Atendendo a uma solicitação dos altos dignatários do reino, o Imperador convocou uma reunião do Conselho. Entram em cena: o Chanceler (posto que, no Sacro Império Romano Germânico, era tradicionalmente ocupado pelo arcebispo da Mogúncia), o Chefe do Exército, o Tesoureiro e o Intendente-mor (ou o mordomo geral da corte). Os relatos que estes apresentam ao Imperador compõem um quadro sombrio da situação do país: corrupção generalizada, justiça arbitrária e venal, prevalência dos interesses particulares, dilapidação dos recursos públicos e outras mazelas. O caos tomou conta do país e o poder do Chefe do Exército vai minguando a cada dia: desordens e motins espocam num ritmo que acompanha a crescente insatisfação da população. (No quarto ato virá à tona que o recrudescimento dessa situação levou à guerra civil.)

Eliminando astutamente o Bobo da Corte, Mefistófeles assume o posto vacante e penetra assim no centro do poder imperial com a proposta de um plano econômico, baseado na invenção do papel-moeda, para o saneamento das finanças públicas e a implementação de uma sociedade rica e afluente. É a sua tática para introduzir Fausto no Palatinado Imperial e, por extensão, no "grande mundo" que lhe prometera no início de suas aventuras. Do mesmo modo como, no "pequeno mundo" da Taverna de Auerbach, Mefisto manipulara os estudantes como títeres, também na corte ele sabe, desde o início, subjugar e manter sob controle os conselheiros, o astrólogo (a quem "assopra" as palavras convenientes aos seus desígnios) e o Imperador, que logo estará ansioso pelo início da "mascarada" carnavalesca, a se desenrolar na cena seguinte.

Em contraponto ao tom lírico da "região amena" em que Fausto renova as suas forças físicas e espirituais, prevalece nesta primeira cena localizada no Palatinado Imperial a linguagem da alta política, da economia, do cerimonial da Corte.

Entre as fontes utilizadas por Goethe para a redação desta cena impregnada de detalhes realistas está a chamada Bula de Ouro (ou Bula Áurea, *Goldene Bulle*), um documento promulgado em 1356 (durante o reinado de Carlos IV) que, entre outros pontos, estipulava em sete o número de príncipes-eleitores do Imperador e atribuía ao arcebispo da Mogúncia o posto de Chanceler. Conforme o depoimento de *Poesia e verdade*, Goethe familiarizou-se já na adolescência com a Bula de Ouro, graças ao contato estreito com Johann Daniel Olenschlager (1711-1778), que em 1766 publicou uma edição comentada do documento. No quarto livro de *Poesia e verdade*, o poeta relembra o seu gosto, desde a infância, em aprender de cor o início de livros como o Pentateuco, a *Eneida*, as *Metamorfoses*: "Fiz então o mesmo com a Bula de Ouro e, com frequência, levava o meu benfeitor [isto é, Olenschlager] ao riso quando exclamava de repente e com toda seriedade: '*Omne regnum in se divisum desolabitur: nam principes ejus facti sunt socii furum*' [Todo reino dividido em si mesmo sucumbirá, pois os seus príncipes tornaram-se companheiros de patifes]. O sábio homem sacudia a cabeça rindo e dizia de maneira pensativa: 'Que tempos devem ter sido aqueles em que o Imperador, durante uma grande assembleia do reino, mandava anunciar tais palavras na cara de seus príncipes'". [M.V.M.]

Erster Akt — Kaiserliche Pfalz

(Staatsrat in Erwartung des Kaisers. Trompeten)

(Hofgesinde aller Art, prächtig gekleidet, tritt vor.
Der Kaiser gelangt auf den Thron, zu seiner Rechten der Astrolog)

KAISER

> Ich grüße die Getreuen, Lieben,
> Versammelt aus der Näh' und Weite; —
> Den Weisen seh' ich mir zur Seite,
> Allein wo ist der Narr geblieben?

4.730

JUNKER

> Gleich hinter deiner Mantelschleppe
> Stürzt' er zusammen auf der Treppe,
> Man trug hinweg das Fettgewicht,
> Tot oder trunken? weiß man nicht.

ZWEITER JUNKER

> Sogleich mit wunderbarer Schnelle
> Drängt sich ein andrer an die Stelle.
> Gar köstlich ist er aufgeputzt,
> Doch fratzenhaft, daß jeder stutzt;

(O Conselho de Estado espera o imperador. Trompetas)

*(Entra pessoal variado da corte em trajes suntuosos.
O imperador chega ao trono; à sua direita o astrólogo)*

IMPERADOR

> De meu império os fiéis saúdo,[1]
> Vindos daqui e dacolá;
> O sábio vejo aqui. Contudo[2]   4.730
> Falta meu bobo, onde é que está?

UM FIDALGO

> Tão logo atrás do manto teu,
> Subindo a escada se abateu.
> Levaram o tonel pra fora,
> Bêbado ou morto? é o que se ignora.

OUTRO FIDALGO

> Logo, com rapidez sem-par,
> Surgiu um outro em seu lugar;[3]
> Com muita pompa engalanado,
> Grotesco de deixar pasmado;

---

[1] Goethe emprega nesta fala de abertura (*Ich grüße die Getreuen, Lieben*: "Saúdo os fiéis, os caros") a fórmula cerimoniosa com que os imperadores costumavam dirigir-se aos seus súditos (e, assim, também aos membros do conselho).

[2] Referência ao astrólogo que se encontra postado, conforme a indicação cênica, à sua direita. Como conselheiro ou consultor do soberano, o astrólogo era uma presença frequente em cortes dos séculos XVI e XVII.

[3] Como se verá em seguida, trata-se de Mefistófeles que, atordoando o bufão, tomou o seu lugar para em seguida poder introduzir Fausto na corte do Imperador.

Die Wache hält ihm an der Schwelle 4.740
Kreuzweis die Hellebarden vor —
Da ist er doch, der kühne Tor!

MEPHISTOPHELES *(am Throne knieend)*

Was ist verwünscht und stets willkommen?
Was ist ersehnt und stets verjagt?
Was immerfort in Schutz genommen?
Was hart gescholten und verklagt?
Wen darfst du nicht herbeiberufen?
Wen höret jeder gern genannt?
Was naht sich deines Thrones Stufen?
Was hat sich selbst hinweggebannt? 4.750

KAISER

Für diesmal spare deine Worte!
Hier sind die Rätsel nicht am Orte,
Das ist die Sache dieser Herrn. —
Da löse du! das hört' ich gern.
Mein alter Narr ging, fürcht' ich, weit ins Weite;
Nimm seinen Platz und komm an meine Seite.

(Mephistopheles steigt hinauf und stellt sich zur Linken)

GEMURMEL DER MENGE

Ein neuer Narr — Zu neuer Pein —
Wo kommt er her? — Wie kam er ein? —

Impedem-no de entrar os guardas, 4.740
Nele assestando as alabardas —
Ei-lo, ainda assim, palhaço ousado!

MEFISTÓFELES *(ajoelhando-se ao pé do trono)*

Que é que é maldito, mas bem-vindo?
Que é que se almeja e é rejeitado?
Que é que sustento anda usufruindo?
Que é que se acusa e é condenado?
Que é que a chamar ninguém se anima?
De quem o nome prazer trouxe?
Quem de teu trono se aproxima?
Quem a si mesmo desterrou-se?[4] 4.750

IMPERADOR

Por ora poupa-nos tais temas!
Não é ocasião para problemas.
De sábios meus é ofício aquilo. —
Solve-os tu! dar-me-ia gosto ouvi-lo.
Meu bobo, temo, foi-se para o Além;
Toma o lugar, para meu lado vem.

(Mefistófeles sobe ao trono e coloca-se à esquerda)

MURMÚRIOS DA MULTIDÃO[5]

Um bobo novo — É de amargar!
De onde vem? Como pôde entrar?

---

[4] Esses versos enigmáticos e paradoxais com que Mefistófeles irrompe na corte parecem encerrar uma referência à sua nova condição de demônio e bufão, reunindo ao mesmo tempo em sua pessoa o "dinheiro" e a "razão", termos que irão despontar algumas vezes em sua fala.

[5] Tanto nesta estrofe quanto nas quatro outras intituladas "murmúrios", fazem-se ouvir, segundo observação de Albrecht Schöne, as vozes de pessoas enfastiadas com a situação política do reino. Não se trataria, portanto, de intervenções de um eventual coro e nem de manifestações críticas do "pessoal variado da corte", mencionado no início da cena.

Der alte fiel — Der hat vertan —
Es war ein Faß — Nun ist's ein Span — 4.760

KAISER

    Und also, ihr Getreuen, Lieben,
    Willkommen aus der Näh' und Ferne!
    Ihr sammelt euch mit günstigem Sterne,
    Da droben ist uns Glück und Heil geschrieben.
    Doch sagt, warum in diesen Tagen,
    Wo wir der Sorgen uns entschlagen,
    Schönbärte mummenschänzlich tragen
    Und Heitres nur genießen wollten,
    Warum wir uns ratschlagend quälen sollten?
    Doch weil ihr meint, es ging' nicht anders an, 4.770
    Geschehen ist's, so sei's getan.

KANZLER

    Die höchste Tugend, wie ein Heiligenschein,
    Umgibt des Kaisers Haupt; nur er allein
    Vermag sie gültig auszuüben:
    Gerechtigkeit! — Was alle Menschen lieben,
    Was alle fordern, wünschen, schwer entbehren,
    Es liegt an ihm, dem Volk es zu gewähren.

O outro caiu — É um desabafo.
Era um barril — Este é um sarrafo.   4.760

IMPERADOR

A aura imperial, vós, meus fiéis, hoje reúna,
Que de perto e de longe viestes
Sob a égide de astros celestes
Que auguram bens, paz e fortuna.
Mas, dizei, nestes ledos dias,
Livres de inquietações sombrias,
Dados a máscaras e fantasias,[6]
Do gozo e da alegria espelho,[7]
Por que enfadarmo-nos com um Conselho?
Mas o quisestes: foi vossa opinião;   4.770
Aconteceu, pois seja, então!

CHANCELER

O sumo bem circunda, como um halo,
Do imperador a fronte; praticá-lo
Só a ele cabe: ele o proclama.
Justiça! Aquilo que todo homem ama,
O que cada um exige, almeja, quer,
Outorgá-la a seu povo, é o seu mister.

---

[6] No original Goethe emprega aqui o substantivo *Schönbärte* (no plural), derivado da antiga palavra alemã *Schembart*, "máscara". *Mummenschanz*, empregado neste verso em função adverbial (*mummenschänzlich*), é a palavra alemã para "carnaval" (literalmente, "mascarada").

[7] Literalmente: "E queríamos apenas gozar coisas alegres". O Imperador manifesta assim o seu desgosto com a convocação de uma reunião do Conselho "nestes ledos dias" de carnaval, o que lança uma luz dúbia sobre sua capacidade de governo e liderança. Sob a data de 1º de outubro de 1827, Eckermann registra as seguintes palavras de Goethe: "Na figura deste Imperador procurei apresentar um príncipe com todas as propriedades para perder o seu país, o que por fim ele acaba conseguindo. O bem-estar do reino e de seus súditos não lhe causa preocupação; ele pensa apenas em si mesmo e na maneira como pode divertir-se a cada dia com novidades. [...] Está dado aqui o verdadeiro elemento para Mefistófeles".

Doch ach! Was hilft dem Menschengeist Verstand,
Dem Herzen Güte, Willigkeit der Hand,
Wenn's fieberhaft durchaus im Staate wütet 4.780
Und Übel sich in Übeln überbrütet?
Wer schaut hinab von diesem hohen Raum
Ins weite Reich, ihm scheint's ein schwerer Traum,
Wo Mißgestalt in Mißgestalten schaltet,
Das Ungesetz gesetzlich überwaltet
Und eine Welt des Irrtums sich entfaltet.

Der raubt sich Herden, der ein Weib,
Kelch, Kreuz und Leuchter vom Altare,
Berühmt sich dessen manche Jahre
Mit heiler Haut, mit unverletztem Leib. 4.790
Jetzt drängen Kläger sich zur Halle,
Der Richter prunkt auf hohem Pfühl,
Indessen wogt in grimmigem Schwalle
Des Aufruhrs wachsendes Gewühl.
Der darf auf Schand' und Frevel pochen,
Der auf Mitschuldigste sich stützt,
Und: Schuldig! hörst du ausgesprochen,
Wo Unschuld nur sich selber schützt.
So will sich alle Welt zerstückeln,
Vernichtigen, was sich gebührt; 4.800
Wie soll sich da der Sinn entwickeln,
Der einzig uns zum Rechten führt?
Zuletzt ein wohlgesinnter Mann
Neigt sich dem Schmeichler, dem Bestecher,
Ein Richter, der nicht strafen kann,
Gesellt sich endlich zum Verbrecher.

Mas, ah! de que serve a imperial razão,
Bondade da alma, prontidão da mão?
Quando, febril, se tumultua o Estado,   4.780
De multidão de males infestado?
Quem contemplar, deste imperial degrau,
O vasto reino, julga-o um sonho mau
Em que o monstruoso dúbios monstros gera,[8]
Onde o ilegal em legal forma impera,
E em volta um mundo de erros prolifera.

Um rapta o gado, outro a donzela,
Outro no altar cruz, taça e vela,
E disso anos a fio se jacta,
O corpo ileso, a pele intacta.   4.790
Por justiça o queixoso clama;
Na sala o juiz trona imponente,
Enquanto em vaga troante brama
Do motim o clangor crescente.
Dos bens do crime há quem se louve,
Visto que em cúmplices se esteia;
Mas: condenado! aterrado ouve
Quem na inocência se baseia.[9]
Assim tudo se desintegra:
Se da honra e lei some o preceito,   4.800
Como há de estar o senso em regra
Que nos conduz ao que é direito?
No fim até o homem de bem
À adulação cede, ao suborno;
Se de punir poder não tem,
Ao réu o juiz se une em retorno.

---

[8] Abrindo a série de críticas a um Estado infestado por uma "multidão de males", o Chanceler (representado, segundo a constituição do antigo Império alemão, pelo arcebispo da Mogúncia) alude neste verso às deformações "monstruosas" de um corpo estatal doente, em que "o ilegal em legal forma impera".

[9] O Chanceler diz aqui, literalmente, que se ouve a sentença "condenado!" quando "a inocência apenas se protege a si mesma", isto é, não pode contar com a proteção da Lei ou de qualquer outra instância social.

Ich malte schwarz, doch dichtern Flor
Zög' ich dem Bilde lieber vor.

(Pause)

Entschlüsse sind nicht zu vermeiden;
Wenn alle schädigen, alle leiden, 4.810
Geht selbst die Majestät zu Raub.

HEERMEISTER

Wie tobt's in diesen wilden Tagen!
Ein jeder schlägt und wird erschlagen,
Und fürs Kommando bleibt man taub.
Der Bürger hinter seinen Mauern,
Der Ritter auf dem Felsennest
Verschwuren sich, uns auszudauern,
Und halten ihre Kräfte fest.
Der Mietsoldat wird ungeduldig,
Mit Ungestüm verlangt er seinen Lohn, 4.820
Und wären wir ihm nichts mehr schuldig,
Er liefe ganz und gar davon.
Verbiete wer, was alle wollten,
Der hat ins Wespennest gestört;
Das Reich, das sie beschützen sollten,
Es liegt geplündert und verheert.
Man läßt ihr Toben wütend hausen,
Schon ist die halbe Welt vertan;

De preto pinto, e é justo, entanto,
Ao quadro apor mais denso manto.[10]

(Pausa)

Medidas já não se protelam;
A ordem e a lei se desmantelam　　　　　　　　　　4.810
E atinge o próprio trono o mal.

O CHEFE DO EXÉRCITO

Tremendo é da época o desmando!
Ninguém dá ouvido ao comando,
Golpear, ser golpeado, é geral.
Entre seus muros o burguês,
O nobre em seu rochoso ninho,
Guardam, na inércia e na surdez,
Suas forças sob o seu domínio.
Os mercenários, com acréscimos,
Exigem paga e soldo logo,　　　　　　　　　　　　4.820
E se mais nada lhes devêssemos,
Dariam já às de vila-diogo.[11]
É num vespeiro se mexer,
Proibir algo que lhes praz.
O reino devem proteger,
E saqueado e arrasado jaz.
Lidam qual réprobos, rebéis,
Em se salvar, o império é omisso,

---

[10] Verso de difícil compreensão: o Chanceler diz ter carregado, em sua descrição do quadro estatal, nas cores negras, mas preferia que esse quadro estivesse coberto por um "véu mais denso" para se ocultar à vista.

[11] No original, o Chefe do Exército diz neste verso que o mercenário já teria há muito ido embora se estivesse com o soldo em dia. A tradutora opta aqui pela antiga locução de origem espanhola (a qual remonta, pelo menos, ao início do século XVI, época do Fausto histórico — ver a Apresentação ao *Fausto I*) "dar às de vila-diogo", isto é, fugir precipitadamente.

Es sind noch Könige da draußen,
Doch keiner denkt, es ging' ihn irgend an. 4.830

SCHATZMEISTER

Wer wird auf Bundsgenossen pochen!
Subsidien, die man uns versprochen,
Wie Röhrenwasser bleiben aus.
Auch, Herr, in deinen weiten Staaten
An wen ist der Besitz geraten?
Wohin man kommt, da hält ein Neuer Haus,
Und unabhängig will er leben,
Zusehen muß man, wie er's treibt;
Wir haben so viel Rechte hingegeben,
Daß uns auf nichts ein Recht mehr übrigbleibt. 4.840
Auch auf Parteien, wie sie heißen,
Ist heutzutage kein Verlaß;
Sie mögen schelten oder preisen,
Gleichgültig wurden Lieb' und Haß.
Die Ghibellinen wie die Guelfen
Verbergen sich, um auszuruhn;
Wer jetzt will seinem Nachbar helfen?
Ein jeder hat für sich zu tun.
Die Goldespforten sind verrammelt,

Lá fora existem ainda reis,[12]
Mas ninguém julga ter que ver com isso.   4.830

O TESOUREIRO

Como, em aliados e promessas,
Fiar-se! ajudas e remessas
Como água em cano roto estancam;
Senhor, em teus Estados, que declínio!
Parou em que mãos o domínio?
Aonde olhes, novos o amo bancam
Agindo à sua guisa os vemos,
Cada um a insubmissão redobra.
Tantos direitos nossos já cedemos,
Direito algum sobre algo ainda nos sobra.   4.840
Como quer que eles se rubriquem,
Não se dê aos Partidos fé:
Seja que louvem ou critiquem,
Indiferente o ódio, o amor é.
Os Guelfos se retraem no exílio,
Os Gibelinos folgam no ócio;[13]
Quem presta ainda ao vizinho auxílio?
Zelar por si mesmo, é o negócio.
As portas do ouro se atravancam;

---

[12] Por julgarem não ter nada "que ver com isso", esses reis "lá fora" não intervêm na caótica situação do reino. Atrás desses dois versos estaria, segundo Albrecht Schöne, a discussão contemporânea em torno da intervenção das potências europeias na França revolucionária.

[13] A referência a Guelfos e Gibelinos, os partidos antagônicos surgidos na Itália do século XIII, tem função tipificadora, como se expressa no título "Modernos Guelfos e Gibelinos", que Goethe deu a uma resenha escrita em 1826 sobre a disputa entre clássicos e românticos. O tesoureiro sugere nessa estrofe que também os Guelfos e Gibelinos contemporâneos não são dignos de confiança.

Ein jeder kratzt und scharrt und sammelt,   4.850
Und unsre Kassen bleiben leer.

MARSCHALK

    Welch Unheil muß auch ich erfahren!
    Wir wollen alle Tage sparen
    Und brauchen alle Tage mehr,
    Und täglich wächst mir neue Pein.
    Den Köchen tut kein Mangel wehe;
    Wildschweine, Hirsche, Hasen, Rehe,
    Welschhühner, Hühner, Gäns' und Enten,
    Die Deputate, sichre Renten,
    Sie gehen noch so ziemlich ein.   4.860
    Jedoch am Ende fehlt's an Wein.
    Wenn sonst im Keller Faß an Faß sich häufte,
    Der besten Berg' und Jahresläufte,
    So schlürft unendliches Gesäufte
    Der edlen Herrn den letzten Tropfen aus.
    Der Stadtrat muß sein Lager auch verzapfen,
    Man greift zu Humpen, greift zu Napfen,
    Und unterm Tische liegt der Schmaus.
    Nun soll ich zahlen, alle lohnen;
    Der Jude wird mich nicht verschonen,   4.870

Amontoam todos, cavam, trancam, 4.850
E nossa caixa está vazia.

INTENDENTE-MOR[14]

Que não sofro eu também na crise!
Por mais que poupe, economize,
Mais precisamos cada dia.
Surge a toda hora novo azar.
Não é que mínguem as cozinhas;
Perdizes, javalis, galinhas,
Perus, carneiros e faisões,
Tributos e contribuições
Dão ainda entrada regular. 4.860
Mas vinho está já a faltar.
Quando barril sobre barril a cava
Antigamente abarrotava,
Dos nobres hoje sede brava[15]
Tudo sorveu, até o último gole.
O estoque a Câmara trasfega;
Pichel em mão, cada um a goela rega,
Até que sob a mesa role.
Remunerar, pagar, devo eu,
Não me vai dar folga o judeu,[16] 4.870

---

[14] *Marschalk*, no original, forma antiga de *Hofmarschall* (literalmente, "marechal da corte"), que designava a pessoa encarregada da intendência geral da corte (portanto, do seu funcionamento, abastecimento etc.).

[15] *Gesäufte*, no original, empregado aqui no sentido de "bebedeira". Goethe tomou essa expressão à autobiografia de Hans von Schweinichen (1552-1616), cavaleiro e intendente-mor (*Hofmarschall*) no ducado de Liegnitz, na Silésia. Publicada apenas em 1820-27 sob o título *Fatos do cavaleiro silesiano Hans von Schweinichen*, essa autobiografia tornou-se a fonte de muitos detalhes realistas e expressões linguísticas do *Fausto II*.

[16] Assim como na primeira parte da tragédia (ver nota ao verso 2.842) o "judeu" é mencionado como agiota, ele aparece agora na condição de credor do Império, algo não raro em cortes dos séculos XVI e XVII (como o banqueiro da corte Mordechaj Meisel em relação ao Imperador Rodolfo II, da dinastia dos Habsburgo).

Der schafft Antizipationen,
Die speisen Jahr um Jahr voraus.
Die Schweine kommen nicht zu Fette,
Verpfändet ist der Pfühl im Bette,
Und auf den Tisch kommt vorgegessen Brot.

KAISER *(nach einigem Nachdenken zu Mephistopheles)*

Sag, weißt du Narr nicht auch noch eine Not?

MEPHISTOPHELES

Ich? Keineswegs. Den Glanz umher zu schauen,
Dich und die Deinen! — Mangelte Vertrauen,
Wo Majestät unweigerlich gebeut,
Bereite Macht Feindseliges zerstreut? 4.880
Wo guter Wille, kräftig durch Verstand,
Und Tätigkeit, vielfältige, zur Hand?
Was könnte da zum Unheil sich vereinen,
Zur Finsternis, wo solche Sterne scheinen?

GEMURMEL

Das ist ein Schalk — Der's wohl versteht —
Er lügt sich ein — So lang' es geht —
Ich weiß schon — Was dahinter steckt —
Und was denn weiter? — Ein Projekt —

MEPHISTOPHELES

Wo fehlt's nicht irgendwo auf dieser Welt?
Dem dies, dem das, hier aber fehlt das Geld. 4.890
Vom Estrich zwar ist es nicht aufzuraffen;

Tanta antecipação já deu,
De anos a fio a renda engole.
Não chegam porcos à gordura,
Vês penhorada a cama dura,
Comido o pão na mesa de antemão.

IMPERADOR *(depois de alguma meditação, a Mefistófeles)*

Sabes também de uma miséria, meu bufão?

MEFISTÓFELES

De forma alguma! Ao contemplar, de Ti,
Dos Teus, o brilho — a fé faltar aqui?
Onde, suprema, a Majestade manda,
Força treinada a oposição desbanda?   4.880
Onde reina a razão, boa vontade,
Onde há à mão múltipla atividade?
Como crer que desgraças se contraiam,
Que haja negrura onde tais astros raiam?

MURMÚRIOS

Malandro ele é — quão bem se sai —
Mente à vontade — enquanto vai —
Que há por detrás? — já sei do objeto
Que vem depois? — algum projeto —[17]

MEFISTÓFELES

A quem não falta algo? No mundo inteiro,
Isto a um, isso a outro. Aqui é o dinheiro.   4.890
De fato, do ladrilho não o apanhas,

---

[17] Goethe emprega aqui o termo "projeto" com intenção irônica, exprimindo a sua desconfiança perante modernos projetos econômicos (a que corresponde, no contexto da tragédia, a moeda sem lastro de Mefistófeles) e tecnológicos (a gigantesca drenagem de regiões costeiras no último ato).

Doch Weisheit weiß das Tiefste herzuschaffen.
In Bergesadern, Mauergründen
Ist Gold gemünzt und ungemünzt zu finden,
Und fragt ihr mich, wer es zutage schafft:
Begabten Manns Natur- und Geisteskraft.

KANZLER

Natur und Geist — so spricht man nicht zu Christen.
Deshalb verbrennt man Atheisten,
Weil solche Reden höchst gefährlich sind.
Natur ist Sünde, Geist ist Teufel, 4.900
Sie hegen zwischen sich den Zweifel,
Ihr mißgestalt' Zwitterkind.
Uns nicht so! — Kaisers alten Landen
Sind zwei Geschlechter nur entstanden,
Sie stützen würdig seinen Thron:
Die Heiligen sind es und die Ritter;
Sie stehen jedem Ungewitter
Und nehmen Kirch' und Staat zum Lohn.
Dem Pöbelsinn verworrner Geister
Entwickelt sich ein Widerstand: 4.910
Die Ketzer sind's! die Hexenmeister!
Und sie verderben Stadt und Land.

Mas cabe achá-lo ao sábio: nas entranhas
Da terra, em rochas, num reduto,
Ouro cunhado há lá; lá há ouro bruto.
Usa o homem, para erguê-lo à luz do dia,
Do espírito e da natureza a energia.

CHANCELER

A natureza, o espírito — a cristãos de Deus
Não soa bem. Por tal, queimam-se ateus.[18]
Essas palavras são perigo enorme.
Natureza é pecado, espírito é o demônio,   4.900
Geram a dúvida, monstro medonho,
Que é sua prole híbrida, disforme.
Não é pra nós! — nestas paragens
Sempre houve só duas linhagens
Que apoiam dignamente o trono.
Dos nobres e do clero é a classe;
Fazem a toda tempestade face,
E são a Igreja e o Estado o seu abono.
Na confusão mental da plebe,
A oposição cria raiz;   4.910
O bruxo, o herege a concebe.[19]
E o povo estragam e o país.

---

[18] Para o "arcebispo" (e adepto da Inquisição) que se oculta no Chanceler, "natureza" e "espírito" são conceitos altamente suspeitos, pois que "geram a dúvida", "perigo enorme" para a Igreja: "Por tal, queimam-se ateus".

[19] O discurso do Chanceler vai se configurando como uma defesa limitada e intransigente de posições da Igreja; no entanto, ele demonstra um faro apurado para o elemento demoníaco que se esconde atrás das palavras e ações do novo Bobo da Corte: "É ardil dourado, obra de Satanás,/ Por modo certo é que isso não se faz" (vv. 4.941-2). Baseando-se numa carta escrita por Goethe em 1829, A. Schöne observa que os conceitos de "herege" e "cristão" (este no início da estrofe) estariam representando respectivamente, na visão do Chanceler-arcebispo, o protestantismo e a Igreja romana.

Die willst du nun mit frechen Scherzen
In diese hohen Kreise schwärzen;
Ihr hegt euch an verderbtem Herzen,
Dem Narren sind sie nah verwandt.

MEPHISTOPHELES

Daran erkenn' ich den gelehrten Herrn!
Was ihr nicht tastet, steht euch meilenfern,
Was ihr nicht faßt, das fehlt euch ganz und gar,
Was ihr nicht rechnet, glaubt ihr, sei nicht wahr, 4.920
Was ihr nicht wägt, hat für euch kein Gewicht,
Was ihr nicht münzt, das, meint ihr, gelte nicht.

KAISER

Dadurch sind unsre Mängel nicht erledigt,
Was willst du jetzt mit deiner Fastenpredigt?
Ich habe satt das ewige Wie und Wenn;
Es fehlt an Geld, nun gut, so schaff es denn.

MEPHISTOPHELES

Ich schaffe, was ihr wollt, und schaffe mehr;
Zwar ist es leicht, doch ist das Leichte schwer;
Es liegt schon da, doch um es zu erlangen,
Das ist die Kunst, wer weiß es anzufangen? 4.930
Bedenkt doch nur: in jenen Schreckensläuften,
Wo Menschenfluten Land und Volk ersäuften,
Wie der und der, so sehr es ihn erschreckte,
Sein Liebstes da- und dortwohin versteckte.
So war's von je in mächtiger Römer Zeit,

Vens cá, com descabidas troças,
Para que à Corte impô-las possas;
Almas corruptas ficam vossas,
E como bobo, bobos atraís.

MEFISTÓFELES

Pois sim, com doutor erudito trato!
O que ele próprio não apalpa, é abstrato;
O que não pega em mãos, é cousa nula;   4.920
Será mentira o que ele não calcula;
O que não pesa, jamais será válido;
O que não cunha, tem por traste esquálido.

IMPERADOR

Nada isso solve, está tudo na mesma;
Por que nos vens com o sermão de quaresma?[20]
Farto estou já do eterno Como e Quando;
Falta dinheiro, bem, vai o arrumando!

MEFISTÓFELES

Arrumo-o, e mais do que quereis até;
Porém difícil ainda o fácil é.
O ouro lá jaz: como se há de extraí-lo?
E de que forma começar-se aquilo?   4.930
Quando inundavam desumanas hordas
Povo e país dentro de suas bordas,
Quanta gente houve que, no horror da maré brava,[21]
Cá e lá seus tesouros enterrava.
Foi sempre assim, desde a era dos Romanos,

---

[20] *Fastenpredigt*, no original, que neste contexto significa os vários discursos sobre as carências e as mazelas do Império.

[21] *Schreckensläuften*, no original: algo como "períodos de horror" — alusão às torrentes humanas ("desumanas hordas") que inundavam "povo e país" e, por extensão, a épocas de guerras, saques, expulsões etc.

Und so fortan, bis gestern, ja bis heut.
Das alles liegt im Boden still begraben,
Der Boden ist des Kaisers, der soll's haben.

SCHATZMEISTER

Für einen Narren spricht er gar nicht schlecht,
Das ist fürwahr des alten Kaisers Recht. 4.940

KANZLER

Der Satan legt euch goldgewirkte Schlingen:
Es geht nicht zu mit frommen rechten Dingen.

MARSCHALK

Schafft' er uns nur zu Hof willkommne Gaben,
Ich wollte gern ein bißchen Unrecht haben.

HEERMEISTER

Der Narr ist klug, verspricht, was jedem frommt;
Fragt der Soldat doch nicht, woher es kommt.

MEPHISTOPHELES

Und glaubt ihr euch vielleicht durch mich betrogen,
Hier steht ein Mann! da, fragt den Astrologen!
In Kreis' um Kreise kennt er Stund' und Haus;
So sage denn: wie sieht's am Himmel aus? 4.950

De ontem e de hoje história dos humanos.
Tudo isso, silencioso, o solo encerra.
O imperador que o pegue, é dele a terra.[22]

TESOUREIRO

É o bobo, mas não fala nada mal.
Do trono isso é direito imemorial.   4.940

CHANCELER

É ardil dourado, obra de Satanás,
Por modo certo é que isso não se faz.

INTENDENTE-MOR

Se algo nos traz, ora, seja bem-vindo!
De unir a um errozinho não prescindo.

O CHEFE DO EXÉRCITO

É esperto o truão; aquilo soa bem.
Não indaga o soldado donde vem.

MEFISTÓFELES

Se ludibriados vos julgais com o prólogo,
Eis o homem cá; interrogai o astrólogo!
De ciclos e épocas desvenda o véu.[23]
Dize, pois, como estão as coisas lá no céu?   4.950

---

[22] Entre as prerrogativas do Imperador constava a posse de metais preciosos e tesouros situados abaixo da profundidade alcançada pelo arado. Também essa determinação fora fixada pela Bula de Ouro, que Goethe conheceu na edição comentada (1766) de Olenschlager.

[23] A divisão astrológica do globo celeste em "círculos" concêntricos (*Kreise*, traduzido aqui por "ciclos") atribuía ao Sol e a cada um dos seis antigos planetas mencionados na sequência a "casa" (*Haus*) sob sua regência; além disso estabelecia a influência dos astros sobre cada "hora" (*Stund'*) do dia. Do exame da constelação planetária, os astrólogos buscavam estabelecer o momento adequado para a execução de um "projeto" (como o que Mefistófeles tem em mente: a criação do papel-moeda).

GEMURMEL

    Zwei Schelme sind's — Verstehn sich schon —
    Narr und Phantast — So nah dem Thron —
    Ein mattgesungen — Alt Gedicht —
    Der Tor bläst ein — Der Weise spricht —

ASTROLOG *(spricht, Mephistopheles bläst ein)*

    Die Sonne selbst, sie ist ein lautres Gold,
    Merkur, der Bote, dient um Gunst und Sold,
    Frau Venus hat's euch allen angetan,
    So früh als spat blickt sie euch lieblich an;
    Die keusche Luna launet grillenhaft;
    Mars, trifft er nicht, so dräut euch seine Kraft.   4.960
    Und Jupiter bleibt doch der schönste Schein,
    Saturn ist groß, dem Auge fern und klein.
    Ihn als Metall verehren wir nicht sehr,
    An Wert gering, doch im Gewichte schwer.
    Ja! wenn zu Sol sich Luna fein gesellt,
    Zum Silber Gold, dann ist es heitre Welt;
    Das übrige ist alles zu erlangen:
    Paläste, Gärten, Brüstlein, rote Wangen,

MURMÚRIOS

> Malandros são — os dois à vista
> Se dão — o bobo e o fantasista
> É um poema insosso — a gente o sabe
> O bobo é o ponto — fala o sábio —

O ASTRÓLOGO *(fala, Mefistófeles vai soprando)*[24]

> O próprio Sol é de ouro verdadeiro;[25]
> Mercúrio é dele servo interesseiro,
> A dama Vênus é quem vos seduz:
> A vosso olhar cedo e tarde reluz.
> Caprichos são da casta Luna a arte;
> Guerreia e ameaça o belicoso Marte.　　　　4.960
> Júpiter é o astro máximo noturno,
> Minúsculo arde ao longe o grã Saturno.
> Como metal, não é muito apreciado;
> Valor não tem, mas no peso é pesado.
> Mas quando ao Sol se junta a argêntea Luna,[26]
> Prata com ouro, o mundo é de fortuna!
> Conseguem-se sem mais os outros fins:
> Palácios, faces róseas, mãos, jardins.[27]

---

[24] Com esta indicação cênica, Goethe incorpora à própria ação do drama o antigo recurso teatral do "ponto" (ou *Souffleur*) que, invisível e inaudível ao público, "assopra" ao ator ou atriz o texto não decorado.

[25] A pretensa ciência da astrologia, envolta então numa aura de profunda sabedoria, era de difícil compreensão aos leigos. O que o astrólogo, manipulado por Mefistófeles, diz nesta estrofe soa de maneira hermética e misteriosa, mas se baseia nos dados mais elementares da doutrina cosmológico-alquímica da correspondência entre astros e metais: Sol/ouro; Mercúrio/mercúrio (ou azougue, na designação vulgar); Vênus/cobre; Lua/prata; Marte/ferro; Júpiter/estanho; Saturno/chumbo. Todo esse mistifório astrológico conflui então, em consonância com o plano mefistofélico da invenção do papel-moeda, para o tema da riqueza: "Prata com ouro, o mundo é de fortuna!".

[26] A edição do *Fausto* organizada por Albrecht Schöne traz neste verso, no lugar de *Luna*, o planeta "Júpiter". A divergência baseia-se numa correção feita por Goethe em um de seus manuscritos e apoia-se no fato de que também Júpiter era por vezes associado à prata.

[27] No original, o astrólogo fala também em "peitinhos" (*Brüstlein*), ao passo que a tradutora optou, em razão da métrica, por "mãos", enfraquecendo-se assim a associação entre riqueza e erotismo — ou o ouro

Das alles schafft der hochgelahrte Mann,
Der das vermag, was unser keiner kann. 4.970

KAISER

Ich höre doppelt, was er spricht,
Und dennoch überzeugt's mich nicht.

GEMURMEL

Was soll uns das? — Gedroschner Spaß —
Kalenderei — Chymisterei —
Das hört' ich oft — Und falsch gehofft —
Und kommt er auch — So ist's ein Gauch —

MEPHISTOPHELES

Da stehen sie umher und staunen,
Vertrauen nicht dem hohen Fund,
Der eine faselt von Alraunen,
Der andre von dem schwarzen Hund. 4.980
Was soll es, daß der eine witzelt,
Ein andrer Zauberei verklagt,
Wenn ihm doch auch einmal die Sohle kitzelt,
Wenn ihm der sichre Schritt versagt.

O homem doutíssimo com tal te acode,
Consegue o que de nós ninguém mais pode.²⁸ 4.970

IMPERADOR

A fala soa em dobro para mim,
Mas não me convence, ainda assim.

MURMÚRIOS

É burla grossa — mera troça —
Almanacalha — Alquimicalha —
Já ouvi tal — saiu-me mal —
Vem com farfalho — é um paspalho —²⁹

MEFISTÓFELES

A turba aí pasma e se admira.
Não têm fé na áurea descoberta,
Sobre a mandrágora um delira,
Sobre o cão negro,³⁰ outro disserta. 4.980
Que adianta um deles fazer troça
E se outro a mágica achincalha,
Se a ele também um dia a sola coça³¹
E a tropeçar o pé lhe falha?

---

e o sexo, tão central no discurso de Mefistófeles (e elevado ao paroxismo no sermão de Satã concebido por Goethe no contexto da cena "Noite de Valpúrgis"; ver o apêndice ao volume *Fausto I*).

[28] Mefistófeles leva o astrólogo a anunciar a iminente entrada em cena de Fausto, o "homem doutíssimo" (*der hochgelahrte Mann*) que "consegue o que de nós ninguém mais pode", isto é, produzir ouro e riqueza.

[29] Os murmúrios da multidão desconfiada com toda a "almanacalha" e "alquimicalha" salmodiada pelo astrólogo dizem, literalmente, no fecho desta estrofe: "E se também ele vier — então é ele um paspalho", isto é, trata-se igualmente de um bufão.

[30] Alusão à crença popular de que a mandrágora (*Alraune*), planta dotada de poderes mágicos (e que conferia especial habilidade para se encontrarem tesouros), devia ser extraída do solo com a ajuda de um cão negro.

[31] No início de século XIX entrou novamente em moda a crença, ligada à rabdomancia, de que pessoas especialmente sensíveis acusavam a existência, sob o solo, de metais preciosos, lençóis freáticos, depósitos de carvão etc. mediante determinadas sensações corpóreas, como coceira na sola dos pés.

Ihr alle fühlt geheimes Wirken
Der ewig waltenden Natur,
Und aus den untersten Bezirken
Schmiegt sich herauf lebend'ge Spur.
Wenn es in allen Gliedern zwackt,
Wenn es unheimlich wird am Platz, 4.990
Nur gleich entschlossen grabt und hackt,
Da liegt der Spielmann, liegt der Schatz!

GEMURMEL

Mir liegt's im Fuß wie Bleigewicht —
Mir krampft's im Arme — Das ist Gicht —
Mir krabbelt's an der großen Zeh' —
Mir tut der ganze Rücken weh —
Nach solchen Zeichen wäre hier
Das allerreichste Schatzrevier.

KAISER

Nur eilig! du entschlüpfst nicht wieder,
Erprobe deine Lügenschäume 5.000
Und zeig uns gleich die edlen Räume.
Ich lege Schwert und Zepter nieder
Und will mit eignen hohen Händen,
Wenn du nicht lügst, das Werk vollenden,
Dich, wenn du lügst, zur Hölle senden!

MEPHISTOPHELES

Den Weg dahin wüßt' allenfalls zu finden —
Doch kann ich nicht genug verkünden,

Todos sentis reações oriundas
Da eterna natureza ativa,
E das paragens mais profundas,
Se amolda ao alto força viva.
Quando algo a pele vos belisca
E tropeçais no logradouro, 4.990
Cavai tão já no ponto, à risca,
Lá o menestrel jaz, lá o tesouro![32]

MURMÚRIOS

Pesa-me como chumbo o pé —
Cãibra em meu braço — artrite é —
Coceira o meu artelho rói —
O corpo todo é o que me dói —
Seria, sendo isto o prescrito,
Aqui riquíssimo o distrito.

IMPERADOR

Avante! nada de ir-se a retro!
Comprova embustes cheios de fumo, 5.000
Dos porões de ouro mostra o rumo!
Deponho eu mesmo espada e cetro,
E com as próprias mãos na obra hei de tomar parte,
Concluir, se tu não mentes, a arte,
Se mentes, para o inferno enviar-te!

MEFISTÓFELES

Bem, o caminho ainda acho para lá —[33]
Mas demais nunca aqui se clamará,

---

[32] Nova alusão de Mefistófeles ao vasto arsenal das superstições populares, desta vez à expressão que diz jazer um "menestrel" (*Spielmann*) onde alguém tropeça — e também, complementa ele, um tesouro enterrado.

[33] No original, a ironia de Mefistófeles deixa mais explícita a sua ligação com o elemento infernal: "De todo modo saberia encontrar o caminho para lá".

Erster Akt — Kaiserliche Pfalz

Was überall besitzlos harrend liegt.
Der Bauer, der die Furche pflügt,
Hebt einen Goldtopf mit der Scholle,
Salpeter hofft er von der Leimenwand
Und findet golden-goldne Rolle
Erschreckt, erfreut in kümmerlicher Hand.
Was für Gewölbe sind zu sprengen,
In welchen Klüften, welchen Gängen
Muß sich der Schatzbewußte drängen,
Zur Nachbarschaft der Unterwelt!
In weiten, altverwahrten Kellern
Von goldnen Humpen, Schüsseln, Tellern
Sieht er sich Reihen aufgestellt;
Pokale stehen aus Rubinen,
Und will er deren sich bedienen,
Daneben liegt uraltes Naß.
Doch — werdet ihr dem Kundigen glauben —
Verfault ist längst das Holz der Dauben,
Der Weinstein schuf dem Wein ein Faß.
Essenzen solcher edlen Weine,
Gold und Juwelen nicht alleine
Umhüllen sich mit Nacht und Graus.
Der Weise forscht hier unverdrossen;
Am Tag erkennen, das sind Possen,
Im Finstern sind Mysterien zu Haus.

Tudo o que jaz embaixo abandonado.
O aldeão, sulcando o solo com o arado,
Um vaso de ouro ergue do chão;   5.010
Buscando nitre em paredão de barro,
Com rolo de ouro dá o esbarro,
A que se agarra a descarnada mão.
Quanta arrombada o explorador perpetra,
Em quanta racha e fisga tetra
À cata do ouro não penetra,
Próximo ao reino já de Pluto![34]
Salvas, gomis, ouro aos montões,
Vês em vastíssimos porões,
Riquezas tais! não as computo.   5.020
Taças e copas de rubis,
Com que à vontade lá bulis,
Vinho serôdio[35] ao lado dorme;
Diz-se, até, que das pipas e odres,
Sumiram couro e aduelas podres,
Do vinho é o próprio sarro o casco informe!
Não só gemas e ouro descobres,
Essências de licores nobres
Em treva envolvem-se e em pavor.
Quem anda e à luz do sol pesquisa,   5.030
Em meras ninharias pisa,
Mistérios vivem no negror.

---

[34] Literalmente, no original: "Na vizinhança do mundo subterrâneo". Em seu elogio das riquezas ocultas sob o solo (ou em "paredão de barro", de onde o camponês extrai salitre para a ração do gado), Mefistófeles fala da incursão do explorador de tesouros — arrombando câmaras (*Gewölbe*), penetrando em escuras (ou tetras) fendas e passagens (*in welchen Klüften, welchen Gängen*): na tradução, em "racha e fisga tetra" — até às proximidades do "mundo subterrâneo" (*Unterwelt*), isto é, o reino dos mortos. A opção da tradutora por "Pluto" justifica-se plenamente pelo fato de tratar-se, na mitologia grega, do deus das riquezas subterrâneas (sob cuja fantasia Fausto aparecerá na subsequente cena carnavalesca) e estar associado também ao Hades (no *Inferno* de Dante, Pluto é o nome do guardião do quarto círculo: "*quivi trovammo Pluto, il gran nemico*").

[35] No original, Mefistófeles refere-se apenas ao "antiquíssimo líquido" (*uraltes Nass*) que jaz nas trevas subterrâneas ao lado das "taças e copas de rubis", mas fica subentendido que se trata do vinho.

KAISER

> Die lass' ich dir! Was will das Düstre frommen?
> Hat etwas Wert, es muß zu Tage kommen.
> Wer kennt den Schelm in tiefer Nacht genau?
> Schwarz sind die Kühe, so die Katzen grau.
> Die Töpfe drunten, voll von Goldgewicht —
> Zieh deinen Pflug und ackre sie ans Licht.

MEPHISTOPHELES

> Nimm Hack' und Spaten, grabe selber,
> Die Bauernarbeit macht dich groß,   5.040
> Und eine Herde goldner Kälber,
> Sie reißen sich vom Boden los.
> Dann ohne Zaudern, mit Entzücken
> Kannst du dich selbst, wirst die Geliebte schmücken;
> Ein leuchtend Farb- und Glanzgestein erhöht
> Die Schönheit wie die Majestät.

KAISER

> Nur gleich, nur gleich! Wie lange soll es währen!

ASTROLOG *(wie oben)*

> Herr, mäßige solch dringendes Begehren,

IMPERADOR

    Deixo-os contigo! A treva a que faz jus?
    O que valor tem, surja logo à luz.
    No escuro a vista o malfeitor destaca?
    É pardo todo gato, é preta a vaca.
    Pega no arado, e da profunda base,
    As jarras de ouro à luz do dia traze.

MEFISTÓFELES

    Cava tu! pega em pá e enxada![36]
    Do aldeão a faina te engrandece,   5.040
    E dos bezerros de ouro[37] uma manada
    Ao teu olhar do solo cresce.
    Com o rico espólio te deleitas:
    A ti e a tua amada enfeitas;
    Fúlgidas gemas a beldade
    Realçam, como a Majestade.

IMPERADOR

    Mas já! tão já! que tempo ainda há de espera?

O ASTRÓLOGO *(como anteriormente)*[38]

    Senhor, tão intensivo afã modera.

---

[36] Mefistófeles não tem propriamente a intenção de trazer à luz os tesouros subterrâneos que deverão dar lastro ao seu plano econômico. Ele apenas retorna à presumível disposição do Imperador em depor "espada e cetro" e participar das escavações "com as próprias mãos"; ao mesmo tempo, repete a alusão jocosa, feita na cena "A cozinha da bruxa", no *Fausto I*, ao "sistema natural" de rejuvenescimento do Dr. Hufeland (ver nota ao v. 2.349).

[37] Lançando uma provocação ao Chanceler, Mefistófeles alude ao "bezerro de ouro" em torno do qual o povo de Israel se congrega para uma dança de adoração, o que leva Moisés a quebrar as tábuas da Lei (*Êxodo*: 32).

[38] Esta rubrica cênica indica que Mefistófeles continua "assoprando" ao Astrólogo as palavras que convêm às suas intenções (agora no sentido, uma vez que necessita ganhar tempo, de moderação e refreamento da ansiedade despertada pelo esboço do plano econômico).

Laß erst vorbei das bunte Freudenspiel;
Zerstreutes Wesen führt uns nicht zum Ziel.
Erst müssen wir in Fassung uns versühnen,
Das Untre durch das Obere verdienen.
Wer Gutes will, der sei erst gut;
Wer Freude will, besänftige sein Blut;
Wer Wein verlangt, der keltre reife Trauben;
Wer Wunder hofft, der stärke seinen Glauben.

KAISER

So sei die Zeit in Fröhlichkeit vertan!
Und ganz erwünscht kommt Aschermittwoch an.
Indessen feiern wir, auf jeden Fall,
Nur lustiger das wilde Karneval.

(Trompeten. Exeunt)

MEPHISTOPHELES

Wie sich Verdienst und Glück verketten,
Das fällt den Toren niemals ein;
Wenn sie den Stein der Weisen hätten,
Der Weise mangelte dem Stein.

Primeiro finde o entrudo³⁹ alegre, e a salvo
Das distrações, hás de atingir teu alvo.   5.050
Na calma e contrição o ser se banhe,
Pelo alto, o que no fundo está, se ganhe;
Quem quer o bom, no bom rumo ande;
Quem alegria, que seu sangue abrande;
Se vinho, uvas maduras pise ao pé;
Se algum milagre, fortaleça a fé.

IMPERADOR

Folguemos, pois! não vamos ser ranzinzas.
Mas mais me valha a quarta-feira, enfim, de cinzas!
Que até lá se celebre com carnal
Folia e brilho, o louco carnaval!   5.060

*(Trompetas. Exeunt)*⁴⁰

MEFISTÓFELES

Que o mérito e a fortuna se entretecem,
Em tontos desses é ideia que não medra;
E se a pedra filosofal tivessem,
Ainda o filósofo faltava à pedra.⁴¹

---

[39] Como se verá na sequência, Mefisto precisa do iminente folguedo carnavalesco para executar seu plano.

[40] Rubrica cênica em latim ("eles saem"), empregada por Goethe (assim como "solus", "ad spectatores", "finis") como imitação de peças medievais e também shakespearianas. A expressão latina, associada ao toque de clarins, parece reforçar a contradição irônica entre a pomposa cerimônia da Corte e a decadência social, política e econômica do reino.

[41] Alusão ao *lapis philosophorum* (ver nota ao v. 1.041, na cena "Diante da porta da cidade", *Fausto I*), a almejada receita alquímica para a conquista de saúde e longevidade e também para a produção de ouro. Nestes dois versos construídos em forma de quiasmo e dirigidos ao público, Mefistófeles zomba da estultícia do Imperador e dos conselheiros: mesmo se possuíssem a "pedra filosofal" (a "pedra dos sábios", em alemão), a pedra careceria do "filósofo" (ou seja, dos "sábios").

Weitläufiger Saal mit Nebengemächern

Sala vasta com aposentos contíguos

Aguardada ansiosamente pelo Imperador, abre-se aqui na voz do arauto a "mascarada" carnavalesca (*Mummenschanz*) que se desdobra, ao longo de 922 versos (aos quais devem se somar passagens a serem improvisadas), pelo vasto palco de uma corte que, sob o pano de fundo de corrupção desenfreada, insolvência financeira e crescente insatisfação popular, encena a proverbial "dança sobre o vulcão". Perfazendo quase um oitavo de todo o *Fausto II*, é esta a sua segunda cena mais longa, atrás apenas da "Noite de Valpúrgis clássica", que com seus 1.483 versos se estende por várias regiões da antiga Grécia.

Entre as fontes utilizadas na elaboração desta cena destaca-se uma obra que Goethe retirou da Biblioteca de Weimar em 11 de agosto de 1827: *Tutti i Trionfi, carri, mascherate o Canti carnascialeschi andati per Firenze dal tempo del Magnifico Lorenzo de' Medici fino all' anno 1559*, publicada por Antonio Francesco Grazzini em 1750. Nesse mesmo dia o poeta fez a seguinte anotação em seu diário: "*Canti carnascialeschi* novamente sob os olhos depois de muito tempo. Magnífico monumento da época florentina sob Lourenço Medici".

Uma vez que essa mascarada alemã no grande salão da corte imperial configura-se em grande parte, segundo a intenção do poeta, como imitação do carnaval florentino, muitas de suas personagens foram tomadas à obra de Grazzini: jardineiras e jardineiros, mãe e filha, pescadores e passarinheiros, lenhadores e parasitas, o bêbado e mesmo as figuras mitológicas.

Já para a entrada em cena do elefante, guiado pela alegoria da "sagacidade" (a "mulher mimosa" sobre a sua nuca), e da "rica carruagem", conduzida pelo "mancebo-guia", a filologia goethiana aponta outras fontes de inspiração, entre as quais uma sequência de nove imagens pintadas por Andrea Mantegna em 1490 sob o título *O triunfo de Júlio César* (Goethe possuía reproduções desse ciclo em xilogravura) e o *Cortejo triunfal do Imperador Maximiliano*, de Albrecht Dürer.

A essas influências oriundas da literatura e das artes plásticas somam-se ainda as experiências pessoais do poeta com as festas que por longo tempo ajudou a organizar na corte ducal de Weimar (já em fevereiro de 1781, o *maître de plaisir* Goethe escrevia a Lavater: "Com mascaradas e outras invenções brilhantes se entorpecem com frequência carências próprias e alheias"), assim como as suas vivências nas ruas de Roma em fevereiro de 1787 e 1788, descritas plasticamente no texto "O carnaval romano".

Após o cortejo festivo dos grupos e personagens individuais que constituem a primeira etapa desta longa cena (vv. 5.065-5.456), surge Mefistófeles e, em seguida, Fausto, também devidamente fantasiado e conduzido, no alto da carruagem, pela figura alegórica do "mancebo-guia". Logo entra em ação a magia mefistofélica, dando um toque algo sinistro à atmosfera carnavalesca. Conotações eróticas, manifestas já com a aparição das "Jardineiras" que se oferecem junto com os seus produtos, adensam-se nessa segunda etapa da mascarada (vv. 5.457-5.800) e se entrelaçam com o motivo da riqueza, alegorizada por Pluto-Fausto.

Nesse contexto, Mefistófeles começa então, sob a fantasia do "avarento", a moldar um falo com o ouro dúctil ("Já que é metal que se transforma em tudo"), sugerindo assim, "pela pantomima", os interesses que movem cortesãos e cortesãs, explicitados de maneira tão direta quanto drástica no sermão de Satã sobre o sexo e o ouro (ver o apêndice ao volume *Fausto I*). Abrindo por fim a terceira fase da mascarada carnavalesca, que irá terminar em chamas, entra em cena o Imperador, sob a fantasia do "grande Pã", acompanhado de todo o seu séquito.

Uma acurada interpretação marxista desta cena no grande salão do Palatinado Imperial é empreendida por Heinz Schlaffer em seu livro *Faust Zweiter Teil — Die Allegorie des 19. Jahrhunderts* [*A segunda parte do Fausto: a alegoria do século XIX*] (Stuttgart, 1981). Momento-chave na exegese de Schlaffer localiza-se no verso com que o arauto, aflito diante da multidão tresloucada que avança sobre as ilusórias riquezas distribuídas pelo mancebo-guia, solicita a ajuda do "mágico" (Fausto), chamando-o "Pluto embuçado, herói mascarado". Assim se delineia, no estudo de Schlaffer, uma ponte com a análise da moderna sociedade capitalista desenvolvida por Karl Marx no *Capital*, em que as "máscaras de caráter" (*Charaktermasken*) das pessoas seriam apenas "personificações de relações econômicas". O elemento que possibilita a Schlaffer tal aproximação é a forma literária da "alegoria", cujas estruturas significativas corresponderiam, na perspectiva do velho Goethe, às "determinações essenciais da moderna sociedade burguesa": suspensão do concreto-sensual, dissolução de contextos e fenômenos naturais, criação de um mundo artificial, conversão de objetos em meros atributos, incongruência entre forma aparente e significado, enfraquecimento da individualidade, primazia de abstrações.

    Schlaffer desenvolve a sua abordagem marxista prioritariamente à luz da mascarada carnavalesca; mas vislumbrando nessa cena, *in nuce*, os "principais temas" da tragédia goethiana, empenha-se em expandir suas conclusões para o conjunto da obra: "Se Marx ilustra a relação entre economia e sujeito com expressões e imagens alegóricas, e se as alegorias de Goethe tematizam por seu turno as condições econômicas dos papéis cênicos (*Rollenspiel*) — então o *Capital* e o *Fausto II* começam a comentar-se mutuamente". [M.V.M.]

(verziert und aufgeputzt zur Mummenschanz)

HEROLD

    Denkt nicht, ihr seid in deutschen Grenzen
    Von Teufels-, Narren- und Totentänzen;
    Ein heitres Fest erwartet euch.
    Der Herr, auf seinen Römerzügen,
    Hat, sich zu Nutz, euch zum Vergnügen,
    Die hohen Alpen überstiegen,   5.070
    Gewonnen sich ein heitres Reich.
    Der Kaiser, er, an heiligen Sohlen
    Erbat sich erst das Recht zur Macht,
    Und als er ging, die Krone sich zu holen,
    Hat er uns auch die Kappe mitgebracht.
    Nun sind wir alle neugeboren;
    Ein jeder weltgewandte Mann
    Zieht sie behaglich über Kopf und Ohren;
    Sie ähnelt ihn verrückten Toren,
    Er ist darunter weise, wie er kann.   5.080
    Ich sehe schon, wie sie sich scharen,
    Sich schwankend sondern, traulich paaren;
    Zudringlich schließt sich Chor an Chor.
    Herein, hinaus, nur unverdrossen;
    Es bleibt doch endlich nach wie vor
    Mit ihren hunderttausend Possen
    Die Welt ein einzig großer Tor.

Primeiro ato — Sala vasta com aposentos contíguos

(decorada e ornamentada para a mascarada carnavalesca)

ARAUTO[1]

Em terras alemãs, não julgueis que abro
De loucos, demos, um balé macabro:
Em festa leda a grei se integre!
No rumo a Roma, como ao trono é imposto,
O imperador os Alpes tem transposto,
E pra seu bem e vosso gosto, 5.070
Lá conquistou um reino alegre.
Aos pés sagrados,[2] como sói,
De seu poder granjeou primeiro o jus,
E quando em busca da coroa foi,
Também nos trouxe ele o capuz.[3]
E renascemos da era velha;
Cada um que tem do mundo a bossa,
O ajusta sobre crânio e orelha;
A um bufão louco se assemelha,
Debaixo é sábio o quanto possa. 5.080
Vejo-os; saem, entram, andam, param.
Juntam-se em grupos, se separam,
Reduz-se o alegre flux, se expande;
Afora! adentro! às trapalhadas!
Fica no fim, como quer que ande,
Com suas cem mil palhaçadas,
O mundo um só palhaço grande.

---

[1] Desde a Idade Média a figura do "arauto" (*Herold*, no original) integrava a corte do Imperador e dos príncipes. O seu atributo principal, como mostra Goethe nesta cena, era o bastão, com o qual dirigia o andamento das festas e dos torneios.

[2] Alusão ao beijo nos pés do Papa, gesto que fazia parte da cerimônia de coroação do Imperador.

[3] Isto é, o capuz carnavalesco, as "máscaras" dos foliões, trazidas da Itália para as cortes alemãs nos séculos XVI e XVII.

GÄRTNERINNEN *(Gesang, begleitet von Mandolinen)*

Euren Beifall zu gewinnen,
Schmückten wir uns diese Nacht,
Junge Florentinerinnen 5.090
Folgten deutschen Hofes Pracht;

Tragen wir in braunen Locken
Mancher heitern Blume Zier;
Seidenfäden, Seidenflocken
Spielen ihre Rolle hier.

Denn wir halten es verdienstlich,
Lobenswürdig ganz und gar,
Unsere Blumen, glänzend künstlich,
Blühen fort das ganze Jahr.

Allerlei gefärbten Schnitzeln 5.100
Ward symmetrisch Recht getan;
Mögt ihr Stück für Stück bewitzeln,
Doch das Ganze zieht euch an.

Niedlich sind wir anzuschauen,
Gärtnerinnen und galant;
Denn das Naturell der Frauen
Ist so nah mit Kunst verwandt.

JARDINEIRAS *(canto acompanhado de bandolins)*

    Por nos aplaudirdes, vós,
    Nos ornamos com afã,
    Jovens Florentinas, nós,   5.090
    Na imperial Corte alemã.[4]

    Orna mais de uma flor leda
    Nossa cabeleira escura;
    Flocos, fios, laços de seda,
    Realçam a gentil figura.

    Jus fazemos a louvores,
    Nossas artes os merecem;
    Sendo artificiais, são flores
    Que em toda estação florescem.

    A variada simetria   5.100
    Do adereço nos enfeita;
    De alguma invenção se ria,
    Mas o todo vos deleita.

    Jardineiras de ar gentil
    Somos, e é galante o ofício;
    Sempre o gênio feminil
    Se aparenta com o artifício.

---

[4] As damas da corte que se apresentam aqui como "jardineiras" dão a entender que estão imitando as "jovens florentinas" em seus desfiles carnavalescos.

HEROLD

    Laßt die reichen Körbe sehen,
    Die ihr auf den Häupten traget,
    Die sich bunt am Arme blähen,   5.110
    Jeder wähle, was behaget.
    Eilig, daß in Laub und Gängen
    Sich ein Garten offenbare!
    Würdig sind sie zu umdrängen,
    Krämerinnen wie die Ware.

GÄRTNERINNEN

        Feilschet nun am heitern Orte,
        Doch kein Markten finde statt!
        Und mit sinnig kurzem Worte
        Wisse jeder, was er hat.

OLIVENZWEIG MIT FRÜCHTEN

        Keinen Blumenflor beneid' ich,   5.120
        Allen Widerstreit vermeid' ich;
        Mir ist's gegen die Natur:
        Bin ich doch das Mark der Lande
        Und, zum sichern Unterpfande,

ARAUTO

> Levais cestas na cabeça
> De ramagens, flores, folhas,
> Tudo o que vos favoreça; 5.110
> O que te agradar, escolhas.
> Entre a fronde abrindo alas,
> Súbito um jardim se cria;
> Vale a pena circundá-las,
> Quem vende, e a mercadoria.

JARDINEIRAS

> Regateai na leda base,
> Sem que venda haja, porém![5]
> Com clara e concisa frase
> Cada qual diga o que tem.

RAMO DE OLIVEIRAS COM FRUTAS

> Não me enciúma flor nenhuma, 5.120
> Não me meto em briga alguma;
> À minha índole despraz:
> Sou a medula dos países,[6]
> Garantindo a entes felizes,

---

[5] As jardineiras sugerem nesses versos que o "regatear" (*feilschen*) é lícito, mas recomendam que o assédio à mercadoria e às "vendedoras" não degenere em mero mercadejar.

[6] Provavelmente dos "países" (ou dos "estados") italianos, dada a importância dos frutos das oliveiras — sobretudo o azeite de oliva — na Itália.

ERSTER AKT — WEITLÄUFIGER SAAL

    Friedenszeichen jeder Flur.
    Heute, hoff' ich, soll mir's glücken,
    Würdig schönes Haupt zu schmücken.

ÄHRENKRANZ *(golden)*

    Ceres' Gaben, euch zu putzen,
    Werden hold und lieblich stehn:
    Das Erwünschteste dem Nutzen   5.130
    Sei als eure Zierde schön.

PHANTASIEKRANZ

    Bunte Blumen, Malven ähnlich,
    Aus dem Moos ein Wunderflor!
    Der Natur ist's nicht gewöhnlich,
    Doch die Mode bringt's hervor.

PHANTASIESTRAUSS

    Meinen Namen euch zu sagen,
    Würde Theophrast nicht wagen;
    Und doch hoff' ich, wo nicht allen,
    Aber mancher zu gefallen,
    Der ich mich wohl eignen möchte,   5.140

À campina e ao lar a paz.
A sorte a coroar me ajude
A beleza, hoje, e a virtude.

GRINALDA DE ESPIGAS DE TRIGO *(douradas)*

Para enfeite lindo e fútil,
Ceres[7] com seus dons vos brinda;
O que mais se almeja de útil,
Deixe cada qual mais linda!

5.130

GRINALDA-FANTASIA

De flor, ramo, musgo, o enleio
Tece uma coroa profusa;
Isso à natureza é alheio,
Mas a moda que o produza.

BUQUÊ-FANTASIA

A dar nome a esta folia,
Teofrasto[8] negar-se-ia.
Mas me dessem azo as belas
De agradar a alguma delas,
Ah! seria o meu anelo

5.140

---

[7] Ceres, divindade romana da fertilidade, deusa da lavoura e dos "cereais" (corresponde à deusa grega Deméter).

[8] Filósofo e naturalista grego (372-287 a.C. aproximadamente), discípulo de Aristóteles. O "buquê-fantasia" sugere que mesmo Teofrasto, autor de obras botânicas de fundamental importância na Antiguidade (*Historia plantarum*, *De causis plantarum*), não saberia nomear e classificar as flores artificiais oriundas da fantasia humana. Em um dos manuscritos de Goethe o nome de Teofrasto aparece substituído pelo de Humboldt, uma homenagem anacrônica ao grande naturalista contemporâneo Alexander von Humboldt (1769-1859), autor da monumental obra *Cosmos: esboço de uma descrição física do mundo*.

Wenn sie mich ins Haar verflöchte,
Wenn sie sich entschließen könnte,
Mir am Herzen Platz vergönnte.

ROSENKNOSPEN *(Ausforderung)*

Mögen bunte Phantasieen
Für des Tages Mode blühen,
Wunderseltsam sein gestaltet,
Wie Natur sich nie entfaltet;
Grüne Stiele, goldne Glocken,
Blickt hervor aus reichen Locken! —
Doch wir — halten uns versteckt: 5.150
Glücklich, wer uns frisch entdeckt.
Wenn der Sommer sich verkündet,
Rosenknospe sich entzündet,
Wer mag solches Glück entbehren?
Das Versprechen, das Gewähren,
Das beherrscht in Florens Reich
Blick und Sinn und Herz zugleich.

PRIMEIRO ATO — SALA VASTA COM APOSENTOS CONTÍGUOS

Trançar-me ela em seu cabelo,
Outorgar-me com afeição
Um lugar ao coração.[9]

BOTÕES DE ROSA *(desafio)*[10]

Pode rica fantasia
À moda agradar do dia;
Formas raras de cultura,
Que jamais cria a natura,
Sino de ouro, asa graciosa,
Que em anéis negros se entrosa! —
Mas de nós — ocultou-se a graça rubra. 5.150
Feliz mais, quem nos descubra.
Ao brotar o ar de verão,
Da rosa abre-se o botão.
Dita tal é o que se inveje!
No âmbito de Flora[11] rege
A promessa, a concessão,
Mente, olhar, e coração.

---

[9] Isto é, o buquê-fantasia exprime o desejo (ou o "anelo") de ser entrelaçado ao cabelo de uma das beldades presentes na mascarada ou preso na blusa, à altura do peito ou do "coração". Albrecht Schöne lembra que essas flores artificiais, muito em moda na Alemanha do final do século XVIII, também encontraram de certo modo "um lugar no coração" de Goethe, já que Christiane Vulpius, antes de tornar-se sua mulher, trabalhou como costureira na manufatura weimariana de Bertuch, que fabricava flores de renda, veludo e seda colorida.

[10] Divergências em manuscritos deixados por Goethe fazem as edições alemãs do *Fausto* (como as de Weimar, Hamburgo, Munique e a de Frankfurt, preparada por Schöne) apresentarem diferentes versões dessa disputa (ou "desafio", *Ausforderung*) entre flores artificiais e naturais. Nesta última edição o desafio, que vai do verso 5.144 ("Pode rica fantasia") ao 5.149 ("Que em anéis negros se entrosa!"), é atribuído ao buquê-fantasia, enquanto os versos subsequentes, pronunciados pelos botões de rosa (sendo que os versos 5.150 e 5.151, "Mas de nós — [...] quem nos descubra", foram acrescentados posteriormente por Goethe), são interpretados por Schöne como a réplica ao desafio das flores artificiais. Nos originais da tradução de Jenny Klabin Segall, que se baseia possivelmente na edição de Weimar, o "desafio" é também atribuído ao buquê-fantasia e estende-se até as palavras "Mas de nós —", sendo que o restante do verso já aparece pronunciado pelos botões de rosa, configurando-se assim, como prescreve a edição de Weimar, uma repentina mudança de fala.

[11] Deusa romana das flores — e de toda a natureza florescente. Em sua homenagem foram instituídos no ano de 238 a.C. os "jogos florais" (*ludi Florales*), uma ampla festa popular com conotações eróticas.

(Unter grünen Laubgängen putzen die Gärtnerinnen zierlich ihren Kram auf)

GÄRTNER *(Gesang, begleitet von Theorben)*

    Blumen sehet ruhig sprießen,
    Reizend euer Haupt umzieren;
    Früchte wollen nicht verführen,   5.160
    Kostend mag man sie genießen.

    Bieten bräunliche Gesichter
    Kirschen, Pfirschen, Königspflaumen,
    Kauft! denn gegen Zung' und Gaumen
    Hält sich Auge schlecht als Richter.

    Kommt, von allerreifsten Früchten
    Mit Geschmack und Lust zu speisen!
    Über Rosen läßt sich dichten,
    In die Äpfel muß man beißen.

    Sei's erlaubt, uns anzupaaren   5.170
    Eurem reichen Jugendflor,
    Und wir putzen reifer Waren
    Fülle nachbarlich empor.

    Unter lustigen Gewinden,
    In geschmückter Lauben Bucht,
    Alles ist zugleich zu finden:
    Knospe, Blätter, Blume, Frucht.

(Unter Wechselgesang, begleitet von Gitarren und
Theorben, fahren beide Chöre fort, ihre Waren stufenweis
in die Höhe zu schmücken und auszubieten)

(Mutter und Tochter)

PRIMEIRO ATO — SALA VASTA COM APOSENTOS CONTÍGUOS

(Em aleias frondosas, as jardineiras dispõem graciosamente sua mercadoria)

JARDINEIROS *(canto acompanhado de teorbas)*

    Vemos de formosas flores
    Vossas testas circundadas;
    Mas às frutas multicores,   5.160
    Vale o serem saboreadas.

    Pêssego, cereja, ameixa,
    Nossa mão rude oferece,
    Não tereis do gosto queixa,
    Comprai, pois, o que apetece.

    Das delícias saborosas
    A abundância não transborde!
    Versos dedicai às rosas,
    Nas maçãs a gente morde.

    Acedei a que ladeemos   5.170
    Vossa jovem formosura
    E da seara ornamentemos
    Madureza e gostosura.

    Sob a hera e o cipó,
    Transformando em fronde as grutas,
    Achareis, a um tempo só,
    Botão, folhas, flor e frutas.

(Entre cantos alternados, acompanhados de guitarras e teorbas, ambos os coros continuam armando as flores e frutas em montões decorativos e oferecendo-os à venda)

(Mãe e Filha)[12]

---

[12] Personagens também mencionadas na obra de Grazzini (*Tutti i Trionfi*) amplamente utilizada por Goethe na redação dessa cena. Em Grazzini fala-se de várias viúvas que levam suas filhas à exposição para encontrarem marido: *Canto di vedove, che menano le figliuole a mostra, per trovar loro marito.*

MUTTER

> Mädchen, als du kamst ans Licht,
> Schmückt' ich dich im Häubchen;
> Warst so lieblich von Gesicht 5.180
> Und so zart am Leibchen.
> Dachte dich sogleich als Braut,
> Gleich dem Reichsten angetraut,
> Dachte dich als Weibchen.
>
> Ach! Nun ist schon manches Jahr
> Ungenützt verflogen,
> Der Sponsierer bunte Schar
> Schnell vorbeigezogen;
> Tanztest mit dem einen flink,
> Gabst dem andern feinen Wink 5.190
> Mit dem Ellenbogen.
>
> Welches Fest man auch ersann,
> Ward umsonst begangen,
> Pfänderspiel und dritter Mann
> Wollten nicht verfangen;
> Heute sind die Narren los,
> Liebchen, öffne deinen Schoß,
> Bleibt wohl einer hangen.

(Gespielinnen, jung und schön, gesellen sich hinzu, ein vertrauliches Geplauder wird laut. Fischer und Vogelsteller mit Netzen, Angeln und Leimruten, auch sonstigem Geräte treten auf, mischen sich unter die schönen Kinder. Wechselseitige Versuche, zu gewinnen, zu fangen, zu entgehen und festzuhalten, geben zu den angenehmsten Dialogen Gelegenheit)

PRIMEIRO ATO — SALA VASTA COM APOSENTOS CONTÍGUOS

MÃE

    Quando vieste à luz, menina,
    Enfeitei-te com a touquinha;
    Tão rosada eras, tão fina,   5.180
    Tua figura uma gracinha.
    Noiva já te imaginava
    Que o mais rico desposava,
    Já te via mulherzinha.

    Tantos anos subsequentes
    Ah, passaram já em vão!
    Rápido, dos pretendentes,
    Esvoaçou-se a multidão.
    A dançar com pé ligeiro,
    A piscar olhar faceiro,   5.190
    A acenar a outro parceiro,

    Danças, músicas, merendas,
    Tudo foi em vão tentado,
    Busca-pés, jogos de prendas,
    Nada deu um resultado.
    Hoje às soltas vês palhaços,
    Abre, filha, o seio, os braços,
    Um, talvez, fique agarrado.

(Companheiras de folguedos, jovens e bonitas, acercam-se, surge um burburinho de conversas confidenciais. Pescadores e passarinheiros com redes, anzóis, varas viscosas e outros utensílios misturam-se entre as jovens beldades. Tentativas mútuas de namoros, pega-pegas e abraços dão azo a diálogos vivos e alegres)[13]

---

[13] Entre os rascunhos deixados por Goethe (*Paralipomenon* 108b) encontram-se versos que deveriam ser pronunciados pelos "pescadores". Originalmente, portanto, o poeta pretendia integrar ao texto a fala versificada das personagens aqui indicadas, mas sob pressão do prazo para a entrega do manuscrito dessa cena (publicada em 1828) renunciou à intenção original e supriu a lacuna com essa passagem narrativa, que abre espaço para eventual improvisação dos atores.

HOLZHAUER *(treten ein, ungestüm und ungeschlacht)*

    Nur Platz! nur Blöße!
    Wir brauchen Räume,   5.200
    Wir fällen Bäume,
    Die krachen, schlagen;
    Und wenn wir tragen,
    Da gibt es Stöße.
    Zu unserm Lobe
    Bringt dies ins reine;
    Denn wirkten Grobe
    Nicht auch im Lande,
    Wie kämen Feine
    Für sich zustande,   5.210
    So sehr sie witzten?
    Des seid belehret!
    Denn ihr erfröret,
    Wenn wir nicht schwitzten.

PULCINELLE *(täppisch, fast läppisch)*

    Ihr seid die Toren,
    Gebückt geboren.
    Wir sind die Klugen,
    Die nie was trugen;
    Denn unsre Kappen,
    Jacken und Lappen   5.220
    Sind leicht zu tragen;
    Und mit Behagen
    Wir immer müßig,
    Pantoffelfüßig,
    Durch Markt und Haufen

LENHADORES *(entram arremessados e brutos)*

    Espaço, lugar!
    Somos toscos, broncos,   5.200
    Rachamos os troncos,
    Que ao chão caem a atroar;
    Por matas, barrancos,
    Levamos aos trancos,
    Lenha e achas em montes;
    Ao rir ponde xeque,
    Sem nós, brutamontes,
    A suar no trabalho,
    Os finos, como é que
    Quebravam o galho,   5.210
    Por mais que brilhassem?
    Ficai avisados,
    Morríeis gelados
    Se os brutos não suassem.

PULCINELLE *(acanhados, quase bobos)*[14]

    Sois os cafajestes,
    Curvados nascestes;
    Espertos nós somos,
    De tempo dispomos:
    Pois capas e boinas
    São trapos de estroinas   5.220
    Que não pesam nada;
    Correr nos agrada,
    Chinelo no pé,
    Na folga e ao laré,
    Ruidosos, espertos,

---

[14] Forma plural da palavra italiana *Pulcinella* ("pintinho" ou "frango"), personagem da *Commedia dell' Arte* com voz esganiçada e que anda aos pulos, muito comum também no carnaval italiano ("polichinelo", em português). Em fevereiro de 1830, Goethe escrevia a seu amigo Soret: "O Polichinelo é normalmente a gazeta de notícias de tudo o que se passou em Nápoles ao longo do dia".

Einherzulaufen,
Gaffend zu stehen,
Uns anzukrähen;
Auf solche Klänge
Durch Drang und Menge 5.230
Aalgleich zu schlüpfen,
Gesamt zu hüpfen,
Vereint zu toben.
Ihr mögt uns loben,
Ihr mögt uns schelten,
Wir lassen's gelten.

PARASITEN *(schmeichelnd-lüstern)*

Ihr wackern Träger
Und eure Schwäger,
Die Kohlenbrenner,
Sind unsre Männer. 5.240
Denn alles Bücken,
Bejahndes Nicken,
Gewundne Phrasen,

Primeiro ato — Sala vasta com aposentos contíguos

> Pasmar boquiabertos,
> Grasnar que nem gralha,
> Por feira e gentalha,
> Em meio ao barulho,
> Entre o aperto e o entulho, 5.230
> Entre a mó nos coando,
> Pularmos em bando,
> Conforme nos praz.
> Podeis elogiar-nos,
> Podeis censurar-nos,
> Pra nós tanto faz.

PARASITAS *(em tons de bajulação e de cobiça)*[15]

> Valentes lenheiros,
> E os vossos parceiros,
> Poeirentos carvoeiros,
> Eh, sois homens nossos! 5.240
> Fazer reverências,
> Fingir aquiescências,
> Com frase tortuosa

---

[15] Personagens da comédia antiga (como em Plauto e Terêncio) que ingressaram na *Commedia dell'Arte* e também encontraram menção na obra de Grazzini (*parassiti*): pessoas que se autoconvidam à mesa dos ricos e são toleradas porque os adulam e prestam-lhes pequenos serviços.

Das Doppelblasen,
Das wärmt und kühlet,
Wie's einer fühlet,
Was könnt' es frommen?
Es möchte Feuer
Selbst ungeheuer
Vom Himmel kommen, 5.250
Gäb' es nicht Scheite
Und Kohlentrachten,
Die Herdesbreite
Zur Glut entfachten.
Da brät's und prudelt's,
Da kocht's und strudelt's.
Der wahre Schmecker,
Der Tellerlecker,
Er riecht den Braten,
Er ahnet Fische; 5.260
Das regt zu Taten
An Gönners Tische.

TRUNKNER *(unbewußt)*

Sei mir heute nichts zuwider!
Fühle mich so frank und frei;
Frische Lust und heitre Lieder,
Holt' ich selbst sie doch herbei.
Und so trink' ich! Trinke, trinke!
Stoßet an, ihr! Tinke, Tinke!
Du dorthinten, komm heran!
Stoßet an, so ist's getan. 5.270

Soprando na prosa
O frio e o calor
Do agrado que for,[16]
Valeria a momice.
Inda que do céu
Um monstruoso véu
De fogo caísse,
Não fosse o montão
De lenha, carvão,
Que em forno da casa,
Fomentam a brasa?
Lá se assa e se frita,
Borbulha e crepita!
O lambe-manjares,
O papa-jantares,
O cheiro calcula,
Do assado é já dono;
Na gula bajula
À mesa o patrono.

BÊBADO *(inconsciente)*[17]

Nada um desprazer me imponha!
Livre estou, gozando a esmo;
Ar fresco e canção risonha
Ando os inventando eu mesmo.
Bebo, bebo, os copos trinco!
Toque os copos, tlim-tilinco!
Lá detrás, tu, vem pra cá!
Toque os copos, feito está.

---

[16] Típico comportamento dos bajuladores e oportunistas: a mesma boca "soprando na prosa o frio e o calor", isto é, falando conforme a conveniência. Essa expressão do "sopro duplo" (*Doppelblasen*) surge na língua alemã no século XVI a partir da fábula de Esopo sobre "o homem e o sátiro".

[17] O adjetivo "inconsciente" (*unbewusst*) é empregado aqui, evidentemente, como sinônimo de "atordoado", com os sentidos embotados pela bebida.

Schrie mein Weibchen doch entrüstet,
Rümpfte diesem bunten Rock,
Und, wie sehr ich mich gebrüstet,
Schalt mich einen Maskenstock.
Doch ich trinke! Trinke, trinke!
Angeklungen! Tinke, Tinke!
Maskenstöcke, stoßet an!
Wenn es klingt, so ist's getan.

Saget nicht, daß ich verirrt bin,
Bin ich doch, wo mir's behagt.   5.280
Borgt der Wirt nicht, borgt die Wirtin,
Und am Ende borgt die Magd.

Minha mulher gritou, brava,
De meu traje ela caçoou;
Enquanto eu me empertigava,
De palhaço me xingou.[18]
Mas eu bebo, bebo e brinco,
Todos brindo, tlim-tilinco!
Eh, saúde, tra-lá-lá!
Ao tinir, já feito está.

Pois dizei se é vida boa!
Se não fia o impertinente
Do patrão, fia a patroa,
E no fim, fia a servente.

5.280

---

[18] No lugar de "palhaço", o original diz *Maskenstock*: espécie de cabide para se pendurarem as máscaras carnavalescas.

Immer trink' ich! Trinke, trinke!
Auf, ihr andern! Tinke, Tinke!
Jeder jedem! so fortan!
Dünkt mich's doch, es sei getan.

Wie und wo ich mich vergnüge,
Mag es immerhin geschehn;
Laßt mich liegen, wo ich liege,
Denn ich mag nicht länger stehn.

CHOR

Jeder Bruder trinke, trinke!
Toastet frisch ein Tinke, Tinke!
Sitzet fest auf Bank und Span!
Unterm Tisch dem ist's getan.

(Der Herold kündigt verschiedene Poeten an, Naturdichter, Hof und Rittersänger, zärtliche sowie Enthusiasten. Im Gedräng von Mitwerbern aller Art läßt keiner den andern zum Vortrag kommen. Einer schleicht mit wenigen Worten vorüber)

SATIRIKER

Wißt ihr, was mich Poeten
Erst recht erfreuen sollte?
Dürft' ich singen und reden,
Was niemand hören wollte.

Fia, e bebo que nem cinco,
Bebo a todos! tlim-tilinco!
Cada um a outro! adiante vá!
Ao que vejo, feito está.

Onde há riso e diversão,
Valha a farra do momento;
Deixai-me caído ao chão,
Pois em pé já não me aguento.　　　　　5.290

CORO

Cada um beba com afinco!
Todos bebam, tlim-tilinco!
Sentai firmes! quem jaz lá,
Sob a mesa, fora está!

(O Arauto introduz vários tipos de poetas, como sejam os da Natureza, os da Corte e os menestréis, uns líricos, outros exaltados. Na tropelia da competição, cada qual impede que um dos outros se exiba. Um deles passa às furtadelas com umas poucas palavras)[19]

SATÍRICO

Que é que iria, a mim, poeta,
Dar satisfação completa?
Que eu cantar, falar, pudesse,
O que ouvir ninguém quisesse.

---

[19] Entre os *paralipomena* deixados por Goethe encontram-se versos esboçados para os poetas aqui mencionados, mas que, sob pressão de prazo para entrega do manuscrito, não puderam ser integrados ao texto definitivo. Nesta passagem narrativa (e que novamente abre espaço para improvisações), Goethe alude a tendências românticas da época. Enquanto os poetas representativos da moda contemporânea impedem-se uns aos outros de declamar seus versos, o "satírico" esgueira-se "às furtadelas" para dizer o que "ninguém gostaria de ouvir".

Erster Akt — Weitläufiger Saal

(Die Nacht- und Grabdichter lassen sich entschuldigen, weil sie so eben im interessantesten Gespräch mit einem frisch erstandenen Vampyren begriffen seien, woraus eine neue Dichtart sich vielleicht entwickeln könnte; der Herold muß es gelten lassen und ruft in dessen die griechische Mythologie hervor, die, selbst in moderner Maske, weder Charakter noch Gefälliges verliert)

DIE GRAZIEN

AGLAIA

>Anmut bringen wir ins Leben;
>Leget Anmut in das Geben. 5.300

HEGEMONE

>Leget Anmut ins Empfangen,
>Lieblich ist's, den Wunsch erlangen.

EUPHROSYNE

>Und in stiller Tage Schranken
>Höchst anmutig sei das Danken.

Primeiro ato — Sala vasta com aposentos contíguos

(Os poetas noturnos e macabros pedem desculpas por estarem metidos numa conversa interessantíssima com um Vampiro recentemente criado, na qual veem a possibilidade do surgimento de uma nova forma poética; o Arauto se conforma e convoca entrementes a Mitologia grega, a qual não perde o seu caráter e o seu encanto apesar das máscaras modernas)[20]

AS GRAÇAS[21]

AGLAIA

    À existência graça influímos;
    Ponde em doar, da graça os mimos.   5.300

HEGEMONE

    Doce é obter o que se almeja,
    Receber gracioso seja.

EUFROSINA

    E na graça do lazer,
    Tenha encanto o agradecer.

---

[20] Nova alusão irônica do velho Goethe a poetas românticos "que se ocupam com o abominável", como anota em seu diário em março de 1830, enumerando os motivos literários que tanto o incomodavam: "Igrejas noturnas, cemitérios, encruzilhadas [...] o vampirismo horroroso com todo o seu séquito [...]; enfim, os assuntos mais repugnantes que se possam imaginar". Sob a data de 14 de março de 1830, Eckermann registra novas críticas de Goethe a tendências "ultrarromânticas" da literatura francesa: "Em lugar do belo conteúdo da mitologia grega surgem demônios, bruxas e vampiros, e os sublimes heróis dos tempos antigos têm de ceder lugar a trapaceiros e galeotes".

[21] Abrindo o desfile das figuras mitológicas, entram em cena as Graças (correspondentes romanas das Cárites gregas), divindades associadas à felicidade, gratidão, graciosidade. A principal fonte de Goethe para referências e alusões mitológicas no *Fausto* é a obra de Benjamin Hederich (1675-1748) *Gründliches mythologisches Lexikon*, publicada em 1724 e, em segunda edição (da qual advinha o exemplar de Goethe), 1770. Na enciclopédia de Hederich as Graças têm os nomes de Aglaia, Eufrosina e — em vez de Talia (como aparece em Hesíodo) — Hegemone, sendo que uma "doa o benefício, a outra o recebe e a terceira agradece ou retribui", uma divisão de papéis que Goethe segue à risca nesta passagem.

ERSTER AKT — WEITLÄUFIGER SAAL

DIE PARZEN

ATROPOS

Mich, die Älteste, zum Spinnen
Hat man diesmal eingeladen;
Viel zu denken, viel zu sinnen
Gibt's beim zarten Lebensfaden.

Daß er euch gelenk und weich sei,
Wußt' ich feinsten Flachs zu sichten;
Daß er glatt und schlank und gleich sei,
Wird der kluge Finger schlichten.

Wolltet ihr bei Lust und Tänzen
Allzu üppig euch erweisen,
Denkt an dieses Fadens Grenzen,
Hütet euch! Er möchte reißen.

KLOTHO

Wißt, in diesen letzten Tagen
Ward die Schere mir vertraut;
Denn man war von dem Betragen
Unsrer Alten nicht erbaut.

Zerrt unnützeste Gespinste
Lange sie an Licht und Luft,
Hoffnung herrlichster Gewinste
Schleppt sie schneidend zu der Gruft.

AS PARCAS[22]

ÁTROPOS

    Hoje à festa, para fiar,
    A mais velha se convida;
    Muito dá que meditar
    Em frágil fio da vida.

    Por ser dócil e macio
    Joeiro o cânhamo mais fino;   5.310
    Tece-o liso, igual e esguio,
    O ágil dedo feminino.

    De prazeres, danças, quem
    Goze demais febrilmente,
    Atenção! limites tem
    Este fio: talvez rebente.

CLOTO

    Há uns dias, já, que a mim
    Entregaram a tesoura;
    Da velhinha a ação, no fim,
    Aprovada já não fora.   5.320

    Deixa inúteis tecelagens
    Longo tempo ao ar e à luz;
    E o que augura altas vantagens,
    Corta e ao túmulo reduz.

---

[22] Divindades romanas do destino, identificadas com as Moiras gregas. O verbete de Hederich sobre as Parcas registra as seguintes palavras: "as deusas em cujas mãos estava o destino e, portanto, também a vida de cada ser humano. [...] Cloto segurava uma roca diante delas, Láquesis ia tecendo um fio e quando este atingia o comprimento que lhe estava destinado, Átropos o cortava com uma tesoura". Ao colocar em cena essas figuras, Goethe adapta os seus papéis (representados por damas da corte) à atmosfera carnavalesca e inverte as funções de Átropos, a mais velha das Parcas, e Cloto: enquanto aquela passa a tecer o "fio da vida", esta recebe a fatídica tesoura, mas a deixa guardada em sua caixa ou estojo.

Doch auch ich im Jugendwalten
Irrte mich schon hundertmal;
Heute mich im Zaum zu halten,
Schere steckt im Futteral.

Und so bin ich gern gebunden,
Blicke freundlich diesem Ort;
Ihr in diesen freien Stunden
Schwärmt nur immer fort und fort.

LACHESIS

Mir, die ich allein verständig,
Blieb das Ordnen zugeteilt;
Meine Weife, stets lebendig,
Hat noch nie sich übereilt.

Fäden kommen, Fäden weifen,
Jeden lenk' ich seine Bahn,
Keinen lass' ich überschweifen,
Füg' er sich im Kreis heran.

Könnt' ich einmal mich vergessen,
Wär' es um die Welt mir bang;
Stunden zählen, Jahre messen,
Und der Weber nimmt den Strang.

HEROLD

Die jetzo kommen, werdet ihr nicht kennen,
Wärt ihr noch so gelehrt in alten Schriften;
Sie anzusehn, die so viel Übel stiften,
Ihr würdet sie willkommne Gäste nennen.

Também eu, jovem, outrora
Muitas vezes me enganara;
Para refrear-me agora,
A tesoura em caixa para.

Impedida[23] e satisfeita,
O festivo ambiente miro;   5.330
A hora livre vos deleita,
Continuai no alegre giro.

LÁQUESIS

Da ordem salvaguardo o trilho;
A única capaz sou eu;
Sempre ativo, meu sarilho
Jamais ainda se excedeu.

Fios dobram, vêm, dão voltas,
A cada um seu rumo marco;
Nenhum deixo andar às soltas,
Tem de se integrar no arco.   5.340

Que seria, ai, dos humanos,
Se eu desviasse algo a atenção;
Conto as horas, meço os anos;
Leva a meada o tecelão.[24]

ARAUTO

As que lá vêm, não reconhecereis,
Ainda que instruídos das velhas escritas;
Vendo-as autoras de cem mil desditas,
Por hóspedes bem-vindas as tereis.

---

[23] Isto é, "impedida" de usar a tesoura e, assim, cortar o fio da vida.
[24] Tais imagens da fiação manual (bastante correntes na época de Goethe) também aparecem no *Fausto I*. Já na cena de abertura ("Noite"), o Espírito ou Gênio da Terra apresenta-se igualmente como espécie de "tecelão" (vv. 508-9): "Do Tempo assim movo o tear milenário,/ E da Divindade urdo o vivo vestuário".

Die Furien sind es, niemand wird uns glauben,
Hübsch, wohlgestaltet, freundlich, jung von Jahren; 5.350
Laßt euch mit ihnen ein, ihr sollt erfahren,
Wie schlangenhaft verletzen solche Tauben.

Zwar sind sie tückisch, doch am heutigen Tage,
Wo jeder Narr sich rühmet seiner Mängel,
Auch sie verlangen nicht den Ruhm als Engel,
Bekennen sich als Stadt- und Landesplage.

DIE FURIEN

ALEKTO

Was hilft es euch? ihr werdet uns vertrauen,
Denn wir sind hübsch und jung und Schmeichelkätzchen;
Hat einer unter euch ein Liebeschätzchen,
Wir werden ihm so lang die Ohren krauen, 5.360

Bis wir ihm sagen dürfen, Aug' in Auge:
Daß sie zugleich auch dem und jenem winke,
Im Kopfe dumm, im Rücken krumm, und hinke
Und, wenn sie seine Braut ist, gar nichts tauge.

So wissen wir die Braut auch zu bedrängen:
Es hat sogar der Freund, vor wenig Wochen,
Verächtliches von ihr zu der gesprochen! —
Versöhnt man sich, so bleibt doch etwas hängen.

Nem vos fiareis em advertências minhas,
Jovens, gentis, bonitas, são as Fúrias; 5.350
Logo vereis com que arte influem injúrias,
Que ferem quais serpentes tais pombinhas.

Pérfidas são; mas nesta hodierna vaga,
Em que ostenta os defeitos cada louco,
De anjos a fama querem ter tampouco,
Confessam ser da espécie humana a praga.

AS FÚRIAS[25]

ALECTO

Tanto faz: sempre em nós tereis confiança,
Bonitas, jovens, a emanar carinho,
Eis-nos aqui. Se alguém tem um benzinho,
De bajulá-lo a gente não se cansa, 5.360

Até que um dia à face se lhe atesta
Que também a esse, e àquele, ela dá corda,
De espírito ser fraca, que é calhorda,
Se for sua prometida, que não presta.

Da noiva, aposta idêntica se cobra:
De seu bem conta-se que, com aquela,
Há tempos foi fazendo pouco dela!
Reconciliando-se, do ódio algo sobra.

---

[25] Deusas da vingança e da punição, correspondentes romanas das Erínias gregas. Teriam recebido os nomes de Alecto, Megera e Tisífone do escritor grego Apolodoro (180-120, ou 110, a.C., aproximadamente). Na enciclopédia de Hederich, Alecto é responsável pela guerra, Tisífone pelas epidemias contagiosas, ao passo que Megera entra em ação quando alguém deve ser levado à morte. Como em relação às Parcas, também aqui Goethe adapta as atividades dessas divindades ao clima carnavalesco, apresentando-as como "jovens, gentis, bonitas" e comprometidas com a volúvel ciranda amorosa da corte. Conforme observa Erich Trunz, as Fúrias aparecem em duas passagens da obra *Tutti i trionfi*, de Grazzini: "Trionfi delle furie", em que, como deusas da vingança, conduzem os criminosos ao reino dos mortos, e "Canto in Risposta delle Furie", que caracteriza credores e esbirros como fúrias e a prisão como inferno.

MEGÄRA

> Das ist nur Spaß! denn, sind sie erst verbunden,
> Ich nehm' es auf und weiß, in allen Fällen, 5.370
> Das schönste Glück durch Grille zu vergällen;
> Der Mensch ist ungleich, ungleich sind die Stunden.
>
> Und niemand hat Erwünschtes fest in Armen,
> Der sich nicht nach Erwünschterem törig sehnte,
> Vom höchsten Glück, woran er sich gewöhnte;
> Die Sonne flieht er, will den Frost erwarmen.
>
> Mit diesem allen weiß ich zu gebaren
> Und führe her Asmodi, den Getreuen,
> Zu rechter Zeit Unseliges auszustreuen,
> Verderbe so das Menschenvolk in Paaren. 5.380

TISIPHONE

> Gift und Dolch statt böser Zungen
> Misch' ich, schärf' ich dem Verräter;
> Liebst du andre, früher, später
> Hat Verderben dich durchdrungen.
>
> Muß der Augenblicke Süßtes
> Sich zu Gischt und Galle wandeln!
> Hier kein Markten, hier kein Handeln —
> Wie er es beging', er büßt es.
>
> Singe keiner vom Vergeben!
> Felsen klag' ich meine Sache, 5.390

MEGERA

    Não é nada ainda! consumada a união,
    Conheço o jeito com que se envenena   5.370
    Com vãos caprichos a hora mais serena;
    Mudam as horas, o homem, a ocasião.

    Findo o êxtase, depois de conhecê-lo,
    Já ninguém cinge ao peito o que deseja,
    Que de almejar outro alvo isento seja;
    Foge do sol, quer aquecer o gelo.

    Sei como em tudo aquilo me imiscuo;
    Trago o fiel Asmodeu;[26] com sutil teia
    Desgraças na hora certa ele semeia.
    E aos pares, pois, a humana grei destruo.   5.380

TISÍFONE

    Mas de mim, outra arma aguarde
    O traidor: ferro e veneno!
    Se amas a outras, cedo ou tarde,
    Atingir-te-á o raio em pleno.

    Transformar-se-á em febre e em fel
    O que na hora delicia;
    Nada de resgate! o infiel
    O que cometeu, expia.

    Do perdão perca a esperança!
    Clamo às rochas a invectiva;   5.390

---

[26] No livro apócrifo de Tobias (3: 8), o demônio que mata, antes da noite nupcial, os sete maridos de Sara: "Ela fora dada sete vezes em casamento, e Asmodeu, o pior dos demônios, matara os seus maridos um após o outro, antes que se tivessem unido a ela como esposos". Albrecht Schöne observa ainda que Asmodeu, originariamente, era um espírito maligno da mitologia persa, o qual incutia nos homens "o fogo do amor incasto" e cujo poder se anulava com a superação da luxúria. — De qualquer modo, portanto, um demônio que ajuda a semear "desgraças" e a destruir a grei humana "aos pares".

Echo! horch! erwidert: Rache!
Und wer wechselt, soll nicht leben.

HEROLD

Belieb' es euch, zur Seite wegzuweichen,
Denn was jetzt kommt, ist nicht von euresgleichen.
Ihr seht, wie sich ein Berg herangedrängt,
Mit bunten Teppichen die Weichen stolz behängt,
Ein Haupt mit langen Zähnen, Schlangenrüssel,
Geheimnisvoll, doch zeig' ich euch den Schlüssel.
Im Nacken sitzt ihm zierlich-zarte Frau,
Mit feinem Stäbchen lenkt sie ihn genau; 5.400
Die andre, droben stehend herrlich-hehr,
Umgibt ein Glanz, der blendet mich zu sehr.
Zur Seite gehn gekettet edle Frauen,
Die eine bang, die andre froh zu schauen;
Die eine wünscht, die andre fühlt sich frei.
Verkünde jede, wer sie sei.

Ouço a rocha a ecoar: Vingança!
E quem muda, já não viva.²⁷

ARAUTO

Que o vosso grupo se retraia,
Os que ora vêm, não são da vossa laia.²⁸
Um monte vivo abre alas, panos brancos²⁹
E fitas rubras pendem de seus flancos,
Tem presas longas, tromba serpentina,
Mas o mistério logo se defina.³⁰
Mulher mimosa, sobre a nuca assente,
Com vara fina guia-o habilmente.
Outra em pé, no alto, tudo obumbra,
Banha-a um fulgor que todo olhar deslumbra.
Dois vultos agrilhoados vão ao lado,³¹
Sereno um deles, o outro apavorado.
Livre, um se sente; sê-lo, o outro almeja;
Cada um proclame, ora, quem seja.

5.400

---

²⁷ Isto é, quem muda de parceiro, sendo que Tisífone assume os sentimentos de ciúme e vingança da mulher abandonada pelo "traidor".

²⁸ Compondo o terceiro "bloco" carnavalesco, após os representantes da mitologia e das corporações de ofícios (lenhadores, jardineiros...), entram em cena agora as figuras propriamente alegóricas, cujo mistério, como anuncia o arauto, logo irá se definir. O "elefante", apresentado perifrasticamente como "monte vivo" de cujos flancos pendem "panos brancos e fitas rubras", alegoriza o poder estatal, guiado pela "sagacidade" ou "prudência" (*Klugheit*), que traz aguilhoados os vultos alegóricos do "medo", assediado por mania persecutória, e a "esperança", inteiramente voltada a um futuro ilusório.

²⁹ Conforme registra Eckermann numa conversa sob a data de 20 de dezembro de 1829, Goethe cogitava seriamente da possibilidade de um elefante adentrar o palco no teatro de Weimar: "Não seria o primeiro elefante sobre o palco, disse Goethe. Em Paris há um que desempenha todo um papel. [...] O senhor vê, portanto, que no nosso carnaval se poderia contar com um elefante. Mas tudo isso é muito grandioso e exige um diretor teatral que não se achará tão facilmente assim".

³⁰ No original lê-se neste verso: "Misterioso, mas eu vos mostro a chave", isto é, a "chave" para a interpretação dessa alegoria política.

³¹ No original, literalmente: "Ao lado vão agrilhoadas nobres mulheres", já que em alemão não só "esperança", *Hoffnung*, mas também "medo", *Furcht*, são substantivos femininos.

FURCHT

 Dunstige Fackeln, Lampen, Lichter
 Dämmern durchs verworrne Fest;
 Zwischen diese Truggesichter
 Bannt mich, ach! die Kette fest.   5.410

 Fort, ihr lächerlichen Lacher!
 Euer Grinsen gibt Verdacht;
 Alle meine Widersacher
 Drängen mich in dieser Nacht.

 Hier! ein Freund ist Feind geworden,
 Seine Maske kenn' ich schon;
 Jener wollte mich ermorden,
 Nun entdeckt schleicht er davon.

 Ach wie gern in jeder Richtung
 Flöh' ich zu der Welt hinaus;   5.420
 Doch von drüben droht Vernichtung,
 Hält mich zwischen Dunst und Graus.

HOFFNUNG

 Seid gegrüßt, ihr lieben Schwestern!
 Habt ihr euch schon heut' und gestern
 In Vermummungen gefallen,
 Weiß ich doch gewiß von allen:
 Morgen wollt ihr euch enthüllen.
 Und wenn wir bei Fackelscheine
 Uns nicht sonderlich behagen,
 Werden wir in heitern Tagen   5.430
 Ganz nach unserm eignen Willen
 Bald gesellig, bald alleine
 Frei durch schöne Fluren wandeln,
 Nach Belieben ruhn und handeln
 Und in sorgenfreiem Leben
 Nie entbehren, stets erstreben;

MEDO

    Luz de archotes, de lampiões,
    Algo a confusão clareia;
    Entre as teatricais visões,
    A mim prende-me a cadeia. 5.410

    Afastai-vos, vis ridentes,
    Máscaras suspeitas criam;
    Todos os meus oponentes
    Esta noite me assediam.

    Vê o infame, amigo era ele!
    Disfarçado, outro se ri;
    Quis me assassinar aquele,
    Foge porque o descobri.

    Ah, em qualquer direção
    Fugiria, mundo afora, 5.420
    Mas lá ameaça a destruição,
    Entre a treva e o horror me ancora.

ESPERANÇA

    Companheiras, vos saúdo!
    Se ontem e hoje, a vós, do entrudo,
    Divertiu a mascarada,
    Sei que a todas vos agrada
    Revelar-vos amanhã.
    E já que se dá que a nós
    Pouco encantem tais folias,
    Vamos em serenos dias, 5.430
    Como o instar o próprio afã,
    Ou sociáveis, ou a sós,
    Andar livres pelo prado,
    Ir, pousar a nosso agrado,
    E na vida livre e amena,
    Aspirar à dita plena.

Überall willkommne Gäste,
Treten wir getrost hinein:
Sicherlich, es muß das Beste
Irgendwo zu finden sein.   5.440

KLUGHEIT

Zwei der größten Menschenfeinde,
Furcht und Hoffnung, angekettet,
Halt' ich ab von der Gemeinde;
Platz gemacht! ihr seid gerettet.

Den lebendigen Kolossen
Führ' ich, seht ihr, turmbeladen,
Und er wandelt unverdrossen
Schritt vor Schritt auf steilen Pfaden.

Droben aber auf der Zinne
Jene Göttin, mit behenden   5.450
Breiten Flügeln, zum Gewinne
Allerseits sich hinzuwenden.

Rings umgibt sie Glanz und Glorie,
Leuchtend fern nach allen Seiten;
Und sie nennet sich Viktorie,
Göttin aller Tätigkeiten.

Recebidas com prazer,
Entre-se, onde for, de pronto:
De certo o melhor que houver
Há de achar-se em algum ponto. 5.440

SAGACIDADE

De inimigos do homem, dois
Agrilhoei, medo e esperança:
São dos piores: folgai, pois,
Já estais em segurança.

O colosso-mor dirijo,
Sustenta em seu lombo a torre:[32]
Passo a passo, calmo e rijo,
Sendas ásperas percorre.

Mas lá, no alto da coluna,
Com o par de asas desfraldado, 5.450
Vede a deusa: à fortuna[33]
Seu percurso é sempre aliado.

Banha-a em volta brilho e glória,
Fulge ao longe a irradiação;
Denomina-se Vitória,
Deusa do êxito e da ação.

---

[32] A exemplo dos elefantes que desfilavam em cortejos triunfais, especialmente na Itália, trazendo sobre o dorso uma "torre de defesa".

[33] Anunciada pelo arauto como a mulher que, sobre o elefante, "tudo obumbra" no fulgor que a banha, revela-se aqui tratar-se de "Vitória", caracterizada como "deusa do êxito e da ação". Heinz Schlaffer, em seu estudo mencionado no comentário introdutório a esta cena, vê na imagem dessa figura (com o seu "par de asas desfraldado" e aliada à "fortuna") a transformação da antiga deusa da vitória militar na "alegoria do lucro comercial" e, assim, do ascendente "poderio capitalista".

ZOILO-THERSITES

    Hu! Hu! da komm' ich eben recht,
    Ich schelt' euch allzusammen schlecht!
    Doch was ich mir zum Ziel ersah,
    Ist oben Frau Viktoria.   5.460
    Mit ihrem weißen Flügelpaar
    Sie dünkt sich wohl, sie sei ein Aar,
    Und wo sie sich nur hingewandt,
    Gehör' ihr alles Volk und Land;
    Doch, wo was Rühmliches gelingt,
    Es mich sogleich in Harnisch bringt.
    Das Tiefe hoch, das Hohe tief,
    Das Schiefe grad, das Grade schief,
    Das ganz allein macht mich gesund,
    So will ich's auf dem Erdenrund.   5.470

HEROLD

    So treffe dich, du Lumpenhund,
    Des frommen Stabes Meisterstreich!

ZOILO-TERSITES[34]

>Hi! Hi! Então em tempo vim,
>Ruins todas vós sois para mim!
>Porém, quem mais viso na história,
>É no alto a tal Dona Vitória.   5.460
>Com as asas largas, toda branca,
>Emproa-se, e ser águia banca.
>Crê que onde mete seu nariz,
>Pertencem-lhe povo e país.
>Mas, se alguém leva algo a bom fim,
>Isso me põe fora de mim.
>O alto baixo, o torto reto,[35]
>O branco preto, o sábio inepto!
>Assim me curo por inteiro,
>Da bola térrea é o que requeiro.[36]   5.470

ARAUTO

>Fira-te pois, cão desordeiro,
>Com golpe mestre o meu bastão![37]

---

[34] Goethe associa o nome do retor e gramático ateniense Zoilo (século III a.C.), autor de uma crítica mesquinha das epopeias homéricas, com o de Tersites, que no canto II da *Ilíada* aparece como o homem mais feio e maledicente do exército grego. Os comentadores do Fausto supõem que atrás dessa dupla máscara ("do anão a dupla forma", como dirá o arauto) está Mefistófeles, que mais tarde aparecerá ainda sob a máscara da "avareza".

[35] Após desferir um ataque mesquinho à deusa Vitória, acusando-a de usurpar o símbolo imperial da "águia" (*Aar*) e presumir que lhe pertencem todo "povo e país", Zoilo-Tersites exprime o seu apego ao *topos* do "mundo às avessas", em alusão herética à profecia de Isaías (40: 4): "Seja entulhado todo vale,/ todo monte e toda colina sejam nivelados;/ transformem-se os lugares escarpados em planície,/ e as elevações, em largos vales".

[36] Literalmente: "E assim o quero neste globo".

[37] No original, "bastão" vem acompanhado pelo adjetivo *fromm*, "devoto", "pio" — isto é, o "bastão" que vela pelo bom andamento das coisas, pela ordem e justiça. No canto II da *Ilíada*, Tersites é golpeado nas costas pelo bastão ou cetro dourado de Odisseu.

Da krümm und winde dich sogleich! —
Wie sich die Doppelzwerggestalt
So schnell zum eklen Klumpen ballt! —
— Doch Wunder! — Klumpen wird zum Ei,
Das bläht sich auf und platzt entzwei.
Nun fällt ein Zwillingspaar heraus,
Die Otter und die Fledermaus;
Die eine fort im Staube kriecht,   5.480
Die andre schwarz zur Decke fliegt.
Sie eilen draußen zum Verein;
Da möcht' ich nicht der dritte sein.

GEMURMEL

Frisch! dahinten tanzt man schon —
Nein! Ich wollt', ich wär' davon —
Fühlst du, wie uns das umflicht,
Das gespenstische Gezücht? —
Saust es mir doch übers Haar —
Ward ich's doch am Fuß gewahr —
Keiner ist von uns verletzt —   5.490
Alle doch in Furcht gesetzt —
Ganz verdorben ist der Spaß —
Und die Bestien wollten das.

HEROLD

Seit mir sind bei Maskeraden
Heroldspflichten aufgeladen,
Wach' ich ernstlich an der Pforte,
Daß euch hier am lustigen Orte
Nichts Verderbliches erschleiche,
Weder wanke, weder weiche.

Vai! rola, e estorce-te no chão. —
Mas quê! do anão a dupla forma[38]
Num amontoado se transforma! —
Vira ovo a massa peçonhenta,
Incha-se, estoura e em dois rebenta.
Afora um par de gêmeos cai,
Morcego e víbora é o que sai.
No chão rasteja o bicho infecto,   5.480
Voa o outro cego e negro ao teto.
Corre pra fora o parto gêmeo;
Não quisera eu ser desse grêmio!

MURMÚRIOS

Vamos! lá já estão dançando —
Não! quisera eu ir-me andando —
Sentes como nos circunda
A corja espectral imunda? —
Roçou-me o cabelo, até —
Sibilou rente ao meu pé —
A nenhum de nós feriu —   5.490
Mas a todos medo influiu —
Estragaram a folia —
E a bicharada isso queria.

ARAUTO

Já que em mascaradas pauto
Os deveres, eu, de Arauto,
Velo atento no portal,
Para que de nenhum mal
Cá se infiltre o lance tredo;
Firme, o passo não arredo.

---

[38] Com essa cena de metamorfose entra em ação a magia, subvertendo a mascarada que, conforme o programa, deveria prosseguir com a música que começa a soar ao lado. A "víbora" e o "morcego", em que se divide essa mesquinha "dupla forma" mefistofélica, parecem simbolizar o veneno e o mundo noturno.

Doch ich fürchte, durch die Fenster 5.500
Ziehen luftige Gespenster,
Und von Spuk und Zaubereien
Wüßt' ich euch nicht zu befreien.
Machte sich der Zwerg verdächtig,
Nun! dort hinten strömt es mächtig.
Die Bedeutung der Gestalten
Möcht' ich amtsgemäß entfalten.
Aber was nicht zu begreifen,
Wüßt' ich auch nicht zu erklären;
Helfet alle mich belehren! — 5.510
Seht ihr's durch die Menge schweifen?
Vierbespannt ein prächtiger Wagen
Wird durch alles durchgetragen;
Doch er teilet nicht die Menge,
Nirgend seh' ich ein Gedränge.
Farbig glitzert's in der Ferne,
Irrend leuchten bunte Sterne
Wie von magischer Laterne,
Schnaubt heran mit Sturmgewalt.
Platz gemacht! Mich schaudert's! 5520

KNABE WAGENLENKER

      Halt!
Rosse, hemmet eure Flügel,
Fühlet den gewohnten Zügel,

Mas — o vento adentro traz-mas;   5.500
Temo chusmas de fantasmas;
De avejões, de assombração,
Eu não sei livrar-vos, não.
Do anão já desconfiara, mas
Vêm afluindo outros detrás.
Quisera anunciar os vultos
E seus símbolos ocultos.
Mas o que é incompreensível,
Também explicar não posso.
Que me ajude alvitre vosso! —   5.510
Vede, plana, irresistível,
Entre a mó rica carruagem
Com quadríjuga atrelagem;
Mas não corta a multidão,
Não se vê um apertão.
Seu fulgor de longe externa,
Cor com brilho lá se alterna
Como em mágica lanterna;[39]
Entra em tempestuoso assalto.
Dai lugar! que abalo!   5520

MANCEBO-GUIA[40]

           Alto!
Dobrai asas, meus corcéis,
Sede às rédeas do amo fiéis.

---

[39] Entra em cena agora uma aparição fantasmagórica: uma "carruagem" puxada por quatro animais alados e que avança sem "cortar a multidão", como se não ocupasse espaço. Perplexo diante de tal fenômeno não previsto na mascarada, o arauto não consegue detê-lo nem explicá-lo, mas já menciona o *medium* que está por trás dessa "assombração" (e por cujo intermédio Fausto e Mefistófeles encenarão mais adiante, na cena "Sala feudal de cerimônias", a fantasmagoria em torno de Helena): a lanterna mágica.

[40] Guiando o carro alegórico em que se encontram o deus da riqueza (Fausto) e a *Avaritia* (Mefistófeles) está o "mancebo" ou "rapaz" (*Knabe*, no original) que de imediato desafia o arauto a descrever e desvendar a essência desse insólito grupo: "Já que alegorias somos". Como se revela adiante, o "mancebo-guia" é a alegoria da Poesia, e numa conversa com Eckermann (20 de dezembro de 1829) Goethe o identificou com a figura

Meistert euch, wie ich euch meistre,
Rauschet hin, wenn ich begeistre —
Diese Räume laßt uns ehren!
Schaut umher, wie sie sich mehren,
Die Bewundrer, Kreis um Kreise.
Herold auf! nach deiner Weise,
Ehe wir von euch entfliehen,
Uns zu schildern, uns zu nennen; 5.530
Denn wir sind Allegorien,
Und so solltest du uns kennen.

HEROLD

Wüßte nicht, dich zu benennen;
Eher könnt' ich dich beschreiben.

KNABE LENKER

So probier's!

HEROLD

       Man muß gestehn:
Erstlich bist du jung und schön.
Halbwüchsiger Knabe bist du; doch die Frauen,
Sie möchten dich ganz ausgewachsen schauen.
Du scheinest mir ein künftiger Sponsierer,
Recht so von Haus aus ein Verführer. 5.540

KNABE LENKER

Das läßt sich hören! fahre fort,
Erfinde dir des Rätsels heitres Wort.

Refreai-vos, quando o mando,
Saí, quando o incito, voando! —
Honrem-se ora esses recintos!
Público dos mais distintos
Nos aplaude e admira à roda!
Anda, arauto! à tua moda,
Pois de tempo não dispomos,
Trata de nos descrever,   5.530
Já que alegorias somos,
E nos deves conhecer.

ARAUTO

Não sei dar nome ao teu ser,
Mas podia descrever-te.

MANCEBO-GUIA

Tenta-o, pois!

ARAUTO

    Nada revelo
Ao dizer que és moço e belo.
Adolescente em flor, mas pelo jeito
Há quem quisera já ver-te homem feito.
Ao galanteio hás de levar a barca,
E um sedutor serás, de marca.   5.540

MANCEBO-GUIA

Prossegue! a introdução me agrada.
Desvenda o termo da charada.

---

de Eufórion, que só aparecerá no terceiro ato. Ao espanto de Eckermann diante dessa incongruência lógica, Goethe respondeu enfatizando tratar-se apenas de um ser "alegórico", e não "humano": "Nele encontra-se personificada a *Poesia*, a qual não está presa a nenhum tempo, a nenhum lugar e a nenhuma pessoa".

HEROLD

> Der Augen schwarzer Blitz, die Nacht der Locken,
> Erheitert von juwelnem Band!
> Und welch ein zierliches Gewand
> Fließt dir von Schultern zu den Socken,
> Mit Purpursaum und Glitzertand!
> Man könnte dich ein Mädchen schelten;
> Doch würdest du, zu Wohl und Weh,
> Auch jetzo schon bei Mädchen gelten, 5.550
> Sie lehrten dich das ABC.

KNABE LENKER

> Und dieser, der als Prachtgebilde
> Hier auf dem Wagenthrone prangt?

HEROLD

> Er scheint ein König reich und milde,
> Wohl dem, der seine Gunst erlangt!
> Er hat nichts weiter zu erstreben,
> Wo's irgend fehlte, späht sein Blick,
> Und seine reine Lust zu geben
> Ist größer als Besitz und Glück.

KNABE LENKER

> Hiebei darfst du nicht stehen bleiben, 5.560
> Du mußt ihn recht genau beschreiben.

HEROLD

> Das Würdige beschreibt sich nicht.
> Doch das gesunde Mondgesicht,

ARAUTO

> Cabelo negro, olhar brilhante e lindo,
> Diadema ornando o teu semblante,
> Traje alvo, com graça ondulante
> Dos ombros aos coturnos fluindo,
> E orla purpúrea cintilante!
> Podiam ter-te por menina;
> Bem que ficavas à mercê
> Da jovem flora feminina. 5.550
> Ensinar-te-ia o ABC.

MANCEBO-GUIA

> E esse que trona em fulgor pleno
> Sobre o carro, e a quem tudo mira?

ARAUTO

> Parece um rei, rico e sereno,
> Feliz de quem favor lhe aufira!
> De nada mais ande à procura;[41]
> O que faltar, logo ele espia,
> E o doar, nele, alegria pura
> Maior que bens e gozos cria.

MANCEBO-GUIA

> Parar no quadro ainda não deves. 5.560
> Exato sê, quando o descreves.

ARAUTO

> Não se descreve o halo augusto,
> Porém o rosto cheio, robusto,

---

[41] No original, Goethe emprega aqui o verbo "aspirar" (*erstreben*), tão central para a figura de Fausto ("Ele não tem nada mais a aspirar"), mas o verso se refere àquele que aufere os favores do suposto rei "rico e sereno", e não a este próprio (isto é, Pluto-Fausto).

Ein voller Mund, erblühte Wangen,
Die unterm Schmuck des Turbans prangen;
Im Faltenkleid ein reich Behagen!
Was soll ich von dem Anstand sagen?
Als Herrscher scheint er mir bekannt.

KNABE LENKER

Plutus, des Reichtums Gott genannt!
Derselbe kommt in Prunk daher, 5.570
Der hohe Kaiser wünscht ihn sehr.

HEROLD

Sag von dir selber auch das Was und Wie!

KNABE LENKER

Bin die Verschwendung, bin die Poesie;
Bin der Poet, der sich vollendet,
Wenn er sein eigenst Gut verschwendet.
Auch ich bin unermeßlich reich
Und schätze mich dem Plutus gleich,
Beleb' und schmück' ihm Tanz und Schmaus,
Das, was ihm fehlt, das teil' ich aus.

Lábios em flor, face abundante
Sob as alfaias do turbante,
Do traje esplêndido o amplo corte!
A dignidade, o nobre porte,
Um soberano eu o reputo.

MANCEBO-GUIA

Chamam-no o Deus do Ouro, é Pluto![42]
Chega aqui em seu resplendor.   5.570
Deseja vê-lo o Imperador.

ARAUTO

E a ti, como é que se anuncia?

MANCEBO-GUIA

Eu sou o Pródigo, a Poesia,[43]
Meus bens esbanjo; sou o Poeta,
Que em derramar dons se completa.
Tesouro infindo é, absoluto;
Tenho-me por igual de Pluto.
Às festas, danças, vida influo,
O que lhe falta, eu distribuo.

---

[42] No original, Goethe usa a designação latina *Plutus* para o deus da riqueza e da abastança (*Plutos*, na mitologia grega). Personificado desde a Antiguidade, aqui ele é contemplado por Goethe com alguns traços que evocam a riqueza de soberanos orientais: o "turbante" e o "rosto cheio" — literalmente, "rosto lunar" (*Mondgesicht*), expressão frequente em traduções alemãs do poeta persa Hafiz.

[43] Nascida também da rica fantasia humana, da plenitude e da inesgotabilidade, a Poesia irá distribuir prodigamente as suas dádivas entre cortesãos e cortesãs. Nas mãos destes, porém, as riquezas poéticas se desfazem em nada, o que levará Fausto-Pluto a enviar esse seu "filho" alegórico à verdadeira esfera da poesia: a "solidão".

HEROLD

>   Das Prahlen steht dir gar zu schön, 5.580
>   Doch laß uns deine Künste sehn.

KNABE LENKER

>   Hier seht mich nur ein Schnippchen schlagen.
>   Schon glänzt's und glitzert's um den Wagen.
>   Da springt eine Perlenschnur hervor!

(Immerfort umherschnippend)

>   Nehmt goldne Spange für Hals und Ohr;
>   Auch Kamm und Krönchen ohne Fehl,
>   In Ringen köstlichstes Juwel;
>   Auch Flämmchen spend' ich dann und wann,
>   Erwartend, wo es zünden kann.

HEROLD

>   Wie greift und hascht die liebe Menge! 5.590
>   Fast kommt der Geber ins Gedränge.
>   Kleinode schnippt er wie ein Traum,
>   Und alles hascht im weiten Raum.
>   Doch da erleb' ich neue Pfiffe:
>   Was einer noch so emsig griffe,
>   Des hat er wirklich schlechten Lohn,
>   Die Gabe flattert ihm davon.
>   Es löst sich auf das Perlenband,
>   Ihm krabbeln Käfer in der Hand,
>   Er wirft sie weg, der arme Tropf, 5.600
>   Und sie umsummen ihm den Kopf.

ARAUTO

> Encantos tens ao vangloriar-te; 5.580
> Mas dá-nos mostras de tua arte.[44]

MANCEBO-GUIA

> Vês-me a estalar o dedo agora,
> Logo cintila o carro afora.
> Ricos colares desenrolo!

(continuando a estalar os dedos à roda)

> Pérolas para a orelha e o colo,
> Espelhos de ouro, diademas,
> Ricos anéis, preciosas gemas.
> Também doo uma ou outra chama,
> A aguardar onde ela algo inflama.

ARAUTO

> A turba como pega e agarra! 5.590
> Quase que no doador esbarra.
> Como num sonho as gemas solta,
> E tudo a safra apanha em volta.
> Mas ora um novo truque observo:
> Por mais que alguém pegue no acervo,
> O prêmio não é muito bom!
> Vai voando embora o rico dom,
> Em pó desfazem-se os tesouros,
> Formigam-lhe na mão besouros.
> Com asco ao longe lança o monte, 5.600
> E zunem-lhe ao redor da fronte.

---

[44] Isto é, as dádivas alegóricas e mágicas que correspondem à essência dessa figura. As riquezas que, "em vez de dádivas concretas", lança à multidão provêm da força da imaginação, do caráter ficcional da poesia. Já no "Prólogo no Teatro", que antecede a primeira parte da tragédia, o poeta diz da própria atividade (vv. 192-3): "Nada tinha e o bastante me era,/ O anelo da verdade e o gosto da quimera".

Die andern statt solider Dinge
Erhaschen frevle Schmetterlinge.
Wie doch der Schelm so viel verheißt
Und nur verleiht, was golden gleißt!

KNABE LENKER

Zwar Masken, merk' ich, weißt du zu verkünden,
Allein der Schale Wesen zu ergründen,
Sind Herolds Hofgeschäfte nicht;
Das fordert schärferes Gesicht.
Doch hüt' ich mich vor jeder Fehde; 5.610
An dich, Gebieter, wend' ich Frag' und Rede.

(Zu Plutus gewendet)

Hast du mir nicht die Windesbraut
Des Viergespannes anvertraut?
Lenk' ich nicht glücklich, wie du leitest?
Bin ich nicht da, wohin du deutest?
Und wußt' ich nicht auf kühnen Schwingen
Für dich die Palme zu erringen?
Wie oft ich auch für dich gefochten,
Mir ist es jederzeit geglückt:
Wenn Lorbeer deine Stirne schmückt, 5.620
Hab' ich ihn nicht mit Sinn und Hand geflochten?

PLUTUS

Wenn's nötig ist, daß ich dir Zeugnis leiste,
So sag' ich gern: Bist Geist von meinem Geiste.

Em vez de dádivas concretas,
Colhem supérfluas borboletas.
Reduz-se da promessa o realço
A doar o que reluz em falso.

MANCEBO-GUIA

Anunciar máscaras sabes, como, e onde.
Mas, a que a essência das criaturas sonde,
Da Corte o arauto jus não faz;
Requer visão mais perspicaz.
Porém da discussão me alijo;   5.610
Meu amo, a ti a indagação dirijo.

(Dirige-se para Pluto)

Não me confiaste a tempestuosa alagem
De tua quadríjuga atrelagem?
Não guio eu bem, conforme o orientas?
Não estou lá, onde mo assentas?
E não soube eu, sobre asas da alma,
Conquistar para ti a palma?[45]
Quando por ti hei combatido,
Não me tem sido o êxito fiel?
Quando à tua fronte orna o laurel,   5.620
Não foi por mim, por minha mão tecido?

PLUTO

Testemunho eu por ti, resvés:
Espírito de meu espírito és.[46]

---

[45] A "palma", e em seguida o "laurel" (ou "coroa de louros"), como símbolo do êxito e da glória.

[46] Impregnada de *pathos* bíblico, esta primeira estrofe de Pluto faz ressoar a exclamação do homem perante a criação da mulher ("é osso de meus ossos/ e carne de minha carne", *Gênesis*, 2: 23) e, em seguida, a voz dos céus durante o batismo de Jesus (*Marcos*, 1: 11): "'Tu és o meu Filho amado, em ti me comprazo'".

Du handelst stets nach meinem Sinn,
Bist reicher, als ich selber bin.
Ich schätze, deinen Dienst zu lohnen,
Den grünen Zweig vor allen meinen Kronen.
Ein wahres Wort verkünd' ich allen:
Mein lieber Sohn, an dir hab' ich Gefallen.

KNABE LENKER *(zur Menge)*

Die größten Gaben meiner Hand, 5.630
Seht! hab' ich rings umher gesandt.
Auf dem und jenem Kopfe glüht
Ein Flämmchen, das ich angesprüht;
Von einem zu dem andern hüpft's,
An diesem hält sich's, dem entschlüpft's,
Gar selten aber flammt's empor,
Und leuchtet rasch in kurzem Flor;
Doch vielen, eh' man's noch erkannt,
Verlischt es, traurig ausgebrannt.

WEIBERGEKLATSCH

    Da droben auf dem Viergespann 5.640
    Das ist gewiß ein Scharlatan;
    Gekauzt da hintendrauf Hanswurst,
    Doch abgezehrt von Hunger und Durst,
    Wie man ihn niemals noch erblickt;
    Er fühlt wohl nicht, wenn man ihn zwickt.

Em meu sentido age teu gênio;
Por rico mais do que eu te tenho.
Mais prezo, onde serviços doas,
O verde ramo que minhas coroas,[47]
E a verdade alta voz proclamo:
Em ti comprazo-me, e és filho que amo.

MANCEBO-GUIA *(à multidão)*

Supremos dons de minha mão   5.630
À roda enviei. Na multidão
Já numa e noutra fronte luz
Um vislumbre em que a chama pus.[48]
Saltita de um a outro e deriva;
A esse se atém, de outros se esquiva;
Mas raro é um flamejante surto;
Floresce num chamejo curto;
E antes que em ser notado vingue,
Quanta vez, triste, já se extingue.

VOZERIO DE MULHERES

Sobre a quadriga, aquele, então,   5.640
É com certeza um charlatão.
Atrás dele o fantoche vede,
Agachado, a morrer de fome e sede,
Coisa igual nunca viu a gente;
Se o beliscarem, nem o sente.[49]

---

[47] Isto é, o "verde ramo" dos louros com que desde a Antiguidade (e na Alemanha desde o século XV) se distinguia o *poeta laureatus*.

[48] Acolhendo o *pathos* bíblico de Pluto, o "mancebo-guia" alude ao milagre de Pentecostes, em que "línguas de fogo" emanadas do Espírito Santo vêm pousar sobre os discípulos. As pequenas chamas que luzem aqui em algumas frontes se apresentariam assim como emanações do "Espírito Santo da Poesia".

[49] Em virtude da esqualidez dessa terceira figura alegórica no alto da quadriga, reduzida a pele e osso.

DER ABGEMAGERTE

    Vom Leibe mir, ekles Weibsgeschlecht!
    Ich weiß, dir komm' ich niemals recht. —
    Wie noch die Frau den Herd versah,
    Da hieß ich Avaritia;
    Da stand es gut um unser Haus: 5.650
    Nur viel herein und nichts hinaus!
    Ich eiferte für Kist' und Schrein;
    Das sollte wohl gar ein Laster sein.
    Doch als in allerneusten Jahren
    Das Weib nicht mehr gewohnt zu sparen,
    Und, wie ein jeder böser Zahler,
    Weit mehr Begierden hat als Taler,
    Da bleibt dem Manne viel zu dulden,
    Wo er nur hinsieht, da sind Schulden.
    Sie wendet's, kann sie was erspulen,   5.660
    An ihren Leib, an ihren Buhlen;
    Auch speist sie besser, trinkt noch mehr
    Mit der Sponsierer leidigem Heer;
    Das steigert mir des Goldes Reiz:
    Bin männlichen Geschlechts, der Geiz!

HAUPTWEIB

    Mit Drachen mag der Drache geizen;
    Ist's doch am Ende Lug und Trug!

O FAMÉLICO

> Longe de mim, vil mulherada!
> Sei que meu jeito não te agrada. —
> Quando ainda a fêmea a casa olhava,
> De Avareza é que eu me chamava.[50]
> Era abastado o nosso lar,   5.650
> Nada a sair, e muito a entrar.
> Amontoava eu cofres, baús;
> Que é vício o mulherio deduz.
> Pois na época de hoje, a mulher
> Poupar já não sabe e não quer.
> Qual pagador mau, por inteiro,
> Mais gana tem do que dinheiro.
> Muito aguenta o homem, oh lá, lá!
> Para onde olhar, dívidas há.
> Se com seu fuso um lucro arranja,   5.660
> No amante ou no adereço o esbanja.
> Come também, bebe a talante,
> Com vil tropel dado a galante;[51]
> Com mais amor, pois, o ouro encaro,
> Sou masculino, sou o Avaro!

MULHER PRINCIPAL

> Mentira, logro é, é baldroca,
> Lese os dragões quem é dragão.[52]

---

[50] No original, Goethe usa a palavra latina *Avaritia*, chamada de "vício" pela mulher a que se refere o "famélico".

[51] No original, este verso (construído com o recurso do hipérbato) diz literalmente: "Com o maçante exército dos galanteadores".

[52] Isto é, Mefistófeles como o "dragão avaro" conduzido pelos dragões (tradicionais guardiães de tesouros) atrelados à quadriga. Enquanto os animais são caracterizados aqui como dragões, anteriormente (v. 5.521) o mancebo-guia falara em "corcéis": desse modo, esboça-se também a sugestão do fabuloso "hipogrifo", cavalo alado com cabeça de grifo.

Er kommt, die Männer aufzureizen,
Sie sind schon unbequem genug.

WEIBER IN MASSE

    Der Strohmann! Reich ihm eine Schlappe!   5.670
    Was will das Marterholz uns dräun?
    Wir sollen seine Fratze scheun!
    Die Drachen sind von Holz und Pappe,
    Frisch an und dringt auf ihn hinein!

HEROLD

Bei meinem Stabe! Ruh gehalten! —
Doch braucht es meiner Hülfe kaum;
Seht, wie die grimmen Ungestalten,
Bewegt im rasch gewonnenen Raum,
Das Doppel-Flügelpaar entfalten.
Entrüstet schütteln sich der Drachen   5.680
Umschuppte, feuerspeiende Rachen;
Die Menge flieht, rein ist der Platz.

(Plutus steigt vom Wagen)

HEROLD

Er tritt herab, wie königlich!
Er winkt, die Drachen rühren sich,
Die Kiste haben sie vom Wagen
Mit Gold und Geiz herangetragen,

Cá vem, e os homens nos provoca.
Bastante incômodos já são.

MULHERES EM MASSA

    Bufão de palha! arreda! basta!   5.670
    Grita ele, e o pau de mártir banca;[53]
    Não nos assusta sua carranca;
    São os dragões madeira e pasta.
    Zus! da carroça a gente o arranca.

ARAUTO

Por meu bastão, mulheres! sobram
Pancadas! mas é de uso escasso;
Vede os dragões, como manobram,
E por reconquistar o espaço,
O duplo par de asas desdobram!
Soltam as feras furibundas   5.680
Chamas da fauce ardente oriundas.
Recua o povo; a área recobram.

(Pluto desce do carro)

ARAUTO

Desce com dignidade real;
Move os dragões o seu sinal.
Com jeito o seu esforço baixa
Com o ouro e o avaro ao solo a caixa.[54]

---

[53] Isto é, a Cruz, metáfora para associar uma pessoa aos sofrimentos de Cristo.

[54] Num dos manuscritos deixados por Goethe, essa caixa de tesouros é baixada ao solo mediante elevação e descida mágicas.

Sie steht zu seinen Füßen da:
Ein Wunder ist es, wie's geschah.

PLUTUS *(zum Lenker)*

Nun bist du los der allzulästigen Schwere,
Bist frei und frank, nun frisch zu deiner Sphäre! 5.690
Hier ist sie nicht! Verworren, scheckig, wild
Umdrängt uns hier ein fratzenhaft Gebild.
Nur wo du klar ins holde Klare schaust,
Dir angehörst und dir allein vertraust,
Dorthin, wo Schönes, Gutes nur gefällt,
Zur Einsamkeit! — Da schaffe deine Welt.

KNABE LENKER

So acht' ich mich als werten Abgesandten,
So lieb' ich dich als nächsten Anverwandten.
Wo du verweilst, ist Fülle; wo ich bin,
Fühlt jeder sich im herrlichsten Gewinn. 5.700
Auch schwankt er oft im widersinnigen Leben:
Soll er sich dir? soll er sich mir ergeben?
Die Deinen freilich können müßig ruhn,
Doch wer mir folgt, hat immer was zu tun.
Nicht insgeheim vollführ' ich meine Taten,
Ich atme nur, und schon bin ich verraten.
So lebe wohl! Du gönnst mir ja mein Glück;
Doch lisple leis', und gleich bin ich zurück.

(Ab, wie er kam)

Agora está já a seus pés,
Milagre é, como isso se fez.

PLUTO *(ao guia)*

Liberto estás do peso, do atravanco,
Retorna a tua esfera, livre e franco! 5.690
Não é ela aqui! Confusa, vil, selvagem,
Preme-nos cá uma grotesca imagem.
Vai aonde a clara luz miras às claras,
Onde és teu próprio amo, em ti te amparas,
Lá onde o Belo e o Bom, só, alegria dá.
À solidão! — Teu mundo cria lá!

MANCEBO-GUIA

Honro-me então de eu ser teu delegado,
Amo-te qual parente mais chegado.
Onde estás, há abundância; onde eu presente,
Cada um num cume esplêndido se sente. 5.700
Na vida hesita, às vezes ainda assim,
Se deve a ti votar-se, ou a mim.
Os teus têm folga para o ócio e o gozo,
Mas quem me segue, nunca tem repouso.
Criando a minha obra, não a velo;
Ao respirar é que já me revelo.[55]
Adeus! Ver-me feliz te agrada, sei;
Porém murmura, e ao teu lado estarei.

(Sai como veio)[56]

---

[55] Isto é, ao poeta seria impossível ocultar-se; já pelo simples ato de respirar ele se trai enquanto tal.

[56] Isto é, o mancebo-guia deixa a "sala vasta" do Palatinado com a quadriga puxada pelos fabulosos animais alados. A partir desse momento a trama irá se encaminhar para a associação de Fausto com o Imperador e a criação do papel-moeda.

PLUTUS

    Nun ist es Zeit, die Schätze zu entfesseln!
    Die Schlösser treff' ich mit des Herolds Rute.   5.710
    Es tut sich auf! schaut her! in ehrnen Kesseln
    Entwickelt sich's und wallt von goldnem Blute,
    Zunächst der Schmuck von Kronen, Ketten, Ringen;
    Es schwillt und droht, ihn schmelzend zu verschlingen.

WECHSELGESCHREI DER MENGE

        Seht hier, o hin! wie's reichlich quillt,
        Die Kiste bis zum Rande füllt. —
        Gefäße, goldne, schmelzen sich,
        Gemünzte Rollen wälzen sich. —
        Dukaten hüpfen wie geprägt,
        O wie mir das den Busen regt —   5.720
        Wie schau' ich alle mein Begehr!
        Da kollern sie am Boden her. —
        Man bietet's euch, benutzt's nur gleich
        Und bückt euch nur und werdet reich. —
        Wir andern, rüstig wie der Blitz,
        Wir nehmen den Koffer in Besitz.

HEROLD

    Was soll's, ihr Toren? soll mir das?
    Es ist ja nur ein Maskenspaß.
    Heut abend wird nicht mehr begehrt;
    Glaubt ihr, man geb' euch Gold und Wert?   5.730
    Sind doch für euch in diesem Spiel
    Selbst Rechenpfennige zuviel.
    Ihr Täppischen! ein artiger Schein

PLUTO

    Desencadeie-se o tesouro lauto!
    Cadeados quebro com o bastão do arauto![57]   5.710
    Abre-se, olhai! turge no fervedouro
    Dos caldeirões de bronze sangue de ouro;
    De brincos, tiara, anéis se enfuna a massa;
    Fundi-la, a incandescência já ameaça.

GRITARIA ALTERNADA DA MULTIDÃO

        Oh vede, como isso borbulha,
        E a arca até a beirada entulha! —
        Vasilhas de ouro se dissolvem,
        Rolos de moedas se revolvem. —
        Florins estão pulando a rodo.
        Oh, isso me enlouquece todo —   5.720
        Demais minha cobiça atiça!
        Rola no chão e se esperdiça. —
        Que oferta! é aproveitá-la, pois,
        Se vos curvardes, ricos sois! —
        De chofre, qual raio veloz,
        Tomamos posse da arca nós.

ARAUTO

    Que há, que quereis, boçais, com tal?
    Brincadeira é de carnaval.
    Nada mais hoje se requeira:
    Julgais que do ouro haja aqui feira?   5.730
    Nem tereis, nesta jogatina,
    De meras fichas a propina.
    Bobões, vós! o que algo aparenta,

---

[57] Sob a máscara do Pluto que irá sanear as finanças do país, Fausto toma em mãos, pela primeira vez, o bastão do arauto e, usando-o como varinha de condão, "desencadeia" os tesouros ilusórios.

Erster Akt — Weitläufiger Saal

Soll gleich die plumpe Wahrheit sein.
Was soll euch Wahrheit? — Dumpfen Wahn
Packt ihr an allen Zipfeln an. —
Vermummter Plutus, Maskenheld,
Schlag dieses Volk mir aus dem Feld.

PLUTUS

Dein Stab ist wohl dazu bereit,
Verleih ihn mir auf kurze Zeit. — 5.740
Ich tauch' ihn rasch in Sud und Glut. —
Nun, Masken, seid auf eurer Hut!
Wie's blitzt und platzt, in Funken sprüht!
Der Stab, schon ist er angeglüht.
Wer sich zu nah herangedrängt,
Ist unbarmherzig gleich versengt. —
Jetzt fang' ich meinen Umgang an.

GESCHREI UND GEDRÄNG

O weh! Es ist um uns getan. —
Entfliehe, wer entfliehen kann! —

Pra vós logo o real representa.
Pra quê? — do erro, ilusão, capricho,
Logo agarrais todo rabicho. —
Pluto embuçado, num relampo,[58]
Dessa cambada limpa o campo.

PLUTO

Dá-me o bastão! já se acha prestes,
Por um tempinho só mo emprestes. —   5.740
Em caldo férvido o mergulho. —
Cuidado, vós, com o garabulho![59]
Estoura e raia, voam faíscas!
No cetro correm ígneas riscas.
Quem paira aqui perto encostado,
Logo sem dó deixo tostado —
Começa a ronda, ai! explode!

GRITARIA E CONFUSÃO

Ai de nós! ai! quem nos acode! —
Fuja quem ainda fugir pode! —

---

[58] Neste verso, de fundamental importância na mencionada interpretação de Heinz Schlaffer, o arauto dirige-se ao "Pluto embuçado" acrescentando também o epíteto "herói mascarado" ou "herói da máscara" (*Maskenheld*).

[59] No original, o "vós" a que se dirige Pluto vem designado como "máscaras": "Agora, máscaras, estai alertas!".

Zurück, zurück, du Hintermann! — 5.750
Mir sprüht es heiß ins Angesicht. —
Mich drückt des glühenden Stabs Gewicht —
Verloren sind wir all' und all'. —
Zurück, zurück, du Maskenschwall!
Zurück, zurück, unsinniger Hauf'! —
O hätt' ich Flügel, flög' ich auf. —

PLUTUS

Schon ist der Kreis zurückgedrängt,
Und niemand, glaub' ich, ist versengt.
Die Menge weicht,
Sie ist verscheucht. — 5.760
Doch solcher Ordnung Unterpfand
Zieh' ich ein unsichtbares Band.

HEROLD

Du hast ein herrlich Werk vollbracht,
Wie dank' ich deiner klugen Macht!

PLUTUS

Noch braucht es, edler Freund, Geduld:
Es droht noch mancherlei Tumult.

GEIZ

So kann man doch, wenn es beliebt,
Vergnüglich diesen Kreis beschauen;
Denn immerfort sind vornean die Frauen,
Wo's was zu gaffen, was zu naschen gibt. 5.770

Sai daqui, tudo se açode! —   5.750
No rosto roja-me ar fervente. —
Pra trás, pra trás, montão de gente! —
Roça-nos o bastão atroz. —
Acuda! é o fim de todos nós. —
Pra trás, está chovendo brasas —
Pra voar daqui, tivesse eu asas! —

PLUTO

A mó vês repelida, já,
Ninguém, creio eu, queimado está.
Recuou pasmada,
Em debandada. —   5.760
Garantindo a ordem neste paço,
Um limite invisível traço.

ARAUTO

Teu feito é digno de alto apreço,
Como a arte e o gênio te agradeço!

PLUTO

Paciência, amigo, ainda, de vulto,
Ameaça-nos mais de um tumulto.

O AVARENTO

Podes com gosto, se o quiseres,
Aquela roda contemplar;[60]
Na ponta estão sempre as mulheres,
Onde há algo para ver ou lambiscar.   5.770

---

[60] Isto é, a "roda" dos curiosos, mantida afastada pelo "limite invisível" traçado por Pluto.

Noch bin ich nicht so völlig eingerostet!
Ein schönes Weib ist immer schön;
Und heute, weil es mich nichts kostet,
So wollen wir getrost sponsieren gehn.
Doch weil am überfüllten Orte
Nicht jedem Ohr vernehmlich alle Worte,
Versuch' ich klug und hoff', es soll mir glücken,
Mich pantomimisch deutlich auszudrücken.
Hand, Fuß, Gebärde reicht mir da nicht hin,
Da muß ich mich um einen Schwank bemühn.   5.780
Wie feuchten Ton will ich das Gold behandeln,
Denn dies Metall läßt sich in alles wandeln.

HEROLD

Was fängt der an, der magre Tor!
Hat so ein Hungermann Humor?
Er knetet alles Gold zu Teig,
Ihm wird es untern Händen weich;
Wie er es drückt und wie es ballt,
Bleibt's immer doch nur ungestalt.
Er wendet sich zu den Weibern dort,
Sie schreien alle, möchten fort,   5.790
Gebärden sich gar widerwärtig;
Der Schalk erweist sich übelfertig.

Não se me enferrujou de todo a crusta!
Mulheres belas continuam belas;
E já que nada hoje nos custa,
Como galã vou eu indo atrás delas.
Mas num local tão concorrido,
Não chega minha voz a todo ouvido.
Jeitoso assaz sou para que me exprima
De forma clara pela pantomima.
A mímica, no entanto, é insuficiente,
Convém que aí uma comédia invente.   5.780
Qual barro aguado molho o ouro e o transmudo,
Já que é metal que se transforma em tudo.[61]

ARAUTO

Que está fazendo o unha de fome?
Quer que a sério esse humor se tome?
Todo o ouro amolga e amassa a fio,
Até torná-lo bem macio.
Mas quanto mais o amolda e estica,
Tanto mais ele informe fica.
Dirige-se ora à mulherada,
Que grita e foge alvoroçada.   5.790
Tem de exibir o nojo o ensejo;
É que o malandro é malfazejo;

---

[61] Assim Mefistófeles vai transformando esse "metal" num falo, já que em sua concepção a outra força que rege o mundo, além do ouro, é a sexualidade. Esta passagem compreende também uma dimensão metafórica, no sentido da venalidade capitalista do mundo (ver comentário ao v. 1.820).

Ich fürchte, daß er sich ergetzt,
Wenn er die Sittlichkeit verletzt.
Dazu darf ich nicht schweigsam bleiben,
Gib meinen Stab, ihn zu vertreiben.

PLUTUS

Er ahnet nicht, was uns von außen droht;
Laß ihn die Narrenteidung treiben!
Ihm wird kein Raum für seine Possen bleiben;
Gesetz ist mächtig, mächtiger ist die Not. 5.800

GETÜMMEL UND GESANG

Das wilde Heer, es kommt zumal
Von Bergeshöh' und Waldestal,
Unwiderstehlich schreitet's an:
Sie feiern ihren großen Pan.
Sie wissen doch, was keiner weiß,
Und drängen in den leeren Kreis.

PLUTUS

Ich kenn' euch wohl und euren großen Pan!
Zusammen habt ihr kühnen Schritt getan.

Parece-me que se deleita
Porque a decência desrespeita.
Sabendo disso, não me calo;
Dá-me o bastão, vou enxotá-lo.

PLUTO

De fora não pressente ameaças;
Deixa-lhe as distrações triviais![62]
Não há de ter ensejo para graças;
Possante é a lei, necessidade o é mais.[63]   5.800

ALGAZARRA E CANTO

    Lá vem chegando a tribo estranha
    Do vale e do alto da montanha;
    Com indômita força pagã:
    Festejam o seu grande Pã.
    O que ninguém sabe, eles sabem,[64]
    No círculo vazio cabem.

PLUTO

Eu vos conheço e o vosso grande Pã!
Juntos tivestes desta proeza o afã.

---

[62] O termo alemão que Jenny Klabin Segall traduz por "distrações triviais" é *Narrenteidung*, já inteiramente antiquado no tempo de Goethe, mas em cujo estranhamento — conforme observa Albrecht Schöne — ressoa uma passagem da Epístola de Paulo aos Efésios (5: 3-7) que abre uma significativa dimensão para o discurso de Mefisto sob a máscara da *Avaritia*, para a sua pantomima sexual e mesmo para a iminente entrada em cena do deus Pã: "Fornicação e qualquer impureza ou avareza nem sequer se nomeiem entre vós [...] Nem ditos indecentes, picantes ou maliciosos [*narrentheidinge*, na tradução de Lutero], que não convém [...] Pois é bom que saibais que nenhum fornicário ou impuro ou avarento — que é um idólatra — tem herança no Reino de Cristo e de Deus. [...] Não vos torneis, pois, coparticipantes das suas ações".

[63] Fausto-Pluto sabe que o Imperador está chegando com o seu séquito. Assim, a sua presença implicará certamente a "necessidade" de pôr termo à picante e maliciosa pantomima praticada por Mefistófeles, sendo portanto mais "possante" do que os esforços do arauto em fazer valer a "lei" da decência.

[64] Isto é, os membros da "tribo estranha" — literalmente "exército selvagem" (*das wilde Heer*) — sabem que por trás da máscara do "grande Pã" está o Imperador.

Ich weiß recht gut, was nicht ein jeder weiß,
Und öffne schuldig diesen engen Kreis. 5.810
Mag sie ein gut Geschick begleiten!
Das Wunderlichste kann geschehn;
Sie wissen nicht, wohin sie schreiten,
Sie haben sich nicht vorgesehn.

WILDGESANG

>Geputztes Volk du, Flitterschau!
>Sie kommen roh, sie kommen rauh,
>In hohem Sprung, in raschem Lauf,
>Sie treten derb und tüchtig auf.

FAUNEN

Die Faunenschar
Im lustigen Tanz,
Den Eichenkranz 5.820
Im krausen Haar,
Ein feines zugespitztes Ohr
Dringt an dem Lockenkopf hervor,
Ein stumpfes Näschen, ein breit Gesicht,
Das schadet alles bei Frauen nicht:
Dem Faun, wenn er die Patsche reicht,
Versagt die Schönste den Tanz nicht leicht.

SATYR

Der Satyr hüpft nun hinterdrein
Mit Ziegenfuß und dürrem Bein, 5.830

Nem todos sabem do que eu sei, o efeito,
E já que o devo, abro-lhes o arco estreito.   5.810
Que um bom destino os acompanhe!
Pode dar-se algo que se estranhe;
Não sabem para onde eles vão,
Faltou-lhes toda previsão.

CANTO SELVAGEM

  Povo enfeitado, tu, de entrudo![65]
  Vem vindo o tropel tosco e rudo,
  Com salto alto e ímpeto veloz,
  Vem bruto e violento a vós.

FAUNOS

A mó faunesca[66]
Dança com zelo,   5.820
Folhagem fresca
Em seu cabelo,
Dos cachos sai, pontuda, a orelha,
Trama rugosa a face engelha,
Nariz boto e cara achatada,
Tudo isso ao belo sexo agrada:
E quando o fauno a mão lhe estende,
À dança a mais bela se rende.

SÁTIRO

Com perna e pé de bode salta
Amiúde o sátiro entre a malta.   5.830

---

[65] Estes versos do "canto selvagem" dirigem-se à fantasiada sociedade da Corte (o "povo enfeitado"), em cujo meio irrompe agora o bloco comandado pelo "grande Pã": Faunos, Sátiros, Gnomos, Ninfas e outros seres de lendas e sagas.

[66] Faunos, divindades da Natureza na mitologia romana, associadas ao deus *Faunus*, protetor dos bosques, da agricultura e da criação de gado (*Fauna* chamava-se sua mulher ou irmã). Como o Sátiro que em seguida entra em cena, os Faunos se caracterizavam por extrema lascívia.

Ihm sollen sie mager und sehnig sein,
Und gemsenartig auf Bergeshöhn
Belustigt er sich, umherzusehn.
In Freiheitsluft erquickt alsdann,
Verhöhnt er Kind und Weib und Mann,
Die tief in Tales Dampf und Rauch
Behaglich meinen, sie lebten auch,
Da ihm doch rein und ungestört
Die Welt dort oben allein gehört.

GNOMEN

Da trippelt ein die kleine Schar, 5.840
Sie hält nicht gern sich Paar und Paar;
Im moosigen Kleid mit Lämplein hell
Bewegt sich's durcheinander schnell,
Wo jedes für sich selber schafft,
Wie Leucht-Ameisen wimmelhaft;
Und wuselt emsig hin und her,
Beschäftigt in die Kreuz und Quer.

Den frommen Gütchen nah verwandt,
Als Felschirurgen wohlbekannt;
Die hohen Berge schröpfen wir, 5.850
Aus vollen Adern schöpfen wir;
Metalle stürzen wir zuhauf,
Mit Gruß getrost: Glück auf! Glück auf!
Das ist von Grund aus wohlgemeint:
Wir sind der guten Menschen Freund.
Doch bringen wir das Gold zu Tag,
Damit man stehlen und kuppeln mag,

Em galgar píncaros é mestre;
Dos picos, qual cabra silvestre,
Contempla embaixo a área terrestre.
Ébrio de ar que do alto emana,
Ele escarnece a espécie humana,
Que em fumo e emanações do vale,
Julga isso ser vida que vale,
Sendo o único, ele, a fruir na altura
Do mundo a posse livre e pura.

GNOMOS[67]

Tripudiante entra a grei miudinha, 5.840
Aos pares ela não se alinha;
De luzes e de musgo é o traje,
Cada um às pressas por si age,
E afana-se o lucífluo bando,
Qual pirilampos formigando;
Sem que algum pare e do outro indague,
Tudo corre e obra em zigue-zague.

Afins dos bons duendes e anões,
Da rocha são os cirurgiões;
Talhamos da montanha o seio, 5.850
A haurir da veia o extrato cheio;
Metal aos montes despencamos,
Com "Salve acima!" é que o saudamos;
Sincero é, já que nós, os gnomos,
Do homem bom, amigos somos.
Trazemos-lhe o ouro, nós, à luz;
Com seu poder rouba e seduz;

---

[67] Apresentando-se a si mesmos como "cirurgiões" das rochas, esses pequenos duendes das sagas nórdicas ocupam-se em extrair metais das profundezas da terra; mas como se explicita nos versos finais, esses metais são utilizados pelos homens para roubar, seduzir e matar.

Nicht Eisen fehle dem stolzen Mann,
Der allgemeinen Mord ersann.
Und wer die drei Gebot' veracht't, 5.860
Sich auch nichts aus den andern macht.
Das alles ist nicht unsre Schuld;
Drum habt so fort, wie wir, Geduld.

RIESEN

Die wilden Männer sind s' genannt,
Am Harzgebirge wohlbekannt;
Natürlich nackt in aller Kraft,
Sie kommen sämtlich riesenhaft.
Den Fichtenstamm in rechter Hand
Und um den Leib ein wulstig Band,
Den derbsten Schurz von Zweig und Blatt, 5.870
Leibwache, wie der Papst nicht hat.

NYMPHEN IM CHOR *(Sie umschließen den großen Pan)*

Auch kommt er an! —
Das All der Welt
Wird vorgestellt
Im großen Pan.

Nem sem ferro o ente altivo passa,
Que inventou o assassínio em massa.⁶⁸
E quem três mandamentos trai,   5.860
Ligar aos outros já não vai.
Não temos culpa, nós, porém;
Tende paciência, pois, também.

GIGANTES

Chamam-nos de homens barbarescos,⁶⁹
Da serra do Harz, gigantescos,
Vêm vindo; à fama fazem jus
Com musculares torsos nus,
Tronco em mão, que óbices destroça,
O lombo envolto em faixa grossa,
Tanga de rama verde e parda,   5.870
Nem o Papa há de ter tal guarda.

NINFAS EM CORO *(circundam o grande Pã)*

O grande Pã
Vem vindo ali.
Do mundo o Todo
Encarna em si.⁷⁰

---

⁶⁸ Isto é, a guerra, com o que se completa a transgressão dos três mandamentos bíblicos que os gnomos relacionam ao "ouro" (com cujo poder se "rouba e seduz": "Não roubarás"; "Não cometerás adultério"), e ao "ferro" ("Não matarás").

⁶⁹ Literalmente, "os homens selvagens" (*die wilden Männer*): segundo sagas populares e narrativas medievais, gigantescos homens que viviam nas florestas (também nas montanhas do Harz), trajando apenas uma espécie de avental de folhas e ramos. Motivo frequente na heráldica medieval e barroca, assim como na decoração de tapetes, esculturas etc. Como o brasão do Reino da Prússia era flanqueado por dois "homens selvagens" ostentando escudos, Katharina Mommsen ("*Fausto II* como testamento político do estadista Goethe", 1989) vislumbra aqui uma possível alusão do poeta às ambições prussiano-militares de seu duque.

⁷⁰ Na enciclopédia mitológica de Hederich, obra de consulta frequente para Goethe, o nome desse deus árcade dos pastores é associado, numa etimologia não comprovada, à palavra grega *pan* (tudo). De qualquer modo, este canto de louvor das Ninfas vale também para o Imperador, que "encarna em si o todo".

Ihr Heitersten, umgebet ihn,
Im Gaukeltanz umschwebet ihn:
Denn weil er ernst und gut dabei,
So will er, daß man fröhlich sei.
Auch unterm blauen Wölbedach 5.880
Verhielt' er sich beständig wach;
Doch rieseln ihm die Bäche zu,
Und Lüftlein wiegen ihn mild in Ruh.
Und wenn er zu Mittage schläft,
Sich nicht das Blatt am Zweige regt;
Gesunder Pflanzen Balsamduft
Erfüllt die schweigsam stille Luft;
Die Nymphe darf nicht munter sein,
Und wo sie stand, da schläft sie ein.
Wenn unerwartet mit Gewalt 5.890
Dann aber seine Stimm' erschallt,
Wie Blitzes Knattern, Meergebraus,
Dann niemand weiß, wo ein noch aus,
Zerstreut sich tapfres Heer im Feld,
Und im Getümmel bebt der Held.
So Ehre dem, dem Ehre gebührt,
Und Heil ihm, der uns hergeführt!

DEPUTATION DER GNOMEN *(an den großen Pan)*

    Wenn das glänzend reiche Gute
    Fadenweis durch Klüfte streicht,

Das mais joviais o cerque a escolta,
Dancem voejantes à sua volta!⁷¹
Sendo ele austero além de bom,
Quer que haja da alegria o tom.
Nem sob a abóbada cerúlea   5.880
No reino de Morfeu mergulha;
Mas riachos múrmuros resvalam,
E zéfiros no sono o embalam.⁷²
Para que ao meio-dia o colha,
No galho não se move a folha;
Das plantas o balsâmeo aroma
Satura o ar brando e ao alto assoma.
A ninfa ativa já não é,
Adormece onde está, em pé.
Mas quando de imprevisto, em tromba,   5.890
De Pã a troante voz ribomba
Com toar do mar, do raio o estalo,
Tudo se aterra nesse abalo.⁷³
Fugir do campo à tropa sói,
E no tumulto freme o herói.
Honrai, pois, quem à honra faz jus!
E, Salve! ao que aí nos conduz.

DEPUTAÇÃO DOS GNOMOS *(ao grande Pã)*

    Quando o metal rico e nobre⁷⁴
    Traça em rochas seu filão,

---

⁷¹ Na tradição mitológica, as Ninfas costumavam dançar ao redor de Pã enquanto este tocava a sua flauta.

⁷² Literalmente: "Mesmo sob a abóboda azul/ Ele se manteria desperto" — mas os riachos murmurantes e os suaves ventos (ou "zéfiros") o embalam no sono.

⁷³ Alusão ao "pânico" que o exército do grande Pã provocava à noite com gritaria, trompetes e outros instrumentos: um barulho ensurdecedor que, duplicado ainda pelo eco das montanhas, lançava os inimigos em fuga pânica.

⁷⁴ Como na descrição das montanhas do Harz iluminadas para a Noite de Valpúrgis (ver comentário ao v. 3.916), também nestes versos pronunciados pela "Deputação dos Gnomos" Goethe se vale de seus conhecimentos de mineralogia e engenharia de minas.

Nur der klugen Wünschelrute 5.900
Seine Labyrinthe zeigt,

Wölben wir in dunklen Grüften
Troglodytisch unser Haus,
Und an reinen Tageslüften
Teilst du Schätze gnädig aus.

Nun entdecken wir hieneben
Eine Quelle wunderbar,
Die bequem verspricht zu geben,
Was kaum zu erreichen war.

Dies vermagst du zu vollenden, 5.910
Nimm es, Herr, in deine Hut:
Jeder Schatz in deinen Händen
Kommt der ganzen Welt zugut.

PLUTUS *(zum Herold)*

Wir müssen uns im hohen Sinne fassen
Und, was geschieht, getrost geschehen lassen,
Du bist ja sonst des stärksten Mutes voll.
Nun wird sich gleich ein Greulichstes eräugnen,
Hartnäckig wird es Welt und Nachwelt leugnen:
Du schreib es treulich in dein Protokoll.

HEROLD *(den Stab anfassend, welchen Plutus in der Hand behält)*

Die Zwerge führen den großen Pan 5.920
Zur Feuerquelle sacht heran;

Labirintos seus descobre 5.900
Só à vara de condão;

Troglodítica existência[75]
Temos em cava atra e fria;
Mas riquezas com clemência
Distribuis à luz do dia.

Uma fonte descobrimos,[76]
Milagroso é o seu encanto,
Sem mais, cede os áureos mimos,
O que antes custava tanto.

Senhor, leva a termo o agouro, 5.910
Sê do manancial padroeiro!
Em tuas mãos todo tesouro
Traz proveito ao reino inteiro.

PLUTO *(ao Arauto)*

Firmemos ora em nível alto o ser,
E que aconteça o que há de acontecer.
Sempre provastes o ser bravo e brioso,
Logo há de dar-se algo de pavoroso.
Os pósteros hão de negar o visto;
Dele em teu protocolo inclui o fiel registro.[77]

ARAUTO *(tocando no bastão que Pluto conserva na mão)*

À fonte ardente a turba anã 5.920
Conduz agora o grande Pã.

---

[75] Derivado do grego *troglodytes* pelo latim *troglodytae*; etimologicamente, pessoa que vive sob a terra, ou em cavernas.

[76] Isto é, a "fonte" trazida por Pluto: a fabulosa caixa de tesouros.

[77] Além de anunciar as figuras e grupos participantes da festa e de organizar a sequência de seus desdobramentos, o arauto tinha também a tarefa de redigir posteriormente uma descrição (ou um "protocolo") da mascarada.

Sie siedet auf vom tiefsten Schlund,
Dann sinkt sie wieder hinab zum Grund,
Und finster steht der offne Mund;
Wallt wieder auf in Glut und Sud,
Der große Pan steht wohlgemut,
Freut sich des wundersamen Dings,
Und Perlenschaum sprüht rechts und links.
Wie mag er solchem Wesen traun?
Er bückt sich tief hineinzuschaun. — 5.930
Nun aber fällt sein Bart hinein! —
Wer mag das glatte Kinn wohl sein?
Die Hand verbirgt es unserm Blick. —
Nun folgt ein großes Ungeschick:
Der Bart entflammt und fliegt zurück,
Entzündet Kranz und Haupt und Brust,
Zu Leiden wandelt sich die Lust. —
Zu löschen läuft die Schar herbei,
Doch keiner bleibt von Flammen frei,
Und wie es patscht und wie es schlägt, 5.940
Wird neues Flammen aufgeregt;
Verflochten in das Element,
Ein ganzer Maskenklump verbrennt.

Was aber, hör' ich, wird uns kund
Von Ohr zu Ohr, von Mund zu Mund!
O ewig unglücksel'ge Nacht,
Was hast du uns für Leid gebracht!
Verkünden wird der nächste Tag,

Primeiro ato — Sala vasta com aposentos contíguos

Jorra alto da sombria furna,
Submerge como em negra urna
Que boca hiante expõe soturna.
De novo, após, irrompe e ferve.
O grande Pã ali se observe,
Com a estranha espuma se deleita,
À esquerda esparge-se e à direita.
Como é que em seres tais confia?
Mais se debruça, e o fundo espia. —   5.930
Mas cai sua barba adentro, lá! —
A face lisa, quem será?[78]
Ao nosso olhar sua mão o oculta. —
Mas que desastre aí resulta!
A barba em fogo catapulta,
Seu peito e sua coroa inflama,
O entrudo transformou-se em drama. —
Foliões aos gritos vêm correndo,
Mas não os poupa o fogo horrendo;
Jogar água, abafá-lo tentam,   5.940
E as labaredas mais fomentam.
Na atroz fogueira é o holocausto[79]
De todo esse cordão infausto!

Mas que ouço! corre aos gritos, rouca,
Notícia atroz de boca em boca!
Oh noite trágica, nefasta!
A que infortúnio nos arrasta!
Proclamará o dia seguinte

---

[78] No original, essa formulação metonímica (*pars pro toto*) do arauto se refere ao queixo da pessoa atrás da máscara de Pan, cuja barba foi consumida pelo fogo: "Quem pode ser este queixo liso?".

[79] Conforme observa Albrecht Schöne, ao "holocausto" descrito pelo arauto — na verdade, a prestidigitação chamejante que se origina da arca de Pluto — subjaz uma *Crônica histórica* (1642) de Johann Ludwig Gottfried, a qual estava entre as leituras prediletas do menino Goethe. Durante uma festa de máscaras na corte de Carlos VI da França, cortesãos fantasiados de "sátiros" e "homens selvagens" se incendiaram ao aproximar suas vestes, untadas com pez e resina, de uma tocha. As chamas logo passam também para o rei, mas este, ao contrário de quatro fidalgos que sucumbem ao fogo, consegue salvar-se sem maiores ferimentos.

Was niemand willig hören mag;
Doch hör' ich aller Orten schrein: 5.950
»Der Kaiser leidet solche Pein.«
O wäre doch ein andres wahr!
Der Kaiser brennt und seine Schar.
Sie sei verflucht, die ihn verführt,
In harzig Reis sich eingeschnürt,
Zu toben her mit Brüllgesang
Zu allerseitigem Untergang.
O Jugend, Jugend, wirst du nie
Der Freude reines Maß bezirken?
O Hoheit, Hoheit, wirst du nie 5.960
Vernünftig wie allmächtig wirken?

Schon geht der Wald in Flammen auf,
Sie züngeln leckend spitz hinauf
Zum holzverschränkten Deckenband;
Uns droht ein allgemeiner Brand.
Des Jammers Maß ist übervoll,
Ich weiß nicht, wer uns retten soll.
Ein Aschenhaufen einer Nacht
Liegt morgen reiche Kaiserpracht.

PLUTUS

    Schrecken ist genug verbreitet, 5.970
    Hilfe sei nun eingeleitet! —
    Schlage, heil'gen Stabs Gewalt,
    Daß der Boden bebt und schallt!
    Du, geräumig weite Luft,
    Fülle dich mit kühlem Duft!

O que aterrar vai todo ouvinte;
Mil gritos já ressoam de dor:　　　　　　　　　　　5.950
"Quem sofre o transe é o Imperador".
Oh, pudesse isso ser mentira!
Ele e os demais ardem na pira.
Maldito quem ideou a trama,
E, envolto em resinosa rama,
Levou aos cantos e berreiro
O grupo ao fado derradeiro!
Oh, nunca, nunca, Mocidade,
Terás medida no prazer?
Oh, nunca, nunca, Majestade,　　　　　　　　　　5.960
Terás razão quanto poder?[80]

Consome o fogo já a floresta,[81]
Sobe a conflagração funesta
E as traves de madeira abrasa;
O incêndio em breve tudo arrasa.
Transborda a taça da aflição,
Não sei onde haja salvação.
Jaz amanhã num montão vasto
De cinzas, todo o imperial fasto.

PLUTO

　　　　O pavor foi suficiente,　　　　　　　　　　5.970
　　　　Intervenha auxílio urgente! —
　　　　Cetro santo, a ti incumbe!
　　　　Trema o solo, arfe, retumbe,
　　　　Flua o ar vasto da atmosfera.
　　　　Já um fresco eflúvio gera.

---

[80] Para além do caso particular do Imperador ao qual Fausto e Mefistófeles estão se associando, esses versos podem ser lidos como uma alusão crítica de Goethe a todo poder absolutista que nunca saberá reinar de maneira "racional" (*vernünftig*).

[81] O arauto diz aqui "floresta" em alusão aos troncos de árvores portados pelos "gigantes" (ou "homens barbarescos") envoltos em tangas de folhas e ramas.

Zieht heran, umherzuschweifen,
Nebeldünste, schwangre Streifen,
Deckt ein flammendes Gewühl!
Rieselt, säuselt, Wölkchen kräuselt,
Schlüpfet wallend, leise dämpfet, 5.980
Löschend überall bekämpft,
Ihr, die lindernden, die feuchten,
Wandelt in ein Wetterleuchten
Solcher eitlen Flamme Spiel! —
Drohen Geister, uns zu schädigen,
Soll sich die Magie betätigen.

Circulai, camadas baixas,
Núbleas brumas, prenhes faixas,[82]
Cobrindo o montão purpúreo!
Murmurantes, sussurrantes,
Tudo de leve abrandando,   5.980
Ao redor tudo apagando!
Focos úmidos do ar,
Transformai em relampear
O chamejamento espúrio! —
Se nos causam gênios dano,
Entre a mágica no plano!

---

[82] Isto é, nuvens carregadas de chuvas. Na história do Doutor Fausto redigida em 1647 por Johann Nikolaus Pfitzer (ver a Apresentação ao *Fausto I*), narra-se um temporal mágico armado na corte de Maximiliano durante um banquete: de início o Imperador fica aterrorizado com a sinistra ameaça, mas ao saber que o temporal havia se dissipado sem consequências e que, além disso, fora provocado pela arte do doutor Fausto, "teve um prazer especial nessa diversão".

Lustgarten

Parque de recreio

    Com o sol matinal que abre esta terceira cena ambientada no Palatinado, dissipam-se as últimas sombras do sinistro que ameaçara transformar em cinzas "todo o imperial fasto". A ação se desloca para os amplos espaços do jardim imperial e retoma-se, agora de uma perspectiva alvissareira, o assunto desdobrado na "sala do trono", só aparentemente interrompido pela longa festa carnavalesca — na verdade, como se fica sabendo nesta cena, Mefistófeles aproveitou-se da agitação da mascarada para conseguir a assinatura do Imperador e, com isso, dar o passo decisivo em seu projeto econômico de sanear as finanças do reino.

Assim como a exposição da calamitosa situação financeira do país se configurou, na sala do trono, mediante diversos relatos, Goethe vale-se agora também de múltiplas falas (Intendente-Mor, Chefe do Exército, Tesoureiro, Chanceler) para expor os primeiros efeitos do "plano econômico" mefistofélico. Trata-se da "invenção" e implementação do papel-moeda, que acarreta profundo abalo nas estruturas feudais vigentes até então.

Conforme registra o catálogo organizado por Hans Ruppert (*Goethes Bibliothek. Katalog*, 1958), a biblioteca de Goethe reunia 46 volumes sobre economia política — na época um número considerável para uma biblioteca particular, assim como os 59 títulos sobre assuntos estatais e políticos e os 38 sobre agronomia e silvicultura. O empenho de Goethe em familiarizar-se com questões econômicas decorria também de sua condição de alto funcionário do ducado de Weimar. No plano mais teórico, vale mencionar ainda a sua extensa resenha, publicada em 1804, do livro *The Paper Credit of Great Britain*, de Henry Thornton.

A importância que o velho poeta atribuía a questões financeiras, ao impacto político e mesmo ético-moral de medidas econômicas (assim como das inevitáveis crises) sobre as sociedades modernas encontrou expressão literária no *Fausto II* e no romance *Os anos de peregrinação de Wilhelm Meister*, onde se lê, por exemplo, numa das "Considerações no sentido dos migrantes" (*Betrachtungen im Sinne der Wanderer*): "Querer abafar (*dämpfen*) as forças éticas é hoje tão impossível quanto abafar a máquina a vapor (*Dampfmaschine*); a vitalidade do comércio, o farfalhar veloz do papel-moeda, o engrossar das dívidas para saldar dívidas, tudo isso são os elementos descomunais com que atualmente um jovem se vê confrontado".

Os intérpretes do *Fausto* apontam como possível referência histórica para esta cena a introdução do papel-moeda na França em 1716, por obra do banqueiro e financista escocês John Law. Recebendo permissão para fundar um banco particular e emitir notas pagáveis à vista em ouro e prata, Law conseguiu de início saldar as dívidas da coroa, baixar os juros e revitalizar consideravelmente a economia francesa. Contudo, como se tratava — a exemplo da invenção mefistofélica — de uma moeda sem lastro (Law acreditara erroneamente que, uma vez em circulação, as notas raramente seriam apresentadas para resgate em metal), o processo logo desembocou num surto inflacionário e, por fim, em caos generalizado e derrocada financeira, obrigando o financista a fugir precipitadamente da França.

Também experiências pessoais com surtos inflacionários reforçaram em Goethe a desconfiança em relação à estabilidade do papel-moeda e aos fundamentos abstratos do sistema de crédito: em 1792, durante a Campanha da França, ele conheceu de perto o declínio vertiginoso das notas (*Assignaten*) emitidas pela Revolução Francesa (em grande parte devido a falsificações) e, duas décadas depois, a desvalorização das cédulas austríacas, reduzidas a um quinto do seu valor nominal. Em maio de 1811 escrevia de uma estação balneária a um amigo: "A confusão com as cédulas bancárias e com o dinheiro é enorme [...] Somente os negociantes, e particularmente os banqueiros, sabem o que querem e se enriquecem com a situação".

Tais experiências terão oferecido subsídios realistas para a concepção desta cena em que já se delineia, por detrás da euforia decorrente da quantidade vertiginosa (e, no fundo, ilimitada) de dinheiro em circulação, a ameaça inflacionária e o caos econômico. Ironicamente, apenas o antigo bobo da corte, ao lado do castelão, irá agir de maneira sábia e prudente, empregando o efêmero poder de compra dos "papéis-mágicos" engendrados por Mefistófeles na aquisição de "casa, gado, sítio". [M.V.M.]

(Morgensonne)

(Der Kaiser, Hofleute.
Faust, Mephistopheles, anständig, nicht auffallend,
nach Sitte gekleidet; beide knieen)

FAUST

    Verzeihst du, Herr, das Flammengaukelspiel?

KAISER *(zum Aufstehn winkend)*

    Ich wünsche mir dergleichen Scherze viel. —
    Auf einmal sah ich mich in glühnder Sphäre,
    Es schien mir fast, als ob ich Pluto wäre.   5.990
    Aus Nacht und Kohlen lag ein Felsengrund,
    Von Flämmchen glühend. Dem und jenem Schlund
    Aufwirbelten viel tausend wilde Flammen
    Und flackerten in ein Gewölb' zusammen.
    Zum höchsten Dome züngelt' es empor,
    Der immer ward und immer sich verlor.
    Durch fernen Raum gewundner Feuersäulen
    Sah ich bewegt der Völker lange Zeilen,
    Sie drängten sich im weiten Kreis heran
    Und huldigten, wie sie es stets getan.   6.000
    Von meinem Hof erkannt' ich ein und andern,
    Ich schien ein Fürst von tausend Salamandern.

(Sol matinal)

(Imperador com sua corte de damas e cavalheiros. Fausto, Mefistófeles convencionalmente trajados, sem ostentação, ambos de joelhos)

FAUSTO

Perdoas, senhor, da flâmea cena a ilusão?

IMPERADOR *(acenando para os dois se erguerem)*

Quisera amiúde eu ver tal diversão.
Vi-me de súbito numa ígnea esfera,
A dar-me a ilusão que eu Pluto era.[1]   5.990
O abismo vi: rocha e carvão nas trevas
Lá ardiam. De uma e outra furna, em levas,
O surto de mil chamas linguajava,
Numa alta abóbada se amalgamava,
E até a extrema cúpula se erguia,
Que se formava e logo se perdia.[2]
Em longa aleia de flâmeos pilares,
Filas de povo via, que aos milhares
Vinham, tal qual o haviam sempre feito,
Da submissão, do amor, render-me o preito.   6.000
De minha corte um e outro lá notei,
Cria ser de mil salamandras rei.[3]

---

[1] Pluto é mencionado agora pelo Imperador não como o deus da riqueza (papel representado por Fausto na cena anterior), mas antes como o deus do "flâmeo" mundo ínfero, o Inferno ou Hades (ver nota ao v. 5.017).

[2] A imagem da "alta abóbada" e da "extrema cúpula" referem-se a uma catedral (*Dom*) de luz, a qual "se formava e logo se perdia" em virtude do movimento irregular das labaredas, do "surto de mil chamas".

[3] Ainda no século XVI persistia a crença popular, corroborada por uma passagem da *Historia animalium* (552b) de Aristóteles, de que salamandras tinham no fogo o elemento ideal. Por isso, a salamandra aparece como o "espírito do fogo" na fórmula mágica mobilizada por Fausto para enfrentar a aparição de Mefistófeles (ver comentário ao v. 1.272).

MEPHISTOPHELES

    Das bist du, Herr! weil jedes Element
    Die Majestät als unbedingt erkennt.
    Gehorsam Feuer hast du nun erprobt;
    Wirf dich ins Meer, wo es am wildsten tobt,
    Und kaum betrittst du perlenreichen Grund,
    So bildet wallend sich ein herrlich Rund;
    Siehst auf und ab lichtgrüne schwanke Wellen,
    Mit Purpursaum, zur schönsten Wohnung schwellen
    Um dich, den Mittelpunkt. Bei jedem Schritt,
    Wohin du gehst, gehn die Paläste mit.
    Die Wände selbst erfreuen sich des Lebens,
    Pfeilschnellen Wimmlens, Hin- und Widerstrebens.
    Meerwunder drängen sich zum neuen milden Schein,
    Sie schießen an, und keines darf herein.
    Da spielen farbig goldbeschuppte Drachen,
    Der Haifisch klafft, du lachst ihm in den Rachen.
    Wie sich auch jetzt der Hof um dich entzückt,
    Hast du doch nie ein solch Gedräng' erblickt
    Doch bleibst du nicht vom Lieblichsten geschieden:
    Es nahen sich neugierige Nereiden
    Der prächt'gen Wohnung in der ew'gen Frische,

MEFISTÓFELES

    Senhor, é o que és. Rende cada elemento
    A César preito e reconhecimento.
    Puseste à prova o fogo, é teu escravo;
    Lança-te ao mar, no vórtice mais bravo;
    Assim que em chão de perlas teu pé funda,
    Forma-se ondeante, esplêndida rotunda;
    Vagas de verde-mar iridescência,
    Abaúlam-se em soberba residência   6.010
    De que o centro és; andas, e os muros banham;[4]
    Palácios, aonde fores, te acompanham.
    Até as paredes dom da vida têm:
    Fervilha tudo em célere vaivém.[5]
    À luz do clarão novo e suave, acodem
    Monstros marinhos, mas entrar não podem.
    Auriescamosos, folgam os dragões;
    E tu, na fauce ris, dos tubarões;
    Sempre a rodear-te a corte se extasia,
    Mas nunca viste tanta tropelia.   6.020
    Para que a graça e o encanto não se percam,
    Do rico paço líquido se acercam
    Nereides[6] curiosíssimas, em feixes,

---

[4] Após o elemento do "fogo", é agora o da "água" que, nas palavras adulatórias de Mefistófeles, irá prestar homenagem à Majestade (ou a "César", na tradução de Jenny Klabin Segall). Schöne aponta nesta colorida fantasia marítima que Mefisto oferece ao Imperador reverberações de pesquisas cromáticas desenvolvidas por Goethe em sua *Teoria das cores*, mais precisamente nos parágrafos referentes à psicologia dos sentidos. Aquilo que o Imperador poderia ver a partir da "esplêndida rotunda" que se formaria ao seu redor no fundo do mar corresponde assim à seguinte formulação no parágrafo 78 da "Parte didática": "Quando mergulhadores se encontram sob o mar e a luz do sol incide em sua máscara, então tudo o que é iluminado ao seu redor mostra-se purpúreo (a causa disso será apresentada depois); as sombras, ao contrário, parecem verdes".

[5] Já que, através dessas paredes transparentes (como as de um gigantesco aquário), se poderia ver a movimentação dos peixes.

[6] Divindades gregas do mar, filhas de Nereu, o deus dos mares que, contrariamente a Posidão, empenha-se na proteção dos mortais. Das cinquenta divindades que compõem o grupo das Nereides, apenas três surgem individualizadas: Anfitrite, Galateia e Tétis, sendo que estas duas últimas aparecerão, assim como o próprio Nereu, nas "Baías rochosas do mar Egeu", na cena "Noite de Valpúrgis clássica" do ato subsequente.

Die jüngsten scheu und lüstern wie die Fische,
Die spätern klug. Schon wird es Thetis kund,
Dem zweiten Peleus reicht sie Hand und Mund. —
Den Sitz alsdann auf des Olymps Revier...

KAISER

Die luft'gen Räume, die erlass' ich dir:
Noch früh genug besteigt man jenen Thron.

MEPHISTOPHELES

Und, höchster Herr! die Erde hast du schon. 6.030

KAISER

Welch gut Geschick hat dich hieher gebracht,
Unmittelbar aus Tausend Einer Nacht?
Gleichst du an Fruchtbarkeit Scheherazaden,
Versichr' ich dich der höchsten aller Gnaden.
Sei stets bereit, wenn eure Tageswelt,
Wie's oft geschieht, mir widerlichst mißfällt.

Tímidas e lascivas como peixes.
Conta do evento, Tétis já se deu;
Lábios e mão estende a outro Peleu.[7]
E, então, no Olimpo o assento por ti chama...

IMPERADOR

Fique contigo o etéreo panorama!
Sempre é cedo ascender àquele trono.[8]

MEFISTÓFELES

Da terra, Altíssimo, és já dono.   6.030

IMPERADOR

Favor da sorte hoje aqui perpetrou-se!
Quem, das Mil e Uma Noites, cá te trouxe?
Se igualas na arte fértil Scheherazade,
Hei de elevar-te à suma dignidade;[9]
Fica-me ao pé, quando o correr do dia,
Como é frequente, a fundo me enfastia.[10]

---

[7] Segundo uma antiga tradição de glorificar os soberanos conferindo-lhes papéis mitológicos, Mefisto compara o Imperador a Peleu, que gerou com a bela Tétis o menino Aquiles. O Imperador, contudo, a quem Tétis oferece espontaneamente "lábios e mão", seria superior ao primeiro Peleu, que somente pela força conseguiu a união com a deusa.

[8] Esta ressalva do Imperador dá a entender que apenas mediante a "indesejada" morte se pode ascender à altura dos deuses olímpicos (e ao trono de Zeus).

[9] O Imperador promete elevar Mefisto "à suma dignidade" se este continuar a diverti-lo e entretê-lo como fazia Sherazade (ou Scheherazade), com seu estoque inesgotável de narrativas, em relação ao Sultão. A coletânea árabe das *Mil e uma noites* tornou-se conhecida na Alemanha somente no século XVIII (mediante a tradução francesa de Antoine Galland) e estava entre os livros prediletos de Goethe. A presença de motivos e sugestões das narrativas de Sherazade no *Fausto II* (e em particular no seu primeiro ato) foi estudada por Katharina Mommsen: *Goethe und 1001 Nacht* (1960 e, em 2ª edição, 1981).

[10] Terminava neste verso o conjunto do *Fausto I e II*, publicado por Goethe em 1828-29, a última edição da tragédia durante a vida do autor (*Ausgabe letzter Hand*).

MARSCHALK *(tritt eilig auf)*

> Durchlauchtigster, ich dacht' in meinem Leben
> Vom schönsten Glück Verkündung nicht zu geben
> Als diese, die mich hoch beglückt,
> In deiner Gegenwart entzückt: 6.040
> Rechnung für Rechnung ist berichtigt,
> Die Wucherklauen sind beschwichtigt,
> Los bin ich solcher Höllenpein;
> Im Himmel kann's nicht heitrer sein.

HEERMEISTER *(folgt eilig)*

> Abschläglich ist der Sold entrichtet,
> Das ganze Heer aufs neu' verpflichtet,
> Der Landsknecht fühlt sich frisches Blut,
> Und Wirt und Dirnen haben's gut.

KAISER

> Wie atmet eure Brust erweitert!
> Das faltige Gesicht erheitert! 6.050
> Wie eilig tretet ihr heran!

SCHATZMEISTER *(der sich einfindet)*

> Befrage diese, die das Werk getan.

FAUST

> Dem Kanzler ziemt's, die Sache vorzutragen.

INTENDENTE-MOR *(entra com precipitação)*

   Jamais, Altíssimo, cri dar-te parte
   De sorte como a que venho anunciar-te.
   Ventura que, com alegria imensa,
   Me exalta em tua magna presença.   6.040
   Saldadas vês contas e notas,
   Neutralizadas garras dos agiotas.
   Livre estou do infernal tormento;
   Nem no céu há maior contento.

CHEFE DO EXÉRCITO *(segue apressadamente)*

   Foi pago até o último soldado,
   O exército recontratado.
   O mercenário[11] novo ardor desfruta;
   Lucra o hospedeiro e a prostituta.

IMPERADOR

   Como respira vosso peito à larga!
   Quão serenada a face amarga!   6.050
   Entrais com que ânimo e aceleração!

TESOUREIRO *(entrando)*

   Desses indaga: da obra autores são.

FAUSTO

   O prestar contas, cabe ao chanceler.

---

[11] No original, *Landsknecht*, que no século XV designava um mercenário da infantaria imperial. Em português há o termo "lansquenê", por intermédio do francês *lansquenet*.

KANZLER *(der langsam herankommt)*

> Beglückt genug in meinen alten Tagen. —
> So hört und schaut das schicksalschwere Blatt,
> Das alles Weh in Wohl verwandelt hat.

(Er liest)

> »Zu wissen sei es jedem, der's begehrt:
> Der Zettel hier ist tausend Kronen wert.
> Ihm liegt gesichert, als gewisses Pfand,
> Unzahl vergrabnen Guts im Kaiserland.   6.060
> Nun ist gesorgt, damit der reiche Schatz,
> Sogleich gehoben, diene zum Ersatz.«

KAISER

> Ich ahne Frevel, ungeheuren Trug!
> Wer fälschte hier des Kaisers Namenszug?
> Ist solch Verbrechen ungestraft geblieben?

SCHATZMEISTER

> Erinnre dich! hast selbst es unterschrieben;
> Erst heute nacht. Du standst als großer Pan,
> Der Kanzler sprach mit uns zu dir heran:
> »Gewähre dir das hohe Festvergnügen,
> Des Volkes Heil, mit wenig Federzügen.«   6.070

CHANCELER *(aproximando-se lentamente)*[12]

Que em sua velhice outro dom não requer. —
Ouvi, vede o fatídico folheto,
Que todo o mal transforma em bem concreto.

(Lê)

"Saiba o país para os devidos fins:
Este bilhete vale mil florins.[13]
Garante a sua soma real o vulto
Do tesouro imperial no solo oculto.   6.060
Dele se extrai logo a riqueza imensa
Com que o valor do papel se compensa."

IMPERADOR

Fraude tremenda! atrevem-se a exibir-ma!
Quem alterou a nossa imperial firma?
Como é que impune crime tal ficou?

TESOUREIRO

Lembra-te! foste tu quem o assinou;[14]
Eras o grande Pã. De noite foi;
O chanceler te interpelou:
"Constrói, Altíssimo, estreando um prazer novo,
Com uma penada o bem-estar do povo".   6.070

---

[12] Ao contrário do Intendente-Mor e do Chefe do Exército, que entram apressadamente, o Chanceler aproxima-se "lentamente" para expressar a satisfação experimentada em sua velhice. Na cena "Sala do trono", ele fora o único a intuir nos planos financeiros de Mefistófeles "ardil dourado, obra de Satanás".

[13] Reproduzido em todas as cédulas postas em circulação por Mefistófeles, é este texto do documento assinado pelo Imperador que as transforma em "notas bancárias", cujo valor estaria garantido pelos tesouros e riquezas, pretensamente ilimitados, ocultos no solo.

[14] Contudo, o ato não é explicitado na cena da mascarada. Sob a data de 27 de dezembro de 1829, Eckermann registra as seguintes palavras de Goethe: "O senhor se lembra, disse ele, que durante a assembleia do Império o fim da ladainha é que falta o dinheiro que Mefistófeles promete levantar. Esse assunto atravessa toda a mascarada e Mefistófeles sabe arranjar as coisas de modo a que o Imperador, na máscara do grande Pã, assine um papel que, elevado a valor monetário, é multiplicado aos milhares e difundido".

Du zogst sie rein, dann ward's in dieser Nacht
Durch Tausendkünstler schnell vertausendfacht.
Damit die Wohltat allen gleich gedeihe,
So stempelten wir gleich die ganze Reihe,
Zehn, Dreißig, Funfzig, Hundert sind parat.
Ihr denkt euch nicht, wie wohl's dem Volke tat.
Seht eure Stadt, sonst halb im Tod verschimmelt,
Wie alles lebt und lustgenießend wimmelt!
Obschon dein Name längst die Welt beglückt,
Man hat ihn nie so freundlich angeblickt.
Das Alphabet ist nun erst überzählig,
In diesem Zeichen wird nun jeder selig.

KAISER

Und meinen Leuten gilt's für gutes Gold?
Dem Heer, dem Hofe gnügt's zu vollem Sold?
So sehr mich's wundert, muß ich's gelten lassen.

MARSCHALK

Unmöglich wär's, die Flüchtigen einzufassen;
Mit Blitzeswink zerstreute sich's im Lauf.
Die Wechslerbänke stehen sperrig auf:

Firmaste-o. Logo após foi rubricado,
Por magos[15] aos milhões multiplicado.
Para que a todos valha o benefício,
Estampar toda a série foi o ofício;
Vês prontas notas de dez, vinte, cem,
Surpreende como ao povo isso fez bem.
A cidade, antes triste, meio defunta,
Ri, vive; o povo eufórico se ajunta.
De há muito, já, teu brilho o mundo encanta,
Mas nunca o olharam com ternura tanta.   6.080
Do alfabeto o uso agora é superado,[16]
Cada qual neste signo é bem-fadado.

IMPERADOR

Como ouro os vis papéis à tropa valem?
Do soldo julgam que o valor igualem?
Admito-o, pois, ainda que o ache incrível.

INTENDENTE-MOR

Recuperá-los, seria impossível;
Do raio os espalhou a rapidez,
Casas de câmbio à roda abertas vês.[17]

---

[15] *Tausendkünstler*, no original; conforme indica a etimologia, significa uma pessoa versada em milhares de artes e artimanhas. No dicionário de Adelung, utilizado por Goethe, o termo é também associado ao Diabo que, em virtude das "múltiplas tentativas e artimanhas para a sedução dos seres humanos, era chamado já pelos patriarcas da Igreja de *Tausendkünstler*".

[16] No original, o verso significa algo como: "O alfabeto está agora mais do que completo". Mais importante do que as letras do alfabeto seriam agora as iniciais, multiplicadas aos milhares, do nome do Imperador. Na sequência, a ideologia econômica do Tesoureiro adapta ao recém-criado papel-moeda as palavras que, segundo a lenda, teriam aparecido numa visão ao Imperador romano Constantino no ano 312 junto com a cruz cristã: *In hoc signo vinces* ("Com este sinal vencerás").

[17] O Intendente-Mor parece aludir neste verso à mobilidade extrema do papel-moeda, para cujos riscos, como observa Albrecht Schöne, já advertira Adam Smith ao falar, em *A riqueza das nações*, das "asas de Dédalo" do dinheiro. Nos *Anos de peregrinação*, como apontado no comentário a esta cena, o próprio Goethe refere-se ao "farfalhar veloz do papel-moeda".

Man honoriert daselbst ein jedes Blatt
Durch Gold und Silber, freilich mit Rabatt. 6.090
Nun geht's von da zum Fleischer, Bäcker, Schenken;
Die halbe Welt scheint nur an Schmaus zu denken,
Wenn sich die andre neu in Kleidern bläht.
Der Krämer schneidet aus, der Schneider näht.
Bei »Hoch dem Kaiser!« sprudelt's in den Kellern,
Dort kocht's und brät's und klappert mit den Tellern.

MEPHISTOPHELES

Wer die Terrassen einsam abspaziert,
Gewahrt die Schönste, herrlich aufgeziert,
Ein Aug' verdeckt vom stolzen Pfauenwedel,
Sie schmunzelt uns und blickt nach solcher Schedel; 6.100
Und hurt'ger als durch Witz und Redekunst
Vermittelt sich die reichste Liebesgunst.
Man wird sich nicht mit Börs' und Beutel plagen,
Ein Blättchen ist im Busen leicht zu tragen,
Mit Liebesbrieflein paart's bequem sich hier.
Der Priester trägt's andächtig im Brevier,
Und der Soldat, um rascher sich zu wenden,
Erleichtert schnell den Gürtel seiner Lenden.
Die Majestät verzeihe, wenn ins Kleine
Das hohe Werk ich zu erniedern scheine. 6.110

Todo papel é pago lá de pronto,
Com ouro e prata, ainda que com desconto.   6.090
De carne e vinho faz-se após o gasto;[18]
Meio mundo pensa só num bom repasto,
Faz o outro, em traje novo, espalhafato.
Talha o merceeiro, o mestre cose o fato.
Vinho em tabernas flui, aos: "Viva o Imperador!",
Fritura e assado imbuem o ar de fumo e clangor.

MEFISTÓFELES

Quem perambula a sós pela esplanada,
Vê lá a beldade, toda engalanada.
Sorri, com o leque a ocultar meio rosto,
E nos papéis sentido atento posto.   6.100
Mais rápido do que a eloquência e ardores,
Sabem granjear do amor ricos favores.[19]
Carteira e bolsa são supérfluo luxo;
Cômodo é enfiar no seio o papelucho.
Com os "billets-doux" dá-se que lá se enquadre;[20]
Guarda-o, devoto, no breviário o padre.
E por mover-se rápido, o soldado
Do peso vão vê seu cinto aliviado.[21]
Senhor, perdoai-me se ao trivial pareço
Do magno evento rebaixar o apreço.[22]   6.110

---

[18] No original: "De lá [casas de câmbio], vai-se então ao açougueiro, padeiro, às tavernas". Nova alusão a Adam Smith, desta vez à célebre formulação de *A riqueza das nações*, capítulo II: "Não é da benevolência do açougueiro, do cervejeiro ou do padeiro que esperamos nosso jantar, mas sim da consideração que eles têm pelos próprios interesses".

[19] O verbo no plural refere-se aos "papéis" que a "beldade" tem em mira — no original, Goethe escreve *Schedel*, a partir do latim *schedula* (cédula).

[20] "Bilhetes amorosos" (*Liebesbrieflein*) no original, exatamente no sentido da expressão francesa pela qual optou a tradutora.

[21] Isto é, o peso das moedas de ouro ou prata, substituídas agora pelas notas bancárias.

[22] Mefistófeles desculpa-se perante o Imperador caso tenha passado a impressão de "rebaixar", com seus comentários triviais, o significado do "magno evento" financeiro (ou "elevada obra", como diz o original).

FAUST

> Das Übermaß der Schätze, das, erstarrt,
> In deinen Landen tief im Boden harrt,
> Liegt ungenutzt. Der weiteste Gedanke
> Ist solchen Reichtums kümmerlichste Schranke;
> Die Phantasie, in ihrem höchsten Flug,
> Sie strengt sich an und tut sich nie genug.
> Doch fassen Geister, würdig, tief zu schauen,
> Zum Grenzenlosen grenzenlos Vertrauen.

MEPHISTOPHELES

> Ein solch Papier, an Gold und Perlen Statt,
> Ist so bequem, man weiß doch, was man hat;   6.120
> Man braucht nicht erst zu markten, noch zu tauschen,
> Kann sich nach Lust in Lieb' und Wein berauschen.
> Will man Metall, ein Wechsler ist bereit,
> Und fehlt es da, so gräbt man eine Zeit.
> Pokal und Kette wird verauktioniert,
> Und das Papier, sogleich amortisiert,
> Beschämt den Zweifler, der uns frech verhöhnt.
> Man will nichts anders, ist daran gewöhnt.
> So bleibt von nun an allen Kaiserlanden
> An Kleinod, Gold, Papier genug vorhanden.   6.130

FAUSTO

    O excesso congelado da riqueza
Que em fundo chão de teu reino jaz presa,
Jamais se usou. Até o pensar mais largo[23]
A essa visão opõe fútil embargo,
E a fantasia, em seu voo supremo,
Se esforça, e nunca chega àquele extremo;
Gênios, porém, aos quais nada limita,
Têm no infinito confiança infinita.

MEFISTÓFELES

    Papel, em vez de ouro e de prata, é um bem;
Tão cômodo é, sabe-se o que se tem;   6.120
Não há da troca e regatear a praga,[24]
Com vinho e amor cada qual se embriaga.
Pra quem quiser metal, tem-se um cambista,
E se faltar, cava-se em nova pista;
Colares, cálices, vendem-se em hasta,
Com que o papel logo se salda. Basta[25]
Para que ao cético de asno se tache;
Nada mais se requer: vingou a praxe.
No império, assim, para sempre perdura,
De ouro, papel e gemas a fartura.   6.130

---

[23] Isto é, mesmo o pensamento mais "largo" e ousado é incapaz de imaginar todas as potencialidades que jazem nos tesouros subterrâneos.

[24] No original este verso sugere que, com o papel-moeda, não é mais necessário como antes regatear o valor da mercadoria durante o processo de troca.

[25] Se faltar um "cambista" ou se este negar-se a realizar a operação, o novo papel-moeda habilita o seu proprietário a escavar o solo imperial em busca do tesouro que "salda" (*amortisiert*, no original) o valor estampado na cédula.

KAISER

    Das hohe Wohl verdankt euch unser Reich;
    Wo möglich sei der Lohn dem Dienste gleich.
    Vertraut sei euch des Reiches innrer Boden,
    Ihr seid der Schätze würdigste Kustoden.
    Ihr kennt den weiten, wohlverwahrten Hort,
    Und wenn man gräbt, so sei's auf euer Wort.
    Vereint euch nun, ihr Meister unsres Schatzes,
    Erfüllt mit Lust die Würden eures Platzes,
    Wo mit der obern sich die Unterwelt,
    In Einigkeit beglückt, zusammenstellt.   6.140

SCHATZMEISTER

    Soll zwischen uns kein fernster Zwist sich regen,
    Ich liebe mir den Zaubrer zum Kollegen.

(Ab mit Faust)

KAISER

    Beschenk' ich nun bei Hofe Mann für Mann,
    Gesteh' er mir, wozu er's brauchen kann.

PAGE *(Empfangend)*

    Ich lebe lustig, heiter, guter Dinge.

EIN ANDRER *(gleichfalls)*

    Ich schaffe gleich dem Liebchen Kett' und Ringe.

IMPERADOR

    O nosso reino o insigne bem vos deve;
    O prêmio a par do préstimo se eleve.
    Confio-vos do império o subsolo,
    O acervo custodiai de polo a polo;
    Sabeis onde o tesouro-mor se esconde,
    E quando se escavar, direis vós, onde.
    Mestres, vós, do tesouro, atuai com gosto,
    Preenchendo a dignidade do alto posto
    Para que ao mundo superior se una
    Do subterrâneo o estouro de fortuna.[26]   6.140

TESOUREIRO

    Jamais surja entre nós a mínima refrega,
    Apraz-me o mágico ser meu colega.

(Sai com Fausto)

IMPERADOR

    Membros da Corte ora com dons contemplo.
    Dê-me cada um de seu emprego o exemplo.[27]

PAJEM *(recebendo)*

    Dia e noite andarei me divertindo.

UM OUTRO *(na mesma)*

    Com broche e anel logo o benzinho brindo.

---

[26] Aos "mestres do tesouro" (Fausto e o próprio Tesoureiro) cabe então a função, nas palavras do Imperador, de promover a união do "mundo superior", onde passou a vigorar o papel-moeda, com o mundo inferior ou "subterrâneo", onde pretensamente estariam ocultas as riquezas pressupostas no novo plano econômico.

[27] O Imperador solicita que cada um de seus súditos lhe confesse como empregará o dinheiro.

KÄMMERER *(annehmend)*

    Von nun an trink' ich doppelt beßre Flasche.

EIN ANDRER *(gleichfalls)*

    Die Würfel jucken mich schon in der Tasche.

BANNERHERR *(mit Bedacht)*

    Mein Schloß und Feld, ich mach' es schuldenfrei.

EIN ANDRER *(gleichfalls)*

    Es ist ein Schatz, den leg' ich Schätzen bei.   6.150

KAISER

    Ich hoffte Lust und Mut zu neuen Taten;
    Doch wer euch kennt, der wird euch leicht erraten.
    Ich merk' es wohl: bei aller Schätze Flor,
    Wie ihr gewesen, bleibt ihr nach wie vor.

NARR *(herbeikommend)*

    Ihr spendet Gnaden, gönnt auch mir davon!

KAISER

    Und lebst du wieder, du vertrinkst sie schon.

NARR

    Die Zauberblätter! ich versteh's nicht recht.

CAMAREIRO *(recebendo)*

    Do melhor vinho bebo e os goles dobro.

UM OUTRO *(igualmente)*

    Dos dados na algibeira a sorte cobro.

CASTELÃO *(comedido)*[28]

    Livro das dívidas terra e castelo.

UM OUTRO *(igualmente)*

    É um capital; com meu ouro o congelo.   6.150

IMPERADOR

    Julguei ver de altos feitos novo afã;
    Mas vos conheço: era esperança vã.
    Vê-se que com o tesouro todo, pois,
    Sempre continuareis sendo o que sois.

BOBO *(chegando)*

    Distribuis dons: neles inclui-me, rogo.

IMPERADOR

    Vives de novo? vais bebê-los logo!

BOBO

    Com os papéis mágicos ando confuso.

---

[28] No original, *Bannerherr*, um nobre que dispõe de feudos e mantém soldados sob estandarte (*Banner*) ou bandeira própria, o que também constitui prerrogativas de um "castelão". No dicionário de Adelung, obra de consulta para Goethe, *Bannerherr* aparece como "uma espécie de barão".

KAISER

Das glaub' ich wohl, denn du gebrauchst sie schlecht.

NARR

Da fallen andere; weiß nicht, was ich tu'.

KAISER

Nimm sie nur hin, sie fielen dir ja zu. 6.160

(Ab)

NARR

Fünftausend Kronen wären mir zu Handen!

MEPHISTOPHELES

Zweibeiniger Schlauch, bist wieder auferstanden?

NARR

Geschieht mir oft, doch nicht so gut als jetzt.

MEPHISTOPHELES

Du freust dich so, daß dich's in Schweiß versetzt.

NARR

Da seht nur her, ist das wohl Geldes wert?

MEPHISTOPHELES

Du hast dafür, was Schlund und Bauch begehrt.

IMPERADOR

Sem dúvida! não sabes dar-lhes uso.

BOBO

Caem outros lá. Agora, que é que faço?²⁹

IMPERADOR

Caíram de teu lado, apanha o maço! 6.160

(Sai)

BOBO

Dez mil coroas! Golpe de sorte, este!

MEFISTÓFELES

Bípede odre de vinho, reviveste?

BOBO

Já quanta vez, porém esta é a maior.

MEFISTÓFELES

De tão alegre, banha-te o suor.

BOBO

Mas no papel há o que o valor garanta?

MEFISTÓFELES

Regas com ele à vontade a garganta.

---

²⁹ Isto é, "caem" outros dos "papéis mágicos" que o Imperador faz chover sobre os seus súditos.

NARR

    Und kaufen kann ich Acker, Haus und Vieh?

MEPHISTOPHELES

    Versteht sich! Biete nur, das fehlt dir nie.

NARR

    Und Schloß, mit Wald und Jagd und Fischbach?

MEPHISTOPHELES

                                Traun!
    Ich möchte dich gestrengen Herrn wohl schaun!   6.170

NARR

    Heut abend wieg' ich mich im Grundbesitz! —

(Ab)

MEPHISTOPHELES *(solus)*

    Wer zweifelt noch an unsres Narren Witz!

BOBO

Da casa, gado, sítio, a posse acerta?[30]

MEFISTÓFELES

É claro. Basta entrar com boa oferta.

BOBO

Compra um castelo, bosque e lago?

MEFISTÓFELES

        Paspalhão!
Quisera eu ver-te feito castelão.

BOBO

Senhor de terras já amanhã desperto! —
(Sai)

MEFISTÓFELES *(solus)*

Duvide-se ainda o bobo ser esperto!

---

[30] Literalmente, no original: "E posso comprar campo, casa e gado?".

Finstere Galerie

Galeria obscura

Esta quarta cena no Palatinado Imperial consiste numa conversa entre Fausto e Mefistófeles no corredor que circunda as várias alas do castelo, delimitando a área do pátio interno. A referência às sombras que envolvem esse corredor (ou "galeria") sugere um contraste tanto com a cena anterior, banhada pelo sol matinal, como com os salões profusamente iluminados da cena seguinte.

O Imperador manifestou o desejo de presenciar um fenômeno ocultista: contemplar, "em vultos nítidos", Helena, a mais bela mulher de todos os tempos, e o formoso príncipe troiano Páris que, raptando-a do seu esposo grego Menelau, desencadeou a lendária guerra cantada por Homero na *Ilíada*.

Do mesmo modo como Goethe deixou implícito, na cena da mascarada, o ato da assinatura imperial para a produção das novas cédulas monetárias (ver nota ao v. 6.066), também aqui ele situa como que "atrás do palco" o momento em que o Imperador ordena a Fausto a invocação dos "espíritos" de Helena e Páris — apenas um mero reflexo dessa conversa (esboçada porém em alguns *paralipomena*) delineia-se nas palavras de Fausto: "Rico tornamo-lo primeiro,/ Temos de agora diverti-lo". Depois, portanto, da criação do "papel-moeda fantasma", coloca-se a tarefa de trazer à corte os "fantasmas" desse célebre casal da Antiguidade helênica.

Em anotações redigidas sob a data de 10 de janeiro de 1830, Eckermann expressa sua perplexidade ao ouvir, em leitura do próprio poeta, esta cena "em que Fausto vai até as Mães": "O novo, o inesperado do assunto, assim como a maneira com que Goethe me apresentou a cena, tocaram-me de forma maravilhosa, de tal modo que me senti transportado à situação de Fausto, que também se arrepia ao ouvir a comunicação de Mefistófeles". Mas, em vez de elucidar os mistérios desta cena, Goethe mirou o seu interlocutor "com os olhos arregalados e repetiu as palavras: '*Die Mütter! Die Mütter! — 's klingt so wunderlich!*' (literalmente, "As Mães! As Mães! — soa tão esquisito!)".

O que Goethe tinha em mente com o reino das Mães permanece até hoje um enigma para os leitores da tragédia — o máximo que Eckermann conseguiu extrair do velho poeta foram as palavras: "Eu não posso revelar-lhe nada além de ter encontrado em *Plutarco* a observação de que, na Antiguidade grega, faziam-se referências às *Mães* como divindades. Isso é tudo o que devo à tradição, o resto é minha própria invenção".

Conforme apontam comentadores do *Fausto*, no capítulo 20 de sua *Descrição da vida de Marcellus*, Plutarco refere-se a um antigo culto a "deusas que se chamam Mães". Além disso, no capítulo 22 de seu texto *Sobre a decadência dos oráculos* encontra-se a indicação de que existem 183 mundos diferentes, ordenados segundo a configuração de um triângulo cósmico cujo espaço interno, designado como o "campo da verdade", poderia ser visto como o silencioso reino dessas "Mães goethianas", guardiãs e mantenedoras de todo o existente: "Neste campo ficam, imóveis, os fundamentos, formas e imagens primordiais de todas as coisas que já existiram ou ainda existirão. Tudo envolto pela eternidade, a partir da qual o tempo, como uma emanação, adentra esses mundos".

Nesta cena que antecede a incursão de Fausto ao reino das Mães, vêm à tona concepções fundamentais da visão goethiana do mundo e da Natureza: é o que ocorre quando aquele exprime a sua recusa a tudo o que leva ao "enrijecimento" (*Erstarren*) espiritual e proclama o "estremecer" (*Schaudern*) — o espanto ou assombro que para os antigos gregos constituía o início de toda filosofia — como "o bem supremo" da humanidade. Ou, ainda, quando Mefistófeles fala da "formação" e "transformação" como "eterna atuação" do "eterno princípio", em correspondência íntima com o conceito de "metamorfose", que Goethe vislumbrava em todos os fenômenos da Natureza, formando-os e transformando-os. Contudo, o tom solene e sublime de passagens como essas é refratado ironicamente em outros momentos do diálogo: por exemplo, quando Fausto compara o seu interlocutor ao "mistagogo" perito em ludibriar os "neófitos" ou, pouco antes, afirma que todo o mistifório mefistofélico cheira à "cozinha da bruxa".

Como apontado na Apresentação ao *Fausto I*, a figura de Helena já aparece no livro anônimo *Historia von D. Johann Fausten* publicado em 1587 (assim como na peça de Marlowe e nas versões do Teatro de Marionetes) e desde o início fazia parte dos planos de Goethe para a concepção de sua tragédia. Na *Historia*, porém, é "Mephostophiles" que invoca e materializa a esplendorosa Helena para tornar-se a amante de Fausto (capítulo 59: "Da bela Helena da Grécia/ que dormiu com Fausto em seu último ano"). Mas já no capítulo 33 ("Uma história do doutor Fausto e do Imperador Carlos V"), o próprio pactuário faz os vultos fantasmagóricos de Alexandre Magno e sua mulher aparecerem na corte imperial, enquanto que no capítulo 49 ("Sobre a formosa Helena no primeiro domingo após a Páscoa") o mesmo Fausto, valendo-se da magia, apresenta a seus alunos o "belo vulto da rainha Helena". Aproveitando esses motivos legados pela tradição e fundindo-os todos nesta cena, Goethe envia seu herói, munido apenas da "chave" mágica que recebe de Mefistófeles, ao reino das Mães para buscar o espírito da mais bela mulher de todos os tempos. Enquanto Fausto torna-se ativo e passa para o primeiro plano, Mefistófeles irá recuar para uma posição mais passiva, delineando-se assim a tendência que se reforçará no segundo e terceiro atos da tragédia. [M.V.M.]

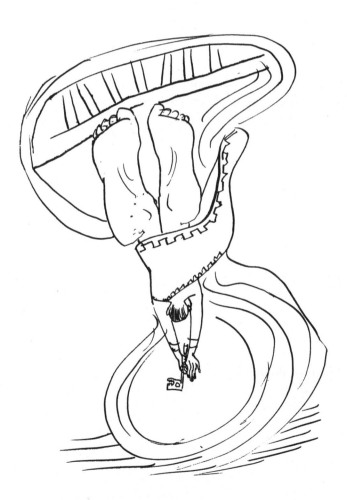

(Faust. Mephistopheles)

MEPHISTOPHELES

> Was ziehst du mich in diese düstern Gänge?
> Ist nicht da drinnen Lust genug,
> Im dichten, bunten Hofgedränge
> Gelegenheit zu Spaß und Trug?

FAUST

> Sag mir das nicht, du hast's in alten Tagen
> Längst an den Sohlen abgetragen;
> Doch jetzt dein Hin- und Widergehn
> Ist nur, um mir nicht Wort zu stehn. 6.180
> Ich aber bin gequält zu tun:
> Der Marschalk und der Kämmrer treibt mich nun.
> Der Kaiser will, es muß sogleich geschehn,
> Will Helena und Paris vor sich sehn;
> Das Musterbild der Männer so der Frauen
> In deutlichen Gestalten will er schauen.
> Geschwind ans Werk! ich darf mein Wort nicht brechen.

MEPHISTOPHELES

> Unsinnig war's, leichtsinnig zu versprechen.

FAUST

> Du hast, Geselle, nicht bedacht,
> Wohin uns deine Künste führen; 6.190
> Erst haben wir ihn reich gemacht,
> Nun sollen wir ihn amüsieren.

(Fausto, Mefistófeles)

MEFISTÓFELES

>Por que me arrastas a esta ala sombria?
>Lá dentro, então, não dá para compor-te
>Com a tropelia e a multidão da corte?
>Ensejo dão para o logro e a folia.

FAUSTO

>Não digas! tempo houve em que não poupaste
>À sola de teus pés algum desgaste.[1]
>Mas quando andas de cá por lá, agora,
>Pensas só em tirar o corpo fora.   6.180
>A mim, porém, ninguém em paz me deixa,
>O Intendente, o Camareiro-Mor se queixa.
>Exige o Imperador ver logo em cena,
>Em mágica visão, Páris e Helena —
>Da mulher, do homem, máximos modelos,
>Em vultos nítidos pretende vê-los.
>À obra! a palavra dei ao soberano.

MEFISTÓFELES

>Que insano prometer tal! quão leviano!

FAUSTO

>Não refletiste, companheiro,
>Aonde nos leva o teu estilo.   6.190
>Rico tornamo-lo primeiro,
>Temos de agora diverti-lo.

---

[1] Fausto vale-se neste verso da expressão "desgastar as solas" para lembrar a Mefistófeles que em tempos passados (nas cenas "Na Taberna de Auerbach em Leipzig" ou "A cozinha da bruxa", por exemplo) este não poupara esforços para realizar as suas façanhas ilusionistas e jocosas.

MEPHISTOPHELES

>Du wähnst, es füge sich sogleich;
>Hier stehen wir vor steilern Stufen,
>Greifst in ein fremdestes Bereich,
>Machst frevelhaft am Ende neue Schulden,
>Denkst Helenen so leicht hervorzurufen
>Wie das Papiergespenst der Gulden. —
>Mit Hexen-Fexen, mit Gespenst-Gespinsten,
>Kielkröpfigen Zwergen steh' ich gleich zu Diensten; 6.200
>Doch Teufels-Liebchen, wenn auch nicht zu schelten,
>Sie können nicht für Heroinen gelten.

FAUST

>Da haben wir den alten Leierton!
>Bei dir gerät man stets ins Ungewisse.
>Der Vater bist du aller Hindernisse,
>Für jedes Mittel willst du neuen Lohn.
>Mit wenig Murmeln, weiß ich, ist's getan;
>Wie man sich umschaut, bringst du sie zur Stelle.

MEPHISTOPHELES

>Das Heidenvolk geht mich nichts an,
>Es haust in seiner eignen Hölle; 6.210
>Doch gibt's ein Mittel.

FAUST

>>Sprich, und ohne Säumnis!

MEFISTÓFELES

>Julgas que isso sem mais se arruma;
>Levam degraus íngremes a essas bases.
>A um reino subterrâneo ali se ruma.
>Só novas dívidas avoado fazes!
>Crês que de Helena a evocação se plasma
>Sem mais, como o papel-moeda fantasma. —
>Com bruxas, trasgos, monstros de feitiço,
>Sempre e tão logo estou a teu serviço.   6.200
>Mas em que pesem diabas femininas,
>Não poderão passar por Heroínas.[2]

FAUSTO

>Bom, temos cá o velho realejo!
>Contigo a coisa sempre incerta sai;
>Sabes de todo obstáculo ser pai
>E buscas só de lucro novo o ensejo.
>Num piscar de olhos é que isso se apronta;
>Sem mais os trazes para o mundo hodierno.

MEFISTÓFELES

>O clã pagão não é de minha conta,
>Reside ele em seu próprio inferno;   6.210
>Mas um meio há.

FAUSTO

>   Pois bem, qual é o plano?

---

[2] Mefistófeles já anuncia aqui as suas limitações em relação ao antigo mundo da mitologia grega: com bruxarias e fantasmagorias (*Mit Hexen-Fexen, mit Gespenst-Gespinsten*, na brincadeira linguística do original), com anões disformes (*kielkröpfigen Zwergen*, isto é, seres nanicos gerados pelo demônio em bruxas), ele saberia entender-se, mas não com "Heroínas" (como a própria Helena será designada mais tarde), as quais não podem ser imitadas pelas "diabas femininas", ainda que estas, segundo Mefisto, não sejam desprezíveis.

MEPHISTOPHELES

>   Ungern entdeck' ich höheres Geheimnis.
>   Göttinnen thronen hehr in Einsamkeit,
>   Um sie kein Ort, noch weniger eine Zeit;
>   Von ihnen sprechen ist Verlegenheit.
>   Die Mütter sind es!

FAUST *(aufgeschreckt)*

>   Mütter!

MEPHISTOPHELES

>   Schaudert's dich?

FAUST

>   Die Mütter! Mütter! — 's klingt so wunderlich!

MEPHISTOPHELES

>   Das ist es auch. Göttinnen, ungekannt
>   Euch Sterblichen, von uns nicht gern genannt.
>   Nach ihrer Wohnung magst ins Tiefste schürfen;
>   Du selbst bist schuld, daß ihrer wir bedürfen.

6.220

FAUST

>   Wohin der Weg?

MEPHISTOPHELES

>   Kein Weg! Ins Unbetretene,
>   Nicht zu Betretende; ein Weg ans Unerbetene,
>   Nicht zu Erbittende. Bist du bereit? —
>   Nicht Schlösser sind, nicht Riegel wegzuschieben,

MEFISTÓFELES

    Reluto em revelar um magno arcano.
    Tronam deidades em augusta solidão,
    Sítio não há, tempo ainda menos, onde estão;
    É um embaraço falar delas. São
    As Mães.

FAUSTO *(num sobressalto)*

        Mães!

MEFISTÓFELES

        Estremeces ao ouvi-lo?

FAUSTO

    As Mães! Mães! — que esquisito soa aquilo!

MEFISTÓFELES

    Estranho é mesmo. Deusas ignoradas
    De vós mortais. Por nós, jamais nomeadas.
    Vai, pois, buscá-las nos mais fundos ermos;   6.220
    É tua culpa o delas carecermos.[3]

FAUSTO

    Que caminho é?

MEFISTÓFELES

        Nenhum! É o Inexplorável,
    Que não se explora. É o Inexorável,
    Que não se exora. Estás, pois, preparado? —
    Não há trinco a correr, nenhum cadeado.

---

[3] Isto é, em virtude da "palavra" que Fausto deu ao Imperador, como explicitado no v. 6.187.

Von Einsamkeiten wirst umhergetrieben.
Hast du Begriff von Öd' und Einsamkeit?

FAUST

Du spartest, dächt' ich, solche Sprüche;
Hier wittert's nach der Hexenküche,
Nach einer längst vergangnen Zeit. 6.230
Mußt' ich nicht mit der Welt verkehren?
Das Leere lernen, Leeres lehren? —
Sprach ich vernünftig, wie ich's angeschaut,
Erklang der Widerspruch gedoppelt laut;
Mußt' ich sogar vor widerwärtigen Streichen
Zur Einsamkeit, zur Wildernis entweichen
Und, um nicht ganz versäumt allein zu leben,
Mich doch zuletzt dem Teufel übergeben.

MEPHISTOPHELES

Und hättest du den Ozean durchschwommen,
Das Grenzenlose dort geschaut, 6240
So sähst du dort doch Well' auf Welle kommen,
Selbst wenn es dir vorm Untergange graut.
Du sähst doch etwas. Sähst wohl in der Grüne
Gestillter Meere streichende Delphine;

Em solidões ficas vagueando em vão.
Noção terás do que é o ermo, a solidão?

FAUSTO

Poupa-nos essa faladeira,
Ao antro ainda da bruxa cheira,[4]
Dos tempos que já longe vão.   6.230
Não tive eu de enfrentar o mundo a fio?
De digerir, professar o vazio? —
Quando, ao falar, vislumbrava a razão,
Em dobro já soava a contradição.
Para me pôr de seu ódio a coberto,
Tive que refugiar-me num deserto,
E na solidão que de mim dava cabo,
De me entregar enfim ao próprio diabo.

MEFISTÓFELES

Ainda que o mar teu braço transpusesse,
Teu olho a vastidão visualizasse,   6240
Verias onda que após onda cresce;
Ainda que a morte te aterrorizasse,
Verias algo. Em confins do sem-fim,
Talvez, brincando em mar verde, um delfim;

---

[4] Nesta estrofe, Fausto traz à lembrança episódios das cenas "A cozinha da bruxa" e "Floresta e gruta" ("Tive que refugiar-me num deserto"), que ocorreram na primeira parte da tragédia, embora as suas recordações não pareçam coincidir exatamente com os acontecimentos então narrados.

Sähst Wolken ziehen, Sonne, Mond und Sterne —
Nichts wirst du sehn in ewig leerer Ferne,
Den Schritt nicht hören, den du tust,
Nichts Festes finden, wo du ruhst.

FAUST

Du sprichst als erster aller Mystagogen,
Die treue Neophyten je betrogen;
Nur umgekehrt. Du sendest mich ins Leere,
Damit ich dort so Kunst als Kraft vermehre;
Behandelst mich, daß ich, wie jene Katze,
Dir die Kastanien aus den Gluten kratze.
Nur immer zu! wir wollen es ergründen,
In deinem Nichts hoff' ich das All zu finden.

MEPHISTOPHELES

Ich rühme dich, eh' du dich von mir trennst,
Und sehe wohl, daß du den Teufel kennst;
Hier diesen Schlüssel nimm.

FAUST

                Das kleine Ding!

Verias lua e sol, no céu o arco suspenso —
Nada verás no vácuo eterno, imenso,
Não ouvirás teu passo ao avançares,
Não sentirás firmeza onde parares.

FAUSTO

Estás falando como Mestre-Mistagogo,
De quem lograr neófitos é o jogo,[5]   6.250
Mas ao avesso. Envias-me ao Vazio
Para que eu nele amplie a ciência e o brio.
Qual gato de Esopo crês que me apanhas,
Que te extraia, eu, da fogueira as castanhas.[6]
Pois bem! eu vou sondar o teu engodo,
Nesse teu Nada aspiro a achar o Todo.

MEFISTÓFELES

Sinceramente, antes que vás, te gabo;
Vejo quão bem conheces já o diabo.
Vês esta chave? Toma-a![7]

FAUSTO

                Essa coisinha?

---

[5] No original, "como o primeiro de todos os mistagogos", isto é, os sacerdotes que presidiam à iniciação dos neófitos nos mistérios dos antigos cultos gregos.

[6] Alusão à fábula em que o macaco convence o gato a tirar das brasas as castanhas que depois devora sozinho. Esta fábula surge no século XVI (não provém portanto, como quer a tradutora, de Esopo) e tornou--se conhecida graças sobretudo a La Fontaine ("Le singe et le chat", *Fables*, IX, 17). Fausto suspeita que as misteriosas palavras de Mefisto estejam encobrindo interesses pessoais e, assim, que a incursão pelo "reino das Mães" encerre uma manipulação comparável àquela a que o macaco submete o gato.

[7] Na obra de Goethe, a palavra "chave" é empregada frequentemente em sentido imagético e metafórico, como símbolo para a abertura e exploração de um âmbito espiritual. No contexto desta cena, a "chave" parece ter também conotação de símbolo fálico.

MEPHISTOPHELES

    Erst faß ihn an und schätz ihn nicht gering.   6.260

FAUST

    Er wächst in meiner Hand! er leuchtet, blitzt!

MEPHISTOPHELES

    Merkst du nun bald, was man an ihm besitzt?
    Der Schlüssel wird die rechte Stelle wittern,
    Folg ihm hinab, er führt dich zu den Müttern.

FAUST *(schaudernd)*

    Den Müttern! Trifft's mich immer wie ein Schlag!
    Was ist das Wort, das ich nicht hören mag?

MEPHISTOPHELES

    Bist du beschränkt, daß neues Wort dich stört?
    Willst du nur hören, was du schon gehört?
    Dich störe nichts, wie es auch weiter klinge,
    Schon längst gewohnt der wunderbarsten Dinge.   6.270

FAUST

    Doch im Erstarren such' ich nicht mein Heil,
    Das Schaudern ist der Menschheit bestes Teil;
    Wie auch die Welt ihm das Gefühl verteure,
    Ergriffen, fühlt er tief das Ungeheure.

MEFISTÓFELES

    Pega-a: hás de ver que não é tão mesquinha.   6.260

FAUSTO

    Cresce ela em minha mão, reluz, cintila!

MEFISTÓFELES

    Agora vês de que vale o possuí-la?
    Marca o lugar exato a sua luz;
    Segue-a aos baixos: ela às Mães te conduz.

FAUSTO *(estremecendo)*

    As Mães! é como um golpe que me abala!
    Que palavra é, que em mim tão fundo cala?

MEFISTÓFELES

    Limitado és? Com dito novo fremes?
    Ouvir o que ainda não ouviste, temes?
    Nada te abale no alvo que palmilhas;
    Afeito estás de há muito a maravilhas.   6.270

FAUSTO

    Não viso a enrijecer! Sentir não temo,
    É estremecer do homem o bem supremo;
    Por alto que lhe cobre o preço o mundo,
    Estremecendo, o Imensurável sente a fundo.[8]

---

[8] Como observado no comentário a esta cena, exprime-se aqui um traço fundamental das concepções goethianas. Numa conversa sobre fenômenos cromáticos, que Eckermann registra sob a data de 18 de fevereiro de 1829, dizia o velho poeta: "O mais elevado a que o ser humano pode chegar é o assombro; e se o fenômeno primordial (*Urphänomen*) o faz assombrar-se, então ele deve considerar-se feliz; algo mais elevado não lhe é dado experimentar e ele também não deve buscar por detrás desse fenômeno algo mais amplo; aqui está dado o limite".

MEPHISTOPHELES

> Versinke denn! Ich könnt' auch sagen: steige!
> 's ist einerlei. Entfliehe dem Entstandnen
> In der Gebilde losgebundne Reiche!
> Ergetze dich am längst nicht mehr Vorhandnen;
> Wie Wolkenzüge schlingt sich das Getreibe,
> Den Schlüssel schwinge, halte sie vom Leibe! 6.280

FAUST *(begeistert)*

> Wohl! fest ihn fassend fühl' ich neue Stärke,
> Die Brust erweitert, hin zum großen Werke.

MEPHISTOPHELES

> Ein glühnder Dreifuß tut dir endlich kund,
> Du seist im tiefsten, allertiefsten Grund.
> Bei seinem Schein wirst du die Mütter sehn,
> Die einen sitzen, andre stehn und gehn,
> Wie's eben kommt. Gestaltung, Umgestaltung,
> Des ewigen Sinnes ewige Unterhaltung.
> Umschwebt von Bildern aller Kreatur;
> Sie sehn dich nicht, denn Schemen sehn sie nur. 6.290
> Da faß ein Herz, denn die Gefahr ist groß,
> Und gehe grad' auf jenen Dreifuß los,
> Berühr ihn mit dem Schlüssel!

FAUST *(macht eine entschieden gebietende Attitüde mit dem Schlüssel)*

MEFISTÓFELES

    Soçobra, pois! Podia eu dizer: sobe!
    Tanto faz. Foge ao que houve, ao que já viste.[9]
    Entre as visões de espaços livres, soltos,
    Te encante o que de há muito não existe.
    Lá a massa núblea ondeia em seu vaivém;
    Aponta a chave: ao longe ela a mantém!   6.280

FAUSTO *(arrebatado)*

    Ao apertá-la sinto força nova,
    Peito expandido, sigo à grande prova.

MEFISTÓFELES

    Comunicar-te-á um tripé ardente
    Que no mais fundo estás profundamente.[10]
    Poderás ver as Mães em seu clarão,
    Umas sentadas, outras vêm e vão.
    Transformação com formação se alterna,
    Do eterno espírito atuação eterna.
    Fluem lá visões de todas criaturas;
    Não te veem. Veem só espectrais figuras.   6.290
    Ânimo, ai! o perigo é ingente;
    Dirige-te ao tripé diretamente,
    Toca-o com a chave!

FAUSTO *(assume atitude dominante com a chave)*

---

[9] Mefistófeles exorta Fausto a fugir ao que "houve", isto é, ao que já se originou e constituiu (*dem Entstandenen*), para os "espaços livres, soltos" (*losgebundne*: em alemão, tradução literal da palavra latina *absolutus*) das "visões" — ou das "formas" (*Gebilde*) idealmente concebidas e, portanto, livres de toda materialidade.

[10] Na mitologia grega o "tripé" (ou trípode) aparece como instrumento de poderes mágicos, símbolo de profecias e oráculos. O mais famoso encontrava-se no interior do templo de Apolo em Delfos e sobre ele a sacerdotisa Pítia anunciava, em estado de êxtase, os seus oráculos. Foi roubado por Hércules, após a recusa de Apolo (seu meio-irmão) em profetizar-lhe o futuro.

MEPHISTOPHELES *(ihn betrachtend)*

So ist's recht!
Er schließt sich an, er folgt als treuer Knecht;
Gelassen steigst du, dich erhebt das Glück,
Und eh' sie's merken, bist mit ihm zurück.
Und hast du ihn einmal hierher gebracht,
So rufst du Held und Heldin aus der Nacht,
Der erste, der sich jener Tat erdreistet;
Sie ist getan, und du hast es geleistet. 6.300
Dann muß fortan, nach magischem Behandeln,
Der Weihrauchsnebel sich in Götter wandeln.

FAUST

Und nun was jetzt?

MEPHISTOPHELES

     Dein Wesen strebe nieder;
Versinke stampfend, stampfend steigst du wieder.

FAUST *(stampft und versinkt)*

MEPHISTOPHELES

Wenn ihm der Schlüssel nur zum besten frommt!
Neugierig bin ich, ob er wiederkommt.

MEFISTÓFELES *(contemplando-o)*

    É certo assim! Prossegue;
    A ti se atém: qual servo fiel te segue.
    Subindo vens: teu êxtase te traz,
    E antes que o notem, de regresso estás.
    E quando aqui de novo desembocas,
    Das trevas a heroína e o herói evocas.
    Primeiro tu, que à proeza se atreveu;
    Realizada está! e o feito é teu.   6.300
    Da mágica acatando após a norma,
    Vapor do incenso em deuses se transforma.[11]

FAUSTO

    Que faço?

MEFISTÓFELES

        O ser impele: abaixo o soltas
    Batendo o pé; batendo-o, ao alto voltas.

FAUSTO *(bate o pé e afunda)*

MEFISTÓFELES

    Não vá pregar-lhe a chave alguma peça!
    Curioso estou, por saber se regressa.

---

[11] Como dá a entender este verso, não é imediatamente a imagem de Páris e Helena que Fausto, munido da "chave", irá buscar no reino das Mães, mas sim o "tripé ardente", de cujo "vapor de incenso" se desprenderão então, mediante operação mágica (*nach magischem Behandeln*), os vultos dos "deuses" — ou, como dito quatro versos antes, "a heroína e o herói" evocados das trevas.

Hell erleuchtete Säle

Salas brilhantemente iluminadas

    Estabelecendo uma ponte entre a descida de Fausto ao "reino das Mães" e o seu retorno à corte para promover o fantasmagórico espetáculo com Helena e Páris, abre-se aqui a mais breve das cenas localizadas no Palatinado Imperial. Às palavras do Camareiro e do Intendente-Mor lembrando a expectativa do Imperador em relação à "cena dos fantasmas", segue-se a atuação de Mefistófeles como médico (ou antes "curandeiro") da corte, que se estende até o final desta passagem.
    Planos esboçados por Goethe em 1797 e 98 já evidenciavam a intenção de apresentar Mefistófeles como *Phisicien de la cour*, conforme a antiga expressão francesa mobilizada pelo poeta. E em 1816, no esboço em prosa mencionado na Apresentação a este volume, Goethe projetava encaminhar do seguinte modo esta cena que viria a ser redigida, com algumas modificações (mas sobretudo com a inserção do mito das "Mães"), apenas no final de 1829: "O Imperador exige aparições e estas são prometidas. Fausto se afasta em virtude dos preparativos. Nesse momento, Mefistófeles assume a aparência de Fausto para entreter mulheres e moças, passando a ser considerado por fim um homem de valor inestimável, já que com um leve toque cura uma verruga, com um chute algo ríspido de seu pé de cavalo disfarçado cura um calo e uma moça loira não se recusa a deixar que seu rostinho seja apalpado pelos dedos magros e pontudos de Mefistófeles, enquanto o espelho a consola mostrando como as suas sardas vão desaparecendo uma a uma".
    Em seus comentários, Erich Trunz chama a atenção para o jogo de contrastes entre esta cena, em que a sociedade da corte, sob ofuscante iluminação, se apresenta em toda sua frivolidade, e a anterior, em que se discorre, com penumbrosa seriedade, sobre o "reino das Mães" — como dois temas musicais que primeiro soam separadamente e depois (na última cena deste ato) são conduzidos a uma harmoniosa integração. Já Albrecht Schöne enfatiza o que julga ser a função específica desta cena vazada pela dicção debochada e espirituosa de Mefistófeles: ironizar e desmitologizar "tanto o discurso oracular do *mistagogo* na *galeria obscura* quanto as revelações que serão anunciadas, em meio às sombras da *sala feudal de cerimônias*, pelo Fausto envolto em *sacerdotal traje*". [M.V.M.]

(Kaiser und Fürsten, Hof in Bewegung)

KÄMMERER *(zu Mephistopheles)*

> Ihr seid uns noch die Geisterszene schuldig;
> Macht Euch daran! der Herr ist ungeduldig.

MARSCHALK

> Soeben fragt der Gnädigste darnach;
> Ihr! zaudert nicht der Majestät zur Schmach. 6.310

MEPHISTOPHELES

> Ist mein Kumpan doch deshalb weggegangen;
> Er weiß schon, wie es anzufangen,
> Und laboriert verschlossen still,
> Muß ganz besonders sich befleißen;
> Denn wer den Schatz, das Schöne, heben will,
> Bedarf der höchsten Kunst, Magie der Weisen.

MARSCHALK

> Was ihr für Künste braucht, ist einerlei:
> Der Kaiser will, daß alles fertig sei.

BLONDINE *(zu Mephistopheles)*

> Ein Wort, mein Herr! Ihr seht ein klar Gesicht,
> Jedoch so ist's im leidigen Sommer nicht! 6.320
> Da sprossen hundert bräunlich rote Flecken,
> Die zum Verdruß die weiße Haut bedecken.
> Ein Mittel!

MEPHISTOPHELES

> Schade! so ein leuchtend Schätzchen
> Im Mai getupft wie eure Pantherkätzchen.

(O Imperador e Príncipes, corte movimentada)

CAMAREIRO *(a Mefistófeles)*

    Sois da cena ainda dos fantasmas devedor;
    É andar! já se impacienta o Imperador.

INTENDENTE-MOR

    Dela indagou o Altíssimo ainda agora;
    É ofensa à Majestade essa demora.   6.310

MEFISTÓFELES

    Por isso é que se foi o meu consócio,
    Lidar sabe ele com o negócio;
    Exige esforço especial a pesquisa.
    Labuta em área silenciosa e obscura;
    Trazer à tona a suma Formosura,
    Da máxima arte mágica precisa.

INTENDENTE-MOR

    Que truques empregais não interessa;
    O Sereníssimo está com pressa.

UMA LOIRA *(a Mefistófeles)*

    Perdão, senhor! Vedes-me uma tez clara,
    Mas no verão é outra a minha cara!   6.320
    Cem manchas pardacentas nela brotam
    Que infelizmente a cútis branca lotam.
    Um meio!

MEFISTÓFELES

    É pena! Tanta alvura delicada,
    Em maio qual pantera salpicada!

Nehmt Froschlaich, Krötenzungen, kohobiert,
Im vollsten Mondlicht sorglich distilliert
Und, wenn er abnimmt, reinlich aufgestrichen,
Der Frühling kommt, die Tupfen sind entwichen.

BRAUNE

Die Menge drängt heran, Euch zu umschranzen.
Ich bitt' um Mittel! Ein erfrorner Fuß   6.330
Verhindert mich am Wandeln wie am Tanzen,
Selbst ungeschickt beweg' ich mich zum Gruß.

MEPHISTOPHELES

Erlaubet einen Tritt von meinem Fuß.

BRAUNE

Nun, das geschieht wohl unter Liebesleuten.

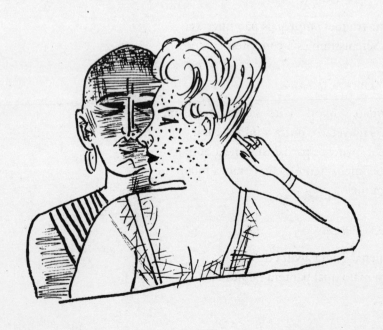

Línguas de sapo e ovas de rã procura,
Na lua cheia as destila e mistura,
E no minguante a face unta, ainda que arda;
Na primavera não vês uma sarda.[1]

UMA MORENA

Já chega a vós a multidão em cheio.
Dai-me um remédio! inerte está meu pé;   6.330
Entrava-me na dança e no passeio,
Sem jeito estou na reverência, até.[2]

MEFISTÓFELES

Dai vênia a uma pisada de meu pé.

A MORENA

Sim, pode dar-se isso entre namorados.

---

[1] Os ingredientes aqui prescritos para a loira (sobretudo "ovas de rã") aparecem com frequência em antigas fórmulas para a estética facial. No original, Goethe emprega o verbo *kohobieren*, corrente na linguagem alquímica da época do Fausto histórico (como nos escritos de Paracelsus) e que significa a purificação dos ingredientes mediante repetidas destilações.

[2] Uma vez que, como observa Albrecht Schöne, a reverência executada na corte pelas mulheres consistia sobretudo em dobrar os joelhos, o que sobrecarregava a ponta dos pés.

MEPHISTOPHELES

> Mein Fußtritt, Kind! hat Größres zu bedeuten.
> Zu Gleichem Gleiches, was auch einer litt;
> Fuß heilet Fuß, so ist's mit allen Gliedern.
> Heran! Gebt acht! Ihr sollt es nicht erwidern.

BRAUNE *(schreiend)*

> Weh! Weh! das brennt! das war ein harter Tritt,
> Wie Pferdehuf. 6.340

MEPHISTOPHELES

> Die Heilung nehmt Ihr mit.
> Du kannst nunmehr den Tanz nach Lust verüben,
> Bei Tafel schwelgend füßle mit dem Lieben.

DAME *(herandringend)*

> Laßt mich hindurch! Zu groß sind meine Schmerzen,
> Sie wühlen siedend mir im tiefsten Herzen;
> Bis gestern sucht' Er Heil in meinen Blicken,
> Er schwatzt mit ihr und wendet mir den Rücken.

MEPHISTOPHELES

> Bedenklich ist es, aber höre mich.
> An ihn heran mußt du dich leise drücken;
> Nimm diese Kohle, streich ihm einen Strich
> Auf Ärmel, Mantel, Schulter, wie sich's macht; 6.350
> Er fühlt im Herzen holden Reuestich.

MEFISTÓFELES

    São, filha, pontapés meus mais cotados.
    Cré com cré, lé com lé, o ai esconjura.[3]
    Pé cura o pé: aos membros todos vale aquilo.
    Atenta, aqui! Não deveis retribuí-lo.

A MORENA *(gritando)*

    Ai! ai! isso arde! que pisada dura!
    Qual casco de cavalo.   6.340

MEFISTÓFELES

    É inteira a cura.
    Podes dançar agora horas sem fim,
    Trançar os pés com o teu bem no festim.[4]

DAMA *(abrindo caminho)*

    Deixai que eu passe! A dor já não aguento,
    Meu coração se parte com o tormento;
    Até ontem tinha em mim as vistas postas,
    Namora uma outra, hoje, e me vira as costas.

MEFISTÓFELES

    De fato é sério, mas escuta atenta:
    Chegas quietinha ao homem de que gostas;
    Com este carvão um traço nele assenta
    Na espádua ou manga, onde for, não importa.   6.350
    No peito logo o remorso o atormenta.

---

[3] "Ao igual o igual", no original (*Zum Gleichen Gleiches*), em alusão irônica ao método homeopático desenvolvido, no tempo de Goethe, por Samuel Hahnemann (1755-1843), em especial ao princípio "o semelhante é curado pelo semelhante" (*Similia similibus curantur*).

[4] Refere-se ao jogo erótico dos pés sob a mesa em que se realiza o "festim" (no original, *Tafel*, távola).

Die Kohle doch mußt du sogleich verschlingen,
Nicht Wein, nicht Wasser an die Lippen bringen;
Er seufzt vor deiner Tür noch heute nacht.

DAME

Ist doch kein Gift?

MEPHISTOPHELES *(entrüstet)*

Respekt, wo sich's gebührt!
Weit müßtet Ihr nach solcher Kohle laufen;
Sie kommt von einem Scheiterhaufen,
Den wir sonst emsiger angeschürt.

PAGE

Ich bin verliebt, man hält mich nicht für voll.

MEPHISTOPHELES *(beiseite)*

Ich weiß nicht mehr, wohin ich hören soll. 6.360

(Zum Pagen)

Müßt Euer Glück nicht auf die Jüngste setzen.
Die Angejahrten wissen Euch zu schätzen. —

(Andere drängen sich herzu)

Schon wieder Neue! Welch ein harter Strauß!
Ich helfe mir zuletzt mit Wahrheit aus;
Der schlechteste Behelf! Die Not ist groß. —
O Mütter, Mütter! Laßt nur Fausten los!

Mas o carvão tão logo após engole,
Não tomes, de água ou vinho, nem um gole;
Bate hoje à noite, aos ais, na tua porta.

DAMA

Veneno não será?

MEFISTÓFELES *(indignado)*

Respeito, ora, a quem cabe!
Corre-se longe atrás de tal carvão.
Vem de um auto de fé, que, já se sabe,
Veloz mais se atiçou por nossa mão.[5]

PAJEM

Namoro, e por adulto, não me têm.[6]

MEFISTÓFELES *(à parte)*

Já não sei o que ainda escute e a quem.   6.360

(Ao pajem)

Não dês a algum brotinho o coração.
Dar-te-ão valor as que maduras são. —

(Outros fazem força para chegar a ele)

Outros ainda! Isto é barbaridade!
Terei de recorrer logo à verdade;
O pior recurso! Mas me sinto exausto. —
Mães, por quem sois! ó Mães! largai do Fausto!

---

[5] Ao prescrever o carvão para a cura do "mal de amor", Mefistófeles identifica-se com as fogueiras da Inquisição, atiçadas por "nossa mão" para a queima de bruxas e hereges. É como se o carvão oriundo do "auto de fé" extraísse as suas propriedades miraculosas do sofrimento da pessoa torturada.

[6] No original, literalmente: "Estou apaixonado, mas não me levam a sério".

(Umherschauend)

    Die Lichter brennen trübe schon im Saal,
    Der ganze Hof bewegt sich auf einmal.
    Anständig seh' ich sie in Folge ziehn
    Durch lange Gänge, ferne Galerien.   6.370
    Nun! sie versammeln sich im weiten Raum
    Des alten Rittersaals, er faßt sie kaum.
    Auf breite Wände Teppiche spendiert,
    Mit Rüstung Eck' und Nischen ausgeziert.
    Hier braucht es, dächt' ich, keine Zauberworte;
    Die Geister finden sich von selbst zum Orte.

(Olhando em volta)

    Estão baixando as luzes já na sala,
    A corte inteira a um tempo só se abala.
    Em fila ordeira andando já os notas,
    Por galerias longas e remotas.   6.370
    Agora! juntam-se na área vasta
    Do velho átrio feudal: quase não basta.
    Tapetes há nos muros a capricho,[7]
    Arnês e escudo ornando cada nicho.
    Não é preciso abracadabra aqui;
    Hão de surgir fantasmas já por si.

---

[7] Isto é, tapetes para a decoração de paredes, os chamados "gobelinos" (*Gobelins*), apelativo derivado das célebres fábricas fundadas no início do século XVI por um tingidor e tapeceiro francês de nome Gobelin.

Rittersaal

Sala feudal de cerimônias

"Sala dos cavaleiros" seria a tradução mais direta e literal para esta cena conclusiva do primeiro ato, a quarta localizada por Goethe em salas do Palatinado Imperial: *Rittersaal* no original, isto é, um salão em que nobres e cavaleiros costumavam se reunir por ocasião de cerimônias festivas ou solenes.

Em seus comentários, Erich Trunz aponta nesta cena o momento culminante de dois temas que atravessariam todo o primeiro ato da tragédia: o tema do "demoníaco" e o da "representação social". Enquanto Fausto, confrontado com a imagem da suprema beleza feminina, mostra-se extasiado em seu íntimo, a sociedade da corte exibe-se aqui em toda sua superficialidade. Contrapor-se-iam assim, na visão de Trunz, a "tragédia" do indivíduo solitário, criativo, apaixonado, e a "comédia" do mundo social, que se exprime em linguagem ligeira e maliciosa. Ambas as esferas "se mesclam maravilhosamente e ao final separam-se como num movimento oposto de duas vozes, uma delas ascendendo e a outra descendendo na escala tonal".

Como grande parte dos comentadores e intérpretes do *Fausto*, Trunz busca elucidar esta cena a partir de uma variante ao v. 6.436 ("De outros desvenda o mágico o mistério"), em que "mágico" se encontra substituído por "poeta" (*Dichter*). À luz dessa variante, a incursão pelo "reino das Mães" é entendida então como uma descida do "poeta" Fausto ao próprio inconsciente, ao íntimo ou às profundidades de seu espírito para liberar as potências criativas que ali jazem. Essa perspectiva crítica ocupa posição-chave no célebre e alentado estudo *Die Symbolik von "Faust II"* [*O simbolismo no "Fausto II"*], publicado por

Wilhelm Emrich em 1943: a substituição operada por Goethe é vista então como "ocultamento do mistério evidente", isto é, do "duplo papel" que Fausto desempenha como "mágico e como poeta".

Ao contrário das interpretações voltadas às profundidades simbólicas e psicológicas do "reino das Mães" e desta cena subsequente, Albrecht Schöne destaca em seus comentários as marcações irônicas e satíricas com as quais "o arranjo cênico cerca a aparição do mágico-sacerdote-poeta". Anunciada de maneira altamente teatral pelo ressoar das "trompetas", tem início essa peça dentro da peça, à qual o volúvel astrólogo irá dar, por volta do final, o jocoso título de "Rapto de Helena". Mefistófeles na "caixa do ponto" sopra para o astrólogo e para o seu "cúmplice" (*Kumpan*, como diz no v. 6.311: "consócio", na tradução) palavras e expressões que novamente traem a dicção do "mistagogo" da cena "Galeria obscura" (ver nota ao v. 6.249). Já a rubrica cênica "grandioso", introduzindo Fausto ("o homem do milagre em sacerdotal traje"), constitui provável paródia, como observa Schöne, ao episódio bíblico da feiticeira de Endor (*I Samuel*, 28: 7), que a mando do rei Saul evoca e faz subir do reino dos mortos, envolto num manto de sacerdote, o espectro de Samuel.

Bem mais importante, nos comentários de Schöne, do que a ênfase sobre tais sinais irônicos e satíricos é a observação, ousada e original, de que Goethe teria estruturado esta cena de modo inteiramente realista, isto é, em torno dos recursos e possibilidades da *laterna magica*, instrumento óptico desenvolvido em meados do século XVII e que conheceu o seu apogeu entre o final do século XVIII e início do XIX, decaindo posteriormente à condição de brinquedo infantil.

Apoiando-se em cartas e anotações de Goethe contemporâneas à redação desta cena, as quais revelam o seu grande interesse pela lanterna mágica, Schöne observa que também episódios da primeira parte da tragédia, como a aparição do Gênio da Terra ou dos vultos que se levantam do caldeirão na "Cozinha da bruxa", deveriam ser encenados, segundo planos do poeta, com a ajuda desse aparelho, nomeado explicitamente na cena "Sala vasta" (ver nota ao v. 5.518).

O que todavia distingue os acontecimentos fantasmagóricos nesta "sala feudal de cerimônias" seria, na visão do intérprete, a intenção de Goethe de romper a ilusão cênica, já que a lanterna mágica entraria em ação apenas levemente camuflada, perceptível não para o público nobre do Palatinado, que presencia a aparente sessão "espiritista", mas para o leitor e o verdadeiro espectador diante do palco. Nesse sentido, o "tripé ardente" que Fausto traz do "reino das Mães" funcionaria como um aparelho complementar à lanterna mágica, e dele emanaria a fumaça (o "denso vapor" mencionado no v. 6.440) sobre a qual se materializam os espectros projetados de Páris e Helena. Se, porém, o próprio Fausto sucumbe à ilusão mágica e ao fascínio da formosa imagem feminina (o que leva Mefisto a adverti-lo repetidamente: "Controla-te, homem, do papel não saias!", "Psst! domina o rasgo!", "Mas a fazes tu mesmo, a espectral palhaçada!"), então ele assumiria assim o papel do mítico escultor Pigmaleão, o qual, segundo o relato de Ovídio nas *Metamorfoses*, apaixona-se tão perdidamente por uma estátua de mulher esculpida por ele mesmo que Afrodite, a deusa do amor, decide insuflar vida à obra de arte. Fausto, ao contrário, ultrapassando a fronteira entre a realidade e a bela aparência artística produzida pela lanterna mágica, provoca a implosão de ambas as esferas, causando *tumulto, escuridão* e o esvaecimento dos espíritos *em vapor*.

Para um tal desfecho Goethe inspirou-se provavelmente, observa ainda Schöne, numa história do escritor alemão Hans Sachs (1494-1576), intitulada *Uma visão maravilhosa do Imperador Maximiliano*, assim como na narrativa *L'enchanteur Faustus*, do escritor francês Anthony Hamilton (1646-1720), na qual aparições espectrais dissolvem-se em vapor, em meio a raios e trovões, no momento em que o espectador tenta abraçá-las. Ainda assim, o desfecho explosivo deste primeiro ato encontraria fundamento na realidade técnica da *laterna magica*, a qual, sob manejamento inadequado ou em função de um efeito visado (como o desaparecimento, acompanhado de estrondos, de um "espírito"), podia levar facilmente a tais explosões.

Evitando, porém, fixar a interpretação desta cena exclusivamente em torno dos recursos técnicos desse precursor dos modernos meios visuais, Albrecht Schöne faz por fim a seguinte observação: "Agora, tudo isso não quer dizer absolutamente que se deva entender o 'reino das Mães' como puro engodo, a aparição dos espíritos como mero truque ilusório, os versos correspondentes apenas como prestidigitação de dois *showmasters*. A alternância entre seriedade e brincadeira não se resolve de maneira assim tão rasa no opalizante reino mágico dessa poesia. É certo, porém, que Goethe, mediante a feitiçaria da lanterna mágica, refratou ironicamente o mito das *Mães* e o conduziu a uma dimensão alegre e de luminosidade cambiante. Na medida em que a poesia do *Fausto* leva ao palco esse meio visual de massa da época de Goethe e mostra os seus efeitos sobre a sociedade da corte, exibindo no final também a autossugestão do mágico, tal poesia espelha as manipulações ofuscantes que esse instrumento 'mágico' possibilitava, assim como a subjugação ilusionista que ele podia gerar. Isso tem certamente alguma validade também diante das telas dos nossos meios de comunicação de massa". [M.V.M.]

(Dämmernde Beleuchtung)

(Kaiser und Hof sind eingezogen)

HEROLD

    Mein alt Geschäft, das Schauspiel anzukünden,
    Verkümmert mir der Geister heimlich Walten;
    Vergebens wagt man, aus verständigen Gründen
    Sich zu erklären das verworrene Schalten.   6.380
    Die Sessel sind, die Stühle schon zur Hand;
    Den Kaiser setzt man grade vor die Wand;
    Auf den Tapeten mag er da die Schlachten
    Der großen Zeit bequemlichstens betrachten.
    Hier sitzt nun alles, Herr und Hof im Runde,
    Die Bänke drängen sich im Hintergrunde;
    Auch Liebchen hat, in düstern Geisterstunden,
    Zur Seite Liebchens lieblich Raum gefunden.
    Und so, da alle schicklich Platz genommen,
    Sind wir bereit; die Geister mögen kommen!   6.390

(Posaunen)

ASTROLOG

    Beginne gleich das Drama seinen Lauf,
    Der Herr befiehlt's, ihr Wände tut euch auf!
    Nichts hindert mehr, hier ist Magie zur Hand:
    Die Teppiche schwinden, wie gerollt vom Brand;
    Die Mauer spaltet sich, sie kehrt sich um,
    Ein tief Theater scheint sich aufzustellen,

PRIMEIRO ATO — SALA FEUDAL DE CERIMÔNIAS

(Iluminação crepuscular)

(O Imperador e a Corte já entraram)

ARAUTO

> A meu ofício, o anúncio do espetáculo,
> Espíritos opõem secreto obstáculo;
> Ainda assim, procura a gente em vão
> Algo que explique sua confusa ação.   6.380
> À mão estão cadeiras, a poltrona;
> O Imperador frente à parede trona.
> Pode ele, nos tapetes das muralhas,
> Contemplar da grande época as batalhas.[1]
> Assente a Majestade, e a corte à roda,
> No fundo o resto em bancos se acomoda;
> O benzinho arranjou lugar vizinho,
> Na hora espectral, encostada ao benzinho.
> Todos na expectativa a mente empenham,
> Tudo está pronto, espíritos que venham!   6.390

(Ressoam trompetas)

ASTRÓLOGO

> Do drama surjam logo os objetivos,
> Comanda o Mestre: muros, vós, abri-vos!
> Não há obstáculo: é da magia o jogo;
> Tapetes somem, como à ação do fogo.[2]
> O muro racha e num ai se revolve;
> Surge, a montar-se, um fundo teatro. Um foco

---

[1] Isto é, os "gobelinos" mencionados por Mefistófeles no final da cena anterior (ver nota ao v. 6.373), os quais estampam cenas de batalhas "da grande época" de antigos Imperadores.

[2] O astrólogo começa a descrever os preparativos cênicos para o espetáculo (espécie de "teatro dentro do teatro") que irá preencher esta última cena no Palatinado Imperial: para que o "velho templo maciço" (em estilo dórico) possa aparecer no palco (no "fundo teatro"), os tapetes são enrolados e também afastadas as demais armações dos bastidores (como paredes ou muros corrediços e giratórios).

Geheimnisvoll ein Schein uns zu erhellen,
Und ich besteige das Proszenium.

MEPHISTOPHELES *(aus dem Souffleurloche auftauchend)*

Von hier aus hoff' ich allgemeine Gunst,
Einbläsereien sind des Teufels Redekunst. 6.400

(Zum Astrologen)

Du kennst den Takt, in dem die Sterne gehn,
Und wirst mein Flüstern meisterlich verstehn.

ASTROLOG

Durch Wunderkraft erscheint allhier zur Schau,
Massiv genug, ein alter Tempelbau.
Dem Atlas gleich, der einst den Himmel trug,
Stehn reihenweis der Säulen hier genug;
Sie mögen wohl der Felsenlast genügen,
Da zweie schon ein groß Gebäude trügen.

ARCHITEKT

Das wär' antik! Ich wüßt' es nicht zu preisen,
Es sollte plump und überlästig heißen. 6.410
Roh nennt man edel, unbehülflich groß.
Schmalpfeiler lieb' ich, strebend, grenzenlos;
Spitzbögiger Zenit erhebt den Geist;
Solch ein Gebäu erbaut uns allermeist.

De luz estranha a escuridão dissolve,
E no proscênio à vista me coloco.

MEFISTÓFELES *(surgindo da caixa de ponto)*

Conto com recepção satisfatória;
Soprar a ação, é do diabo a oratória.   6.400

(Ao astrólogo)

Sabes dos astros o compasso e augúrios,[3]
Hás de entender sem mais os meus murmúrios.

ASTRÓLOGO

Surgido do poder oculto, já contemplo
Maciço, edificado, um velho templo.
Qual Atlas, que arrimou o céu outrora,
Colunas veem-se em fila aí afora.[4]
Hão de bastar para cumprir o ofício;
Sustentaria um par grande edifício.

ARQUITETO

Clássico, antigo, isso é? Não vai conosco!
Chamem-no antes de primário, tosco;   6.410
Dizem que o bruto é nobre, o cru bonito.
Gosto eu de flechas, roçando o infinito.
Ao zênite ogival confiro a palma,
Tal edificação edifica a alma.[5]

---

[3] Como já observara o próprio Mefistófeles na cena "Sala do trono", quando diz do astrólogo que "de ciclos e épocas desvenda o véu" (ver nota ao v. 4.949).

[4] Filho do Titã Jápeto e irmão de Prometeu, Atlas tomou parte na luta dos doze Titãs (os filhos de Urano, o Céu, e Gaia, a Terra) contra os deuses olímpicos e, com a vitória destes, foi condenado a manter apoiada sobre os ombros a abóbada celeste.

[5] Com indisfarçável intenção irônica e polêmica, Goethe, partidário dos valores clássicos na arquitetura, introduz aqui, na figura do Arquiteto, um representante do romantismo alemão, entusiasmado pelas "flechas" (pilares esguios) e abóbadas pontiagudas (o "zênite ogival") características do estilo gótico.

ASTROLOG

> Empfangt mit Ehrfurcht sterngegönnte Stunden;
> Durch magisch Wort sei die Vernunft gebunden;
> Dagegen weit heran bewege frei
> Sich herrliche verwegne Phantasei.
> Mit Augen schaut nun, was ihr kühn begehrt,
> Unmöglich ist's, drum eben glaubenswert. 6.420

FAUST *(steigt auf der andern Seite des Proszeniums herauf)*

ASTROLOG

> Im Priesterkleid, bekränzt, ein Wundermann,
> Der nun vollbringt, was er getrost begann.
> Ein Dreifuß steigt mit ihm aus hohler Gruft,
> Schon ahn' ich aus der Schale Weihrauchduft.
> Er rüstet sich, das hohe Werk zu segnen;
> Es kann fortan nur Glückliches begegnen.

FAUST *(großartig)*

> In eurem Namen, Mütter, die ihr thront
> Im Grenzenlosen, ewig einsam wohnt,
> Und doch gesellig. Euer Haupt umschweben
> Des Lebens Bilder, regsam, ohne Leben. 6.430
> Was einmal war, in allem Glanz und Schein,
> Es regt sich dort; denn es will ewig sein.
> Und ihr verteilt es, allgewaltige Mächte,
> Zum Zelt des Tages, zum Gewölb der Nächte.

ASTRÓLOGO

    Reverenciai horas votadas a astros;
    Cale a razão, e siga, livre, os rastros
    Que se abrem com palavras de magia,
    O arrojo esplêndido da fantasia.
    O que almejais e que impossível é,
    Olhai! por tal será digno de fé.[6]   6.420

FAUSTO *(sobe pelo outro lado do proscênio)*

ASTRÓLOGO

    Em sacerdotal traje, eis o homem do milagre,
    O que iniciou o seu arrojo, ora consagre.
    Com um tripé do vão da cripta se ala;
    A taça já vapor de incenso exala.
    Consagrar o alto feito é o que prepara.
    Disso só pode advir obra preclara.

FAUSTO *(grandioso)*

    Em vosso nome, Mães, vós que da imensidão
    Povoais eternamente a eterna solidão,
    Não estais sós. De vida desprovida, a onda
    De formações da vida, a vossa fronte ronda.   6.430
    O que brilhou, já, num clarão superno,
    Move-se ali, porque quer ser eterno.
    Onipotentes, o espalhais em levas,
    À luz do dia, à abóbada das trevas.

---

[6] Alusão irônica do astrólogo (na verdade, soprada por Mefistófeles) a sentenças teológicas e filosóficas para a justificação da fé perante os questionamentos da razão, como, por exemplo, *credo quia absurdum* ("creio por ser absurdo"), provavelmente derivada de sentenças de Tertuliano: *credibile est quia ineptum est* ("É fidedigno por ser insensato") e, ainda, *certum est, quia impossibile* ("é certo por ser impossível").

Die einen faßt des Lebens holder Lauf,
Die andern sucht der kühne Magier auf;
In reicher Spende läßt er, voll Vertrauen,
Was jeder wünscht, das Wunderwürdige schauen.

ASTROLOG

Der glühnde Schlüssel rührt die Schale kaum,
Ein dunstiger Nebel deckt sogleich den Raum; 6.440
Er schleicht sich ein, er wogt nach Wolkenart,
Gedehnt, geballt, verschränkt, geteilt, gepaart.
Und nun erkennt ein Geister-Meisterstück!
So wie sie wandeln, machen sie Musik.
Aus luft'gen Tönen quillt ein Weißnichtwie,
Indem sie ziehn, wird alles Melodie.
Der Säulenschaft, auch die Triglyphe klingt,
Ich glaube gar, der ganze Tempel singt.

Prende a uns, da vida, o fluido império,
De outros desvenda o mágico o mistério.[7]
Seu rico dom faz com que cada um veja
A maravilha que seu sonho almeja.

ASTRÓLOGO

A chave ardente mal toca a tigela,
Denso vapor logo o recinto vela.   6.440
Qual nuvem flui, adentro se insinua,
Em formas múltiplas voga e flutua,[8]
Surge da mágica, ora, uma obra-mestra.
Ouve-se a soar música, sons de orquestra.
Num não-sei-como, o aéreo som se amplia,
Vai fluindo, e tudo fica melodia.
A colunata, o tríglifo ressoa,
Cantares, creio, o templo inteiro entoa.[9]

---

[7] No original, esses dois versos dizem literalmente: "A uns, apreende-os o curso propício da vida,/ A outros, busca-os o mágico audacioso". Como os pronomes *die einen* e *die anderen* podem representar tanto o gênero masculino quanto o feminino, é possível que os mesmos se refiram às acima mencionadas "formações da vida" (literalmente, "imagens da vida"). De todo modo, os versos proferidos nesta estrofe pelo Fausto "em sacerdotal traje" mostram-se solenes e obscuros, começando com a invocação inicial ao poder das "Mães". Como já observado no comentário a esta cena, num esboço desses versos lê-se "poeta" em lugar de "mágico", o que ensejou a intérpretes e comentadores da tragédia extensas considerações sobre os vínculos, pretensamente sugeridos por Goethe, entre mágico, poeta e, ainda, sacerdote.

[8] As formações que a tradutora sintetiza aqui como "formas múltiplas" são especificadas por Goethe como: "dispersas, compactas, entrelaçadas, divididas, aos pares". Albrecht Schöne observa que as duas primeiras correspondem às formas de nuvem "estrato" e "cúmulo", designações estabelecidas pelo cientista inglês Luke Howard (1772-1864), com quem Goethe se correspondia e cujas pesquisas meteorológicas acompanhava com grande interesse.

[9] Na sentença 776 (segundo a numeração de Max Hecker) do volume *Máximas e reflexões*, Goethe caracterizou a arquitetura como "música emudecida" (*verstummte Tonkunst*). Aqui, porém, a magia impõe a ilusão de ressoarem não apenas a "colunata" e o "tríglifo" dos frisos dóricos, mas todo o maciço templo no "fundo teatro".

Das Dunstige senkt sich; aus dem leichten Flor
Ein schöner Jüngling tritt im Takt hervor.　　　　　　6.450
Hier schweigt mein Amt, ich brauch' ihn nicht zu nennen,
Wer sollte nicht den holden Paris kennen!

(Paris hervortretend)

DAME

O! welch ein Glanz aufblühender Jugendkraft!

ZWEITE

Wie eine Pfirsche frisch und voller Saft!

DRITTE

Die fein gezognen, süß geschwollnen Lippen!

VIERTE

Du möchtest wohl an solchem Becher nippen?

FÜNFTE

Er ist gar hübsch, wenn auch nicht eben fein.

SECHSTE

Ein bißchen könnt' er doch gewandter sein.

RITTER

Den Schäferknecht glaub' ich allhier zu spüren,
Vom Prinzen nichts und nichts von Hofmanieren.　　　6.460

Baixa o vapor; surge dos véus, do espaço,
Belo mancebo em rítmico compasso.　　　　　　　　　　6.450
Calo-me aí. Não há com que o compares.
Quem não conhece o fabuloso Páris!

(Surge Páris)

DAMA

Visão sem-par de juventude em flor!

SEGUNDA DAMA

Qual pêssego é! prenhe de sumo e cor.

TERCEIRA DAMA

Que suave linha o doce lábio traça!

QUARTA

Bem que os teus embebias em tal taça!

QUINTA

Bonito ele é, porém não é distinto.

SEXTA

Do *savoir-faire* falta-lhe a arte, sinto.[10]

CAVALEIRO

Vê-se que de pastor rural se trata,
Nada tem da aura real, do aristocrata.[11]　　　　　　　6.460

---

[10] No original: "Mas ele poderia ser um pouco mais desenvolto".

[11] Segundo a lenda, Páris (filho do rei troiano Príamo) foi abandonado quando criança e acolhido por pastores; cresceu apascentando rebanhos no monte Ida. Sob a data de 30 de dezembro de 1829, Eckermann re-

ANDRER

> Eh nun! halb nackt ist wohl der Junge schön,
> Doch müßten wir ihn erst im Harnisch sehn!

DAME

> Er setzt sich nieder, weichlich, angenehm.

RITTER

> Auf seinem Schoße wär' Euch wohl bequem?

ANDRE

> Er lehnt den Arm so zierlich übers Haupt.

KÄMMERER

> Die Flegelei! Das find' ich unerlaubt!

DAME

> Ihr Herren wißt an allem was zu mäkeln.

DERSELBE

> In Kaisers Gegenwart sich hinzuräkeln!

DAME

> Er stellt's nur vor! Er glaubt sich ganz allein.

UM OUTRO

    Formoso, o admito, é assim, meio desnudo;
    Mas o quisera ver de arnês e escudo!

DAMA

    Com garbo suave e natural se senta.

CAVALEIRO

    Seus joelhos são assento que vos tenta?

OUTRA DAMA

    Lânguido, apoia em mãos cabeça e colo.

CAMAREIRO

    Que malcriadez! é contra o protocolo.

DAMA

    Sim, homens, vós! criticar nada custa.

O MESMO

    Espreguiçar-se na presença augusta!

DAMA

    De conta faz! Crê deserto o lugar.

---

gistra as seguintes palavras de Goethe sobre Páris: "Ele é o enlevo das mulheres, que expressam os encantos de sua plenitude juvenil; é o alvo do ódio dos homens, nos quais se revolvem inveja e ciúme, e procuram rebaixá-lo tanto quanto podem". Helena exerceria o efeito contrário: "Ela causa sobre os homens a mesma impressão que Páris às mulheres. Os homens ardendo em amor e elogios, as mulheres em inveja, ódio e críticas".

DERSELBE

    Das Schauspiel selbst, hier sollt' es höflich sein.   6.470

DAME

    Sanft hat der Schlaf den Holden übernommen.

DERSELBE

    Er schnarcht nun gleich; natürlich ist's, vollkommen!

JUNGE DAME *(entzückt)*

    Zum Weihrauchsdampf was duftet so gemischt,
    Das mir das Herz zum innigsten erfrischt?

ÄLTERE

    Fürwahr! Es dringt ein Hauch tief ins Gemüte,
    Er kommt von ihm!

ÄLTESTE

               Es ist des Wachstums Blüte,
    Im Jüngling als Ambrosia bereitet
    Und atmosphärisch ringsumher verbreitet.

(Helena hervortretend)

MEPHISTOPHELES

    Das wär' sie denn! Vor dieser hätt' ich Ruh';
    Hübsch ist sie wohl, doch sagt sie mir nicht zu.   6.480

O MESMO

Nem o teatro aqui deve ser vulgar.¹² 6.470

DAMA

É encantador! Caiu num sono brando.

O MESMO

Perfeito é, natural: logo estará roncando.

JOVEM DAMA *(extasiada)*

Que eflúvio suave a se infiltrar no incenso,
Ao coração me traz deleite intenso?

UMA MAIS VELHA

Sim! nos penetra a alma esse suave olor.
Dele provém!

A MAIS IDOSA

        De crescimento é a flor,
Do mancebo a inerente aura ambrosiana,
Que de sua atmosfera à roda emana.

(Surge Helena)

MEFISTÓFELES

Ei-la, pois! Bem, com essa estou tranquilo:
Bonita é, mas, não é de meu estilo. 6.480

---

[12] Albrecht Schöne aponta neste verso uma alusão a regras do teatro classicista francês que prescreviam aos atores que representavam na corte uma postura condizente com a distinção do público: espreguiçar-se ou roncar de maneira mais naturalista significaria assim incorrer no "vulgar".

ASTROLOG

>Für mich ist diesmal weiter nichts zu tun,
>Als Ehrenmann gesteh', bekenn' ich's nun.
>Die Schöne kommt, und hätt' ich Feuerzungen! —
>Von Schönheit ward von jeher viel gesungen —
>Wem sie erscheint, wird aus sich selbst entrückt,
>Wem sie gehörte, ward zu hoch beglückt.

FAUST

>Hab' ich noch Augen? Zeigt sich tief im Sinn
>Der Schönheit Quelle reichlichstens ergossen?
>Mein Schreckensgang bringt seligsten Gewinn.
>Wie war die Welt mir nichtig, unerschlossen! 6.490
>Was ist sie nun seit meiner Priesterschaft?
>Erst wünschenswert, gegründet, dauerhaft!
>Verschwinde mir des Lebens Atemkraft,
>Wenn ich mich je von dir zurückgewöhne! —
>Die Wohlgestalt, die mich voreinst entzückte,
>In Zauberspiegelung beglückte,
>War nur ein Schaumbild solcher Schöne! —
>Du bist's, der ich die Regung aller Kraft,
>Den Inbegriff der Leidenschaft,
>Dir Neigung, Lieb', Anbetung, Wahnsinn zolle. 6.500

MEPHISTOPHELES *(aus dem Kasten)*

>So faßt Euch doch und fallt nicht aus der Rolle!

ASTRÓLOGO

>Que digo agora? Admito-o, a voz me falta,
>Da Formosura ei-la, a visão mais alta.
>E inda que houvesse eu língua em fogo acesa! —[13]
>Cantou-se em todos tempos a Beleza. —
>Quem a conhece fica alucinado.
>Quem a possuiu, demais foi contemplado.

FAUSTO

>Tenho olhos ainda? Esparze-se em meu peito
>Da fonte de beleza o jato a fundo?
>Traz-me êxtases meu espantoso feito!
>Como era um vácuo inexistente o mundo!   6.490
>E após meu sacerdócio, de repente,
>Como é estável, desejável, permanente!
>Ah, que eu jamais de tua luz me isente,
>Ou que da vida o hálito se me suma! —
>A aparição que outrora me encantara,[14]
>No mágico reflexo deslumbrara,
>De tal beleza efígie era, de espuma. —
>É a ti que voto o Todo da existência,
>Do amor, paixão, da idolatria a essência!
>Delírio que da insânia toca as raias!   6.500

MEFISTÓFELES *(da caixa do ponto)*

>Controla-te, homem, do papel não saias!

---

[13] Alusão às "línguas como de fogo" que desceram sobre os apóstolos potencializando-lhes o poder do discurso (*Atos dos Apóstolos*, 2: 3). Mesmo que um tal dom lhe fosse concedido, o astrólogo confessa-se incapaz de enaltecer a contento a formosura de Helena.

[14] Fausto lembra aqui a imagem feminina que lhe aparecera em "A cozinha da bruxa" (ver notas aos vv. 2.430 e 2.604, no *Fausto I*). O enlevo que então sentira ao contemplar aquela imagem especular não se compara com os sentimentos que agora, em escala ascendente, o acometem diante do espectro de Helena: amor, paixão, idolatria, delírio, insânia.

ÄLTERE DAME

　Groß, wohlgestaltet, nur der Kopf zu klein.

JÜNGERE

　Seht nur den Fuß! Wie könnt' er plumper sein!

DIPLOMAT

　Fürstinnen hab' ich dieser Art gesehn,
　Mich deucht, sie ist vom Kopf zum Fuße schön.

HOFMANN

　Sie nähert sich dem Schläfer listig mild.

DAME

　Wie häßlich neben jugendreinem Bild!

POET

　Von ihrer Schönheit ist er angestrahlt.

DAME

　Endymion und Luna! wie gemalt! 6.510

UMA DAMA MAIS IDOSA

Benfeita é, mas demais longo é o pescoço.[15]

UMA MAIS MOÇA

Onde é que já se viu um pé tão grosso?

DIPLOMATA

Princesas vi dessa categoria:
Beleza do alto até o solo irradia.

CORTESÃO

Sutil chega ao dorminte, sem que a ouça.

DAMA

Quão feia é junto à estátua esbelta e moça!

POETA

Nele projeta a sua formosura.

DAMA

Luna e Endimião! é um quadro, uma pintura![16]   6.510

---

[15] No original, o remoque dessa "dama mais velha" diz literalmente: "Grande, bem proporcionada, apenas a cabeça demasiado pequena". Conforme Albrecht Schöne, Goethe faz ressoar aqui observações de grandes arqueólogos de seu tempo (como Johann J. Winckelmann e Christian G. Heyne) sobre a *Vênus de Medici*, mármore grego que hoje se encontra na galeria dos Uffizi, em Florença. Estabelece-se assim, entre esses dois modelos máximos de beleza feminina, uma relação plenamente adequada tanto ao antigo mito de Helena como ao seu espelhamento na segunda parte do *Fausto*.

[16] Segundo a lenda, a deusa Luna (identificada a Selene), apaixonada por Endimião, desce todas as noites ao leito desse jovem e belo pastor, imerso em sono eterno, para beijá-lo. O próprio Goethe possuía reproduções dessa cena mítica, um motivo frequente na pintura desde o século XVI. Nos versos seguintes, a "aparição divina" (Helena) se inclina sobre Páris para beijá-lo.

DERSELBE

> Ganz recht! Die Göttin scheint herabzusinken,
> Sie neigt sich über, seinen Hauch zu trinken;
> Beneidenswert! — Ein Kuß! — Das Maß ist voll.

DUENNA

> Vor allen Leuten! Das ist doch zu toll!

FAUST

> Furchtbare Gunst dem Knaben! —

MEPHISTOPHELES

>   Ruhig! still!
> Laß das Gespenst doch machen, was es will.

HOFMANN

> Sie schleicht sich weg, leichtfüßig; er erwacht.

DAME

> Sie sieht sich um! Das hab' ich wohl gedacht.

HOFMANN

> Er staunt! Ein Wunder ist's, was ihm geschieht.

DAME

> Ihr ist kein Wunder, was sie vor sich sieht.   6.520

PRIMEIRO ATO — SALA FEUDAL DE CERIMÔNIAS

MESMO

Vejo a vergar-se a aparição divina;
Sobre ele, a haurir-lhe o hálito, se inclina.
Um beijo! — É de invejar! — Transborda a taça.

DUENHA[17]

Diante de todos! Da medida passa!

FAUSTO

Favor tremendo ao jovem! —

MEFISTÓFELES

                        Psst! domina o rasgo!
Deixa que faça o que quiser o trasgo.

CORTESÃO

De leve ela se afasta. Ele desperta.

DAMA

Olha pra trás! Disso eu estava certa.

CORTESÃO

Para ele, o que vê, é um milagre. Pasma!

DAMA

Não é milagre para ela o fantasma.   6.520

---

[17] Goethe introduz agora, entre os membros femininos da corte, o tipo de uma governanta ou preceptora severa e moralista (do espanhol, *dueña*). Já o último segmento do verso anterior ("transborda a taça", literalmente: "a medida está repleta") poderia constar de sua fala.

HOFMANN

    Mit Anstand kehrt sie sich zu ihm herum.

DAME

    Ich merke schon, sie nimmt ihn in die Lehre;
    In solchem Fall sind alle Männer dumm,
    Er glaubt wohl auch, daß er der erste wäre.

RITTER

    Laßt mir sie gelten! Majestätisch fein! —

DAME

    Die Buhlerin! Das nenn' ich doch gemein!

PAGE

    Ich möchte wohl an seiner Stelle sein!

HOFMANN

    Wer würde nicht in solchem Netz gefangen?

DAME

    Das Kleinod ist durch manche Hand gegangen,
    Auch die Verguldung ziemlich abgebraucht.

CORTESÃO

Retorna a ele, majestosa e ereta.

DAMA

Sob a sua égide o toma, já se vê.
Em caso tal, todo homem é um pateta.
Ser o primeiro, ainda decerto crê.

CAVALEIRO

Quanta elegância! Distinção sem-par! —

DAMA

Mulher à toa! É de se envergonhar.

PAJEM

Que sorte a dele! Dessem-me o lugar!

CORTESÃO

Cair-se-ia em tal rede com afinco!

DAMA

Passou por muitas mãos aquele brinco.[18]
O banho de ouro algo se desgastou.

---

[18] Segundo as lendas, Helena foi raptada por Teseu ainda menina. Vieram depois o seu esposo Menelau (diante de cujo palácio em Esparta abre-se o terceiro ato da tragédia), Páris que a levou para Troia, o seu irmão Deífobos, que a desposou após a morte daquele, e novamente Menelau, recobrando-a depois da derrota dos troianos. Uma outra lenda acrescenta ainda o espectro de Aquiles, que após a morte teria vivido com Helena, igualmente egressa do "reino das sombras", na ilha de Leuce, nascendo dessa união o menino Eufórion.

ANDRE

>   Vom zehnten Jahr an hat sie nichts getaugt. 6.530

RITTER

>   Gelegentlich nimmt jeder sich das Beste;
>   Ich hielte mich an diese schönen Reste.

GELAHRTER

>   Ich seh' sie deutlich, doch gesteh' ich frei:
>   Zu zweiflen ist, ob sie die rechte sei.
>   Die Gegenwart verführt ins Übertriebne,
>   Ich halte mich vor allem ans Geschriebne.
>   Da les' ich denn, sie habe wirklich allen
>   Graubärten Trojas sonderlich gefallen;
>   Und wie mich dünkt, vollkommen paßt das hier:
>   Ich bin nicht jung, und doch gefällt sie mir. 6.540

ASTROLOG

>   Nicht Knabe mehr! Ein kühner Heldenmann,
>   Umfaßt er sie, die kaum sich wehren kann.
>   Gestärkten Arms hebt er sie hoch empor,
>   Entführt er sie wohl gar?

FAUST

>   Verwegner Tor!
>   Du wagst! Du hörst nicht! halt! das ist zu viel!

OUTRA

    Desde os dez anos nunca mais prestou.[19]   6.530

CAVALEIRO

    A ocasião aproveito, sem protestos!
    Satisfar-me-ia com tão lindos restos.

ERUDITO

    Malgrado a formosura que revela,
    Duvida-se ainda o ser de fato aquela.
    Leva a exagero o que se vê. De modo estrito,
    Antes do mais, atenho-me ao escrito.
    Consciente está, quem no que leu se apoia,[20]
    De que agradou aos velhos lá de Troia.
    E aliás, confirma-se isto ainda assim:
    Não sou moço, e também me agrada a mim.   6.540

ASTRÓLOGO

    Já não é adolescente: homem se revela!
    Viril a enlaça, mal se defende ela.
    Possante, a ergue nos braços. É um rapto
    O que pretende?

FAUSTO

            Ousado mentecapto!
    Para! Ouve! isto é demais! passa da alçada!

---

[19] Segundo uma versão da lenda, a menina Helena contava dez anos de idade quando foi raptada; outras versões falam em sete ou treze anos (ver nota ao v. 7.426).

[20] O erudito alude aqui ao terceiro canto da *Ilíada* (vv. 153-8), em que os velhos troianos, pouco antes do duelo entre Páris e Menelau, fazem o elogio da beleza de Helena: "É compreensível que os Teucros e Aquivos de grevas benfeitas/ Por tal mulher tanto tempo suportem tão grandes canseiras!/ Tem-se, realmente, a impressão de a uma deusa imortal estar vendo" (tradução de Carlos Alberto Nunes).

MEPHISTOPHELES

    Machst du's doch selbst, das Fratzengeisterspiel!

ASTROLOG

    Nur noch ein Wort! Nach allem, was geschah,
    Nenn' ich das Stück den Raub der Helena.

FAUST

    Was Raub! Bin ich für nichts an dieser Stelle!
    Ist dieser Schlüssel nicht in meiner Hand!   6.550
    Er führte mich, durch Graus und Wog' und Welle
    Der Einsamkeiten, her zum festen Strand.
    Hier fass' ich Fuß! Hier sind es Wirklichkeiten,
    Von hier aus darf der Geist mit Geistern streiten,
    Das Doppelreich, das große, sich bereiten.
    So fern sie war, wie kann sie näher sein!
    Ich rette sie, und sie ist doppelt mein.
    Gewagt! Ihr Mütter! Mütter! müßt's gewähren!
    Wer sie erkannt, der darf sie nicht entbehren.

ASTROLOG

    Was tust du, Fauste! Fauste! — Mit Gewalt   6.560
    Faßt er sie an, schon trübt sich die Gestalt.
    Den Schlüssel kehrt er nach dem Jüngling zu,
    Berührt ihn! — Weh uns, Wehe! Nu! im Nu!

(Explosion, Faust liegt am Boden. Die Geister gehen in Dunst auf)

MEFISTÓFELES

>   Mas a fazes tu mesmo, a espectral palhaçada!

ASTRÓLOGO

>   Mais um instante! A peça, após tal cena,
>   Há de se intitular: "Rapto de Helena".

FAUSTO

>   Quê! Rapto! Não sou nada aqui então?
>   E esta chave! Não está em minha mão?   6.550
>   Não me trouxe entre o flux, o horror e as vagas
>   Das solidões até estas firmes plagas?
>   Aqui eu tomo pé, na realidade!
>   De espíritos, o espírito a aura invade,
>   Do grande reino dual, prepara a Idade![21]
>   Remota é, mas jamais tê-la-ei mais rente?
>   Liberto-a eu! e é minha duplamente.
>   Seja! — outorgai-ma, ó Mães! tendes de concedê-la!
>   Quem a encontrou, não pode mais perdê-la!

ASTRÓLOGO

>   Que fazes, Fausto! Fausto! — Num tumulto   6.560
>   Ele a arrebata! já se nubla o vulto.
>   A chave vira para o jovem. Vai
>   Tocá-lo! — Ai dele! ai de nós! Num ai!

(Explosão, Fausto jaz no solo. Os espíritos esvaem-se em vapor)[22]

---

[21] Nestes versos, Fausto diz literalmente que a partir de agora o Espírito pode disputar com espíritos (e, assim, enfrentar e derrotar o espectro de Páris) e pode preparar-se também o "grande reino dual", isto é, o reino da aparência mágica e o da realidade viva, em que possuirá "duplamente" a bela Helena.

[22] Tratando da dimensão simbólica do *Fausto II*, observa Wilhelm Emrich em seu livro mencionado na abertura desta cena: "O golpe fulminante que atinge Fausto durante o abraço é a resposta à ousada decisão de apoderar-se da beleza florescente saltando sobre o abismo dos tempos".

Erster Akt — Rittersaal

MEPHISTOPHELES *(der Fausten auf die Schulter nimmt)*

Da habt ihr's nun! mit Narren sich beladen,
Das kommt zuletzt dem Teufel selbst zu Schaden.

(Finsternis, Tumult)

MEFISTÓFELES *(carregando Fausto sobre os ombros)*

Meter-se com malucos dessa laia,
Faz com que ao próprio diabo errado saia.

(Escuridão, tumulto)

Zweiter Akt

Segundo ato

Hochgewölbtes enges gotisches Zimmer

Quarto gótico, acanhado, de abóbodas altas

  Após as aventuras no "grande mundo" do Palatinado Imperial, o segundo ato da tragédia se abre com um retorno ao velho gabinete de Fausto, palco de seus grandes monólogos iniciais de frustração e desespero (cena "Noite", *Fausto I*) e das disputas (que culminam no pacto ou aposta) com Mefistófeles, após o passeio de Páscoa, ao lado do fâmulo Wagner, nos campos "diante da porta da cidade".
  Saindo inconsciente da sessão ocultista oferecida ao Imperador e à sua corte, Fausto é conduzido de volta ao seu quarto de trabalho, que o fiel Wagner manteve inalterado ao longo dos anos decorridos desde o desaparecimento do doutor. Assim se estabelece uma nítida relação retrospectiva com a primeira parte da tragédia, e isso graças à ação de Mefisto, que, com Fausto desmaiado, passa para o primeiro plano e alcança uma de suas grandes cenas, repleta de ironia, humor e tiradas espirituosas.

Ficamos sabendo agora como evoluiu o mundo da ciência no antigo "quarto de trabalho" de Fausto: Wagner, assistido agora por um novo fâmulo, transformou-se nesse meio-tempo num renomado alquimista e encontra-se a um passo de seu maior feito: a criação, em seu laboratório, de um ser humano artificial, o qual irá se "cristalizar" na cena seguinte. Antes, porém, de travarmos conhecimento com esse "homúnculo" de proveta, adentra o palco uma outra personagem da primeira parte da tragédia: o estudante novato a quem Mefisto, no final da segunda cena "Quarto de trabalho", atordoara com a sua impagável sátira ao ensino universitário da época.

Mas o ingênuo calouro de então acaba de obter o seu primeiro grau acadêmico e se apresenta, com ilimitada arrogância, na condição de *baccalaureus* — irônica e inesperada concretização das palavras bíblicas que Mefisto registrara como despedida em seu álbum de estudante: *Eritis sicut Deus, scientes bonum et malum* ("Sereis como Deus, versados no bem e no mal", ver nota ao v. 2.048).

Não poucos comentadores enxergam na figura do *baccalaureus* uma paródia a sistemas filosóficos do idealismo alemão, em especial à filosofia hegeliana e à doutrina de Fichte relativa ao "Eu absoluto". Essa tendência interpretativa começa na verdade com Eckermann, que no dia 6 de dezembro de 1829 registra as impressões que lhe causa a cena "Quarto gótico", em leitura do próprio poeta: "Conversamos sobre a personagem do *baccalaureus*. Não representa ele, disse eu, uma certa classe de filósofos idealistas? 'Não', disse Goethe, 'nele está personificada a prepotência que é própria sobretudo da juventude, da qual tivemos demonstrações tão ostensivas nos primeiros anos depois da nossa guerra de libertação. Na juventude cada um acredita que, no fundo, o mundo começou com a própria existência; que, no fundo, tudo existe apenas em função de si mesmo'".

Extrapolando as circunstâncias históricas e sociais da época de Goethe, a disputa entre Mefistófeles e o *baccalaureus* pode ser relacionada a todo conflito geracional, no qual a juventude procura emancipar-se, de maneira impetuosa e rebelde, da ascendência de uma geração mais velha. Experimentado nos dois lados do conflito, o velho poeta contempla Mefisto agora com uma sabedoria ironicamente generosa e condescendente: ainda que o mosto, durante o estágio inicial da fermentação, se comporte de maneira absurda, "no fim acaba dando um vinho". [M.V.M.]

Zweiter Akt — Hochgewölbtes enges gotisches Zimmer

(Ehemals Faustens, unverändert)

MEPHISTOPHELES *(hinter einem Vorhang hervortretend. Indem er ihn aufhebt und zurückzieht, erblickt man Fausten hingestreckt auf einem altväterischen Bette)*

> Hier lieg, Unseliger! verführt
> Zu schwergelöstem Liebesbande!
> Wen Helena paralysiert,
> Der kommt so leicht nicht zu Verstande.

(Sich umschauend)

> Blick' ich hinauf, hierher, hinüber,   6.570
> Allunverändert ist es, unversehrt;
> Die bunten Scheiben sind, so dünkt mich, trüber,
> Die Spinneweben haben sich vermehrt;
> Die Tinte starrt, vergilbt ist das Papier;
> Doch alles ist am Platz geblieben;
> Sogar die Feder liegt noch hier,
> Mit welcher Faust dem Teufel sich verschrieben.

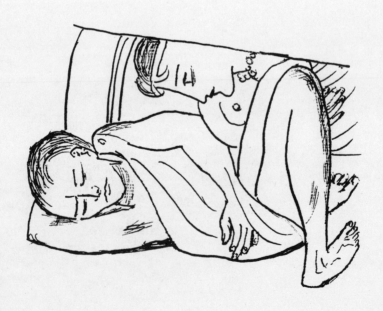

Segundo ato — Quarto gótico, acanhado, de abóbodas altas

(Outrora quarto de Fausto, inalterado)

MEFISTÓFELES *(saindo de trás do reposteiro. Enquanto ele o suspende e afasta,*[1] *percebe-se Fausto estendido numa cama antiquada)*

    Prostrado estás, mísero, enfeitiçado,
    Num nó de amor que não se solve!
    Quem por Helena foi paralisado,
    Tão cedo já à razão não volve.

(Olha ao redor)

    Por ali olho, ao alto, aonde for,   6.570
    Nada mudou, nada se estranha;
    Estão mais turvos os vitrôs de cor,
    Pode haver teias mais de aranha,
    Tinta seca e papel amarelado,
    Mas tudo no lugar permaneceu;
    Até a pena ainda vejo ao lado,
    Com que Fausto ao demônio se vendeu.

---

[1] A maioria das edições alemãs do *Fausto* (como a de Weimar, que provavelmente serviu de base para esta tradução) trazem um pequeno erro nesta rubrica cênica (a troca do "z" pelo "s"), lendo-se *zurücksieht*, "olha para trás", em lugar do correto *zurückzieht*, "afasta", referindo-se ao reposteiro.

Ja! tiefer in dem Rohre stockt
Ein Tröpflein Blut, wie ich's ihm abgelockt.
Zu einem solchen einzigen Stück 6.580
Wünscht' ich dem größten Sammler Glück.
Auch hängt der alte Pelz am alten Haken,
Erinnert mich an jene Schnaken,
Wie ich den Knaben einst belehrt,
Woran er noch vielleicht als Jüngling zehrt.
Es kommt mir wahrlich das Gelüsten,
Rauchwarme Hülle, dir vereint
Mich als Dozent noch einmal zu erbrüsten,
Wie man so völlig recht zu haben meint.
Gelehrte wissen's zu erlangen, 6.590
Dem Teufel ist es längst vergangen.

(Er schüttelt den herabgenommenen Pelz; Zikaden, Käfer und Farfarellen fahren heraus)

CHOR DER INSEKTEN

    Willkommen! willkommen,
    Du alter Patron!
    Wir schweben und summen
    Und kennen dich schon.
    Nur einzeln im stillen

Segundo Ato — Quarto gótico, acanhado, de abóbodas altas

Sim! fundo no canudo ainda para
De sangue um pingo, como eu lhe aliciara.
Com uma só peça desse teor   6.580
Triunfava um colecionador.
Pende também do gancho o tosão roto;
Recorda absurdos que, guindado e douto,
Outrora houvera ao garoto impingido,[2]
Com que talvez se nutre, ainda, crescido.
Pois do imprevisto afã me valho
De em ti meter-me, apre agasalho,
E inda uma vez me emproar como docente
Que cem por cento com a razão se sente.
Compraz-se com isso um qualquer erudito, 6.590
De há muito o diabo o tem proscrito.

(Sacode a peliça que tirou do gancho; cigarras, besouros e outros insetos[3] voam para fora)

CORO DOS INSETOS

  Bem-vindo! Bem-vindo,
  Velho amo de antanho![4]
  Voando, eis-nos, zunindo,
  Não nos és estranho.
  Sozinhos, e aos pares,

---

[2] De volta ao velho gabinete de estudo de Fausto, Mefistófeles recorda-se das pilhérias que impingira ao calouro da segunda cena "Quarto de trabalho" (vv. 1.868-2.048). No original, Goethe emprega aqui o substantivo *Schnake*, no sentido de "pilhéria", "troça" (ou "absurdo"), mas que significa também — já anunciando os "insetos" que estão por vir — uma espécie de varejeira.

[3] "Outros insetos" correspondem, no original, a *Farfarellen*, neologismo criado a partir do italiano *farfalletta* ou *farfallina* (pequena borboleta) e da expressão popular *farfarello*, que significa um duende ou diabrete (na *Divina Comédia*, canto XXI do "Inferno", é o nome de um dos diabos comandados por Malacoda).

[4] *Patron*, no original, como Mefistófeles e seus ajudantes irão se referir ao "colonizador" Fausto na segunda cena do quinto ato ("Palácio"). No final da primeira cena "Quarto de trabalho" (vv. 1.516-7) o próprio Mefisto se apresentara como "rei" de ratos e camundongos, sapos e também insetos: moscas, percevejos, piolhos.

Du hast uns gepflanzt;
Zu Tausenden kommen wir,
Vater, getanzt.
Der Schalk in dem Busen   6.600
Verbirgt sich so sehr,
Vom Pelze die Läuschen
Enthüllen sich eh'r.

MEPHISTOPHELES

Wie überraschend mich die junge Schöpfung freut!
Man säe nur, man erntet mit der Zeit.
Ich schüttle noch einmal den alten Flaus,
Noch eines flattert hier und dort hinaus. —
Hinauf! umher! in hunderttausend Ecken
Eilt euch, ihr Liebchen, zu verstecken.
Dort, wo die alten Schachteln stehn,   6.610
Hier im bebräunten Pergamen,
In staubigen Scherben alter Töpfe,
Dem Hohlaug' jener Totenköpfe.
In solchem Wust und Moderleben
Muß es für ewig Grillen geben.

(Schlüpft in den Pelz)

Semeaste este bando.⁵
Eis-nos aos milhares,
À volta dançando.
Malandros, os espinhos⁶   6.600
Em seu peito encobrem,
No velo os piolhinhos
Sem mais se descobrem.

MEFISTÓFELES

Jovem criação! como ela me deleita!
É só semear, vem com o tempo a colheita.
Mais uma vez sacudo o velho trapo,
Cai fora inda um ou outro vivo fiapo. —
Ao alto, em torno, em pisos, nichos,
Ide acampar, diletos bichos!
Lá nos caixotes, no cantinho,   6.610
Cá no tostado pergaminho,
Nos cacos de velhas chaleiras,
Na órbita oca das caveiras.
Num caos de trastes carcomidos,
Sempre haverá zum-zuns e zuídos.⁷

(Reveste a peliça)

---

⁵ Mefistófeles teria "semeado" alguns poucos insetos ("sozinhos e aos pares") na toga professoral de Fausto quando a vestiu pela primeira vez, na segunda cena "Quarto de trabalho". Agora estes se exibem multiplicados "aos milhares".

⁶ O coro diz literalmente: "O malandro, no peito, oculta-se tão bem". Estabelece-se assim um contraste entre o "malandro" (ou "maganão": *Schalk*) Mefisto e os próprios insetos, que buscam antes desocultar-se do velo (ou peliça).

⁷ No original, "zum-zuns e zuídos" correspondem a "grilos", que Goethe emprega aqui em seu duplo sentido: como insetos semelhantes aos besouros e cigarras sacudidos da antiga peliça de Fausto e também no sentido, que se estabelece a partir do século XVI, de ideias extravagantes — afim, de certo modo, ao uso de "grilo", em português, como "preocupação".

Komm, decke mir die Schultern noch einmal!
Heut bin ich wieder Prinzipal.
Doch hilft es nichts, mich so zu nennen;
Wo sind die Leute, die mich anerkennen?

(Er zieht die Glocke, die einen gellenden, durchdringenden Ton erschallen läßt, wovon die Hallen erbeben und die Türen aufspringen)

FAMULUS *(den langen finstern Gang herwankend)*

Welch ein Tönen! welch ein Schauer! 6.620
Treppe schwankt, es bebt die Mauer;
Durch der Fenster buntes Zittern
Seh' ich wetterleuchtend Wittern.
Springt das Estrich, und von oben
Rieselt Kalk und Schutt verschoben.
Und die Türe, fest verriegelt,
Ist durch Wunderkraft entsiegelt. —
Dort! Wie fürchterlich! Ein Riese
Steht in Faustens altem Vliese!
Seinen Blicken, seinem Winken 6.630
Möcht' ich in die Kniee sinken.
Soll ich fliehen? Soll ich stehn?
Ach, wie wird es mir ergehn!

Vem, uma vez ainda meus ombros cobre!
Eis-me de novo Reitor Nobre.[8]
Mas que uso há em que assim me chame,
Se não há quem aqui me aclame?

*(Ele puxa a sineta, que faz ressoar um som
estridente e penetrante, com o qual as salas estremecem
e as portas se abrem de par em par)*

FÂMULO *(titubeando pelo vestíbulo extenso e sombrio)*

    Que troar! que arrepio! freme   6.620
    A escadaria, o muro treme;
    Pelos vidros tremulantes
    Vejo raios trovejantes.
    Racha o soalho, com barulho
    Caem de cima cal e entulho;
    Sempre a porta está trancada,
    E ei-la, toda escancarada. —[9]
    Lá, que horror! que augúrio infausto!
    No velho tosão de Fausto
    Um gigante! O olhar da fera,   6.630
    Faz com que ir-me ao chão quisera.
    Daqui fujo? fico eu cá?
    Ah, que me acontecerá!

---

[8] No original, *Prinzipal*, que em alemão tem o sentido de dirigente de uma universidade, o primeiro (*principalis*) dos professores.

[9] No original, o novo fâmulo (assistente e ajudante de um professor ou erudito) sugere a ação de uma "força milagrosa" (*Wunderkraft*), conotando uma relação com o "grande terremoto" que abriu o sepulcro de Cristo, selado com uma pedra (*Mateus*, 28: 2).

MEPHISTOPHELES *(winkend)*

Heran, mein Freund! — Ihr heißet Nikodemus.

FAMULUS

Hochwürdiger Herr! so ist mein Nam' — Oremus.

MEPHISTOPHELES

Das lassen wir!

FAMULUS

        Wie froh, daß Ihr mich kennt!

MEPHISTOPHELES

Ich weiß es wohl, bejahrt und noch Student,
Bemooster Herr! Auch ein gelehrter Mann
Studiert so fort, weil er nicht anders kann.
So baut man sich ein mäßig Kartenhaus,   6.640
Der größte Geist baut's doch nicht völlig aus.
Doch Euer Meister, das ist ein Beschlagner:
Wer kennt ihn nicht, den edlen Doktor Wagner,
Den Ersten jetzt in der gelehrten Welt!
Er ist's allein, der sie zusammenhält,
Der Weisheit täglicher Vermehrer.
Allwißbegierige Horcher, Hörer

MEFISTÓFELES *(acenando)*

Amigo, alô! Chamais-vos Nicodemus.[10]

FÂMULO

Sim, Eminência! é este o nome — Oremus!

MEFISTÓFELES

Deixemos tal!

FÂMULO

      Sabeis meu nome, é honra bastante!

MEFISTÓFELES

Sei, digno ancião, velhinho e ainda estudante.
É que ao musgoso homem letrado cabe[11]
Ir estudando, pois só isso sabe.
Assim constrói castelos de baralho,[12]   6.640
Mas douto algum leva ao fim o trabalho.
O vosso Mestre, esse, sim, é um colosso:
Quem não conhece o ilustre Doutor Wagner, poço
De erudição! no mundo o de mais fama,
Único a sustentar-lhe a trama,
Promotor diário da sabedoria!
Cercam-no ouvintes de categoria,

---

[10] Em face do comportamento atemorizado do fâmulo, prestes a cair de joelhos, Mefistófeles o chama pelo nome do fariseu que à noite vem a Jesus e lhe diz que "ninguém pode fazer os sinais que fazes, se Deus não estiver com ele" (*João*, 3: 2). Acontece, porém, que Nicodemus é de fato o nome desse novo fâmulo, o qual, aturdido, vale-se de um tratamento eclesiástico ("Eminência") e pronuncia a fórmula ritual latina para a oração comum, ensejando a fria resposta de Mefisto.

[11] "Musgoso" (*bemoost*), no jargão estudantil mobilizado por Goethe nesta cena, significa um estudante veterano, já no último semestre.

[12] Isto é, vai erigindo um conhecimento não propriamente amplo, mas sobretudo frágil como um castelo de cartas.

Versammeln sich um ihn zuhauf.
Er leuchtet einzig vom Katheder;
Die Schlüssel übt er wie Sankt Peter, 6.650
Das Untre so das Obre schließt er auf.
Wie er vor allen glüht und funkelt,
Kein Ruf, kein Ruhm hält weiter stand;
Selbst Faustus' Name wird verdunkelt,
Er ist es, der allein erfand.

FAMULUS

Verzeiht, hochwürdiger Herr! wenn ich Euch sage,
Wenn ich zu widersprechen wage:
Von allem dem ist nicht die Frage;
Bescheidenheit ist sein beschieden Teil.
Ins unbegreifliche Verschwinden 6.660
Des hohen Manns weiß er sich nicht zu finden;
Von dessen Wiederkunft erfleht er Trost und Heil.
Das Zimmer, wie zu Doktor Faustus' Tagen,
Noch unberührt seitdem er fern,
Erwartet seinen alten Herrn.
Kaum wag' ich's, mich hereinzuwagen.
Was muß die Sternenstunde sein? —
Gemäuer scheint mir zu erbangen;
Türpfosten bebten, Riegel sprangen,
Sonst kamt Ihr selber nicht herein. 6.670

Vindos de cem regiões do mundo.
Na cátedra brilha em tons suaves,
E qual São Pedro opera as chaves,[13] 6.650
Abrindo o mais alto e o mais fundo.
A todos com o saber deslumbra,
Da glória haurindo o predomínio;
Até de Fausto o nome obumbra,
Tudo inventou ele sozinho.

FÂMULO

Perdoe Vossa Eminência, entretanto,
Se, temerário, uma objeção levanto:
Nada disso há, eu vos garanto.
Ele é modesto até em excesso.
Deixou-o o sumiço inexplicável 6.660
Do insigne Mestre, inconsolável.
Vive a sonhar com seu regresso.[14]
Tal como em tempos de Fausto era,
O quarto ali permaneceu,
Intacto o seu velho amo espera.
A nele entrar, mal me atrevo eu.
Mas a hora astral, qual não será? —[15]
Paredes tremem, portas se abalaram;
Ferrolhos, trincos, estalaram;
Se não, nem vós entráveis cá. 6.670

---

[13] O antigo fâmulo de Fausto, que ascendeu agora à condição de "doutor", é estilizado por Mefistófeles como "papa" do reino das ciências, que do alto da cátedra "opera" a autoridade de suas "chaves" como Pedro (e seus sucessores) nas palavras de Jesus (*Mateus*, 16: 19): "Eu te darei as chaves do Reino dos Céus e o que ligares na terra será ligado nos céus, e o que desligares na terra será desligado nos céus".

[14] No original, o fâmulo diz neste verso que Wagner espera, do retorno de Fausto, "consolo e salvação", palavras que podem remeter à expectativa dos discípulos pelo regresso do Cristo ressuscitado.

[15] Isto é, que constelação planetária propiciou os extraordinários acontecimentos desta hora? Na cena seguinte, Wagner dará as boas-vindas a Mefisto no "propício astro da hora".

Zweiter Akt — Hochgewölbtes enges gotisches Zimmer

MEPHISTOPHELES

> Wo hat der Mann sich hingetan?
> Führt mich zu ihm, bringt ihn heran!

FAMULUS

> Ach! sein Verbot ist gar zu scharf,
> Ich weiß nicht, ob ich's wagen darf.
> Monatelang, des großen Werkes willen,
> Lebt' er im allerstillsten Stillen.
> Der zarteste gelehrter Männer,
> Er sieht aus wie ein Kohlenbrenner,
> Geschwärzt vom Ohre bis zur Nasen,
> Die Augen rot vom Feuerblasen, 6.680
> So lechzt er jedem Augenblick;
> Geklirr der Zange gibt Musik.

MEPHISTOPHELES

> Sollt' er den Zutritt mir verneinen?
> Ich bin der Mann, das Glück ihm zu beschleunen.

(Der Famulus geht ab, Mephistopheles setzt sich gravitätisch nieder)

> Kaum hab' ich Posto hier gefaßt,
> Regt sich dort hinten, mir bekannt, ein Gast.
> Doch diesmal ist er von den Neusten,
> Er wird sich grenzenlos erdreusten.

MEFISTÓFELES

> Mas o homem, onde está? que é dele?
> Trazei-o, ou levai-me a ele.

FÂMULO

> Ah! demais rija é a proibição,
> Não sei se a tal me atrevo, não.
> Há meses que em prol da grande obra
> Em funda solidão manobra.
> Tão sábio, ele, e tão fino cavalheiro,
> Dir-se-ia um mísero carvoeiro,
> Do nariz preto até as orelhas,
> Soprando a brasa, as pálpebras vermelhas,   6.680
> Na obra arquejando, a aviar-lhe as fases,
> Sua música é o tinir, só, das tenazes.

MEFISTÓFELES

> Ora, haveria de negar-me o acesso?
> Seu homem sou, o resultado apresso.[16]

(O Fâmulo sai, Mefistófeles se senta com solenidade)

> Mal reassumo o meu posto importante,
> Já, lá detrás, se move um visitante;
> Conheço-o, mas é atual, da hodierna leva,[17]
> Nada haverá a que ele não se atreva.

---

[16] Literalmente, no original: "Sou o homem para apressar-lhe a fortuna", palavras que se referem aos esforços que Wagner vem despendendo há meses no laboratório ao lado. Como espécie de catalisador num processo químico, a presença de Mefisto irá propiciar a "cristalização" do Homúnculo que Wagner vem tentando produzir artificialmente.

[17] Mefistófeles reconhece no visitante que se aproxima o ingênuo calouro da segunda cena "Quarto de trabalho", mas percebe ao mesmo tempo, pela sua aparência enfatuada, que se trata agora de um membro da "hodierna leva", provavelmente partidário da juventude universitária progressista formada no âmbito da resistência à ocupação napoleônica e nutrida pela filosofia do idealismo alemão.

BACCALAUREUS *(den Gang herstürmend)*

    Tor und Türe find' ich offen!
    Nun, da läßt sich endlich hoffen,   6.690
    Daß nicht, wie bisher, im Moder
    Der Lebendige wie ein Toter
    Sich verkümmere, sich verderbe
    Und am Leben selber sterbe.

    Diese Mauern, diese Wände
    Neigen, senken sich zum Ende,
    Und wenn wir nicht bald entweichen,
    Wird uns Fall und Sturz erreichen.
    Bin verwegen, wie nicht einer,
    Aber weiter bringt mich keiner.   6.700

    Doch was soll ich heut erfahren!
    War's nicht hier, vor so viel Jahren,
    Wo ich, ängstlich und beklommen,
    War als guter Fuchs gekommen?
    Wo ich diesen Bärtigen traute,
    Mich an ihrem Schnack erbaute?

    Aus den alten Bücherkrusten
    Logen sie mir, was sie wußten,
    Was sie wußten, selbst nicht glaubten,   6.710
    Sich und mir das Leben raubten.
    Wie? — Dort hinten in der Zelle
    Sitzt noch einer dunkel-helle!

BACCALAUREUS *(irrompendo pelo vestíbulo)*[18]

    Livre a entrada, aberta a porta!
    Bem, a ideia nos conforta   6.690
    Que não mais na podridão,
    Como um morto, o vivo e são
    Se embolore na modorra
    E da própria vida morra.

    A parede, ao que se enxerga,
    Com seus rachos ao chão verga;
    É melhor que o campo ceda,
    Ou me atinge o tombo e a queda.
    Temerário eu sou bastante,
    Mas não vou um passo adiante.   6.700

    A esse ambiente, que me traz?
    Fôra aqui que, anos atrás,
    Garoto assustado e louro,
    Viera como bom calouro,[19]
    A confiar nalgum barbudo
    Que me edificava em tudo?

    Da banal crosta livresca
    Os nutria a espúria pesca;[20]
    Sem crer nela, a professavam,   6.710
    Nossa vida esperdiçavam.
    Quê! — Sentado ante a parede
    No escuro ainda um deles vede!

---

[18] Ao título de *baccalaureus* tinham direito na Alemanha, desde o século XIII, os estudantes que já haviam passado pelos primeiros exames acadêmicos e estavam habilitados para ensinar calouros.

[19] No jargão estudantil que Goethe faz ressoar nesta cena, "calouro" corresponde a "raposa" (*Fuchs*).

[20] O sentido da tradução aqui é "espúria pesca" advinda dos velhos livros (a "crosta livresca"): mentiras que o bacharel diz ter recebido então, ingênuo e indefeso calouro, como verdades. Acusa assim os velhos professores "barbudos" de mentir aos estudantes e roubar-lhes a vida.

ZWEITER AKT — HOCHGEWÖLBTES ENGES GOTISCHES ZIMMER

    Nahend seh' ich's mit Erstaunen,
    Sitzt er noch im Pelz, dem braunen,
    Wahrlich, wie ich ihn verließ,
    Noch gehüllt im rauhen Vlies!
    Damals schien er zwar gewandt,
    Als ich ihn noch nicht verstand.
    Heute wird es nichts verfangen,
    Frisch an ihn herangegangen!   6.720

Wenn, alter Herr, nicht Lethes trübe Fluten
Das schiefgesenkte, kahle Haupt durchschwommen,
Seht anerkennend hier den Schüler kommen,
Entwachsen akademischen Ruten.
Ich find' Euch noch, wie ich Euch sah;
Ein anderer bin ich wieder da.

Noto-o agora com espanto,
Ainda usando o velho manto,
Como aqui vira o paspalho,
Embrulhado no agasalho!
Sábio o achei naquele dia,
Quando não o compreendia;
Mas aquilo hoje não pega,
Zus! entremos na refrega.   6.720

Se do Letes, provecto ancião, ondas do olvido[21]
Não têm vossa calvície submergido,
Vede o discípulo, chegando perto,
Já do lastro acadêmico liberto.
Ainda vos acho, como então vos vi;
Mas diferente eu estou aqui.

---

[21] Referência ao mítico rio cujas águas traziam o esquecimento (ver nota ao v. 4.629).

MEPHISTOPHELES

> Mich freut, daß ich Euch hergeläutet.
> Ich schätzt' Euch damals nicht gering;
> Die Raupe schon, die Chrysalide deutet
> Den künftigen bunten Schmetterling. 6.730
> Am Lockenkopf und Spitzenkragen
> Empfandet Ihr ein kindliches Behagen. —
> Ihr trugt wohl niemals einen Zopf? —
> Heut schau' ich Euch im Schwedenkopf.
> Ganz resolut und wacker seht Ihr aus;
> Kommt nur nicht absolut nach Haus.

BACCALAUREUS

> Mein alter Herr! Wir sind am alten Orte;
> Bedenkt jedoch erneuter Zeiten Lauf
> Und sparet doppelsinnige Worte;
> Wir passen nun ganz anders auf. 6.740
> Ihr hänseltet den guten treuen Jungen;
> Das ist Euch ohne Kunst gelungen,
> Was heutzutage niemand wagt.

MEFISTÓFELES

> Foi bom que vos chamasse cá o sino.
> Já outrora eu soube apreciar o menino;
> Sabemos que a crisálida é que indica[22]
> Da borboleta a vir, a trama rica.   6.730
> Com os longos cachos e trajar gentil,
> Sentíeis ainda vaidade infantil. —
> Nunca o cabelo usastes num rabicho? —
> Eis-vos, raspado à sueca com capricho.[23]
> Brioso e resoluto pareceis,
> Mas absoluto à casa não torneis.[24]

BACCALAUREUS

> É, digno Mestre, a mesma embolorada cova,
> Porém vos cabe acatar a era nova:
> Poupai-nos termos de duplo sentido.
> Quem vos ouve hoje, anda mais entendido.   6.740
> Fizestes do menino ingênuo troça
> Sem precisão lá de grande arte vossa;
> Ao que hoje já ninguém se atreve.

---

[22] Emprego irônico, por parte de Mefistófeles, da imagem que, encarnando o estado intermediário da lagarta para a borboleta, era concebida por Goethe como símbolo central do fenômeno da "metamorfose". (Em "estado de crisálida" Fausto será acolhido, no final da tragédia, pelos "infantes bem-aventurados", v. 11.982.)

[23] Corte rente dos cabelos, que entra em moda a partir do final do século XVIII, substituindo a peruca militar ou estudantil com trança ou "rabicho".

[24] Como revida o bacharel em seguida, "absoluto" parece representar um "termo de duplo sentido". Enquanto "irrestrito, incondicional, completo", pode estar conotando o estágio final da sequência: "longos cachos", "rabicho", "à sueca" e, por fim, cabeça inteiramente raspada. Ao mesmo tempo, trata-se de um conceito central do sistema filosófico idealista, que cai aqui sob a fina ironia de Goethe. Erich Trunz observa a esse respeito: "Uma jovem geração [...] encontra uma filosofia que parece corresponder-lhe e apropria-se do seu vocabulário (se de maneira correta ou não, é outra coisa); assim a juventude por volta de 1820 em relação à filosofia idealista. Fichte havia falado do Eu absoluto; Schelling, do absoluto enquanto identidade do real e ideal; para Schopenhauer, tratava-se do mundo enquanto vontade e representação. Goethe tomou conhecimento desses pensamentos com interesse, mas permaneceu distanciado, por vezes com um sorriso, sobretudo quando se subestimava o significado da *experiência*, que lhe era importante não apenas nas ciências naturais".

MEPHISTOPHELES

> Wenn man der Jugend reine Wahrheit sagt,
> Die gelben Schnäbeln keineswegs behagt,
> Sie aber hinterdrein nach Jahren
> Das alles derb an eigner Haut erfahren,
> Dann dünkeln sie, es käm aus eignem Schopf;
> Da heißt es denn: der Meister war ein Tropf.

BACCALAUREUS

> Ein Schelm vielleicht! — denn welcher Lehrer spricht   6.750
> Die Wahrheit uns direkt ins Angesicht?
> Ein jeder weiß zu mehren wie zu mindern,
> Bald ernst, bald heiter klug zu frommen Kindern.

MEPHISTOPHELES

> Zum Lernen gibt es freilich eine Zeit;
> Zum Lehren seid Ihr, merk' ich, selbst bereit.
> Seit manchen Monden, einigen Sonnen
> Erfahrungsfülle habt Ihr wohl gewonnen.

BACCALAUREUS

> Erfahrungswesen! Schaum und Dust!
> Und mit dem Geist nicht ebenbürtig.
> Gesteht! was man von je gewußt,   6.760
> Es ist durchaus nicht wissenswürdig.

MEPHISTOPHELES *(nach einer Pause)*

> Mich deucht es längst. Ich war ein Tor,
> Nun komm' ich mir recht schal und albern vor.

SEGUNDO ATO — QUARTO GÓTICO, ACANHADO, DE ABÓBODAS ALTAS

MEFISTÓFELES

    Nem que a verdade alguém aos jovens leve,
    A que um fedelho desses não subscreve,[25]
    Mas que, após anos, talvez se revele,
    Quando a sente a arranhar-lhe a própria pele,
    Julga que o próprio miolo a luz enceta.
    Asserta então: "O Mestre era um pateta".

BACCALAUREUS

    Talvez malandro! — que verdade clara   6.750
    Mestre algum nos dirá jamais na cara?
    Sabe cada um como a estenda ou restrinja,
    E como à meninada crente a impinja.

MEFISTÓFELES

    Para aprender, o tempo marca o ensejo;
    Mas pronto estais vós para o ensino, vejo.
    Pós muitas luas, vários sóis,
    Já rico de experiências sois.

BACCALAUREUS

    Ora, experiência! Fumo e espuma!
    Só ao espírito a honra caiba!
    Confessai que o que é já sabido, em suma,   6.760
    Não vale a pena que se saiba.

MEFISTÓFELES *(depois de um intervalo)*

    Já o pressenti: fui toleirão de monta;
    De parvo e inepto ora me tenho em conta.

---

[25] Literalmente: "A [verdade] que não apraz aos fedelhos". O sentido geral da estrofe é que, mesmo após a experimentarem dolorosamente na própria pele, continuarão a ignorar a advertência do "mestre" (já que para tais bacharéis tudo parece nascer e advir da própria cabeça).

BACCALAUREUS

    Das freut mich sehr! Da hör' ich doch Verstand;
    Der erste Greis, den ich vernünftig fand!

MEPHISTOPHELES

    Ich suchte nach verborgen-goldnem Schatze,
    Und schauerliche Kohlen trug ich fort.

BACCALAUREUS

    Gesteht nur, Euer Schädel, Eure Glatze
    Ist nicht mehr wert als jene hohlen dort?

MEPHISTOPHELES *(gemütlich)*

    Du weißt wohl nicht, mein Freund, wie grob du bist?   6.770

BACCALAUREUS

    Im Deutschen lügt man, wenn man höflich ist.

MEPHISTOPHELES *(der mit seinem Rollstuhle immer näher ins Proszenium rückt, zum Parterre)*

    Hier oben wird mir Licht und Luft benommen;
    Ich finde wohl bei euch ein Unterkommen?

BACCALAUREUS

Gostei de ouvir! Senso comum acato;
Vejo em vós o primeiro ancião sensato.

MEFISTÓFELES

Busquei de oculto-áureo tesouro a Meca,[26]
E carvão negro e horrível recolhi.

BACCALAUREUS

Pois que o admitais! vosso crânio e careca
Não valem mais que a caveira oca ali.

MEFISTÓFELES *(bonacheirão)*

O quanto és grosseirão, rapaz, não vês?   6.770

BACCALAUREUS

Em alemão, mente quem é cortês.[27]

MEFISTÓFELES *(que em sua cadeira de rodas se aproxima sempre mais do proscênio, dirigindo-se à plateia)*

Faltam-me aos poucos aqui ar e luz;
Ao refúgio entre vós não farei jus?

---

[26] No original, Mefistófeles apenas afirma ter andado em busca de "áureo tesouro oculto". Albrecht Schöne observa aqui tratar-se de versos crípticos, em que Mefisto assume o papel do Fausto que, no livro popular de 1674, de Johann Nikolaus Pfitzer (ver a Apresentação ao *Fausto I*), escava uma arca de tesouro para encontrar apenas carvão em seu interior — o qual, contudo, acaba por fim transformando-se em moedas.

[27] Esta nova grosseria do bacharel apoia-se numa antiga sequência analógica "cortês = mentiroso = não alemão".

BACCALAUREUS

    Anmaßlich find' ich, daß zur schlechtsten Frist
    Man etwas sein will, wo man nichts mehr ist.
    Des Menschen Leben lebt im Blut, und wo
    Bewegt das Blut sich wie im Jüngling so?
    Das ist lebendig Blut in frischer Kraft,
    Das neues Leben sich aus Leben schafft.
    Da regt sich alles, da wird was getan,   6.780
    Das Schwache fällt, das Tüchtige tritt heran.
    Indessen wir die halbe Welt gewonnen,
    Was habt Ihr denn getan? genickt, gesonnen,
    Geträumt, erwogen, Plan und immer Plan.
    Gewiß! das Alter ist ein kaltes Fieber
    Im Frost von grillenhafter Not.
    Hat einer dreißig Jahr vorüber,
    So ist er schon so gut wie tot.
    Am besten wär's, euch zeitig totzuschlagen.

BACCALAUREUS

É presunção da mais primária alçada,
Querer ser algo, quem não é mais nada.
A força humana é o sangue, e onde se movem
Seus fluxos mais do que em veias de um jovem?
É soro vivo em sua nova energia,
Que vida nova, em si, da vida cria.
Lá tudo flui potente, algo se faz.   6.780
Cai o que é fraco, medra o que é capaz.
Enquanto conquistamos universos,[28]
Que tendes feito? Cochilado, imersos
Em sonhos de velhice, febre fria
Que pesa, ideia inúteis planos,
Estéril geada: fadada ao aborto.
Se alguém passou dos trinta anos,[29]
Podemos tê-lo já por morto.
Oxalá em tempo de vós dessem cabo.

---

[28] Provável alusão do bacharel à participação da juventude alemã na "guerra de libertação", em 1813, contra a ocupação napoleônica (e não, como entendem alguns comentadores, à "marcha triunfal" da filosofia idealista).

[29] Albrecht Schöne observa que esta sentença de morte em relação às pessoas com mais de trinta anos tem como pano de fundo formulações de Fichte que visavam, nos anos de 1806 e 1807, fortalecer a consciência nacional da juventude alemã durante a ocupação napoleônica. No *Episódio sobre a nossa época, de um escritor republicano*, diz o filósofo sobre aqueles que se adaptam com facilidade à sociedade vigente, recaindo precocemente na indolência e no embotamento: "E ao ultrapassarem os trinta anos, o melhor seria desejar-lhes, para a sua honra e o bem do mundo, que morressem, já que a partir de então vivem apenas para corromper cada vez mais a si mesmos e ao meio social".

MEPHISTOPHELES

Der Teufel hat hier weiter nichts zu sagen. 6.790

BACCALAUREUS

Wenn ich nicht will, so darf kein Teufel sein.

MEPHISTOPHELES *(abseits)*

Der Teufel stellt dir nächstens doch ein Bein.

BACCALAUREUS

Dies ist der Jugend edelster Beruf!
Die Welt, sie war nicht, eh' ich sie erschuf;
Die Sonne führt' ich aus dem Meer herauf;
Mit mir begann der Mond des Wechsels Lauf;
Da schmückte sich der Tag auf meinen Wegen,
Die Erde grünte, blühte mir entgegen.
Auf meinen Wink, in jener ersten Nacht, 6.800
Entfaltete sich aller Sterne Pracht.
Wer, außer mir, entband euch aller Schranken
Philisterhaft einklemmender Gedanken?
Ich aber frei, wie mir's im Geiste spricht,
Verfolge froh mein innerliches Licht,
Und wandle rasch, im eigensten Entzücken,
Das Helle vor mir, Finsternis im Rücken.

(Ab)

SEGUNDO ATO — QUARTO GÓTICO, ACANHADO, DE ABÓBODAS ALTAS

MEFISTÓFELES

Nada aqui tem que acrescentar o diabo. 6.790

BACCALAUREUS

Diabo algum pode haver, caso eu não queira.

MEFISTÓFELES *(à parte)*

Passa-te, ainda assim, o diabo uma rasteira.

BACCALAUREUS

Da juventude, esse é o teor mais fecundo!
Antes de eu criá-lo, não havia o mundo;
Fui eu quem trouxe o sol que do mar brota;
Comigo a lua iniciou sua rota;
Em meu caminho abrilhantou-se o dia,
A terra ao meu encontro florescia.
Na noite primordial, ao meu aceno, 6.800
Dos astros desfraldou-se o brilho ameno.
Quem, senão eu, vos livrou das barreiras,
Da compressão de ideias corriqueiras?
Livre, eu, tal como o espírito mo induz,
Sigo ditoso a minha íntima luz,
E, rápido, meu êxtase me leva,
Diante de mim a luz, detrás a treva.[30]

(Sai)

---

[30] As imagens de "luz" e "treva" que envolvem a enfática retirada do bacharel fazem lembrar metáforas utilizadas por Fausto em momentos de elevada exaltação emocional, como na cena "Diante da porta da cidade": "À frente a luz e atrás de mim a treva" (v. 1.087). Fausto, porém, tem em mente a luz do sol, enquanto o enfatuado e insolente bacharel fala de sua "íntima luz" — uma diferença significativa, que se estabelece já na cena "Região amena", quando Fausto deseja o sol atrás de si (v. 4.715).

ZWEITER AKT — HOCHGEWÖLBTES ENGES GOTISCHES ZIMMER

MEPHISTOPHELES

> Original, fahr hin in deiner Pracht! —
> Wie würde dich die Einsicht kränken:
> Wer kann was Dummes, wer was Kluges denken,
> Das nicht die Vorwelt schon gedacht? — 6.810
> Doch sind wir auch mit diesem nicht gefährdet,
> In wenig Jahren wird es anders sein:
> Wenn sich der Most auch ganz absurd gebärdet,
> Es gibt zuletzt doch noch e' Wein.

(Zu dem jüngern Parterre, das nicht applaudiert)

> Ihr bleibt bei meinem Worte kalt,
> Euch guten Kindern laß ich's gehen;
> Bedenkt: der Teufel, der ist alt,
> So werdet alt, ihn zu verstehen!

SEGUNDO ATO — QUARTO GÓTICO, ACANHADO, DE ABÓBADAS ALTAS

MEFISTÓFELES

Original, leva o esplendor contigo! —[31]
Como te humilharia o fato:
Quem pensou de tolo, algo, ou de sensato,
Que já não tem pensado o mundo antigo? —   6.810
Mas também esse as noçõezinhas urda!
Transformá-lo-á o tempo em seu caminho:
Ainda que o mosto obre de forma absurda,
No fim acaba dando um vinho.[32]

(Dirige-se à plateia dos jovens, que não está aplaudindo)[33]

Deixa-vos frios o que digo,
Meus caros jovens, mas perdoo o gelo;
Lembrai que é velho o diabo antigo,
Velhos ficai, pois, para compreendê-lo.

---

[31] Uso depreciativo do termo "original", conceito central do movimento "Tempestade e Ímpeto" (*Sturm und Drang*), conhecido também como a "era do gênio" (*Geniezeit*). Em várias cartas escritas na maturidade e velhice, Goethe refere-se aos pretensos "originais" em termos igualmente críticos e irônicos. Numa de suas *Máximas e reflexões* lê-se: "Criar a partir de si mesmo costuma gerar apenas falsos originais e maneiristas".

[32] No original, esse verso termina com uma supressão de sons (espécie de elisão: *e' Wein* em vez de *einen Wein*) característica do dialeto frankfurtiano, em que se diz *e' Woi*. Com essa alusão linguística, Goethe parece prestar tributo, por intermédio do experiente Mefistófeles, aos vinhos de sua terra natal. (Mas caberia perguntar aqui se o "mosto" que se apresenta nessa cena com tamanha prepotência dará ainda um vinho de excelente qualidade ou se converterá antes num vinho ordinário...)

[33] Com esta rubrica cênica, os espectadores são orientados sobre como comportar-se perante os acontecimentos no palco: os mais jovens a reagir com frieza, os mais velhos a aplaudir.

Laboratorium

Laboratório

Na cena anterior Mefistófeles fez ecoar a sineta que tanto atemorizou o novo fâmulo Nicodemus: "Que troar! Que arrepio! Freme/ A escadaria, o muro treme;/ Pelos vidros tremulantes/ Vejo raios trovejantes". Somente agora, deslocando-se a ação do quarto gótico para o laboratório contíguo, Wagner irá reagir ao estridente som com palavras que reiteram os indícios apocalípticos sugeridos nos versos de seu fâmulo. Prestes a criar um ser humano de proveta, o alquimista Wagner (ou, antes, um bioquímico *avant la lettre*) saúda a chegada de Mefisto no "propício astro da hora".

Adentra o palco agora a figura do *homunculus*, cuja concepção se baseia largamente em escritos alquímicos dos séculos XVI e XVII, sobretudo a obra de Paracelso *De natura rerum*, que Goethe conhecia de leitura própria ou pelos comentários feitos por Johannes Praetorius (1630-1680) em sua compilação *Anthropodemus plutonicus* (capítulo "Dos homens químicos"), uma importante fonte para a "Noite de Valpúrgis" da primeira parte. Conforme registram vários comentadores do *Fausto*, Paracelso escreve naquela obra que, "entre os mais altos e grandiosos segredos que Deus permitiu aos homens mortais e pecadores conhecer" encontrava-se a fórmula alquímica para criar "um ser humano fora de um corpo feminino e de uma mãe natural". Tal fórmula apoiava-se numa teoria que vigorou até o século XVIII, chamada "animalculismo", segundo a qual "o espermatozoide conteria uma miniatura de um animal de sua respectiva espécie, cujo desenvolvimento daria origem ao embrião e posteriormente ao novo ser" (*Houaiss*). Paracelso vinculava a sua receita ao processo de "putrefação", capaz de transmutar "todas as coisas de uma qualidade em outra"; assim se daria também com o sêmen humano, colocado para "putrefazer-se em recipiente fechado por quarenta dias ou pelo tempo necessário até tornar-se vivo e começar a mover-se, o que seria facilmente observável". Alimentado e aquecido por mais quarenta semanas, aquele ponto vivo se transformaria numa "criancinha viva, com todos os membros e como qualquer outra criança nascida de uma mulher, mas muito menor. Damos-lhe o nome de Homúnculo".

A primeira menção de Goethe à figura do Homúnculo encontra-se numa anotação de novembro de 1826 ("Laboratório de Wagner. Ele busca produzir um homenzinho químico"), e num esboço de 17 de dezembro deste mesmo ano pressupõe-se que o experimento alquímico de Wagner, baseado no método de Paracelso, terá pleno êxito (e não, como na cena definitiva, apenas parcial). Nesse esboço, Mefisto convence o seu amo, após a passagem pela corte do Imperador, a "visitar o professor e doutor Wagner, agora em posto acadêmico, a quem vão encontrar em seu laboratório rejubilando-se gloriosamente pelo fato de um homenzinho químico ter acabado de vir à luz. Este arrebenta de imediato a retorta brilhante e surge como anãozinho ágil e bem-formado. A receita para a sua gênese é indicada de modo místico e ele coloca à prova suas capacidades. [...] Para exemplificar, logo anuncia que a presente noite coincide com os preparativos para a batalha da Farsália e que tanto César como Pompeu a passaram sem dormir".

A redação final da cena "Laboratório", em dezembro de 1829, diverge em pontos essenciais do esboço de três anos antes: Fausto permanece inconsciente no quarto ao lado, sugere-se agora que a presença de Mefisto tenha propiciado o processo de "cristalização" (o que lança uma luz diabólica sobre o experimento) e o Homúnculo já não mais irá romper a redoma e surgir "como anãozinho ágil e bem-formado". Encerrado hermeticamente na retorta e vindo ao mundo apenas "pela metade", a sua aspiração daqui para a frente (e ao longo de toda a "Noite de Valpúrgis clássica") será adquirir substância corporal e nascer por inteiro.

O ensejo para essa mudança de concepção remonta, conforme as explanações de Albrecht Schöne, à célebre síntese da ureia alcançada pelo químico Friedrich Wöhler em 1828, no laboratório de uma escola profissional de Berlim. Goethe inteirou-se dessa conquista científica através de J. J. Berzelius, a grande autoridade da química contemporânea com quem Wöhler havia estudado em Estocolmo. Num encontro em agosto de 1828, Berzelius "saciou" a curiosidade científica do velho poeta esmiuçando-lhe todo o processo de cristalização da ureia sintética, comunicando-lhe ainda as suas reservas perante a possibilidade de produzir artificialmente substâncias orgânicas e, muito provavelmente, também as observações jocosas que fizera numa carta a Wöhler sobre a tentativa alquímica de "fazer uma criança assim tão pequenina no laboratório da escola profissional".

Teria sido, portanto, o experimento de Wöhler que levou Goethe a incorporar à gênese do Homúnculo, encerrado até então nos limites da alquimia de Paracelso, a "cristalização" contemporânea de formações orgânicas a partir de elementos inorgânicos. Uma vez que a tentativa de Wagner não alcança a meta desejada (falta ainda, como se dirá no final da cena, o "ponto sobre o i"), o empenho do Homúnculo em "vir a ser" por inteiro enveredará por outros caminhos e somente nas "Baías rochosas do mar Egeu", o último cenário da "Noite de Valpúrgis clássica", ingressará em sua etapa decisiva — isto é, no elemento que teria dado origem a toda a vida na Terra: "Tudo, tudo é da água oriundo!!" (v. 8.435). [M.V.M.]

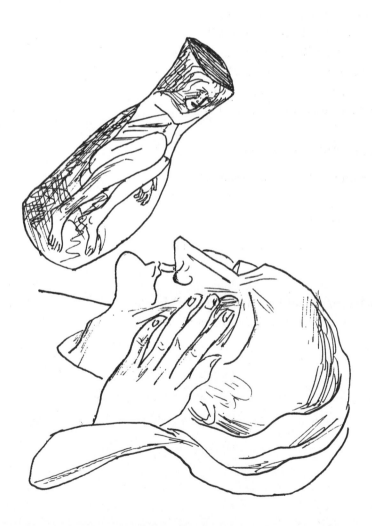

*(im Sinne des Mittelalters, weitläufige unbehülfliche
Apparate zu phantastischen Zwecken)*

WAGNER *(am Herde)*

    Die Glocke tönt, die fürchterliche,
    Durchschauert die berußten Mauern.   6.820
    Nicht länger kann das Ungewisse
    Der ernstesten Erwartung dauern.
    Schon hellen sich die Finsternisse;
    Schon in der innersten Phiole
    Erglüht es wie lebendige Kohle,
    Ja wie der herrlichste Karfunkel,
    Verstrahlend Blitze durch das Dunkel.
    Ein helles weißes Licht erscheint!
    O daß ich's diesmal nicht verliere! —
    Ach Gott! was rasselt an der Türe?   6.830

MEPHISTOPHELES *(eintretend)*

    Willkommen! es ist gut gemeint.

WAGNER *(ängstlich)*

    Willkommen zu dem Stern der Stunde!

(Leise)

    Doch haltet Wort und Atem fest im Munde,
    Ein herrlich Werk ist gleich zustand gebracht.

Segundo ato — Laboratório

(Com características da Idade Média, pesados aparelhos desajeitados, próprios para finalidades fantásticas)[1]

WAGNER *(diante do forno)*

> Ressoa estrídulo o sino horrendo,
> O muro enfarruscado abala.   6.820
> A espera do êxito estupendo,
> Não há mais como prolongá-la.
> As sombras vão se dissolvendo;
> No fundo vidro a luz se encasa,[2]
> Qual carvão vivo ela se abrasa.
> Sim, como esplêndido carbúnculo fulgura
> A se irradiar pela negrura.
> Surge um brilhante, alvo clarão!
> Oh, desta vez que eu não o perca![3]
> Ah, céus! da porta quem se acerca?   6.830

MEFISTÓFELES *(entrando)*

> Bem-vindo! é boa a intenção.

WAGNER *(assustado)*

> Salve ao propício astro da hora![4]

(Baixinho)

> Mas sopro e voz sustai na boca agora,
> Uma obra esplêndida vem vindo à luz.

---

[1] A indicação cênica sugere tratar-se do laboratório de um alquimista, tal como aquele utilizado pelo pai de Fausto em sua tentativa de produzir o "remédio" contra a peste mencionada na cena "Diante da porta da cidade" (ver notas aos vv. 1.038 e 1.041).

[2] "Vidro" (*Phiole*, no original, como no v. 690) significa, neste caso, a retorta, o tubo de ensaio do alquimista: uma redoma com gargalo estreito e recurvado, próprio para destilações.

[3] Wagner parece falar neste verso como uma mulher grávida perante o risco de aborto.

[4] Neste momento em que saúda Mefistófeles, Wagner acredita encontrar-se sob uma conjunção planetária propícia para o êxito de seu experimento alquímico.

MEPHISTOPHELES *(leiser)*

   Was gibt es denn?

WAGNER *(leiser)*

         Es wird ein Mensch gemacht.

MEPHISTOPHELES

   Ein Mensch? Und welch verliebtes Paar
   Habt ihr ins Rauchloch eingeschlossen?

WAGNER

   Behüte Gott! wie sonst das Zeugen Mode war,
   Erklären wir für eitel Possen.
   Der zarte Punkt, aus dem das Leben sprang,   6,840
   Die holde Kraft, die aus dem Innern drang
   Und nahm und gab, bestimmt sich selbst zu zeichnen,
   Erst Nächstes, dann sich Fremdes anzueignen,
   Die ist von ihrer Würde nun entsetzt;
   Wenn sich das Tier noch weiter dran ergetzt,
   So muß der Mensch mit seinen großen Gaben
   Doch künftig höhern, höhern Ursprung haben.

(Zum Herd gewendet)

   Es leuchtet! seht! — Nun läßt sich wirklich hoffen,
   Daß, wenn wir aus viel hundert Stoffen
   Durch Mischung — denn auf Mischung kommt es an —   6,850

MEFISTÓFELES *(mais baixo)*

    Qual é?

WAGNER *(mais baixo)*

    Um ser humano se produz.

MEFISTÓFELES

    Um ser humano! E que casal de amantes
    Fostes trancar no tubo da fornalha?

WAGNER

    Livre-nos Deus! a procriação, como era antes,
    Hoje qual vão folguedo valha.
    O frágil núcleo gerador da vida,   6.840
    A suave força, do íntimo surgida,
    Tomando e dando para enfim formar-se,
    Da essência própria e alheia apoderar-se,
    Foi derrubada do alto pedestal.
    Se a besta se contenta ainda com tal,
    Os sumos dons do ser humano exigem
    Ele provir já de mais nobre origem.[5]

(Virado para a fornalha)

    Vede! reluz! — Séria esperança augura,
    Se de substâncias mil, pela mistura,
    A humana essência — a mistura é o jeito, —   6.850

---

[5] Albrecht Schöne enxerga nestes versos uma alusão jocosa a teorias concorrentes, no início do século XIX, na explicação do desenvolvimento dos seres vivos: de um lado, a teoria da "evolução" ou "pré-formação", segundo a qual os seres já estariam plenamente formados no minúsculo "núcleo" de um embrião, a partir do qual se desenvolveriam com a incorporação de substâncias nutritivas; de outro lado, a "epigênese" ou teoria da "pós-formação", que entendia o desenvolvimento dos seres como processo ao longo de uma cadeia de novas formações. De qualquer modo, Wagner prognostica aqui a substituição, ou antes, a derrubada da concepção "natural" da vida humana por um procedimento de proveta "mais nobre".

Den Menschenstoff gemächlich komponieren,
In einen Kolben verlutieren
Und ihn gehörig kohobieren,
So ist das Werk im stillen abgetan.

(Zum Herd gewendet)

Es wird! die Masse regt sich klarer!
Die Überzeugung wahrer, wahrer:
Was man an der Natur Geheimnisvolles pries,
Das wagen wir verständig zu probieren,
Und was sie sonst organisieren ließ,
Das lassen wir kristallisieren. 6.860

MEPHISTOPHELES

Wer lange lebt, hat viel erfahren,
Nichts Neues kann für ihn auf dieser Welt geschehn.
Ich habe schon in meinen Wanderjahren
Kristallisiertes Menschenvolk gesehn.

Composta for e se unifique,
E destilada no alambique
Se coalhe e se solidifique,
Eis realizado o grande feito.[6]

(De novo virado para a fornalha)

Mais clara, clara a massa se revolve!
Mais firme, firme, a fé no êxito evolve!
Da natureza o enigma que exaltamos,
Sujeitá-lo a experiência sábia ousamos.
E o que lhe coube outrora organizar,
Pomos nós a cristalizar.[7]

6.860

MEFISTÓFELES

Viu muito quem de há muito vive,
Nada de novo lhe é outorgado;
Em meus percursos a ocasião já tive
De ver o humano ser cristalizado.[8]

---

[6] No original, Wagner emprega expressões típicas da alquimia, como os verbos *verlutieren* (adensar ou engrossar uma substância líquida) e *kohobieren* (clarear, purificar por destilação ou decantação). A tradutora captou o essencial desse procedimento alquímico de misturar centenas de substâncias inorgânicas para compor a "humana essência": "E destilada no alambique/ Se coalhe e se solidifique".

[7] Alusão a uma terminologia mais antiga, que diferenciava entre corpos "organizados" e "não organizados"; no final do século XVIII esses conceitos foram substituídos pelos de "orgânico" e "inorgânico". O fato de Wagner referir-se à produção da matéria humana com o termo "cristalizar" conota o caráter híbrido e moderno (isto é, contemporâneo da mencionada "cristalização" de Wöhler) do seu experimento, que projeta leis da formação inorgânica para o âmbito do orgânico.

[8] "Percursos" corresponde, no original, a "anos de andanças ou peregrinação", colocando-se Mefisto na situação de um aprendiz volante. Erich Trunz vislumbra nesta passagem uma alusão à mulher de Ló, que se cristaliza em estátua de sal, durante a destruição de Sodoma e Gomorra, ao desobedecer à ordem de Deus e olhar para trás. A. Schöne lembra também o episódio mitológico em que Perseu, trazendo consigo a cabeça da Medusa, converte o rei Polidectes e os seus amigos em estátuas de pedra. Também nas *Mil e uma noites*, uma das leituras prediletas de Goethe, encontram-se histórias de povos que são punidos com a petrificação.

WAGNER *(bisher immer aufmerksam auf die Phiole)*

    Es steigt, es blitzt, es häuft sich an,
    Im Augenblick ist es getan.
    Ein großer Vorsatz scheint im Anfang toll;
    Doch wollen wir des Zufalls künftig lachen,
    Und so ein Hirn, das trefflich denken soll,
    Wird künftig auch ein Denker machen.   6.870

(Entzückt die Phiole betrachtend)

    Das Glas erklingt von lieblicher Gewalt,
    Es trübt, es klärt sich; also muß es werden!
    Ich seh' in zierlicher Gestalt
    Ein artig Männlein sich gebärden.
    Was wollen wir, was will die Welt nun mehr?
    Denn das Geheimnis liegt am Tage.
    Gebt diesem Laute nur Gehör,
    Er wird zur Stimme, wird zur Sprache.

HOMUNCULUS *(in der Phiole zu Wagner)*

    Nun Väterchen! wie steht's? es war kein Scherz.
    Komm, drücke mich recht zärtlich an dein Herz!   6.880
    Doch nicht zu fest, damit das Glas nicht springe.

WAGNER *(sempre contemplando atento o vidro)*

Fermenta, se acumula, brilha a massa,
Faltam momentos, só, para que nasça!
Tacha-se um magno intento, antes, de insano;
Mas já não valha o acaso, nem de leve![9]
Um cérebro que pensa em alto plano,
Poderá criar um pensador em breve.[10]   6.870

(Contemplando o vidro com enlevo)

Vibra em sons lindos e possantes o cristal;
Turva-se, aclara-se, então tem que ser!
Vejo em mimosa forma corporal,
Um homenzinho se mover.
Que pode o mundo exigir mais!
À luz do dia o enigma assoma:
Atento! esse som que escutais,
Torna-se voz, torna-se idioma.

HOMÚNCULO *(na redoma, a Wagner)*[11]

Não foi gracejo, então! como é, Paizinho?
Aperta-me ao teu peito com carinho!   6.880
Mas não demais, que o vidro não rebente.

---

[9] Isto é, o acaso que vigora na procriação humana estará eliminado no novo método de proveta.

[10] Na tradução há aqui uma certa ambiguidade quanto ao sujeito e ao objeto da oração: Wagner diz que no futuro um pensador poderá criar um tal "cérebro que pensa em alto plano" — prognóstico possivelmente inspirado pela obra de La Mettrie, *L'Homme machine* (1748), que se refere à criação futura de homens-máquinas pensantes e falantes.

[11] Quanto a estas primeiras palavras do Homúnculo, Erich Trunz observa que o registro da voz deve ser alto e claro, as frases breves, de fôlego curto. Em conversa com Eckermann, a 20 de dezembro de 1829, Goethe fez o seguinte comentário: "Wagner não deve largar o tubo, e a voz deve soar como se viesse de dentro daquele". E o poeta acrescenta em seguida que o papel seria apropriado para um ventríloquo.

Das ist die Eigenschaft der Dinge:
Natürlichem genügt das Weltall kaum,
Was künstlich ist, verlangt geschloßnen Raum.

(Zu Mephistopheles)

Du aber, Schalk, Herr Vetter, bist du hier
Im rechten Augenblick? ich danke dir.
Ein gut Geschick führt dich zu uns herein;
Dieweil ich bin, muß ich auch tätig sein.
Ich möchte mich sogleich zur Arbeit schürzen.
Du bist gewandt, die Wege mir zu kürzen. 6.890

WAGNER

Nur noch ein Wort! Bisher mußt' ich mich schämen,
Denn alt und jung bestürmt mich mit Problemen.
Zum Beispiel nur: noch niemand konnt' es fassen,
Wie Seel' und Leib so schön zusammenpassen,
So fest sich halten, als um nie zu scheiden,
Und doch den Tag sich immerfort verleiden.
Sodann —

Das coisas todas é o próprio inerente:
É à natureza ainda o infinito escasso,
O artificial requer restrito espaço.[12]

(A Mefistófeles)

Aqui te encontras! ai, Senhor meu primo,[13]
Na hora certa! ver-te estimo.
Conduz-te a sorte a este objetivo;
Já que sou, devo ser ativo.
De ir tão logo ao trabalho não me furto;
Dize-me tu, como o caminho encurto.   6.890

WAGNER

Só um instante! até hoje eu me acanhava
Quando alguém com problemas me assediava.[14]
Ninguém entende, por exemplo, ainda,
Quando é, do corpo e da alma, a união tão linda,
Formando um só como que eternamente,
Que só existam em discórdia permanente.
Depois...

---

[12] Isto é: enquanto ao que é "natural" o universo todo mal basta, o "artificial", como o próprio Homúnculo, exige espaço fechado (no caso, a redoma).

[13] Enquanto o Homúnculo refere-se a Wagner como "paizinho", a Mefistófeles ele chama aqui "senhor primo": *Vetter*, no original, que pode designar também um parente distante e mesmo um "padrinho", o que conotaria a contribuição mefistofélica nesse processo de cristalização alquímica. No original, ainda neste mesmo verso, também o chama, com a mesma irreverência, de "pilantra" ou "magano" (*Schalk*, o mesmo termo com que o Altíssimo se refere a Mefisto no "Prólogo no céu").

[14] O acanhamento de Wagner (ou, mais literalmente, o seu "envergonhar-se") deve-se ao fato de não poder responder, do alto da cátedra, a determinados "problemas" colocados pelos seus alunos, como a questão da conflitante "união" de corpo e alma, algo que toca de perto à existência do próprio Homúnculo. Já Mefisto desvia logo a indagação para o problema da incompatibilidade entre homem e mulher. Sendo insolúvel o problema, ele exorta então o Homúnculo a voltar-se de imediato para Fausto, inconsciente no quarto ao lado.

MEPHISTOPHELES

      Halt ein! ich wollte lieber fragen:
Warum sich Mann und Frau so schlecht vertragen?
Du kommst, mein Freund, hierüber nie ins reine.
Hier gibt's zu tun, das eben will der Kleine.   6.900

HOMUNCULUS

Was gibt's zu tun?

MEPHISTOPHELES *(auf eine Seitentüre deutend)*

      Hier zeige deine Gabe!

WAGNER *(immer in die Phiole schauend)*

Fürwahr, du bist ein allerliebster Knabe!

(Die Seitentür öffnet sich, man sieht Faust auf dem Lager hingestreckt)

HOMUNCULUS *(erstaunt)*

Bedeutend! —

*(Die Phiole entschlüpft aus Wagners Händen,
schwebt über Faust und beleuchtet ihn)*

      Schön umgeben! — Klar Gewässer
Im dichten Haine! Fraun, die sich entkleiden,

MEFISTÓFELES

    Para, prefiro a indagação:
Por que homem e mulher tão mal se dão?
Mas nunca o ficarás sabendo em pleno.
Aqui há trabalho: é o que quer o pequeno.   6.900

HOMÚNCULO

    Que há por fazer?

MEFISTÓFELES *(indicando uma porta lateral)*

        Cá vem teus dons expor!

WAGNER *(sempre olhando para dentro do vidro)*

    Deveras, és menino encantador!

(A porta lateral se abre; vê-se Fausto estendido no leito)

HOMÚNCULO *(admirado)*

    Notável!

(O vidro escapa das mãos de Wagner, paira acima de Fausto e o ilumina)[15]

        Vista amena! — águas puras,[16]
Um bosque denso — feminis figuras

---

[15] Flutuando sobre Fausto em estado de inconsciência (ver vv. 6.568-9), o Homúnculo irá penetrar agora em suas visões oníricas. Conforme observa Albrecht Schöne, essa faculdade telepática — assim como, na sequência, suas revelações sobre as origens de Mefisto, sobre a iminente "Noite de Valpúrgis clássica", a topografia dos campos da Farsália etc. — remonta à descrição que fez Paracelso dos homúnculos como "seres miraculosos" que podem ser usados como instrumentos, uma vez que "conhecem todas as coisas secretas e ocultas".

[16] O sonho de Fausto, conforme desvendado telepaticamente pelo Homúnculo, gira em torno da concepção mítica de Helena, quando Zeus, assumindo a aparência de um cisne, aconchega-se a Leda (esposa do rei espartano Tíndaro) para a cópula na beira de um lago. Trata-se de um motivo mitológico bastante frequente nas artes plásticas e Goethe possuía uma reprodução da pintura de Correggio (1494-1534) *Leda e Júpiter como cisne*.

Die allerliebsten! — Das wird immer besser.
Doch eine läßt sich glänzend unterscheiden,
Aus höchstem Helden-, wohl aus Götterstamme.
Sie setzt den Fuß in das durchsichtige Helle;
Des edlen Körpers holde Lebensflamme
Kühlt sich im schmiegsamen Kristall der Welle. — 6.910
Doch welch Getöse rasch bewegter Flügel,
Welch Sausen, Plätschern wühlt im glatten Spiegel?
Die Mädchen fliehn verschüchtert; doch allein
Die Königin, sie blickt gelassen drein
Und sieht mit stolzem weiblichem Vergnügen
Der Schwäne Fürsten ihrem Knie sich schmiegen,
Zudringlich-zahm. Er scheint sich zu gewöhnen. —
Auf einmal aber steigt ein Dunst empor
Und deckt mit dichtgewebtem Flor
Die lieblichste von allen Szenen. 6.920

MEPHISTOPHELES

Was du nicht alles zu erzählen hast!
So klein du bist, so groß bist du Phantast.
Ich sehe nichts —

HOMUNCULUS

            Das glaub' ich. Du aus Norden,
Im Nebelalter jung geworden,

Despem-se! — que visão! são das mais belas;
Mas uma, esplêndida, realça-se entre elas,
De raça heroica ou até divina.
Pousa o pé na umidade cristalina;
Do corpo escultural a vital flama
Com o espelho liso da onda se amalgama. — 6.910
Mas de asas céleres surge o alarido:
Agita o espelho que sussurro, que zunido!
As jovens fogem, contudo a rainha
Contempla calma o abalo, e vê, sozinha,
Com orgulhoso, feminino agrado,
Aos pés o rei dos cisnes achegado,
Manso e insistente. Apraz-lhe a pose amena. —
Mas súbito um vapor se forma, avulta,
Se eleva, e com véu denso oculta
A mais encantadora cena.[17] 6.920

MEFISTÓFELES

Que inventas! nada disso aqui se avista!
Pequeno és, mas um grande fantasista.
Nada há —

HOMÚNCULO

      Sim! quem do Norte se origina
E cresceu na era da neblina,[18]

---

[17] Ao ocultar a consumação do ato amoroso ("a mais encantadora cena") com o "denso véu" do "vapor", Goethe lembra, segundo observa Albrecht Schöne, o episódio da *Ilíada* em que Zeus faz uma "nuvem dourada" envolver o seu conúbio com Hera: "Fica tranquila; não tenhas receio de que homens nem deuses/ te possam ver, pois farei que te envolva uma nuvem dourada,/ densa bastante, de forma que invisos fiquemos té, ainda,/ ao próprio Sol, cujos raios brilhantes por tudo penetram" (canto XIV, 341-45, tradução de Carlos Alberto Nunes).

[18] Isto é, as origens de Mefisto localizam-se nas névoas e trevas da Idade Média nórdica; por isso, não tem o olhar livre para imagens como as que o Homúnculo acaba de descrever, oriundas da mitologia grega.

Im Wust von Rittertum und Pfäfferei,
Wo wäre da dein Auge frei!
Im Düstern bist du nur zu Hause.

(Umherschauend)

Verbräunt Gestein, bemodert, widrig,
Spitzbögig, schnörkelhaftest, niedrig! —
Erwacht uns dieser, gibt es neue Not, 6.930
Er bleibt gleich auf der Stelle tot.
Waldquellen, Schwäne, nackte Schönen,
Das war sein ahnungsvoller Traum;
Wie wollt' er sich hierher gewöhnen!
Ich, der Bequemste, duld' es kaum.
Nun fort mit ihm!

MEPHISTOPHELES

    Der Ausweg soll mich freuen.

HOMUNCULUS

Befiehl den Krieger in die Schlacht,
Das Mädchen führe du zum Reihen,
So ist gleich alles abgemacht.
Jetzt eben, wie ich schnell bedacht, 6.940
Ist klassische Walpurgisnacht;
Das Beste, was begegnen könnte.
Bringt ihn zu seinem Elemente!

No caos da fidalguia, fradaria,
Visão livre ainda então teria?
Só na penumbra é que estás à vontade.

(Olhando ao redor)

Montão de pedras, sujo, embolorado,
Ogivas, espirais, tudo acanhado!
Despertando este, um novo azar ocorre.   6.930
Com o choque, na mesma hora morre.
Bosque, água, cisnes, lindos nus,
Seu pressagioso sonho isso era;
Como faria ao que aqui vemos jus?[19]
Se mal suporto, eu, a atmosfera!
Levá-lo ao longe!

MEFISTÓFELES

       Apraz-me a alternativa.

HOMÚNCULO

Comanda-se o guerreiro a uma batalha,
Leva-se a jovem a uma ronda viva,
Nos eixos logo tudo calha.
Ocorre-me neste momento   6.940
Que de Valpúrgis, ora, está em curso
A noite clássica; é o melhor recurso,[20]
Levá-lo-á ao seu elemento.

---

[19] Após descrever a atmosfera sufocante do "quarto gótico" ("montão de pedras..."), o Homúnculo pergunta como Fausto, despertando de suas belas visões mitológicas, poderia acostumar-se de novo a esse "antro vil", "maldito, abafador covil" (como se lê na cena "Noite").

[20] A tradutora segmenta aqui a expressão que anuncia a longa cena que vem a seguir: "Noite de Valpúrgis clássica". Trata-se de uma livre invenção de Goethe, concebida porém em oposição à "Noite de Valpúrgis" nórdica, que se comemora no dia 1º de maio (ver o comentário à cena homônima no *Fausto I*).

MEPHISTOPHELES

    Dergleichen hab' ich nie vernommen.

HOMUNCULUS

    Wie wollt' es auch zu euren Ohren kommen?
    Romantische Gespenster kennt ihr nur allein;
    Ein echt Gespenst, auch klassisch hat's zu sein.

MEPHISTOPHELES

    Wohin denn aber soll die Fahrt sich regen?
    Mich widern schon antikische Kollegen.

HOMUNCULUS

    Nordwestlich, Satan, ist dein Lustrevier,   6.950
    Südöstlich diesmal aber segeln wir —
    An großer Fläche fließt Peneios frei,
    Umbuscht, umbaumt, in still- und feuchten Buchten;
    Die Ebne dehnt sich zu der Berge Schluchten,
    Und oben liegt Pharsalus, alt und neu.

MEPHISTOPHELES

    O weh! hinweg! und laßt mir jene Streite
    Von Tyrannei und Sklaverei beiseite.

MEFISTÓFELES

Que dizes? nunca ouvi falar daquilo.

HOMÚNCULO

E como a vós seria dado ouvi-lo?[21]
Só a românticos espectros vos ligais;
Devem ser clássicos, também, espectros reais.

MEFISTÓFELES

Para onde intentas que a viagem siga?
Repugnam-me os colegas da era antiga.

HOMÚNCULO

Teu campo de eleição, Satã, é noroestino;[22]   6.950
Mas desta vez é o Sudeste o teu destino.
Fluindo em vasto âmbito, o Peneu abriga
Enseadas, bosque, matas; o val banha,
Que se estende até as furnas da montanha,
E no alto Farsalo jaz, nova e antiga.

MEFISTÓFELES

Oh não! deixa de lado a eterna gritaria,
Brigas sem fim da escravidão e tirania.

---

[21] Mais uma vez o Homúnculo ressalta a incongruência entre as raízes nórdicas de Mefisto e o mundo meridional da mitologia grega. Ouvidos e olhos daquele estariam abertos, nas palavras do Homúnculo, apenas para espectros "românticos", mas há também os "clássicos". A oposição entre clássico (pagão e antigo) e romântico (cristão-medieval), assim como o próprio oxímoro que se delineia na expressão "Noite de Valpúrgis clássica", já preludia também o terceiro ato da tragédia, que Goethe publicou em 1828 sob o título "Helena. Fantasmagoria clássico-romântica".

[22] "Campo de eleição" corresponde, no original, a *Lustrevier*, algo como "campo ou terreno dos prazeres": a noroeste situa-se o monte Brocken, onde se reúnem anualmente, segundo a tradição popular, os feiticeiros, bruxas e espectros nórdicos para o culto orgiástico a Satã. Desta vez, porém, o Homúnculo propõe o Sudeste: a planície da Tessália cortada pelo rio Peneu. Aí fica também a cidade de Farsalo ou Farsália, em cuja região travou-se no ano de 48 a.C. a batalha decisiva entre César e Pompeu.

Mich langeweilt's; denn kaum ist's abgetan,
So fangen sie von vorne wieder an;
Und keiner merkt: er ist doch nur geneckt   6.960
Vom Asmodeus, der dahinter steckt.
Sie streiten sich, so heißt's, um Freiheitsrechte;
Genau besehn, sind's Knechte gegen Knechte.

HOMUNCULUS

Den Menschen laß ihr widerspenstig Wesen,
Ein jeder muß sich wehren, wie er kann,
Vom Knaben auf, so wird's zuletzt ein Mann.
Hier fragt sich's nur, wie dieser kann genesen.
Hast du ein Mittel, so erprob' es hier,
Vermagst du's nicht, so überlaß es mir.

MEPHISTOPHELES

Manch Brockenstückchen wäre durchzuproben,   6.970
Doch Heidenriegel find' ich vorgeschoben.

A mim me enfadam, pois apenas cessam,
Logo a partir de zero recomeçam.
E ninguém nota: é Asmodeu que as provoca,[23]   6.960
E que se esconde atrás dessa baldroca.
Dizem que a liberdade é a aspiração;[24]
E olhando, servos contra servos são.

HOMÚNCULO

Deixe-se aos homens seu rebelde ser.
Defenda-se cada um como puder
Desde menino, e homens se tornarão.
Como este sara, eis agora a questão.
Se um meio tens, logo à experiência o aponta.
Se não, deixa-o por minha conta.

MEFISTÓFELES

Truques do Brocken são de meu encargo,[25]   6.970
Mas lhes opõem trincos pagãos embargo.

---

[23] O demônio da discórdia e semeador de desgraças mencionado no livro apócrifo de Tobias (ver nota ao v. 5.378).

[24] Mefistófeles parece referir-se agora às lutas de libertação dos gregos contra o domínio turco, ocorridas entre 1821 e 1829. O centro das operações foi também a região da Farsália e Mefisto sugere tratar-se de uma repetição da batalha entre os tiranos César e Pompeu, empenhados ambos em "escravizar" a República romana: por isso, bem observadas as coisas, "servos contra servos são".

[25] Mefisto poderia pôr à prova "truques" praticados no monte Brocken, o palco da "Noite de Valpúrgis" nórdica, mas não tem acesso ao mundo da mitologia grega, com a sua "livre atração sensual" e "pecados de alegria".

Das Griechenvolk, es taugte nie recht viel!
Doch blendet's euch mit freiem Sinnenspiel,
Verlockt des Menschen Brust zu heitern Sünden;
Die unsern wird man immer düster finden.
Und nun, was soll's?

HOMUNCULUS

               Du bist ja sonst nicht blöde;
Und wenn ich von thessalischen Hexen rede,
So denk' ich, hab' ich was gesagt.

MEPHISTOPHELES *(lüstern)*

Thessalische Hexen! Wohl! das sind Personen,
Nach denen hab' ich lang' gefragt.   6.980
Mit ihnen Nacht für Nacht zu wohnen,
Ich glaube nicht, daß es behagt;
Doch zum Besuch, Versuch —

HOMUNCULUS

                     Den Mantel her,
Und um den Ritter umgeschlagen!
Der Lappen wird euch, wie bisher,
Den einen mit dem andern tragen;
Ich leuchte vor.

Nunca à moral a mó grega fez jus,
Mas com livre atração sensual seduz.
Leva o homem a pecados de alegria;
Os nossos sempre têm feição sombria.
E o mais?

HOMÚNCULO

    Como é? a tua argúcia falha?
Mas se eu menciono bruxas da Tessália,[26]
Presumo que um palpite dei.

MEFISTÓFELES *(lúbrico)*

Bruxas tessálicas! bem, são pessoas
De que faz tempos indaguei.   6.980
Se haviam elas de ser boas
Noite após noite, é o que não sei;
Mas, a experiência, uma visita...

HOMÚNCULO

    O manto, cá!
Envolve nele o paladino![27]
Um e outro, como até hoje já,
O trapo vos leva ao destino;
Ilumino.[28]

---

[26] As bruxas ou feiticeiras da Tessália eram consideradas especialmente lascivas e mentoras insuperáveis na *ars amandi*. Goethe utilizou como fonte a *Farsália* (ou *De bello civili*), o *epos* do escritor romano Lucano (35-69 d.C.) sobre a guerra civil entre César e Pompeu.

[27] Valendo-se da faculdade premonitória desses "seres miraculosos" que, segundo Paracelso, "conhecem todas as coisas secretas e ocultas", o Homúnculo parece prever a aparição de Fausto, no terceiro ato da tragédia, como "paladino", ou seja: "em traje de corte de cavaleiro da Idade Média" (ver rubrica cênica anterior ao v. 9.182).

[28] O Homúnculo se propõe a assumir a liderança da comitiva, iluminando o caminho para a planície da Tessália; desempenhará assim a função que na "Noite de Valpúrgis" da primeira parte coube ao "fogo-fátuo" (ver v. 3.860).

WAGNER *(ängstlich)*

    Und ich?

HOMUNCULUS

        Eh nun,
Du bleibst zu Hause, Wichtigstes zu tun.
Entfalte du die alten Pergamente,
Nach Vorschrift sammle Lebenselemente   6.990
Und füge sie mit Vorsicht eins ans andre.
Das Was bedenke, mehr bedenke Wie.
Indessen ich ein Stückchen Welt durchwandre,
Entdeck' ich wohl das Tüpfchen auf das i.
Dann ist der große Zweck erreicht;
Solch einen Lohn verdient ein solches Streben:
Gold, Ehre, Ruhm, gesundes langes Leben,
Und Wissenschaft und Tugend — auch vielleicht.
Leb wohl!

WAGNER *(betrübt)*

Leb wohl! Das drückt das Herz mir nieder.
Ich fürchte schon, ich seh' dich niemals wieder.   7.000

WAGNER *(ansioso)*

E eu?

HOMÚNCULO

    Ficas aqui, meu caro,
Tens ainda da obra máxima o preparo.
Descerra os pergaminhos bolorentos,
Da vida ajunta os elementos,   6.990
Pela regra um no outro integrando.
O Como, mais que o Quê, medita em ti.
Enquanto um pouco pelo mundo ando,
Talvez descubra o ponto sobre o i.[29]
Ao supremo alvo então chegas de vez;
Merece o prêmio tão intenso afã:
Glória, ouro, fama, vida longa e sã,
E virtude e saber também — talvez![30]
Adeus!

WAGNER *(entristecido)*

Adeus! o coração me preme.
Que eu jamais te reveja, teme.   7.000

---

[29] A tradução é aqui inteiramente literal, e descobrir o "ponto sobre o i" significa encontrar a pequena coisa, o detalhe que falta para a concretização de algo. O Homúnculo parece estar se referindo àquilo que lhe falta para "vir a ser" por inteiro, adquirir a corporeidade que Wagner não alcançou com o seu método. Erich Trunz, no entanto, acredita tratar-se de uma alusão à misteriosa "tintura" (*Tinktur*) que os alquimistas buscavam para a produção da pedra filosofal. Os tratados de alquimia recomendavam, segundo Trunz, estudar primeiro os grandes mestres ("Descerra os pergaminhos bolorentos", diz inicialmente o Homúnculo); meditar depois sobre os ingredientes e, mais ainda, sobre a sua manipulação (daí a recomendação de meditar mais sobre o "Como" do que sobre o "Que"). E quando, mesmo assim, não alcançavam a produção da pedra filosofal e a transubstanciação dos metais, os alquimistas do século XVI "costumavam dizer que lhes faltara um último ingrediente, a tintura" — justamente o pingo sobre o i.

[30] Tanto no original como na tradução, estes versos trazem certa ambiguidade na relação entre sujeito e objeto. É mais provável que Goethe tenha designado aos termos "virtude e saber" a função não tanto de objeto, complementando "glória, ouro, fama, vida longa e sã", mas de sujeito posterior ou "retardatário" (ao lado, portanto, do "intenso afã" do alquimista).

MEPHISTOPHELES

Nun zum Peneios frisch hinab!
Herr Vetter ist nicht zu verachten.

(Ad spectatores)

Am Ende hängen wir doch ab
Von Kreaturen, die wir machten.

MEFISTÓFELES

Bem, ao Peneu, ora, baixemos,
Não se despreze o primo! Vamos!

(Ad spectatores)

No fim tão sempre dependemos
Das criaturas que criamos.[31]

---

[31] Sobre esses dois versos que fecham a cena "Laboratório", disse Goethe a Eckermann no dia 16 de dezembro de 1829: "Penso que é preciso se debater um certo tempo com isso. Um pai que tenha seis filhos está perdido, faça ele o que quiser. Queiram também reis e ministros, que conduziram muitas pessoas a postos significativos, refletir sobre isso a partir de suas experiências". Se é verdade que Goethe não teve seis filhos, a larga experiência desse Ministro de Estado (conforme a nomeação de 1815) lhe terá proporcionado observar reviravoltas (e traições) políticas que ilustram a relação de dependência explicitada por Mefistófeles. Vale lembrar que no quarto ato desta segunda parte, o Imperador será traído por antigos aliados ("Irmãos diziam-se, eram tios, primos [...] Em desunião o reino devastaram,/ E unidos, contra mim se rebelaram"), entre as quais aquele que tenta usurpar o poder alçando-se à condição de Anti-Imperador.

Klassische Walpurgisnacht

Noite de Valpúrgis clássica

No dia 21 de fevereiro de 1831, Johann Peter Eckermann registrava em seu caderno de conversações com Goethe as seguintes palavras do poeta octogenário: "A velha Noite de Valpúrgis é monárquica, uma vez que lá o diabo é respeitado por toda parte como soberano inconteste. A clássica, porém, é inteiramente republicana, na medida em que tudo e todos se colocam lado a lado, espraiando-se largamente em pé de igualdade, sem que ninguém se subordine ou se preocupe com o outro". Eckermann observa então quão viva a Antiguidade clássica não deveria ser para Goethe, a julgar pela liberdade e leveza com que lança mão de tantas figuras mitológicas. "Se eu não tivesse me ocupado durante a vida toda com artes plásticas, disse Goethe, isso não me teria sido possível. Entretanto, o mais difícil, diante de uma tal profusão, foi manter a moderação e recusar todas aquelas personagens que não se ajustavam cabalmente à minha intenção. Assim, não pude, por exemplo, fazer uso do Minotauro, das Harpias e de alguns outros monstros".

Apesar da alegada moderação, esta Noite de Valpúrgis clássica expandiu-se de tal modo na horizontalidade "republicana" que acabou por constituir-se na mais longa cena do *Fausto II*, ultrapassando com os seus 1.483 versos a também dilatada cena do carnaval na "Sala vasta" do Palatinado Imperial e quase alcançando a extensão total do subsequente ato de Helena.

Uma das criações mais originais da fantasia do velho poeta, esta cena mítico-fantasmagórica constitui talvez o trecho do *Fausto II* cuja redação mais prazer lhe proporcionou, recompensando-o plenamente, conforme assinala Ernst Beutler, do fato de a concepção da primeira parte da tragédia o ter levado a criar a Noite de Valpúrgis orgiástica e demoníaca, que se desencadeia no chamado Blocksberg. Já este seu *pendant* "clássico" está ambientado em paragens gregas, que Goethe jamais pisou, mas buscou intensamente com a "alma" — como se poderia dizer em alusão ao verso que colocou na boca de sua heroína Ifigênia, no monólogo inicial da peça homônima: "Procurando a terra dos gregos com a alma" (*Iphigenie auf Tauris*, v. 12).

A planície da Tessália, mais precisamente a região aos pés do monte Olimpo, representa o cenário inicial para a aventura mitológica que espera os três "viajantes aéreos" que tocam o solo sobre o manto mágico de Mefistófeles. A data é indicada pela primeira personagem a entrar em cena, a bruxa tessálica Ericto: 9 de agosto, o aniversário da batalha travada entre César e Pompeu nos campos da Farsália no ano 48 a.C. Esta mesma Ericto, que Goethe tomou ao poeta latino Lucano, apresenta-se a si mesma como "sombria" e chama a esta Noite de Valpúrgis "espectral festa". Vê-se assim, logo de início, que o adjetivo que aparece no título da cena não significa propriamente a Antiguidade "clássica" dos deuses olímpicos e heróis homéricos, dos quais absolutamente nenhum marcará presença nesta cena povoada antes por figuras pré-clássicas, arcaicas. Goethe, portanto, designa essa segunda Noite de Valpúrgis como "clássica" sobretudo em oposição à correspondente celebração nórdica no Blocksberg, dominada inteiramente pelo sexo, e à qual Fausto é conduzido por Mefisto para afastar-se da amada Gretchen (ao passo que aqui o objetivo é exatamente o contrário).

Em sua segunda etapa, a cena irá deslocar-se para as margens do rio Peneu, percorrendo-o de cima a baixo, ora mais próximo à nascente ("alto Peneu"), ora mais próximo à foz ("baixo Peneu"). E serão por fim as enseadas rochosas do mar Egeu o cenário para o momento culminante da festa: a celebração hínica e apoteótica do Belo, de Eros e também da gênese da Vida.

Conforme indicado acima, Goethe falou explicitamente de sua longa convivência com as artes plásticas como pressuposto fundamental para a redação desta cena, que se deu entre janeiro e julho de 1830 (depois retomada e complementada em dezembro do mesmo ano). Mas igualmente essencial foi sem dúvida a leitura, ao longo de toda a vida, de escritores da Antiguidade — para citar apenas algumas das influências que se fazem sentir aqui: Homero, Heródoto, os trágicos gregos (sobretudo Eurípides), mas também o comediógrafo Aristófanes, filósofos pré-socráticos, assim como o já mencionado Lucano. Goethe tinha constantemente sobre sua mesa de trabalho a enciclopédia mitológica de Benjamin Hederich (*Gründliches mythologisches Lexikon*), a principal fonte para as referências e alusões mitológicas no *Fausto*. Além disso, alguns versos aludem sub-repticiamente a mitólogos e filósofos de seu tempo, como Friedrich Creuzer e F. W. J. Schelling. A estes e outros contemporâneos parecem dirigir-se algumas alfinetadas irônicas e satíricas inseridas na cena; mas, como confidenciou a Eckermann, o poeta afastou tais "estocadas" de seus verdadeiros objetos, voltando-as ao geral, "de tal modo que não faltarão referências ao leitor, mas ninguém saberá o que realmente se visou".

Mesmo aos mais eruditos leitores contemporâneos (como filólogos próximos a Goethe), vários detalhes desta Noite de Valpúrgis permaneceram obscuros, enigmáticos ou apenas parcialmente compreensíveis. Isso, contudo, conforme observa Albrecht Schöne, parece corresponder plenamente à intenção da cena, que simula um mistério ou culto mítico celebrado sob o brilho noturno da lua — e não sob a luz do sol, símbolo do esclarecimento e do Iluminismo. E, assim, dominando toda essa fantasmagoria, a "mágica" Luna levanta-se sobre a escuridão das "campinas farsálicas" e no final, "estacionária no zênite", estará derramando a sua luz sobre as baías rochosas e as águas do mar Egeu.

A riqueza dos acontecimentos que se desdobram ao longo destas centenas de versos é organizada pela trajetória dos três visitantes nórdicos. Movido pela aspiração de encontrar o modelo máximo da beleza feminina, Fausto logo se depara com as antiquíssimas esfinges e é remetido por estas a Quíron, o mais sábio dos centauros. Este não apenas o informa a respeito dos heróis da Antiguidade, mas sobretudo o conduz até a célebre profetisa e sacerdotisa Manto, que compreende a sua aspiração e lhe faculta o caminho para o Hades.

Originalmente Goethe planejou a descida do herói ao mundo dos mortos e o resgate de Helena em uma extensa cena a que chamou, em um dos *paralipomena* da tragédia, "Fausto como segundo Orfeu". Nesses esboços seria a própria Manto que, assumindo o papel de intercessora, apresenta diante de Perséfone (ou Prosérpina, como anota o poeta) um discurso comovente, que a persuade a liberar Helena à luz do dia, para unir-se ao estrangeiro apaixonado. Goethe, contudo, acabou renunciando a inserir esse episódio com a soberana do Hades no texto definitivo da tragédia, o que tem como consequência a aparição abrupta — mas também, do ponto de vista estético, tão ousada quão eficaz — de Helena na abertura do terceiro ato: "Muito admirada e odiada muito, eu, Helena,/ Da praia venho, onde, pouco antes, abordáramos".

Se no ominoso monte Brocken da primeira parte da tragédia o demônio nórdico encontrava-se em seu verdadeiro elemento, nesta noite mitológica ele será zombado, rejeitado ou ludibriado a cada um de seus passos. No alto Peneu, Mefisto depara-se com esfinges, Grifos (com os quais entra num conflito que se estende também à dimensão filológico-linguística), Sereias e outras quimeras arcaicas. A sua lubricidade leva-o em seguida até as sedutoras e vampirescas Lâmias e, por fim, às três horrorosas Fórcides ou Forquíades. Sua trajetória nesta cena parece alcançar seu objetivo no momento em que assume a aparência de uma destas irmãs, personificações da velhice e da feiura. Desse modo, ele sai então de cena para só reaparecer no terceiro ato, no papel de Fórquias, enquanto antípoda da beleza helênica: o Mal, no contexto grego, identifica-se com o Feio e Mefisto-Fórquias promove assim — como observa Albrecht Schöne — a inversão do conceito de *Kaloskagathos*, que postula a identidade entre o Belo e o Bem.

Dos três viajantes nórdicos, o Homúnculo é o que mais tempo permanece em cena, passando, como os outros dois, pelos campos da Farsália e pelas margens do Peneu, mas adentrando também as enseadas rochosas e as águas do mar Egeu. Impelido pela aspiração de vir a ser, originar-se por inteiro, o Homúnculo associa-se aos filósofos pré-socráticos Tales e Anaxágoras, que confrontam suas respectivas teorias sobre a Natureza e a origem da vida. Excetuando-se os visitantes nórdicos, são as únicas personagens humanas que tomam parte nessa movimentação noturna de figuras míticas e fabulosas. Goethe as converte, de maneira anacrônica, em porta-vozes de duas correntes científicas que, na passagem do século XVIII para o XIX, concorriam entre si na explicação sobre o surgimento da crosta terrestre: o chamado "netunismo", que remontava os fenômenos geológicos a sedimentações de um oceano primordial que foi paulatinamente recuando, e, no lado oposto, o "vulcanismo" (ou "plutonismo"), relacionando a gênese das rochas à ação de um "fogo central" no interior da terra e de lavas primordiais. O netunista Tales ("Tudo, tudo é da água oriundo!!") e o vulcanista Anaxágoras ("Vapor de fogo engendrou essa rocha!") oferecem assim interpretações "científicas" divergentes para os acontecimentos que se dão na planície cortada pelo rio Peneu, isto é, o abalo sísmico e a queda do meteoro que modificam consideravelmente a paisagem tessálica.

Com esse segmento cênico da Noite de Valpúrgis clássica, Goethe preludia um aspecto central do quarto ato, o qual desdobra numa dimensão muito mais ampla a controvérsia em torno do netunismo e do vulcanismo, estendendo-a inclusive aos desdobramentos da guerra civil que lá se trava entre as forças do Imperador e do Anti-Imperador (ver o comentário à primeira cena do quarto ato, "Alta região montanhosa").

Oriundo dos experimentos de cristalização desenvolvidos pelo alquimista (ou já bioquímico) Wagner, o Homúnculo buscará complementar nesta cena a sua "semiexistência" de laboratório enveredando por um caminho novo e, por assim dizer, "orgânico". Ele encontra os seus mentores não só no filósofo netunista Tales, mas também nos deuses marítimos Nereu e Proteu, sendo que este último assume a forma de um golfinho para conduzi-lo ao encontro "erótico" com Galateia, momento culminante e apoteótico em que a redoma se choca contra a concha-carruagem da bela ninfa e o Homúnculo derrama-se flamejante (ou, antes, ejacula-se) nas águas doadoras de vida — nesse elemento, dissera Tales pouco antes, o seu pequeno pupilo iria percorrer desde o início todo o processo da criação, passaria por "eternas normas", por "mil e mais cem mil formas", pois: "Tempo até ao homem tens aos montes".

Na plasmação mítico-poética dessa última etapa da Noite de Valpúrgis clássica, Goethe ateve-se em larga medida, conforme aponta Albrecht Schöne, às concepções científicas de Lorenz Ocken (1779-1851), professor de medicina e de história e filosofia da natureza em Jena, cidade vizinha a Weimar. Em seu tratado sobre o *Aparecimento do primeiro homem* (1819) encontram-se formulações que podem ser reconhecidas em versos do netunista Tales: "O fato de que tudo o que é vivo proveio do mar é uma verdade que certamente não será refutada por ninguém que tenha se ocupado com história da natureza e com filosofia". Ou ainda: "tudo o que é orgânico deve originar-se na água".

O interesse de Goethe pela discussão científica em torno da gênese e do desenvolvimento da vida orgânica está copiosamente documentado em seus escritos, cartas e declarações anotadas por amigos e interlocutores. De especial importância para a concepção das imagens finais da Noite de Valpúrgis clássica (a fosforescente "morte de amor" do Homúnculo nas águas do mar) foi o congresso de médicos e biólogos ocorrido em setembro de 1830, que Goethe acompanhou atentamente, sobretudo os trabalhos sobre a relação entre micro-organismos e a "criação primordial" (*Urzeugung*). Contudo, já décadas antes o poeta, elaborando hipóteses científicas sobre morfologia e metamorfose, apresentava formulações como as seguintes: "Para chegar até o ser humano, a Natureza percorre um longo prelúdio de seres e formas, aos quais falta muito até o homem. Mas em cada estágio é visível uma tendência para um outro que lhe é superior" (1806). Ou: "A Natureza só pode chegar àquilo que ela quer fazer através de uma *sequência*. Ela não dá saltos. Ela não poderia, por exemplo, fazer um cavalo se antes não viessem todos os demais animais mediante os quais ela, como que percorrendo uma *escada*, chega até a estrutura do cavalo" (1807). Em 1810, o poeta falava de "uma formação, a partir da água, de moluscos, pólipos e coisas do tipo, até que finalmente se origine o homem".

    Formulações como essas levaram Charles Darwin, na introdução que redigiu à 6ª edição de sua obra máxima, *The origin of species*, a referir-se ao poeta-cientista como um aliado, um *partisan* nas fileiras da teoria evolucionista: "*there is no doubt that Goethe was an extreme partisan of similar views*". Arrolando recentes posições da biologia molecular, Albrecht Schöne vislumbra um potencial antecipatório ainda mais ousado nas imagens finais desta cena, elaboradas por Goethe a partir da tendência morfogenética de sua teoria da metamorfose e dos fundamentos científicos de seu tempo: seriam imagens capazes de circunscrever não só teorias atuais sobre uma fase pré-biótica e química na gênese de formas orgânicas, mas também concepções atuais de uma formação seletiva, baseada na autorreprodução e na mutagênese, de informação genética e de uma teleologia do processo evolucionário, a qual determinou o desenvolvimento da vida desde o sistema molecular até o surgimento do ser humano. [M.V.M.]

ZWEITER AKT — KLASSISCHE WALPURGISNACHT

(Pharsalische Felder, Finsternis)

ERICHTHO

    Zum Schauderfeste dieser Nacht, wie öfter schon,
    Tret' ich einher, Erichtho, ich, die düstere;
    Nicht so abscheulich, wie die leidigen Dichter mich
    Im Übermaß verlästern... Endigen sie doch nie
    In Lob und Tadel... Überbleicht erscheint mir schon
    Von grauer Zelten Woge weit das Tal dahin,   7.010
    Als Nachgesicht der sorg- und grauenvollsten Nacht.
    Wie oft schon wiederholt' sich's! wird sich immerfort
    Ins Ewige wiederholen... Keiner gönnt das Reich
    Dem andern; dem gönnt's keiner, der's mit Kraft erwarb
    Und kräftig herrscht. Denn jeder, der sein innres Selbst
    Nicht zu regieren weiß, regierte gar zu gern
    Des Nachbars Willen, eignem stolzem Sinn gemäß...

Segundo ato — Noite de Valpúrgis clássica

(Campinas farsálicas, escuridão)[1]

ERICTO[2]

Na espectral festa desta noite, eu, a sombria
Ericto, surjo como tantas vezes já.
Não tão sinistra como os malfadados poetas
Costumam difamar-me... Pois jamais põem termo
Às loas e censuras... Pálido já oscila
O vale entre a maré de tendas cor de chumbo,   7.010
Da angústia dessa noite tétrica o reflexo.[3]
Quanta vez repetiu-se! e ela há de ao infinito
Se repetir... Ninguém cede a outrem o poder,
Nem ao que à força o conquistou e pela força
O exerce. Sem que o próprio ser saibam reger,
Timbram em dominar do vizinho a vontade,
Conforme lhos impõe do orgulho o mandamento...

---

[1] A primeira etapa da Noite de Valpúrgis clássica irá desdobrar-se na vasta planície da Tessália, onde se localiza Farsalo, "nova e antiga", conforme a indicação antecipatória do Homúnculo na cena anterior (v. 6.955). Nessas campinas farsálicas teve lugar a 9 de agosto de 48 a.C. a batalha decisiva entre César e Pompeu, que terminou com a derrota deste.

[2] Os versos de abertura da mais longa cena do *Fausto* são pronunciados por uma das bruxas da Tessália, cuja menção no v. 6.977 despertara a lubricidade de Mefisto. Ericto tornou-se conhecida sobretudo mediante a obra de Lucano sobre a guerra civil entre César e Pompeu, a *Farsália*, que Goethe leu atentamente em abril de 1826. No livro VI do *epos*, Ericto é caracterizada como um ser tenebroso e vampiresco, habituado a rondar túmulos. Lucano conta ainda que Sexto, filho de Pompeu, solicita a Ericto a predição do desfecho da batalha iminente; para isso ela revive um morto que faz a profecia e retorna em seguida para o túmulo. Também é mencionada no canto IX da *Divina Comédia*: a "crua Ericto" que ordenou a Virgílio, logo após a morte, descer ao círculo de Judas em busca de uma alma. São esses — Lucano, Dante e Virgílio — os "malfadados poetas" a que ela se refere no v. 7.007.

No tocante ao estilo, Goethe coloca na boca de Ericto o antigo verso da tragédia ática (o chamado "trímetro jâmbico", não rimado) e a faz abrir o monólogo apresentando-se a si mesma ("eu, a sombria Ericto, surjo..."), segundo um procedimento utilizado com frequência por Eurípides.

[3] Associada a cadáveres e à invocação de mortos, Ericto parece elevar o "reflexo" fantasmagórico dessa noite (em que César e Pompeu se preparavam para a batalha da manhã seguinte) à condição de símbolo do retorno mítico dos eventos históricos fundamentais.

Numa nota de Goethe a sua autobiografia *Poesia e verdade*, encontram-se, como observa Albrecht Schöne, estas palavras que ajudam a elucidar a visão goethiana da história (e o recurso aqui à figura sinistra de Ericto): "A história, mesmo a melhor, sempre tem algo de cadavérico, o odor de jazigos".

Hier aber ward ein großes Beispiel durchgekämpft:
Wie sich Gewalt Gewaltigeren entgegenstellt,
Der Freiheit holder, tausendblumiger Kranz zerreißt, 7.020
Der starre Lorbeer sich ums Haupt des Herrschers biegt.
Hier träumte Magnus früher Größe Blütentag,
Dem schwanken Zünglein lauschend wachte Cäsar dort!
Das wird sich messen. Weiß die Welt doch, wem's gelang.

Wachfeuer glühen, rote Flammen spendende,
Der Boden haucht vergoßnen Blutes Widerschein,
Und angelockt von seltnem Wunderglanz der Nacht,
Versammelt sich hellenischer Sage Legion.
Um alle Feuer schwankt unsicher oder sitzt
Behaglich alter Tage fabelhaft Gebild... 7.030
Der Mond, zwar unvollkommen, aber leuchtend hell,
Erhebt sich, milden Glanz verbreitend überall;
Der Zelten Trug verschwindet, Feuer brennen blau.

Doch über mir! welch unerwartet Meteor?
Es leuchtet und beleuchtet körperlichen Ball.
Ich wittre Leben. Da geziemen will mir's nicht,
Lebendigem zu nahen, dem ich schädlich bin;
Das bringt mir bösen Ruf und frommt mir nicht.
Schon sinkt es nieder. Weich' ich aus mit Wohlbedacht!

(Entfernt sich)

Mas houve aqui da luta insigne um grande exemplo:
Vimos violência opor-se a mais violência ainda,
Rasgar da liberdade a áurea coroa de flores, 7.020
Rijos lauréis cingir do vencedor a fronte.
Aqui Pompeu sonhou com a glória de horas findas;[4]
César vigiou, insone, o fiel, lá, da balança!
Vão se medir. Mas sabe o mundo quem triunfou.[5]

Fogos de guarda espalham rubras labaredas,
Reflexo que do sangue esparso o solo exala,
E pelo brilho estranho desta noite atraída,
Reúne-se da Saga helênica a legião.[6]
Vagueiam ao redor, quedam-se entre as fogueiras,
Imagens fabulosas de épocas de antanho... 7.030
Radiante, ainda que incompleta, a lua sobe
Ao alto, difundindo o clarão suave. Some
Das tendas a visão e o fogo arde azulado.

Eis que me sobrevoa um meteoro imprevisto,
Banha de luz fulgente um orbe corporal.[7]
Da vida sinto o hálito. Mas, não me é outorgado
Ao que é vivo chegar-me, sem lhe ser nociva.
Mais lesa a minha fama e em nada me aproveita.
Já baixa ao chão; com reflexão daqui me esquivo.[8]

(Afasta-se)

---

[4] No original, Goethe escreve "Magnus", o cognome de Pompeu. No livro VII da *Farsália*, como lembram os comentadores, Pompeu sonha com repetir os mesmos triunfos que experimentara na juventude.

[5] Vale notar que neste verso, tanto no original como na tradução, comparecem três tempos verbais: o futuro ("vão"), o presente ("sabe") e o passado ("venceu") — mescla temporal característica da recorrência mítica.

[6] Referência à profusão de seres mitológicos com que Fausto, Mefistófeles e o Homúnculo irão deparar-se nesta cena.

[7] Na retorta do Homúnculo, Ericto crê divisar o "meteoro imprevisto" que ilumina um "orbe corporal" (Fausto envolto no manto mágico de Mefisto).

[8] Após pintar a atmosfera inicial da Noite de Valpúrgis clássica, Ericto retira-se sensatamente ("com reflexão") para evitar o contato com os insólitos visitantes. Em sua fala, manifestou-se na condição de conhecedora do eterno retorno de todas as coisas — das batalhas assim como dos encontros de seres mitológicos; e

(Die Luftfahrer oben)

HOMUNCULUS

        Schwebe noch einmal die Runde   7.040
        Über Flamm- und Schaudergrauen;
        Ist es doch in Tal und Grunde
        Gar gespenstisch anzuschauen.

MEPHISTOPHELES

        Seh' ich, wie durchs alte Fenster
        In des Nordens Wust und Graus,
        Ganz abscheuliche Gespenster,
        Bin ich hier wie dort zu Haus.

HOMUNCULUS

        Sieh! da schreitet eine Lange
        Weiten Schrittes vor uns hin.

MEPHISTOPHELES

        Ist es doch, als wär' ihr bange;   7.050
        Sah uns durch die Lüfte ziehn.

HOMUNCULUS

        Laß sie schreiten! setz ihn nieder,
        Deinen Ritter, und sogleich
        Kehret ihm das Leben wieder,
        Denn er sucht's im Fabelreich.

(No alto, os viajantes aéreos)

HOMÚNCULO

    Rondo, a sobrevoá-la, a trama   7.040
    De flamejo e de horror. Do val
    E do abismo, o panorama
    Surge tétrico e espectral.

MEFISTÓFELES

    Qual no caos do Norte, em miasmas,
    Turbilhões de poeira e brasa,
    Vejo horríferos fantasmas.
    Cá e lá me sinto em casa.

HOMÚNCULO

    Vede, aquela longa bruxa
    A andar à frente, a largo passo.

MEFISTÓFELES

    Assustada ela estrebucha;   7.050
    Viu-nos voando pelo espaço.

HOMÚNCULO

    Baixa ao chão na nuvem fusca,
    Nosso amigo. Recupera
    Logo a vida, já que a busca
    No reino, ele, da quimera.

---

apresentou-se não apenas como antiga feiticeira, mas também enquanto personagem "revivida" — conhecedora, portanto, de sua presença posterior em obras literárias. Nesse sentido, conforme observa Erich Trunz, ao introduzir esta Noite de Valpúrgis ela já prepara o leitor para o advento, no ato subsequente, de Helena, que se apresentará (falando no mesmo verso trímetro jâmbico) como figura da Antiguidade clássica, dotada porém da intuição de seu ser "revivificado" e da imagem que os poetas lhe pintaram: "Muito admirada e odiada muito, eu, Helena".

FAUST *(den Boden berührend)*

   Wo ist sie? —

HOMUNCULUS

          Wüßten's nicht zu sagen,
Doch hier wahrscheinlich zu erfragen.
In Eile magst du, eh' es tagt,
Von Flamm' zu Flamme spürend gehen:
Wer zu den Müttern sich gewagt,   7.060
Hat weiter nichts zu überstehen.

MEPHISTOPHELES

Auch ich bin hier an meinem Teil;
Doch wüßt' ich Besseres nicht zu unserm Heil,
Als: jeder möge durch die Feuer
Versuchen sich sein eigen Abenteuer.
Dann, um uns wieder zu vereinen,
Laß deine Leuchte, Kleiner, tönend scheinen.

HOMUNCULUS

So soll es blitzen, soll es klingen.

(Das Glas dröhnt und leuchtet gewaltig)

Nun frisch zu neuen Wunderdingen!

FAUSTO *(tocando o solo)*

    Que é dela? —[9]

HOMÚNCULO

          Isto é o que se ignora,
Mas sai a pesquisar afora.
À pressa, antes que raie o dia,
Podes de chama em chama andar:
Quem de ir às Mães teve a ousadia,[10]
Nada mais tem que superar.

7.060

MEFISTÓFELES

Por minha conta eu também vim;
Pois que cada um, para o seu fim,
Pelo fogo ande hoje à procura
De sua própria aventura.
Para que à união nos reconduza,
Teu fogo, Homúnculo, soe e reluza.

HOMÚNCULO

Há de raiar, soar retumbante.[11]

(O vidro ressoa e reluz possantemente)

    Bem, há prodígio novo! Avante!

---

[9] Voltando a si em solo grego ("Onde está ela?" é literalmente sua primeira indagação), Fausto retoma de imediato o anelo por Helena, que ficara suspenso ao longo de quinhentos versos, desde o final do ato anterior (v. 6.559: "Quem a encontrou, não pode mais perdê-la!").

[10] Alusão à incursão de Fausto pelo misterioso reino das Mães, em busca do espectro de Helena (ver nota introdutória à cena "Galeria obscura").

[11] O Homúnculo demonstra aqui como a sua redoma irá brilhar e soar, sinalizando o local de reencontro para os dois outros viajantes.

FAUST *(allein)*

> Wo ist sie? — Frage jetzt nicht weiter nach... 7.070
> Wär's nicht die Scholle, die sie trug,
> Die Welle nicht, die ihr entgegenschlug,
> So ist's die Luft, die ihre Sprache sprach.
> Hier! durch ein Wunder, hier in Griechenland!
> Ich fühlte gleich den Boden, wo ich stand;
> Wie mich, den Schläfer, frisch ein Geist durchglühte,
> So steh' ich, ein Antäus an Gemüte.
> Und find' ich hier das Seltsamste beisammen,
> Durchforsch' ich ernst dies Labyrinth der Flammen.

(Entfernt sich)

AM OBEREN PENEIOS

MEPHISTOPHELES *(umherspürend)*

> Und wie ich diese Feuerchen durchschweife, 7.080
> So find' ich mich doch ganz und gar entfremdet,
> Fast alles nackt, nur hie und da behemdet:
> Die Sphinxe schamlos, unverschämt die Greife,

FAUSTO *(sozinho)*

    Que é dela? — Disso aqui já não se indaga...   7.070
    Se não é a gleba que pisou, a vaga
    Que aos seus pés irrompeu — é o aroma
    Que hauriu, é o ar que falou seu idioma.
    Estou na Grécia, e senti logo, ó maravilha!
    Tocando o solo que meu passo trilha,
    Em mim, dormente, o espírito ardeu,
    Aqui estou, sentindo-me um Anteu.[12]
    Que hei de encontrar o mais raro, pressinto,
    Das chamas explorando o labirinto.

(Afasta-se)

ÀS MARGENS DO ALTO PENEU[13]

MEFISTÓFELES *(farejando ao redor)*

    De luz purpúrea o fogo o solo tinge,   7.080
    Mas sinto-me demais desambientado,
    Nu quase tudo, um ou outro encamisado:
    Sem pejo o Grifo, descarada a Esfinge,[14]

---

[12] Revigorado ao pisar solo grego, Fausto compara-se à figura mítica de Anteu, o gigante filho de Posidão, deus dos mares, e Geia, deusa da Terra. A comparação deve-se ao fato de Anteu haurir força insuperável pelo contato de seus pés com a mãe-terra — por isso, só foi subjugado por Hércules quando este o ergueu sobre os ombros, afastando-o assim do chão.

[13] Peneu é o maior e mais belo rio da Tessália, que serpenteia pelo vale de Tempe, entre os montes Olimpo e Ossa, e desemboca no mar Egeu.

    Algumas edições do *Fausto*, como as de Erich Trunz e Ernst Beutler, trazem esta rubrica que designa uma mudança de cenário (das "campinas farsálicas" para as "margens do alto Peneu"). Já para Albrecht Schöne, tal indicação, inserida pelos primeiros editores da tragédia, interromperia o fluxo do segmento cênico que deve estender-se sem pausa até o v. 7.248.

[14] Grifos são animais fabulosos, com cabeça de pássaro, corpo de leão e ainda com asas e garras. As esfinges, oriundas do antigo Egito mas presentes também na mitologia grega (como na lenda de Édipo), apresentam-se como mulheres em forma de leão e com os seios nus — daí a designação, lançada por um Mefisto deslocado nesse mundo mitológico, de "descarada" ou, literalmente, "despudorada".

Und was nicht alles, lockig und beflügelt,
Von vorn und hinten sich im Auge spiegelt...
Zwar sind auch wir von Herzen unanständig,
Doch das Antike find' ich zu lebendig;
Das müßte man mit neustem Sinn bemeistern
Und mannigfaltig modisch überkleistern...
Ein widrig Volk! Doch darf mich's nicht verdrießen, 7.090
Als neuer Gast anständig sie zu grüßen...
Glückzu den schönen Fraun, den klugen Greisen!

GREIF *(schnarrend)*

Nicht Greisen! Greifen! — Niemand hört es gern,
Daß man ihn Greis nennt. Jedem Worte klingt
Der Ursprung nach, wo es sich her bedingt:
Grau, grämlich, griesgram, greulich, Gräber, grimmig,
Etymologisch gleicherweise stimmig,
Verstimmen uns.

E tudo mais que, alado e cabeludo,
Se espelha em meu olhar, desnudo...
Também em nós, fundo a indecência priva,
Mas por demais a Antiguidade é viva;
Com senso novo deve-se amestrá-la,
E à moda atual dar jeito de emplastrá-la.[15]
Mas ainda que ache indigesto tal povo,   7.090
Saudá-lo deve como hóspede novo...
Às damas, salve! e aos sábios, velhos Grilos.[16]

GRIFO *(rosnando)*

Grilos, não! Grifos! — Ninguém quer que o chamem[17]
De velho e Grilo! inda que em todo termo tina
O som de base de que se origina:
Grileira, grima, grife, gris, sangria,
Há concordância de etimologia,[18]
Mas soam mal pra nós.

---

[15] Provavelmente uma alfinetada irônica do velho Goethe em pintores contemporâneos (como os chamados "Nazarenos") que evitavam ciosamente a representação de nus, "emplastrando", quando não era possível suprimi-las, as partes sexuais.

[16] Há aqui um trocadilho com os substantivos (no modo dativo) "grifos" (*Greifen*) e "anciãos" (*Greisen*). Literalmente este verso diz: "Salve às belas mulheres, aos sábios anciãos" (ou "sábios grisos", forçando um trocadilho afim). Por razões puramente fônicas, a tradutora valeu-se aqui de "grilos", mas buscando uma compensação semântica no adjetivo "velhos".

[17] No original: "Anciãos, não! Grifos!". Como observa Ernst Beutler, os Grifos são antiquíssimos guardiões de tesouros, podendo ter decorrido daí o trocadilho com "anciãos" (ou "grisalhos", "grisos"). Goethe parece ter reforçado ainda o equívoco fônico mediante a grafia de *Greisen* e *Greifen*, que na impressão em letra gótica (*Frakturschrift*) da época tornava os termos praticamente idênticos, já que mal se podia distinguir entre os arabescos do "s" e do "f".

Em tradução inteiramente literal, esta estrofe diz: "Anciãos, não! Grifos! — Ninguém gosta de ouvir/ Ser chamado de ancião. Em cada palavra ressoa/ A origem da qual ela se condiciona:/ Gris, rabugento, macambúzio, horrível, túmulos, irado,/ Etimologicamente concertados,/ Desconcertam-nos".

[18] Ao contrário do que "rosna" aqui o Grifo, não há concordância etimológica entre essas palavras tomadas a um vocabulário da velhice; é tão somente a semelhança de som, a aliteração (*gr*) que dá consistência a tal "brincadeira linguística" (Albrecht Schöne) do velho Goethe. Haroldo de Campos "transcria" essa série do seguinte modo: "Grave, gralha, grasso, grosso, grés, gris". Na tradução portuguesa de João Barrento: "Gris, griséu, grifenho, gridelim, grifaria".

MEPHISTOPHELES

          Und doch, nicht abzuschweifen,
  Gefällt das Grei im Ehrentitel Greifen.

GREIF *(wie oben und immer so fort)*

  Natürlich! Die Verwandtschaft ist erprobt,   7.100
  Zwar oft gescholten, mehr jedoch gelobt;
  Man greife nun nach Mädchen, Kronen, Gold,
  Dem Greifenden ist meist Fortuna hold.

AMEISEN *(von der kolossalen Art)*

  Ihr sprecht von Gold, wir hatten viel gesammelt,
  In Fels- und Höhlen heimlich eingerammelt;
  Das Arimaspen-Volk hat's ausgespürt,
  Sie lachen dort, wie weit sie's weggeführt.

GREIFE

  Wir wollen sie schon zum Geständnis bringen.

MEFISTÓFELES

               Sons não tarifo,
Mas vale o *grif* no honroso título de Grifo.[19]

GRIFO *(sempre rosnando)*

   Na certa; a afinidade se comprova,   7.100
   Censuram-na, mas vezes mais se aprova.
   Que a grifa agarre virgens, ouro e trono,
   Quem a usa, da Fortuna obtém o abono.[20]

FORMIGAS *(da espécie colossal)*[21]

   Ouro, aos montões juntamos; em segredo
   Ficou oculto em grutas de rochedo.
   Os Arimaspas o desenterraram,
   Riem-se de nós, de longe que o levaram.

OS GRIFOS

   À confissão logo os obrigaremos.

---

[19] Literalmente: "E, contudo, para não divagar,/ O grif (*Grei*) no nome-título agrada a Grifos (*Greifen*)".

[20] Literalmente: "Àquele que agarra, a Fortuna é quase sempre propícia" — isto é, àquele que, sem perda de tempo, agarra a ocasião pelo topete. *Occasio*, a deusa do momento propício, confundia-se frequentemente com Fortuna, a deusa da sorte, e era representada com um basto topete, que se devia agarrar sem demora, pois no instante seguinte mostrava a parte de trás da cabeça, inteiramente raspada. (Na mitologia grega é *Kairós* o deus do efêmero momento propício, e vem representado com os mesmos atributos da deusa latina *Occasio*.)

[21] No terceiro livro de sua *História* (segmento 102), Heródoto refere-se à ocorrência, em zonas desérticas do norte da Índia, de formigas colossais (do tamanho de raposas ou pequenos cães), as quais revolvem uma areia com alta concentração de ouro. No segmento 116 do mesmo livro, Heródoto fala do povo dos Arimaspos, que segundo a lenda possuíam um só olho e estavam habituados a roubar o ouro guardado pelos Grifos. Goethe combina aqui essas duas passagens da *História*.

ARIMASPEN

> Nur nicht zur freien Jubelnacht.
> Bis morgen ist's alles durchgebracht,   7.110
> Es wird uns diesmal wohl gelingen.

MEPHISTOPHELES *(hat sich zwischen die Sphinxe gesetzt)*

> Wie leicht und gern ich mich hierher gewöhne,
> Denn ich verstehe Mann für Mann.

SPHINX

> Wir hauchen unsre Geistertöne,
> Und ihr verkörpert sie alsdann.
> Jetzt nenne dich, bis wir dich weiter kennen.

MEPHISTOPHELES

> Mit vielen Namen glaubt man mich zu nennen —
> Sind Briten hier? Sie reisen sonst so viel,
> Schlachtfeldern nachzuspüren, Wasserfällen,
> Gestürzten Mauern, klassisch dumpfen Stellen;   7.120
> Das wäre hier für sie ein würdig Ziel.
> Sie zeugten auch: Im alten Bühnenspiel
> Sah man mich dort als old Iniquity.

ARIMASPAS

> Na noite não, de livre jubileu.
> Até amanhã tudo se despendeu,[22]
> Sem dúvida o conseguiremos.

7.110

MEFISTÓFELES *(sentou-se entre as Esfinges)*[23]

> Quão bem me ajeito aqui, sem mais!
> Compreendo cada qual de vós.

ESFINGE

> Sopramos tons imateriais
> Que incorporais tão logo após.[24]
> Dá-nos teu nome, e hás de ser conhecido.

MEFISTÓFELES

> Conhecem-me por mais de um apelido.
> Há ingleses, cá? Sempre viajam tanto,
> Aos campos de batalha, quedas-d'água, montes,
> A ruínas clássicas, vetustas pontes;
> Haviam de adorar este recanto.[25]
> Em sua comédia antiga, aliás me vi
> Tachado de old Iniquity.[26]

7.120

---

[22] Isto é, até o dia seguinte a esta noite de "livre jubileu", os Arimaspas (ou Arimaspos) terão conseguido pôr todo o ouro roubado a salvo.

[23] As Esfinges costumavam aparecer em dupla, uma voltada para o leste e a outra para o oeste.

[24] Versos um tanto herméticos; provavelmente estão sugerindo que aqueles que ouvem os "tons imateriais" emitidos pelas Esfinges (enigmas, por exemplo) procuram em seguida interpretá-los e, assim, incorporá-los em seu próprio ser ou realidade.

[25] Alusão jocosa às viagens exploratórias e turísticas dos ingleses pelo mundo. Todavia, como observa Schöne, somente após a morte de Goethe, a Grécia se tornaria de fato uma meta para os *Globetrotters* britânicos.

[26] A Esfinge conclamara Mefisto a revelar o seu nome. Assim, diz ele agora que, houvesse ali britânicos, estes testemunhariam que em antigos autos ingleses (ou *morality plays*) o diabo era chamado *old Iniquity* (velha Iniquidade). Ernst Beutler lembra ainda uma passagem do demoníaco *Ricardo III*, de Shakespeare (ato III, cena I): "*Thus, like the formal vice, Iniquity, I moralize two meanings in one word*".

SPHINX

Wie kam man drauf?

MEPHISTOPHELES

Ich weiß es selbst nicht wie.

SPHINX

Mag sein! Hast du von Sternen einige Kunde?
Was sagst du zu der gegenwärt'gen Stunde?

MEPHISTOPHELES *(aufschauend)*

Stern schießt nach Stern, beschnittner Mond scheint helle,
Und mir ist wohl an dieser trauten Stelle,
Ich wärme mich an deinem Löwenfelle.
Hinauf sich zu versteigen, wär' zum Schaden;
Gib Rätsel auf, gib allenfalls Scharaden.

SPHINX

Sprich nur dich selbst aus, wird schon Rätsel sein.
Versuch einmal, dich innigst aufzulösen:
»Dem frommen Manne nötig wie dem bösen,
Dem ein Plastron, asketisch zu rapieren,
Kumpan dem andern, Tolles zu vollführen,
Und beides nur, um Zeus zu amüsieren.«

ESFINGE

> Que ideia foi?

MEFISTÓFELES

> Nem eu mesmo o entendi.

ESFINGE

> Dos astros tens algum conhecimento?
> Que achas da conjuntura do momento?

MEFISTÓFELES *(olhando para o alto)*

> Do céu estrelas caem. Meia lua te ilumina,[27]
> Sinto-me bem nesta íntima campina
> A aquecer-me à tua pele leonina.
> Seria um erro tentar a escalada;   7.130
> Propõe enigmas teus, uma charada.

ESFINGE

> Exprime-te como és, será o enigma.
> Define-te sem mascarada fútil:
> "Ao homem pio, como ao mau, sempre útil:
> Plastrão de um, em que esgrime a fé de asceta,
> Do outro, assessor na loucura irrequieta,
> E entreter Zeus, é de um e de outro a meta".[28]

---

[27] Literalmente: "Estrela atrás de estrela precipita-se". Mefisto relata a observação de estrelas cadentes, que na época da batalha da Farsália (9 de agosto) alcançavam a maior ocorrência do ano. A referência à lua (com o adjetivo derivado do particípio passado do verbo *beschneiden*, "podar", "reduzir") sugere tratar-se do quarto crescente ou minguante.

[28] Se Mefisto solucionar o enigma lançado nestes versos, estará determinando o seu ser e a sua dupla função na ordem estabelecida por Zeus: ao "homem pio" ele aparece como o "plastrão" (almofada que protege o peito do esgrimista) em que aquele exercita o florete da ascese; ao "mau" ele atua como cúmplice de atos iníquos.

ERSTER GREIF *(schnarrend)*

Den mag ich nicht!

ZWEITER GREIF *(stärker schnarrend)*

Was will uns der?

BEIDE

Der Garstige gehöret nicht hierher!

MEPHISTOPHELES *(brutal)*

Du glaubst vielleicht, des Gastes Nägel krauen
Nicht auch so gut wie deine scharfen Klauen?
Versuch's einmal!

SPHINX *(milde)*

Du magst nur immer bleiben,
Wird dich's doch selbst aus unsrer Mitte treiben;
In deinem Lande tust dir was zugute,
Doch, irr' ich nicht, hier ist dir schlecht zumute.

MEPHISTOPHELES

Du bist recht appetitlich oben anzuschauen,
Doch untenhin die Bestie macht mir Grauen.

SPHINX

Du Falscher kommst zu deiner bittern Buße,
Denn unsre Tatzen sind gesund;

PRIMEIRO GRIFO *(rosnando)*

Não gosto desse!

SEGUNDO GRIFO *(rosnando com mais força)*

Que é que aqui procura?

AMBOS

Não nos convém a horrenda criatura!

MEFISTÓFELES *(brutalmente)*

Crês que unhas do hóspede menos arranham 7.140
Que vossas garras, quando em vítimas se entranham?
Tentai-o!

ESFINGE *(brandamente)*

Fica aqui, se isso te apraz,
Logo a ti mesmo te afugentarás.
Em tua terra podes ser Alguém,
Mas aqui, creio, não te sentes bem.

MEFISTÓFELES

Ao ver-te no alto, apetitosa te acho,
Mas fera horrenda és da cintura abaixo.[29]

ESFINGE

Hipócrita, entre nós te sentes roto,
Pois nossas garras são sadias;

---

[29] Mefisto refere-se à visão da parte de cima ("no alto") da esfinge, em que se exibiam formosos seios nus. Ao lado de rosto, mãos e busto de uma bela donzela havia, segundo o léxico mitológico de Hederich, os atributos de "fera horrenda": corpo de cachorro, rabo de dragão, garras de leão, asas de pássaro.

Dir mit verschrumpftem Pferdefuße 7.150
Behagt es nicht in unserem Bund.

(Sirenen präludieren oben)

MEPHISTOPHELES

Wer sind die Vögel, in den Ästen
Des Pappelstromes hingewiegt?

SPHINX

Gewahrt euch nur! Die Allerbesten
Hat solch ein Singsang schon besiegt.

SIRENEN

      Ach was wollt ihr euch verwöhnen
      In dem Häßlich-Wunderbaren!
      Horcht, wir kommen hier zu Scharen
      Und in wohlgestimmten Tönen;
      So geziemet es Sirenen. 7.160

SPHINXE *(sie verspottend in derselben Melodie)*

      Nötigt sie, herabzusteigen!
      Sie verbergen in den Zweigen
      Ihre garstigen Habichtskrallen,

Tu, com o pé de cavalo boto, 7.150
Pecados teus aqui expias.[30]

(Sereias preludiando no alto)

MEFISTÓFELES

Nos álamos ribeiros, que aves
Nos galhos se balançam suaves?[31]

ESFINGE

Cuidado! dos valentes mais
Triunfaram já cantigas tais.

SEREIAS

    Não te enredes, ah, em teias
    Do monstruoso, execrando![32]
    Viemos nós em bando, entoando
    Canto suave em que te enleias,
    Como é próprio das Sereias. 7.160

ESFINGES *(escarnecendo-as na mesma melodia)*

    Que dos galhos desçam, onde
    Seu traiçoeiro encanto esconde
    Garras de gavião, perversas,

---

[30] No original, a esfinge ameaça Mefisto com as suas "patas", que afirma serem superiores ao "pé de cavalo boto" do demônio nórdico.

[31] No canto XII da *Odisseia*, as sereias aparecem como seres fabulosos que, sentadas na campina em meio a corpos em decomposição, atraem os marinheiros com o seu canto irresistível e os matam em seguida. Goethe segue aqui uma tradição posterior a Homero, que as representa com corpo de pássaro (por isso Mefisto as avista nos galhos dos álamos).

[32] Para atrair Mefisto, as Sereias advertem-no das artimanhas das Esfinges, empenhadas em enredá-lo em seu elemento "monstruoso-maravilhoso".

Euch verderblich anzufallen,
Wenn ihr euer Ohr verleiht.

SIRENEN

Weg das Hassen! weg das Neiden!
Sammeln wir die klarsten Freuden,
Unterm Himmel ausgestreut!
Auf dem Wasser, auf der Erde
Sei's die heiterste Gebärde,
Die man dem Willkommnen beut.

MEPHISTOPHELES

Das sind die saubern Neuigkeiten,
Wo aus der Kehle, von den Saiten
Ein Ton sich um den andern flicht.
Das Trallern ist bei mir verloren:
Es krabbelt wohl mir um die Ohren,
Allein zum Herzen dringt es nicht.

SPHINXE

Sprich nicht vom Herzen! das ist eitel;
Ein lederner verschrumpfter Beutel,
Das paßt dir eher zu Gesicht.

A atacar, da fronde emersas,
Quem parar, o canto ouvindo.

SEREIAS

Deixai do ódio! abaixo a inveja!
Alegria pura reja[33]
Todos sob o céu infindo!
Seja sobre terra e mar,
Com alegre homenagear,   7.170
O novo hóspede bem-vindo.

MEFISTÓFELES

É a novidade, essa, que encanta,
Como das cordas, da garganta,
Um tom se enfia em outro tom?
A mim não pega. Qual de abelhas
O zum-zum coça-me as orelhas,
Ao coração não chega o som.[34]

ESFINGES

Coração, tu! é desaforo!
Saco de encarquilhado couro
De teu rosto é atributo bom.[35]   7.180

---

[33] Para pôr fim à contenda com as Esfinges, conclamam aqui as Sereias, literalmente: "Reunamos as mais puras alegrias".

[34] Para o demônio nórdico a antiga música grega, oriunda de "cordas" e da "garganta" das Sereias, aparece como "novidade". Alguns comentadores pretendem ouvir aqui uma estocada irônica do velho Goethe na "novidade" poética dos românticos alemães, cujos versos maviosos no fundo não chegariam "ao coração".

[35] Isto é, com o rosto de Mefistófeles combinaria antes um "saco de encarquilhado couro" do que um "coração".

FAUST *(herantretend)*

    Wie wunderbar! das Anschaun tut mir Gnüge,
    Im Widerwärtigen große, tüchtige Züge.
    Ich ahne schon ein günstiges Geschick;
    Wohin versetzt mich dieser ernste Blick?

(Auf Sphinxe bezüglich)

    Vor solchen hat einst Ödipus gestanden;

(Auf Sirenen bezüglich)

    Vor solchen krümmte sich Ulyß in hänfnen Banden;

(Auf Ameisen bezüglich)

    Von solchen ward der höchste Schatz gespart,

(Auf Greife bezüglich)

    Von diesen treu und ohne Fehl bewahrt.
    Vom frischen Geiste fühl' ich mich durchdrungen;
    Gestalten groß, groß die Erinnerungen.   7.190

MEPHISTOPHELES

    Sonst hättest du dergleichen weggeflucht,
    Doch jetzo scheint es dir zu frommen;
    Denn wo man die Geliebte sucht,
    Sind Ungeheuer selbst willkommen.

FAUSTO *(aproximando-se)*

Já com a visão aqui me satisfaço;
No repelente, até, possante o traço.
Fado auspicioso auguro, já me inflama;
Transpõe-me aonde o austero panorama?

(Indicando as Esfinges)

É como se Édipo ao pé delas visses;[36]

(Indicando as Sereias)

Torceu-se ante elas em seus nós Ulisses;[37]

(Indicando as Formigas)

Tesouro-mor por essas foi poupado;

(Indicando os Grifos)

Por esses com lealdade conservado.[38]
Em mim um novo espírito se expande;
Vultos, lembranças, tudo é nobre e grande.

7.190

MEFISTÓFELES

Outrora houveras desprezado essa cambada,
Mas hoje agrada-te a noção;
A quem procura a bem-amada,
Monstros até bem-vindos são.

---

[36] Ao pé da Esfinge assassina, segundo a saga grega, Édipo solucionou o enigma sobre o Homem (qual animal anda sobre quatro pés pela manhã, sobre dois ao meio-dia e três ao anoitecer?), o que a fez precipitar-se de seus rochedos diante de Tebas.

[37] Referência ao canto XII da *Odisseia*, em que Odisseu se faz amarrar pelos companheiros (aos quais vedara os ouvidos com cera derretida) ao pé da carlinga do barco.

[38] Isto é, o "tesouro-mor" poupado pelas colossais formigas foi fielmente "conservado" pelos Grifos.

FAUST *(zu den Sphinxen)*

    Ihr Frauenbilder müßt mir Rede stehn:
    Hat eins der Euren Helena gesehn?

SPHINXE

    Wir reichen nicht hinauf zu ihren Tagen,
    Die letztesten hat Herkules erschlagen.
    Von Chiron könntest du's erfragen;
    Der sprengt herum in dieser Geisternacht;   7.200
    Wenn er dir steht, so hast du's weit gebracht.

SIRENEN

        Sollte dir's doch auch nicht fehlen!...
        Wie Ulyß bei uns verweilte,
        Schmähend nicht vorübereilte,
        Wußt' er vieles zu erzählen;
        Würden alles dir vertrauen,
        Wolltest du zu unsern Gauen
        Dich ans grüne Meer verfügen.

SPHINX

    Laß dich, Edler, nicht betrügen.
    Statt daß Ulyß sich binden ließ,   7.210
    Laß unsern guten Rat dich binden;
    Kannst du den hohen Chiron finden,
    Erfährst du, was ich dir verhieß.

FAUSTO *(às Esfinges)*

    Convosco, imagens de mulher, insisto:
    Não tem uma de vós Helena visto?

ESFINGES

    Não alcançamos tempo seu,
    As últimas de nós Hércules abateu.[39]
    Porém Quíron indaga: ao léu
    Cavalga nesta noite fantasmal;   7.200
    Se te atender, não te saíste mal.

SEREIAS

        Não falhará! quando parou conosco
        Ulisses não passou aos brados, tosco,
        Com sua nave a acelerar
        Pois tinha muito que contar;
        Tudo iríamos confiar-te
        Viesses conosco entrosar-te
        Nas regiões do verde mar.

ESFINGE

    Não te deixes enganar,
    Nobre amigo! atou-se Ulisses,[40]   7.210
    Nosso aviso amarre a ti!
    Se encontrar Quíron conseguisses,
    Saberás o que prometi.

---

[39] Na realização de seus trabalhos, Hércules (para os gregos, Héracles) abateu vários monstros (entre os quais, a gigantesca serpente de Lerna e os pássaros do lago Estínfalo), mas a lenda não diz que ele tenha destruído também as esfinges. Em todo caso, estas não alcançaram, como monstros arcaicos, a era de Helena.

[40] No original, este verso apresenta uma estrutura sintática um tanto enigmática, mas o seu sentido provável é: "Diferentemente de Ulisses, que se deixou amarrar por cabos de cânhamo (v. 7.187), deixa-te amarrar pelo nosso bom conselho" (que protegerá Fausto das seduções das Sereias, remetendo-o a Quíron).

(Faust entfernt sich)

MEPHISTOPHELES *(verdrießlich)*

    Was krächzt vorbei mit Flügelschlag?
    So schnell, daß man's nicht sehen mag,
    Und immer eins dem andern nach,
    Den Jäger würden sie ermüden.

SPHINX

    Dem Sturm des Winterwinds vergleichbar,
    Alcides' Pfeilen kaum erreichbar;
    Es sind die raschen Stymphaliden,   7.220
    Und wohlgemeint ihr Krächzegruß,
    Mit Geierschnabel und Gänsefuß.
    Sie möchten gern in unsern Kreisen
    Als Stammverwandte sich erweisen.

MEPHISTOPHELES *(wie verschüchtert)*

    Noch andres Zeug zischt zwischen drein.

(Fausto se afasta)

MEFISTÓFELES *(aborrecido)*

> No ar, que bate asas, a grasnar,
> Tão rápido que esquiva o olhar,
> Um atrás de outro, sem parar?
> Caça exaustiva!

ESFINGE

>   Diga-o Alcides![41]
> Ao mais veloz vento igualáveis,
> Às flechas quase inalcançáveis,
> São as velozes Estinfalides.[42]
> Com bico de águia e pé de ganso,
> De seu grasnido o intuito é manso.
> De penetrar em nosso meio
> Como parentes, têm o anseio.[43]

7.220

MEFISTÓFELES *(como que intimidado)*

> Mais coisas no ar silvando estão.

---

[41] Na tradução, este semiverso está completando a medida de "Caça exaustiva!", as últimas palavras pronunciadas por Mefisto (e rimando depois com "velozes Estinfalides"), num procedimento sem correspondência no original. Alcides foi o primeiro nome de Hércules, patronímico derivado do nome de seu avô paterno, Alceu.

[42] Em seu léxico mitológico, Hederich define as Estinfalides como "grandes pássaros que teriam asas, bicos e garras de ferro; mantinham-se em grandes bandos no lago Estínfalo, na Arcádia". Para abatê-las com suas flechas, Hércules teve primeiro de afugentá-las com castanholas de bronze, que fabricou especialmente para essa finalidade.

[43] Embora também aladas, as Esfinges têm patas leoninas e, por isso, não querem aceitar os pássaros Estinfalides, dotados de "pé de ganso", em seu meio "como parentes".

SPHINX

>   Vor diesen sei Euch ja nicht bange!
>   Es sind die Köpfe der lernäischen Schlange,
>   Vom Rumpf getrennt, und glauben was zu sein.
>   Doch sagt, was soll nur aus Euch werden?
>   Was für unruhige Gebärden? 7.230
>   Wo wollt Ihr hin? Begebt Euch fort!...
>   Ich sehe, jener Chorus dort
>   Macht Euch zum Wendehals. Bezwingt Euch nicht,
>   Geht hin! begrüßt manch reizendes Gesicht!
>   Die Lamien sind's, lustfeine Dirnen,
>   Mit Lächelmund und frechen Stirnen,
>   Wie sie dem Satyrvolk behagen;
>   Ein Bocksfuß darf dort alles wagen.

MEPHISTOPHELES

>   Ihr bleibt doch hier? daß ich euch wiederfinde.

SPHINXE

>   Ja! Mische dich zum luftigen Gesinde. 7.240
>   Wir, von Ägypten her, sind längst gewohnt,
>   Daß unsereins in tausend Jahre thront.

ESFINGE

>Não vás te apavorar com essas!
>São da hidra de Lerna as cabeças.[44]
>Cortadas, creem que ainda algo são.
>Mas que há contigo, não regulas?
>Quão agitado gesticulas!   7.230
>Vais aonde? Bem, podes ir já!
>Vejo que aquele Coro lá
>Te embelecou. Segue teu gosto.
>Podes saudar lá mais de um belo rosto!
>As Lâmias são, criaturas de má vida;[45]
>Lábio a sorrir, fronte atrevida,
>Atraem os Sátiros. A tudo pode
>Lá se atrever um pé de bode.

MEFISTÓFELES

>Tornando aqui, encontro-vos de novo?

ESFINGES

>Sim, vai! Mistura-te ao aéreo povo.[46]   7.240
>Pra nós, do Egito, é hábito milenar
>O trono. Respeitai nosso lugar,

---

[44] Serpente gigantesca que habitava os pântanos de Lerna, ao sul de Argos. Possuía inúmeras cabeças, cujo número variava, conforme os autores, de seis a cem. Hederich escreve em seu léxico que "possuía nove cabeças, entre as quais a do meio era imortal"; o monstro "era de tal modo venenoso que matava os homens com o simples hálito". Por isso, Hércules, orientado nessa empresa por Minerva, teve de abatê-la: cortou-lhe as cabeças e, para impedir que voltassem a crescer, queimou as feridas; quanto à do meio, que era imortal, enterrou-a e colocou por cima um enorme rochedo.

[45] Na antiga superstição popular grega, criaturas femininas de natureza vampiresca. Hederich caracteriza-as como "sequiosas de carne e sangue humanos, procurando por isso atrair jovens mediante toda espécie de sedução e assumindo então a aparência de moças formosas que exibiam aos passantes os seios níveos". Com seu "pé de bode", Mefisto é comparado aos lúbricos sátiros, que a tudo podiam atrever-se entre as Lâmias.

[46] As Esfinges continuam a referir-se às Lâmias, que mais tarde (v. 7.785) irão, em voo rasante, descrever "rondas negras, pavorosas" em torno de Mefisto, "filho intrujão de estranha maga".

Und respektiert nur unsre Lage,
So regeln wir die Mond- und Sonnentage.
  Sitzen vor den Pyramiden,
  Zu der Völker Hochgericht;
  Überschwemmung, Krieg und Frieden —
  Und verziehen kein Gesicht.

AM UNTEREN PENEIOS

(Peneios umgeben von Gewässern und Nymphen)

PENEIOS

Rege dich, du Schilfgeflüster!
Hauche leise, Rohrgeschwister,   7.250
Säuselt, leichte Weidensträuche,
Lispelt, Pappelzitterzweige,
Unterbrochnen Träumen zu!...

Do sol, da lua, a ordem pautamos.[47]
Ante as pirâmides, firmes, pousamos,
    Vendo o que a era aos povos traz,
    Do supremo juízo os termos;
    Guerra, inundação e paz —
    Sem boca ou nariz torcermos.[48]

ÀS MARGENS DO BAIXO PENEU [49]

(Peneu circundado por águas e ninfas)

PENEU[50]

    Cana e juncos, sussurrai!
    Sons murmúreos exalai;   7.250
    Ondulai, leves salgueiros,
    De álamos ramos ligeiros!
    Mas abala-me algo o sonho...[51]

---

[47] Albrecht Schöne lembra, quanto a este verso, a esfinge de Gizé ("ante as pirâmides"), representando o horizonte leste, e observa ainda que o leitor deve imaginar uma das esfinges voltada para este ponto astronômico e a outra, em inversão especular, para o oeste — posições mediante as quais se podiam determinar os movimentos calendáricos da lua e do sol.

[48] Isto é, "e não fazemos caretas", conotando a impassibilidade das esfinges perante os acontecimentos da história humana.

[49] Abre-se agora um novo cenário da Noite de Valpúrgis. As edições de Ulrich Gaier e Albrecht Schöne trazem como título deste segmento cênico apenas a rubrica que vem a seguir: "Peneu circundado por águas e ninfas". Ernst Beutler e Erich Trunz, entre vários outros, insistem porém no título "Às margens do baixo Peneu", e o último fundamenta a decisão editorial com o seguinte comentário: "A paisagem é diferente daquela da cena anterior, é mais amena, repleta de plantas; também as figuras são de outra espécie, não mais arcaico-fantasmagóricas, mas divindades da natureza. Fausto chega a um âmbito do natural e do belo e encontra o caminho que procura; daqui ele parte rumo a Helena, no reino dos mortos. Também a linguagem desta cena é, desde o início, diferente: nobre e grácil. O leitor sente estar mais próximo do reino de Helena".

[50] Com os líricos "sons murmúreos" dos juncos, caniços, salgueiros, álamos, é o próprio rio Peneu que se exprime nestes versos, personificado em deus fluvial.

[51] Literalmente o deus-rio exorta os murmúrios da natureza a embalarem de novo os seus "sonhos interrompidos", que giram em torno do encontro amoroso entre Leda e o cisne (retomado por Fausto a partir do v. 7.277, "Águas se escoam entre as ramagens").

Weckt mich doch ein grauslich Wittern,
Heimlich allbewegend Zittern
Aus dem Wallestrom und Ruh'.

FAUST *(an den Fluß tretend)*

Hör' ich recht, so muß ich glauben:
Hinter den verschränkten Lauben
Dieser Zweige, dieser Stauden
Tönt ein menschenähnlichs Lauten. 7.260
Scheint die Welle doch ein Schwätzen,
Lüftlein wie — ein Scherzergetzen.

NYMPHEN *(zu Faust)*

    Am besten geschäh' dir,
    Du legtest dich nieder,
    Erholtest im Kühlen
    Ermüdete Glieder,
    Genössest der immer
    Dich meidenden Ruh;
    Wir säuseln, wir rieseln,
    Wir flüstern dir zu. 7.270

FAUST

Ich wache ja! O laßt sie walten,
Die unvergleichlichen Gestalten,
Wie sie dorthin mein Auge schickt.
So wunderbar bin ich durchdrungen!

Borbulhar, atroar medonho,
Tremor fundo e misterioso
Me despertam do repouso.

FAUSTO *(chegando-se às margens do rio)*

Se ouço bem, detrás da fronde,
Galhos e arvoredo, é de onde
Sussurrante ruído emana,
Como sons de voz humana.   7.260
Marulha a onda qual palrear,
Qual gracejo — o sopro do ar.

NINFAS *(a Fausto)*[52]

Melhor seria
Te reclinares,
Em leito de folhas
Te refrescares.
Haurires paz fugidia
À sombra dos ramos.
Pra ti murmuramos,
Pra ti sopramos.   7.270

FAUSTO

Desperto estou! Oh! quedem-se, imutáveis,[53]
Aqueles vultos inefáveis
Que meu olhar envia pra lá!
Que extática penetração!

---

[52] Ninfas são jovens deusas virginais da Natureza (na poesia homérica, filhas de Zeus). Entre as mais importantes distinguem-se as ninfas das águas e fontes (Náiades), as ninfas do mar (Nereides), as ninfas dos montes (Oréades) e as das árvores (Dríades). São as Náiades que se dirigem aqui a Fausto; as outras ainda aparecerão ao longo desta Noite de Valpúrgis.

[53] Não fica claro se Fausto participou dos "sonhos interrompidos" do rio Peneu ou se, diante de suas águas, retorna às próprias visões oníricas da concepção de Helena, verbalizadas telepaticamente pelo Homúnculo na cena "Laboratório".

Sind's Träume? Sind's Erinnerungen?
Schon einmal warst du so beglückt.
Gewässer schleichen durch die Frische
Der dichten, sanft bewegten Büsche,
Nicht rauschen sie, sie rieseln kaum;
Von allen Seiten hundert Quellen
Vereinen sich im reinlich hellen,
Zum Bade flach vertieften Raum.
Gesunde junge Frauenglieder,
Vom feuchten Spiegel doppelt wieder
Ergetztem Auge zugebracht!
Gesellig dann und fröhlich badend,
Erdreistet schwimmend, furchtsam watend;
Geschrei zuletzt und Wasserschlacht.
Begnügen sollt' ich mich an diesen,
Mein Auge sollte hier genießen,
Doch immer weiter strebt mein Sinn.
Der Blick dringt scharf nach jener Hülle,
Das reiche Laub der grünen Fülle
Verbirgt die hohe Königin.

Wundersam! auch Schwäne kommen
Aus den Buchten hergeschwommen,
Majestätisch rein bewegt.
Ruhig schwebend, zart gesellig,
Aber stolz und selbstgefällig,
Wie sich Haupt und Schnabel regt...
Einer aber scheint vor allen
Brüstend kühn sich zu gefallen,
Segelnd rasch durch alle fort;
Sein Gefieder bläht sich schwellend,
Welle selbst, auf Wogen wellend,
Dringt er zu dem heiligen Ort...

É uma memória? Sonhos são?
Tão feliz foste um dia já.
Águas se escoam entre a ramagem
Que agita uma ligeira aragem,
Murmura apenas seu flux manso;
De cá, de lá, de riachos fluentes,   7.280
Juntam-se límpidas correntes,
Formando um plácido remanso.
Refletem águas cristalinas
No banho formas femininas,
Enchendo a vista de alegria!
Brincando, nadam, no recreio
Vadeiam, com pueril receio;
Batalha há, de água, e gritaria.
Devia com isso me alegrar,
Saboreá-lo o meu olhar,   7.290
Mas sempre a além meu ser aspira!
O alvo recôndito lá mira;
A fronde que o ar murmúreo abana
Abriga a augusta soberana.

Que encantador! cisnes também
Nadando das baías vêm,
Com movimento majestoso.
Serenos fluem com os companheiros,
A tudo alheios, sobranceiros,   7.300
Movendo o colo langoroso...
Um mais do que outros, arrojado,
Emproando-se em seu próprio agrado,
Célere as águas vem singrando.
Entufa-se sua plumagem,
E em vaga após vaga ondulando,
Penetra na íntima ancoragem...[54]

---

[54] "Íntima ancoragem" corresponde no original a "lugar sagrado", onde a fantasia de Fausto vê penetrar o cisne mais ousado para unir-se à "augusta soberana" (e gerar Helena).

Die andern schwimmen hin und wider
Mit ruhig glänzendem Gefieder,
Bald auch in regem prächtigen Streit, 7.310
Die scheuen Mädchen abzulenken,
Daß sie an ihren Dienst nicht denken,
Nur an die eigne Sicherheit.

NYMPHEN

    Leget, Schwestern, euer Ohr
    An des Ufers grüne Stufe;
    Hör' ich recht, so kommt mir's vor
    Als der Schall von Pferdes Hufe.
    Wüßt' ich nur, wer dieser Nacht
    Schnelle Botschaft zugebracht.

FAUST

Ist mir doch, als dröhnt' die Erde,
Schallend unter eiligem Pferde. 7.320
    Dorthin mein Blick!
    Ein günstiges Geschick,
    Soll es mich schon erreichen?
    O Wunder ohnegleichen!
Ein Reuter kommt herangetrabt,
Er scheint von Geist und Mut begabt,
Von blendend-weißem Pferd getragen....
Ich irre nicht, ich kenn' ihn schon,
Der Philyra berühmter Sohn! —
Halt, Chiron! halt! Ich habe dir zu sagen... 7.330

Os outros, em seu níveo brilho,
Num vaivém sulcam o áqueo trilho
E entram em formidáveis brigas   7.310
Para assustar as raparigas
Que na fuga o serviço olvidam,
E só de pôr-se a salvo cuidam.

NINFAS

    À orla verde, irmãs, o ouvido
    Ponde: se não erro, o abalo
    Que ressoa em meu sentido
    É de célere cavalo.
    Quem, tão rápido, à paragem
    Trouxe a noturnal mensagem?

FAUSTO

Parece o solo estar ressoando,
Sob um veloz ginete atroando.   7.320
    Para, o olhar dirige lá!
    Tão propício fado já
    Poderia te alcançar?
    Maravilha, ah, sem-par!
Vem a galope um cavaleiro,
Parece brioso ele e altaneiro,
Montado em níveo corcel branco...
Já o conheço, não me engano,
É de Fílira o filho ufano! —
Quíron, alto! Ouve! Freia o arranco...[55]   7.330

---

[55] O "cavaleiro" sobre "níveo corcel branco" revela-se agora a Fausto como o célebre centauro "Quíron", que Fílira concebeu de Crono (ou Saturno) que assumira a forma de cavalo, resultando daí a mescla humano--equina daquele. Goethe tinha forte interesse pelo motivo dos centauros e num texto de 1822 caracterizou--os como "experientes na astrologia, que lhes confere orientação segura; além disso, conhecedores dos poderes de ervas e plantas, que lhes são dadas como alimento, lenitivo e cura".

CHIRON

　Was gibt's? Was ist's?

FAUST

　　　　　Bezähme deinen Schritt!

CHIRON

　Ich raste nicht.

FAUST

　　　　　So bitte! nimm mich mit!

CHIRON

　Sitz auf! so kann ich nach Belieben fragen:
　Wohin des Wegs? Du stehst am Ufer hier,
　Ich bin bereit, dich durch den Fluß zu tragen...

FAUST *(aufsitzend)*

　Wohin du willst. Für ewig dank' ich's dir...
　Der große Mann, der edle Pädagog,
　Der, sich zum Ruhm, ein Heldenvolk erzog,
　Den schönen Kreis der edlen Argonauten
　Und alle, die des Dichters Welt erbauten. 7.340

QUÍRON

    Que há? Que é?

FAUSTO

          Modera o passo, amigo!

QUÍRON

    Jamais paro.

FAUSTO

          Então, leva-me contigo!

QUÍRON

    Monta! Assim à vontade indago:
    O caminho é aonde? Abraça-te a mim rente!
    Pelo rio aos teus fins te trago.

FAUSTO *(montando)*

    Aonde for. Graças dou-te eternamente...
    O pedagogo insigne, o homem sem-par,
    Que uma legião de heróis soube criar,
    O mundo mítico dos Argonautas,
    E os mais que ao poeta inspiram visões lautas.[56]   7.340

---

[56] O centauro Quíron também era considerado um grande preceptor de heróis; entre os seus pupilos encontram-se Aquiles, Orfeu, Hércules, os dioscuros Castor e Pólux e vários dos argonautas: Jasão, Linceu, Zetas e Cálais (filhos de Bóreas), entre outros.

CHIRON

> Das lassen wir an seinem Ort!
> Selbst Pallas kommt als Mentor nicht zu Ehren;
> Am Ende treiben sie's nach ihrer Weise fort,
> Als wenn sie nicht erzogen wären.

FAUST

> Den Arzt, der jede Pflanze nennt,
> Die Wurzeln bis ins tiefste kennt,
> Dem Kranken Heil, dem Wunden Lindrung schafft,
> Umarm' ich hier in Geist- und Körperkraft!

CHIRON

> Ward neben mir ein Held verletzt,
> Da wußt' ich Hülf' und Rat zu schaffen; 7.350
> Doch ließ ich meine Kunst zuletzt
> Den Wurzelweibern und den Pfaffen.

FAUST

> Du bist der wahre große Mann,
> Der Lobeswort nicht hören kann.
> Er sucht bescheiden auszuweichen
> Und tut, als gäb' es seinesgleichen.

CHIRON

> Du scheinest mir geschickt zu heucheln,
> Dem Fürsten wie dem Volk zu schmeicheln.

QUÍRON

    Deixemos disso, é brincadeira!
    Mentor, nem Palas encarnando-o, viu-se honrado;[57]
    Sempre o homem lida à sua maneira,
    Como se não fosse educado.

FAUSTO

    O físico, de toda planta e raiz ciente,[58]
    A par do bálsamo que a dor acalma,
    Que traz cura ao ferido, assiste o doente,
    Abraço em seu vigor de corpo e de alma!

QUÍRON

    Se se feria ao meu lado um herói,
    Logo minha arte o acudia;   7.350
    Mas no fim, ela entregue foi
    Aos charlatães e à fradaria.[59]

FAUSTO

    És o grande homem verdadeiro,
    Foge a ouvir o que é lisonjeiro.
    Só a modéstia é o que lhe vale,
    Como se houvesse quem o iguale.

QUÍRON

    Com jeito, vejo, dissimulas,
    E príncipes e povo adulas.

---

[57] Na *Odisseia*, Palas Atena assume frequentemente a aparência de Mentor, o fiel amigo de Ulisses, para orientar a este e ao seu jovem filho Telêmaco. Quíron argumenta aqui que até mesmo a deusa não foi honrada em seu papel pedagógico: no canto XXII da epopeia ela repreende duramente o seu protegido Ulisses.

[58] Neste verso, a tradutora emprega "físico" na antiga acepção de "médico" (*Arzt*, como aparece no original).

[59] A passagem parece indicar que a alta ciência do médico e cirurgião Quíron acabou decaindo, após o período de apogeu, ao nível de medicina popular, praticada por curandeiros.

FAUST

> So wirst du mir denn doch gestehn:
> Du hast die Größten deiner Zeit gesehn, 7.360
> Dem Edelsten in Taten nachgestrebt,
> Halbgöttlich ernst die Tage durchgelebt.
> Doch unter den heroischen Gestalten
> Wen hast du für den Tüchtigsten gehalten?

CHIRON

> Im hehren Argonautenkreise
> War jeder brav nach seiner eignen Weise,
> Und nach der Kraft, die ihn beseelte,
> Konnt' er genügen, wo's den andern fehlte.
> Die Dioskuren haben stets gesiegt,
> Wo Jugendfüll' und Schönheit überwiegt. 7.370
> Entschluß und schnelle Tat zu andrer Heil,
> Den Boreaden ward's zum schönen Teil.
> Nachsinnend, kräftig, klug, im Rat bequem,
> So herrschte Jason, Frauen angenehm.
> Dann Orpheus: zart und immer still bedächtig,
> Schlug er die Leier allen übermächtig.

FAUSTO

> Porém admite-o: de tua era,
> Os vultos mais grandiosos viste, 7.360
> Com os mais heroicos competiste,
> Em sua sobre-humana esfera.
> Mas entre os magnos vultos que contemplo,
> Quem tinhas por supremo exemplo?

QUÍRON

> Era cada um, na augusta roda
> Dos Argonautas, grande à sua moda.[60]
> Conforme a força que o inspirava,
> Provia o que aos outros faltava.
> Sempre os Dioscuros eram quem venciam[61]
> Onde a beleza e o viço mais valiam. 7.370
> Rápido arrojo para o bem alheio,
> Foi dos Boréades o sublime anseio.[62]
> Forte e sagaz, prudente em seus misteres,
> Jasão reinava, amado das mulheres.
> Depois, meditativo e meigo, Orfeu,[63]
> Insuperável ao tocar a lira.

---

[60] O número dos argonautas oscila de acordo com diferentes versões (no geral, entre 44 e 68 membros). Foram arregimentados por Jasão, que organizou uma expedição à Cólquida em busca do Tosão de Ouro (o velo de um carneiro que havia transportado Frixo pelos ares e que estava então sob a guarda de um dragão). Cada um dos tripulantes da nau Argo era "grande à sua moda", isto é, distinguia-se pela habilidade especial com que servia ao coletivo.

[61] Os dioscuros ou dióscoros (em grego, "filhos de Zeus") são Castor e Pólux, que também nasceram da relação da rainha Leda, esposa de Tíndaro, com o deus que assumira a forma de cisne — são, portanto, irmãos de Helena. (Segundo outra versão, Castor e Clitemnestra seriam filhos de Tíndaro, com quem Leda se uniu no mesmo dia em que fora visitada pelo cisne: por isso, estes são mortais, ao contrário do outro casal de irmãos.)

[62] Os boréades ou boréadas são os gêmeos Cálais ("o que sopra docemente") e Zetas ("o que sopra com força"), filhos alados de Bóreas, o Vento do Norte.

[63] Filho da musa Calíope e do deus-rio Eagro (ou de Apolo, em outra versão), Orfeu participou da expedição dos argonautas cadenciando com sua lira o movimento dos remadores e amainando ondas tempestuosas; conta-se também que a sua arte imobilizou dois rochedos no estreito do Bósforo, os quais costumavam esmagar as naus que por ali passavam.

Scharfsichtig Lynceus, der bei Tag und Nacht
Das heil'ge Schiff durch Klipp' und Strand gebracht...
Gesellig nur läßt sich Gefahr erproben:
Wenn einer wirkt, die andern alle loben. 7.380

FAUST

Von Herkules willst nichts erwähnen?

CHIRON

O weh! errege nicht mein Sehnen...
Ich hatte Phöbus nie gesehn,
Noch Ares, Hermes, wie sie heißen;
Da sah ich mir vor Augen stehn,
Was alle Menschen göttlich preisen.
So war er ein geborner König,
Als Jüngling herrlichst anzuschaun;
Dem ältern Bruder untertänig
Und auch den allerliebsten Fraun. 7.390
Den zweiten zeugt nicht Gäa wieder,
Nicht führt ihn Hebe himmelein;
Vergebens mühen sich die Lieder,
Vergebens quälen sie den Stein.

De dia e noite perspicaz, Linceu,[64]
Que a santa nau por mil escolhos conduzira...
Só em comum põe-se à prova o perigo:
Onde um age, outros dão o apoio amigo. 7.380

FAUSTO

De teu rol Hércules está ausente?

QUÍRON

Oh! não me avives a saudade ardente...
Febo jamais chegara a avistar,
Nem Ares, Hermes, como eles se chamam,
Quando se revelou ao meu olhar,
Quem todos como um semideus aclamam.[65]
Um rei nato, ele, esplêndido no viço
Viril dos anos e da fortaleza;
Por ser mais jovem, ao irmão submisso,
Como às mulheres de maior beleza. 7.390
Gea o segundo não concebe,
Não o leva ao Olimpo Hebe;[66]
Timbra em cantá-lo o poeta em vão,
Debalde a pedra atormentando estão.[67]

---

[64] Na função de timoneiro, Linceu (o "olho de lince") servia ao coletivo dos argonautas com sua visão extraordinariamente aguçada, conduzindo a nau dia e noite "por mil escolhos". No terceiro e no quinto atos do *Fausto*, Linceu aparecerá como atalaia ou vigia de torre (*Turmwächter*).

[65] Filho de Alcmena e de Zeus (que assumira a aparência de seu marido, Anfitrião), Hércules era de fato um "semideus", mas este verso se refere a ele como "divino" (*göttlich*): se Quíron jamais chegou a ver Febo Apolo, Ares ou Hermes (o deus do sol, o da guerra e o deus-mensageiro), o "divino" surgiu-lhe diante dos olhos na figura de seu pupilo Hércules.

[66] Hebe ("juventude", em grego), filha de Zeus e de Hera, servia aos deuses no Olimpo e foi dada a Hércules como esposa quando este ingressou na imortalidade. Herói semelhante, diz Quíron, Hebe jamais levará ao Olimpo, assim como Gea (ou Geia, a Terra) nunca mais conceberá outro igual.

[67] Do mesmo modo como os poetas mobilizam em vão "canções" (*Lieder*) para enaltecer os feitos de Hércules, debalde "atormentam" os escultores a pedra, uma vez que essas realizações artísticas não se comparam ao sublime modelo real. Em seu "Ensaio sobre Schiller" (1955), Thomas Mann vê nessa caracterização de Hércules uma homenagem de Goethe a Friedrich Schiller (1759-1805).

FAUST

    So sehr auch Bildner auf ihn pochen,
    So herrlich kam er nie zur Schau.
    Vom schönsten Mann hast du gesprochen,
    Nun sprich auch von der schönsten Frau!

CHIRON

    Was!... Frauenschönheit will nichts heißen,
    Ist gar zu oft ein starres Bild;   7.400
    Nur solch ein Wesen kann ich preisen,
    Das froh und lebenslustig quillt.
    Die Schöne bleibt sich selber selig;
    Die Anmut macht unwiderstehlich,
    Wie Helena, da ich sie trug.

FAUST

    Du trugst sie?

CHIRON

                Ja, auf diesem Rücken.

FAUST

    Bin ich nicht schon verwirrt genug?
    Und solch ein Sitz muß mich beglücken!

CHIRON

    Sie faßte so mich in das Haar,
    Wie du es tust.

FAUSTO

Por mais que mármores à luz assomem,
Sublime assim, nunca ele se revela.
Falaste do mais belo homem,
Agora fala da mulher mais bela!

QUÍRON

Ora! nada é a beleza feminil,
Imagem rija que a si mesma ufana; 7.400
Louvar só posso o ente gentil,
Do qual profuso amor da vida emana.
A beldade a si mesma admira e adorna;
Porém o encanto irresistível torna.[68]
Como o de Helena, quando me montou.

FAUSTO

Levaste-a tu?

QUÍRON

Neste meu lombo, sim.

FAUSTO

Bastante arrebatado não estou?
E esse assento me extasia, a mim!

QUÍRON

Trouxe-a agarrada à minha crina,
Como, hoje, a ti.

---

[68] Isto é, a mera beleza permanece fechada em si mesma ("Imagem rija que a si mesma ufana"), ao passo que a "graça" ou o "encanto" (*Anmut*) pode torná-la "irresistível". Ulrich Gaier lembra que Schiller, em seu tratado *Über Anmut und Würde* (Sobre a graça e a dignidade), distingue entre a beleza "fixa" ou "arquitetônica" e a graça como "beleza móvel", expressão íntima de uma "bela alma".

FAUST

    O ganz und gar   7.410
Verlier' ich mich! Erzähle, wie?
Sie ist mein einziges Begehren!
Woher, wohin, ach, trugst du sie?

CHIRON

Die Frage läßt sich leicht gewähren.
Die Dioskuren hatten jener Zeit
Das Schwesterchen aus Räuberfaust befreit.
Doch diese, nicht gewohnt, besiegt zu sein,
Ermannten sich und stürmten hinterdrein.
Da hielten der Geschwister eiligen Lauf
Die Sümpfe bei Eleusis auf;   7.420
Die Brüder wateten, ich patschte, schwamm hinüber;
Da sprang sie ab und streichelte
Die feuchte Mähne, schmeichelte
Und dankte lieblich-klug und selbstbewußt.
Wie war sie reizend! jung, des Alten Lust!

FAUST

Erst zehen Jahr!...

FAUSTO

              Oh, quanto me alucina   7.410
A evocação! — fala, responde,
Ela é a minha aspiração suprema!
De onde a levavas, ah, para onde?

QUÍRON

Essa questão não é problema.
O arrojo dos Dioscuros salvo tinha
Da mão dos raptadores a irmãzinha,[69]
Mas pouco afeitos esses à derrota,
Os perseguiram na angustiosa rota.
Dos pântanos de Elêusis[70] a barreira
Obstou dos três a rápida carreira.   7.420
Vadearam os irmãos. Transpus a nado o rio,
Aí apeou-se, rápida, ligeira,
E a me afagar a úmida cabeleira,
Agradeceu com juvenil meiguice.
Que encanto ela era, nova, o enleio da velhice!

FAUSTO

Dez anos, só!...[71]

---

[69] Conta a lenda que Teseu, ao ver a menina Helena dançando no templo de Diana (ou Ártemis) em Esparta, raptou-a com a ajuda de Perítoo e a levou para o seu castelo de Afidno; os dioscuros Castor e Pólux, porém, foram ao seu encalço, libertaram a irmã (ou meia-irmã) do cativeiro e a trouxeram de volta a Esparta.

[70] Cidade a noroeste de Atenas, sede dos célebres mistérios eleusínios. O último trecho da chamada "rota sagrada" que levava de Atenas a Elêusis era, até a era romana, dominado por pântanos. O papel que Quíron se atribui aqui (ter transportado Helena sobre o dorso) é criação livre de Goethe.

[71] Algumas edições do *Fausto* — como a de Albrecht Schöne — trazem neste verso "sete anos": *Erst sieben Jahr!...* O próprio Goethe oscilou em seus manuscritos entre "sete anos" (v. 7.426), "dez anos" (v. 6.530) e "treze anos" (v. 8.850), mas permitiu a Eckermann (17/3/1830) padronizar, em edições futuras, as indicações de idade em "dez anos".

CHIRON

              Ich seh; die Philologen,
Sie haben dich so wie sich selbst betrogen.
Ganz eigen ist's mit mythologischer Frau,
Der Dichter bringt sie, wie er's braucht, zur Schau:
Nie wird sie mündig, wird nicht alt,   7.430
Stets appetitlicher Gestalt,
Wird jung entführt, im Alter noch umfreit;
Gnug, den Poeten bindet keine Zeit.

FAUST

So sei auch sie durch keine Zeit gebunden!
Hat doch Achill auf Pherä sie gefunden,
Selbst außer aller Zeit. Welch seltnes Glück:
Errungen Liebe gegen das Geschick!
Und sollt' ich nicht, sehnsüchtigster Gewalt,
Ins Leben ziehn die einzigste Gestalt?
Das ewige Wesen, Göttern ebenbürtig,   7.440
So groß als zart, so hehr als liebenswürdig?
Du sahst sie einst; heut hab' ich sie gesehn,
So schön wie reizend, wie ersehnt so schön.
Nun ist mein Sinn, mein Wesen streng umfangen;
Ich lebe nicht, kann ich sie nicht erlangen.

QUÍRON

      Têm os filólogos aqui[72]
Enganado a si mesmos como a ti.
Se é mitológica, é única a mulher;
Recria-a o poeta como lhe prouver.
Não envelhece, nem fica madura,   7.430
Mais sedutora, sempre, sua figura.
Raptam-na, moça; idosa, ainda é do amor a meta;
Pois basta! não se atém ao tempo o poeta.[73]

FAUSTO

A ela também, tempo algum ligará!
Em Fera, Aquiles não a encontrara já[74]
Fora de qualquer tempo? Amor divino,
Triunfante contra injunções do destino!
Como! e eu, no afã de meu fervente culto,
À vida não atraio o magno vulto?
O eterno ser, a deuses comparável,   7.440
Tão nobre quanto frágil e adorável?
Já a viras, hoje a vi, tão suave e bela,
Tão almejada, quão formosa ela.
Meu peito, meu ser todo está cativo.
Se não puder obtê-la, já não vivo.

---

[72] Também os filólogos divergiam quanto à idade de Helena ao ser raptada por Teseu. Goethe alude a essa controvérsia erudita de maneira irônica e jocosa, sugerindo ao mesmo tempo a atemporalidade do mito e a liberdade do poeta em recriá-lo como lhe aprouver.

[73] Literalmente: "Basta, ao poeta nenhum tempo enleia", palavras que sugerem a liberdade daquele perante as personagens mitológicas, podendo desvinculá-las de coordenadas espaciais e temporais fixas.

[74] Fera ou Feras é uma cidade da Tessália, que Goethe transforma deliberadamente em ilha ou fortaleza (no original, mediante a preposição *auf*) e a substitui à ilha de Leuce, no Danúbio, onde segundo a lenda Aquiles e Helena, emersos ambos do reino dos mortos, teriam vivido juntos e gerado o menino Eufórion. Segundo antigas concepções mitológicas, Feras possuía uma entrada para o mundo dos mortos.

CHIRON

    Mein fremder Mann! als Mensch bist du entzückt;
    Doch unter Geistern scheinst du wohl verrückt.
    Nun trifft sich's hier zu deinem Glücke;
    Denn alle Jahr, nur wenig Augenblicke,
    Pfleg' ich bei Manto vorzutreten,   7.450
    Der Tochter Äskulaps; im stillen Beten
    Fleht sie zum Vater, daß, zu seiner Ehre,
    Er endlich doch der Ärzte Sinn verkläre
    Und vom verwegnen Totschlag sie bekehre...
    Die liebste mir aus der Sibyllengilde,
    Nicht fratzenhaft bewegt, wohltätig milde;
    Ihr glückt es wohl, bei einigem Verweilen,
    Mit Wurzelkräften dich von Grund zu heilen.

FAUST

    Geheilt will ich nicht sein, mein Sinn ist mächtig;
    Da wär' ich ja wie andre niederträchtig.   7.460

CHIRON

    Versäume nicht das Heil der edlen Quelle!
    Geschwind herab! Wir sind zur Stelle.

SEGUNDO ATO — NOITE DE VALPÚRGIS CLÁSSICA

QUÍRON

> Como homem, forasteiro, te embeveces,
> Mas entre espíritos, louco pareces.
> Pois sorte tens em meu presente rumo;
> Todo ano, por alguns instantes,
> Saudar Manto em seu habitat costumo,[75]   7.450
> A filha de Esculápio: em orações constantes
> Insta o pai que, por sua glória e estima,
> Aos médicos sentido claro imprima
> Que do homicídio atrevido os redima...
> Entre as Sibilas, é ela a quem prefiro,[76]
> Mansa e benéfica é em seu retiro;
> Com essências naturais, se aqui parares,
> Fará talvez com que de todo sares.

FAUSTO

> Sarar não quero! o espírito me abrasa!
> Como outros baixaria à terra rasa!   7.460

QUÍRON

> Mas leva o bem da santa fonte em conta![77]
> Chegamos. Rápido, é o lugar! desmonta!

---

[75] Manto era uma profetisa e sacerdotisa no templo de Apolo, filha do célebre vidente cego Tirésias, com quem Odisseu e Eneias se entrevistaram no Hades. Goethe a converte aqui na filha de Esculápio (o grego Asclépio), deus dos médicos e da medicina. Igualmente versada na arte da medicina, Manto deverá contribuir, nos planos de Quíron, para a "cura esculápia" (v. 7.487) do apaixonado Fausto.

[76] Originalmente Sibila era o nome de uma sacerdotisa que anunciava os oráculos de Apolo, estendido depois às mulheres que prediziam o futuro (ver nota ao v. 3.546). A certa altura, Goethe planejou (mas não levou a cabo) conduzir Fausto a uma reunião das Sibilas na entrada do Hades e caracterizar individualmente algumas delas: as Sibilas mais famosas eram as de Éritras, Cumas (guia de Eneias em sua descida aos Infernos), Delfos, Pérsia e Líbia.

[77] Insistindo na necessidade de curar Fausto de sua loucura amorosa, Quíron alude agora às miraculosas propriedades medicinais da fonte que, segundo a lenda, brotava no templo de Manto.

FAUST

    Sag an! Wohin hast du, in grauser Nacht,
    Durch Kiesgewässer mich ans Land gebracht?

CHIRON

    Hier trotzten Rom und Griechenland im Streite,
    Peneios rechts, links den Olymp zur Seite,
    Das größte Reich, das sich im Sand verliert;
    Der König flieht, der Bürger triumphiert.
    Blick auf! hier steht, bedeutend nah,
    Im Mondenschein der ewige Tempel da.   7.470

MANTO *(inwendig träumend)*

        Von Pferdes Hufe
        Erklingt die heilige Stufe,
        Halbgötter treten heran.

CHIRON

        Ganz recht!
        Nur die Augen aufgetan!

MANTO *(erwachend)*

    Willkommen! ich seh', du bleibst nicht aus.

CHIRON

    Steht dir doch auch dein Tempelhaus!

FAUSTO

    Trouxeste-me aonde, nesta noite aziaga,
    Por pedras e águas, a esta estranha plaga?

QUÍRON

    Aqui a Grécia e Roma têm guerreado,[78]
    Peneu à destra, o Olimpo aqui ao lado,
    O império mor que na areia se perdeu;
    Fugiu o rei, o cidadão venceu.
    Ao alto, ali perto, ergue o olhar!
    O templo eterno, ei-lo, ao luar.   7.470

MANTO *(sonhando no interior)*[79]

        De casco de cavalo
        O átrio ecoa o abalo.
        Semideuses vêm perto.

QUÍRON

        Decerto!
        Desperta! o olhar conserva aberto!

MANTO *(despertando)*

    Bem-vindo! nunca falhas em tua fé.

QUÍRON

    Também teu templo se ergue ainda em pé!

---

[78] Alusão à batalha de Pidna de 168 a.C., em que o cônsul romano Aemilius Paullus (o "cidadão") derrotou o rei macedônio Perseu, perdendo-se "na areia" o que sobrara do antigo império de Alexandre o Grande.

[79] Mergulhada em visões oníricas, Manto ouve o reboar de "casco de cavalo" (o centauro Quíron) e designa os visitantes que se aproximam como "semideuses". Na sequência, ao dizer amar "quem almeja o Impossível", Manto expressa pleno reconhecimento da aspiração fáustica — que para Quíron é apenas uma doença a ser curada.

MANTO

    Streifst du noch immer unermüdet?

CHIRON

    Wohnst du doch immer still umfriedet,
    Indes zu kreisen mich erfreut.   7.480

MANTO

    Ich harre, mich umkreist die Zeit.
    Und dieser?

CHIRON

          Die verrufene Nacht
    Hat strudelnd ihn hierher gebracht.
    Helenen, mit verrückten Sinnen,
    Helenen will er sich gewinnen
    Und weiß nicht, wie und wo beginnen;
    Asklepischer Kur vor andern wert.

MANTO

    Den lieb' ich, der Unmögliches begehrt.

CHIRON *(ist schon weit weg)*

MANTO

    Tritt ein, Verwegner, sollst dich freuen!
    Der dunkle Gang führt zu Persephoneien.   7.490

MANTO

Infatigável sempre errando estás?

QUÍRON

Quedas-te sempre em tua beata paz,
Quando rodear ao léu é o que me enleia.   7.480

MANTO

Parada espero, o tempo me rodeia.
E este?

QUÍRON

   Trouxe-o a noite malfadada
Pelo remoinho da revolta estrada.
Quer, delirante, Helena achar,
Helena ele quer conquistar,
Sem saber como e onde começar;
Mais que outro à cura de Esculápio é elegível.

MANTO

Esse é a quem amo, quem almeja o Impossível.

QUÍRON *(já está muito longe)*

MANTO

Temerário, entra! Imbuir-te-ás de alegria.
Leva a Perséfone a atra galeria.[80]   7.490

---

[80] Perséfone (a Prosérpina dos latinos), filha de Zeus e Deméter, é a deusa dos Infernos, para onde foi arrebatada pelo seu tio Hades (ou Plutão). Passava parte do ano no mundo subterrâneo, retida pelo seu raptor, e outra parte entre os vivos, quando trazia consigo a primavera. Essa entrada para o reino de Perséfone ao pé do monte Olimpo é livre acréscimo de Goethe ao mito.

In des Olympus hohlem Fuß
Lauscht sie geheim verbotnem Gruß.
Hier hab' ich einst den Orpheus eingeschwärzt;
Benutz es besser! frisch! beherzt!

(Sie steigen hinab)

AM OBERN PENEIOS

(Wie zuvor)

SIRENEN

    Stürzt euch in Peneios' Flut!
    Plätschernd ziemt es da zu schwimmen,
    Lied um Lieder anzustimmen,
    Dem unseligen Volk zugut.
    Ohne Wasser ist kein Heil!
    Führen wir mit hellem Heere   7.500
    Eilig zum Ägäischen Meere,
    Würd' uns jede Lust zuteil.

No pé cavo do Olimpo, às escondidas,
Ouvido presta a homenagens proibidas.
Aqui outrora introduzira Orfeu;[81]
Melhor te saias! vai! o ensejo é teu!

(Descem abaixo)[82]

ÀS MARGENS DO ALTO PENEU [83]

(Como anteriormente)

SEREIAS

    Ao Peneu vinde, acorrei!
    Mergulhai e fluí, nadando,
    Cantos de alegria entoando
    Para o bem da infausta grei.[84]
    Salvação só na água há!
    Leve-nos o influxo seu   7.500
    Velozmente ao Mar Egeu,
    Mil delícias medram lá.

---

[81] A concepção mitológica de Goethe atribui a Manto ter introduzido Orfeu (ou "contrabandeado", como conota o verbo *einschwärzen*) no mundo dos mortos, com o objetivo de resgatar Eurídice e levá-la de volta à vida. A exortação a Fausto para aproveitar melhor a chance pressupõe o fracasso do mítico cantor, que transgrediu a ordem de não olhar para trás durante a ascensão à luz do dia, perdendo assim a amada pela segunda vez. (Um dos *paralipomena* de Goethe traz a anotação: "Fausto como um segundo Orfeu".)

[82] Com esta rubrica, Fausto despede-se da Noite de Valpúrgis clássica, reaparecendo no ato seguinte.

[83] O ensejo para abrir aqui um novo segmento cênico (em edições como as de Trunz ou Beutler) é a rubrica "Às margens do alto Peneu, como anteriormente", com que Goethe introduz esta fala das Sereias. Trunz: "A primeira parte da Noite de Valpúrgis clássica já passou. Fausto enveredou pelo seu caminho. À esfera do idílico, heroico e belo, segue-se mais uma vez a esfera do elemento ctônico, violento e feio. Mefistófeles encontra aqui a sua forma. Homúnculo ainda está a caminho, mas ganha em Tales um incentivador".

[84] A "infausta grei" (literalmente, "povo desventurado") são os seres ameaçados pelo terremoto iminente, que as Sereias exortam a fugir para o rio e o mar, pois: "Salvação só na água há!". Com esta fórmula, Goethe preludia um motivo que será desenvolvido no quarto ato: a controvérsia geológica (mas com implicações políticas) entre os partidários do "netunismo" e do "vulcanismo" (ver comentário introdutório à cena "Alta região montanhosa", na abertura do quarto ato).

(Erdbeben)

SIRENEN

    Schäumend kehrt die Welle wieder,
    Fließt nicht mehr im Bett darnieder;
    Grund erbebt, das Wasser staucht,
    Kies und Ufer berstend raucht.
    Flüchten wir! Kommt alle, kommt!
    Niemand, dem das Wunder frommt.

    Fort! ihr edlen frohen Gäste,
    Zu dem seeisch heitern Feste,   7.510
    Blinkend, wo die Zitterwellen,
    Ufernetzend, leise schwellen;
    Da, wo Luna doppelt leuchtet,
    Uns mit heil'gem Tau befeuchtet.
    Dort ein freibewegtes Leben,
    Hier ein ängstlich Erdebeben;
    Eile jeder Kluge fort!
    Schauderhaft ist's um den Ort.

SEISMOS *(in der Tiefe brummend und polternd)*

    Einmal noch mit Kraft geschoben,
    Mit den Schultern brav gehoben!   7.520
    So gelangen wir nach oben,
    Wo uns alles weichen muß.

(Terremoto)

SEREIAS

    Espumante volta a vaga,
    Foge ao leito e a riba alaga;
    Freme o chão, ferve a água e escuma,
    Racha a beira, estoura e fuma.
    Fuja tudo! além! com o vento![85]
    A ninguém vale o portento.

    Rumo ao mar, nobres convivas!
    Onde em sagrações festivas,   7.510
    A abaular-se, a onda cintila,
    Espargindo a orla tranquila;
    Dupla, a lua resplandece,[86]
    Seu orvalho o ar umedece.
    Vida livre e amena ali,
    Terremoto angusto aqui.
    Quem for sábio vá correndo!
    Surge já pavor tremendo.

SEISMO *(resmungando e retumbando no fundo)*[87]

    Outra vez! o empurrão prima;
    Firme, ao peso o ombro se arrima!   7.520
    Chega-se destarte em cima,
    Onde tudo ante nós cede.

---

[85] No original, a exortação é dirigida às próprias Sereias: "Fujamos todas!". O verso seguinte diz literalmente: "A ninguém aproveita o portento", isto é, o terremoto.

[86] Dupla, isto é, a Lua no céu e o seu reflexo nas águas.

[87] Seismo, "terremoto", em grego antigo. Goethe possuía em sua coleção particular uma reprodução da tapeçaria de Rafael representando a libertação de Paulo de seu cárcere em Filipos, graças a um terremoto (*Atos dos Apóstolos*, 16: 23-26). Alguns detalhes da descrição subsequente do sismo — como o alçar-se de um monte ("cúpula") ou a figura do "ancião embranquecido" — orientam-se por aquela tapeçaria, exposta no Museu do Vaticano.

SPHINXE

    Welch ein widerwärtig Zittern,
    Häßlich grausenhaftes Wittern!
    Welch ein Schwanken, welches Beben,
    Schaukelnd Hin- und Widerstreben!
    Welch unleidlicher Verdruß!
    Doch wir ändern nicht die Stelle,
    Bräche los die ganze Hölle.

    Nun erhebt sich ein Gewölbe
    Wundersam. Es ist derselbe,
    Jener Alte, längst Ergraute,
    Der die Insel Delos baute,
    Einer Kreißenden zulieb'
    Aus der Wog' empor sie trieb.
    Er, mit Streben, Drängen, Drücken,
    Arme straff, gekrümmt den Rücken,
    Wie ein Atlas an Gebärde,
    Hebt er Boden, Rasen, Erde,
    Kies und Grieß und Sand und Letten,
    Unsres Ufers stille Betten.
    So zerreißt er eine Strecke
    Quer des Tales ruhige Decke.
    Angestrengtest, nimmer müde,

ESFINGES

> Que intragável oscilar,
> Pavoroso ronco e atroar!
> Retumbar, recuo e avanço,
> Convulsão, tremor, balanço!
> O desgosto não se mede!
> Mas fincamos pé na zona,
> Viesse o inferno inteiro à tona.[88]
>
> Cúpula alta se alevanta;   7.530
> Ser o mesmo ancião, espanta,
> Que, de há muito embranquecido,
> A ilha Delos tem construído,
> E no amor a uma gestante,
> Da onda a soergueu, triunfante.[89]
> Vede-o, com tremendo esforço,
> Braço teso, arqueado o torso,
> Como um Atlas firma o colo,[90]
> Ergue a terra, a grama, o solo,
> Pedra, areia, cascalheira,   7.540
> Da área da tranquila beira,
> E rasga através do val
> Longo trecho diagonal.
> Qual cariátide — colosso,[91]

---

[88] Isto é, mesmo se o terremoto trouxer o inferno à superfície da terra, as Esfinges não arredarão pé do lugar em que estão há séculos. A cena "Alta região montanhosa", na abertura do quarto ato, irá mostrar Fausto e Mefisto no alto de uma montanha, e este diz então que se encontram no que fora outrora a "própria base" do inferno (v. 10.072).

[89] As Esfinges identificam aqui Seismo com Posidão, soberano dos mares e causador de terremotos. Diz a lenda que a ilha de Delos surgiu de um abalo sísmico provocado por Posidão, que criou assim um refúgio para a "gestante" Leto, perseguida implacavelmente por Hera: em Delos, pôde aquela então dar à luz o casal de gêmeos Apolo e Ártemis (ou Diana), concebidos de Zeus, marido da ciumenta perseguidora.

[90] Filho do titã Jápeto ou, segundo outra tradição, de Urano, Atlas participou da "titanomaquia", a luta entre os gigantes e titãs, liderados por Crono, e os deuses olímpicos, liderados por Zeus. Com a vitória destes, Atlas foi condenado a sustentar a abóbada celeste sobre os ombros.

[91] O termo "cariátide" designava, originalmente, moças da aldeia de Cária, que nas procissões sustenta-

Kolossale Karyatide,
Trägt ein furchtbar Steingerüste,
Noch im Boden bis zur Büste;
Weiter aber soll's nicht kommen,
Sphinxe haben Platz genommen.

SEISMOS

Das hab' ich ganz allein vermittelt,
Man wird mir's endlich zugestehn;
Und hätt' ich nicht geschüttelt und gerüttelt,
Wie wäre diese Welt so schön? —
Wie ständen eure Berge droben
In prächtig-reinem Ätherblau,
Hätt' ich sie nicht hervorgeschoben
Zu malerisch-entzückter Schau?
Als, angesichts der höchsten Ahnen,
Der Nacht, des Chaos, ich mich stark betrug
Und, in Gesellschaft von Titanen,
Mit Pelion und Ossa als mit Ballen schlug,
Wir tollten fort in jugendlicher Hitze,
Bis überdrüssig noch zuletzt
Wir dem Parnaß, als eine Doppelmütze,
Die beiden Berge frevelnd aufgesetzt...
Apollen hält ein froh Verweilen
Dort nun mit seliger Musen Chor.
Selbst Jupitern und seinen Donnerkeilen
Hob ich den Sessel hoch empor.

No arremesso sempre moço,
Ergue um penhascal, robusto,
Enterrado ainda até o busto;
Mas não vai passar de ali,
Fincou pé a Esfinge aqui.

SEISMO

Só eu tudo empurrei do fundo! 7.550
Que em nuvem branca, então, não passe!
Não o empurrasse, eu, e o abalasse,
Seria tão belo este mundo?
No alto erguer-se-iam essas montanhas
No azul em que o éter se derrama,
Não extraísse eu das entranhas
Da terra o magno panorama?
Quando, ante os ancestrais primeiros,[92]
A Noite e o Caos, na companhia
Dos mais Titãs, nos divertia, 7.560
No ardor da juventude nossa,
Lançar, como balões ligeiros,
No ar, um sobre outro, Pelion e Ossa,
E enfim pôr, como um par de gorros,
Sobre o Parnaso os seus dois morros...
Apolo alegre ora lá trona,
Das Musas o rodeia o coro.
Até, para o seu raio e estouro,
A Júpiter, ergui a poltrona.

---

vam, sobre a cabeça, cestos com objetos sagrados; depois, passou a nomear suportes arquitetônicos em forma de figuras femininas, empregados também em construções do Renascimento e do Classicismo.

[92] Caos e Noite são designados aqui como "ancestrais primeiros" porque, segundo o mito, reinavam quando a ordem ainda não havia sido imposta ao mundo e aos elementos. Na companhia dos demais titãs, Seismo teria dado origem aos montes Pelion e Ossa, na Tessália, como se brincasse com "balões" ou bolas. Também pretende ter colocado sobre o monte Parnaso, como um "par de gorros", o seu cume de duas pontas (uma das quais consagrada a Apolo e às musas) e ter erguido ainda a Júpiter ou Zeus o monte Olimpo como a "poltrona" do soberano.

Jetzt so, mit ungeheurem Streben, 7.570
Drang aus dem Abgrund ich herauf
Und fordre laut, zu neuem Leben,
Mir fröhliche Bewohner auf.

SPHINXE

Uralt, müßte man gestehen,
Sei das hier Emporgebürgte,
Hätten wir nicht selbst gesehen,
Wie sich's aus dem Boden würgte.
Bebuschter Wald verbreitet sich hinan,
Noch drängt sich Fels auf Fels bewegt heran;
Ein Sphinx wird sich daran nicht kehren: 7.580
Wir lassen uns im heiligen Sitz nicht stören.

GREIFE

Gold in Blättchen, Gold in Flittern
Durch die Ritzen seh ich zittern.
Laßt euch solchen Schatz nicht rauben,
Imsen, auf! es auszuklauben.

CHOR DER AMEISEN

Wie ihn die Riesigen
Emporgeschoben,
Ihr Zappelfüßigen,
Geschwind nach oben!
Behendest aus und ein! 7.590
In solchen Ritzen
Ist jedes Bröselein

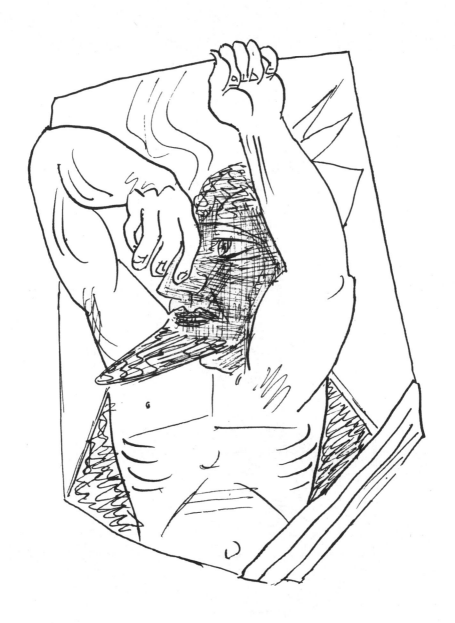

Levando o esforço ao paroxismo, 7.570
Desvencilhei-me ora do abismo,
E chamo a vida e a esforço novo,
Agora alegre e ativo povo.

ESFINGES

Dir-se-ia imemorial ser isto,
Um píncaro a se erguer na serra;
Não fosse por nós mesmas visto,
Como hoje o vomitou a terra.
Moitas se expandem, e arvoredo,
Movem-se penha ainda, e rochedo;
Mas pouco importa isso a uma Esfinge, 7.580
O nosso assento nada atinge.[93]

GRIFOS

Ouro em pó, em folhas, cachos,[94]
Vejo a tremular nos rachos.
É riqueza que lá raia,
Vós, Formigas, escavai-a!

CORO DAS FORMIGAS

    Tem-na os gigantes
    Erguido ao alto,
    Vós! tripudiantes,
    Sus! ao assalto!
    Em cima, ao centro, 7.590
    Na fenda adentro,
    Não há migalha

---

[93] Nova manifestação da impassibilidade das Esfinges — literalmente: "Não nos deixamos perturbar no assento sagrado".

[94] Originando-se a nova montanha, começa então a sua colonização por plantas, animais e outros seres. Pelas rachaduras vê-se ouro em seu interior, o que atrai Grifos e Formigas (ver nota anterior ao v. 7.104), assim como Pigmeus.

Wert zu besitzen.
Das Allermindeste
Müßt ihr entdecken
Auf das geschwindeste
In allen Ecken.
Allemsig müßt ihr sein,
Ihr Wimmelscharen;
Nur mit dem Gold herein! 7.600
Den Berg laßt fahren.

GREIFE

Herein! Herein! Nur Gold zu Hauf!
Wir legen unsre Klauen drauf;
Sind Riegel von der besten Art,
Der größte Schatz ist wohlverwahrt.

PYGMÄEN

Haben wirklich Platz genommen,
Wissen nicht, wie es geschah.
Fraget nicht, woher wir kommen,
Denn wir sind nun einmal da!
Zu des Lebens lustigem Sitze 7.610
Eignet sich ein jedes Land;
Zeigt sich eine Felsenritze,
Ist auch schon der Zwerg zur Hand.

Que não nos valha.
Sem mais, portanto,
O ínfimo ali
De todo canto
Tirai, extraí.
Surja o tesouro!
Valha a façanha;
Depressa, entre o ouro, 7.600
Deixai a montanha.[95]

GRIFOS

Entre aos montões,[96] sem algazarras!
Cobrimo-lo com as nossas garras;
São trincos bons, é o que se alarda,
Ninguém melhor tesouros guarda.

PIGMEUS[97]

O lugar sem mais tomamos,
Como foi, não o sabemos.
Não se indague de onde viemos,
O fato é que aqui estamos!
A enfrentar da vida o enredo, 7.610
Vale-nos qualquer região.
Surge um racho num penedo,
Logo está o anão à mão.

---

[95] Goethe tomou a expressão "deixar a montanha" ao jargão dos mineiros: significa deixar de lado o cascalho (e concentrar-se no minério e pedras preciosas).

[96] Isto é, que o ouro "entre aos montões", para que os Grifos possam guardá-lo com as suas garras (ferrolhos ou "trincos" da melhor espécie).

[97] Surge agora o "alegre e ativo povo" invocado por Seismo (v. 7.572) para habitar a nova montanha. Criados pelas leis do "vulcanismo", os violentos Pigmeus irão logo atacar as pacíficas garças para apoderar-se de suas penas. Na sequência virá a vingança dos Grous ou cegonhas: episódio lendário já mencionado por Homero na *Ilíada* (III, 1-7).

Zwerg und Zwergin, rasch zum Fleiße,
Musterhaft ein jedes Paar;
Weiß nicht, ob es gleicher Weise
Schon im Paradiese war.
Doch wir finden's hier zum besten,
Segnen dankbar unsern Stern;
Denn im Osten wie im Westen
Zeugt die Mutter Erde gern.

DAKTYLE

    Hat sie in einer Nacht
    Die Kleinen hervorgebracht,
    Sie wird die Kleinsten erzeugen;
    Finden auch ihresgleichen.

PYGMÄEN-ÄLTESTE

    Eilet, bequemen
    Sitz einzunehmen!
    Eilig zum Werke!
    Schnelle für Stärke!
    Noch ist es Friede;
    Baut euch die Schmiede,
    Harnisch und Waffen
    Dem Heer zu schaffen.

Prestes à obra, ele e a anã,
No duplo exemplar afã.
Rapidez e suor não medem;
Talvez fosse assim já no Éden.
Salve o nosso astro celeste!
Sítio bom nos propicia;
Com prazer, de Leste a Oeste,   7.620
Sempre a Terra-Mãe procria.

DÁCTILOS[98]

Se numa noite criado tem
O povo miúdo, ela há também
De criar os pequeninos mais;
Também terão os seus iguais.

OS PIGMEUS MAIS VELHOS

Tomai-a, à pressa!
Sede ótima essa!
À obra! sois frágeis,
Porém, sede ágeis.[99]
Paz ainda há aqui,   7.630
Vossa forja construí.
De armas provede
A armada. Sede,[100]

---

[98] Ainda menores do que os Pigmeus, os Dáctilos ou "polegares" (do grego *daktylos*: dedo) são hábeis artesãos e ferreiros. Obrigados, como as Formigas, a trabalhar para os Pigmeus, cogitarão logo em seguida sublevar-se contra tal escravização.

[99] Os Pigmeus são exortados aqui, pelos mais velhos, a correr para ocupar lugar ou assento (*Sitz*, v. 7.627: "sede", na tradução) confortável (pois ainda reina paz) e a compensar a pouca força física pela rapidez (*Schnelle für Stärke!*).

[100] A continuação deste verso na estrofe seguinte só se dá na tradução: "Sede,/ Formigas, leais". No original, a segunda estrofe consiste integralmente na ordem às Formigas (*Imsen*, alomorfia de *Ameisen*) e aos Dáctilos para que providenciem metais e carvão para a fabricação de armas.

Ihr Imsen alle,
Rührig im Schwalle,
Schafft uns Metalle!
Und ihr Daktyle,
Kleinste, so viele,
Euch sei befohlen,
Hölzer zu holen!
Schichtet zusammen
Heimliche Flammen,
Schaffet uns Kohlen.

GENERALISSIMUS

Mit Pfeil und Bogen
Frisch ausgezogen!
An jenem Weiher
Schießt mir die Reiher,
Unzählig niesende,
Hochmütig brüstende,
Auf einen Ruck,
Alle wie einen!
Daß wir erscheinen
Mit Helm und Schmuck.

IMSEN UND DAKTYLE

Wer wird uns retten!
Wir schaffen's Eisen,
Sie schmieden Ketten.
Uns loszureißen,

Formigas, leais,
E ativas mais,
Trazei metais!
Dáctilos, bando
Miúdo, ide andando!
Lenha em montão
Trazei, juntai!   7.640
Nela atiçai
Secreta ignição,
Trazei carvão.

GENERALÍSSIMO[101]

Com arco e seta,
Ao lago! é a meta,
Na água atirais,
Nas garças reais,
Lá, aninhadas,
No orgulho emproadas.
Todas, de vez,   7.650
E num só tudo!
Orne o elmo e o arnês,
Penacho graúdo!

FORMIGAS E DÁCTILOS

Quem, ai, nos salva!
Ferro trazemos, forjam cadeias.
Rompamos as peias!
Contudo, essa alva

---

[101] O comandante do exército dos Pigmeus, que lhes ordena agora o ataque às garças — o objetivo é conseguir o enfeite (*Schmuck*) para o elmo.

Ist noch nicht zeitig,
Drum seid geschmeidig.

DIE KRANICHE DES IBYKUS

Mordgeschrei und Sterbeklagen! 7.660
Ängstlich Flügelflatterschlagen!
Welch ein Ächzen, welch Gestöhn
Dringt herauf zu unsern Höhn!
Alle sind sie schon ertötet,
See von ihrem Blut gerötet.
Mißgestaltete Begierde
Raubt des Reihers edle Zierde.
Weht sie doch schon auf dem Helme

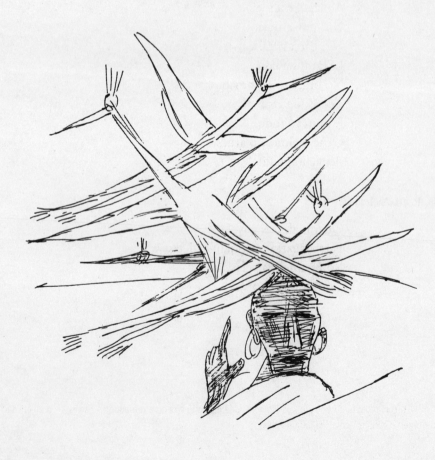

Ainda não raia;
Suando, aguardai-a.[102]

OS GROUS DE ÍBICO[103]

    Assassínio, morte e horror!   7.660
    Bater de asas de pavor!
    De que gritos, dores, e ais
    No alto ecoam sons mortais!
    Matou tudo cruenta sanha,
    A lagoa em sangue banha.
    A avidez dos vis comparsas
    Rouba as penas reais das garças.
    No elmo, as vemos, já, flutuantes,

---

[102] Nesta estrofe, as Formigas e Dáctilos falam do trabalho escravo que realizam para os Pigmeus e exprimem ao mesmo tempo a sua aspiração por liberdade. Como, porém, ainda não chegou o momento certo para a sublevação, a estrofe fecha em tom resignado: "Por isso sede maleáveis" (na tradução: "Suando, aguardai-a", isto é, a "alva").

[103] Alusão à balada "Os grous de Íbico", escrita por Schiller em 1797. Fala da vingança levada a cabo por grous (íbis, em grego) que, em sua rota migratória, acompanham a viagem do poeta Íbico, consagrado a Apolo, e testemunham o seu covarde assassinato num bosque ermo, perto de Corinto. Goethe mescla aqui a saga em torno desse aedo grego do século VI a.C. com o assunto mítico da luta entre Pigmeus e grous. Como observa Ulrich Gaier, o fundamento para a aproximação é o motivo do assassínio do belo e pacífico pela "avidez disforme" dos "vis comparsas" (v. 7.666).

Dieser Fettbauch-Krummbein-Schelme.
Ihr Genossen unsres Heeres, 7.670
Reihenwanderer des Meeres,
Euch berufen wir zur Rache
In so nahverwandter Sache.
Keiner spare Kraft und Blut,
Ewige Feindschaft dieser Brut!

(Zerstreuen sich krächzend in den Lüften)

MEPHISTOPHELES *(in der Ebne)*

Die nordischen Hexen wußt' ich wohl zu meistern,
Mir wird's nicht just mit diesen fremden Geistern.
Der Blocksberg bleibt ein gar bequem Lokal,
Wo man auch sei, man findet sich zumal.
Frau Ilse wacht für uns auf ihrem Stein, 7.680
Auf seiner Höh' wird Heinrich munter sein,
Die Schnarcher schnauzen zwar das Elend an,
Doch alles ist für tausend Jahr getan.
Wer weiß denn hier nur, wo er geht und steht,
Ob unter ihm sich nicht der Boden bläht?...
Ich wandle lustig durch ein glattes Tal,
Und hinter mir erhebt sich auf einmal
Ein Berg, zwar kaum ein Berg zu nennen,
Von meinen Sphinxen mich jedoch zu trennen
Schon hoch genug — hier zuckt noch manches Feuer 7.690

Segundo ato — Noite de Valpúrgis clássica

    Dos ventrudos, vis tratantes.
    Companheiros, vós, dos ares,   7.670
    Peregrinos grous dos mares,
    Vinde todos à vingança!
    Dever dos parentes é!
    Sangue não poupeis! Matança,
    Ódio eterno a essa ralé!

(Dispersam-se aos grasnidos pelos ares)

MEFISTÓFELES *(na planície)*

    Amestro as bruxas nórdicas sem custo,
    Mas com essas estrangeiras não me ajusto.
    É o Blocksberg sítio em que conforto há;
    Ande onde for, sabe a gente onde está.[104]
    Dona Ilse nos contempla de sua Pedra,   7.680
    Em sua Altura, Henrique alegre medra;
    O Roncador da Miséria escarnece,
    Mas por mil anos tudo permanece.
    Quem sabe aqui onde anda e o pé assenta,
    Se embaixo o solo não se incha e arrebenta?
    Tranquilo por um vale raso vim,
    E de repente se ergue, atrás de mim,
    Uma montanha. As nuvens não atinge,[105]
    Mas para me apartar de minha Esfinge,
    É alta assaz. — No vale ainda palpita   7.690

---

[104] Reaparecendo após 437 versos, Mefisto sente-se pouco confortável nessa fantasmagoria das planícies tessálicas e anela assim pela Noite de Valpúrgis nórdica, que tem lugar na região do Harz, norte da Alemanha, na noite de 1º de maio (ver texto introdutório à cena homônima do *Fausto I*). O monte Brocken, ou Blocksberg, é onde se reúnem as bruxas e os feiticeiros; outros lugares lembrados aqui por Mefisto aparecem na Noite de Valpúrgis da primeira parte: a pedra Ilse (ver nota ao v. 3.967), os chamados "rochedos roncadores" diante da aldeia *Elend*, "Miséria" (ver nota ao v. 3.879), e ainda o "alto" ou a "elevação" de Henrique, *Heinrichshöhe*.

[105] No original, Mefisto diz que a nova montanha, cujo surgimento ele portanto presenciou, "mal pode ser chamada de montanha" — por isso, diz a tradução, "as nuvens não atinge".

Das Tal hinab und flammt ums Abenteuer...
Noch tanzt und schwebt mir lockend, weichend vor,
Spitzbübisch gaukelnd, der galante Chor.
Nur sachte drauf! Allzugewohnt ans Naschen,
Wo es auch sei, man sucht was zu erhaschen.

LAMIEN *(Mephistopheles nach sich ziehend)*

>Geschwind, geschwinder!
>Und immer weiter!
>Dann wieder zaudernd,
>Geschwätzig plaudernd.
>Es ist so heiter, 7.700
>Den alten Sünder
>Uns nachzuziehen,
>Zu schwerer Buße.
>Mit starrem Fuße
>Kommt er geholpert,
>Einhergestolpert;
>Er schleppt das Bein,
>Wie wir ihn fliehen,
>Uns hinterdrein!

MEPHISTOPHELES *(stillstehend)*

Verflucht Geschick! Betrogne Mannsen! 7.710
Von Adam her verführte Hansen!

Uma e outra chama, e à aventura excita...
Foge ainda, esquivo, e a me atrair, flutuante,
Gaiato e brincalhão, coro galante.
Cuidado! Quem sempre o que atrai, lambisca,
Tenta, seja onde for, pegar a isca.[106]

LÂMIAS *(arrastando Mefistófeles com elas)*[107]

    Rápido, avante,
    E sempre além!
    Ora hesitando,
    Ora palrando;
    Tem graça, tem,   7.700
    Como o velho tratante
    Cá arrastamos,
    A castigá-lo!
    Pé de cavalo
    E perna arrasta
    Coxeando, a sós.
    Vamos, fujamos!
    O fôlego desgasta
    Atrás de nós.[108]

MEFISTÓFELES *(parando)*

Homens, nós, sempre nessa maldição!   7.710
Trouxas burlados desde Adão![109]

---

[106] No original, Mefisto propõe-se a ir calmamente às lúbricas Lâmias (*Nur sachte drauf!*), pois quem está muito acostumado a "lambiscar" (com conotação sexual), sempre procura, onde quer que a ocasião se ofereça, abocanhar algo.

[107] Agora reaparecem também as Lâmias, as "criaturas de má vida" que haviam seduzido Mefisto com a promessa de uma dança obscena, tal como experimentara no Blocksberg (ver v. 4.136). Aqui, contudo, as Lâmias não farão senão zombar do "velho tratante" (ou "velho pecador", como diz o original).

[108] Sempre troçando de Mefisto, dizem as Lâmias literalmente nestes três versos finais: "Ele arrasta a perna,/ À medida que lhe fugimos,/ Atrás de nós!".

[109] "Trouxas" corresponde no original a *Hansen*, plural de Hans. O dicionário de Adelung registra a res-

Alt wird man wohl, wer aber klug?
Warst du nicht schon vernarrt genug!

Man weiß, das Volk taugt aus dem Grunde nichts,
Geschnürten Leibs, geschminkten Angesichts.
Nichts haben sie Gesundes zu erwidern,
Wo man sie anfaßt, morsch in allen Gliedern.
Man weiß, man sieht's, man kann es greifen,
Und dennoch tanzt man, wenn die Luder pfeifen!

LAMIEN *(innehaltend)*

Halt! er besinnt sich, zaudert, steht;
Entgegnet ihm, daß er euch nicht entgeht!

MEPHISTOPHELES *(fortschreitend)*

Nur zu! und laß dich ins Gewebe
Der Zweifelei nicht törig ein;
Denn wenn es keine Hexen gäbe,
Wer Teufel möchte Teufel sein!

LAMIEN *(anmutigst)*

Kreisen wir um diesen Helden!
Liebe wird in seinem Herzen
Sich gewiß für eine melden.

7.720

Fica-se velho, mas sagaz?
Não foste já logrado assaz?

Da grei se sabe que não vale nada,[110]
Ventre enfaixado, cara maquilhada;
Pra retribuir, não tem nada de são;
Onde se pegue, é tudo podridão.
Vemo-lo, ouvimo-lo, sabê-lo cansa,
Mas se a súcia assobia, a gente, ainda assim, dança!

LÂMIAS *(parando)*

Alto! medita, hesita, para ali; 7.720
Ide a encontrá-lo! que escape, impedi!

MEFISTÓFELES *(andando para a frente)*

Trata de às dúvidas pôr cabo!
Também não passam de quimera;
Se não houvesse bruxas, diabo
Algum ser diabo ainda quisera![111]

LÂMIAS *(com muito encanto)*

Circunde o herói a nossa ronda!
Do amor, a uma de nós, sonda,
Em seu peito a abrasadora onda.[112]

---

peito de *Hansen*: "em virtude do uso generalizado deste nome [Hans], tornou-se uma designação geral para qualquer homem". A mesma conotação pejorativa está presente em *Mannsen*, no verso anterior: pessoa do sexo masculino (*Mannsperson, Mannsbild*), um homem (*Mann*).

[110] Isto é, da "grei" ou do "povo" das mulheres, que desde Eva vêm burlando os homens.

[111] Literalmente: "Se não houvesse bruxas,/ Quem, diabo!, ia querer ser diabo!".

[112] Literalmente estes versos dizem: "Circundemos este herói!/ Amor em seu coração/ Irá manifestar-se por uma de nós".

MEPHISTOPHELES

    Zwar bei ungewissem Schimmer
    Scheint ihr hübsche Frauenzimmer,   7.730
    Und so möcht' ich euch nicht schelten.

EMPUSE *(eindringend)*

    Auch nicht mich! als eine solche
    Laßt mich ein in eure Folge.

LAMIEN

    Die ist in unserm Kreis zuviel,
    Verdirbt doch immer unser Spiel.

EMPUSE *(zu Mephistopheles)*

    Begrüßt von Mühmichen Empuse,
    Der Trauten mit dem Eselsfuße!
    Du hast nur einen Pferdefuß,
    Und doch, Herr Vetter, schönsten Gruß!

MEPHISTOPHELES

    Hier dacht' ich lauter Unbekannte   7.740
    Und finde leider Nahverwandte;
    Es ist ein altes Buch zu blättern:
    Vom Harz bis Hellas immer Vettern!

MEFISTÓFELES

>Na luz incerta, raparigas
>Bonitas sois. Dispenso brigas; 7.730
>Que a vosso apelo eu corresponda!

EMPUSA *(intrujando-se)*

>Também ao meu. Sendo eu a Empusa,[113]
>Não me podeis ter por intrusa.

LÂMIAS

>Em nossa roda, essa é uma praga,
>A brincadeira sempre estraga.

EMPUSA *(a Mefistóleles)*

>Saúda-te a Empusa, tua priminha;
>Ter pé de burro, é glória minha!
>Só um pé de cavalo tens,
>Mesmo assim, primo, parabéns!

MEFISTÓFELES

>Mundo de estranhos! e em seu meio 7.740
>Parentes mais, ai, descobrimos;
>Um livro velho aqui folheio:
>Do Harz à Hélade, sempre primos!

---

[113] Espectro noturno que na mitologia grega tem apenas um pé. Em sua enciclopédia mitológica, Hederich registra que, em outra versão, ela possuía "dois pés, mas um deles era de ferro ou, segundo outros, de burro". A Empusa podia assumir formas variadas, entre as quais, a de uma bela moça. Nesta aventura erótica de Mefisto com as Lâmias e a Empusa os comentadores apontam elementos de duas comédias de Aristófanes: *Ekklesiazusas* (A assembleia das mulheres) e *As rãs*.

EMPUSE

> Entschieden weiß ich gleich zu handeln,
> In vieles könnt' ich mich verwandeln;
> Doch Euch zu Ehren hab' ich jetzt
> Das Eselsköpfchen aufgesetzt.

MEPHISTOPHELES

> Ich merk', es hat bei diesen Leuten
> Verwandtschaft Großes zu bedeuten; 7.750
> Doch mag sich, was auch will, eräugnen,
> Den Eselskopf möcht' ich verleugnen.

LAMIEN

> Laß diese Garstige, sie verscheucht,
> Was irgend schön und lieblich deucht;

EMPUSA

Com hesitações, jamais me tolho:
Pra transformar-me o mapa é rico;
Mas em vossa honra agora escolho
A cabecinha de burrico.[114]

MEFISTÓFELES

Com essa gente, ao que reparo,
Tem parentesco um valor raro;
Contudo, haja o que houver! casmurro,[115]
Cabeças repudio, de burro.

7.750

LÂMIAS

Deixa a maldita! ela afugenta
O que graça e jeito aparenta,[116]

---

[114] A cabecinha de burro, que a superstição nórdica associa a feitiços eróticos e a danças de bruxas, alude a um motivo da comédia shakesperiana *Sonhos de uma noite de verão*, em que um feitiço de Oberon leva sua mulher Titânia a apaixonar-se pelo artesão e ator Zettel, que recebe do duende Puck uma cabeça de burro.

[115] Literalmente: "Mas aconteça o que acontecer,/ A cabeça de burro eu quero negar". Divergindo da ortografia contemporânea, Goethe costumava grafar o verbo reflexivo *sich ereignen* ("passar-se, acontecer, ocorrer") na forma mais antiga *eräugnen*, para explicitar a sua derivação de *Auge* ("olho"): aquilo que se mostra aos olhos, ao olhar.

[116] As Lâmias exortam Mefisto a afastar-se da Empusa porque esta, assumindo abertamente suas horrorosas metamorfoses, afugenta tudo o que é "belo e gracioso", como diz o original.

Was irgend schön und lieblich wär' —
Sie kommt heran, es ist nicht mehr!

MEPHISTOPHELES

Auch diese Mühmchen zart und schmächtig,
Sie sind mir allesamt verdächtig;
Und hinter solcher Wänglein Rosen
Fürcht' ich doch auch Metamorphosen.

LAMIEN

Versuch es doch! sind unsrer viele. 7.760
Greif zu! Und hast du Glück im Spiele,
Erhasche dir das beste Los.
Was soll das lüsterne Geleier?
Du bist ein miserabler Freier,
Stolzierst einher und tust so groß! —
Nun mischt er sich in unsre Scharen;
Laßt nach und nach die Masken fahren
Und gebt ihm euer Wesen bloß.

MEPHISTOPHELES

Die Schönste hab' ich mir erlesen...

(Sie umfassend)

O weh mir! welch ein dürrer Besen! 7.770

(Eine andere ergreifend)

Und diese?... Schmähliches Gesicht!

O que de encanto se reveste —
Some tudo ao surgir a peste!

MEFISTÓFELES

Mas também vós, suaves priminhas,
Fazeis jus a suspeitas minhas.
Será que a face cor-de-rosa
Num ai não se metamorfosa?

LÂMIAS

Pois tenta-o! é múltipla a coorte!   7.760
Se te saíres bem no esporte,
Da sorte o melhor prêmio arrancas.
De que uso é a lúbrica cantiga?
És pretendente de uma figa,
Andas a emproar-te e o grandão bancas!
Conosco está já a misturar-se;
Mostrai a essência do disfarce,
Uma a uma, surjam visões francas.

MEFISTÓFELES

Escolho a mais abrasadora...[117]

(Abraçando-a)

Ui! que pau seco de vassoura!   7.770

(Agarrando uma outra)

E essa?... oh! horrenda, entre as mais feias!

---

[117] No original, "a mais bonita"; como porém as Lâmias se propuseram a arrancar o disfarce e mostrar o verdadeiro ser, Mefisto acaba abraçando um "pau seco de vassoura".

LAMIEN

> Verdienst du's besser? dünk es nicht.

MEPHISTOPHELES

> Die Kleine möcht' ich mir verpfänden...
> Lacerte schlüpft mir aus den Händen!
> Und schlangenhaft der glatte Zopf.
> Dagegen fass' ich mir die Lange...
> Da pack' ich eine Thyrsusstange,
> Den Pinienapfel als den Kopf!
> Wo will's hinaus?... Noch eine Dicke,
> An der ich mich vielleicht erquicke; 7.780
> Zum letztenmal gewagt! Es sei!
> Recht quammig, quappig, das bezahlen
> Mit hohem Preis Orientalen...
> Doch ach! der Bovist platzt entzwei!

LAMIEN

> Fahrt auseinander, schwankt und schwebet
> Blitzartig, schwarzen Flugs umgebet
> Den eingedrungnen Hexensohn!
> Unsichre, schauderhafte Kreise!

LÂMIAS

Melhor mereces? não o creias.

MEFISTÓFELES

Atrai-me essa pequena guapa...
Lagarta é o que das mãos me escapa![118]
As tranças cobras lisas são.
Com a compridona aqui esbarro...
Um pau de tirso é o que agarro,
E sua cabeça é um pinhão![119]
Que há mais?... Bem, ainda essa gorducha,
Talvez me satisfaça a bruxa;   7.780
Seja! uma vez ainda se tenta!
Obesa e mole, pagam mais
Por tal petisco os Orientais...[120]
Mas, ai! qual bola de ar rebenta!

LÂMIAS

Alas rompei! qual veloz raio,
Num voo sinistro circundai-o,
Filho intrujão de estranha maga!
Em rondas negras, pavorosas!

---

[118] No original, Goethe emprega o substantivo italiano *lacerte* (lagartixa), que em seus "Epigramas venezianos" aparece como metáfora para as prostitutas.

[119] No original, "talo de tirso" (tipo de inflorescência). Como registra Hederich, trata-se de um atributo dos cultos dionisíacos, com a forma de falo e uma pinha na ponta. O dicionário Houaiss apresenta, como uma das definições de "tirso": "bastão enfeitado com hera e pâmpanos, e rematado em forma de pinha, atributo de Baco e das bacantes".

[120] Estas palavras de Mefisto sobre a "gorducha", conforme observou Momme Mommsen em 1951, remetem ao ideal de beleza feminina descrito no livro *Proben der arabischen Dichtkunst* [Amostras da arte poética árabe], publicado em 1765 por Jacob Reiske: "carne obesa e gorda, esponjosa, rechonchuda e macia na parte sobre a qual se senta. Neste ponto, os árabes pensam de maneira muito diferente de nós". No verso seguinte, tal traseiro gorducho, ao ser tocado, rebenta como "bola de ar" — *Bovist*, no original: espécie de cogumelo bojudo (também conhecido como "peido de bruxa"), que expele os seus esporos ao ser tocado.

Schweigsamen Fittichs, Fledermäuse!
Zu wohlfeil kommt er doch davon.   7.790

MEPHISTOPHELES *(sich schüttelnd)*

Viel klüger, scheint es, bin ich nicht geworden;
Absurd ist's hier, absurd im Norden,
Gespenster hier wie dort vertrackt,
Volk und Poeten abgeschmackt.
Ist eben hier eine Mummenschanz
Wie überall, ein Sinnentanz.
Ich griff nach holden Maskenzügen
Und faßte Wesen, daß mich's schauerte...
Ich möchte gerne mich betrügen,
Wenn es nur länger dauerte.   7.800

(Sich zwischen dem Gestein verirrend)

Wo bin ich denn? Wo will's hinaus?
Das war ein Pfad, nun ist's ein Graus.
Ich kam daher auf glatten Wegen,
Und jetzt steht mir Geröll entgegen.
Vergebens klettr' ich auf und nieder,
Wo find' ich meine Sphinxe wieder?
So toll hätt' ich mir's nicht gedacht,
Ein solch Gebirg in einer Nacht!
Das heiß' ich frischen Hexenritt,
Die bringen ihren Blocksberg mit.   7.810

Morcegos de asas silenciosas!
É baixo o preço ainda que paga.[121]   7.790

MEFISTÓFELES *(sacudindo-se)*

Sagaz mais, não fiquei, mas não me aturdo:
Se absurdo é aqui, também no Norte é absurdo.
Cá e lá, disforme o espectro avulso;
Poetas, povo, tudo insulso.
É como alhures mero entrudo,[122]
E dança dos sentidos tudo.
Via máscaras bonitas, e agarrava
Horrores com que me arrepiava...
Até prouver-me-ia iludir-me, fora
Algo a ilusão mais duradoura.[123]   7.800

(Perdendo-se entre o pedregal)

Onde é que estou? Para onde isto anda?
Era um atalho, e em caos desanda.
Por senda lisa e aberta eu vinha,
E entulho ante meus pés se apinha.
Acima e abaixo trepo e desço em vão,
Minhas Esfinges, onde estão?
Não o crera eu tão infernal!
Numa só noite um monte tal!
Que é cavalgada mestra, digo;
Trazem as bruxas seu Blocksberg consigo.[124]   7.810

---

[121] Isto é, Mefisto está se safando com muita facilidade dessa aventura erótica com as Lâmias.

[122] Queixando-se da superstição popular e das obras poéticas que inventam tais fantasmas, Mefisto traça um paralelo com a mascarada carnavalesca (o "entrudo", *Mummenschanz*) no Palatinado Imperial do primeiro ato (cena "Sala vasta com aposentos contíguos").

[123] Isto é, se a ilusão não se desfizesse tão rapidamente, a aventura enganosa com as lúbricas Lâmias lhe teria proporcionado mais prazer.

[124] Blocksberg refere-se aqui ao monte criado há pouco por Seismo; Mefisto atribui o seu surgimento às Lâmias, num golpe de mestre das feiticeiras ("cavalgada mestra").

OREAS *(vom Naturfels)*

    Herauf hier! Mein Gebirg ist alt,
    Steht in ursprünglicher Gestalt.
    Verehre schroffe Felsensteige,
    Des Pindus letztgedehnte Zweige!
    Schon stand ich unerschüttert so,
    Als über mich Pompejus floh.
    Daneben das Gebild des Wahns
    Verschwindet schon beim Krähn des Hahns.
    Dergleichen Märchen seh' ich oft entstehn
    Und plötzlich wieder untergehn.   7.820

OREAS *(do penhasco natural)*[125]
    Vem, sobe aqui, velho é meu penhascal,
    Conserva sua forma primordial.
    Honra a rocha íngreme em que estás subindo,
    Essas ramagens últimas do Pindo![126]
    Inabalável já me erguia assim,
    Quando Pompeu fugiu por sobre mim.[127]
    Mas as visões, num mero abalo,
    Somem com o canto, já, do galo.[128]
    Fábulas vi surgir frequentemente,
    E se esvaírem de repente.
                                                7.820

---

[125] Na mitologia grega Oreas (ou Oréade) é a ninfa dos montes e montanhas. Ela se dirige a Mefisto do alto de um penhasco "natural" e, subentende-se, de origem "netunista" (ao contrário do monte "vulcanista" recém-criado por Seismo).

[126] Pindo é a cadeia de montanhas entre a Tessália e o Epiro; Oreas refere-se aos últimos prolongamentos dessa cadeia.

[127] Isto é, depois de ser derrotado por César na batalha da Farsália, mencionada por Ericto na abertura desta cena.

[128] Oreas concebe o recente monte "vulcanista" como mera "visão" e sugere que desaparecerá com o primeiro canto do galo (que na crença popular faz desaparecer os fantasmas noturnos).

MEPHISTOPHELES

> Sei Ehre dir, ehrwürdiges Haupt,
> Von hoher Eichenkraft umlaubt!
> Der allerklarste Mondenschein
> Dringt nicht zur Finsternis herein. —
> Doch neben am Gebüsche zieht
> Ein Licht, das gar bescheiden glüht.
> Wie sich das alles fügen muß!
> Fürwahr, es ist Homunculus!
> Woher des Wegs, du Kleingeselle?

HOMUNCULUS

> Ich schwebe so von Stell' zu Stelle 7.830
> Und möchte gern im besten Sinn entstehn,
> Voll Ungeduld, mein Glas entzweizuschlagen;
> Allein, was ich bisher gesehn,
> Hinein da möcht' ich mich nicht wagen.
> Nur, um dir's im Vertraun zu sagen:
> Zwei Philosophen bin ich auf der Spur,
> Ich horchte zu, es hieß: Natur, Natur!
> Von diesen will ich mich nicht trennen,
> Sie müssen doch das irdische Wesen kennen;
> Und ich erfahre wohl am Ende, 7.840
> Wohin ich mich am allerklügsten wende.

MEFISTÓFELES

> Saúdo-te, cabeça veneranda,
> Que a copa dos carvalhos enguirlanda!
> Da lua o mais vivo clarão
> Não penetra essa escuridão. —
> Mas junto às moitas bruxuleia
> Uma modesta, íntima luz.
> Como tudo isso se encadeia!
> Quem o diria? é *Homunculus*![129]
> Para onde vais, meu pequenino?

HOMÚNCULO

> De ponto a ponto fluo, ilumino;   7.830
> Quisera em alto nível vir a ser
> No afã de quebrar meu cristal;
> Mas tudo o que até agora pude ver,
> Não me incita a ajustar-me a tal.
> Apenas — é confidencial —
> Sigo de dois filósofos a pista:[130]
> Natura! Natureza! ouço dos Mestres;
> Não os vou eu perder de vista,
> Conhecem bem, suponho, entes terrestres;
> No fim, talvez, se me confirme,   7.840
> A quem convém eu dirigir-me.

---

[129] Entra novamente em cena a figura do Homúnculo (que na tradução aparece agora na forma latina *homunculus*, para rimar com "luz"). Assim como as primeiras palavras de Fausto em solo grego exprimem o seu anelo por Helena ("que é dela?" ou "onde está ela?"), também o Homúnculo irá expressar de imediato a sua aspiração por "vir a ser".

[130] Trata-se, como se revela em seguida, de Tales de Mileto (*c.* 625-545 a.C.) e Anaxágoras (*c.* 500-428 a.C.). O primeiro teria afirmado ser a água a origem de todas as coisas e concebido a Terra como espécie de disco flutuante sobre águas primordiais. O segundo ensinava que o cosmo se constituía de minúsculas partículas elementares e que sol era uma massa de metal incandescente, da qual se desprendiam os meteoros e estrelas cadentes. Anaxágoras sistematizou a sua doutrina no livro (não conservado) *Sobre a Natureza*, que lhe valeu a acusação de ateísmo. Goethe os coloca em cena, de maneira anacrônica, como porta-vozes primordiais do netunismo e do vulcanismo contemporâneos.

MEPHISTOPHELES

> Das tu auf deine eigne Hand.
> Denn wo Gespenster Platz genommen,
> Ist auch der Philosoph willkommen.
> Damit man seiner Kunst und Gunst sich freue,
> Erschafft er gleich ein Dutzend neue.
> Wenn du nicht irrst, kommst du nicht zu Verstand.
> Willst du entstehn, entsteh auf eigne Hand!

HOMUNCULUS

> Ein guter Rat ist auch nicht zu verschmähn.

MEPHISTOPHELES

> So fahre hin! Wir wollen's weiter sehn. 7.850

(Trennen sich)

ANAXAGORAS *(zu Thales)*

> Dein starrer Sinn will sich nicht beugen;
> Bedarf es Weitres, dich zu überzeugen?

THALES

> Die Welle beugt sich jedem Winde gern,
> Doch hält sie sich vom schroffen Felsen fern.

MEFISTÓFELES

Faze-o por tua própria mão.
Pois onde espectros sua sede têm,[131]
Acolhe-se o filósofo também.
Para que a seu favor e arte façam jus,
Logo uma dúzia nova ele produz.
Sem erros jamais chegas à razão.[132]
Se queres ser, sê por tua própria mão!

HOMÚNCULO

Conselho bom também útil será.

MEFISTÓFELES

Vai-te indo, pois; veremos em que dá.   7.850

(Separam-se)

ANAXÁGORAS *(a Tales)*

Em nada há de ceder tua mente rija?
Por convencer-te, há o que mais se exija?

TALES

Curva-se ao vento a onda em seu vaivém,
Da penha abrupta ao longe se mantém.[133]

---

[131] No original, "fantasmas" (*Gespenster*), no sentido de hipóteses e teorias inconsistentes. No entanto, como observa Albrecht Schöne, o próprio Goethe, em sua *Teoria das cores*, usava o substantivo "fantasma" como sinônimo polêmico para "espectro", a fim de contrapor-se à teoria newtoniana sobre a fragmentação prismática da luz.

[132] No original, Mefisto usa o verbo "errar" ("se não errares") provavelmente no sentido de ziguezaguear pra lá e pra cá (ou "de ponto a ponto", como acabou de dizer o Homúnculo).

[133] Isto é, a onda desvia-se das formações rochosas próximas à costa; passa pelos recifes e "penhas".

ANAXAGORAS

    Durch Feuerdunst ist dieser Fels zu Handen.

THALES

    Im Feuchten ist Lebendiges erstanden.

HOMUNCULUS *(zwischen beiden)*

    Laßt mich an eurer Seite gehn.
    Mir selbst gelüstet's, zu entstehn!

ANAXAGORAS

    Hast du, o Thales, je in einer Nacht
    Solch einen Berg aus Schlamm hervorgebracht?   7.860

THALES

    Nie war Natur und ihr lebendiges Fließen
    Auf Tag und Nacht und Stunden angewiesen.
    Sie bildet regelnd jegliche Gestalt,
    Und selbst im Großen ist es nicht Gewalt.

ANAXAGORAS

    Hier aber war's! Plutonisch grimmig Feuer,
    Äolischer Dünste Knallkraft, ungeheuer,

ANAXÁGORAS

Vapor de fogo engendrou essa rocha.

TALES

No úmido o que é vivo desabrocha.

HOMÚNCULO *(entre ambos)*

De acompanhar-vos, dai-me o ensejo.
Formar-me e vir a ser, almejo!

ANAXÁGORAS

Tales, jamais, numa noite, hás, do lodo
Posto a surgir montanha tal, num todo?[134]   7.860

TALES

A horas, dia ou noite, a natureza
Jamais sujeita a viva correnteza.
Molda ordenada qualquer forma;
Nem no grandioso a violência é a norma.[135]

ANAXÁGORAS

Mas deu-se aqui fogo titânico, horroroso,
Vapor eólico a explodir monstruoso,[136]

---

[134] Literalmente, o "vulcanista" Anaxágoras pergunta a seu adversário se este, enquanto representante das forças "netunistas", criou alguma vez, numa única noite, uma tal montanha a partir da lama — ou do "lodo" do mar primordial, cujas sedimentações, segundo a teoria netunista, teriam dado origem às montanhas.

[135] No âmbito de sua filosofia netunista, Tales pondera agora que o "fluir" (*Fließen*) da Natureza (sua "viva correnteza") jamais dependeu de "horas, dia ou noite", mas está relacionado a ritmos lentos, suaves (sem qualquer forma de violência) e de longuíssima duração.

[136] Na mitologia grega, Éolo era o senhor dos ventos, e os mantinha encerrados em cavernas e frestas dos rochedos. (No canto X da *Odisseia*, Éolo presenteia Ulisses com um odre onde se encontram presos to-

Durchbrach des flachen Bodens alte Kruste,
Daß neu ein Berg sogleich entstehen mußte.

THALES

Was wird dadurch nun weiter fortgesetzt?
Er ist auch da, und das ist gut zuletzt.
Mit solchem Streit verliert man Zeit und Weile
Und führt doch nur geduldig Volk am Seile.

ANAXAGORAS

Schnell quillt der Berg von Myrmidonen,
Die Felsenspalten zu bewohnen;
Pygmäen, Imsen, Däumerlinge
Und andre tätig kleine Dinge.

(Zum Homunculus)

Nie hast du Großem nachgestrebt,
Einsiedlerisch-beschränkt gelebt;
Kannst du zur Herrschaft dich gewöhnen,
So laß ich dich als König krönen.

HOMUNCULUS

Was sagt mein Thales?

Rompeu do solo plano a velha crusta,
E serra nova ergueu na área vetusta.

TALES

E aí? disso prossegue algo, assim?[137]
Ei-la, pois, e isso é bom no fim. 7.870
Com briga tal, gasta-se o tempo em vão;
Serve só a inculcar no povo a confusão.

ANAXÁGORAS

De mirmidões o monte já formiga,[138]
Em vãos de rocha a multidão se abriga;
Formigas, dáctilos, pigmeus,
E outros parceiros miúdos seus.

(Ao Homúnculo)

Nunca a ambição da glória em ti nutriste,
Em solidão restrita só exististe;
Mas se ao poder o teu afã subscreve,[139]
Posso coroar-te como rei em breve. 7.880

HOMÚNCULO

Que diz, meu Tales?

---

dos os ventos, exceto aquele que o deveria conduzir de volta a Ítaca.) O verso alude ainda a antigas concepções científicas segundo as quais no interior da terra se acumulavam água e ar, formando gases explosivos.

[137] Isto é, que consequências esses casos isolados têm para a controvérsia sobre as origens da superfície terrestre?

[138] Os mirmidões constituem um povo da Tessália que segundo a lenda teria se originado de Formigas (*myrmex*, em grego). A tradução reforça essa associação com o verbo "formigar", referido aos Pigmeus, Dáctilos e às próprias Formigas.

[139] Anaxágoras diz agora que poderá transformar Homúnculo em rei se ele acostumar-se ou habituar-se (*sich gewöhnen*) a exercer o poder sobre os violentos Pigmeus.

THALES

               Will's nicht raten;
Mit Kleinen tut man kleine Taten,
Mit Großen wird der Kleine groß.
Sieh hin! die schwarze Kranichwolke!
Sie droht dem aufgeregten Volke
Und würde so dem König drohn.
Mit scharfen Schnäbeln, krallen Beinen,
Sie stechen nieder auf die Kleinen;
Verhängnis wetterleuchtet schon.
Ein Frevel tötete die Reiher,   7.890
Umstellend ruhigen Friedensweiher.
Doch jener Mordgeschosse Regen
Schafft grausam-blut'gen Rachesegen,
Erregt der Nahverwandten Wut
Nach der Pygmäen frevlem Blut.
Was nützt nun Schild und Helm und Speer?
Was hilft der Reiherstrahl den Zwergen?
Wie sich Daktyl und Imse bergen!
Schon wankt, es flieht, es stürzt das Heer.

ANAXAGORAS *(nach einer Pause feierlich)*

Konnt' ich bisher die Unterirdischen loben,   7.900
So wend' ich mich in diesem Fall nach oben...
Du! droben ewig Unveraltete,
Dreinamig — Dreigestaltete,
Dich ruf' ich an bei meines Volkes Weh,

TALES

              Não o recomendo;
Vai-se no miúdo efeito miúdo obtendo.
Com os grandes, o pequeno altura cria.
Vê a negra nuvem lá, dos grous![140]
Terror no povo aflito induz;
O rei também ameaçaria.
Com bico adunco, garra afiada,
A grei miudinha é apunhalada;
Sangrento fado pressagia.
Um crime exterminou as garças,   7.890
Em paz em seu viveiro esparsas.
Virou chuva assassina a frecha,[141]
Cruel vingança ora desfecha!
A fúria que os da espécie inflama,
Dos pigmeus o vil sangue clama.
Que lhes vale o elmo, a lança, o escudo?
Ajuda o penacho os anões?
Ocultam-se eles aos montões!
Pigmeus, dáctilos, foge tudo.

ANAXÁGORAS *(depois de uma pausa, solenemente)*

São os subtérreos a quem sempre exalto,   7.900
Mas neste caso apelo para o Alto...
Lá em cima, eternamente remoçada,
Tu, trinomeada, triformada,
Vê de meu povo a desfortuna,

---

[140] Após desaconselhar o Homúnculo a envolver-se com o reino vulcanista dos Pigmeus, Tales vê sua postura netunista corroborada pela agora efetiva vingança dos grous (ver nota à rubrica anterior ao verso 7.660), à qual também sucumbiria o eventual rei.

[141] Tales refere-se neste verso à "chuva daqueles projéteis assassinos", provavelmente as lanças e flechas ("frechas", na tradução) dos Pigmeus que massacraram as garças; tal "chuva", inflamando a "fúria" da "espécie" aparentada (*Nahverwandten*, isto é, os Grous), provoca agora a "vingança cruel e sangrenta".

Diana, Luna, Hekate!
Du Brusterweiternde, im Tiefsten Sinnige,
Du Ruhigscheinende, Gewaltsam-Innige,
Eröffne deiner Schatten grausen Schlund,
Die alte Macht sei ohne Zauber kund!

(Pause)

      Bin ich zu schnell erhört?
      Hat mein Flehn
      Nach jenen Höhn
      Die Ordnung der Natur gestört?

Und größer, immer größer nahet schon
Der Göttin rundumschriebner Thron,
Dem Auge furchtbar, ungeheuer!
Ins Düstre rötet sich sein Feuer...
Nicht näher, drohend-mächtige Runde!
Du richtest uns und Land und Meer zugrunde!

So wär' es wahr, daß dich thessalische Frauen
In frevlend magischem Vertrauen
Von deinem Pfad herabgesungen,
Verderblichstes dir abgerungen?...

É a ti que evoco, Hécate, Diana, Luna!¹⁴²
Meditativa, tu, profunda e grave,
Violenta e a um tempo calma e suave.
As trevas abre de teu vão sombrio!
Revela sem feitiço o antigo poderio!¹⁴³

(Pausa)

   Cedo demais, na altura   7.910
   Ter-me-ão ouvido dado?
   Tem meu rogo turbado¹⁴⁴
   A ordem da natura?

E imenso, e imenso mais, de cima
O trono orbicular da deusa se aproxima.¹⁴⁵
Monstruoso à vista, pavoroso cresce!
Em tenebrosos tons se empurpurece...
Mais perto, não! tremendo orbe de azar!
Tu nos arrasas e aniquilas terra e mar!

Verdade é pois? com noturnal magia   7.920
Bruxas tessálias te hão de tua via¹⁴⁶
Criminalmente aos baixos atraído?
De ti horrores extorquido?

---

¹⁴² Anaxágoras invoca a deusa "trinomeada, triformada", sob os três nomes que a mitologia lhe atribuía: como deusa da lua no céu (Luna ou Selene, em grego), deusa da caça na terra (Diana ou Ártemis), deusa da fecundidade e dos feitiços no mundo ínfero dos mortos (Hécate ou Prosérpina). O epíteto dos "três nomes e três formas" refere-se também às três fases visíveis da lua: crescente, cheia e minguante.

¹⁴³ O filósofo pede que se revele agora o "antigo poderio" (ou a antiga força) da lua, porém sem "feitiço" (os cantos invocatórios atribuídos às bruxas da Tessália, que teriam o poder de tirar a lua de sua órbita).

¹⁴⁴ Estes versos mais curtos exprimem a comoção de Anaxágoras, que acredita ter provocado com seu "rogo" a queda da lua. Em seguida, porém, revelar-se-á ter caído apenas um meteoro. (Em 1827 Goethe faz anotações sobre um relato de Diógenes Laércio segundo o qual Anaxágoras teria previsto a queda de um gigantesco meteoro em Aigos Potamoi.)

¹⁴⁵ Isto é, a própria lua, que em sua visão vai se aproximando cada vez mais da terra.

¹⁴⁶ Pelo seu próprio feito, Anaxágoras vê agora a comprovação da crença (relatada por Horácio, Lucano e Plutarco) que atribuía às bruxas da Tessália o poder de provocar a queda da lua.

Das lichte Schild hat sich umdunkelt,
Auf einmal reißt's und blitzt und funkelt!
Welch ein Geprassel! Welch ein Zischen!
Ein Donnern, Windgetüm dazwischen! —
Demütig zu des Thrones Stufen! —
Verzeiht! Ich hab' es hergerufen.

(Wirft sich aufs Angesicht)

THALES

Was dieser Mann nicht alles hört' und sah! 7.930
Ich weiß nicht recht, wie uns geschah,
Auch hab' ich's nicht mit ihm empfunden.
Gestehen wir, es sind verrückte Stunden,
Und Luna wiegt sich ganz bequem
An ihrem Platz, so wie vordem.

HOMUNCULUS

Schaut hin nach der Pygmäen Sitz!
Der Berg war rund, jetzt ist er spitz.
Ich spür' ein ungeheures Prallen,
Der Fels war aus dem Mond gefallen;
Gleich hat er, ohne nachzufragen, 7.940
So Freund als Feind gequetscht, erschlagen.
Doch muß ich solche Künste loben,

Treva ao redor do orbe já se espraia,
De súbito arde, fulge, raia!
Que silvos! que estrondear, trovoada!
De ventania que rajada! —
Aos pés do trono estou prostrado! —
Perdoai! por mim foi provocado.

(Lança-se de rosto ao chão)

TALES

Esse homem, que não vê e ouve!   7.930
Não sei conosco, o que aqui houve;
Nada senti em seus extremos![147]
São horas loucas, confessemos,
E Luna embala-se, alva e complacente,
Na altura como anteriormente.

HOMÚNCULO

Olhai a sede dos pigmeus, contudo;
O morro era redondo, e ei-lo pontudo!
Monstruoso choque, ali, eu sentira,
Penha infernal da lua caíra;[148]
Sem indagar como nem quando,   7.940
Amigos e inimigos esmagando.
Mas no louvor tal arte enfaixo,

---

[147] Tales não compartilha das visões de seu exaltado colega vulcanista e, por isso, diz aqui não ter de modo algum sentido ou percebido como ele.

[148] O Homúnculo descreve a sua visão da queda do meteoro sobre a montanha recém-erguida por Seismo, esmagando "amigos e inimigos" (isto é, Pigmeus e Grous). Ele sugere com este verso (literalmente: "O rochedo caiu da lua") uma origem extraterrestre para os meteoros e as estrelas cadentes, em consonância com hipóteses científicas da época.

Die schöpferisch, in einer Nacht,
Zugleich von unten und von oben,
Dies Berggebäu zustand gebracht.

THALES

Sei ruhig! Es war nur gedacht.
Sie fahre hin, die garstige Brut!
Daß du nicht König warst, ist gut.
Nun fort zum heitern Meeresfeste,
Dort hofft und ehrt man Wundergäste. 7.950

(Entfernen sich)

MEPHISTOPHELES *(an der Gegenseite kletternd)*

Da muß ich mich durch steile Felsentreppen,
Durch alter Eichen starre Wurzeln schleppen!
Auf meinem Harz der harzige Dunst
Hat was vom Pech, und das hat meine Gunst,
Zunächst dem Schwefel... Hier, bei diesen Griechen
Ist von dergleichen kaum die Spur zu riechen;
Neugierig aber wär' ich, nachzuspüren,
Womit sie Höllenqual und -flamme schüren.

Que criou de noite, num momento,
A um tempo só, do alto e de baixo,
Dessa montanha o monumento.

TALES

Acalma-te! foi só em pensamento.[149]
Pereça aquela horrenda grei!
Foi bom não te tornares rei.
Avante, agora! à festa anual do Mar!
Hóspedes raros sabem lá honrar.   7.950

(Afastam-se)

MEFISTÓFELES *(galgando as rochas no lado oposto)*

Eis-me a galgar rochedos nas alturas,
A me arrastar entre raízes duras!
Tem em meu Harz da resina o vapor
Algo de pez: fala isso em seu favor
Também o enxofre... nesta bagunceira
Dos gregos, nem sinal disso se cheira.[150]
Saber quisera como atiçam, cá, do inferno
Penas e fogo expiatório eterno.

---

[149] Tales busca acalmar agora o seu pequeno discípulo, dizendo tratar-se de pura imaginação (indiretamente há aqui uma sugestão de que as teorias vulcanistas nada tinham a ver com a realidade da gênese da crosta terrestre). Como observam Erich Trunz e Albrecht Schöne, o verso encerra uma alusão à posição teórica do geólogo suíço Jean André de Luc, que num estudo de 1803 (*Abrégé des principes des faits concernant la cosmologie et la géologie*) considerava fantasiosa a origem extraterrestre dos meteoros. Nesse estudo leem-se as seguintes palavras: "Se alguém me dissesse: 'mas eu vi quando aquela pedra caiu!', eu lhe responderia [...] 'eu acredito porque o senhor afirma ter visto, mas eu não acreditaria se eu o tivesse visto'".

[150] Movendo-se na paisagem grega que lhe é estranha (em meio a "rígidas raízes de antigos carvalhos", como diz o v. 7.952), Mefisto sente saudade dos pinheirais do Harz, cenário da Noite de Valpúrgis nórdica. O "vapor" da resina exalada pelos pinheiros lembrava-lhe o odor de pez, associado (ao lado do enxofre) ao elemento infernal e demoníaco. (Em alemão, *Harz* significa também "resina", criando um trocadilho que se perde na tradução.)

DRYAS

    In deinem Lande sei einheimisch klug,
    Im fremden bist du nicht gewandt genug.   7.960
    Du solltest nicht den Sinn zur Heimat kehren,
    Der heiligen Eichen Würde hier verehren.

MEPHISTOPHELES

    Man denkt an das, was man verließ;
    Was man gewohnt war, bleibt ein Paradies.
    Doch sagt: was in der Höhle dort,
    Bei schwachem Licht, sich dreifach hingekauert?

DRYAS

    Die Phorkyaden! Wage dich zum Ort
    Und sprich sie an, wenn dich nicht schauert.

MEPHISTOPHELES

    Warum denn nicht! — Ich sehe was, und staune!
    So stolz ich bin, muß ich mir selbst gestehn: 7.970
    Dergleichen hab' ich nie gesehn,
    Die sind ja schlimmer als Alraune...

DRIAS[151]

> Esperto indígena em teu país serás,[152]
> Mas noutra terra, hábil não és assaz.   7.960
> Afasta o espírito das pátrias bandas,
> Dos robles honra aqui as ramas venerandas!

MEFISTÓFELES

> O que se abandonou, na mente impera;
> Tem-se por paraíso, o que hábito era.
> Mas na luz fraca da caverna afora,
> O que é que, em três, lá se acocora?

DRIAS

> São as Forquíades! Vai ao lugar,
> Fala com elas, se não te arrepiar.[153]

MEFISTÓFELES

> E por que não! — Lá vejo algo e me espanto!
> Conhecedor sou, e admito, entretanto,   7.970
> Jamais ter visto algo de semelhante.
> Piores são que a bruxa mais horripilante...[154]

---

[151] Ou *dríade*, ninfa das árvores (em grego, seu nome está associado a "carvalho" ou "roble", como diz a tradução).

[152] Advertindo Mefisto a não se aferrar a sua limitada perspectiva nórdica, a ninfa Drias diz aqui que ele até pode ser "esperto" em seu país, mas nesta terra estrangeira não se mostra assaz "hábil" ou desenvolto.

[153] As Forquíades, ou Fórcides, são três irmãs que já nasceram velhas, personificando por isso a velhice e a feiura. Filhas de Fórquis ou Fórcis, divindade marítima da primeira geração (ainda pré-olímpica), eram chamadas também de Graias e possuíam todas um único olho e um único dente, revezando-se as três em seu uso. Viviam reclusas em uma caverna na qual nunca chegava a luz do sol ou do luar e eram as guardiãs das Górgonas, suas irmãs. As Forquíades desempenham um papel apenas no mito de Perseu: para executar seu plano de chegar à Medusa (a única Górgona mortal) e decapitá-la, ele primeiro as submete tirando-lhes o olho.

[154] No original: "São piores do que a mandrágora...". Para o imaginário popular, as raízes da mandrágora (*Alraune*, em alemão) lembram de maneira horripilante as formas humanas. A superstição dizia ainda que a mandrágora nascia do sêmen de um enforcado inocente e era dotada de poderes mágicos (ver nota ao v. 4.979).

Wird man die urverworfnen Sünden
Im mindesten noch häßlich finden,
Wenn man dies Dreigetüm erblickt?
Wir litten sie nicht auf den Schwellen
Der grauenvollsten unsrer Höllen.
Hier wurzelt's in der Schönheit Land,
Das wird mit Ruhm antik genannt...
Sie regen sich, sie scheinen mich zu spüren, 7.980
Sie zwitschern pfeifend, Fledermaus-Vampyren.

PHORKYAS

Gebt mir das Auge, Schwestern, daß es frage,
Wer sich so nah an unsre Tempel wage.

MEPHISTOPHELES

Verehrteste! Erlaubt mir, euch zu nahen
Und euren Segen dreifach zu empfahen.
Ich trete vor, zwar noch als Unbekannter,
Doch, irr' ich nicht, weitläufiger Verwandter.
Altwürdige Götter hab' ich schon erblickt,
Vor Ops und Rhea tiefstens mich gebückt;
Die Parzen selbst, des Chaos, eure Schwestern, 7.990
Ich sah sie gestern — oder ehegestern;
Doch euresgleichen hab' ich nie erblickt.
Ich schweige nun und fühle mich entzückt.

Quem há de ver, nos pecados mortais,
Algo de feio ainda, havendo horrores tais,
Ao avistar o tríplice monstrengo?
Não vingariam nem no umbral externo
De nosso mais sinistro inferno.
Na terra aqui, do Belo, isso germina,
De antigo e clássico se denomina...
Parecem pressentir-me; vêm, aos giros,   7.980
Chilrando e a apitar, pacós-vampiros.[155]

UMA DAS FORQUÍADES

Dai-me o olho, irmãs, possa indagar
Quem, do templo, ousa assim se aproximar.

MEFISTÓFELES

Digníssimas, dai vênia a que achegar me possa
E receber a tripla bênção vossa;
Que, estranho para vós, eu me apresente,
Se engano não houver, como parente.[156]
Deusas arcaicas já avistei;
Ante Ops e Rea, fundo me inclinei;[157]
Irmãs vossas até, do Caos, as Parcas, ontem   7.990
As tenho visto — ou talvez anteontem;
Mas quem vos valha, nunca hei encontrado.
Calo-me agora, mudo e arrebatado.

---

[155] "Pacó" designa-se a maior espécie de morcego conhecida, originária da Oceania. Literalmente Mefisto as chama de "morcegos-vampiros".

[156] Para aproximar-se das Fórcides, Mefisto apresenta-se como um "parente distante".

[157] Ops é o nome latino de Rea, ou Reia, esposa de Crono (Saturno) e mãe de Zeus (Júpiter) — pertencente portanto à mais antiga geração de deuses. Em seguida, Mefisto afirma ter visto as próprias Parcas, correspondentes latinas das Moiras gregas (divindades que decidiam sobre a vida e o destino dos humanos e às quais até os deuses estavam submetidos). As indicações de Mefisto não são claras (tanto no original como na tradução); muito provavelmente referem-se às Parcas como geradas por Caos (e não como suas irmãs). Contudo, referindo-se ainda às Parcas (geradas por Caos) como irmãs das Fórcides, ele reforça os seus vínculos de parentesco com estas, uma vez que também se apresenta como "o filho muito amado do Caos".

PHORKYADEN

    Er scheint Verstand zu haben, dieser Geist.

MEPHISTOPHELES

    Nur wundert's mich, daß euch kein Dichter preist.
    Und sagt: wie kam's, wie konnte das geschehn?
    Im Bilde hab' ich nie euch Würdigste gesehn;
    Versuch's der Meißel doch, euch zu erreichen,
    Nicht Juno, Pallas, Venus und dergleichen.

PHORKYADEN

    Versenkt in Einsamkeit und stillste Nacht,   8.000
    Hat unser Drei noch nie daran gedacht!

MEPHISTOPHELES

    Wie sollt' es auch? da ihr, der Welt entrückt,
    Hier niemand seht und niemand euch erblickt.
    Da müßtet ihr an solchen Orten wohnen,
    Wo Pracht und Kunst auf gleichem Sitze thronen,
    Wo jeden Tag, behend, im Doppelschritt,
    Ein Marmorblock als Held ins Leben tritt.
    Wo —

PHORKYADEN

        Schweige still und gib uns kein Gelüsten!
    Was hülf' es uns, und wenn wir's besser wüßten?

FORQUÍADES

Sensato é esse espírito, ao que se ouve.

MEFISTÓFELES

Estranha-se que poeta algum vos louve.
Mas, dizei, como foi, como é possível isto?
Altíssimas, jamais efígie vossa hei visto!
Que vos encontre o cinzel, venerandas!
Não Juno, Vênus, Palas e quejandas.[158]

FORQUÍADES

Na noite imersas e na soledade,   8.000
Nisso jamais pensou nossa trindade!

MEFISTÓFELES

Como também, se ao mundo alheadas, na penumbra,
Viveis sem ver ninguém, e ninguém vos vislumbra?
Morar à luz devíeis, noutra parte,
Num sítio em que vigoram pompa e arte,
De dia em dia de um marmóreo bloco
Novo herói surge e é da glória o foco.[159]
Onde, ademais —

FORQUÍADES

            Cala-te e não nos tentes!
Que adiantaria estarmos disso cientes?

---

[158] Isto é, o cinzel do artista deveria modelar as Fórcides e não belezas como Juno, Vênus ou Palas (a Minerva latina): as três deusas olímpicas (Hera, Afrodite e Atena) das quais Páris deveria dizer qual era a mais bela (escolha que acabou recaindo sobre Afrodite).

[159] Isto é, as Fórcides deveriam viver num lugar onde vicejam a arte e o esplendor, em que a cada dia um herói surge esculpido de um bloco de mármore — e a "passo duplo" (*im Doppelschritt*), como diz o original em provável alusão irônica aos monumentos, bustos e estátuas de heróis prussianos, levantados em Berlim após a vitória sobre Napoleão.

In Nacht geboren, Nächtlichem verwandt,
Beinah uns selbst, ganz allen unbekannt.

MEPHISTOPHELES

In solchem Fall hat es nicht viel zu sagen,
Man kann sich selbst auch andern übertragen.
Euch dreien gnügt ein Auge, gnügt ein Zahn;
Da ging' es wohl auch mythologisch an,
In zwei die Wesenheit der drei zu fassen,
Der Dritten Bildnis mir zu überlassen,
Auf kurze Zeit.

EINE

        Wie dünkt's euch? ging' es an?

DIE ANDERN

Versuchen wir's! — doch ohne Aug' und Zahn.

MEPHISTOPHELES

Nun habt ihr grad das Beste weggenommen;
Wie würde da das strengste Bild vollkommen!

EINE

Drück du ein Auge zu, 's ist leicht geschehn,
Laß alsofort den einen Raffzahn sehn,
Und im Profil wirst du sogleich erreichen,
Geschwisterlich vollkommen uns zu gleichen.

Da noite oriundas, a ela aparentadas, 8.010
Por nós mesmas até, por todos ignoradas.

MEFISTÓFELES

Não há problema aí, é só querer;
Transfere-se para outro o próprio ser.
A vós três basta um olho, um dente: é lógico,
Pois, condensar, de jeito mitológico,
Em duas de vós, das três a essência,
E me emprestar da terceira a aparência,[160]
Por prazo curto.

UMA DELAS

        Então? anuís a que se tente?

AS OUTRAS

Tentemo-lo! — mas sem olho e sem dente.

MEFISTÓFELES

Mas o melhor dessarte se subtrai; 8.020
Perfeita, assim, a imagem já não sai!

UMA

Salienta à vista, é fácil, o incisivo,
Fecha apertado um olho, e logo, ao vivo,
O teu perfil conosco alcança
Fraterna e exata semelhança.

---

[160] Mefisto explanou às Fórcides a possibilidade de projetar-se ou transferir-se a outro ser e de condensar em duas, mitologicamente, a essência de três — pede-lhes agora que lhe emprestem, "por prazo curto", a aparência de uma das Fórcides. Pleiteia também o olho e o dente únicos, mas como não os consegue terá de valer-se de recursos mímicos para semelhar-se "fraternalmente" (*geschwisterlich*) àquelas.

MEPHISTOPHELES

    Viel Ehr'! Es sei!

PHORKYADEN

        Es sei!

MEPHISTOPHELES *(als Phorkyas im Profil)*

        Da steh' ich schon,
    Des Chaos vielgeliebter Sohn!

PHORKYADEN

    Des Chaos Töchter sind wir unbestritten.

MEPHISTOPHELES

    Man schilt mich nun, o Schmach, Hermaphroditen.

PHORKYADEN

    Im neuen Drei der Schwestern welche Schöne!   8.030
    Wir haben zwei der Augen, zwei der Zähne.

MEFISTÓFELES

    Seja! É honra!

FORQUÍADES

        Seja!

MEFISTÓFELES *(de perfil como Fórquias)*[161]

        Eis-me em meu brilho,
Do Caos o bem amado filho![162]

FORQUÍADES

    Filhas do Caos somos, verdade estrita!

MEFISTÓFELES

    Vergonha! tacham-me de hermafrodita.[163]

FORQUÍADES

    Do novo trio, que beleza, ó gentes!   8.030
    Dois olhos temos nós, temos dois dentes!

---

[161] Mefisto assume agora o papel de Fórquias, no qual atravessará todo o terceiro ato, como antípoda da beleza helênica (somente na rubrica que se segue ao v. 10.038 irá tirar esta máscara e surgir novamente como demônio nórdico). Albrecht Schöne: "O Mal, traduzido para o grego, apresenta-se como o abissalmente feio".

[162] Como se delineara pouco acima, reforça-se assim o laço de parentesco entre o filho e as filhas de Caos. No diálogo da primeira cena "Quarto de trabalho", Fausto já chamara a Mefisto "estranho filho de Caos" (v. 1.384).

[163] Em virtude, portanto, da mescla de seu ser com a aparência de uma das Fórcides. Assim despede-se ele desta Noite de Valpúrgis para ressurgir no ato seguinte como horrendo e velho macho-fêmea, desempenhando o papel de governanta de Helena.

MEPHISTOPHELES

   Vor aller Augen muß ich mich verstecken,
   Im Höllenpfuhl die Teufel zu erschrecken.

(Ab)

FELSBUCHTEN DES ÄGÄISCHEN MEERS

(Mond im Zenit verharrend)

SIRENEN *(auf den Klippen umher gelagert, flötend und singend)*

      Haben sonst bei nächtigem Grauen
      Dich thessalische Zauberfrauen
      Frevelhaft herabgezogen,
      Blicke ruhig von dem Bogen
      Deiner Nacht auf Zitterwogen
      Mildeblitzend Glanzgewimmel
      Und erleuchte das Getümmel,   8.040
      Das sich aus den Wogen hebt!

MEFISTÓFELES

Que a todo olhar humano ora me esconda!
Diabos no inferno assuste a face hedionda!¹⁶⁴

(Sai)

BAÍAS ROCHOSAS DO MAR EGEU¹⁶⁵

*(Lua estacionária no Zênite)*¹⁶⁶

SEREIAS *(estendidas ao redor nos recifes, flautando e cantando)*

No negror de horas aziagas,
Se te hão da Tessália as magas
De tua altura, outrora, arreado,
Mira de teu cume arqueado
Ora as tremulantes vagas
Em que oscila teu clarão,
E ilumina a multidão   8.040
Que das ondas se alevanta!

---

¹⁶⁴ Isto é, com tal aparência Mefisto seria capaz de assustar até mesmo os diabos no inferno — o que não significa que ele pretenda descer ao Hades para participar do resgate de Helena.

¹⁶⁵ Nessas enseadas rochosas que confinam com a planície da Tessália, a Noite de Valpúrgis clássica não apenas chega a sua última etapa, mas também alcança o seu ápice e verdadeira meta. Os variados acontecimentos que se alternam nesse cenário mitológico estão todos sob o signo de uma veneração cultual à Natureza, constituindo de antemão uma espécie de contrapartida antigo-pagã ao final da tragédia, com os elementos da mitologia católica que promovem a apoteose da Mater Gloriosa. Dos três "viajantes aéreos" que aterrissaram nas campinas farsálicas, apenas o Homúnculo continua em cena, movido sempre pela aspiração de vir a ser, originar-se por inteiro, e será recebido pelas criaturas e semidivindades que povoam essa paisagem marítima como um dos seus.

¹⁶⁶ Imobilizada no vértice de seu "cume arqueado", a lua conota a grandiosidade desse momento em que o culto pagão e mitológico atinge o seu ponto culminante, o tempo como que se detendo e o instante ganhando permanência. No sexto canto de sua mencionada epopeia sobre a guerra civil entre César e Pompeu (*Farsália* ou *De bello civili*), Lucano atribui também às bruxas da Tessália o poder de paralisar a lua em sua rotação.

Dir zu jedem Dienst erbötig,
Schöne Luna, sei uns gnädig!

NEREIDEN UND TRITONEN *(als Meerwunder)*

Tönet laut in schärfern Tönen,
Die das breite Meer durchdröhnen,
Volk der Tiefe ruft fortan!
Vor des Sturmes grausen Schlünden
Wichen wir zu stillsten Gründen,
Holder Sang zieht uns heran.

Seht, wie wir im Hochentzücken 8.050
Uns mit goldenen Ketten schmücken,
Auch zu Kron' und Edelsteinen
Spang- und Gürtelschmuck vereinen!
Alles das ist eure Frucht.
Schätze, scheiternd hier verschlungen,
Habt ihr uns herangesungen,
Ihr Dämonen unsrer Bucht.

A nós, servas da aura tua,
Sê propícia, gentil Lua.[167]

NEREIDES E TRITÕES *(como monstros marinhos)*[168]

Cantos vossos mais ressoem,
Pelo vasto oceano ecoem,
De sua base a grei chamai![169]
Do tufão em paroxismo
A abrigou o fundo abismo,
Canto suave acima a atrai.

Com que júbilo e deleite   8.050
Arvoramos nós o enfeite
De anéis, brincos, ricas gemas,
Colar de ouro, diademas!
Tudo isso é colheita vossa.
Atraíram vossos coros
Ao naufrágio mil tesouros,[170]
Vós, demônios da angra nossa.

---

[167] Esta súplica à "bela Luna", como diz o original, encontrará correspondência no final da tragédia (na cena "Furnas montanhosas"), com a prece do Doctor Marianus: "Virgem, Mãe, Rainha eterna,/ Misericordiosa sê!" ("misericordiosa" e "propícia" correspondem ao adjetivo *gnädig*, que Goethe emprega em ambas as passagens).

[168] Nereides são ninfas marítimas, filhas do deus dos mares Nereu. Em sua enciclopédia mitológica, Hederich escreve que as Nereides passavam todo o tempo brincando e dançando sobre as águas: "tinham também o poder de acalmar o mar proceloso e acompanhavam os carros dos principais deuses marítimos, assim como rodeavam Vênus sempre que vinha à tona. Cavalgavam sobre delfins, cavalos marinhos e outros animais do oceano". Hederich também designa as Nereides, cujo número era estipulado em cinquenta, como Dórides, em conformidade com sua mãe, a ninfa Dóris. Os Tritões, que também aparecem como "monstros" (ou prodígios, portentos) do mar, são divindades masculinas, representados com frequência no séquito das Nereides (assim como em terra os sátiros costumavam acompanhar as ninfas).

[169] Literalmente, esses portentos marinhos referem-se à "grei" ou ao "povo das profundezas", que são chamados pelo canto das Sereias.

[170] Isto é, o canto mavioso das Sereias, seduzindo os marinheiros, levou os navios ao naufrágio, e de seus tesouros provêm os "anéis, brincos, ricas gemas" com que se enfeitam Nereides e Tritões.

SIRENEN

    Wissen's wohl, in Meeresfrische
    Glatt behagen sich die Fische,
    Schwanken Lebens ohne Leid;
    Doch, ihr festlich regen Scharen,
    Heute möchten wir erfahren,
    Daß ihr mehr als Fische seid.

NEREIDEN UND TRITONEN

    Ehe wir hieher gekommen,
    Haben wir's zu Sinn genommen;
    Schwestern, Brüder, jetzt geschwind!
    Heut bedarf's der kleinsten Reise
    Zum vollgültigsten Beweise,
    Daß wir mehr als Fische sind.

(Entfernen sich)

SIRENEN

    Fort sind sie im Nu!
    Nach Samothrace grade zu,
    Verschwunden mit günstigem Wind.
    Was denken sie zu vollführen
    Im Reiche der hohen Kabiren?
    Sind Götter! Wundersam eigen,
    Die sich immerfort selbst erzeugen
    Und niemals wissen, was sie sind.

SEREIAS

> Na úmida profundidade
> Peixes movem-se à vontade,
> Isso é o que sabemos, pois;   8.060
> Mas, festivos bandos, vós,
> Hoje nos provai, a nós,
> Que mais do que peixes sois.

NEREIDES E TRITÕES

> Antes de chegarmos cá,
> O deliberamos já;
> Vinde, irmãos, celeremente!
> Viagem curta é suficiente,[171]
> Logo o testemunho impomos,
> Que mais do que peixes somos.

(Afastam-se)

SEREIAS

> Fluindo na ondeação violácea,   8.070
> Rumam para a Samotrácia!
> Longe já com o vento estão.
> Grei dos mares, a que aspiras
> No âmbito áureo dos Cabiras?[172]
> Deuses de prodígio ali,
> Multiplicam-se por si,
> E não sabem o que são.

---

[171] Como indica a fala das Sereias a seguir, trata-se da viagem até a ilha próxima de Samotrácia, onde se praticava em uma gruta o misterioso culto aos Cabiras (ou Cabiros).

[172] Os mistérios praticados na cidade de Elêusis (dedicados à deusa Deméter) e na ilha da Samotrácia estavam entre os mais célebres na Grécia dos séculos V e IV a.C. Os Cabiras, cultuados nessa ilha, eram divindades de origem fenícia, mais tarde incorporados a concepções gregas. Alexandre, o Grande, pertencia a esse culto secreto e erigiu altares aos Cabiras nas cidades que fundou durante o seu império. Tudo o que se conhece do culto aos Cabiras é que vinculava de algum modo a morte à imortalidade e à metamorfose, o que teria ensejado a Goethe, como se esclarecerá no final da cena, fazê-los atuar nessa Noite de Valpúrgis clássica.

Bleibe auf deinen Höhn,
Holde Luna, gnädig stehn,
Daß es nächtig verbleibe,   8.080
Uns der Tag nicht vertreibe!

THALES *(am Ufer zu Homunculus)*

Ich führte dich zum alten Nereus gern;
Zwar sind wir nicht von seiner Höhle fern,
Doch hat er einen harten Kopf,
Der widerwärtige Sauertopf.
Das ganze menschliche Geschlecht
Macht's ihm, dem Griesgram, nimmer recht.
Doch ist die Zukunft ihm entdeckt,
Dafür hat jedermann Respekt
Und ehret ihn auf seinem Posten;   8.090
Auch hat er manchem wohlgetan.

HOMUNCULUS

Probieren wir's und klopfen an!
Nicht gleich wird's Glas und Flamme kosten.

NEREUS

Sind's Menschenstimmen, die mein Ohr vernimmt?
Wie es mir gleich im tiefsten Herzen grimmt!

Paira em tua altura infinda,
Luna encantadora e linda.
Reine a noturnal magia, 8.080
Não nos afugente o dia!

TALES *(à beira-mar, a Homúnculo)*

Conduzir-te-ia à gruta de Nereu;
Não é distante esse refúgio seu.
Mas tem uma cabeça dura
A mozambúgia criatura.[173]
Com toda ação da espécie humana,
O velho resmungão se dana.
Mas, já que ele o porvir desvenda,
Faz com que tudo preito renda
A sua pessoa por dote tal; 8.090
Aliás, fez bem a muitos já.

HOMÚNCULO

Vamos tentá-lo, e bater lá!
Não vai custar tão já chama e cristal.[174]

NEREU[175]

São tons humanos, soando ao meu ouvido?
Demais me irrita isso o sentido!

---

[173] A expressão com que Tales se refere ao velho Nereu é tão insólita quanto engraçada: *der widerwärtige* [o repulsivo] *Sauertopf* [rabugento ou casmurro, estraga-prazeres etc]. Nos manuscritos da tradução encontra-se esse adjetivo esdrúxulo, não dicionarizado, "mozambúgio", que desperta associações fonéticas e semânticas com "macambúzia" (e, portanto, adequado ao contexto).

[174] Isto é, "bater à porta" de Nereu não vai pôr em risco a reluzente redoma de vidro do Homúnculo.

[175] Também conhecido como "Velho do Mar", Nereu é filho de Ponto, personificação masculina do Mar, e Geia (a Terra) — portanto, uma divindade ainda mais antiga que Posidão, que já pertence à geração olímpica. Ao contrário deste, Nereu era tido por uma divindade que aconselhava e protegia os mortais. Nos versos a seguir, no entanto, Nereu se mostra contrariado com os humanos ("sombras que os deuses querem alcançar"), desconfiados do valor de seus conselhos.

Gebilde, strebsam, Götter zu erreichen,
Und doch verdammt, sich immer selbst zu gleichen.
Seit alten Jahren konnt' ich göttlich ruhn,
Doch trieb mich's an, den Besten wohlzutun;
Und schaut' ich dann zuletzt vollbrachte Taten,   8.100
So war es ganz, als hätt' ich nicht geraten.

THALES

Und doch, o Greis des Meers, vertraut man dir;
Du bist der Weise, treib uns nicht von hier!
Schau diese Flamme, menschenähnlich zwar,
Sie deinem Rat ergibt sich ganz und gar.

NEREUS

Was Rat! Hat Rat bei Menschen je gegolten?
Ein kluges Wort erstarrt im harten Ohr.
So oft auch Tat sich grimmig selbst gescholten,
Bleibt doch das Volk selbstwillig wie zuvor.
Wie hab' ich Paris väterlich gewarnt,   8.110
Eh sein Gelüst ein fremdes Weib umgarnt.
Am griechischen Ufer stand er kühnlich da,
Ihm kündet' ich, was ich im Geiste sah:
Die Lüfte qualmend, überströmend Rot,
Gebälke glühend, unten Mord und Tod:
Trojas Gerichtstag, rhythmisch festgebannt,
Jahrtausenden so schrecklich als gekannt.
Des Alten Wort, dem Frechen schien's ein Spiel,
Er folgte seiner Lust, und Ilios fiel —

Sombras que os deuses querem alcançar,
Mas só a si mesmas podem igualar.
Podendo eu fruir já milenar repouso,
Inda aos melhores quis ser prestimoso,
E em atos seus, sempre a insânia aparece, 8.100
Como se eu nada aconselhado houvesse.

TALES

Ancião do mar, há quem se fie em ti!
Sábio és, não vás nos expulsar daqui.
Essa chama, inda que a homem se assemelhe,
Há de acatar Nereu no que aconselhe.

NEREU

Conselhos, quê! Quando é que aos homens valem?
Morre o dizer sagaz na orelha dura.
Por mais que à ruína em feitos seus resvalem,
Da teimosia o erro fatal perdura.
Com zelo paternal, Páris não adverti, 8.110
Antes que cobiçasse a estranha para si?[176]
Na praia grega emproava o altivo porte;
Da visão do porvir lhe transmiti o augúrio:
Abrasado o ar, de fogo um mar purpúreo,
Telhados ruindo, assassinato e morte:
De Troia o dia do supremo juízo,
Que em ritmos por milênios subsistiu.[177]
Do ancião chasqueou o insolente o aviso,
Satisfez a luxúria, e Ílion sucumbiu —

---

[176] Segundo Hederich, Nereu profetizou a Páris todas as nefastas consequências que o rapto de Helena acarretaria a sua pátria, Troia. Albrecht Schöne lembra que essa profecia é mencionada por Horácio no livro I de suas "Odes" (*Carmina*, I, 15).

[177] Isto é, a destruição ("dia do supremo juízo") de Troia, ou Ílion, foi fixada ritmicamente nos versos hexâmetros de Homero (*Ilíada*) e Virgílio (*Eneida*).

Ein Riesenleichnam, starr nach langer Qual, 8.120
Des Pindus Adlern gar willkommnes Mahl.
Ulyssen auch! sagt' ich ihm nicht voraus
Der Circe Listen, des Zyklopen Graus?
Das Zaudern sein, der Seinen leichten Sinn,
Und was nicht alles! Bracht' ihm das Gewinn?
Bis vielgeschaukelt ihn, doch spät genug,
Der Woge Gunst an gastlich Ufer trug.

THALES

Dem weisen Mann gibt solch Betragen Qual;
Der gute doch versucht es noch einmal.
Ein Quentchen Danks wird, hoch ihn zu vergnügen, 8.130
Die Zentner Undanks völlig überwiegen.
Denn nichts Geringes haben wir zu flehn:
Der Knabe da wünscht weislich zu entstehn.

NEREUS

Verderbt mir nicht den seltensten Humor!
Ganz andres steht mir heute noch bevor:
Die Töchter hab' ich alle herbeschieden,
Die Grazien des Meeres, die Doriden.
Nicht der Olymp, nicht euer Boden trägt
Ein schön Gebild, das sich so zierlich regt.

Cadáver rijo, após tormentos mil, bem-vindo   8.120
Repasto colossal para as águias do Pindo![178]
E não instei a Ulisses premunir-se
De horrores do Ciclope, ardis da Circe?[179]
Seu hesitar, dos seus o impulso, fosse
Que mais! Algum proveito isso lhe trouxe?
Até que, muito balouçado, um dia
A hóspita praia o trouxe onda tardia.

TALES

Com tal desmando, o sábio se apoquenta;
Mas sendo bom, inda uma vez o tenta.
Um quê de gratidão um prazer gera,   8.130
Que até quintais de ingratidão supera.[180]
Não é pouco o que vamos requerer:
Quer criar forma o pequenino, e vir a ser.

NEREU

Não me turbeis disposição que é rara!
Bem diferente é o que hoje se prepara:
Coube-me as filhas todas convocar,
As minhas Dórides, Graças do mar.[181]
O Olimpo, e o vosso solo não se louvam
De imagens que com graça tal se movam.

---

[178] Não se trata de uma referência a aves de rapina ou carniceiras, mas sim de uma metáfora para os poetas vinculados à "montanha das musas", que também trazia o nome Pindo (ver nota ao v. 7.814). O assunto monstruoso da queda de Troia ("repasto colossal") sempre atraiu os poetas.

[179] Essa advertência que Nereu teria feito a Ulisses no sentido de acautelar-se perante a feiticeira Circe e os monstruosos Ciclopes, que poderiam retardar o seu retorno a Ítaca, constitui livre invenção de Goethe.

[180] Isto é, o "nadinha" (*Quentchen*) de gratidão do pequenino Homúnculo compensará os "quintais" (antiga medida de peso, equivalente a quatro arrobas) de ingratidão que o rabugento Nereu alega ter recebido em troca de seus conselhos.

[181] Hederich escreve em seu léxico que as Dórides "são o mesmo que as Nereides" — apenas nomeadas segundo sua mãe, a ninfa Dóris.

Sie werfen sich, anmutigster Gebärde, 8.140
Vom Wasserdrachen auf Neptunus' Pferde,
Dem Element aufs zarteste vereint,
Daß selbst der Schaum sie noch zu heben scheint.

Im Farbenspiel von Venus' Muschelwagen
Kommt Galatee, die Schönste, nun getragen,
Die, seit sich Kypris von uns abgekehrt,
In Paphos wird als Göttin selbst verehrt.
Und so besitzt die Holde lange schon,
Als Erbin, Tempelstadt und Wagenthron.

Hinweg! Es ziemt in Vaterfreudenstunde 8.150
Nicht Haß dem Herzen, Scheltwort nicht dem Munde.
Hinweg zu Proteus! Fragt den Wundermann:
Wie man entstehn und sich verwandlen kann.

(Entfernt sich gegen das Meer)

THALES

Wir haben nichts durch diesen Schritt gewonnen,
Trifft man auch Proteus, gleich ist er zerronnen;
Und steht er euch, so sagt er nur zuletzt,
Was staunen macht und in Verwirrung setzt.

Dos dragões de água, em cuja volta dançam,   8.140
Nos corcéis de Netuno, ágeis, se lançam.[182]
E à onda incorporadas, como pluma
Parece que as levanta a própria espuma.

De Vênus já a concha iridescente ondeia,
Nela trona a mais bela, Galateia.[183]
Cípris nos tendo abandonado outrora,
Como deidade Pafos hoje a adora.
E como herdeira, há tempos, já, desfruta
O carro-trono e o rico templo-gruta.

Ide, pois! A hora paternal feliz   8.150
Com ódio no peito e injúrias não condiz.
Indagai de Proteu, o mago do disfarce,[184]
Como é possível se formar e transformar-se.

(Afasta-se na direção do mar)

TALES

Nada essa tentativa nos rendeu;
Inda que o encontrem, dá-se que Proteu
Logo se esquiva, e se estacar, só conta
Algo de irreal que a mente deixa tonta.

---

[182] As graciosas Dórides, que segundo o orgulhoso pai não encontram iguais nem no Olimpo nem no "solo" em que pisam homens como Tales, costumam saltar dos dragões marítimos sobre os cavalos com que o atual deus reinante (Netuno ou, para os gregos, Posidão) percorre os mares.

[183] O nome da mais bela filha de Nereu evoca em grego (*Galateia*) a alvura do leite. Goethe a introduz na cena como herdeira ou representante de Vênus (correspondente à Afrodite grega), que teria nascido da espuma das ondas. O principal santuário de Vênus, a deusa da beleza, ficava em Pafos, na ilha de Chipre — daí o cognome Cípris. Conforme Hederich: "Quando Saturno decepou o membro viril de seu pai e o lançou ao mar, logo surgiu uma espuma branca, que por um certo tempo ficou vogando no mar até que finalmente Vênus originou-se dessa espuma". Em seguida, a deusa teria sido levada à ilha de Cítera (Chipre) numa concha — o símbolo arquetípico do sexo feminino, associado aqui a Galateia.

[184] Proteu é igualmente um antigo deus do mar, capaz também de fazer profecias. Como possuía ainda o dom da metamorfose, transformava-se em tudo o que desejasse (não só em animais, mas também nos próprios elementos) para furtar-se àqueles que vinham consultá-lo sobre o futuro.

Du bist einmal bedürftig solchen Rats,
Versuchen wir's und wandlen unsres Pfads!

(Entfernen sich)

SIRENEN *(oben auf den Felsen)*

  Was sehen wir von weiten   8.160
  Das Wellenreich durchgleiten?
  Als wie nach Windes Regel
  Anzögen weiße Segel,
  So hell sind sie zu schauen,
  Verklärte Meeresfrauen.
  Laßt uns herunterklimmen,
  Vernehmt ihr doch die Stimmen.

NEREIDEN UND TRITONEN

  Was wir auf Händen tragen,
  Soll allen euch behagen.
  Chelonens Riesenschilde   8.170
  Entglänzt ein streng Gebilde:
  Sind Götter, die wir bringen;
  Müßt hohe Lieder singen.

Porém careces de maduro auxílio,
Vamos tentá-lo, e enveredar seu trilho!¹⁸⁵

(Afastam-se)

SEREIAS *(em cima, nos rochedos)*

    Que vemos, lá, distante,   8.160
    Singrando a onda espumante?
    Como se ordens do vento
    Movessem alvas velas,
    Tão claras surgem elas,
    Donzelas do elemento.¹⁸⁶
    Abaixo ora desçamos,
    As vozes lhes ouçamos.

NEREIDES E TRITÕES

    O que trazemos cá,
    Todos agradará.
    É de Chelone a concha imensa.¹⁸⁷   8.170
    Adentro a imagem raia, intensa,
    Desses seres divinos;
    Entoai sagrados hinos.

---

[185] No original, Tales refere-se ao "nosso trilho"; subentende-se, porém, que se trata do trilho ou caminho que leva a Proteu.

[186] "Elemento" significa aqui o mar: as Sereias referem-se às Nereides que, acompanhadas pelos Tritões, retornam da Samotrácia com os Cabiras.

[187] Chelone ou Quelone é uma primordial e mítica tartaruga. Na mitologia grega, Quelone era originalmente uma Ninfa, transformada em tartaruga por Hermes como punição por ter reagido com menosprezo ao casamento de Zeus com Hera. Sobre a sua carapaça são transportados agora os Cabiras (na mitologia hindu todo o universo repousa sobre a carapaça de uma gigantesca tartaruga).

SIRENEN

 Klein von Gestalt,
 Groß von Gewalt,
 Der Scheiternden Retter,
 Uralt verehrte Götter.

NEREIDEN UND TRITONEN

 Wir bringen die Kabiren,
 Ein friedlich Fest zu führen;
 Denn wo sie heilig walten, 8.180
 Neptun wird freundlich schalten.

SIRENEN

 Wir stehen euch nach;
 Wenn ein Schiff zerbrach,
 Unwiderstehbar an Kraft
 Schützt ihr die Mannschaft.

NEREIDEN UND TRITONEN

 Drei haben wir mitgenommen,
 Der vierte wollte nicht kommen;
 Er sagte, er sei der Rechte,
 Der für sie alle dächte.

SEREIAS

> Pequeno o ser,
> Grande o poder;
> Salvam os naufragados,[188]
> Deuses primevos consagrados!

NEREIDES E TRITÕES

> Quem os Cabiras traz,
> Da festa augura a paz;[189]
> Onde seu santo eflúvio manda,
> Netuno amigo a onda abranda.

8.180

SEREIAS

> Sois do mais alto nível;
> Pujança irresistível,
> Quando uma nau afunda
> Os naúfragos secunda.[190]

NEREIDES E TRITÕES

> Trouxemos esses três,
> Negou o quarto a vez.[191]
> Ser o único, alegava,
> Que pelos mais pensava.

---

[188] Pequenos de estatura, mas dotados de grande poder, os Cabiras costumavam socorrer os náufragos, desempenhando portanto uma ação oposta à das Sereias.

[189] Literalmente: "Trazemos os Cabiras/ Para conduzir uma festa de paz". Como assinalam os comentadores, Goethe tomou o motivo dos Cabiras — ídolos cultuais que permanecem mudos nesta cena — aos estudos dos mitólogos românticos, sobretudo Friedrich Creuzer (*Simbolismo e mitologia dos povos antigos, em especial dos gregos*, 1812) e Friedrich W. Schelling (*Sobre as divindades da Samotrácia*, 1815). Goethe via criticamente esses estudos altamente especulativos e, por isso, alguns desses versos encerram uma sutil ironia.

[190] No original, as Sereias continuam dirigindo-se aos Cabiras: quando uma nau afunda, vós ("pujança irresistível") "protegeis a tripulação".

[191] Literalmente: "O quarto não quis vir". Uma das alusões jocosas de Goethe às controvérsias entre os mitógrafos contemporâneos sobre o presumível número correto dos Cabiras.

SIRENEN

    Ein Gott den andern Gott   8.190
    Macht wohl zu Spott.
    Ehrt ihr alle Gnaden,
    Fürchtet jeden Schaden.

NEREIDEN UND TRITONEN

    Sind eigentlich ihrer sieben.

SIRENEN

    Wo sind die drei geblieben?

NEREIDEN UND TRITONEN

    Wir wüßten's nicht zu sagen,
    Sind im Olymp zu erfragen;
    Dort west auch wohl der achte,
    An den noch niemand dachte!
    In Gnaden uns gewärtig,   8.200
    Doch alle noch nicht fertig.

    Diese Unvergleichlichen
    Wollen immer weiter,
    Sehnsuchtsvolle Hungerleider
    Nach dem Unerreichlichen.

SEREIAS

    Pode um deus outro deus   8.190
    Provocar com labéus.
    Vós, dons agradecei
    E todo mal temei.[192]

NEREIDES E TRITÕES

    De fato, sete são.

SEREIAS

    Os três mais, onde estão?

NEREIDES E TRITÕES

    Não há como dizê-lo,
    No Olimpo hão de sabê-lo;
    Lá o oitavo talvez para,[193]
    Que ainda ninguém lembrara!
    Saúdam a nossa vinda,   8.200
    Inacabados ainda.

    Esses incomparáveis
    Em sua ávida esperança,
    Procuram, incansáveis,
    O que jamais se alcança.

---

[192] Isto é, um deus (como o quarto Cabira) pode troçar de outros deuses (ou, como quer a rima da tradução, provocá-los "com labéus"), mas "vós", Nereides e Tritões, "venerai todas as mercês,/ temei todo dano".

[193] O verbo "parar" corresponde aqui a *wesen*, que Goethe emprega numa conotação cultual: o possível oitavo Cabira, a exemplo dos outros três, também para (ou existe) no Olimpo. Como apontam os comentadores, foi sobretudo Schelling que estabeleceu uma analogia entre essas divindades da Samotrácia e os deuses olímpicos. O seu mencionado estudo, embora objeto da zombaria de Goethe, forneceu-lhe a concepção de que os poderosos Cabiras eram também — como dizem os versos seguintes — "inacabados ainda", movidos por "ávida esperança" e procurando, "incansáveis, o que jamais se alcança". Goethe pôde assim espelhar nos Cabiras (tal como concebidos por Schelling) não apenas os esforços do Homúnculo por vir a ser por inteiro mas também a aspiração fáustica pelo "inalcançável".

SIRENEN

    Wir sind gewohnt,
    Wo es auch thront,
    In Sonn' und Mond
    Hinzubeten; es lohnt.

NEREIDEN UND TRITONEN

    Wie unser Ruhm zum höchsten prangt,   8.210
    Dieses Fest anzuführen!

SIRENEN

    Die Helden des Altertums
    Ermangeln des Ruhms,
    Wo und wie er auch prangt,
    Wenn sie das goldne Vlies erlangt,
    Ihr die Kabiren.

(Wiederholt als Allgesang)

    Wenn sie das goldne Vlies erlangt,
    Wir! ihr! die Kabiren.

(Nereiden und Tritonen ziehen vorüber)

SEREIAS

> À adoração se anua,
> Onde algum deus atua,
> No sol seja ou na lua;
> Há quem seu lucro frua.[194]

NEREIDES E TRITÕES

> De nossa glória o estouro 8.210
> Louvai em alta voz![195]

SEREIAS

> De míticos heróis
> Mirrou a fama, pois,
> Por mais que a alcem em coro,
> Têm conquistado o velo de ouro,
> Mas os Cabiras, vós![196]

(Repetido como canto geral)

> Têm conquistado o velo de ouro,
> Os Cabiras, vós! nós!

(Nereides e Tritões vão passando)

---

[194] A tradução destes quatro versos é um tanto arrevesada, mas corresponde ao sentido do original: dizem as Sereias estarem acostumadas a orar onde se ergue um trono, seja no sol ou na lua, pois compensa (isto é: "há quem seu lucro frua").

[195] Exclamação entusiástica dos Tritões e Nereides: "Como a nossa glória fulgura ao máximo/ Para conduzir essa festa!".

[196] Isto é, a fama dos míticos heróis da Antiguidade que conquistaram o "velo de ouro" (os Argonautas que o trouxeram de Cólquida; ver nota ao v. 7.366) empalidece perante o feito de Tritões e Nereides, que trouxeram os Cabiras. Estes dois versos finais reverberam logo a seguir no "canto geral" que entoam Sereias ("Mas os Cabiras, vós [conquistastes]!") e Tritões e Nereides ("Os Cabiras, vós! nós [conquistamos]!").

HOMUNCULUS

> Die Ungestalten seh' ich an
> Als irden-schlechte Töpfe,
> Nun stoßen sich die Weisen dran
> Und brechen harte Köpfe.

8.220

THALES

> Das ist es ja, was man begehrt:
> Der Rost macht erst die Münze wert.

PROTEUS *(unbemerkt)*

> So etwas freut mich alten Fabler!
> Je wunderlicher, desto respektabler.

THALES

> Wo bist du, Proteus?

PROTEUS *(bauchrednerisch, bald nah, bald fern)*

> Hier! und hier!

HOMÚNCULO

Como informes potes de barro
Vejo essas monstruosas figuras, 8.220
Dão nelas sábios de hoje o esbarro,
E quebram as cabeças duras.[197]

TALES

É aspiração que não se veda:
Ferrugem dá valor à moeda.[198]

PROTEU *(despercebido)*[199]

Apraz-me a mim, velho contista!
Quanto mais singular, mais nos conquista.

TALES

Proteu, onde é que estás?

PROTEU *(ventríloquo, ora próximo ora distante)*

Aqui! e aqui!

---

[197] Aos olhos do Homúnculo esses ídolos da Samotrácia aparecem como figuras disformes, primitivos "potes de barro". Conforme observam os comentadores, essa imagem remonta à observação feita por Creuzer, em seu *Simbolismo e mitologia dos povos antigos*, de que os fenícios portavam os seus Cabiras como potes ou bilhas de barro.

[198] Isto é, a ferrugem conota a antiguidade da moeda e muitas vezes a torna indecifrável (de certo modo, como os Cabiras).

[199] Em seu léxico mitológico, Hederich escreve que esse deus do mar podia assumir "todas as formas, transformar-se em fogo, água, árvores, leões, dragões etc. [...] Alguns interpretavam-no como a matéria das coisas, capaz de modificar-se de maneira tão vária como variadas são as espécies de animais, vegetais e outras criaturas". Ele surge aqui, portanto, como a personificação alegórica da metamorfose. Em sua *Viagem à Itália* (relato de julho de 1787), conforme lembra Albrecht Schöne, Goethe escreve "que naquele órgão da planta que costumamos chamar de folha encontra-se oculto o verdadeiro Proteu, que pode esconder-se e revelar-se nas mais variadas formas".

THALES

>Den alten Scherz verzeih' ich dir;
>Doch einem Freund nicht eitle Worte!
>Ich weiß, du sprichst vom falschen Orte. 8.230

PROTEUS *(als aus der Ferne)*

>Leb' wohl!

THALES *(leise zu Homunculus)*

>>Er ist ganz nah. Nun leuchte frisch!
>Er ist neugierig wie ein Fisch;
>Und wo er auch gestaltet stockt,
>Durch Flammen wird er hergelockt.

HOMUNCULUS

>Ergieß' ich gleich des Lichtes Menge,
>Bescheiden doch, daß ich das Glas nicht sprenge.

PROTEUS *(in Gestalt einer Riesenschildkröte)*

>Was leuchtet so anmutig schön?

THALES *(den Homunculus verhüllend)*

>Gut! Wenn du Lust hast, kannst du's näher sehn.
>Die kleine Mühe laß dich nicht verdrießen
>Und zeige dich auf menschlich beiden Füßen. 8.240
>Mit unsern Gunsten sei's, mit unserm Willen,
>Wer schauen will, was wir verhüllen.

TALES

    Perdoo a graça, por provir de ti;
    Mas a um amigo, a sério ora responde!
    Falas do sítio errado, diz de onde.   8.230

PROTEU *(como de grande distância)*

    Adeus!

TALES *(baixinho para Homúnculo)*

        Pertinho está! Solta da luz o feixe:
    Ele é curioso como um peixe;
    E onde quer que paire escondido,
    Por tudo o que é fogo é atraído.[200]

HOMÚNCULO

    Solto pois o clarão total,
    Mas devagar, não se rompa o cristal!

PROTEU *(na forma de uma tartaruga gigante)*

    Luz tão formosa de onde emana?

TALES *(velando Homúnculo à vista)*

    Surge de pé como figura humana!
    No esforçozinho não repares;
    Verás de perto, se o almejares,   8.240
    Mas só com nossa anuência e agrado,
    O que aqui temos ocultado.

---

[200] Tales orienta o Homúnculo a fazer brilhar a redoma para atrair desse modo o curioso Proteu (assim como na pesca noturna procura-se atrair o peixe com luz artificial).

PROTEUS *(edel gestaltet)*

    Weltweise Kniffe sind dir noch bewußt.

THALES

    Gestalt zu wechseln, bleibt noch deine Lust.

(Hat den Homunculus enthüllt)

PROTEUS *(erstaunt)*

    Ein leuchtend Zwerglein! Niemals noch gesehn!

THALES

    Es fragt um Rat und möchte gern entstehn.
    Er ist, wie ich von ihm vernommen,
    Gar wundersam nur halb zur Welt gekommen.
    Ihm fehlt es nicht an geistigen Eigenschaften,
    Doch gar zu sehr am greiflich Tüchtighaften.   8.250
    Bis jetzt gibt ihm das Glas allein Gewicht,
    Doch wär' er gern zunächst verkörperlicht.

PROTEUS

    Du bist ein wahrer Jungfernsohn,
    Eh' du sein solltest, bist du schon!

THALES *(leise)*

    Auch scheint es mir von andrer Seite kritisch:
    Er ist, mich dünkt, hermaphroditisch.

PROTEU *(em nobre estatura)*

    Truques mundanos ainda são tua arte.[201]

TALES

    Ainda tens gosto em transformar-te.

(Desvendou Homúnculo)

PROTEU *(espantado)*

    Um luminoso anão! Nunca isso vira!

TALES

    Pede um conselho: a criar forma, e a ser aspira.
    Pelo que diz, de algum prodígio oriundo,
    Tão só pela metade veio ao mundo.
    Dotes intelectuais tem por completo,
    Mas falta-lhe algo de táctil, concreto.   8.250
    Só lhe dá peso até agora o cristal,
    Porém quer ter substância corporal.

PROTEU

    És de donzela filho real, resvés,
    Antes que devas ser, já és.

TALES *(baixinho)*

    De melindroso ainda algo aqui se veja:
    Julgo que hermafrodita seja.

---

[201] Truques refinados ou, na acepção contemporânea da expressão utilizada por Goethe, truques "filosóficos".

PROTEUS

    Da muß es desto eher glücken;
    So wie er anlangt, wird sich's schicken.
    Doch gilt es hier nicht viel Besinnen:
    Im weiten Meere mußt du anbeginnen!   8.260
    Da fängt man erst im kleinen an
    Und freut sich, Kleinste zu verschlingen,
    Man wächst so nach und nach heran
    Und bildet sich zu höherem Vollbringen.

HOMUNCULUS

    Hier weht gar eine weiche Luft,
    Es grunelt so, und mir behagt der Duft!

PROTEUS

    Das glaub' ich, allerliebster Junge!
    Und weiter hin wird's viel behäglicher,
    Auf dieser schmalen Strandeszunge
    Der Dunstkreis noch unsäglicher;   8.270
    Da vorne sehen wir den Zug,
    Der eben herschwebt, nah genug.
    Kommt mit dahin!

THALES

            Ich gehe mit.

HOMUNCULUS

    Dreifach merkwürd'ger Geisterschritt!

PROTEU

    Mais cedo, então, a coisa há de ser feita;
    Assim que lá chegar, tudo se ajeita.
    Mas não há muito aqui que cogitar:
    Terá de principiar no vasto mar![202]   8.260
    Que em pequenino se comece
    E se devore o que é menor, é a norma,
    Pouco a pouco é que assim se cresce,
    E que a ente superior algo se forma.

HOMÚNCULO

    Sopra aqui ar tão perfumado e brando,
    Com o verdejante eflúvio o peito expando!

PROTEU

    Linda criança, é bom que isso te atraia!
    Torna-se após ainda mais agradável,
    Na estreita faixa dessa praia,
    A emanação ainda mais inefável.   8.270
    Da ponta, ali, miremos o cortejo
    Que fluindo para cá já vejo.
    Comigo vem!

TALES

        Também vos acompanho.

HOMÚNCULO

    De espíritos tríplice passo estranho![203]

---

   [202] Isto é, assim que ingressar, em "vasto mar", no processo de "vir a ser", de tornar-se plenamente humano, o hermafroditismo de Homúnculo irá resolver-se, "ajeitar-se" em um dos dois sexos.

   [203] Isto é, a marcha insólita de Tales, Homúnculo e Proteu da "estreita faixa dessa praia" rumo à "emanação ainda mais inefável" da água doadora de vida.

*(Telchinen von Rhodus auf Hippokampen und
Meerdrachen, Neptunens Dreizack handhabend)*

CHOR

    Wir haben den Dreizack Neptunen geschmiedet,
    Womit er die regesten Wellen begütet.
    Entfaltet der Donnrer die Wolken, die vollen,
    Entgegnet Neptunus dem greulichen Rollen;
    Und wie auch von oben es zackig erblitzt,
    Wird Woge nach Woge von unten gespritzt;   8.280
    Und was auch dazwischen in Ängsten gerungen,
    Wird, lange geschleudert, vom Tiefsten verschlungen;
    Weshalb er uns heute den Zepter gereicht —
    Nun schweben wir festlich, beruhigt und leicht.

SIRENEN

          Euch, dem Helios Geweihten,
          Heitern Tags Gebenedeiten,
          Gruß zur Stunde, die bewegt
          Lunas Hochverehrung regt!

*(Telquines de Rodes montados em hipocampos
e dragões marinhos, levando o tridente de Netuno)*[204]

CORO

    Forjamos só nós de Netuno o tridente,
    Que aplaina do mar o furor mais potente.
    Se as nuvens Zeus rompe e desfecha a trovoada,[205]
    Netuno responde à terrífica atroada;
    E quando arde o raio, no ar ziguezagueando,
    Jorra onda após onda de baixo espirrando;   8.280
    E tudo o que em pânico entanto naufraga,
    Pós longo arremesso ao abismo a onda traga.
    Cedendo-nos hoje, ele, o cetro-tridente,
    Flutuamos festivos e languidamente.

SEREIAS

        Vós, que a Hélios sois votados,[206]
        Por seus raios abençoados,
        Salve a transcendente hora
        Em que tudo Luna adora!

---

[204] Habitantes primeiros da ilha de Rodes, os Telquines eram divindades marítimas, muito hábeis como artesãos e ferreiros. Teriam participado da educação de Posidão (Netuno) e inclusive forjado-lhe o tridente que agora portam ao entrar em cena. Hipocampos são cavalos marinhos, animais míticos constituídos de corpo equino e cauda de peixe.

[205] No original, Goethe refere-se ao deus máximo do Olimpo, senhor da chuva e tempestade assim como dos raios e relâmpagos, mediante o seu cognome "Troante" (*Iuppiter Tonans*).

[206] A ilha de Rodes era tida na Antiguidade como consagrada a Hélio, deus do sol, pertencente à geração dos Titãs (e anterior, portanto, aos Olímpicos). Goethe poderá ter lido na obra de Hederich que os Telquines se haviam devotado a Hélio, erigindo-lhe ainda uma gigantesca estátua (o Colosso de Rodes, uma das maravilhas do mundo antigo).

TELCHINEN

    Allieblichste Göttin am Bogen da droben!
    Du hörst mit Entzücken den Bruder beloben.   8.290
    Der seligen Rhodus verleihst du ein Ohr,
    Dort steigt ihm ein ewiger Päan hervor.
    Beginnt er den Tagslauf und ist es getan,
    Er blickt uns mit feurigem Strahlenblick an.
    Die Berge, die Städte, die Ufer, die Welle
    Gefallen dem Gotte, sind lieblich und helle.
    Kein Nebel umschwebt uns, und schleicht er sich ein,
    Ein Strahl und ein Lüftchen, die Insel ist rein!
    Da schaut sich der Hohe in hundert Gebilden,
    Als Jüngling, als Riesen, den großen, den milden.   8.300
    Wir ersten, wir waren's, die Göttergewalt
    Aufstellten in würdiger Menschengestalt.

PROTEUS

        Laß du sie singen, laß sie prahlen!
        Der Sonne heiligen Lebestrahlen
        Sind tote Werke nur ein Spaß.
        Das bildet, schmelzend, unverdrossen;
        Und haben sie's in Erz gegossen,
        Dann denken sie, es wäre was.
        Was ist's zuletzt mit diesen Stolzen?
        Die Götterbilder standen groß —   8.310
        Zerstörte sie ein Erdestoß;
        Längst sind sie wieder eingeschmolzen.

TELQUINES

    Argêntea deidade no célico plano![207]
    Com júbilo vês o adorarem teu mano.   8.290
    A Rodes ouvido dás do arco superno,
    Eleva-se a Febus um peã, lá, eterno.[208]
    Do início do dia até o instante em que expira,
    Com olhar flamejante de raios nos mira.
    Montanhas, cidades, as vagas, as searas,
    Agradam ao Deus, são mimosas e claras.
    Baixando uma névoa, um clarão logo brilha,
    Um zéfiro sopra, e eis límpida a ilha!
    Contempla-se lá em cem formas o Augusto,[209]
    Mancebo, Colosso, o Magnânimo, o Justo.   8.300
    Mas, nós, os primeiros que os deuses supremos
    Em forma condigna de humanos erguemos.

PROTEU

    Deixa-os cantar, fazer farol!
    Aos raios criadores de vida do sol,
    Obra morta é fumo de palha.
    Moldam em incessante lida,
    E em bronze a efígie enfim fundida,
    Convencem-se de que algo valha.
    Com esse orgulho, que há contudo?
    Gigante se ergue o deus imoto —   8.310
    Bastou destruí-lo um terremoto;
    Já foi rederretido tudo.[210]

---

[207] Referência a Luna, irmã de Hélio e deusa da lua, a qual, "estacionária no Zênite", rege esta Noite de Valpúrgis e desperta veneração em todos os participantes.

[208] Peã é originalmente um hino de louvor a Febo Apolo; aqui, porém, ele soa em honra a Hélio.

[209] As "cem formas" a que se referem aqui os Telquines são as inúmeras estátuas e estelas, assim como o Colosso de Rodes que construíram ao "augusto" Hélio.

[210] Conta-se que um terremoto, ocorrido na ilha de Rodes entre 244 e 223 a.C., teria destruído a colossal estátua dedicada a Hélio.

Das Erdetreiben, wie's auch sei,
Ist immer doch nur Plackerei;
Dem Leben frommt die Welle besser;
Dich trägt ins ewige Gewässer
Proteus-Delphin.

(Er verwandelt sich)

        Schon ist's getan!
Da soll es dir zum schönsten glücken:
Ich nehme dich auf meinen Rücken,
Vermähle dich dem Ozean.

THALES

Gib nach dem löblichen Verlangen,
Von vorn die Schöpfung anzufangen!
Zu raschem Wirken sei bereit!
Da regst du dich nach ewigen Normen,
Durch tausend, abertausend Formen,
Und bis zum Menschen hast du Zeit.

(Homunculus besteigt den Proteus-Delphin)

PROTEUS

Komm geistig mit in feuchte Weite,
Da lebst du gleich in Läng' und Breite,
Beliebig regest du dich hier;

Haja o que houver, a térrea lida
Sempre é tão só estafa e fráguas;
Propício mais é o oceano à vida;
Transporta-te a infindáveis águas
Proteu-Delfim.[211]

(Transforma-se)

        Feito! De plano.
Êxito insigne traz o esforço:
Comigo levo-te em meu dorso,
Desposo-te com o vasto oceano.   8.320

TALES

Curva-te, pois, à nobre aspiração
De reencetar de início a Criação!
A rápida atuação te aprontes!
Passas segundo eternas normas,
Lá, por mil e mais cem mil formas;[212]
Tempo até ao homem tens aos montes.

(Homúnculo monta o Proteu-Delfim)

PROTEU

Vem, banha o espírito na área infinita!
A líquida amplidão ao longo e ao largo habita;
Em liberdade hás de mover-te aqui,

---

[211] Proteu metamorfoseia-se no golfinho que conduzirá Homúnculo sobre o dorso, rumo às "infindáveis águas" e ao encontro da aventura erótica com Galateia, decisiva para a sua aspiração de vir a ser.

[212] No "vasto oceano" em que a vida principiou, diz aqui o netunista Tales, o Homúnculo irá mover-se de acordo com "eternas normas" e passar por "mil diferentes formas" até chegar à condição humana.

Nur strebe nicht nach höheren Orden: 8.330
Denn bist du erst ein Mensch geworden,
Dann ist es völlig aus mit dir.

THALES

Nachdem es kommt; 's ist auch wohl fein,
Ein wackrer Mann zu seiner Zeit zu sein.

PROTEUS *(zu Thales)*

So einer wohl von deinem Schlag!
Das hält noch eine Weile nach;
Denn unter bleichen Geisterscharen
Seh' ich dich schon seit vielen hundert Jahren.

SIRENEN *(auf den Felsen)*

> Welch ein Ring von Wölkchen ründet 8.340
> Um den Mond so reichen Kreis?
> Tauben sind es, liebentzündet,
> Fittiche, wie Licht so weiß.
> Paphos hat sie hergesendet,
> Ihre brünstige Vogelschar;
> Unser Fest, es ist vollendet,
> Heitre Wonne voll und klar!

Mas sem a mais alta ordem aspirares: 8.330
Pois assim que homem te tornares,
Tudo estará perdido para ti.[213]

TALES

Mas, vindo a sê-lo, é bom também
Ser em seu tempo homem de bem.[214]

PROTEU *(a Tales)*

Sim, diga-se um de tua casta!
Bons tempos isso ainda se arrasta;
Em lívido, espectral cortejo,
Faz séculos que já te vejo.[215]

SEREIAS *(sobre os rochedos)*

    Que arco de nuvens formosas   8.340
    À lua circunda a flux?[216]
    São pombinhas amorosas,
    Asas brancas como a luz.
    Enviou Pafos para cá
    Seu fervente enxame de aves;
    Terminada a festa está
    No auge de delícias suaves!

---

[213] Ao contrário de Tales, que enaltecera o longo processo pelo qual o Homúnculo poderá chegar à plena condição humana ("Tempo até ao homem tens aos montes"), Proteu expressa uma visão negativa do ser humano e aconselha aquele a adentrar e permanecer como "espírito" na "área infinita" ("vastidão úmida", no original).

[214] Tales objeta às palavras anteriores de Proteu: ser um "homem de bem", honrado e dinâmico, também tem o seu lado positivo.

[215] Goethe faz Proteu aludir, com certa ironia, à longa "vida" posterior dos filósofos antigos, aqui em especial dos pré-socráticos.

[216] O arco de nuvenzinhas que parecem formar um halo ou corona em torno da lua constitui-se, como dizem as Sereias em seguida, das pombas que vieram de Pafos, abrindo o cortejo de Galateia.

NEREUS *(zu Thales tretend)*

    Nennte wohl ein nächtiger Wanderer
    Diesen Mondhof Lufterscheinung;
    Doch wir Geister sind ganz anderer
    Und der einzig richtigen Meinung: 8.350
    Tauben sind es, die begleiten
    Meiner Tochter Muschelfahrt,
    Wunderflugs besondrer Art,
    Angelernt vor alten Zeiten.

THALES

    Auch ich halte das fürs Beste,
    Was dem wackern Mann gefällt,
    Wenn im stillen, warmen Neste
    Sich ein Heiliges lebend hält.

PSYLLEN UND MARSEN *(auf Meerstieren, Meerkälbern und -widdern)*

    In Cyperns rauhen Höhlegrüften,
    Vom Meergott nicht verschüttet,   8.360
    Vom Seismos nicht zerrüttet,
    Umweht von ewigen Lüften,
    Und, wie in den ältesten Tagen,
    In stillbewußtem Behagen

NEREU *(dirigindo-se a Tales)*

Diria andante noturnal
Ser miragem da atmosfera;[217]
Mas de espíritos, o real
E único critério impera: 8.350
Meigas pombas são, aladas,
Que em seu voo, de minha filha
Vão acompanhando a trilha,
Na lição de eras passadas.

TALES

Concordo eu com isso em pleno,
É do homem de bem agrado,
Em ninho íntimo e sereno,
Manter vivo o que é sagrado.[218]

PSILOS E MARSOS *(em touros, bodes e bezerros marinhos)*[219]

Em Chipre, em rudes cavernas
Que não cobre o Deus do mar,   8.360
Seismos não pode abalar,[220]
Que afagam brisas eternas,
De eras haurindo a passagem,
Velamos em fiel homenagem

---

[217] Entrando novamente em cena, Nereu reforça a interpretação das Sereias: um viajante noturno reduziria esse halo em torno da lua a um fenômeno atmosférico, mas os espíritos têm, como diz o original, "opinião diferente e a única correta": são as pombas que desde tempos imemoriais acompanham a "viagem em concha" (*Muschelfahrt*) de sua filha.

[218] Também a Tales, como "homem de bem", é de pleno agrado que o "sagrado" (os velhos e pios mitos) seja mantido vivo "em ninho íntimo e sereno", incólume às concepções racionais e científicas.

[219] Psilos e Marsos são povos antigos, originários da África e Itália, e dotados com poderes mágicos e medicinais. Também eram considerados prodigiosos encantadores de serpentes. Os touros, bezerros e bodes (ou carneiros) marinhos, sobre os quais eles vêm montados, constituem motivos frequentes em antigas representações pictóricas.

[220] Isto é, em "cavernas" ou grutas invulneráveis tanto às forças vulcanistas (Seismos) como às netunistas (o Deus do mar).

Bewahren wir Cypriens Wagen
Und führen, beim Säuseln der Nächte,
Durch liebliches Wellengeflechte,
Unsichtbar dem neuen Geschlechte,
Die lieblichste Tochter heran.
Wir leise Geschäftigen scheuen
Weder Adler noch geflügelten Leuen,
Weder Kreuz noch Mond,
Wie es oben wohnt und thront,
Sich wechselnd wegt und regt,
Sich vertreibt und totschlägt,
Saaten und Städte niederlegt.
Wir, so fortan,
Bringen die lieblichste Herrin heran.

SIRENEN

       Leicht bewegt, in mäßiger Eile,
       Um den Wagen, Kreis um Kreis,
       Bald verschlungen Zeil' an Zeile,
       Schlangenartig reihenweis,
       Naht euch, rüstige Nereiden,
       Derbe Fraun, gefällig wild,
       Bringet, zärtliche Doriden,
       Galateen, der Mutter Bild:
       Ernst, den Göttern gleich zu schauen,
       Würdiger Unsterblichkeit,
       Doch wie holde Menschenfrauen
       Lockender Anmutigkeit.

De Cípris a áurea carruagem,[221]
E guiamos por noites puras
E argênteas tessituras,
Oculta às novas criaturas,
A filha de insigne encanto.
Não tememos neste agrado,   8.370
Nem águia, nem leão alado,
Nem cruz, nem lua,[222]
O que alto trona e atua,
Se alterna e se mutua,
À morte e à ruína arrasta,
Cidades e searas devasta.
Nós, entretanto,
Trazemos a deusa de máximo encanto.

SEREIAS

    Numa oscilação tranquila,
    Círculos formando em volta   8.380
    Da carruagem, fila em fila
    Entremeando-se na escolta,
    Das Nereides chega a grei,
    Belas, de índole selvagem;
    Meigas Dórides,[223] trazei
    Galateia, da mãe a imagem:
    Divindade áurea e serena,
    De imortal brilho; no entanto,
    Tendo da mulher terrena
    Todo o sedutor encanto.   8.390

---

[221] A "carruagem" ou carro de conchas (*Muschelwagen*) de Vênus, venerada na cidade de Pafos na ilha de Chipre. (Como explicitado anteriormente, essa carruagem é usada agora por Galateia.)

[222] Psilos e Marsos aludem aqui aos símbolos dos quatro poderes que se revezaram no domínio sobre Chipre: a "águia" romana, o "leão alado" de Veneza, a "cruz" dos Cruzados e a "lua" do Império Otomano.

[223] Goethe reitera aqui a distinção entre as filhas de Nereu: de um lado as rústicas Nereides e, de outro, as delicadas, "meigas" Dórides, que conduzem a mais bela de todas: Galateia, imagem de sua mãe Dóris.

DORIDEN *(im Chor an Nereus vorbeiziehend, sämtlich auf Delphinen)*

    Leih uns, Luna, Licht und Schatten,
    Klarheit diesem Jugendflor!
    Denn wir zeigen liebe Gatten
    Unserm Vater bittend vor.

(Zu Nereus)

    Knaben sind's, die wir gerettet
    Aus der Brandung grimmem Zahn,
    Sie, auf Schilf und Moos gebettet,
    Aufgewärmt zum Licht heran,
    Die es nun mit heißen Küssen
    Treulich uns verdanken müssen;   8.400
    Schau die Holden günstig an!

NEREUS

  Hoch ist der Doppelgewinn zu schätzen:
  Barmherzig sein, und sich zugleich ergetzen.

DORIDEN

    Lobst du, Vater, unser Walten,
    Gönnst uns wohlerworbene Lust,
    Laß uns fest, unsterblich halten
    Sie an ewiger Jugendbrust.

NEREUS

  Mögt euch des schönen Fanges freuen,
  Den Jüngling bildet euch als Mann;

DÓRIDES *(todas montadas em delfins, desfilando em coro perante Nereu)*

      Banha, Lua, de raios claros,
      Essa adolescente flora!
      Hoje, em prol de esposos caros,
      Nosso amor um pai implora.[224]

(A Nereu)

      São mancebos que salvamos
      Da tormenta e seu pavor,
      Que em musgo e algas acamamos,
      Revivendo a alma e o calor;
      Ora, com ardentes beijos
      Têm de agradecer ensejos;   8.400
      Não lhes negues teu favor!

NEREU

É duplo o bem: poder ser caridoso
E ao mesmo tempo fruir do amor o gozo.

DÓRIDES

      Se nos louva tua bondade,
      Pai, concede-nos o enleio;
      Prenda-os na imortalidade
      Nosso eterno jovem seio![225]

NEREU

Possais, no amor à presa vossa,
O adolescente a homem formar;

---

[224] As Dórides apresentam ao seu pai Nereu os belos jovens que salvaram da "tormenta", implorando-lhe a aquiescência para unirem-se a eles.

[225] Que Nereu, portanto, permita às filhas estreitar os mancebos para sempre, "na imortalidade", em seu "eterno jovem seio".

Allein ich könnte nicht verleihen,
Was Zeus allein gewähren kann.
Die Welle, die euch wogt und schaukelt,
Läßt auch der Liebe nicht Bestand,
Und hat die Neigung ausgegaukelt,
So setzt gemächlich sie ans Land.

DORIDEN

    Ihr, holde Knaben, seid uns wert,
    Doch müssen wir traurig scheiden;
    Wir haben ewige Treue begehrt,
    Die Götter wollen's nicht leiden.

DIE JÜNGLINGE

    Wenn ihr uns nur so ferner labt,
    Uns wackre Schifferknaben;
    Wir haben's nie so gut gehabt
    Und wollen's nicht besser haben.

(Galatee auf dem Muschelwagen nähert sich)

NEREUS

Du bist es, mein Liebchen!

GALATEE

        O Vater! das Glück!
Delphine, verweilet! mich fesselt der Blick.

> Mas sem que eu outorgar vos possa   8.410
> O que só Zeus pode outorgar.
> Move-vos a onda em seu balanço,
> E nem no amor constância encerra;
> Ao esvair-se esse, de manso
> Deponde-os novamente em terra.[226]

DÓRIDES

> Meigos jovens, vós, que amamos,
> Vem a hora dos tristes adeuses;
> Fieldade eterna almejamos,
> Não a permitem os deuses.

OS MANCEBOS

> Ao fruir vossas ternuras lautas,   8.420
> Melhor não passamos jamais;
> Em vossa aura, nós, jovens nautas,
> Nada almejamos mais.

(Galateia aproxima-se sobre a carruagem de conchas)[227]

NEREU

> És tu, meu amor!

GALATEIA

> Que ventura, meu pai!
> A visão me extasia, Delfins meus, parai!

---

[226] Isto é, ao "esvair-se" o amor, no balanço inconstante das ondas, as Dórides devem devolver os jovens à terra firme. No original, Nereu responde aos suaves versos trocaicos das Dórides em iambos que oscilam agitados: como observa Albrecht Schöne, em ritmo irregular e inconstante, próprio à agitação das ondas.

[227] A viagem marítima de Galateia constitui, assim como o encontro entre Leda e Zeus (de que resulta a concepção de Helena), um motivo frequente na pintura europeia, sobretudo durante o Renascimento. Conforme observam os comentadores, a apoteose final da Noite de Valpúrgis clássica é inspirada em larga me-

NEREUS

    Vorüber schon, sie ziehen vorüber
    In kreisenden Schwunges Bewegung;
    Was kümmert sie die innre herzliche Regung!
    Ach, nähmen sie mich mit hinüber!
    Doch ein einziger Blick ergetzt,   8.430
    Daß er das ganze Jahr ersetzt.

THALES

    Heil! Heil! aufs neue!
    Wie ich mich blühend freue,
    Vom Schönen, Wahren durchdrungen....
    Alles ist aus dem Wasser entsprungen!!
    Alles wird durch das Wasser erhalten!
    Ozean, gönn uns dein ewiges Walten.
    Wenn du nicht Wolken sendetest,
    Nicht reiche Bäche spendetest,
    Hin und her nicht Flüsse wendetest,   8.440
    Die Ströme nicht vollendetest,
    Was wären Gebirge, was Ebnen und Welt?
    Du bist's, der das frischeste Leben erhält.

NEREU

> Lá vão-se, vão passando já,
> Na circular, veloz moção!
> Não ligam à íntima, ardente emoção!
> Pudessem, ah, levar-me lá!
> Mas um olhar delícia traz   8.430
> Que um ano inteiro satisfaz.

TALES

> Salve, salve, novamente!
> De júbilo imbui-me a mente,
> O Real e o Belo fecundo...
> Tudo, tudo é da água oriundo!![228]
> Tudo pela água subsiste! Oceano,
> Medre teu eterno influxo e arcano!
> Se as nuvens não enviasses,
> Ribeiros não criasses,
> Torrentes não desviasses,   8.440
> Rios não engrossasses,
> Que fora este mundo, a planície, a serra?[229]
> É em ti que a frescura da vida se encerra.

---

dida no grandioso afresco de Rafael *O triunfo de Galateia*, que Goethe estudou atentamente, durante sua estada em Roma, na Villa Farnesina (também possuía, em sua coleção gráfica, reproduções da obra de Rafael feitas por importantes artistas). Uma comparação com o afresco revela a maestria do velho poeta em "traduzir", nesta passagem, a simultaneidade espacial das formas e cores para a sequência temporal de seus versos (ver reprodução da pintura na p. 11 deste volume).

[228] Também Tales é arrebatado pela aproximação de Galateia, que desencadeia o final apoteótico dessa Noite de Valpúrgis. Literalmente o filósofo netunista afirma, após a dupla saudação inicial, estar florescendo de alegria, impregnado do Belo e do Verdadeiro; e, em seguida, vem o único verso da obra com dois pontos de exclamação, como que explicitando a fórmula fundamental da gênese da vida: "Tudo, tudo é da água oriundo!!".

[229] A concepção netunista de Tales dá a entender que o elemento da água não apenas mantém toda a diversidade da vida: também todos os fenômenos geológicos deste mundo, planícies e cordilheiras, devem sua existência à ação das águas de um oceano primevo.

ECHO *(Chorus der sämtlichen Kreise)*

    Du bist's, dem das frischeste Leben entquellt.

NEREUS

    Sie kehren schwankend fern zurück,
    Bringen nicht mehr Blick zu Blick;
    In gedehnten Kettenkreisen,
    Sich festgemäß zu erweisen,
    Windet sich die unzählige Schar.
    Aber Galateas Muschelthron   8.450
    Seh' ich schon und aber schon.
    Er glänzt wie ein Stern
    Durch die Menge.
    Geliebtes leuchtet durchs Gedränge!
    Auch noch so fern
    Schimmert's hell und klar,
    Immer nah und wahr.

HOMUNCULUS

        In dieser holden Feuchte
        Was ich auch hier beleuchte,
        Ist alles reizend schön.   8.460

PROTEUS

        In dieser Lebensfeuchte
        Erglänzt erst deine Leuchte
        Mit herrlichem Getön.

SEGUNDO ATO — NOITE DE VALPÚRGIS CLÁSSICA

ECO *(coro de todos os círculos)*

    De ti é que jorra a frescura da terra.

NEREU

    Refluem de longe, oscilantes,
    Não trazem o olhar a olhar já, de antes;[230]
    Em espirais serpenteia
    O ledo cortejo;
    Mas a concha-trono vejo,
    Vejo ainda de Galateia,   8.450
    Que irisada ao longe ondeia.
    Brilha como um astro
    Entre a turba. Na penumbra
    Da adorada a luz vislumbra!
    No longuínquo rastro
    Raia clara e transluzente,
    Sempre próxima e presente.

HOMÚNCULO

    No úmido espelho frio,
    Tudo o que eu alumio
    É belo e encantador.   8.460

PROTEU

    A líquida área fria
    Teu clarão alumia
    Com mais brilho e clangor.[231]

---

[230] Nereu refere-se aqui a um movimento circular que o cortejo de Galateia executa por um momento em alto-mar, voltando-se para trás (mas sem proporcionar mais, devido à distância, o encontro de olhares).

[231] Proteu parece avistar a retorta reluzente e soante do Homúnculo imergindo na "líquida área fria" — ou, como diz o original, na "umidade da vida". Uma sinestesia, observa Schöne, "que no zênite dos acontecimentos condensa de maneira festivo-solene o elemento táctil, óptico e acústico".

NEREUS

> Welch neues Geheimnis in Mitte der Scharen
> Will unseren Augen sich offengebaren?
> Was flammt um die Muschel, um Galatees Füße?
> Bald lodert es mächtig, bald lieblich, bald süße,
> Als wär' es von Pulsen der Liebe gerührt.

THALES

> Homunculus ist es, von Proteus verführt...
> Es sind die Symptome des herrischen Sehnens, 8.470
> Mir ahnet das Ächzen beängsteten Dröhnens;
> Er wird sich zerschellen am glänzenden Thron;
> Jetzt flammt es, nun blitzt es, ergießet sich schon.

SIRENEN

> Welch feuriges Wunder verklärt uns die Wellen,
> Die gegeneinander sich funkelnd zerschellen?
> So leuchtet's und schwanket und hellet hinan:
> Die Körper, sie glühen auf nächtlicher Bahn,
> Und ringsum ist alles vom Feuer umronnen;
> So herrsche denn Eros, der alles begonnen!

NEREU

> Que novo mistério se quer revelar
> Que em meio das hostes nos surge ao olhar?
> Aos pés da concha arde, a rodear Galateia,
> Já forte, já suave, já lindo flameia;
> Dir-se-ia por pulsos do amor impelido.

TALES

> Homúnculo é, por Proteu seduzido...[232]
> Sintomas do ardor são, do anseio possante, 8.470
> Pressinto os arquejos do choque angustiante;
> No trono fulgente se destroçará;
> Chameja, se ignita, derrama-se já.[233]

SEREIAS

> Que flâmeo milagre no mar arde ali,
> Com fúlgidas ondas atroando entre si?
> Cintila oscilante e o clarão irradia:
> Refulgem os corpos nas trevas da via,
> E tudo ao redor já o fogo abraseou.
> Reine Eros, portanto, que tudo iniciou![234]

---

[232] O termo "seduzido" corresponde fielmente ao original *verführt*, que Goethe emprega porém no sentido mais antigo de "levado embora", sem conotação negativa.

[233] As expressões de Tales e Nereu descrevem sub-repticiamente o encontro erótico entre o Homúnculo e Galateia, de que resulta a "morte de amor" daquele: a "concha" de Galateia; "ardor" e "arquejos" do encontro; por fim chameJo, ignição e o derramar-se nas águas doadoras de vida.

[234] Com essas imagens das ondas transfiguradas pelo "flâmeo milagre", corpos refulgindo nas "trevas da via", as Sereias entoam um hino à gênese da vida, iniciada por Eros ou Amor. Albrecht Schöne lembra que no *Banquete* (178, b) de Platão, Eros é apresentado como o mais antigo dos deuses, desprovido portanto de genitores. Os quatro elementos celebrados na sequência eram considerados a origem de toda a vida terrena: água, fogo, ar (na tradução, "vento etéreo") e terra ("misteriosas grutas", no original: "a gruta e seu mistério", na bela solução da tradutora). Destes quatro elementos se originaram, segundo concepção de Empédocles de Agrigento (*Fragmentos*, 21, 9), "todas as coisas que eram, são e serão, árvores e homens assim como mulheres e animais, e pássaros e peixes criados na água e também os deuses [...]".

Heil dem Meere! Heil den Wogen, 8.480
Von dem heiligen Feuer umzogen!
Heil dem Wasser! Heil dem Feuer!
Heil dem seltnen Abenteuer!

ALL-ALLE!

Heil den mildgewogenen Lüften!
Heil geheimnisreichen Grüften!
Hochgefeiert seid allhier,
Element' ihr alle vier!

Salve o oceano! salve a chama 8.480
Que nas ondas se esparrama!
Salve o fogo! a água preclara!
Salve a aventura rara![235]

TUDO-TODOS![236]

Salve o brando vento etéreo!
Salve a gruta e seu mistério!
Glória aos quatro e seus portentos,
Consagrados elementos!

---

[235] No léxico de Goethe, o substantivo "aventura" (*Abenteuer*) tem com frequência, como aqui, o significado de vivência ou acontecimento extraordinário, incomum. O adjetivo "preclara", no verso anterior, não tem correspondente no original, mas foi inserido pela tradutora para rimar com "rara". Também por motivos de rima, a tradução não segue a ordem exata com que Goethe introduz os elementos nesse canto coral das Sereias: "Salve o oceano! salve as ondas,/ Envoltas pelo fogo sagrado!/ Salve a água! salve o fogo!/ Salve a aventura rara!".

[236] Em todo o *Fausto*, esta é a única indicação cênica acompanhada de ponto de exclamação. Como se representasse, segundo a observação de Schöne, o gesto entusiástico do maestro arrebatando o grande coro para o *finale* hínico da peça.

Dritter Akt

Terceiro ato

Vor dem Palaste des Menelas zu Sparta

Diante do palácio de Menelau em Esparta

Animada por profusa multidão de seres mitológicos, a "Noite de Valpúrgis clássica" confluiu para a dissolução erótica do Homúnculo no encontro de sua redoma com a concha-carruagem da ninfa Galateia, simbolizando a gênese da vida nas águas do mar Egeu. Oriunda do mar, entra em cena agora a mítica Helena, encarnação suprema da beleza e, portanto, "último produto da Natureza que se intensifica continuamente", conforme a expressão empregada por Goethe em seu ensaio sobre o grande nome do classicismo Johann Winckelmann (1717-1768).

A gênese deste terceiro ato do *Fausto II* remonta ao ano de 1800, quando Goethe — às voltas então com a primeira parte da tragédia — concebeu um fragmento constituído de 265 versos a que deu o título "Helena na Idade Média". Esse fragmento ainda não permitia entrever de que modo o complexo temático em torno da heroína grega se integraria à história do doutor alemão, mas era certamente intenção do poeta convertê-lo num ponto culminante da obra, como se depreende de uma carta de Friedrich Schiller datada de setembro de 1800: "Esse cume, como o senhor mesmo o chama, deve ser visto de todos os lados do conjunto e ao mesmo tempo mirar para todos os lados".

Somente 25 anos mais tarde é que Goethe irá retomar o fragmento, procedendo a pequenas alterações e acrescentando-lhe os demais versos que complementam esta cena "diante do palácio de Menelau". Lançando-se em seguida à redação das duas cenas subsequentes, o poeta conclui a versão definitiva do ato que ocupa posição central na segunda parte da tragédia e o publica em 1827, no quarto volume de suas obras completas (*Ausgabe letzter Hand*), sob o título "*Helena. Fantasmagoria clássico-romântica. Entreato para o Fausto*". Na linguagem da época, clássico equivale a "antigo", ao passo que romântico significa "medieval". Já o termo "fantasmagoria", derivado da antiga palavra grega *phantasma*, conota também o significado que adquirira na língua francesa no final do século XVIII: por *fantasmagorie* se designava a projeção de fenômenos e espectros sobre o palco, com o recurso de um aparelho ótico desenvolvido pelo físico Etienne-Gaspard Robertson a partir da *laterna magica* (ver o comentário à cena "Sala feudal de cerimônias").

O envolvimento de Helena, paradigma da beleza feminina na Antiguidade clássica, com a história do pactuário nórdico não é invenção livre de Goethe, mas já está presente no livro popular de 1587 e na adaptação posterior de Johann Pfitzer. Nesta obra de 1674, consultada várias vezes pelo poeta (ver a Apresentação à primeira parte da tragédia), narra-se como Fausto foi tomado pelo desejo de não apenas admirar "a bela Helena da Grécia", mas sobretudo de tê-la como concubina e amante. Desse modo, "Mephostophiles" é obrigado a proporcionar-lhe o gozo da mais formosa mulher de todos os tempos, a "esposa do rei Menelau, por cuja causa a bela cidade de Troia encontrou a sua ruína". Mesmo sabendo tratar-se de uma mulher fantasmagórica, o pactuário, dominado pela lascívia, gera com a "enfeitiçada Helena" um filho a que dá o nome de Justum Faustum. Ao fim, porém, este desaparece junto com a mãe, enquanto aquele vai ao encontro de sua "miserável morte".

Tematizado também por Christopher Marlowe na cena XIV de sua *Tragicall History* (1592), o relacionamento entre Fausto e Helena acabou entrando por essa via na peça de marionetes que tanto impressionou o menino Goethe. O velho poeta pôde assim, numa carta de outubro de 1826, dirigir ao seu amigo Wilhelm von Humboldt as seguintes palavras: "Esta é uma das minhas concepções mais antigas e baseia-se na tradição do teatro de marionetes o fato de que Fausto obriga Mefistófeles a conseguir-lhe Helena para o seu leito".

Mas, se na tradição popular a formosa mulher, graças à magia mefistofélica, insinua-se no quarto medieval de Fausto apenas para saciar o seu desejo sexual, Goethe a faz adentrar o palco como heroína que representa a Antiguidade clássica em sua forma mais nobre. Também ao contrário da tradição popular (e do próprio fragmento goethiano de 1800), ela não mais será deslocada para o contexto histórico do pactuário, mas permanecerá em terreno espartano, mais precisamente diante do palácio do rei Menelau. Em consonância com uma tendência da tragédia grega, a cena se inicia ao ar livre e Goethe reveste o monólogo inicial de Helena com um verso que procura transmitir a sugestão do chamado "trímetro jâmbico", característico desse gênero (e traduzido por Jenny Klabin Segall em versos de doze sílabas que preservam as características fundamentais do original goethiano, isto é, a dicção arcaizante e conscientemente artificial).

Como encarecem comentadores e críticos, todo o terceiro ato constitui verdadeira obra-prima do ponto de vista métrico e rítmico. Ao lado do trímetro jâmbico, o original alemão procura reproduzir ainda a sugestão do "tetrâmetro trocaico" grego (v. 8.909 e ss.,

traduzidos aqui numa métrica de quinze sílabas) assim como do verso breve que integra as estrofes cambiantes do coro grego. Além disso, Goethe empregará na segunda cena, com a entrada do cavaleiro medieval Fausto, o chamado "verso branco" da tradição alemã e inglesa (*blank verse*), não rimado e com cinco acentos (decassílabos na tradução de Jenny Klabin Segall), e ainda, indiciando na dimensão da forma poética a união entre Fausto e Helena, o verso rimado (começando com o verso característico da lírica amorosa medieval na Alemanha, a chamada *Minnedichtung* ou *Minnesang*). Por fim, toda a terceira cena estará dominada por reminiscências da poesia pastoral europeia, pelo sortilégio musical da canção romântica (*Lied*) e pela homenagem à figura do poeta inglês Lord Byron, para Goethe "o maior talento do século".

Os contemporâneos cultos de Goethe podiam vislumbrar por detrás do "ato de Helena", como o poeta costumava chamá-lo, a polêmica entre os partidários do Classicismo (que defendiam a imitação dos escritores da Antiguidade clássica) e os ferrenhos adeptos do Romantismo (e, portanto, da poesia então "moderna"). A intervenção mediadora de Goethe nesse antagonismo, semelhante em vários aspectos à famosa "Querela dos Antigos e dos Modernos" que agitou o panorama intelectual francês no século XVII, adquire maior nitidez na terceira e última cena do ato, justamente com o advento da figura alegórica de Eufórion, fruto da união entre Helena, nobre representante da Antiguidade clássica, e Fausto, que encarna o passado medieval alemão, tão cultuado pelos românticos.

Levando ao extremo ressalvas que o próprio Goethe nutria em relação à literatura romântica, Friedrich Wilhelm Riemer (1774-1845), amigo e conselheiro do poeta em questões de filologia clássica, anotava em seu diário, a 28 de agosto de 1808, palavras que, como assinala Albrecht Schöne, oferecem uma caracterização bastante expressiva dessa oposição: "O antigo é sóbrio, modesto, moderado; o moderno é inteiramente desenfreado, ébrio. O antigo aparece apenas como um real idealizado, um real modelado com grandeza e gosto; o romântico parece um irreal, um impossível ao qual se confere apenas uma aparência de real mediante a fantasia. O antigo é plástico, verdadeiro e efetivo; o romântico, ilusório como as imagens de uma lanterna mágica".

Ao pisar o palco "diante do palácio de Menelau", toda a fala de Helena, suas reações à ameaça que paira sobre si e as moças troianas do Coro (a vingança de morte que, segundo as insinuações de Mefisto-Fórquias, Menelau está premeditando em seu íntimo) — todos os seus gestos e atitudes mostram-se condicionados pela regra do decoro, da contenção, por aquilo, enfim, que é adequado à dignidade aristocrática: "como a uma esposa cabe" (v. 8.507); "Haja o que houver! Seja o que for, a mim me cabe [...]" (v. 8.604); "Temor vulgar não cabe à filha real de Zeus" (v. 8.647).

Com essa postura resignada e altiva — lembrando não apenas a personagem de Eurípides (em *Helena* e *As troianas*), mas sobretudo a Helena estoica que atua na tragédia *As troianas* de Sêneca — a heroína introduz no *Fausto* uma linguagem e um estilo que Richard Alewyn comenta nos seguintes termos: "A amplitude incomum dos versos e a junção dura das frases, a ornamentação graciosa da imagética e a gnoma inflexível, a fluência solene do discurso e a parcimônia inaudita do sentimento, o ritual severo no movimento das personagens, no diálogo e na ação, o cálculo comedido na expressão linguística, no andamento e na gestualidade, tudo isso não é certamente alemão, ainda que criado com arte admirável e para ganho e glória imperecíveis da arte literária alemã". Goethe procurou apreender e transmitir o elemento grego, como revelam tais características, não por intermédio de uma imitação virtuose, mas sugerindo a distância temporal que separa a sua época da Antiguidade, de certo modo à maneira de uma tradução que deixa transparecer o original. A esse respeito observa ainda Alewyn nesse ensaio de 1932 ("Goethe e a Antiguidade"), citado tanto por Erich Trunz como por Albrecht Schöne: "É o velho Goethe, com seu sentido apurado para distâncias temporais, que desloca aqui o helenismo com o intuito de prevenir aquelas identificações ingênuas que simulavam uma intimidade enganosa que, na realidade, não era outra coisa senão um autoespelhamento ingênuo". [M.V.M.]

Dritter Akt — Vor dem Palaste des Menelas zu Sparta

(Helena tritt auf und Chor gefangener Trojanerinnen)

(Panthalis, Chorführerin)

HELENA

    Bewundert viel und viel gescholten, Helena,
    Vom Strande komm' ich, wo wir erst gelandet sind,
    Noch immer trunken von des Gewoges regsamem   8.490
    Geschaukel, das vom phrygischen Blachgefild uns her
    Auf sträubig-hohem Rücken, durch Poseidons Gunst
    Und Euros' Kraft, in vaterländische Buchten trug.
    Dort unten freuet nun der König Menelas
    Der Rückkehr samt den tapfersten seiner Krieger sich.
    Du aber heiße mich willkommen, hohes Haus,
    Das Tyndareos, mein Vater, nah dem Hange sich
    Von Pallas' Hügel wiederkehrend aufgebaut
    Und, als ich hier mit Klytämnestren schwesterlich,
    Mit Kastor auch und Pollux fröhlich spielend wuchs,   8.500
    Vor allen Häusern Spartas herrlich ausgeschmückt.
    Gegrüßet seid mir, der ehrnen Pforte Flügel ihr!
    Durch euer gastlich ladendes Weit-Eröffnen einst
    Geschah's, daß mir, erwählt aus vielen, Menelas
    In Bräutigamsgestalt entgegenleuchtete.
    Eröffnet mir sie wieder, daß ich ein Eilgebot
    Des Königs treu erfülle, wie der Gattin ziemt.
    Laßt mich hinein! und alles bleibe hinter mir,
    Was mich umstürmte bis hieher, verhängnisvoll.

Terceiro ato — Diante do palácio de Menelau em Esparta

(Surge Helena e Coro de Prisioneiras Troianas)

(Pantalis, Corifeia)

HELENA

> Muito admirada e odiada muito, eu, Helena,
> Da praia venho, onde, pouco antes, abordáramos,
> Entontecidas com o balanço ainda das vagas   8.490
> Que das plainas da Frígia às pátrias enseadas,
> Graças à força de Euro e ao favor de Posidão,
> Sobre eriçadas, altas cristas nos trouxeram.[1]
> Nos baixos, lá, celebra ora o rei Menelau
> Com seus guerreiros mais valentes o regresso.
> Mas dá-me as boas-vindas, tu, nobre palácio,
> Que Tíndaro, meu pai, ao regressar do outeiro
> De Palas, erigiu junto ao suave declive;[2]
> Enquanto aqui, com Clitemnestra, eu crescia,
> Com Pólux e Castor, em fraternais folguedos,   8.500
> O ornou com esplendor inédito em Esparta.
> Batentes do portal de bronze, eu vos saúdo!
> Por vosso umbral aberto hospitaleiramente,
> Outrora, Menelau, eleito ele entre muitos,[3]
> Em nupciais trajes me surgiu, resplandecente.
> Abri-vos, ora, a fim de que fielmente eu cumpra
> Urgente ordem do rei, como a uma esposa cabe.
> Deixai que eu entre! e permaneça atrás de mim
> Tudo o que fatalmente até hoje me assediou.

[1] Helena descreve a viagem marítima, propiciada pelo vento do oriente (Euro), que a trouxe de Troia, a cidade arrasada pelos gregos que ficava nas planícies da Frígia, parte ocidental da Ásia Menor, atual Turquia.

[2] Embora ciente de ter sido gerada pelo próprio Zeus sob a aparência de um cisne, neste verso Helena apresenta Tíndaro, rei de Esparta e esposo de Leda, como seu genitor. Desse modo, ela reforça os seus vínculos com o "nobre palácio" construído pelo rei ao retornar da colina em que se encontrava o templo de Palas Atena (provavelmente, o local da cidade homônima, Atenas). Segundo a mitologia, Tíndaro teria mandado erigir o palácio real após o seu regresso da Etólia, onde desposara Leda, filha do rei Téstio.

[3] Cerca de quarenta varões (todos eles nomeados na enciclopédia mitológica de Hederich) pleitearam junto a Tíndaro a mão da formosa Helena.

Denn seit ich diese Schwelle sorgenlos verließ, 8.510
Cytherens Tempel besuchend, heiliger Pflicht gemäß,
Mich aber dort ein Räuber griff, der phrygische,
Ist viel geschehen, was die Menschen weit und breit
So gern erzählen, aber der nicht gerne hört,
Von dem die Sage wachsend sich zum Märchen spann.

CHOR

    Verschmähe nicht, o herrliche Frau,
    Des höchsten Gutes Ehrenbesitz!
    Denn das größte Glück ist dir einzig beschert,
    Der Schönheit Ruhm, der vor allen sich hebt.
    Dem Helden tönt sein Name voran, 8.520
    Drum schreitet er stolz;
    Doch beugt sogleich hartnäckigster Mann
    Vor der allbezwingenden Schöne den Sinn.

HELENA

Genug! mit meinem Gatten bin ich hergeschifft
Und nun von ihm zu seiner Stadt vorausgesandt;
Doch welchen Sinn er hegen mag, errat' ich nicht. 8.530
Komm' ich als Gattin? komm' ich eine Königin?
Komm' ich ein Opfer für des Fürsten bittern Schmerz
Und für der Griechen lang' erduldetes Mißgeschick?
Erobert bin ich; ob gefangen, weiß ich nicht!

TERCEIRO ATO — DIANTE DO PALÁCIO DE MENELAU EM ESPARTA

    Pois desde que eu daqui saíra, alegre, rumo   8.510
    Ao templo de Citera, o uso sagrado honrando,
    E que me capturou lá o assaltante frígio,[4]
    Quanto não sucedeu que os homens mundo afora
    Narram com gosto; mas que sem gosto ouve aquele
    De quem surgiu o mito, e a fábula se urdiu.

CORO[5]

    Não negues, ó magnífica dama,
    Do dom mais alto a posse gloriosa!
    Pois só a ti coube a suprema ventura,
    Da formosura o triunfo sem-par.
    Precede o herói o som de seu nome,   8.520
    Ufano, anda, pois.[6]
    Mas verga o mais altivo varão
    Logo o espírito ante a invencível Beleza.

HELENA

    Basta! com meu esposo até aqui naveguei:
    Mandou que à sua real cidade o precedesse;
    Mas o que ele medita, adivinhar não posso.   8.530
    Rainha venho? venho como esposa, ou venho
    Expiar em sacrifício a amarga dor do príncipe,
    E a adversidade imposta aos gregos longamente?
    Fui conquistada; se cativa sou, ignoro!

---

[4] Referência ao santuário de Afrodite na ilha de Citera, no golfo da Lacônia (ou Lacedemônia). O "assaltante frígio" que, segundo Helena, a teria capturado então é Páris, filho de Príamo e Hécuba, soberanos de Troia.

[5] Um modelo provável para o Coro que agora entra em cena é, conforme aponta Schöne, o coro das prisioneiras na tragédia *As troianas*, de Eurípides. Erich Trunz demonstra detalhadamente como a estrutura coral inserida por Goethe nesta cena apresenta semelhança com os coros nas tragédias de Ésquilo, Sófocles e Eurípides. As primeiras intervenções do Coro estruturam-se em estrofe (vv. 8.516-23), antístrofe (vv. 8.560-67) e epodo (vv. 8.591-603). Em seguida, Trunz procede à listagem e análise das demais partes corais.

[6] Literalmente: "Por isso ele [o herói] marcha orgulhoso".

Denn Ruf und Schicksal bestimmten fürwahr die Unsterblichen
Zweideutig mir, der Schöngestalt bedenkliche
Begleiter, die an dieser Schwelle mir sogar
Mit düster drohender Gegenwart zur Seite stehn.
Denn schon im hohlen Schiffe blickte mich der Gemahl
Nur selten an, auch sprach er kein erquicklich Wort.
Als wenn er Unheil sänne, saß er gegen mir.
Nun aber, als des Eurotas tiefem Buchtgestad
Hinangefahren der vordern Schiffe Schnäbel kaum
Das Land begrüßten, sprach er, wie vom Gott bewegt: 8.540
»Hier steigen meine Krieger nach der Ordnung aus,
Ich mustere sie, am Strand des Meeres hingereiht;
Du aber ziehe weiter, ziehe des heiligen
Eurotas fruchtbegabtem Ufer immer auf,
Die Rosse lenkend auf der feuchten Wiese Schmuck,
Bis daß zur schönen Ebene du gelangen magst,
Wo Lakedämon, einst ein fruchtbar weites Feld,
Von ernsten Bergen nah umgeben, angebaut.
Betrete dann das hochgetürmte Fürstenhaus
Und mustere mir die Mägde, die ich dort zurück 8.550
Gelassen, samt der klugen alten Schaffnerin.
Die zeige dir der Schätze reiche Sammlung vor,
Wie sie dein Vater hinterließ und die ich selbst
In Krieg und Frieden, stets vermehrend, aufgehäuft.
Du findest alles nach der Ordnung stehen; denn
Das ist des Fürsten Vorrecht, daß er alles treu
In seinem Hause, wiederkehrend, finde, noch
An seinem Platze jedes, wie er's dort verließ.
Denn nichts zu ändern hat für sich der Knecht Gewalt.«

Ambiguamente têm-me os Imortais imposto
O meu destino e a minha glória, ambos sequazes
Dúbios da formosura, e que até neste umbral
Me envolvem com a presença ameaçadora e lúgubre.
Na nau côncava, já, raro era o esposo olhar-me:
Via-o ante mim sentado, imóvel, em silêncio,
Como que a meditar algum negro infortúnio.
Mas ao chegar à curvilínea foz do Eurotas,[7]
Mal das primeiras naus saudava a proa a terra,
Eis que falou, como inspirado por um deus: 8.540
"Vão abordar aqui, em ordem, meus guerreiros,
Formando alas na praia, os passo eu em revista.
Mas tu, prossegue, e do sagrado Eurotas sobe
Sempre as fecundas margens, guiando os teus corcéis
Sobre a flórea, úmida campina, até alcançares
A planície formosa em que a Lacedemônia,[8]
Outrora um campo vasto e fértil estendido
Ao pé de austeros morros, se ergue, edificada.
Penetra, após, no real palácio de altas torres:
Passa em revista as servas, lá por mim deixadas, 8.550
Sob a égide da velha e sagaz governanta.
Exiba-te esta o rico acervo dos tesouros
Legados por teu pai, e que, na guerra e paz,
Também eu, em escala imensa acumulei.
Hás de encontrar em ordem tudo; é o privilégio
Do príncipe, ao tornar da ausência ao seu palácio,
Novamente encontrar tudo o que lá deixou,
E cada coisa em seu lugar, pois nada o servo
Pode modificar por gosto e arbítrio próprio".

---

[7] O Eurotas é o principal rio da planície da Lacedemônia, junto ao qual se erigiu a cidade de Esparta. O hipérbato do verso seguinte é fiel à sintaxe do original: "mal a proa das primeiras naves penetrava na profunda foz do Eurotas, eis que falou...".

[8] O nome dessa região de "planícies formosas" deriva de Lacedêmon, que era filho de Zeus e se casou com Esparta, filha do rei Eurotas. Lacedêmon deu, portanto, o seu nome à região e o de sua mulher à cidade construída como capital.

Dritter Akt — Vor dem Palaste des Menelas zu Sparta

CHOR

    Erquicke nun am herrlichen Schatz,   8.560
    Dem stets vermehrten, Augen und Brust!
    Denn der Kette Zier, der Krone Geschmuck,
    Da ruhn sie stolz, und sie dünken sich was;
    Doch tritt nur ein und fordre sie auf,
    Sie rüsten sich schnell.
    Mich freuet, zu sehn Schönheit in dem Kampf
    Gegen Gold und Perlen und Edelgestein.

HELENA

Sodann erfolgte des Herren ferneres Herrscherwort:
»Wenn du nun alles nach der Ordnung durchgesehn,
Dann nimm so manchen Dreifuß, als du nötig glaubst,   8.570
Und mancherlei Gefäße, die der Opfrer sich
Zur Hand verlangt, vollziehend heiligen Festgebrauch.
Die Kessel, auch die Schalen, wie das flache Rund;
Das reinste Wasser aus der heiligen Quelle sei
In hohen Krügen; ferner auch das trockne Holz,
Der Flammen schnell empfänglich, halte da bereit;
Ein wohlgeschliffnes Messer fehle nicht zuletzt;
Doch alles andre geb' ich deiner Sorge hin.«
So sprach er, mich zum Scheiden drängend; aber nichts
Lebendigen Atems zeichnet mir der Ordnende,   8.580
Das er, die Olympier zu verehren, schlachten will.
Bedenklich ist es; doch ich sorge weiter nicht,
Und alles bleibe hohen Göttern heimgestellt,
Die das vollenden, was in ihrem Sinn sie deucht,

CORO

   Sacia agora no áureo tesouro,   8.560
   O sempre ampliado, os olhos e o peito!
   Da joia o fulgor, da tiara o adereço,
   Lá quedam-se em seu repouso soberbo;
   Mas entras tu, vens tu desafiá-los,[9]
   Tão logo reagem.
   Apraz-me ver em luta a Beleza
   Com rubis, safiras e pérolas e ouro.

HELENA

Seguiu-se, logo após, novo comando do amo:
"Quando, pela ordem tudo houveres revistado,
Junta ânforas, tripés e os demais receptáculos,   8.570
Tudo o que, ao celebrar sagrados ritos, deve
O celebrante ter ao alcance da mão.[10]
Os caldeirões e as circulares taças rasas;
Puríssima água da sagrada fonte até o alto
Encha amplas urnas; lenha enxuta se ache pronta,
Que célere ao calor do fogo se incandesça;
Tampouco falte a faca, afiada com apuro;
O mais, que for preciso, ao teu critério entrego."
Assim falou, a despedida acelerando.
Mas nada designou de vivo o real mandante,[11]   8.580
Que em sacrifício intente aos Deuses imolar.
É inquietador, temor porém não sinto, e tudo
Às mãos dos Deuses deixo, os quais até o fim levam
O que no espírito lhes apraz determinar,

---

[9] Alusão a um antigo *topos* da lírica amorosa (presente ainda no período Barroco) em que a beleza feminina desafia e supera todo o "fulgor" de joias, tiaras, coroas etc.

[10] Todos os utensílios elencados por Helena nesta estrofe integram o antigo ritual de sacrifício e oferenda frequentemente descrito por Homero em suas epopeias.

[11] No original, Helena diz que o "mandante" (o rei Menelau) não designou nada com "respiração viva" — isto é, nenhum animal sacrificável.

Es möge gut von Menschen oder möge bös
Geachtet sein; die Sterblichen, wir ertragen das.
Schon manchmal hob das schwere Beil der Opfernde
Zu des erdgebeugten Tieres Nacken weihend auf
Und konnt' es nicht vollbringen, denn ihn hinderte
Des nahen Feindes oder Gottes Zwischenkunft.   8.590

CHOR

        Was geschehen werde, sinnst du nicht aus;
        Königin, schreite dahin
        Guten Muts!
        Gutes und Böses kommt
        Unerwartet dem Menschen;
        Auch verkündet, glauben wir's nicht.
        Brannte doch Troja, sahen wir doch
        Tod vor Augen, schmählichen Tod;
        Und sind wir nicht hier
        Dir gesellt, dienstbar freudig,   8.600
        Schauen des Himmels blendende Sonne
        Und das Schönste der Erde
        Huldvoll, dich, uns Glücklichen?

HELENA

Sei's, wie es sei! Was auch bevorsteht, mir geziemt,
Hinaufzusteigen ungesäumt in das Königshaus,
Das, lang' entbehrt und viel ersehnt und fast verscherzt,
Mir abermals vor Augen steht, ich weiß nicht wie.
Die Füße tragen mich so mutig nicht empor
Die hohen Stufen, die ich kindisch übersprang.

(Ab)

Achem-no os homens bom, ou tenham-no por mal;
Nós, mortais, temos que acatar sua vontade.
Quanto oficiante, já, sobre a prostrada nuca
Da vítima brandiu o aço sacrificial,
Sem consumar o rito, a que súbito o obstou
A intervenção de um Deus ou a do inimigo próximo. 8.590

CORO

    O que pode advir, idear não consegues;
    Para ali, Rainha, avança
    Com ânimo alto!
    Males e bens advêm
    De imprevisto para o homem;
    Neles, nem preditos, nós cremos.[12]
    Não ardeu Troia, a morte não vimos
    Ante os olhos, mísera morte?
    E aqui não estamos,
    Junto a ti, solícitas? 8.600
    Vemos o fúlgido astro do céu
    E o mais Belo na terra,
    Que és tu! Oh, felizes somos!

HELENA

Haja o que houver! Seja o que for, a mim me cabe
Subir sem mora ao real palácio, tanto tempo
Chorado, desejado, e quase já perdido,
E que ante mim de novo se ergue, não sei como.
Não galgam já meus pés com ânimo os degraus
Que aos saltos infantis transpunha antigamente.

(Sai)

---

[12] Uma vez que "males e bens" advêm ao homem de maneira imprevista, as Coristas dizem não acreditar em "preditos", ou nos prognósticos dos adivinhos.

CHOR

    Werfet, o Schwestern, ihr 8.610
    Traurig gefangenen,
    Alle Schmerzen ins Weite;
    Teilet der Herrin Glück,
    Teilet Helenens Glück,
    Welche zu Vaterhauses Herd,
    Zwar mit spät zurückkehrendem,
    Aber mit desto festerem
    Fuße freudig herannaht.

    Preiset die heiligen,
    Glücklich herstellenden 8.620
    Und heimführenden Götter!
    Schwebt der Entbundene
    Doch wie auf Fittichen
    Über das Rauhste, wenn umsonst
    Der Gefangene sehnsuchtsvoll
    Über die Zinne des Kerkers hin
    Armausbreitend sich abhärmt.

    Aber sie ergriff ein Gott,
    Die Entfernte;
    Und aus Ilios' Schutt 8.630
    Trug er hierher sie zurück
    In das alte, das neugeschmückte
    Vaterhaus,
    Nach unsäglichen
    Freuden und Qualen,
    Früher Jugendzeit
    Angefrischt zu gedenken.

Terceiro ato — Diante do palácio de Menelau em Esparta

CORO

  Oh, lançai, vós, irmãs,   8.610
  Tristes cativas, vós,
  Toda a lástima ao longe;
  Fruí de vossa ama o júbilo,
  Fruí, pois, de Helena o júbilo,
  Que da paterna casa ela,
  Num regresso embora tardio,
  Mas com tanto mais firme passo
  Já, alegre, se aproxima.

  Salve os magnânimos
  Deuses, que, amigos,   8.620
  Reconduzem, restauram!
  Plana o liberto
  Como sobre asas
  Sobre o mais rude, enquanto o cativo
  Sobre as ameias do cárcere, ai,
  Ergue debalde os braços nostálgicos,
  E, de dor, se definha.

  Mas dela, apossou-se um Deus,
  Da expatriada;[13]
  E das ruínas de Ílio   8.630
  Trouxe-a aqui, trouxe-a de volta,
  Para o velho, reornamentado
  Pátrio lar,
  Pós indizíveis
  Gozos e mágoas,
  Para que anos de infância,
  Reavivada, recorde.

---

[13] Neste verso, o Coro refere-se a Helena como "a distante", ou seja, a que fora raptada para a longínqua Troia — portanto, também no sentido de "expatriada".

PANTHALIS *(als Chorführerin)*

    Verlasset nun des Gesanges freudumgebnen Pfad
    Und wendet nach der Türe Flügeln euren Blick!
    Was seh' ich, Schwestern? Kehret nicht die Königin   8.640
    Mit heftigen Schrittes Regung wieder zu uns her?
    Was ist es, große Königin, was konnte dir
    In deines Hauses Hallen, statt der Deinen Gruß,
    Erschütterndes begegnen? Du verbirgst es nicht;
    Denn Widerwillen seh' ich an der Stirne dir,
    Ein edles Zürnen, das mit Überraschung kämpft.

HELENA *(welche die Türflügel offen gelassen hat, bewegt)*

    Der Tochter Zeus' geziemet nicht gemeine Furcht,
    Und flüchtig-leise Schreckenshand berührt sie nicht;
    Doch das Entsetzen, das, dem Schoß der alten Nacht
    Von Urbeginn entsteigend, vielgestaltet noch   8.650
    Wie glühende Wolken aus des Berges Feuerschlund
    Herauf sich wälzt, erschüttert auch des Helden Brust.
    So haben heute grauenvoll die Stygischen
    Ins Haus den Eintritt mir bezeichnet, daß ich gern
    Von oft betretner, langersehnter Schwelle mich,
    Entlaßnem Gaste gleich, entfernend scheiden mag.
    Doch nein! gewichen bin ich her ans Licht, und sollt

Terceiro ato — Diante do palácio de Menelau em Esparta

PANTALIS *(como corifeia)*[14]

Deixai do canto o rumo orlado de alegria
E aos batentes da porta o vosso olhar volvei!
Mas que estou vendo, irmãs? Não retorna a Rainha   8.640
A nós com impetuoso e acelerado passo?
Grande Rainha, que houve? em vez de saudação
Que foi que te surgiu, nos átrios de teu paço,
Que assim te perturbou? O que era? não o ocultas;
Pois vejo-te gravada a repulsão na fronte,
E nobre indignação, em luta com o espanto.

HELENA *(que deixou abertos os batentes da porta, agitada)*

Temor vulgar não cabe à filha real de Zeus,
E a fugaz-leve mão do medo não a toca;
Mas o Horroroso, oriundo em eras primordiais
Do seio da Mãe Noite, e que, qual flâmea nuvem   8.650
Inda o ígneo ventre da montanha em formas múltiplas[15]
Vomita, até do herói o viril peito abala.
Têm-me espantosamente, assim, hoje, os Estígios[16]
Da casa assinalado a entrada, a ponto que eu,
Da umbreira familiar, por mim tão almejada,
Qual hóspede importuno anelo despedir-me.
Mas não! à luz, aqui, recuei, e vós, Potências,

---

[14] Conforme assinala Ernst Beutler, Goethe tomou o nome dessa Corifeia à descrição que Pausânias, escritor grego do século II d.C., fez de pinturas no pavilhão de Delfos. Trata-se, neste caso, de uma pintura de Polignoto que mostra as ruas fumegantes e destruídas de Troia, enquanto os gregos se reúnem em seus navios com os despojos do saque. Cada figura representada traz uma legenda com o seu nome e Pantalis aparece como a acompanhante de Helena.

[15] A figura horrorosa avistada por Helena, como que oriunda do ventre da velha Noite (filha do Caos na *Teogonia* de Hesíodo), é comparada com nuvens flâmeas e vapores vulcânicos para reforçar o seu aspecto informe e indefinido. Trata-se, como se mostra na sequência, de Mefistófeles-Fórquias.

[16] Os Estígios são as potências do mundo ínfero, dos mortos, assim chamadas em consonância com o rio que lá corre, o Estígio.

Ihr weiter nicht mich treiben, Mächte, wer ihr seid.
Auf Weihe will ich sinnen, dann gereinigt mag
Des Herdes Glut die Frau begrüßen wie den Herrn. 8.660

CHORFÜHRERIN

Entdecke deinen Dienerinnen, edle Frau,
Die dir verehrend beistehn, was begegnet ist.

HELENA

Was ich gesehen, sollt ihr selbst mit Augen sehn,
Wenn ihr Gebilde nicht die alte Nacht sogleich
Zurückgeschlungen in ihrer Tiefe Wunderschoß.
Doch daß ihr's wisset, sag' ich's euch mit Worten an:
Als ich des Königshauses ernsten Binnenraum,
Der nächsten Pflicht gedenkend, feierlich betrat,
Erstaunt' ich ob der öden Gänge Schweigsamkeit.
Nicht Schall der emsig Wandelnden begegnete 8.670
Dem Ohr, nicht raschgeschäftiges Eiligtun dem Blick,
Und keine Magd erschien mir, keine Schaffnerin,
Die jeden Fremden freundlich sonst begrüßenden.
Als aber ich dem Schoße des Herdes mich genaht,
Da sah ich, bei verglommner Asche lauem Rest,
Am Boden sitzen welch verhülltes großes Weib,
Der Schlafenden nicht vergleichbar, wohl der Sinnenden.
Mit Herrscherworten ruf' ich sie zur Arbeit auf,
Die Schaffnerin mir vermutend, die indes vielleicht
Des Gatten Vorsicht hinterlassend angestellt; 8.680
Doch eingefaltet sitzt die Unbewegliche;
Nur endlich rührt sie auf mein Dräun den rechten Arm,
Als wiese sie von Herd und Halle mich hinweg.
Ich wende zürnend mich ab von ihr und eile gleich
Den Stufen zu, worauf empor der Thalamos

Terceiro ato — Diante do palácio de Menelau em Esparta

Já não me impelireis além, sejais quem fordes.
De uma consagração cogito, para que a flama
Do lar, purificada, a esposa acolha e o esposo. 8.660

CORIFEIA

Revela, nobre dama, a tuas servidoras,
Que com veneração te assistem, o que houve.

HELENA

Vereis vós, o que eu vi, com os vossos próprios olhos,
Se a velha Noite não tragou já novamente
Seu fruto adentro o seio prenhe de prodígios.
Mas, para que o saibais, palavras vo-lo digam:
Quando do real palácio o austero átrio interior
Pisei solenemente, o urgente ofício em vista,
Pasmou-me a solidão calada dos vestíbulos.
Eco algum me ressoou de passos diligentes, 8.670
Sinal algum vi de labor atarefado,
Nem me surgiu à vista serva ou governanta,
Das que usam dispensar ao hóspede a acolhida.
Mas quando me acerquei do foco da lareira,
Junto aos montões de extintas, mornas cinzas vi,
No chão sentada, envolta em véus, que mulher grande!
Adormecida, não; como que meditando.
Com voz autoritária a chamo à atividade,
Nela a Intendente presumindo que, ao partir,
Estacionara ali a previsão do esposo. 8.680
Queda-se ela, ainda assim, imóvel e encoberta,
Mas como insisto, finalmente estende a destra,
Como que a repelir-me do átrio e da lareira.
Irada, dela me desvio e me dirijo
Sem mais para os degraus que o esplendecente tálamo[17]

---

[17] "Tálamo" é o leito conjugal, palavra derivada, no português e no alemão, do grego *thálamos* (no caso, o antigo leito de Helena e Menelau).

Geschmückt sich hebt und nah daran das Schatzgemach;
Allein das Wunder reißt sich schnell vom Boden auf,
Gebietrisch mir den Weg vertretend, zeigt es sich
In hagrer Größe, hohlen, blutig-trüben Blicks,
Seltsamer Bildung, wie sie Aug' und Geist verwirrt. 8.690
Doch red' ich in die Lüfte; denn das Wort bemüht
Sich nur umsonst, Gestalten schöpferisch aufzubaun.
Da seht sie selbst! sie wagt sogar sich ans Licht hervor!
Hier sind wir Meister, bis der Herr und König kommt.
Die grausen Nachtgeburten drängt der Schönheitsfreund
Phöbus hinweg in Höhlen, oder bändigt sie.

(Phorkyas auf der Schwelle zwischen den Türpfosten auftretend)

CHOR

    Vieles erlebt' ich, obgleich die Locke
    Jugendlich wallet mir um die Schläfe!
    Schreckliches hab' ich vieles gesehen,
    Kriegrischen Jammer, Ilios' Nacht, 8.700
    Als es fiel.

    Durch das umwölkte, staubende Tosen
    Drängender Krieger hört' ich die Götter

TERCEIRO ATO — DIANTE DO PALÁCIO DE MENELAU EM ESPARTA

Domina, junto à câmara alta dos tesouros.
Mas ergue-se a visão do solo,[18] com violência,
Barrando-me o caminho autoritariamente,
Alta, esquelética, de olhar vácuo e sanguíneo,
Figura estranha, a estarrecer o olhar e o espírito.　　　　8.690
Mas falo no ar, já que a palavra em vão se esforça
De conferir aos vultos forma material.[19]
Vede! ei-la! é ela mesma! ousa chegar-se à luz!
Mas governo eu aqui, até que chegue o Rei.
E os frutos tétricos da Noite, Febo,[20] o amigo
Do Belo, aos seus covis rejeita, ou os subjuga.

(Fórquias, surgindo na soleira, entre as alas da porta)[21]

CORO

Já muito eu vi, por mais que ainda as tranças
Me orlem a fronte juvenilmente![22]
Lástimas vi e horrores inúmeros,
Ais dos que tombam, de Ílion o ocaso　　　　8.700
Quando ruiu.

Pelo pulvéreo, núbilo estrondo
De hostes em fúria, ouvi tonitruantes

---

[18] "Visão" corresponde no original a *Wunder*, o portento, prodígio ou, no sentido visado por Goethe, o "ser monstruoso".

[19] Helena não consegue articular o seu assombro, dar "forma material" (isto é, palavras) à visão monstruosa que acaba de ter.

[20] Febo, o Brilhante, é um dos epítetos de Apolo, o deus solar.

[21] Entra em cena agora Mefisto, desempenhando a função de intendente do palácio (*Schaffnerin* em alemão, termo cunhado por J. H. Voss em sua tradução das epopeias homéricas) e sob a máscara de Fórquias, assumida no ato anterior (vv. 8.014-33).

[22] Como era praxe na antiga tragédia grega, o Coro se exprime agora no singular e algumas estrofes adiante volta ao plural. A despeito de suas "tranças" (no original, cachos) juvenis, as Coristas afirmam já terem presenciado muito horror e sofrimento — oriundo, no caso, da destruição de Troia ou Ílio.

Fürchterlich rufen, hört' ich der Zwietracht
Eherne Stimme schallen durchs Feld,
Mauerwärts.

Ach! sie standen noch, Ilios'
Mauern, aber die Flammenglut
Zog vom Nachbar zum Nachbar schon,
Sich verbreitend von hier und dort   8.710
Mit des eignen Sturmes Wehn
Über die nächtliche Stadt hin.

Flüchtend sah ich durch Rauch und Glut
Und der züngelnden Flamme Loh'n
Gräßlich zürnender Götter Nahn,
Schreitend Wundergestalten
Riesengroß, durch düsteren
Feuerumleuchteten Qualm hin.

Sah ich's, oder bildete
Mir der angstumschlungene Geist   8.720
Solches Verworrene? sagen kann
Nimmer ich's, doch daß ich dies
Gräßliche hier mit Augen schau',
Solches gewiß ja weiß ich;
Könnt' es mit Händen fassen gar,
Hielte von dem Gefährlichen
Nicht zurücke die Furcht mich.

Welche von Phorkys'
Töchtern nur bist du?
Denn ich vergleiche dich   8.730
Diesem Geschlechte.

Deuses bradando, ouvi da discórdia[23]
Brônzeo clangor a atroar pelo campo
Rumo aos muros.

Ali, erguiam-se inda as muralhas
De Ílion, mas flamejante ardência
Já de casa a casa corria,
A alastrar-se daqui, de lá,   8.710
Com a violência do próprio ímpeto
Sobre a cidade noturna.

Vi, fugindo entre fumo e brasas,
E o voraz linguajar do fogo,
Deuses surgirem em terrífica ira,
Torvos vultos de assombro, andando,
Colossais, por vapores lôbregos,
Que alumiava o clarão do fogo.

Se isso eu vi, ou se me influiu
A ânsia atroz do espírito enleado   8.720
Tal confusão, não o sei dizer;
Mas que estou vendo este vulto
Tétrico aqui com os próprios olhos,
É o que sei sem dúvida;
Tocá-lo-ia até com minhas mãos,
Não me impedisse o medo
De ao perigo atrever-me.

Qual és das filhas
Tu, pois, de Fórquis?[24]
Pois eu comparo-te   8.730
A essa linhagem.

---

[23] O "brônzeo clangor da discórdia" alude à voz da deusa Éris, personificação da Discórdia (Ilíada, XI, 10). Também em Homero encontra-se, como motivo, o costume de os deuses bradarem durante os combates entre gregos e troianos (Ilíada, V, v. 784 e ss.; XIV, v. 147 e ss.).

[24] O Coro avalia a Intendente do palácio de modo preciso, já que Mefisto assumiu no ato anterior a aparência de uma das Fórquias (também chamadas Forquíades, Fórcides ou Graias), filhas de Fórquis (ou Fórcis).

Bist du vielleicht der graugebornen,
Eines Auges und eines Zahns
Wechselsweis teilhaftigen
Graien eine gekommen?

Wagest du Scheusal
Neben der Schönheit
Dich vor dem Kennerblick
Phöbus' zu zeigen?
Tritt du dennoch hervor nur immer; 8.740
Denn das Häßliche schaut er nicht,
Wie sein heilig Auge noch
Nie erblickte den Schatten.

Doch uns Sterbliche nötigt, ach,
Leider trauriges Mißgeschick
Zu dem unsäglichen Augenschmerz,
Den das Verwerfliche, Ewig-Unselige
Schönheitliebenden rege macht.

Ja, so höre denn, wenn du frech
Uns entgegenest, höre Fluch, 8.750
Höre jeglicher Schelte Drohn
Aus dem verwünschenden Munde der Glücklichen,
Die von Göttern gebildet sind.

PHORKYAS

Alt ist das Wort, doch bleibet hoch und wahr der Sinn,
Daß Scham und Schönheit nie zusammen, Hand in Hand,
Den Weg verfolgen über der Erde grünen Pfad.

Acaso uma és das grisalhas natas,
Que um só olho e um dente único usam,
A alterná-los entre si?
Uma, acaso, és das Graias?

Monstro, ousas tu,
Junto à Beleza,
Exibir-te ante o olhar
Penetrante de Febo?[25]
Mas surge à vista ainda assim, 8.740
Já que ele o Feio não contempla,
Assim como o seu divo olhar
Nunca a Sombra avistou.

Mas a nós, ah mortais, obriga
Fado mísero, infelizmente,
À inexprimível dor visual
Que a imagem do hórrido, hediondo, há de sempre
Influir em quem amor tem ao Belo.

Sim, pois ouve, quando insolente
Nos confrontas, injúrias ouve, 8.750
Ouve ameaças e maldições
Que os lábios rogam dos afortunados
Cujo aspecto os Deuses moldaram.

FÓRQUIAS

É velho o dito, mas seu sentido elevado
Ainda se impõe. Nunca a Modéstia e a Formosura
De mãos dadas da terra o verde atalho trilham.[26]

---

[25] O Coro exprobra Fórquias por ter esta ousado mostrar-se à luz do dia, expor-se ao olhar de Febo Apolo. Albrecht Schöne assinala que na tragédia *Prometeu* (v. 793 e ss.), de Ésquilo, é dito que esse deus solar jamais lançou um único olhar de seus raios sobre as Fórcides.

[26] "Modéstia" corresponde no original a *Scham*, cujo sentido seria traduzido mais apropriadamente por "pudor" ou, preservando a forma feminina, "pudicícia". Schöne lembra que em suas *Epístolas* (XV, 290), Ovídio escreve: "Entre Beleza e Pudicícia impera grande contenda" (*Lis est cum forma magna pudicitiae*).

Dritter Akt — Vor dem Palaste des Menelas zu Sparta

Tief eingewurzelt wohnt in beiden alter Haß,
Daß, wo sie immer irgend auch des Weges sich
Begegnen, jede der Gegnerin den Rücken kehrt.
Dann eilet jede wieder heftiger, weiter fort, 8.760
Die Scham betrübt, die Schönheit aber frech gesinnt,
Bis sie zuletzt des Orkus hohle Nacht umfängt,
Wenn nicht das Alter sie vorher gebändigt hat.
Euch find' ich nun, ihr Frechen, aus der Fremde her
Mit Übermut ergossen, gleich der Kraniche
Laut-heiser klingendem Zug, der über unser Haupt,
In langer Wolke, krächzend sein Getön herab
Schickt, das den stillen Wandrer über sich hinauf
Zu blicken lockt; doch ziehn sie ihren Weg dahin,
Er geht den seinen; also wird's mit uns geschehn. 8.770

Wer seid denn ihr, daß ihr des Königes Hochpalast
Mänadisch wild, Betrunknen gleich, umtoben dürft?
Wer seid ihr denn, daß ihr des Hauses Schaffnerin
Entgegenheulet, wie dem Mond der Hunde Schar?
Wähnt ihr, verborgen sei mir, welch Geschlecht ihr seid,
Du kriegerzeugte, schlachterzogne junge Brut?
Mannlustige du, so wie verführt verführende,
Entnervend beide, Kriegers auch und Bürgers Kraft!
Zu Hauf euch sehend, scheint mir ein Zikadenschwarm
Herabzustürzen, deckend grüne Feldersaat. 8.780
Verzehrerinnen fremden Fleißes! Naschende
Vernichterinnen aufgekeimten Wohlstands ihr!
Erobert — marktverkauft — vertauschte Ware du!

Terceiro ato — Diante do palácio de Menelau em Esparta

Vive ódio antigo, fundamente enraizado,
No íntimo de ambas, e onde quer que elas se encontrem,
Tão logo uma à outra vira as costas e prossegue
Mais veemente e arrebatada o seu caminho.   8.760
A Modéstia húmil, mas, soberba a Formosura,
Até que do Orco enfim,[27] a vácua noite a absorva,
Se a idade, dantes, já, não lhe domara o orgulho.
Vejo-vos pois, vós, insolentes, cá chegadas
De longínquas regiões, gritantes como o bando
Raucíssono dos grous, que, em longas nuvens voando[28]
Por sobre nós, e à terra enviando os seus crocitos,
Para o alto atrai o olhar do lento caminhante.
Contudo vão seguindo o seu caminho aqueles,
E este o dele segue. Assim será conosco.   8.770

Quem sois, para que ouseis, ao pé do real palácio,
Bramir qual ébrias, ou Ménades em fúria?[29]
Quem sois, para que assim, à face da Intendente
Da casa, uiveis como a canina malta à Lua?
Julgais que ignoro a vossa espécie? vós, ralé,
Incubação de guerra, cria de batalhas,
À cata de homens, subornadas, subornando,[30]
De ambos, guerreiro e cidadão, minando a força!
Julgo em vós ver um denso enxame de locustas,
Que a despencar sobre o verde agro, a seara arrasa.   8.780
Devoradoras do labor alheio, vós!
Do germinante bem-estar praga voraz,
Presa de guerra, oferta em troca, à venda posta!

---

[27] Designação latina para o ínfero mundo dos mortos, o Hades nas epopeias homéricas.

[28] O grasnido rouco ("raucíssono") emitido pelos grous em sua rota migratória serve a Fórquias como termo de comparação para as ásperas palavras que as Coristas lhe lançam ao rosto. Em seguida, a Intendente as compara com um bando de "locustas" (espécie de gafanhoto) que se abate sobre uma plantação e a devora.

[29] Ménades (ou "Mênades", "mulheres possuídas") são as Bacantes que integravam o séquito orgiástico de Dioniso (o deus Baco dos latinos).

[30] Literalmente: "Lúbrica por homens, seduzida seduzindo". No original, Fórquias passa, neste e no verso anterior, a dirigir-se a um "tu", levada talvez pelo coletivo (singular) "incubação de guerra, cria de batalhas".

DRITTER AKT — VOR DEM PALASTE DES MENELAS ZU SPARTA

HELENA

    Wer gegenwarts der Frau die Dienerinnen schilt,
    Der Gebietrin Hausrecht tastet er vermessen an;
    Denn ihr gebührt allein, das Lobenswürdige
    Zu rühmen, wie zu strafen, was verwerflich ist.
    Auch bin des Dienstes ich wohl zufrieden, den sie mir
    Geleistet, als die hohe Kraft von Ilios
    Umlagert stand und fiel und lag; nicht weniger,   8.790
    Als wir der Irrfahrt kummervolle Wechselnot
    Ertrugen, wo sonst jeder sich der Nächste bleibt.
    Auch hier erwart' ich Gleiches von der muntern Schar;
    Nicht, was der Knecht sei, fragt der Herr, nur, wie er dient.
    Drum schweige du und grinse sie nicht länger an.
    Hast du das Haus des Königs wohl verwahrt bisher
    Anstatt der Hausfrau, solches dient zum Ruhme dir;
    Doch jetzo kommt sie selber, tritt nun du zurück,
    Damit nicht Strafe werde statt verdienten Lohns.

PHORKYAS

    Den Hausgenossen drohen bleibt ein großes Recht,   8.800
    Das gottbeglückten Herrschers hohe Gattin sich
    Durch langer Jahre weise Leitung wohl verdient.
    Da du, nun Anerkannte, neu den alten Platz
    Der Königin und Hausfrau wiederum betrittst,
    So fasse längst erschlaffte Zügel, herrsche nun,
    Nimm in Besitz den Schatz und sämtlich uns dazu.
    Vor allem aber schütze mich, die Ältere,
    Vor dieser Schar, die neben deiner Schönheit Schwan
    Nur schlecht befittticht', schnatterhafte Gänse sind.

HELENA

> Quem na presença da ama as servas desacata,
> Dela audazmente infringe o senhorial direito;
> Só a ela cumpre o que é louvável elogiar,
> Como também punir o que acha repreensível.
> Prezo, ademais, serviços que estas me prestaram,
> Quando assediado estava de Ílio o forte altivo   8.790
> E ruiu; e quando as mil árduas vicissitudes,
> Também, da travessia errática aturamos,
> Onde cada um de si só cuida, habitualmente.
> Também aqui do ativo grupo o mesmo espero;
> Quem seja o servo, não; como serve, o amo indaga.[31]
> Cala-te, então, e delas já não escarneças.
> Se custodiaste bem, na ausência da ama, a casa,
> És digna de louvor; mas ei-la que regressa:
> Retrai-te, pois, a fim de não seres passível
> De algum castigo em vez de merecido prêmio.

FÓRQUIAS

> Nobre prerrogativa é da abençoada esposa   8.800
> Do augusto soberano a ameaça aos seus domésticos;
> Em longos anos de sagaz governo a aufere.
> Já que, reconhecida, o posto antigo agora[32]
> Reassumes de rainha e de dona de casa,
> Apanha as rédeas afrouxadas, e governa.
> Sim, do tesouro e de nós todas toma conta.
> Mas me protege, a mim, a anciã, da mó de tontas,
> Que, ao pé do cisne de beleza que és, tão só
> Mal emplumados e grasnantes gansos são.

---

[31] Literalmente Helena diz que o amo não deseja saber quem é o servo, mas tão somente como ele serve.

[32] O antigo fragmento de "Helena", redigido por Goethe no ano de 1800, chegava até o verso anterior. Com esta linha, portanto, o poeta dá início à continuação do manuscrito. A imagem do "cisne de beleza", com que Fórquias caracteriza em seguida Helena, além de aludir a sua concepção pelo "cisne" divino, contrasta com a imagem dos desgraciosos e "grasnantes gansos" (as Coristas).

CHORFÜHRERIN

Wie häßlich neben Schönheit zeigt sich Häßlichkeit. 8.810

PHORKYAS

Wie unverständig neben Klugheit Unverstand.

(Von hier an erwidern die Choretiden, einzeln aus dem Chor heraustretend)

CHORETIDE 1

Von Vater Erebus melde, melde von Mutter Nacht.

PHORKYAS

So sprich von Scylla, leiblich dir Geschwisterkind.

CHORETIDE 2

An deinem Stammbaum steigt manch Ungeheur empor.

PHORKYAS

Zum Orkus hin! da suche deine Sippschaft auf.

CORIFEIA

Quão feia assoma, junto ao Belo, a Fealdade! 8.810

FÓRQUIAS

Como, junto à Razão, assoma inepta a Inépcia!

(Daqui em diante replicam as Coristas individualmente, saindo do Coro uma por uma)[33]

1ª CORISTA

Dá do Pai Érebo notícias, de Mãe Noite.[34]

FÓRQUIAS

Fala de Cila, tua prima-irmã carnal.[35]

2ª CORISTA

Sobe-te mais de um monstro à árvore genealógica.

FÓRQUIAS

Para o Orco, vai! teus consanguíneos lá procura!

---

[33] Os treze versos subsequentes seguem o modelo da chamada "esticomitia" (do grego *stichos*, "linha, verso", e *mythos*, "discurso" — portanto, um diálogo que se desdobra verso a verso), empregada sobretudo por Eurípides. Abre-se assim a etapa mais drástica na troca de acusações entre Fórquias e as Coristas. A "munição" para essa batalha verbal será tomada à mitologia.

[34] Érebo, nascido do Caos, personifica as trevas primordiais no início dos tempos. Hederich assinala em sua enciclopédia mitológica que Érebo teria gerado com a Noite a "velhice", a "morte", a "discórdia", a "miséria" e a "inveja". O próprio Mefisto apresentou-se na primeira cena "Quarto de trabalho" como "parte da escuridão" (v. 1.350) e Fausto o chamou em seguida "estranho ser que o caos fez".

[35] Cila era uma bela donzela que fora transformada pela feiticeira Circe num monstro marinho, com a parte inferior do corpo cingida por cabeças de seis cães ferozes, que devoravam tudo o que estivesse ao alcance. Na *Odisseia* (canto XII), o "flagelo" Cila arrebata e devora seis robustos companheiros de Odisseu.

CHORETIDE 3

Die dorten wohnen, sind dir alle viel zu jung.

PHORKYAS

Tiresias, den Alten, gehe buhlend an.

CHORETIDE 4

Orions Amme war dir Ur-Urenkelin.

PHORKYAS

Harpyen, wähn' ich, fütterten dich im Unflat auf.

CHORETIDE 5

Mit was ernährst du so gepflegte Magerkeit? 8.820

PHORKYAS

Mit Blute nicht, wonach du allzulüstern bist.

3ª CORISTA

São para ti por demais jovens os que o habitam.

FÓRQUIAS

Trata de seduzir Tirésias, o decrépito.[36]

4ª CORISTA

A ama de Órion já foi a tua tataraneta.[37]

FÓRQUIAS

Vejo que Harpias te criaram na imundície.[38]

5ª CORISTA

Com que alimentas macilência tão cuidada?   8.820

FÓRQUIAS

Com sangue não, de que te mostras tão sequiosa.[39]

---

[36] Ao adivinho cego Tirésias foi dado sobreviver a várias gerações humanas (de cinco a nove, segundo diferentes versões). Na enciclopédia de Hederich consta que esse adivinho, exortado a decidir a controvérsia entre os deuses a respeito de quem sentia mais prazer no ato sexual, se o homem ou a mulher, atribuiu nove partes a Juno e apenas uma a Júpiter.

[37] Órion era um gigante caçador que, por ter tentado violar Ártemis, foi desterrado para o firmamento sob a forma de constelação. Hederich escreve que o nascimento desse caçador mítico se deve a Hirieu, que implorou aos deuses por um filho. Estes urinaram no couro de um boi que lhes fora sacrificado e ordenaram a Hirieu que o mantivesse enterrado por dez meses. Decorrido o prazo estipulado, o couro desenterrado trouxe à luz esse gigante cuja ama, segundo a injúria da Corista, teria sido a tataraneta de Fórquias.

[38] Monstros pré-olímpicos, representados como mulheres providas de asas ou aves com cabeça feminina e garras afiadas. Diz a mitologia que essas figuras monstruosas devoraram os mantimentos e iguarias do rei Fineu, defecando sobre o que restou.

[39] No canto XI da *Odisseia* é narrado que as sombras do Hades só conseguiram falar após beber de uma cova que Odisseu enchera de sangue, o líquido de que a Corista, segundo Fórquias, se mostra tão sequiosa.

CHORETIDE 6

Begierig du auf Leichen, ekle Leiche selbst!

PHORKYAS

Vampyren-Zähne glänzen dir im frechen Maul.

CHORFÜHRERIN

Das deine stopf' ich, wenn ich sage, wer du seist.

PHORKYAS

So nenne dich zuerst; das Rätsel hebt sich auf.

HELENA

Nicht zürnend, aber traurend schreit' ich zwischen euch,
Verbietend solchen Wechselstreites Ungestüm!
Denn Schädlicheres begegnet nichts dem Herrscherherrn
Als treuer Diener heimlich unterschworner Zwist.
Das Echo seiner Befehle kehrt alsdann nicht mehr   8.830
In schnell vollbrachter Tat wohlstimmig ihm zurück,
Nein, eigenwillig brausend tost es um ihn her,
Den selbstverirrten, ins Vergebne scheltenden.
Dies nicht allein. Ihr habt in sittelosem Zorn
Unsel'ger Bilder Schreckgestalten hergebannt,
Die mich umdrängen, daß ich selbst zum Orkus mich
Gerissen fühle, vaterländ'scher Flur zum Trutz.
Ist's wohl Gedächtnis? war es Wahn, der mich ergreift?

TERCEIRO ATO — DIANTE DO PALÁCIO DE MENELAU EM ESPARTA

6ª CORISTA

Voraz cadáver, tu, faminta de cadáveres!

FÓRQUIAS

Dentes vampíricos tua boca cínica enchem.

CORIFEIA

Ver-se-á fechada a tua se eu disser quem és.

FÓRQUIAS

Nomeia-te primeiro e o enigma está solvido.[40]

HELENA

Sem ira, mas aflita entre vós me interponho,
Da altercação vedando a cólera injuriosa!
Nada de mais nocivo encontra o amo e senhor
Do que a discórdia surda entre leais servidores.
De suas ordens já não torna a ele, harmonioso,   8.830
O eco na forma de atos logo executados.
Mas ruge ao seu redor, manhoso e efervescente,
Deixando-o confundido e a repreender num vácuo.[41]
Não é só isso. Em vossa fúria imoderada
De imagens de terror as sombras conjurastes;
Assaltam-me, e, aturdida, eu própria, arrebatada
Me sinto ao Orco, as pátrias plagas não obstante.[42]
Memória é? desvairou-me uma alucinação?

---

[40] Está implícito que tanto a Corifeia como Mefisto-Fórquias são oriundos de mundos ínferos — a primeira, como parte do séquito de Helena, emergiu do Hades; e o segundo, do inferno.

[41] Engalfinhados em "discórdia surda", os criados não executam as ordens do "amo e senhor" (no caso, a própria Helena), que também acaba se desorientando na confusão.

[42] Embora sob a luz do sol e pisando as terras pátrias, Helena sente-se impelida ao lugar a que pertencem as "imagens de terror" conjuradas, isto é, ao Orco.

War ich das alles? Bin ich's? Werd' ich's künftig sein,
Das Traum- und Schreckbild jener Städteverwüstenden?   8.840
Die Mädchen schaudern, aber du, die Älteste,
Du stehst gelassen; rede mir verständig Wort.

PHORKYAS

Wer langer Jahre mannigfaltigen Glücks gedenkt,
Ihm scheint zuletzt die höchste Göttergunst ein Traum.
Du aber, hochbegünstigt sonder Maß und Ziel,
In Lebensreihe sahst nur Liebesbrünstige,
Entzündet rasch zum kühnsten Wagstück jeder Art.
Schon Theseus haschte früh dich, gierig aufgeregt,
Wie Herakles stark, ein herrlich schön geformter Mann.

HELENA

Entführte mich, ein zehenjährig schlankes Reh,   8.850
Und mich umschloß Aphidnus' Burg in Attika.

PHORKYAS

Durch Kastor und durch Pollux aber bald befreit,
Umworben standst du ausgesuchter Heldenschar.

TERCEIRO ATO — DIANTE DO PALÁCIO DE MENELAU EM ESPARTA

Fui tudo isso? É o que sou? Ainda o serei? Fantasma
De sonho e de pavor dos que destroem cidades?[43]   8.840
Fremem as jovens; tu, porém, anciã velhíssima,
Serena me ouves; dize-me algo de sensato.

FÓRQUIAS

Quem recorda anos de ventura longa e múltipla,
Dos Deuses tem, no fim, por sonho o dom mais alto.[44]
No andar da vida, tu, contemplada além do auge,
Só encontraste amantes ébrios de desejo,
Logo inflamados para todo ato de audácia.
Cedo já te colheu de Teseu a lascívia,[45]
Varão magnífico, ele, um Hércules possante.

HELENA

Raptou-me, esguia e tenra corça de dez anos,[46]   8.850
E encarcerou-me na mansão de Afídno, na Ática.

FÓRQUIAS

Pouco após, por Castor e Pólux libertada,
De heróis de escol te requestou a multidão.[47]

---

[43] Helena questiona, portanto, a sua identidade enquanto imagem "de sonho e de pavor" dos guerreiros gregos que, na narração de Homero, devastaram a cidade de Troia na guerra provocada por sua beleza.

[44] Isto é: quem recorda anos marcados por venturas múltiplas (por sorte diversa e mutável), acaba considerando um "sonho" mesmo o dom mais alto dos deuses.

[45] Abrindo a sequência dos homens que à vista de Helena se tornaram "ébrios de desejo", Fórquias menciona o herói ático Teseu (comparado a "um Hércules possante"), que a raptou ao vê-la dançando no templo de Diana ou Ártemis.

[46] No manuscrito definitivo do *Fausto II*, a indicação de idade diz "treze anos", mas algumas edições, começando com a de Erich Schmidt (Weimar), substituíram-na por "dez anos", valendo-se da "permissão" que o poeta outorgou a Eckermann em 17 de março de 1830 (ver nota ao v. 7.426).

[47] Fórquias diz que Helena, depois de ser libertada por seus irmãos, os dioscuros Castor e Pólux, foi disputada por uma "multidão" de grandes heróis.

HELENA

    Doch stille Gunst vor allen, wie ich gern gesteh',
    Gewann Patroklus, er, des Peliden Ebenbild.

PHORKYAS

    Doch Vaterwille traute dich an Menelas,
    Den kühnen Seedurchstreicher, Hausbewahrer auch.

HELENA

    Die Tochter gab er, gab des Reichs Bestellung ihm.
    Aus ehlichem Beisein sproßte dann Hermione.

PHORKYAS

    Doch als er fern sich Kretas Erbe kühn erstritt,   8.860
    Dir Einsamen da erschien ein allzuschöner Gast.

HELENA

    Warum gedenkst du jener halben Witwenschaft,
    Und welch Verderben gräßlich mir daraus erwuchs?

PHORKYAS

    Auch jene Fahrt, mir freigebornen Kreterin
    Gefangenschaft erschuf sie, lange Sklaverei.

HELENA

> Mas, meu favor secreto, admito-o, entre eles todos,
> Pátroclo obteve, a imagem viva de Peleu.[48]

FÓRQUIAS

> No entanto o poder pátrio a Menelau te uniu,
> Desbravador do mar e do lar sustentáculo.

HELENA

> Da filha lhe entregou, como do reino, a guarda.
> Da conjugal união Hermione foi o fruto.[49]

FÓRQUIAS

> Mas quando, ausente, conquistou de Creta a herança,   8.860
> Na solidão surgiu-te o mais belo dos hóspedes.[50]

HELENA

> Por que recordas hoje esta semiviuvez
> E a horrível perdição que pra mim dela adveio?

FÓRQUIAS

> Essa jornada a mim, Cretense livre nata,
> Valeu o cativeiro e longa escravidão.[51]

---

[48] O próximo nome na longa lista dos homens que se envolveram com Helena é, segundo o depoimento da mesma, Pátroclo, companheiro inseparável de Aquiles, o filho do rei Peleu e da deusa Tétis.

[49] Segundo a lenda, o rei Tíndaro escolheu Menelau entre as dezenas de pretendentes à mão de Helena. Dessa união nasceu Hermione (ou Hermíone), que ficou como filha única do casal.

[50] O formoso Páris, que a levou para Troia enquanto o esposo Menelau se encontrava em Creta.

[51] Fórquias inventa um passado para si, apresentando-se como cretense que nascera livre, mas que acabou sofrendo as consequências da jornada militar de Menelau à ilha de Creta: aprisionada por este, teria sido trazida a Esparta como cativa, justamente para exercer a função de intendente do palácio.

HELENA

    Als Schaffnerin bestellt' er dich sogleich hieher,
    Vertrauend vieles, Burg und kühn erworbnen Schatz.

PHORKYAS

    Die du verließest, Ilios' umtürmter Stadt
    Und unerschöpften Liebesfreuden zugewandt.

HELENA

    Gedenke nicht der Freuden! allzuherben Leids   8.870
    Unendlichkeit ergoß sich über Brust und Haupt.

PHORKYAS

    Doch sagt man, du erschienst ein doppelhaft Gebild,
    In Ilios gesehen und in Ägypten auch.

HELENA

    Verwirre wüsten Sinnes Aberwitz nicht gar.
    Selbst jetzo, welche denn ich sei, ich weiß es nicht.

PHORKYAS

    Dann sagen sie: aus hohlem Schattenreich herauf
    Gesellte sich inbrünstig noch Achill zu dir!
    Dich früher liebend gegen allen Geschicks Beschluß.

Terceiro ato — Diante do palácio de Menelau em Esparta

HELENA

Mas promoveu-te a intendente, a cidadela
Confiando-te, e o tesouro audazmente adquirido.

FÓRQUIAS

Que abandonaras tu, rumo a Ílio, a urbe torreada,
E a inexauríveis gozos e êxtases de amor.

HELENA

Não os evoques! de árduas mágoas derramou-se-me   8.870
A amarga imensidão por sobre a fronte e o peito.[52]

FÓRQUIAS

Mas narram que em visão dúplice apareceste,
Pois foste vista em Ílio e no Egito igualmente.[53]

HELENA

Não me atordoes de todo o senso alucinado;
Neste momento, até, ignoro quem eu seja.

FÓRQUIAS

Dizem mais que: deixando o reino vão das sombras,[54]
Aquiles vinculou-se a ti, ardorosamente!
Que antes te amara já, contra a ordem do destino.

---

[52] Mais uma das inúmeras construções com hipérbato que caracterizam este terceiro ato: Helena diz aqui, em sintaxe direta, que a imensidão de árduas mágoas se derramou sobre o seu peito e fronte.

[53] Segundo uma lenda tardia, aproveitada por Eurípedes em seu drama *Helena*, Páris teria levado para Troia apenas o espectro de Helena criado pela deusa Hera, enquanto a verdadeira ficou vivendo no Egito, até que Menelau a reconduzisse de volta a Esparta.

[54] Alusão à lenda segundo a qual Aquiles e Helena teriam deixado o "reino das sombras" e vivido juntos em Feras, onde geraram o menino Eufórion (ver nota ao v. 7.435). Embora atordoada e prestes a perder os sentidos, Helena confirma essa união de "ídolos" ("sombra" corresponde no original a *Idol*, palavra alemã derivada do latim *idolum*, que por sua vez vem do grego *eidolon*: imagem, ídolo, sombra, ilusão, fantasmagoria).

DRITTER AKT — VOR DEM PALASTE DES MENELAS ZU SPARTA

HELENA

    Ich als Idol, ihm dem Idol verband ich mich.
    Es war ein Traum, so sagen ja die Worte selbst.   8.880
    Ich schwinde hin und werde selbst mir ein Idol.

(Sinkt dem Halbchor in die Arme)

CHOR

        Schweige, schweige!
        Mißblickende, Mißredende du!
        Aus so gräßlichen einzahnigen
        Lippen, was enthaucht wohl
        Solchem furchtbaren Greuelschlund!

        Denn der Bösartige, wohltätig erscheinend,
        Wolfesgrimm unter schafwolligem Vlies,
        Mir ist er weit schrecklicher als des drei-
        köpfigen Hundes Rachen.   8.890
        Ängstlich lauschend stehn wir da:
        Wann? wie? wo nur bricht's hervor,
        Solcher Tücke
        Tiefauflauerndes Ungetüm?

        Nun denn, statt freundlich mit Trost reich begabten,
        Letheschenkenden, holdmildesten Worts
        Regest du auf aller Vergangenheit
        Bösestes mehr denn Gutes
        Und verdüsterst allzugleich
        Mit dem Glanz der Gegenwart   8.900
        Auch der Zukunft
        Mild aufschimmerndes Hoffnungslicht.

Terceiro ato — Diante do palácio de Menelau em Esparta

HELENA

> Eu, como sombra, vinculei-me a ele, outra sombra.
> Um sonho foi, dizem-no as próprias palavras; 8.880
> Desmaio, e sombra torno-me eu, para mim mesma.

(Cai nos braços do semicoro)

CORO

> Cala, ah, cala-te!
> Tu, pérfida, de língua e olhos pérfidos!
> Que hão, de entre o único dente, os hórridos
> Lábios de exalar! que hálito
> Esse horrífero abismo de fauce!
>
> Pois o malévolo, com ar de benévolo,
> Lobo mau sob o alvo velo de ovelha,
> Tenho eu por terrífico mais que a tríplice
> Fauce do cão de três cabeças.[55] 8.890
> Temerosas, cá escutamos:
> Como, onde, quando ainda irrompe
> Desse abismo
> A perfídia monstruosa à espreita?
>
> Eis que ao invés de palavras letíficas,[56]
> De ânimo, e íntimo, suavíssimo alento,
> Todo o passado é o que estás remexendo,
> Mais que os bens, dele os males,
> E obscureces a um só tempo,
> Com o esplendor do atual momento, 8.900
> Do porvir igualmente
> O auroreal clarão de esperança.

---

[55] Alusão a Cérbero, o monstruoso cão de três cabeças postado como guardião na entrada do Hades.

[56] O adjetivo "letíficas" refere-se ao mitológico rio Letes, de cujas águas os mortos bebiam para suprimir todas as lembranças da vida terrena. Em vez de "palavras letíficas", que proporcionariam esquecimento, Fórquias não cessa de remexer o passado sombrio, ressaltando — de acordo com a acusação das Coristas — mais os "males" do que os "bens".

Schweige, schweige!
Daß der Königin Seele,
Schon zu entfliehen bereit,
Sich noch halte, festhalte
Die Gestalt aller Gestalten,
Welche die Sonne jemals beschien.

(Helena hat sich erholt und steht wieder in der Mitte)

PHORKYAS

Tritt hervor aus flüchtigen Wolken, hohe Sonne dieses Tags,
Die verschleiert schon entzückte, blendend nun im Glanze herrscht. 8.910
Wie die Welt sich dir entfaltet, schaust du selbst mit holdem Blick.
Schelten sie mich auch für häßlich, kenn' ich doch das Schöne wohl.

HELENA

Tret' ich schwankend aus der Öde, die im Schwindel mich umgab,
Pflegt' ich gern der Ruhe wieder, denn so müd' ist mein Gebein:
Doch es ziemet Königinnen, allen Menschen ziemt es wohl,
Sich zu fassen, zu ermannen, was auch drohend überrascht.

PHORKYAS

Stehst du nun in deiner Großheit, deiner Schöne vor uns da,
Sagt dein Blick, daß du befiehlest; was befiehlst du? sprich es aus.

HELENA

Eures Haders frech Versäumnis auszugleichen, seid bereit;
Eilt, ein Opfer zu bestellen, wie der König mir gebot. 8.920

Cala, ah, cala-te!
Para que a alma da Rainha,
Ora a fugir, prestes, já,
Se sustente, ainda ampare
A figura única, a máxima
Que a luz do sol jamais alumiou.

(Helena tornou a si e está novamente de pé no centro)

FÓRQUIAS

Das fugazes nuvens surge, fúlgido astro deste dia,
Que enublado, já, encantava e impera, agora, esplandecente.   8.910
Como o mundo se abre, lindo, ao teu olhar, vê-te ele, linda.
Tenha o rótulo, eu, de feia, sei, embora, amar o Belo.[57]

HELENA

Quando, trêmula, ora surjo do imo vácuo da vertigem,
Ainda o seu repouso almejo, pois tão lassos sinto os membros:
Cumpre entanto a uma rainha, cumpre a todos os mortais,
Dominar-se, armar-se de ânimo, ante algum perigo ou ameaça.

FÓRQUIAS

Em teu brilho e majestade, eis que te ergues ante nós;
Teu olhar nos diz que ordenas: o que ordenas? fala, pois.

HELENA

Reparai de vossa briga às pressas o fatal descuido;
Preparai um sacrifício, como mo ordenara o rei.   8.920

---

[57] Fórquias parece enveredar agora por um discurso conciliador; na verdade, porém, as imagens de claridade e desanuviamento com que passa a lisonjear Helena apenas preparam o golpe decisivo que irá desfechar nas próximas linhas.

PHORKYAS

    Alles ist bereit im Hause, Schale, Dreifuß, scharfes Beil,
    Zum Besprengen, zum Beräuchern; das zu Opfernde zeig' an!

HELENA

    Nicht bezeichnet' es der König.

PHORKYAS

                           Sprach's nicht aus? O Jammerwort!

HELENA

    Welch ein Jammer überfällt dich?

PHORKYAS

                           Königin, du bist gemeint!

HELENA

    Ich?

PHORKYAS

    Und diese.

CHOR

        Weh und Jammer!

TERCEIRO ATO — DIANTE DO PALÁCIO DE MENELAU EM ESPARTA

FÓRQUIAS

Tudo em casa se acha pronto, trípede, urnas, faca afiada,
Para o incensamento, o asperges; falta só indicar a vítima.[58]

HELENA

Não me disse o rei qual era.

FÓRQUIAS

                 Não to disse? Oh! não funesto![59]

HELENA

De que horror te sentes presa?

FÓRQUIAS

                 Tu, Rainha, és a indicada!

HELENA

Eu?

FÓRQUIAS

Sim; e estas!

CORO

           Altos deuses!

---

[58] Fórquias menciona aqui todos os utensílios necessários para o ritual do sacrifício: "asperges" designa o momento de aspersão da água lustral, de purificação. No original, Fórquias substantiva os verbos: "Para o aspergir, para o incensar". O objetivo é insinuar que a vítima que falta é justamente Helena (e as suas acompanhantes).

[59] O segundo "não" deste semiverso tem função de substantivo e corresponde, no original, a *Jammerwort*, "palavra deplorável".

PHORKYAS

                              Fallen wirst du durch das Beil.

HELENA

   Gräßlich! doch geahnt; ich Arme!

PHORKYAS

                              Unvermeidlich scheint es mir.

CHOR

   Ach! Und uns? was wird begegnen?

PHORKYAS

                           Sie stirbt einen edlen Tod;
   Doch am hohen Balken drinnen, der des Daches Giebel trägt,
   Wie im Vogelfang die Drosseln, zappelt ihr der Reihe nach.

(Helena und Chor stehen erstaunt und erschreckt,
in bedeutender, wohlvorbereiteter Gruppe)

PHORKYAS

   Gespenster! — Gleich erstarrten Bildern steht ihr da,   8.930
   Geschreckt, vom Tag zu scheiden, der euch nicht gehört.
   Die Menschen, die Gespenster sämtlich gleich wie ihr,
   Entsagen auch nicht willig hehrem Sonnenschein;

FÓRQUIAS

                Cais pelo aço do machado.

HELENA

Trágico, ah, mas pressentira-o eu, ai de mim!

FÓRQUIAS

                            É inevitável.

CORO

Ah! e nós? que nos sucede?

FÓRQUIAS

              Morre ela, é de nobre morte;
Mas lá dentro, da alta trave que o arco do telhado ampara,
Como os tordos na arapuca, em fila haveis de bambalear.[60]

(Helena e o Coro quedam-se em atitudes de pasmo e horror,
num grupo bem ordenado e expressivo)

FÓRQUIAS

Espectros vós!...[61] Quedais-vos rijas como estátuas,   8.930
No pavor de deixar a luz, que não é vossa.
Os homens como vós, todos também espectros,
Do dia e sol tampouco abdicam de bom grado;

---

[60] Alusão à terrível vingança executada por Telêmaco, no final do canto XXII da *Odisseia*, contra as criadas infiéis de Penélope: como tordos ou pombos que morrem enredados numa armadilha, elas são dependuradas no alto de uma abóbada e "ainda esperneiam um pouco com os pés, mas não por muito tempo".

[61] Como Helena e todas as moças do Coro vieram do Hades, isso justifica chamá-las de "espectros".

Doch bittet oder rettet niemand sie vom Schluß;
Sie wissen's alle, wenigen doch gefällt es nur.
Genug, ihr seid verloren! Also frisch ans Werk.

(Klatscht in die Hände; darauf erscheinen an der Pforte
vermummte Zwerggestalten, welche die ausgesprochenen
Befehle alsobald mit Behendigkeit ausführen)

Herbei, du düstres, kugelrundes Ungetüm!
Wälzt euch hieher, zu schaden gibt es hier nach Lust.
Dem Tragaltar, dem goldgehörnten, gebet Platz,
Das Beil, es liege blinkend über dem Silberrand, 8.940
Die Wasserkrüge füllet, abzuwaschen gibt's
Des schwarzen Blutes greuelvolle Besudelung.
Den Teppich breitet köstlich hier am Staube hin,
Damit das Opfer niederkniee königlich
Und eingewickelt, zwar getrennten Haupts, sogleich
Anständig würdig aber doch bestattet sei.

CHORFÜHRERIN

Die Königin stehet sinnend an der Seite hier,
Die Mädchen welken gleich gemähtem Wiesengras;
Mir aber deucht, der Ältesten, heiliger Pflicht gemäß,
Mit dir das Wort zu wechseln, Ur-Urälteste. 8.950
Du bist erfahren, weise, scheinst uns gut gesinnt,
Obschon verkennend hirnlos diese Schar dich traf.
Drum sage, was du möglich noch von Rettung weißt.

Mas rogo algum, ninguém da hora fatal os salva;
Sabem-no todos, e a pouquíssimos agrada.
Estais perdidas, basta! À obra, pois, sem demora!

*(Bate as mãos; surgem no portal vultos
de anões embuçados, que executam com presteza
as ordens enunciadas)*[62]

Para cá! lúgubres, esféricos monstrengos!
Causar dano e prejuízo é mesmo o vosso gosto!
Que o altar portátil, de hastes de ouro, aqui se erija;
Sobre o beiral de prata, o afiado aço cintile,   8.940
Os odres de água enchei, haverá que lavar
Do sangue derramado a negra, horrenda mácula.
Sobre o pó estendei tapete suntuosíssimo,
Para que em pompa real a vítima se ajoelhe
E envolta em ricos véus, se bem que degolada,[63]
Condignamente, logo após, baixe ao sepulcro.

CORIFEIA

Meditando, a Rainha ao lado aqui se queda,
E como erva ceifada, as raparigas vergam;
Mas julgo ter, por dever santo, eu, a mais velha,
Trocar contigo, a anciã provecta, umas palavras.   8.950
Experiente és, sagaz, benévola te julgo,
Por mais que te injuriasse a injusta mó de tontas.
Dize-nos se ainda vês um meio de salvar-nos.

---

[62] Uma vez que não pode dar suas ordens às moças do Coro, Fórquias traz ao palco ajudantes de seu mundo nórdico, os quais contudo se apresentam com máscaras (mitologicamente neutros). Palavras de Goethe a Eckermann em 21 de fevereiro de 1831: "Quando os franceses se derem conta de Helena e perceberem o que podem tirar daí para o teatro deles! Estragarão a peça tal como é; mas a utilizarão de maneira inteligente para a finalidade deles, e isso é tudo o que se pode esperar e desejar. Eles certamente juntarão a Fórquias um coro de monstros, tal como indicado em uma passagem".

[63] No original, Fórquias dá a entender que Helena será enrolada no suntuoso tapete para ser baixada condignamente ao sepulcro (ainda que com a cabeça separada do corpo).

PHORKYAS

Ist leicht gesagt: von der Königin hängt allein es ab,
Sich selbst zu erhalten, euch Zugaben auch mit ihr.
Entschlossenheit ist nötig und die behendeste.

CHOR

Ehrenwürdigste der Parzen, weiseste Sibylle du,
Halte gesperrt die goldene Schere, dann verkünd' uns Tag und Heil;
Denn wir fühlen schon im Schweben, Schwanken, Bammeln unergetzlich
Unsere Gliederchen, die lieber erst im Tanze sich ergetzten,   8.960
Ruhten drauf an Liebchens Brust.

HELENA

Laß diese bangen! Schmerz empfind' ich, keine Furcht;
Doch kennst du Rettung, dankbar sei sie anerkannt.
Dem Klugen, Weitumsichtigen zeigt fürwahr sich oft
Unmögliches noch als möglich. Sprich und sag' es an.

CHOR

Sprich und sage, sag uns eilig: wie entrinnen wir den grausen,
Garstigen Schlingen, die bedrohlich, als die schlechtesten Geschmeide,
Sich um unsere Hälse ziehen? Vorempfinden wir's, die Armen,
Zum Entatmen, zum Ersticken, wenn du, Rhea, aller Götter
Hohe Mutter, dich nicht erbarmst.   8.970

PHORKYAS

Habt ihr Geduld, des Vortrags langgedehnten Zug
Still anzuhören? Mancherlei Geschichten sind's.

Terceiro ato — Diante do palácio de Menelau em Esparta

FÓRQUIAS

Dizê-lo é fácil: da Rainha, só, depende
Salvar-se, e vós, também, com ela, em suplemento.
Mas urge decisão tão rápida quão firme.

CORO

Ah, mais sábia das Sibilas, Parca veneranda, tu,[64]
As tesouras de ouro fecha e o dia e a salvação proclama;
Pois sentimos, cambaleantes, no ar flutuantes, já os membros,
Que na dança com mais gosto ondulariam, repousando   8.960
Ao seio, após, do bem-amado.

HELENA

Elas que tremam! Sinto eu mágoa, temor, não;
Mas, se um recurso tens, gratas te ficaremos.
A índole sábia e previdente, no impossível
Ainda o possível vê; dize, pois, o que sabes.

CORO

Dize e fala, oh, dize-o logo; como a salvo nos poremos
Dos cruéis, horrendos nós, que ameaçam, qual mortífero aro,
Nos cingir o colo ebúrneo — que, ai de nós, já os pressentimos,
A asfixiar-nos, sufocar-nos, a não ser que tu te apiedes,
Reia, augusta mãe dos deuses.[65]   8.970

FÓRQUIAS

Tendes paciência para ouvir o curso extenso
Da narração com calma? Histórias várias são.

---

[64] Movidas pela intenção de escapar da morte supostamente planejada por Menelau, o Coro passa a lisonjear Fórquias, apostrofada como a mais sábia entre as profetisas da Antiguidade (as Sibilas) e a mais veneranda das Parcas (Átropos, que cortava o fio da vida com uma tesoura; ver nota ao v. 5.305).

[65] Reia (Ops para os latinos) é a esposa de Saturno (ou Cronos) e mãe de Júpiter (Zeus) e outros olímpicos — portanto, a grande mãe dos deuses, chamada por Hederich "Magna Mater Deum".

CHOR

Geduld genug! Zuhörend leben wir indes.

PHORKYAS

Dem, der zu Hause verharrend edlen Schatz bewahrt
Und hoher Wohnung Mauern auszukitten weiß,
Wie auch das Dach zu sichern vor des Regens Drang,
Dem wird es wohlgehn lange Lebenstage durch;
Wer aber seiner Schwelle heilige Richte leicht
Mit flüchtigen Sohlen überschreitet freventlich,
Der findet wiederkehrend wohl den alten Platz, 8.980
Doch umgeändert alles, wo nicht gar zerstört.

HELENA

Wozu dergleichen wohlbekannte Sprüche hier?
Du willst erzählen; rege nicht an Verdrießliches.

PHORKYAS

Geschichtlich ist es, ist ein Vorwurf keineswegs.
Raubschiffend ruderte Menelas von Bucht zu Bucht,
Gestad' und Inseln, alles streift' er feindlich an,
Mit Beute wiederkehrend, wie sie drinnen starrt.
Vor Ilios verbracht' er langer Jahre zehn;

CORO

> Paciência temos! Escutando, em vida estamos.[66]

FÓRQUIAS

> Quem, apegado ao lar, resguarda haveres nobres,
> E sabe abetumar do augusto átrio a estrutura[67]
> E do ímpeto da chuva isolar o telhado,
> Feliz fruirá da vida o curso longo e próspero.
> Mas quem, com passo temerário e fugidio,
> Do umbral transpõe de leve e à toa o marco santo,[68]
> Este, quando regressa, o sítio antigo encontra,   8.980
> Mas transformado tudo, e até talvez destruído.

HELENA

> Por que nos vens com tais sentenças repisadas?
> A história narra, sem mexeres no que ofende.

FÓRQUIAS

> Histórico é, não é nenhuma exprobração.
> Corsário ousado, Menelau, de enseada a enseada
> Vogava, o litoral saqueando e as ilhas todas,
> Trazendo o espólio que ali dentro se acumula.
> Dez longos anos diante de Ílio consumou;

---

[66] Isto é, ouvindo pacientemente o "curso extenso da narração" de Fórquias, as Coristas preservarão a vida (ou ficarão sabendo como escapar à morte que se aproxima com Menelau). Katharina Mommsen, que estudou detalhadamente a influência das *Mil e uma noites* sobre a tragédia goethiana, enxerga neste verso mais uma alusão ao livro árabe, ou seja, à situação fundamental de Sherazade, que só conserva a vida narrando ininterruptamente histórias ao seu esposo sultão.

[67] No original, o elogio de Fórquias àquele que sabe construir uma casa sólida fala neste verso em abetumar ou cimentar "os muros da alta morada".

[68] O "marco santo" do umbral designa, apoiando-se na crença popular, a fronteira entre o espaço seguro e familiar da casa e o mundo exterior hostil.

Zur Heimfahrt aber weiß ich nicht wie viel es war.
Allein wie steht es hier am Platz um Tyndareos'   8.990
Erhabnes Haus? wie stehet es mit dem Reich umher?

HELENA

Ist dir denn so das Schelten gänzlich einverleibt,
Daß ohne Tadeln du keine Lippe regen kannst?

PHORKYAS

So viele Jahre stand verlassen das Talgebirg,
Das hinter Sparta nordwärts in die Höhe steigt,
Taygetos im Rücken, wo als muntrer Bach
Herab Eurotas rollt und dann, durch unser Tal
An Rohren breit hinfließend, eure Schwäne nährt.
Dort hinten still im Gebirgtal hat ein kühn Geschlecht
Sich angesiedelt, dringend aus cimmerischer Nacht,   9.000
Und unersteiglich feste Burg sich aufgetürmt,
Von da sie Land und Leute placken, wie's behagt.

HELENA

Das konnten sie vollführen? Ganz unmöglich scheint's.

PHORKYAS

Sie hatten Zeit, vielleicht an zwanzig Jahre sind's.

Não sei quantos levou a viagem de regresso.
No entanto, que ficou aqui do paço augusto   8.990
De Tíndaro, ao redor, do reino, que ficou?

HELENA

Tão enraizado tens o hábito da invectiva,
Que não podes mover sem repreensão os lábios?

FÓRQUIAS

Anos inúmeros ficou abandonado
O val montês que sobe ao norte, atrás de Esparta,
Ao Taígeto encostado,[69] onde, ainda arroio lépido,
O Eurotas corre abaixo, e após, por nosso vale
À larga entre os juncais fluindo, alimenta os cisnes.
Naquele val montês, das trevas cimerâneas[70]
Irrompeu povo ousado, e lá se radicou,   9.000
Erigindo um torreante, inexpugnável burgo,
De onde a gente e o país molestam à vontade.

HELENA

Puderam realizá-lo? Incrível se afigura!

FÓRQUIAS

Tiveram tempo, vão talvez lá uns vinte anos.[71]

---

[69] Atingindo 2.400 metros em seu cume mais elevado, o Taígeto é uma cadeia de montanhas no Peloponeso, nas cercanias do rio Eurotas.

[70] No canto XI da *Odisseia*, Homero refere-se ao mítico povo "cimério" ou "cimerâneo", que habitava os extremos do rio Oceano, numa terra envolta em névoas que os raios do sol jamais atravessavam. Essa alusão mitológica sugere a origem nórdica do "ousado povo" que, na versão de Fórquias, radicara-se no vale próximo.

[71] Isto é, dez anos durante os quais Menelau percorrera os mares com a sua frota, amealhando riquezas (mas deixando Helena e a filha sozinhas em casa), e os dez anos do cerco a Troia. Fórquias dá a entender que durante essas duas décadas erigiu-se a fortaleza de Fausto, nas proximidades do palácio de Menelau. Como observam os comentadores, essa vizinhança das construções homérico-clássica e medieval-romântica funda-

HELENA

    Ist einer Herr? sind's Räuber viel, verbündete?

PHORKYAS

    Nicht Räuber sind es, einer aber ist der Herr.
    Ich schelt' ihn nicht, und wenn er schon mich heimgesucht.
    Wohl konnt' er alles nehmen, doch begnügt' er sich
    Mit wenigen Freigeschenken, nannt' er's, nicht Tribut.

HELENA

    Wie sieht er aus?   9.010

PHORKYAS

                    Nicht übel! mir gefällt er schon.
    Es ist ein munterer, kecker, wohlgebildeter,
    Wie unter Griechen wenig', ein verständ'ger Mann.
    Man schilt das Volk Barbaren, doch ich dächte nicht,
    Daß grausam einer wäre, wie vor Ilios
    Gar mancher Held sich menschenfresserisch erwies.
    Ich acht' auf seine Großheit, ihm vertraut' ich mich.
    Und seine Burg! die solltet ihr mit Augen sehn!
    Das ist was anderes gegen plumpes Mauerwerk,

HELENA

    Bandidos são? Confederados? Um é o chefe?

FÓRQUIAS

    Não são bandidos, não, todavia um é o chefe.
    Não o incrimino, embora me haja visitado.[72]
    Podendo tudo obter, com pouco satisfez-se,
    De livre dádiva o chamou, não de tributo.

HELENA

    Como parece?[73]   9.010

FÓRQUIAS

                Nada mal! a mim me agrada.
    É um homem vivo, resoluto, bem formado,
    Sensato como é raro havê-los entre os gregos.
    Tacham de bárbaros tal povo, mas duvido
    Seja um só deles tão feroz como heróis nossos
    Que, ante Ílio, agiram à maneira de antropófagos.[74]
    Honrando-lhe a grandeza, nele confiaria!
    Quanto a seu paço! este devíeis ver com os olhos!
    Outra cousa é que a rude e tosca alvenaria

---

menta-se em relatos de viagem estudados por Goethe, em especial os que descrevem a fortaleza de Mistra, fundada no século XIII na região do Taígeto. No início desse século, cavaleiros francos e normandos penetraram na península do Peloponeso sob o comando de Gottfried de Villehardouin e submeteram a região à suserania do Reino da França. Vale observar que, embora "fantasmagórico", este ato incorpora elementos históricos.

[72] Subentende-se que a visita teve a finalidade de recolher "livres dádivas" — mas mesmo assim Fórquias não "incrimina" o líder do intrépido povo (isto é, Fausto).

[73] A pergunta característica de Helena, voltada — conforme as insinuações de Fórquias (v. 8.869) — a "inexauríveis gozos e êxtases de amor".

[74] No canto XXII da *Ilíada* (vv. 345-54), Aquiles desabafa toda a sua cólera diante do agonizante Heitor: a sede de vingança é tamanha que, como diz, poderia destroçar os membros do inimigo (e assassino de Pátroclo) e devorá-los crus.

Das eure Väter, mir nichts dir nichts, aufgewälzt,
Zyklopisch wie Zyklopen, rohen Stein sogleich 9.020
Auf rohe Steine stürzend; dort hingegen, dort
Ist alles senk- und waagerecht und regelhaft.
Von außen schaut sie! himmelan sie strebt empor,
So starr, so wohl in Fugen, spiegelglatt wie Stahl.
Zu klettern hier — ja selbst der Gedanke gleitet ab.
Und innen großer Höfe Raumgelasse, rings
Mit Baulichkeit umgeben, aller Art und Zweck.
Da seht ihr Säulen, Säulchen, Bogen, Bögelchen,
Altane, Galerien, zu schauen aus und ein,
Und Wappen.

CHOR
        Was sind Wappen?

PHORKYAS
                      Ajax führte ja 9.030
Geschlungene Schlang' im Schilde, wie ihr selbst gesehn.
Die Sieben dort vor Theben trugen Bildnerein
Ein jeder auf seinem Schilde, reich bedeutungsvoll.
Da sah man Mond und Stern' am nächtigen Himmelsraum,
Auch Göttin, Held und Leiter, Schwerter, Fackeln auch,
Und was Bedrängliches guten Städten grimmig droht.
Ein solch Gebilde führt auch unsre Heldenschar
Von seinen Ur-Urahnen her in Farbenglanz.

Que ciclopicamente antepassados vossos,
Como Ciclopes, amontoaram, pedras brutas   9.020
Em pedras brutas ao acaso despenhando.[75]
Lá, tudo é a prumo, regular, de nível tudo.
De fora é vê-lo; ao céu se eleva, arremessado!
Tão rígido, ajustado, límpido como o aço.
Subir lá — ora! o pensamento, até, escorrega!
E dentro é a vastidão de pátios circundados
De construções de toda espécie e uso. Lá vedes
Colunas e arcos e arcozinhos e balcões
E galerias, para espiar por dentro e afora,
Também brasões.

CORO

     Brasões que são?[76]

FÓRQUIAS

      Ajax no escudo   9.030
Cobra enroscada não levava? Bem o vistes.
Sim, e os Sete ante Tebas, cada qual trazia
No escudo efígies ricas, prenhes de sentido.
Lua e astros na noturna abóbada celeste,
Heróis lá víeis; deusa, escada, espada, archotes,
E o mais que cruelmente ameaça as boas cidades.[77]
Tais símbolos, também, ancestralmente herdados,
Traz nossa grei de heróis em rica e áurea cromática.

---

[75] Como observa Albrecht Schöne, as edificações de cidades do Peloponeso como Micenas ou Tirinto consistiam de pedras tão colossais que, para o mito, os seus construtores só poderiam ter sido os Ciclopes (apresentados ao mesmo tempo como os ancestrais de Helena e dos gregos).

[76] Os brasões surgiram na Europa apenas na época das cruzadas. Schöne observa que os da linhagem franco-germânica foram incrustados nos portais de entrada da fortaleza medieval de Mistra. Para ilustrar na sequência o seu excurso sobre heráldica, Fórquias recorre às imagens nos escudos de Ájax (na verdade, um dragão) e dos sete combatentes do cerco a Tebas, como descritas na tragédia de Ésquilo *Sete contra Tebas*.

[77] Cidades "boas" no sentido de abastadas e poderosas.

Da seht ihr Löwen, Adler, Klau' und Schnabel auch,
Dann Büffelhörner, Flügel, Rosen, Pfauenschweif, 9.040
Auch Streifen, gold und schwarz und silbern, blau und rot.
Dergleichen hängt in Sälen Reih' an Reihe fort,
In Sälen, grenzenlosen, wie die Welt so weit;
Da könnt ihr tanzen!

CHOR

                Sage, gibt's auch Tänzer da?

PHORKYAS

Die besten! goldgelockte, frische Bubenschar.
Die duften Jugend! Paris duftete einzig so,
Als er der Königin zu nahe kam.

HELENA

                Du fällst
Ganz aus der Rolle; sage mir das letzte Wort!

PHORKYAS

Du sprichst das letzte, sagst mit Ernst vernehmlich Ja!
Sogleich umgeb' ich dich mit jener Burg. 9.050

CHOR

                O sprich
Das kurze Wort und rette dich und uns zugleich!

Águias lá vedes, leões, garras também, e bicos,
Chifres de búfalo, asas, caudas de pavão,   9.040
E riscas de ouro, azuis, argênteas, negras, rubras.
Fileira após fileira ondula aquilo tudo
Em salas, vastas como o mundo, ilimitadas;
Podeis dançar lá!

CORO

                Como? Há lá quem dance?

FÓRQUIAS

                                     Se há![78]
Uma hoste loura de mancebos florescentes.
Aroma igual de juventude, emanava-o
Só Páris, quando ousou achegar-se à Rainha.

HELENA

Sais do papel; conclui! Dize a última palavra![79]

FÓRQUIAS

A última a dizes tu. Dize um sim claro e firme,
E te circundo já com aquele burgo.   9.050

CORO

                        Oh dize
O curto Sim! Salva-te a ti, e a nós também!

---

[78] Na tradução este verso é segmentado em três partes, ao passo que no original Goethe o divide apenas em dois hemistíquios. A equivalência do número de versos no original e na tradução será restabelecida logo a seguir.

[79] Helena dá a entender que a uma intendente não cabe fazer tal observação sobre a aproximação erótica do "perfumado" Páris. No original, *Du fällst*, o verbo correspondente a "sair", preenche a estrutura métrica e rítmica da última frase de Fórquias.

HELENA

    Wie? sollt' ich fürchten, daß der König Menelas
    So grausam sich verginge, mich zu schädigen?

PHORKYAS

    Hast du vergessen, wie er deinen Deiphobus,
    Des totgekämpften Paris Bruder, unerhört
    Verstümmelte, der starrsinnig Witwe dich erstritt
    Und glücklich kebste? Nas' und Ohren schnitt er ab
    Und stümmelte mehr so: Greuel war es anzuschaun.

HELENA

    Das tat er jenem, meinetwegen tat er das.

PHORKYAS

    Um jenes willen wird er dir das gleiche tun.   9.060
    Unteilbar ist die Schönheit; der sie ganz besaß,
    Zerstört sie lieber, fluchend jedem Teilbesitz.

(Trompeten in der Ferne; der Chor fährt zusammen)

    Wie scharf der Trompete Schmettern Ohr und Eingeweid'
    Zerreißend anfaßt, also krallt sich Eifersucht
    Im Busen fest des Mannes, der das nie vergißt,
    Was einst er besaß und nun verlor, nicht mehr besitzt.

CHOR

    Hörst du nicht die Hörner schallen? siehst der Waffen Blitze nicht?

HELENA

    Quê! do rei Menelau temerei que se exceda
    A ponto de infligir-me cruelmente dano?

FÓRQUIAS

    Como ele mutilou teu Deífobo atrozmente,
    De Páris, morto em luta, o irmão, já esqueceste?[80]
    Que, pertinaz, do mano a viúva pretendendo,
    Lograra o teu favor? Orelhas e nariz
    Cortou-lhe e mais o mutilou. Vê-lo era horror.

HELENA

    Fez-lhe isso a ele, e o fez pelo amor que me tinha.

FÓRQUIAS

    E far-te-á o mesmo a ti, pelo ódio que a ele teve.   9.060
    É a formosura indivisível; por destruí-la
    Faz quem toda a possuiu, qualquer partilha odiando.[81]

(Ouvem-se trombetas à distância, o Coro queda-se num sobressalto)

    Como o som da trombeta, estrídulo, lacera
    Até a medula o ouvido, assim se crava o ciúme
    No peito do varão, o qual jamais olvida
    O que possuíra e após perdeu, já não possui.

CORO

    Do clarim o som não ouves? vês o relampear das armas?

---

[80] Deífobo era filho do rei troiano Príamo e de Hécuba; irmão, entre outros, de Heitor (o primogênito) e Páris (o caçula). Quando este morreu, atingido por uma flecha de Filoctetes, Deífobo arrebatou para si a bela Helena, o que levou Menelau a mutilá-lo "atrozmente" após a queda de Troia.

[81] Literalmente: "Indivisível é a beleza; aquele que a possuiu por inteiro/ Prefere destruí-la, amaldiçoando toda partilha".

PHORKYAS

Sei willkommen, Herr und König, gerne geb' ich Rechenschaft.

CHOR

Aber wir?

PHORKYAS

    Ihr wißt es deutlich, seht vor Augen ihren Tod,
Merkt den eurigen da drinne; nein, zu helfen ist euch nicht.

(Pause)

HELENA

Ich sann mir aus das Nächste, was ich wagen darf.
Ein Widerdämon bist du, das empfind' ich wohl
Und fürchte, Gutes wendest du zum Bösen um.
Vor allem aber folgen will ich dir zur Burg;
Das andre weiß ich; was die Königin dabei
Im tiefen Busen geheimnisvoll verbergen mag,
Sei jedem unzugänglich. Alte, geh voran!

CHOR

        O wie gern gehen wir hin,
        Eilenden Fußes;
        Hinter uns Tod,
        Vor uns abermals
        Ragender Feste
        Unzugängliche Mauer.

FÓRQUIAS

Sê, meu amo e rei, bem-vindo, de bom grado presto contas.[82]

CORO

Ah, e nós? que nos sucede?

FÓRQUIAS

      Já o sabeis: à vista tendes
Dela a morte; a vossa ocorre. Não, já não podeis ser salvas.   9.070

(Pausa)

HELENA

Pensei no mais urgente a que atrever-me possa.
Maligno espírito és, anciã, no íntimo o sinto,
E temo que todo o bem convertas em mal.
Contudo vou seguir-te àquele paço agora.
O mais eu sei. No entanto, o que a Rainha oculta
No mais recôndito, imo seio, impenetrável
Mistério para todos seja. Anciã, precede-nos!

CORO

    Oh! com que ânimo lá vamos,
    Célere o passo;
    No encalço a Morte,
    De novo ante nós   9.080
    De íngremes muros
    Os impérvios redutos![83]

---

[82] Com a finalidade de impelir Helena e as troianas do Coro para dentro da fortaleza de Fausto, Fórquias intensifica a sua tática de intimidação e age como se a chegada do vingativo Menelau fosse iminente.

[83] A perspectiva de encontrar refúgio na fortaleza medieval anima sobremaneira as moças do Coro: já veem diante de si a proteção de "inexpugnáveis muralhas" de uma "fortificação altaneira" (*ragender Feste*).

Schütze sie ebenso gut,
Eben wie Ilios' Burg,
Die doch endlich nur
Niederträchtiger List erlag.

*(Nebel verbreiten sich, umhüllen den Hintergrund,
auch die Nähe, nach Belieben)*

Wie? aber wie?
Schwestern, schaut euch um!
War es nicht heiterer Tag? 9.090
Nebel schwanken streifig empor
Aus Eurotas' heil'ger Flut;
Schon entschwand das liebliche
Schilfumkränzte Gestade dem Blick;
Auch die frei, zierlich-stolz
Sanfthingleitenden Schwäne
In gesell'ger Schwimmlust
Seh' ich, ach, nicht mehr!

Doch, aber doch
Tönen hör' ich sie, 9.100
Tönen fern heiseren Ton!
Tod verkündenden, sagen sie.
Ach daß uns er nur nicht auch,
Statt verheißener Rettung Heil,
Untergang verkünde zuletzt;
Uns, den Schwangleichen, Lang —

Terceiro ato — Diante do palácio de Menelau em Esparta

>   Guardem-nos como o fizera
>   De Ílio a cidadela impávida,
>   Que no fim tão só
>   Ao mais pérfido ardil sucumbiu.[84]

(Espalham-se neblinas, envolvem o fundo do palco, também o primeiro plano, de acordo com o gosto)[85]

>   Como? ah, mas como?
>   Manas, vede em volta!
>   Não era, ah! límpido o dia?   9.090
>   Sobem alvas faixas nubíferas
>   Do sagrado flux do Eurotas.
>   Já sumida à vista se acha
>   A orla amena coroada de juncos.
>   Nem os livre-altaneiros,
>   Suave-aquáticos cisnes,
>   Deslizando nas ondas,
>   Já nem a eles vejo!
>
>   Mas, ah! mas ouço-os,
>   Toando os ouço ao longe,   9.100
>   Toando rouco, áspero tom!
>   Dizem, pressago, ai! de morte.[86]
>   Ah, também a nós, em vez
>   Do auspício áureo da salvação
>   Não prediga a morte no fim,
>   Nós, de colos alvo-esguios

---

[84] Alusão ao ardil do cavalo de Troia que, como narrado no final do canto VIII da *Odisseia*, ao fim de dez anos de cerco trouxe a vitória aos gregos.

[85] Rubrica endereçada diretamente ao diretor e cenógrafos, como se depreende sobretudo da expressão "de acordo com o gosto" (*nach Belieben*). Com essa mudança de cenário muda também o estado de espírito das Coristas, que acreditam ter caído numa armadilha mortal.

[86] Alusão à crença popular de que com o seu canto os cisnes pressagiavam a morte próxima. Ouvindo os "livre-altaneiros" cisnes, as moças acreditam que o anúncio profético é dirigido a elas, "de colos alvo-esguios de cisne" e à Rainha "do cisne oriunda" (ou seja, do cisne-Zeus).

Schön-Weißhalsigen, und ach!
Unsrer Schwanerzeugten.
Weh uns, weh, weh!

Alles deckte sich schon 9.110
Rings mit Nebel umher.
Sehen wir doch einander nicht!
Was geschieht? gehen wir?
Schweben wir nur
Trippelnden Schrittes am Boden hin?
Siehst du nichts? Schwebt nicht etwa gar
Hermes voran? Blinkt nicht der goldne Stab
Heischend, gebietend uns wieder zurück
Zu dem unerfreulichen, grautagenden,
Ungreifbarer Gebilde vollen, 9.120
Überfüllten, ewig leeren Hades?

Ja auf einmal wird es düster, ohne Glanz entschwebt der Nebel
Dunkelgräulich, mauerbräunlich. Mauern stellen sich dem Blicke,
Freiem Blicke starr entgegen. Ist's ein Hof? ist's tiefe Grube?
Schauerlich in jedem Falle! Schwestern, ach! wir sind gefangen,
So gefangen wie nur je.

Terceiro ato — Diante do palácio de Menelau em Esparta

    De cisne, ah! e a nossa Rainha,
    A do cisne oriunda!
    Ai de nós, ai, míseras!

    Tudo à roda encobriu-se   9.110
    Já de densa neblina.
    Pois nem uma a outra ainda vemos!
    Que sucede? Andamos, voejamos?
    Ou apenas flutuamos
    Leves, alípedes, sobre o solo?
    Nada vês? Não é Hermes quem plana[87]
    Diante de nós? Não fulge e acena o cetro
    De ouro, a mandar, a instar que regressemos
    Ao inóspito, lúgubre, alvo-pálido,
    De impalpáveis espectros prenhe,   9.120
    Ao pejado, ao eterno vácuo do Hades?

Sim, de súbito escurece; a névoa esvai-se, mas sem brilho;
Surgem muros pardos, ruços, cor de muros ao olhar,
Rijos nossa vista obstruindo. É um sítio? é alguma cova funda?[88]
Pavoroso em todo caso! Manas, somos, ah! cativas,
Mais cativas do que nunca!

---

[87] O deus Hermes (Mercúrio para os latinos) — calçado com sandálias aladas, com um chapéu de abas largas (o pétaso) e empunhando um bastão dourado (o caduceu) — exerce também a tarefa de conduzir os mortos para o Hades, como ocorre com as almas dos pretendentes no último canto da *Odisseia*.

[88] Esvaindo-se as névoas, as moças troianas se veem cercadas por lúgubres muros pardacentos (ruços), que lhes obstruem a visão. "É um pátio? É fosso profundo?", perguntam-se literalmente neste verso.

Innerer Burghof

Pátio interior de uma fortaleza

O espaço diante do palácio de Menelau, na antiga Esparta, transforma-se agora no pátio interno de uma fortificação, circundado, como diz a rubrica cênica, por "suntuosas e fantásticas edificações medievais". Uma vez que Helena e as moças troianas continuam sujeitas à presumível ameaça do rei Menelau (a qual impulsiona a ação) e não se deslocam espacialmente, Goethe preserva neste ato — que tem o estatuto estético e ontológico de "peça dentro da peça" — as unidades aristotélicas de ação e espaço. Contudo, a terceira dessas unidades (o tempo) é submetida a um tratamento verdadeiramente "fantasmagórico", pois de maneira alguma o poeta procurou circunscrever a duração da peça a "um período do sol, ou pouco excedê-lo", conforme prescrevia Aristóteles no capítulo V de sua *Poética*. Nada menos do que três milênios são sugeridos nessa "fantasmagoria clássico-romântica" que se estende em seu tríptico cênico, como diz ainda a já mencionada carta de outubro de 1826 a Wilhelm von Humboldt, "desde a derrocada de Troia até a tomada de Missolungui" (cidade grega em que Lord Byron veio a falecer em 1824, encerrando-se assim o seu engajamento na luta de libertação do povo grego contra o domínio turco).

Esse assombroso decurso temporal irá passar nesta cena pela Idade Média europeia (indiciada, no nível das formas literárias, pelo verso rimado da lírica amorosa entre os séculos XII e XIV), já que o cavaleiro Fausto surge inserido num contexto histórico medieval, apenas se deslocando geograficamente a Esparta — e não à época clássica de Helena. Para obter tal efeito dramático, Goethe vale-se de um acontecimento relacionado à Quarta Cruzada (iniciada em 1202), transformando-o contudo num motivo literário de elevada densidade simbólica: o fato de cavaleiros francos e normandos, sob o comando da dinastia Villehardouin, terem penetrado no Peloponeso e fundado no ano de 1249, num local próximo à velha Esparta, a fortaleza de Mistra, que se converteu na sede do ducado de Acaia.

Nesse encrave da Idade Média em terreno da Antiguidade clássica, Fausto vivencia ao lado de Helena um momento de plenitude, que faz olvidar o passado, desconsiderar o futuro e fruir inteiramente o presente. É quando a rima, desconhecida na Antiguidade grega, ganha relevo no diálogo que espelha, estilisticamente, o enlace entre os amantes. Instruída "romanticamente" por Fausto, Helena irá unir-se ao amado também pela rima: "Olvida o espírito a era, o tempo, a idade,/ Só na hora está —" e a bela grega complementa: "Nossa felicidade". Desse modo, a fusão de aspiração romântico-medieval com a quinta-essência de plenitude, harmonia e perfeição greco-antiga encontra expressão métrica na transição do verso do drama clássico (trímetro jâmbico, tetrâmetro trocaico) para o moderno verso alemão rimado de cinco acentos.

Se Fausto vivencia nessa oportunidade um momento ao qual poderia dizer "Oh, para! és tão formoso!" (v. 1.700), por que Mefisto não exibe então o contrato firmado na segunda cena "Quarto de trabalho" e declara-se vencedor da aposta? Porque Mefisto atua aqui como uma espécie de consciência histórica e, mais do que todos, mostra-se ciente da dimensão fantasmagórica deste ato — "peça dentro da peça" em que as cláusulas e condições do pacto ou aposta encontram-se como que suspensas.

Além disso, a felicidade vivenciada por Fausto nas duas últimas cenas do ato não se configura de modo algum como um "estirar-se num leito de lazer", uma aceitação hedonista "do próprio Eu" (v. 1.695) em meio a prazeres e gozos. Esse momento de máxima ventura é ao mesmo tempo utópico e atemporal, pois Fausto adentra uma Arcádia que antes de tudo, conforme formulado por Erich Trunz, revela-se enquanto íntima paisagem espiritual: a felicidade que Mozart terá experimentado ao concluir o *Don Giovanni*, ou o velho Goethe, ao perceber que conseguiria completar a obra de sua vida. Por isso, Mefisto não pode declarar-se vencedor no contexto dessa "fantasmagoria clássico-romântica", mas terá de esperar até a tragédia do colonizador para jactar-se da vitória e trazer à baila o "título firmado em sangue". [M.V.M.]

Dritter Akt — Innerer Burghof

(umgeben von reichen phantastischen Gebäuden des Mittelalters)

CHORFÜHRERIN

Vorschnell und töricht, echt wahrhaftes Weibsgebild!
Vom Augenblick abhängig, Spiel der Witterung,
Des Glücks und Unglücks! Keins von beiden wißt ihr je
Zu bestehn mit Gleichmut. Eine widerspricht ja stets 9.130
Der andern heftig, überquer die andern ihr;
In Freud' und Schmerz nur heult und lacht ihr gleichen Tons.
Nun schweigt! und wartet horchend, was die Herrscherin
Hochsinnig hier beschließen mag für sich und uns.

HELENA

Wo bist du, Pythonissa? heiße, wie du magst;
Aus diesen Gewölben tritt hervor der düstern Burg.
Gingst etwa du, dem wunderbaren Heldenherrn
Mich anzukündigen, Wohlempfang bereitend mir,
So habe Dank und führe schnell mich ein zu ihm;
Beschluß der Irrfahrt wünsch' ich. Ruhe wünsch' ich nur. 9.140

CHORFÜHRERIN

Vergebens blickst du, Königin, allseits um dich her;
Verschwunden ist das leidige Bild, verblieb vielleicht
Im Nebel dort, aus dessen Busen wir hieher,
Ich weiß nicht wie, gekommen, schnell und sonder Schritt.
Vielleicht auch irrt sie zweifelhaft im Labyrinth
Der wundersam aus vielen einsgewordnen Burg,

(Cercado de suntuosas e fantásticas edificações medievais)

CORIFEIA

    Tolice e irreflexão, da mulher fiel imagem!
    Joguetes, vós, do instante efêmero, do vento
    Da boa e má fortuna! A ambas jamais sabeis
    Equânimes opor-vos. Contradiz, violenta,   9.130
    Uma à outra, sempre, e a estas todas.[1] Na alegria,
    Na dor, tão só chorais, rides em tons idênticos;
    Silêncio, ora! e aguardai o que o critério augusto
    De nossa ama ordenar por si como por nós.

HELENA

    Pitonisa, onde estás?[2] Como quer que te chames,
    Dessas abóbadas sombrias surge. Foste
    Ao chefe-herói lendário anunciar minha vinda
    A fim de que me acolha hospitaleiramente;
    Eu to agradeço, mas logo ante ele introduze-me!
    Só o fim da caminhada almejo, só repouso.   9.140

CORIFEIA

    Debalde estás, Rainha, olhando ao teu redor;
    Sumiu-se a esdrúxula visão; talvez ficasse
    Na névoa, lá de cujo seio aqui chegamos,
    Como, eu não sei, celeremente, sem que andássemos.
    Perdida ande, talvez, no estranho labirinto
    Do burgo que de cem torreões tornou-se um todo,[3]

---

[1] A corifeia repreende a leviandade e inconstância das coristas, "joguetes do instante efêmero" que sem cessar se contradizem entre si ("uma à outra" e a estas duas contradizem, por sua vez, todas as demais).

[2] Helena dirige-se a Fórquias, que se manterá afastada por quase trezentos versos, até a parte final da cena; chama-a de "Pitonisa", no sentido de vidente ou feiticeira. (Píton era o nome do dragão que assolava a região de Delfos, matando homens e animais; Apolo abateu-o com suas flechas e instituiu um santuário nesse lugar, onde a Sibila de Delfos, ou Pitonisa, pronunciava oráculos.)

[3] Isto é, a fortaleza medieval erigida com "construções de toda espécie e uso" (v. 9.027).

Den Herrn erfragend fürstlicher Hochbegrüßung halb.
Doch sieh, dort oben regt in Menge sich allbereits,
In Galerien, am Fenster, in Portalen rasch
Sich hin und her bewegend, viele Dienerschaft; 9.150
Vornehm-willkommnen Gastempfang verkündet es.

CHOR

    Aufgeht mir das Herz! o, seht nur dahin,
    Wie so sittig herab mit verweilendem Tritt
    Jungholdeste Schar anständig bewegt
    Den geregelten Zug. Wie? auf wessen Befehl
    Nur erscheinen, gereiht und gebildet so früh,
    Von Jünglingsknaben das herrliche Volk?
    Was bewundr' ich zumeist? Ist es zierlicher Gang,
    Etwa des Haupts Lockhaar um die blendende Stirn,
    Etwa der Wänglein Paar, wie die Pfirsiche rot 9.160
    Und eben auch so weichwollig beflaumt?
    Gern biss' ich hinein, doch ich schaudre davor;
    Denn in ähnlichem Fall, da erfüllte der Mund
    Sich, gräßlich zu sagen! mit Asche.

        Aber die schönsten,
        Sie kommen daher;
        Was tragen sie nur?
        Stufen zum Thron,
        Teppich und Sitz,
        Umhang und zelt- 9.170
        artigen Schmuck;
        Über überwallt er,
        Wolkenkränze bildend,
        Unsrer Königin Haupt;
        Denn schon bestieg sie

Procurando o amo a quem real saudação transmita.
Mas vê, lá, no alto, em pórticos, arcadas,
Em galerias, a correr daqui, de lá,
Célere já se move inúmera criadagem,   9.150
Prenúncio de condigno e hóspito acolhimento.

CORO

    Oh gosto a afluir-me ao coração! Lá vede
    Com que recato altivo movimenta
    Um juvenil-formoso grupo o rítmico,
    Simétrico cortejo! Ordenou quem
    Surgir tão rápido, em perfeito estilo,
    A grei magnífica desses mancebos?
    Que admiro mais? É da marcha o donaire?
    Os cachos enquadrando as níveas testas
    Ou as faces gêmeas, rubras como pêssegos,   9.160
    E como tais, macio-aveludadas?
    Mordê-las, quem mo dera, mas, sem que o ouse,
    Já que num caso análogo — dizê-lo
    É horror — se encheu de cinza a boca.[4]

        Mas os mais belos
        Vêm vindo aqui;
        Eles que trazem?
        Trono e degraus,
        Tapete e assento,
        Véus, reposteiros   9.170
        De baldaquins.
        Núbleos, se abaulam
        Como coroas
        Sobre a testa da Rainha.
        Convidada, ascendeu

---

[4] Alusão à chamada "maçã de Sodoma", repleta de sementes pulverulentas — o nome remete à cidade bíblica junto ao Mar Morto, soterrada em cinzas após a tentativa de seus habitantes de abusar dos anjos enviados por Deus (*Gênesis*, 19: 5).

Eingeladen herrlichen Pfühl.
Tretet heran,
Stufe für Stufe
Reihet euch ernst.
Würdig, o würdig, dreifach würdig
Sei gesegnet ein solcher Empfang!

(Alles vom Chor Ausgesprochene geschieht nach und nach)

FAUST *(Nachdem Knaben und Knappen in langem Zug herabgestiegen, erscheint er oben an der Treppe in ritterlicher Hofkleidung des Mittelalters und kommt langsam würdig herunter)*

CHORFÜHRERIN *(ihn aufmerksam beschauend)*

Wenn diesem nicht die Götter, wie sie öfter tun,
Für wenige Zeit nur wundernswürdige Gestalt,
Erhabnen Anstand, liebenswerte Gegenwart
Vorübergänglich liehen, wird ihm jedesmal,
Was er beginnt, gelingen, sei's in Männerschlacht,
So auch im kleinen Kriege mit den schönsten Fraun.
Er ist fürwahr gar vielen andern vorzuziehn,
Die ich doch auch als hochgeschätzt mit Augen sah.
Mit langsam-ernstem, ehrfurchtsvoll gehaltnem Schritt
Seh' ich den Fürsten; wende dich, o Königin!

FAUST *(herantretend, einen Gefesselten zur Seite)*

Statt feierlichsten Grußes, wie sich ziemte,
Statt ehrfurchtsvollem Willkomm bring' ich dir

Já ao rico dossel.
Perto chegai-vos;
Sobre os degraus
Alas formai.
Digna, oh condigna, ah três vezes condigna   9.180
Tal acolhida, abençoada seja!

(Tudo o que o Coro recita, realiza-se simultaneamente)

FAUSTO *(Terminada a descida do longo cortejo de pajens
e escudeiros, ele aparece no alto da escada em traje de corte
de cavaleiro da Idade Média, e desce os degraus
com dignidade solene)*

CORIFEIA *(contemplando-o atentamente)*

Se a esse varão os deuses, como às vezes fazem,
Não outorgaram transitoriamente, apenas,
Por prazo efêmero, o admirável porte, a amável
Presença e nobre compostura, triunfará
Em tudo o que empreender, seja em combate másculo,
Seja em guerra mirim com as damas mais formosas.
Deveras é ele a muitos outros superior
Que altamente estimados vira eu própria.
Com reverente, majestoso passo, avisto   9.190
O príncipe. A ele o teu olhar volve, ó Rainha!

FAUSTO *(aproximando-se, com um personagem acorrentado ao seu lado)*[5]

Em vez de soleníssima acolhida,
Da recepção festiva a que jus fazes,

---

[5] Fausto, "em traje de corte de cavaleiro da Idade Média", traz consigo o chamado "verso branco" não rimado e de cinco acentos (decassílabos na tradução de Jenny Klabin Segall). Ao encontro do trímetro jâmbico usado por Helena vem, portanto, o verso típico do drama clássico alemão, delineando-se assim um solene enlace "clássico-romântico" também dos sistemas métricos. Com os versos brancos, Fausto amolda-se

In Ketten hart geschlossen solchen Knecht,
Der, Pflicht verfehlend, mir die Pflicht entwand.
Hier kniee nieder, dieser höchsten Frau
Bekenntnis abzulegen deiner Schuld.
Dies ist, erhabne Herrscherin, der Mann,
Mit seltnem Augenblitz vom hohen Turm   9.200
Umherzuschaun bestellt, dort Himmelsraum
Und Erdenbreite scharf zu überspähn,
Was etwa da und dort sich melden mag,
Vom Hügelkreis ins Tal zur festen Burg
Sich regen mag, der Herden Woge sei's,
Ein Heereszug vielleicht; wir schützen jene,
Begegnen diesem. Heute, welch Versäumnis!
Du kommst heran, er meldet's nicht; verfehlt
Ist ehrenvoller, schuldigster Empfang
So hohen Gastes. Freventlich verwirkt
Das Leben hat er, läge schon im Blut   9.210
Verdienten Todes; doch nur du allein
Bestrafst, begnadigst, wie dir's wohlgefällt.

HELENA

So hohe Würde, wie du sie vergönnst,
Als Richterin, als Herrscherin, und wär's
Versuchend nur, wie ich vermuten darf —
So üb' ich nun des Richters erste Pflicht,
Beschuldigte zu hören. Rede denn.

Em ferros trago o servidor, que falho
Em seu dever, do meu roubou-me o gozo.
Ante a ilustríssima princesa ajoelha-te,
E a confissão lhe faze de tua culpa.
Excelsa dama, é o homem, este, de única
Visão, à torre superior preposto,
Para espreitar, atento, o arco dos céus   9.200
E a área terrestre, tudo o que se mova
Da serrania ao vale até este paço;
Seja o flux dos rebanhos, ou talvez
Algum exército. Se a uns protegemos,
O outro enfrentamos. Hoje, que descuido!
Chegas: não o proclama ele; falhou
A insigne recepção a tão sumo hóspede
Devida. Em pena máxima incorreu.
Indigno da existência se mostrou.
No sangue, já, de morte merecida   9.210
Havia de jazer; mas só tu punes,
Só tu agracias, como te aprouver.[6]

HELENA

Já que tão alto encargo me conferes
De juiz e soberano, ainda que a título,
Ao que presumo, de experiência seja —
Do juiz exerço o máximo dever,
O de o acusado ouvir. Podes falar!

---

ao discurso não rimado da rainha grega, mas lhe encurta o padrão métrico em um pé ou compasso (duas sílabas, na tradução). Helena acolhe essa aproximação com cortesia digna e, ao retomar a palavra, reduz também em um compasso a sua fala.

[6] Isto é, o vigia da torre, homem de visão acurada, negligenciou o dever de anunciar a aproximação da Rainha e, desse modo, subtraiu ao castelão Fausto o dever de propiciar "insigne recepção a tão sumo hóspede". Após ouvir a confissão de "culpa" do vigia, Helena deverá proferir a condenação ou absolvição.

TURMWÄCHTER LYNKEUS

    Laß mich knieen, laß mich schauen,
    Laß mich sterben, laß mich leben,
    Denn schon bin ich hingegeben   9.220
    Dieser gottgegebnen Frauen.

    Harrend auf des Morgens Wonne,
    Östlich spähend ihren Lauf,
    Ging auf einmal mir die Sonne
    Wunderbar im Süden auf.

    Zog den Blick nach jener Seite,
    Statt der Schluchten, statt der Höhn,
    Statt der Erd- und Himmelsweite
    Sie, die Einzige, zu spähn.

    Augenstrahl ist mir verliehen   9.230
    Wie dem Luchs auf höchstem Baum;
    Doch nun mußt' ich mich bemühen
    Wie aus tiefem, düsterm Traum.

    Wüßt' ich irgend mich zu finden?
    Zinne? Turm? geschloßnes Tor?
    Nebel schwanken, Nebel schwinden,
    Solche Göttin tritt hervor!

Terceiro ato — Pátio interior de uma fortaleza

O VIGIA DA TORRE, LINCEU[7]

    Ah, que eu morra! não, que eu viva!
    Deixai que de joelhos caia!
    Da mulher-deusa cativa,   9.220
    Que a alma toda se me esvaia.

    Espreitava o alvor a leste
    Precursor do dia azul,
    Quando em resplandor celeste
    Me surgiu o sol no sul.

    Ao invés do val, da serra,
    Deslumbrou-me o sul o olhar,
    Ao invés do céu, da terra,
    Vi-a, ela, a mulher sem par.

    Da visão raio igual tenho   9.230
    Ao do lince em alto galho;
    Mas, ora, em surgir me empenho,
    Qual de um sonho obscuro, falho.[8]

    De nortear-se havia um homem?
    De vigiar torre e portal?
    Névoas vêm, névoas se somem,
    Surge divindade tal!

---

[7] Em grego, o "de olho de lince". Na segunda parte da tragédia Goethe usa alguns nomes antigos (Eufórion, Filemon, Baucis); assim designa ao vigia ou sentinela da fortaleza o nome de um dos argonautas dotado de visão incomparavelmente aguçada. (No quinto ato o atalaia do "Palácio" do colonizador Fausto também se chamará Linceu.) Atingido pelas "flechas" desferidas pela beleza de Helena, "a exímia atiradora" (como diz Fausto adiante), Linceu fala em versos que citam a poesia amorosa praticada nas cortes medievais, a chamada *Minnedichtung* ou *Minnesang* (no médio-alto-alemão, *minne* significa o amor cortês). Este trecho, conforme observam os comentadores, desperta associações com as canções amorosas do trovador Heinrich von Morungen (1150-1222). Também ressoam reminiscências da lírica de Francesco Petrarca (1304-1374).

[8] Deslumbrado pela beleza da mulher que surgiu ao sul, diz Linceu neste verso que precisou empenhar-se para emergir de "sonho profundo, obscuro".

Aug' und Brust ihr zugewendet,
Sog ich an den milden Glanz;
Diese Schönheit, wie sie blendet, 9.240
Blendete mich Armen ganz.

Ich vergaß des Wächters Pflichten,
Völlig das beschworne Horn;
Drohe nur, mich zu vernichten —
Schönheit bändigt allen Zorn.

HELENA

Das Übel, das ich brachte, darf ich nicht
Bestrafen. Wehe mir! Welch streng Geschick
Verfolgt mich, überall der Männer Busen
So zu betören, daß sie weder sich
Noch sonst ein Würdiges verschonten. Raubend jetzt, 9.250
Verführend, fechtend, hin und her entrückend,
Halbgötter, Helden, Götter, ja Dämonen,
Sie führten mich im Irren her und hin.
Einfach die Welt verwirrt' ich, doppelt mehr;
Nun dreifach, vierfach bring' ich Not auf Not.
Entferne diesen Guten, laß ihn frei;
Den Gottbetörten treffe keine Schmach.

FAUST

Erstaunt, o Königin, seh' ich zugleich
Die sicher Treffende, hier den Getroffnen;
Ich seh' den Bogen, der den Pfeil entsandt, 9.260

Arrancado da penumbra
Aspirei-lhe o fulgor brando;
A beleza que deslumbra,   9.240
Olhos e alma deslumbrando.

Esqueci corneta e alarme,
Do vigia a austera faina;
Tua ameaça é aniquilar-me —
Mas toda ira o encanto aplaina.[9]

HELENA

Não devo eu castigar o mal que eu trouxe.
Que rija sina, ai de mim, me persegue,
De eu perturbar em toda parte a alma dos homens
A ponto de eles não pouparem nem a si,
Nem ao mais que há no mundo de sagrado;   9.250
A seduzir, raptar, guerrear aqui e acolá,[10]
Semideuses, heróis, deuses, demônios,
Levaram-me eles, cá e lá errante ao léu.
Sendo uma, o mundo perturbei; mais, dúplice;[11]
Tríplice, quádrupla, amontoo infortúnios.
Afasta este pobre homem, põe-no livre!
De culpa é isento a quem os deuses cegam.

FAUSTO

Rainha, a um tempo só, contemplo, atônito,
A exímia atiradora e o alvo atingido;
O arco que a flecha enviou, ferido aquele,   9.260

---

[9] "Encanto" corresponde, no original, a "beleza".

[10] Com "seduzir", Helena pode estar aludindo a Páris; "raptar", a Teseu; "guerrear", a Menelau. No original há também *entrückend* (gerúndio do verbo *entrücken*, no sentido de "arrebatar"): talvez a divindade que arrebatou a verdadeira Helena para o Egito (ver nota ao v. 8.873).

[11] "Dúplice" significa o seu espectro levado por Páris a Ílio. "Tríplice" alude ao seu retorno a Esparta, quando trouxe infortúnio às troianas do Coro; "quádrupla" pressupõe a ameaça de morte que acarretou agora a Linceu, na fortaleza de Fausto.

Verwundet jenen. Pfeile folgen Pfeilen,
Mich treffend. Allwärts ahn' ich überquer
Gefiedert schwirrend sie in Burg und Raum.
Was bin ich nun? Auf einmal machst du mir
Rebellisch die Getreusten, meine Mauern
Unsicher. Also fürcht' ich schon, mein Heer
Gehorcht der siegend unbesiegten Frau.
Was bleibt mir übrig, als mich selbst und alles,
Im Wahn das Meine, dir anheimzugeben?
Zu deinen Füßen laß mich, frei und treu, 9.270
Dich Herrin anerkennen, die sogleich
Auftretend sich Besitz und Thron erwarb.

LYNKEUS *(mit einer Kiste, und Männer, die ihm andere nachtragen)*

Du siehst mich, Königin, zurück!
Der Reiche bettelt einen Blick,
Er sieht dich an und fühlt sogleich
Sich bettelarm und fürstenreich.

Was war ich erst? was bin ich nun?
Was ist zu wollen? was zu tun?
Was hilft der Augen schärfster Blitz!
Er prallt zurück an deinem Sitz. 9.280

Von Osten kamen wir heran,
Und um den Westen war's getan;
Ein lang und breites Volksgewicht,
Der erste wußte vom letzten nicht.

Der erste fiel, der zweite stand,
Des dritten Lanze war zur Hand;
Ein jeder hundertfach gestärkt,
Erschlagne Tausend unbemerkt.

Dardo após dardo agora em mim acerta.
Sinto-os já, sussurrantes, a cruzarem-se,
Alígeros, pelo castelo e espaço.
Hoje que sou? De súbito em rebeldes
Meus fiéis transformas, tornas vulneráveis
Meus muros. Temo já que o meu exército
Só à dama invicta e víctrice obedeça.
Que me resta, a não ser render-me a ti,
E o mais que eu, iludido, meu julgava?
Sim, que aos teus pés, livre e fiel te proclame,[12]   9.270
Permitas, ó Rainha!, que, ao surgir,
Logo granjeou para si bens e trono.

LINCEU *(com um caixote, seguido de portadores carregando outros)*

  Vês-me, ó Rainha, regressar!
  Mendiga um rico um mero olhar.
  Paupérrimo ao te ver se sente,
  E rico principescamente.

  Que sou! que era antes? que fazer?
  Que desejar? que requerer?
  Que vale o olhar mais penetrante?
  Cega-o ainda mais tua luz radiante.   9.280

  Quando aqui viemos ter do Oriente,
  Selou-se o fado do Ocidente.
  Hostes sem fim, hordas sem conta,
  Nunca o fim viam os da ponta.

  Caindo um, de pé outro estava,
  Lança em mão, outro ainda avançava;
  Cada dez por mil reforçados,
  Milhares mortos, ignorados.

---

[12] Os adjetivos "livre e fiel" referem-se a Fausto, que assim rende preito à Rainha invicta e vitoriosa (ou "víctrice", conforme a tradução).

Wir drängten fort, wir stürmten fort,
Wir waren Herrn von Ort zu Ort; 9.290
Und wo ich herrisch heut befahl,
Ein andrer morgen raubt' und stahl.

Wir schauten — eilig war die Schau;
Der griff die allerschönste Frau,
Der griff den Stier von festem Tritt,
Die Pferde mußten alle mit.

Ich aber liebte, zu erspähn
Das Seltenste, was man gesehn;
Und was ein andrer auch besaß,
Das war für mich gedörrtes Gras. 9.300

Den Schätzen war ich auf der Spur,
Den scharfen Blicken folgt' ich nur,
In allen Taschen blickt' ich ein,
Durchsichtig war mir jeder Schrein.

Und Haufen Goldes waren mein,
Am herrlichsten der Edelstein:
Nun der Smaragd allein verdient,
Daß er an deinem Herzen grünt.

Nun schwanke zwischen Ohr und Mund
Das Tropfenei aus Meeresgrund; 9.310
Rubinen werden gar verscheucht,
Das Wangenrot sie niederbleicht.

Und so den allergrößten Schatz
Versetz' ich hier auf deinen Platz;
Zu deinen Füßen sei gebracht
Die Ernte mancher blut'gen Schlacht.

Terceiro ato — Pátio interior de uma fortaleza

Afluía o inexorável bando,
Reino após reino avassalando; 9.290
E onde hoje, eu, senhorial mandava,
Roubava outro amanhã, saqueava.

Valia a rápida olhadela;
Raptava este a mulher mais bela,
Via outro o touro — era só levá-lo,
Não se deixava um só cavalo.

Mas tinha eu o mais raro em mira,
Aquilo que ainda ninguém vira;
E o que também outro possuía,
Tornava-se-me erva bravia. 9.300

Seguia com apurada vista
Só de tesouros a áurea pista,
Cofres, baús, o seu conteúdo,
Para mim transparente tudo.

E ouro aos montões acumulara;
Mas mais fulgente é a gema rara:
Só esmeraldas dignas são
De verdejar-te ao coração.

À tua concha auricular
Ondule a gota oval do mar;[13] 9.310
Mas dos rubis morra o fulgor,
Murcha-os de tua face a flor.

E assim, tesouro imenso e rico,
Rainha, ao teu altar dedico;
De mais de uma batalha rubra,
A safra aos teus pés o chão cubra.

---

[13] Deitando aos pés de Helena os tesouros conquistados e pilhados pelo exército de Fausto, Linceu fala metaforicamente neste verso da "pérola": a "gota oval" que deve ondular, conforme o original, "entre a orelha e a boca" da bela mulher. Em seguida vem uma hipérbole típica do elogio à dama na lírica trovadoresca (e ainda do período Barroco): o empalidecer da pedra preciosa perante as faces da mulher.

So viele Kisten schlepp' ich her,
Der Eisenkisten hab' ich mehr;
Erlaube mich auf deiner Bahn,
Und Schatzgewölbe füll' ich an.

Denn du bestiegest kaum den Thron,
So neigen schon, so beugen schon
Verstand und Reichtum und Gewalt
Sich vor der einzigen Gestalt.

Das alles hielt ich fest und mein,
Nun aber, lose, wird es dein.
Ich glaubt' es würdig, hoch und bar,
Nun seh' ich, daß es nichtig war.

Verschwunden ist, was ich besaß,
Ein abgemähtes, welkes Gras.
O gib mit einem heitern Blick
Ihm seinen ganzen Wert zurück!

FAUST

Entferne schnell die kühn erworbne Last,
Zwar nicht getadelt, aber unbelohnt.
Schon ist Ihr alles eigen, was die Burg
Im Schoß verbirgt; Besondres Ihr zu bieten,
Ist unnütz. Geh und häufe Schatz auf Schatz
Geordnet an. Der ungesehnen Pracht
Erhabnes Bild stell' auf! Laß die Gewölbe
Wie frische Himmel blinken, Paradiese
Von lebelosem Leben richte zu.
Voreilend ihren Tritten laß beblümt
An Teppich Teppiche sich wälzen; ihrem Tritt
Begegne sanfter Boden; ihrem Blick,
Nur Göttliche nicht blendend, höchster Glanz.

Caixões de ferro aqui arrasto,
De outros tenho ainda um montão vasto;
Concede-me seguir-te a via,
E te encho a real tesouraria.   9.320

Pois à tua luz mal se ilumina
O trono, já se verga, inclina,
Razão, poder, força e riqueza,
Ante o astro de única beleza.

Tudo isso firme tinha, e meu;
Agora, esparso, é tudo teu.
Julgava-o nobre, rico e válido,
Vejo hoje que era sonho pálido.

O que eu possuía, fez-se em nada,
Erva árida, murcha, ceifada.   9.330
Oh, com um teu olhar sereno,
Restitui-lhe o valor em pleno!

FAUSTO

Rápido, afasta o espólio audaz de guerra,
Punido, não, mas nem assim premiado.
Já dela é tudo o que encerra este paço:
Supérfluo é oferecer-lhe parte: Vai-te!
Tesouro após tesouro alinha em ordem:
Aos olhos arma a esplêndida visão
De inédita riqueza! Abóbadas cintilem
Qual céu de estrelas, criem-se imagens   9.340
Paradisíacas de vida inânime![14]
Ante os seus passos que se desenrolem
Esplêndidos tapetes; chão macio
De encontro a seus pés venha; a seu olhar,
Só os deuses não cegando, brilho máximo!

---

[14] Inânime ou inanimada — isto é, imagens paradisíacas do ouro e pedras preciosas.

LYNKEUS

> Schwach ist, was der Herr befiehlt,
> Tut's der Diener, es ist gespielt:
> Herrscht doch über Gut und Blut
> Dieser Schönheit Übermut.
> Schon das ganze Heer ist zahm, 9.350
> Alle Schwerter stumpf und lahm,
> Vor der herrlichen Gestalt
> Selbst die Sonne matt und kalt,
> Vor dem Reichtum des Gesichts
> Alles leer und alles nichts.

(Ab)

HELENA *(zu Faust)*

Ich wünsche dich zu sprechen, doch herauf
An meine Seite komm! Der leere Platz
Beruft den Herrn und sichert mir den meinen.

FAUST

Erst knieend laß die treue Widmung dir
Gefallen, hohe Frau; die Hand, die mich 9.360
An deine Seite hebt, laß mich sie küssen.
Bestärke mich als Mitregenten deines
Grenzunbewußten Reichs, gewinne dir
Verehrer, Diener, Wächter all' in einem!

LINCEU

>Fácil é do amo o comando,[15]
>Fá-lo-á o servo até brincando.
>Sobre bens e sangue real,
>Reina formosura tal.
>Mansa está já toda a armada,   9.350
>Bota e inerte toda espada.
>Ante a aparição de escol,
>Frio e opaco até o sol;
>Ante o brilho da visão,
>Tudo nada e tudo vão.

(Sai)

HELENA *(a Fausto)*

>Desejo conversar contigo, mas,
>Sobe ao meu lado! O assento vago pede
>Do amo a presença, a assegurar-me o meu.

FAUSTO

>Primeiro digna-te, suma princesa,
>Admitir meu fiel preito;[16] que, de joelhos,   9.360
>Eu beije a mão que me eleva ao teu lado;
>De teu reino infinito a co-regência
>Me outorgues, e em mim um servo aufiras,
>Guardião e admirador, tudo em um só!

---

[15] No original, "fraco", mas exatamente no sentido de "fácil", pois como se trata de servir à beleza superior de Helena, a execução das ordens de Fausto será tarefa leve, lúdica. Erich Trunz observa que a esse pensamento do dever voluntário, do jogo, corresponde a forma dos versos: obedecendo a convenções, mas também lúdica; rimas paralelas, dançantes e jubilosas — um "excesso no regrado, tanto na forma como no conteúdo".

[16] O compromisso medieval-cavaleiresco de devotar-se à dama eleita, cumprido aqui com o gesto cerimonial de beijar-lhe a mão e outorgar-lhe o poder de mando.

HELENA

> Vielfache Wunder seh' ich, hör' ich an,
> Erstaunen trifft mich, fragen möcht' ich viel.
> Doch wünscht' ich Unterricht, warum die Rede
> Des Manns mir seltsam klang, seltsam und freundlich.
> Ein Ton scheint sich dem andern zu bequemen,
> Und hat ein Wort zum Ohre sich gesellt, 9.370
> Ein andres kommt, dem ersten liebzukosen.

FAUST

> Gefällt dir schon die Sprechart unsrer Völker,
> O so gewiß entzückt auch der Gesang,
> Befriedigt Ohr und Sinn im tiefsten Grunde.
> Doch ist am sichersten, wir üben's gleich;
> Die Wechselrede lockt es, ruft's hervor.

HELENA

> So sage denn, wie sprech' ich auch so schön?

FAUST

> Das ist gar leicht, es muß von Herzen gehn.
> Und wenn die Brust von Sehnsucht überfließt,
> Man sieht sich um und fragt —

HELENA

> Prodígios múltiplos vejo e ouço, atônita,
> Quisera eu tantas cousas perguntar.
> Contudo indago porque soou a fala
> Do homem estranha ao meu ouvido, e amena.
> Parece um tom a outro amoldar-se, e quando
> Uma palavra à orelha se aconchega,   9.370
> Segue-se-lhe outra, que a primeira afaga.[17]

FAUSTO

> Apraz-te ouvir dos nossos a linguagem,
> Também o canto é certo deliciar-te,
> Que a fundo o ouvido e o espírito contenta.
> Mas o melhor é o exercitarmos logo,
> Já que o diálogo o provoca e atrai.

HELENA

> Como hei de, à fala, eu dar tão linda nota?

FAUSTO

> É fácil quando do íntimo nos brota.[18]
> E quando de saudade a alma transborda,
> Procuras, vês...

---

[17] No discurso arrebatado de Linceu, Helena ouviu pela primeira vez versos rimados e, assim, pede agora elucidação a Fausto. "Amoldar-se" corresponde no original a *sich gesellen*, que no médio-alto-alemão significa também o encontro amoroso — desse modo, ela descreve a sua impressão da sonoridade rimada com metáforas eróticas.

[18] Literalmente: "É muito fácil, tem de vir do coração". O velho Goethe retoma assim um postulado central na poética do século XVIII, em especial do movimento "Tempestade e Ímpeto", que vigorou aproximadamente entre os anos de 1767 e 1785 ("coração" é a palavra mais recorrente em seu romance *Os sofrimentos do jovem Werther*). Em um poema do volume *Divã ocidental-oriental*, Goethe já tematizara o advento da rima, seguindo uma antiga lenda persa, como símbolo do Eros rejubilante, do encontro amoroso — no caso, entre o soberano sassânida Behramgur e sua escrava Dilaram: "Behramgur, dizem, inventou a rima...".

HELENA

                      wer mitgenießt.   9.380

FAUST

    Nun schaut der Geist nicht vorwärts, nicht zurück,
    Die Gegenwart allein —

HELENA

                      ist unser Glück.

FAUST

    Schatz ist sie, Hochgewinn, Besitz und Pfand;
    Bestätigung, wer gibt sie?

HELENA

                      Meine Hand.

CHOR

        Wer verdächt' es unsrer Fürstin,
        Gönnet sie dem Herrn der Burg
        Freundliches Erzeigen?
        Denn gesteht, sämtliche sind wir
        Ja Gefangene, wie schon öfter
        Seit dem schmählichen Untergang   9.390
        Ilios' und der ängstlich-
        labyrinthischen Kummerfahrt.

HELENA

                quem com o êxtase se acorda.   9.380

FAUSTO

Olvida o espírito a era, o tempo, a idade,
Só na hora está...[19]

HELENA

                nossa felicidade.

FAUSTO

Caução, tesouro é, prêmio e possessão.
Quem há de confirmar-mo?

HELENA

                      Minha mão.

CORO

        Quem a mal lhe levaria,
        À nossa ama, ela outorgar
        Graças ao senhor do burgo?
        Confessá-lo é: somos todas
        Nós cativas, como o fomos
        Desde a queda ignominiosa   9.390
        De Ílio, já, e da aflitiva,
        Labiríntica, árdua viagem.

---

[19] Neste segundo lance do jogo rímico e erótico entre os representantes do clássico e do romântico, "hora" corresponde a "presente". Aqui Fausto diz literalmente que agora o "espírito" não olha para a frente, não olha para trás: "Somente o presente —" e espera o complemento rimado da mulher.

Fraun, gewöhnt an Männerliebe,
Wählerinnen sind sie nicht,
Aber Kennerinnen.
Und wie goldlockigen Hirten
Vielleicht schwarzborstigen Faunen,
Wie es bringt die Gelegenheit,
Über die schwellenden Glieder
Vollerteilen sie gleiches Recht. 9.400

Nah und näher sitzen sie schon
An einander gelehnet,
Schulter an Schulter, Knie an Knie,
Hand in Hand wiegen sie sich
Über des Throns
Aufgepolsterter Herrlichkeit.
Nicht versagt sich die Majestät
Heimlicher Freuden
Vor den Augen des Volkes
Übermütiges Offenbarsein. 9.410

HELENA

Ich fühle mich so fern und doch so nah,
Und sage nur zu gern: Da bin ich! da!

FAUST

Ich atme kaum, mir zittert, stockt das Wort;
Es ist ein Traum, verschwunden Tag und Ort.

Quando a amores de homens dadas,
Pouco escolhem as mulheres,[20]
São porém conhecedoras.
Como a alvos loiros pastores
Quiçá a negro-hirsutos faunos,
Dependendo da ocasião,
Sobre os seus túrgidos membros,
Posse idêntica conferem.   9.400

Perto e perto mais assentes,
Um a outro encostados já,
Joelho a joelho, espádua a espádua,
Mão em mão vão se embalando,
Sobre o áureo trono
E seu resplendor macio.
Não se priva a Majestade,
De dar aos olhos do povo
De seus íntimos prazeres
O espetáculo livre e arrogante.   9.410

HELENA

Tão longe sinto-me e tão junto a ti,[21]
E digo arrebatada: Eis-me! eis-me aqui!

FAUSTO

Treme-me a voz, mal posso respirar;
É um sonho, somem-se tempo e lugar.

---

[20] Embora sejam "conhecedoras", as mulheres, diz aqui o Coro, muitas vezes não estão em condições de escolher a quem conferir a posse do próprio corpo.

[21] Se por um lado Helena intui a distância que a separa do castelão nórdico, sente-se por outro lado tão íntima deste que passa a empregar de moto próprio a rima recém-conhecida.

HELENA

    Ich scheine mir verlebt und doch so neu,
    In dich verwebt, dem Unbekannten treu.

FAUST

    Durchgrüble nicht das einzigste Geschick!
    Dasein ist Pflicht, und wär's ein Augenblick.

PHORKYAS *(heftig eintretend)*

        Buchstabiert in Liebesfibeln,
        Tändelnd grübelt nur am Liebeln,   9.420
        Müßig liebelt fort im Grübeln,
        Doch dazu ist keine Zeit.
        Fühlt ihr nicht ein dumpfes Wettern?
        Hört nur die Trompete schmettern,
        Das Verderben ist nicht weit.
        Menelas mit Volkeswogen
        Kommt auf euch herangezogen;
        Rüstet euch zu herbem Streit!
        Von der Siegerschar umwimmelt,
        Wie Deiphobus verstümmelt,   9.430
        Büßest du das Fraungeleit.

HELENA

Tão desgastada sinto-me e tão nova,
Unida a ti, o estranho, a toda prova.

FAUSTO

Não negues um destino único e inebriante!
Ser é dever, e fosse um só instante.[22]

FÓRQUIAS *(entrando impetuosamente)*[23]

    Soletrai lições de amor,
    Saboreai-lhe, amando, o teor,   9.420
    Desfolhai do idílio a flor,
    Mas para isso o tempo é escasso.
    Tremor surdo não sentis?
    Da trompa o eco não ouvis?
    Chega a morte a grande passo.
    Menelau marcha veloz,
    Com legiões cai sobre vós;
    À árdua luta arma teu braço!
    Pelo vencedor cercado,
    Qual Deífobo estraçoado,[24]   9.430
    Hás de expiar o doce abraço.

---

[22] Fausto pronuncia aqui a fatídica palavra "instante" (ou "momento", *Augenblick*), presente na formulação do pacto e da aposta na segunda cena "Quarto de trabalho": "Se vier um dia em que ao momento/ Disser: Oh, para! és tão formoso!". No entanto, a exclamação permanece sem consequências (assim como a plenitude da felicidade de Fausto na cena seguinte), o que revela que as condições do acordo com Mefistófeles estão suspensas nesta "fantasmagoria clássico-romântica".

[23] Após longa ausência, Mefisto-Fórquias vem imiscuir-se na cena pondo fim ao idílio amoroso com a notícia da perigosa aproximação de Menelau. O jogo de rimas praticado pelos amantes é ironizado enquanto "namorico", como sugere o verbo alemão *tändeln*, um soletrar em "cartilhas de amor" (*Liebesfibeln*): "Mas para isso o tempo é escasso", diz ainda Fórquias impondo a consciência da história e da temporalidade que os amantes procuravam abolir.

[24] Alusão à terrível mutilação de Deífobo perpetrada por Menelau, como vingança por ter aquele se apoderado de Helena após a morte de Páris (ver nota ao v. 9.054).

> Bammelt erst die leichte Ware,
> Dieser gleich ist am Altare
> Neugeschliffnes Beil bereit.

FAUST

> Verwegne Störung! widerwärtig dringt sie ein;
> Auch nicht in Gefahren mag ich sinnlos Ungestüm.
> Den schönsten Boten, Unglücksbotschaft häßlicht ihn;
> Du Häßlichste gar, nur schlimme Botschaft bringst du gern.
> Doch diesmal soll dir's nicht geraten; leeren Hauchs
> Erschüttere du die Lüfte. Hier ist nicht Gefahr,   9.440
> Und selbst Gefahr erschiene nur als eitles Dräun.

(Signale, Explosionen von den Türmen, Trompeten und Zinken, kriegerische Musik, Durchmarsch gewaltiger Heereskraft)

FAUST

> Nein, gleich sollst du versammelt schauen
> Der Helden ungetrennten Kreis:
> Nur der verdient die Gunst der Frauen,
> Der kräftigst sie zu schützen weiß.

> Hão de as jovens bambalear,
> Para a Rainha, já, no altar
> Se acha afiado o mortal aço.

FAUSTO

> Temerária intrusão! penetra aqui, importuna;[25]
> Até em perigos vedo o ímpeto irrefletido.
> Se ao mais belo emissário as más-novas enfeiam,
> As trazes com prazer, tu, a feia entre as feias.
> Mas desta vez nada consegues; hálito oco
> Abale os ares. Não existe aqui perigo,   9.440
> E até o perigo ameaça vã pareceria.

(Sinais, explosões ressoando das torres, trombetas e cornetas, música marcial; desfile de formidáveis forças armadas)[26]

FAUSTO[27]

> Não, logo o círculo verás
> De heróis a quem a audácia rege:
> Jus ao favor das damas faz
> Só quem com mão forte as protege.

---

[25] Apenas neste momento da cena Fausto reveste a sua fala com o trímetro jâmbico característico de Helena; é como se as palavras de segurança e tranquilização que dirige à Rainha devessem ser expressas no verso que lhe é familiar. Ao assumir o comando logo em seguida e passar instruções aos seus subordinados, recorrerá ao verso rimado de quatro acentos (octossílabos, na tradução).

[26] As "explosões" que ressoam parecem constituir um anacronismo, já que armas de fogo (e, portanto, peças de artilharia) apareceram apenas no século XIV. Em seus comentários para a edição de Munique, Dorothea Hölscher-Lohmeyer observa que Goethe não se limita aqui apenas ao período histórico da Quarta Cruzada e da construção da fortaleza de Mistra (1249), mas condensa os mais de 150 anos de dominação dos francos no Peloponeso no momento da atuação de Fausto. No espaço de tempo desse amálgama histórico entre o Ocidente e a Antiguidade, o "uso de peças de artilharia já não constituía nenhuma raridade".

[27] Em versos rimados de quatro acentos (em ritmo jâmbico no original), Fausto irá enrijecer e "temperar" o ânimo e o moral dos seus chefes militares para rechaçar a propalada investida de Menelau e partir em seguida para uma guerra de conquista de todo o Peloponeso, cujas regiões são explicitadas nos vv. 9.466-73 (Goethe, em carta de dezembro de 1827: "Preciso conhecer bem a Grécia, já que eu a distribuí").

*(Zu den Heerführern, die sich von den Kolonnen
absondern und herantreten)*

      Mit angehaltnem stillen Wüten,
      Das euch gewiß den Sieg verschafft,
      Ihr, Nordens jugendliche Blüten,
      Ihr, Ostens blumenreiche Kraft.

      In Stahl gehüllt, vom Strahl umwittert,   9.450
      Die Schar, die Reich um Reich zerbrach,
      Sie treten auf, die Erde schüttert,
      Sie schreiten fort, es donnert nach.

      An Pylos traten wir zu Lande,
      Der alte Nestor ist nicht mehr,
      Und alle kleinen Königsbande
      Zersprengt das ungebundne Heer.

      Drängt ungesäumt von diesen Mauern
      Jetzt Menelas dem Meer zurück;
      Dort irren mag er, rauben, lauern,   9.460
      Ihm war es Neigung und Geschick.

Terceiro ato — Pátio interior de uma fortaleza

*(Aos chefes militares, que se destacam
das colunas e se aproximam)*

    Com ímpeto incontido e forte,
    Penhor de vitória inconteste,
    Vós, brotos juvenis do Norte,
    Vós, flora varonil do Leste.

    Raiando fogo, irradiando aço,[28]   9.450
    Terra após serra e mar transpondo,
    Marchais, já estremece o espaço,
    Passais, do solo ecoa o estrondo.

    Pilos nos viu desembarcando;[29]
    Já não existe o ancião Nestor,
    E dos reis gregos qualquer bando
    Varre este exército ao redor.

    Destas muralhas repeli
    Desde já Menelau ao mar;
    Vogue, erre, roube, espreite ali,   9.460
    Foi seu destino e o soube amar.

---

[28] Quanto a esta segunda estrofe e ao "romantismo" temperado em fogo e aço do chefe militar Fausto, Albrecht Schöne reproduz um comentário feito pelo poeta Gottfried Benn em carta de julho de 1948: "e depois a lírica tipo S.S. no 'Pátio interior de uma fortaleza', verso 9.450 e seguintes — 'raiando fogo, irradiando aço' — passagem extremamente curiosa".

[29] Importante cidade portuária do Peloponeso, vizinha a Esparta; ao longo de três gerações, Pilos foi governada pelo sensato Nestor, que teria atingido a idade de 99 anos. Como este já não existe há muito, o exército ágil e "solto" (*das ungebundne Heer*) de Fausto poderá avassalar os pequenos reinos gregos do Peloponeso.

Herzoge soll ich euch begrüßen,
Gebietet Spartas Königin;
Nun legt ihr Berg und Tal zu Füßen,
Und euer sei des Reichs Gewinn.

Germane du! Korinthus' Buchten
Verteidige mit Wall und Schutz!
Achaia dann mit hundert Schluchten
Empfehl' ich, Gote, deinem Trutz.

Nach Elis ziehn der Franken Heere, 9.470
Messene sei der Sachsen Los,
Normanne reinige die Meere
Und Argolis erschaff' er groß.

Dann wird ein jeder häuslich wohnen,
Nach außen richten Kraft und Blitz;
Doch Sparta soll euch überthronen,
Der Königin verjährter Sitz.

All-einzeln sieht sie euch genießen
Des Landes, dem kein Wohl gebricht;
Ihr sucht getrost zu ihren Füßen 9.480
Bestätigung und Recht und Licht.

*(Faust steigt herab, die Fürsten schließen einen Kreis
um ihn, Befehl und Anordnung näher zu vernehmen)*

TERCEIRO ATO — PÁTIO INTERIOR DE UMA FORTALEZA

Mas como duques vos saúdo;[30]
De Esparta a soberana o ordena;
No centro aos pés ponde-lhe tudo,
Em volta assumi posse plena.

Germano! sobre ti recaia
Guardar os golfos de Corinto.
Godos, vós! penhascais de Acaia
Cercai com férreo, marcial cinto.

Franco, à Élida! Saxão, é armares   9.470
Messênia com defesa sólida!
Normando, limpa tu os mares,
E reconstrói a magna Argólida.

Cada um, no lar, lá viva à farta,
O imigo externo só persiga;
Mas sobre todos trone Esparta,
Da soberana sede antiga.[31]

Lá vos verá, fruindo a abundância
Do chão que o bem-estar produz;
E aos pés vir-lhe-eis, vós, com confiança,   9.480
Buscar sanção, direito e luz.

*(Fausto desce, os nobres formam um círculo ao seu redor,
para ouvir-lhe de mais perto as ordens e direções)*

---

[30] Elevando os chefes militares à condição de "duques", Fausto diz que a conquista do Peloponeso (e sua submissão à rainha de Esparta) reverterá em ganho dos próprios ducados recém-criados. Nos comentários à mencionada edição de Munique, Hölscher-Lohmeyer menciona modelos históricos para esse ato feudal de investidura dos novos duques (assim, por exemplo, a atribuição da Messênia aos saxões dever-se-ia ao desembarque, nesta região da Grécia, do rei anglo-saxão Ricardo Coração de Leão durante a Terceira Cruzada, entre 1189 e 1192). "No conjunto quíntuplo das tribos, Fausto nomeia [a seguir] aqueles que se apoderaram do território do antigo Império Romano e tomaram posse da herança da Antiguidade — as cinco nações culturais europeias: nos germanos, os alemães; nos godos, os espanhóis; nos francos, os franceses; nos saxões, os ingleses; nos normandos estabelecidos na Sicília, os italianos."

[31] Esparta volta a ser, como em tempos remotos, a sede da rainha Helena, a qual reina agora sobre uma nova constituição histórica: uma "Europa unida na ideia de antiga humanidade", segundo Hölscher-Lohmeyer. O sujeito do verso seguinte é a rainha Helena: "Lá [ela] vos verá, fruindo a abundância".

Dritter Akt — Innerer Burghof

CHOR

> Wer die Schönste für sich begehrt,
> Tüchtig vor allen Dingen
> Seh' er nach Waffen weise sich um;
> Schmeichelnd wohl gewann er sich,
> Was auf Erden das Höchste;
> Aber ruhig besitzt er's nicht:
> Schleicher listig entschmeicheln sie ihm,
> Räuber kühnlich entreißen sie ihm;
> Dieses zu hindern, sei er bedacht. 9.490
>
> Unsern Fürsten lob' ich drum,
> Schätz' ihn höher vor andern,
> Wie er so tapfer klug sich verband,
> Daß die Starken gehorchend stehn,
> Jedes Winkes gewärtig.
> Seinen Befehl vollziehn sie treu,
> Jeder sich selbst zu eignem Nutz
> Wie dem Herrscher zu lohnendem Dank,
> Beiden zu höchlichem Ruhmesgewinn.
>
> Denn wer entreißet sie jetzt 9.500
> Dem gewalt'gen Besitzer?
> Ihm gehört sie, ihm sei sie gegönnt,
> Doppelt von uns gegönnt, die er
> Samt ihr zugleich innen mit sicherster Mauer,
> Außen mit mächtigstem Heer umgab.

FAUST

> Die Gaben, diesen hier verliehen —
> An jeglichen ein reiches Land —,

TERCEIRO ATO — PÁTIO INTERIOR DE UMA FORTALEZA

CORO

>Quem pra si cobiça a mais bela,
>Que antes de tudo cuide
>De em tempo útil de armas prover-se;
>Se soube com arte obter pra si
>Deste mundo o alvo máximo,
>Com sossego não o possui:
>Seduzem-lho hábeis sedutores,
>Raptam-lho ousados raptadores;
>Trate, prudente, de impedi-lo. 9.490

>Eis por que louvo o nosso príncipe,
>Mais do que outros o prezo,
>Ele, que tão brioso e sisudo,[32]
>Soube aliar-se aos valentes que o ouvem,
>Cada aceno acatando.
>Com ânimo fiel cumprem-lhe as ordens,
>Cada qual em próprio proveito,
>Como em preito grato ao senhor,
>Glória e honra altíssimas ambos granjeando.

>Pois quem ao amo poderoso 9.500
>A arrebataria agora?
>Pertence-lhe, a ele, concedamo-lha,
>Mormente nós, a quem com ela
>Dentro cercou com as mais firmes muralhas,
>Por fora com o exército mais possante.

FAUSTO

>Os dons com que a legião de heróis
>Premiaste — a cada um terra rica —

---

[32] Conforme observa Albrecht Schöne, o Coro retoma com a expressão "brioso e sisudo" (literalmente, "corajoso, inteligente") um antigo *topos* do "elogio do soberano": a concepção de que a fusão de sabedoria e coragem (ou firmeza) (*sapientia et fortitudo*) constitui a grandeza daquele que governa.

Sind groß und herrlich; laß sie ziehen!
Wir halten in der Mitte stand.

Und sie beschützen um die Wette, 9.510
Ringsum von Wellen angehüpft,
Nichtinsel dich, mit leichter Hügelkette
Europens letztem Bergast angeknüpft.

Das Land, vor aller Länder Sonnen,
Sei ewig jedem Stamm beglückt,
Nun meiner Königin gewonnen,
Das früh an ihr hinaufgeblickt,

Als mit Eurotas' Schilfgeflüster
Sie leuchtend aus der Schale brach,
Der hohen Mutter, dem Geschwister 9.520
Das Licht der Augen überstach.

Dies Land, allein zu dir gekehret,
Entbietet seinen höchsten Flor;
Dem Erdkreis, der dir angehöret,
Dein Vaterland, o zieh es vor!

De alto valor são; sigam, pois!
No centro o nosso império fica.³³

Proteja-te entre espúmeos jorros
Da maresia, a esparsa tropa:
Semi-ilha, tu, por leve arco de morros
Presa à última haste montanhês da Europa.³⁴

Terra que um sol de único esplendor banha,
A cada tribo os dons viva outorgando,
À nossa Rainha agora ganha,
Que cedo contemplou já, quando

Fulgente entre o múrmur da cana
Do Eurotas, da casca irrompeu,
E dos irmãos, da mãe ufana,
A luz do olhar nublou com o seu.³⁵

Terra estendida ora a teus pés
Em sua mais rica florescência,
Ao mundo de que Rainha és,
À tua pátria, ah, dá-lhe preferência!³⁶

---

³³ Após proceder à distribuição das províncias do Peloponeso aos chefes militares, Fausto irá concentrar-se no elogio da região central, Arcádia — na verdade uma topografia e paisagem de modo algum exuberantes, mas que graças sobretudo à poesia pastoral de Virgílio transformou-se na utopia de uma natureza idílica e de felicidade plena, afastada de todos os sofrimentos e contradições da História.

³⁴ A "esparsa tropa" (isto é, os chefes militares distribuídos ao redor) deverá proteger a "semi-ilha" ("não ilha", no original, também no sentido de península) do Peloponeso, ligada às montanhas da Macedônia ("última haste montanhês da Europa") por estreita faixa de terra (o istmo de Corinto: "leve arco de morros").

³⁵ Nova alusão ao nascimento de Helena às margens do rio Eurotas: sob o murmúrio da vegetação de juncos e caniços, conforme dizem estes versos, ela teria eclodido do ovo concebido por Leda após a cópula com Zeus, que assumira a aparência de cisne. A sua beleza "nublou" de imediato a "luz do olhar" da sua mãe e dos irmãos Castor e Pólux.

³⁶ Todo o círculo terrestre, isto é, o mundo todo, pertence agora a Helena; no entanto — assim a exortação de Fausto — ela deve dar preferência a sua nova pátria: esta Arcádia que é pintada, nos versos subsequentes, "no âmbito de Esparta".

Und duldet auch auf seiner Berge Rücken
Das Zackenhaupt der Sonne kalten Pfeil,
Läßt nun der Fels sich angegrünt erblicken,
Die Ziege nimmt genäschig kargen Teil.

Die Quelle springt, vereinigt stürzen Bäche, 9.530
Und schon sind Schluchten, Hänge, Matten grün.
Auf hundert Hügeln unterbrochner Fläche
Siehst Wollenherden ausgebreitet ziehn.

Verteilt, vorsichtig abgemessen schreitet
Gehörntes Rind hinan zum jähen Rand;
Doch Obdach ist den sämtlichen bereitet,
Zu hundert Höhlen wölbt sich Felsenwand.

Pan schützt sie dort, und Lebensnymphen wohnen
In buschiger Klüfte feucht erfrischtem Raum,
Und sehnsuchtsvoll nach höhern Regionen 9.540
Erhebt sich zweighaft Baum gedrängt an Baum.

Alt-Wälder sind's! Die Eiche starret mächtig,
Und eigensinnig zackt sich Ast an Ast;
Der Ahorn mild, von süßem Safte trächtig,
Steigt rein empor und spielt mit seiner Last.

Und mütterlich im stillen Schattenkreise
Quillt laue Milch bereit für Kind und Lamm;
Obst ist nicht weit, der Ebnen reife Speise,
Und Honig trieft vom ausgehöhlten Stamm.

E inda que o sol, sobre o escarpado casco
Dos montes trace oblíquo, pálido arco,
Surge esverdeado já o penhasco;
Cabra silvestre rói seu quinhão parco.

Do arroio ao riacho águas fluem, cristalinas, 9.530
Brilham prado, agro, já, verde-esmeralda;
Sobre a cadeia ondeante das colinas,
Lã alva dos rebanhos se desfralda.

Com andar manso, córneo, esparso gado
Beira do precipício orlas abruptas;
Abrigo há para todos preparado,
A rocha abaúla-se em mil grutas.

Protege-os Pã. São das ninfas de vida,[37]
Fresco-úmidas cavernas a morada,
E, ávido, impele à esfera mais subida, 9.540
Tronco após tronco a fronde entrerrameada.

Serôdias matas são: rijos carvalhos,
Haste em haste encravando, erguem-se a prumo,
E brinca, alando aos céus esguios galhos,
Com o doce lastro, o ácer, prenhe de sumo.

Serve à sua sombra à criancinha o leite
Materno, e ao anho o tépido da ovelha;[38]
Da fruta, o sol no val doura o deleite,
E da árvore oca escorre mel de abelha.[39]

---

[37] Pã como o deus dos pastores e dos rebanhos. Originário da Arcádia, o seu culto sempre o associou às ninfas (o atributo "de vida" reforça o procedimento goethiano de vivificar essa paisagem árcade, que aspira às esferas mais elevadas).

[38] De modo literal, diz Fausto nestes versos que "maternalmente", em círculo sereno e umbroso (em virtude do carvalho e do ácer, ou bordo, acima mencionados), "jorra o leite tépido pronto para criança e ovelha" (na tradução, o leite materno para a "criancinha" e o da ovelha para o "anho").

[39] Fausto impregna a sua Arcádia de concepções ligadas não apenas à Idade de Ouro da Antiguidade clássica (cantada por Hesíodo, Teócrito, Virgílio, Ovídio), mas também à "terra prometida" a Moisés, "terra boa e vasta, terra que mana leite e mel" (*Êxodo*, 3: 8).

Hier ist das Wohlbehagen erblich, 9.550
Die Wange heitert wie der Mund,
Ein jeder ist an seinem Platz unsterblich:
Sie sind zufrieden und gesund.

Und so entwickelt sich am reinen Tage
Zu Vaterkraft das holde Kind.
Wir staunen drob; noch immer bleibt die Frage:
Ob's Götter, ob es Menschen sind?

So war Apoll den Hirten zugestaltet,
Daß ihm der schönsten einer glich;
Denn wo Natur im reinen Kreise waltet, 9.560
Ergreifen alle Welten sich.

(Neben ihr sitzend)

So ist es mir, so ist es dir gelungen;
Vergangenheit sei hinter uns getan!
O fühle dich vom höchsten Gott entsprungen,
Der ersten Welt gehörst du einzig an.

Nicht feste Burg soll dich umschreiben!
Noch zirkt in ewiger Jugendkraft
Für uns, zu wonnevollem Bleiben,
Arkadien in Spartas Nachbarschaft.

TERCEIRO ATO — PÁTIO INTERIOR DE UMA FORTALEZA

        Herda-se aqui o bem-estar: 9.550
        Sorriso o lábio e olho irradia;
        Cada qual imortal é em seu lugar,
        Saúde ostentam e alegria.

        E cresce o infante à luz do dia brando,
        Aspirando à paterna força e ação;
        Atônitos paramos, indagando,
        Se homens ou se deuses são.

        Vivera entre os pastores já Apolo,
        Assemelhara-se a ele um dos mais belos;[40]
        Onde a natura obra em sagrado solo, 9.560
        Dos mundos todos encadeia os elos.

(Sentado ao lado de Helena)

        Assim te foi a ti, foi-me a mim dado;
        Do Deus supremo o teu ser sente oriundo!
        Atrás de nós esvai-se o passado,
        Tão só pertenças ao primevo mundo.[41]

        Não paires em castelos encerrada!
        Em viço eterno de que nada a aparta,
        Para encher de delícia a nossa estada,
        Vive ainda Arcádia no âmbito de Esparta.[42]

---

[40] Segundo a lenda, Apolo foi enviado por Zeus, como punição por ter abatido os Ciclopes, a prestar servidão por um ano ao rei Admeto, apascentando o seu gado nas planícies tessálicas. Na observação de Albrecht Schöne, aquele "dos mais belos" que ao pastor Apolo se assemelhara pode ser uma alusão ao mítico pastor Dáfnis, semideus dotado de beleza incomum.

[41] Na concepção mítica de Hesíodo (*Os trabalhos e os dias*), o "primevo" (ou primeiro) mundo associa-se à Idade de Ouro, em que os homens não conheciam preocupações materiais, nem doenças ou velhice (quando chegava o momento da morte, apenas adormeciam serenamente). Essa idade mítica se deu sob o reinado de Cronos (Saturno, nas *Metamorfoses* de Ovídio: livro I, vv. 89-112). Sendo Helena filha da rainha Leda e de Zeus (ou Júpiter), ela não pertence rigorosamente ao "primevo mundo"; no entanto, na Arcádia imaginada por Fausto (nova pátria de Helena), voltam a reinar as condições da Idade de Ouro.

[42] Nesta penúltima estrofe, o verbo "vive" corresponde no original a *zirkt*, no sentido do "espraiar-se" da Arcádia ao redor de Esparta ("no âmbito").

Gelockt, auf sel'gem Grund zu wohnen, 9.570
Du flüchtetest ins heiterste Geschick!
Zur Laube wandeln sich die Thronen,
Arkadisch frei sei unser Glück!

Vieste a solo abençoado ter; eis onde   9.570
O fado mais sereno a ti se augura!
Tronos transformam-se em dosséis de fronde,
Raie-nos, livre, a arcádica ventura![43]

---

[43] Nestes versos de Fausto (que assoma como uma espécie de "demiurgo poético") consuma-se a conversão do "pátio interior de uma fortaleza" nessa paisagem utópica em que os mundos dos deuses e dos humanos se enlaçam do modo mais puro (v. 9.561) e onde a felicidade do casal "clássico-romântico" — sob caramanchões ou "dosséis de fronde" em que se transformaram os "tronos" — será "arcadicamente livre" (*arkadisch frei*).

Schattiger Hain

Bosque frondoso

A esta terceira e última cena do "ato de Helena" Goethe não chegou a atribuir um título específico, como nas duas anteriores ("Diante do palácio de Menelau em Esparta" e "Pátio interior de uma fortaleza"). Por isso, as edições do *Fausto* oscilam basicamente entre três designações: "Bosque frondoso" (*Schattiger Hain*), como trazem as edições de Erich Trunz e Dorothea Hölscher-Lohmeyer; "O cenário transforma-se por completo" (*Der Schauplatz verwandelt sich durchaus*), conforme a opção de Ulrich Gaier; ou ainda "Arcádia" (*Arkadien*), como aparece nas edições de Albrecht Schöne, Ernst Beutler e Erich Schmidt, em consonância com a paisagem mencionada (v. 9.569) e descrita no final da cena anterior.

Goethe encarrega agora Mefisto-Fórquias da abertura da cena, com versos que fazem ecoar a antiga comédia grega, não só pela métrica, mas também na interpelação aos espectadores, os barbudos "que embaixo à espera estais". E após despertar as moças troianas de mágico e longo sono, Fórquias, num procedimento característico do teatro épico, procede ao relato dos acontecimentos que se deram nesse meio-tempo: o idílio de amor vivenciado pelos "amos" em meio à utópica paisagem árcade (furnas, grutas, caramanchões) e o nascimento de um menino — "geniozinho nu, sem asas, faunozinho sem bruteza" — que logo principia a saltar para o alto e tocar a abóbada da gruta.

Trata-se do "filho amado" (v. 9.722) que vem coroar o enlace dos protagonistas dessa "fantasmagoria clássico-romântica", e traz o sonoro nome de Eufórion (em grego, "o de pés leves" ou "o que traz frutos"). Mais uma vez, Goethe colheu a sugestão na enciclopédia mitológica de Hederich, em cujo verbete "Eufórion" se lê: "Filho de Aquiles e Helena, o qual foi gerado por estes nas ilhas bem-aventuradas e veio ao mundo com asas".

Em Goethe este atributo transforma-se na imagem grandiosa das "asas da poesia", estabelecendo-se assim uma correspondência de Eufórion com o "mancebo-guia" (*Knabe Lenker*) que se apresenta, no entrudo carnavalesco do Palatinado Imperial (terceira cena do primeiro ato), como alegoria da poesia (ver nota à rubrica anterior ao v. 5.521). Foi o próprio poeta, em palavras registradas por Eckermann em 20 de dezembro de 1829, que delineou essa aproximação: "Eufórion não é um ser humano, mas apenas um ser *alegórico*. Nele encontra-se personificada a *Poesia*, a qual não está presa a nenhum tempo, a nenhum lugar e a nenhuma pessoa. O mesmo espírito a quem apraz depois ser Eufórion, surge agora como o mancebo-guia, e nisso ele se mostra semelhante aos espectros que podem estar em toda parte e aparecer a qualquer hora".

Contudo, se Eufórion nasceu também do propósito goethiano de contribuir para a superação da "cisão apaixonada entre clássicos e românticos", é coerente que sua figura tenha sido dotada de traços mais específicos, que o revelam antes de tudo como alegoria da poesia *moderna*. Tanto seu surgimento como toda sua atuação nesta terceira cena estão envolvidos em verdadeiro sortilégio musical, que se desenvolve entre as rubricas "Da gruta ressoa encantadora melodia de instrumentos de corda. [...] Daqui em diante até a marcação 'pausa', música com todas as vozes" e — após o elogio fúnebre pronunciado pelo Coro — "Pausa total, a música cessa". Neste longo trecho da cena (entre os vv. 9.679 e 9.938), a linguagem assume por vezes um caráter de libreto, o estilo torna-se operístico e as estrofes configuram-se como duetos e tercetos, mais adequadas para cantores e cantoras (conforme sugestão do próprio Goethe) do que propriamente para atores e atrizes.

Morto Eufórion, os traços da poesia moderna implicados em sua figura alegórica se tornarão mais nítidos: a rubrica referente ao "vulto conhecido" sugere tratar-se, como já assinalado, de Lord Byron, para Goethe "o maior talento do século". Em 5 de julho de 1827, expressou perante Eckermann a sua visão do poeta inglês e o motivo que o levou a inseri-lo nesta cena do *Fausto*: "Como representante do período poético mais recente eu não podia usar nenhum outro senão ele. Byron não é antigo e não é romântico, mas é como o próprio dia presente. Eu precisava de alguém assim. De resto, ele veio inteiramente a calhar em virtude de sua natureza insaciável e de sua tendência bélica, que o fez sucumbir em Missolunghi".

Foi, portanto, a morte do grande poeta engajado na luta de libertação grega que consolidou para Goethe a ideia de erigir-lhe um monumento justamente na parte do *Fausto* que se desenrola na Grécia. Valendo-se do procedimento alegórico, procurou espelhar a trajetória de Byron na *hybris* e consequente morte de Eufórion, encaminhando assim a inflexão de *tragédia* a este terceiro ato.

Antes, porém, configura-se aquele momento de felicidade ao qual Fausto poderia dizer as fatídicas palavras acordadas com Mefistófeles: "Oh, para! és tão formoso!". De maneira sintomática o velho Goethe situa esta condição num espaço por assim dizer extraterritorial (fora do mundo estritamente moderno ou burguês), ao lado da mais bela representante da antiga Hélade e numa dimensão mágica, constituída pela confluência de Antiguidade, Idade Média, Renascimento e Modernidade. Quanto a essa insólita mescla de épocas históricas, Eckermann observava ao poeta, em conversa datada de 29 de janeiro de 1827, as dificuldades de se compreender as referências alegóricas, sobretudo na "parte moderna, romântica" do terceiro ato, pois "meia história universal constitui o pano de fundo, o tratamento de tão vasto assunto é apenas alusivo e coloca enormes exigências ao leitor". Goethe respondeu enfatizando a dimensão plástica dos acontecimentos cênicos, que saltariam aos olhos de maneira imediata. E se a massa dos espectadores poderia encontrar prazer nas aparições concretas sobre o palco, "ao iniciado não escapará ao mesmo tempo o sentido mais elevado, como se dá com a *Flauta mágica* [de Mozart] e coisas semelhantes".

Uma bela confirmação dessa confiança do poeta na força de suas imagens e na capacidade receptiva dos futuros leitores e espectadores do *Fausto* encontra-se numa série de cartas que o historiador suíço Jacob Burckhardt (1818-1897) dirigiu a seu aluno Albert Brenner, em 1855. Num momento em que predominava uma postura de recusa à impregnação alegórica e a uma suposta inconsistência ético-moral da obra publicada havia pouco mais de dois decênios, Burckhardt aconselhava o jovem aluno a abrir-se intuitivamente à beleza das imagens poéticas, a antes perder-se e errar pelo *Fausto* do que almejar encontrar "verdades inabaláveis". E em toda a segunda parte da tragédia, observava o historiador, "está espalhada uma profusão de coisas sublimes e a evocação de Helena encontra poucos paralelos na poesia de todos os tempos". [M.V.M.]

(Der Schauplatz verwandelt sich durchaus. An eine
Reihe von Felsenhöhlen lehnen sich geschloßne Lauben.
Schattiger Hain bis an die rings umgebende Felsensteile hinan.
Faust und Helena werden nicht gesehen. Der Chor
liegt schlafend verteilt umher)

PHORKYAS

    Wie lange Zeit die Mädchen schlafen, weiß ich nicht;
    Ob sie sich träumen ließen, was ich hell und klar
    Vor Augen sah, ist ebenfalls mir unbekannt.
    Drum weck' ich sie. Erstaunen soll das junge Volk;
    Ihr Bärtigen auch, die ihr da drunten sitzend harrt,
    Glaubhafter Wunder Lösung endlich anzuschaun.
    Hervor! hervor! Und schüttelt eure Locken rasch!   9.580
    Schlaf aus den Augen! Blinzt nicht so und hört mich an!

CHOR

    Rede nur, erzähl', erzähle, was sich Wunderlichs begeben!
    Hören möchten wir am liebsten, was wir gar nicht glauben können;
    Denn wir haben Langeweile, diese Felsen anzusehn.

*(O cenário transforma-se por completo. Caramanchões
fechados encostam-se a uma fileira de grutas cavadas nos rochedos.
Bosque frondoso estende-se às circundantes escarpas rochosas.
Fausto e Helena não são vistos. O Coro está
espalhado ao redor, em grupos, dormindo)*[1]

FÓRQUIAS

    Não sei há quanto tempo as raparigas dormem;
    Se puderam sonhar com o que eu vi claramente,
    Com os próprios olhos, também desconheço.
    Desperto-as, pois. Surpreender-se-á esta juventude;
    E adultos, vós, também, que embaixo à espera estais,[2]
    Ao ver a solução enfim de tais prodígios.
    Depressa! a cabeleira sacudi! os olhos   9.580
    Limpai do sono e ouvi-me, sem pestanejar!

CORO

    Narra pois, relata, conta, de fantástico o que ocorre,
    Dar-nos-á prazer maior ouvir o que há de mais incrível;
    Pois nos causa tédio, enfado, o olharmos sempre estes rochedos.

---

[1] Esta rubrica indica a concretização fantasmagórica da Arcádia imaginada por Fausto no final da cena anterior. Tal paisagem circunscrita por caramanchões, grutas e arvoredos frondosos é, de certo modo, o oposto da vista panorâmica que se descortinará no início do próximo ato. Os componentes paisagísticos mencionados nesta rubrica constituem também motivos frequentes nos desenhos de Goethe. Conforme observa Erich Trunz, ao elemento ótico-visual, que delineia um mundo da fantasia íntima, associa-se o tempo, caracterizado de maneira altamente condensada. Goethe teria desenvolvido esse princípio estilístico da condensação temporal a partir da Antiguidade, como se depreende de uma passagem de seu estudo sobre Eurípides: "Deve-se permitir ao poeta que ele concentre muita coisa num breve espaço de tempo. Nesse ponto, seria possível apresentar exemplos mais antigos e mais modernos que mostram que o representado de maneira alguma poderia acontecer em um determinado tempo e, no entanto, acontece".

[2] Esta interpelação de Fórquias ao público segue o modelo da antiga comédia, cuja plateia era constituída exclusivamente de homens "adultos" (no original, Goethe escreve "vós, barbudos"). Procedendo a uma espécie de narração épica dos acontecimentos que se deram durante o sono das coristas, Fórquias rompe a ilusão cênica e dirige-se ao mesmo tempo às personagens e ao público.

PHORKYAS

    Kaum die Augen ausgerieben, Kinder, langeweilt ihr schon?
    So vernehmt: in diesen Höhlen, diesen Grotten, diesen Lauben
    Schutz und Schirmung war verliehen, wie idyllischem Liebespaare,
    Unserm Herrn und unsrer Frauen.

CHOR

                      Wie, da drinnen?

PHORKYAS

                                Abgesondert
    Von der Welt, nur mich, die eine, riefen sie zu stillem Dienste.
    Hochgeehrt stand ich zur Seite, doch, wie es Vertrauten ziemet,   9.590
    Schaut' ich um nach etwas andrem. Wendete mich hier und dorthin,
    Suchte Wurzeln, Moos und Rinden, kundig aller Wirksamkeiten,
    Und so blieben sie allein.

CHOR

    Tust du doch, als ob da drinnen ganze Weltenräume wären,
    Wald und Wiese, Bäche, Seen; welche Märchen spinnst du ab!

PHORKYAS

    Allerdings, ihr Unerfahrnen! das sind unerforschte Tiefen:
    Saal an Sälen, Hof an Höfen, diese spür' ich sinnend aus.
    Doch auf einmal ein Gelächter echot in den Höhlenräumen;
    Schau' ich hin, da springt ein Knabe von der Frauen Schoß zum Manne
    Von dem Vater zu der Mutter; das Gekose, das Getändel   9.600
    Töriger Liebe Neckereien, Scherzgeschrei und Lustgejauchze
    Wechselnd übertäuben mich.
    Nackt, ein Genius ohne Flügel, faunenartig ohne Tierheit,
    Springt er auf den festen Boden; doch der Boden gegenwirkend
    Schnellt ihn zu der luft'gen Höhe, und im zweiten, dritten Sprunge
    Rührt er an das Hochgewölb.

FÓRQUIAS

    Mal abris os olhos, jovens, já estais sentindo o tédio?
    Pois ouvi-me: aqui, na alfombra, em furnas, grutas, outorgou-se
    Proteção silvestre e asilo ao sonho idílico de amor
    De nosso amo e nossa dama.

CORO

                      Quê? Lá dentro?

FÓRQUIAS

                                 Segregados
    Do universo, a atendê-los, tão somente a mim chamaram.
    Penhorada, lá, quedei-me, e como cabe aos confidentes,   9.590
    Eu olhava de outro lado, cá e lá andando, em busca
    De raízes, cascas, musgo, ciente de seus dons balsâmicos,
    E destarte a sós ficaram.

CORO

    Como falas! Hão de achar-se espaços cósmicos lá dentro?
    Bosque e prado, lagos, riachos? Fábulas estás tecendo.

FÓRQUIAS

    Néscias, vós! sem dúvida! ora! fundos são, ignotos, ainda,
    Salas e áreas, pátios, cortes, que eu, atenta, já explorei.
    Mas de súbito ouço um riso a ecoar no seio de amplas grutas;
    Olho ali; dos joelhos mátrios salta aos do homem belo infante,
    Corre à mãe, ao pai retorna; beijos, mimos, brincadeiras,   9.600
    Sons pueris de afeto e afagos, gritos de êxtase ouço e encanto,
    Que, a alternar-se, me entontecem.
    Geniozinho nu, sem asas, faunozinho sem bruteza,
    Salta sobre o solo firme, mas o solo reagindo
    Arremessa-o para a altura, e logo após uns dois, três saltos,
    Já da abóbada o arco atinge.

Dritter Akt — Schattiger Hain

Ängstlich ruft die Mutter: Springe wiederholt und nach Belieben,
Aber hüte dich, zu fliegen, freier Flug ist dir versagt.
Und so mahnt der treue Vater: In der Erde liegt die Schnellkraft,
Die dich aufwärts treibt; berühre mit der Zehe nur den Boden, 9.610
Wie der Erdensohn Antäus bist du alsobald gestärkt.
Und so hüpft er auf die Masse dieses Felsens, von der Kante
Zu dem andern und umher, so wie ein Ball geschlagen springt.

Doch auf einmal in der Spalte rauher Schlucht ist er verschwunden,
Und nun scheint er uns verloren. Mutter jammert, Vater tröstet
Achselzuckend steh' ich ängstlich. Doch nun wieder welch Erscheinen!
Liegen Schätze dort verborgen? Blumenstreifige Gewande
Hat er würdig angetan.
Quasten schwanken von den Armen, Binden flattern um den Busen,
In der Hand die goldne Leier, völlig wie ein kleiner Phöbus, 9.620
Tritt er wohlgemut zur Kante, zu dem Überhang; wir staunen.
Und die Eltern vor Entzücken werfen wechselnd sich ans Herz.
Denn wie leuchtet's ihm zu Haupten? Was erglänzt, ist schwer zu sagen,
Ist es Goldschmuck, ist es Flamme übermächtiger Geisteskraft?
Und so regt er sich gebärdend, sich als Knabe schon verkündend
Künftigen Meister alles Schönen, dem die ewigen Melodien
Durch die Glieder sich bewegen; und so werdet ihr ihn hören,
Und so werdet ihr ihn sehn zu einzigster Bewunderung.

Chama-o ansiosa a mãe e exclama: Salta a miúdo e o quanto queiras,
Mas de voar te guardas, filho, o livre voo te é interdito.
Vigilante o pai o adverte: Jaz no solo a força elástica
Que te impele para cima; teu pé roce o chão, apenas,   9.610
Força e impulso em ti já sentes, qual Anteu, filho da Terra.[3]
De ângulo a ângulo da rocha, pedra a pedra, ele assim pula,
Como bola que, impelida, elástica, ressalta no ar.

Mas de súbito se some, em fenda de áspera garganta,
Já se teme que perdido. A mãe se aflige, ampara-a o pai.
De ombros dou, ansiosa, e espero. Mas que nova aparição!
Jaz tesouro oculto lá? De ondulantes, flóreas vestes,
Revestiu-se com donaire.
Fitas voejam-lhe dos braços, de seu peito ondulam franjas.
Alça em mãos a lira de ouro, como um Febo diminuto,[4]   9.620
Sobre a aresta do penhasco, queda-se ele, prazenteiro.
Nós pasmamos; a abraçarem-se um ao outro os pais jubilam.
Pois que lhe ilumina a fronte? Brilha, e não se sabe o que é;[5]
Mimo de ouro é o que flameja? Ou é do espírito o halo fúlgido?
Com que graça assim se move, já na infância a prenunciar-se
Mestre a vir de todo o Belo, a quem eternas melodias
Fluem das veias, e destarte é que hoje haveis de ouvi-lo e vê-lo,
Para admiração perene e encantamento da alma e espírito.

---

[3] Nova alusão à figura mítica do gigante Anteu, cuja força emanava do contato de seus pés com a "mãe-terra" (ver nota ao v. 7.077).

[4] Conta o mito que o deus Hermes, logo após o nascimento, construiu a primeira lira com o casco de uma tartaruga e tripas de boi, dando-a em seguida a Febo Apolo, o deus das artes poéticas. Em seu relato épico sobre o nascimento de Eufórion, Fórquias passa do trímetro jâmbico para um ritmo mais caudaloso, que no original se assenta numa métrica de oito pés ou compassos (mas entrecortados por versos com a metade da extensão, que criam pontos de repouso).

[5] Mais tarde, o brilho que lhe ilumina a fronte será especificado enquanto "auréola que sobe ao céu como um cometa".

CHOR

    Nennst du ein Wunder dies,
    Kretas Erzeugte? 9.630
    Dichtend belehrendem Wort
    Hast du gelauscht wohl nimmer?
    Niemals noch gehört Ioniens,
    Nie vernommen auch Hellas'
    Urväterlicher Sagen
    Göttlich-heldenhaften Reichtum?

    Alles, was je geschieht
    Heutigen Tages,
    Trauriger Nachklang ist's
    Herrlicher Ahnherrntage; 9.640
    Nicht vergleicht sich dein Erzählen
    Dem, was liebliche Lüge,
    Glaubhaftiger als Wahrheit,
    Von dem Sohne sang der Maja.

    Diesen zierlich und kräftig doch
    Kaum geborenen Säugling
    Faltet in reinster Windeln Flaum,
    Strenget in köstlicher Wickeln Schmuck
    Klatschender Wärterinnen Schar
    Unvernünftigen Wähnens. 9.650
    Kräftig und zierlich aber zieht

Terceiro ato — Bosque frondoso

CORO

    De prodígio a isso chamas,
    Filha de Creta?[6]   9.630
    Nunca ao didático-poético
    Verbo prestaste ouvido?
    Nunca da Iônia escutaste,
    Nem da Hélade, tampouco,
    O heroico, divinal enredo
    De lendas ancestrais?

    Tudo o que ainda sucede
    Na época hodierna,
    É tão só pálido eco
    De épicos dias de antanho;   9.640
    Não se compara o que narraste
    Ao que a fábula amena,
    Mais crível que a verdade,
    Já cantou do filho de Maia.[7]

    Esse infante mimoso e forte,
    Recém-nascido, apenas,
    Na alva maciez da fralda envolve,
    Prende em anéis de ricas faixas,
    O enxame tonto e tagarelo
    Das aias que nada pressentem.   9.650
    Mas com jeito e vigor extrai

---

[6] O Coro apostrofa Fórquias como "filha de Creta" em consonância com o relato que esta fizera sobre o seu passado cretense na cena "Diante do palácio de Menelau em Esparta" (ver nota ao v. 8.865).

[7] Se pouco antes Fórquias caracterizou Eufórion como um "Febo diminuto", o Coro irá desdobrar agora o mito de Hermes, filho de Zeus e da Ninfa (ou Plêiade) Maia. Comparada à "fábula (mentira, no original) amena" desse mito mais fidedigno do que a "verdade", a história moderna de Eufórion irá empalidecer, segundo a visão do Coro.

Schon der Schalk die geschmeidigen
Doch elastischen Glieder
Listig heraus, die purpurne,
Ängstlich drückende Schale
Lassend ruhig an seiner Statt;
Gleich dem fertigen Schmetterling,
Der aus starrem Puppenzwang
Flügel entfaltend behendig schlüpft,
Sonnedurchstrahlten Äther kühn 9.660
Und mutwillig durchflatternd.

So auch er, der Behendeste,
Daß er Dieben und Schälken,
Vorteilsuchenden allen auch
Ewig günstiger Dämon sei,
Dies betätigt er alsobald
Durch gewandteste Künste.
Schnell des Meeres Beherrscher stiehlt
Er den Trident, ja dem Ares selbst
Schlau das Schwert aus der Scheide; 9.670
Bogen und Pfeil dem Phöbus auch,
Wie dem Hephästos die Zange;
Selber Zeus', des Vaters, Blitz
Nähm' er, schreckt' ihn das Feuer nicht;
Doch dem Eros siegt er ob
In beinstellendem Ringerspiel;

Já o malandrozinho
Flexíveis, elásticos membros
Com arte pra fora, e o purpúreo,
Rígido invólucro deixa
Abandonado em seu lugar;
Como a lépida borboleta
Que da opressão da larva
Ágil escapa e asas desfralda,
Para transpor, voejante, o éter   9.660
Banhado de raios de sol.[8]

Assim ele, o mais hábil sempre,
Pra que, dos ladrões e malandros
E os traficantes todos,
Demo sempre propício seja.
Logo o consegue com o recurso
De habilíssimas artes.
O tridente do Rei dos Mares
Rouba, e subtrai do próprio Marte
A espada de dentro da bainha.   9.670
De Febo também a arbaleta e o dardo,
De Hefesto rouba ele as tenazes;
Roubaria até de Zeus, o Pai,
O raio, se o fogo não temesse.
Triunfa de Eros, no entanto,
Ludibriando-o na luta livre.

---

[8] O fato de o recém-nascido Hermes ter-se livrado de imediato de fraldas e faixas leva à comparação com o advento da borboleta a partir da "opressão da larva". Goethe escreveu um estudo sobre o "desenvolvimento das asas na borboleta *Phalaena grossularia*", fenômeno que considerava, como observa Albrecht Schöne, "o mais belo" de toda a natureza orgânica. A metamorfose da larva em borboleta, passando pelo estado de crisálida, constitui um símbolo central do *Fausto* e é relacionado de maneira irônica (ao Baccalaureus da cena "Quarto gótico"; ver nota ao v. 6.729), trágica (ao próprio Eufórion, v. 9.897) e de maneira místico-esperançosa (à enteléquia de Fausto; ver nota ao v. 11.981).

> Raubt auch Cyprien, wie sie ihm kost,
> Noch vom Busen den Gürtel.

(Ein reizendes, reinmelodisches Saitenspiel erklingt aus der Höhle. Alle merken auf und scheinen bald innig gerührt. Von hier an bis zur bemerkten Pause durchaus mit vollstimmiger Musik)

PHORKYAS

> Höret allerliebste Klänge,
> Macht euch schnell von Fabeln frei!
> Eurer Götter alt Gemenge,
> Laßt es hin, es ist vorbei.

> Niemand will euch mehr verstehen,
> Fordern wir doch höhern Zoll:
> Denn es muß von Herzen gehen,
> Was auf Herzen wirken soll.

(Sie zieht sich nach den Felsen zurück)

Também de Afrodite, que o afaga,
Do colo rouba o cinto de ouro.⁹

(Da gruta ressoa encantadora melodia de instrumentos de corda. Todos ficam atentos e aparentam em breve íntima emoção. Daqui em diante até a marcação "pausa", música com todas as vozes)

FÓRQUIAS

Sons ouvis de suave mel?
Ponde as fábulas de lado!   9.680
Vossos deuses, seu tropel,
Já são sombras do passado.¹⁰

Nega-se-lhes compreensão,
Mas sublime estro não falte!
Deve vir do coração,
O que os corações exalte.¹¹

(Retira-se para os rochedos)

---

⁹ Como observam os comentadores, os versos que explicitam as "habilíssimas artes" de Hermes seguem o relato feito por Hederich no verbete de sua enciclopédia mitológica dedicado a Mercúrio (o correspondente latino de Hermes): "Nem bem havia nascido, já roubou o tridente de Netuno; de Marte [Ares] tirou a espada da bainha; de Apolo, o arco e as flechas; de Vulcano [Hefesto], a sua tenaz; do próprio Júpiter [Zeus], o cetro; e se não temesse o fogo, teria subtraído a este também o raio. E exatamente no dia em que nasceu, desafiou Cupido [Eros] para a arte do ringue, passou-lhe uma rasteira e subjugou-o, portanto, com sucesso; e, uma vez que Vênus [Afrodite, ou Cípria, como escreve Goethe] alegrou-se com o acontecido e tomou-o no colo, ele logo subtraiu-lhe o cinto". Com essa paráfrase ritmada do verbete de Hederich, Goethe presta-lhe aqui significativa homenagem.

¹⁰ Enlevada pela "encantadora melodia" que anuncia a chegada de Eufórion, Fórquias exorta as coristas a se livrarem das fábulas mitológicas e do "tropel" dos antigos deuses.

¹¹ Após dizer que ninguém mais quererá compreender as coristas com suas velhas fábulas, Mefisto-Fórquias, ligado antes ao mundo moderno, refere-se ao estro (o gênio artístico) "mais sublime" da harmoniosa poesia que chega com Eufórion, a qual emana "do coração" — e deve, por seu turno, exaltar os "corações".

CHOR

    Bist du, fürchterliches Wesen,
    Diesem Schmeichelton geneigt,
    Fühlen wir, als frisch genesen,
    Uns zur Tränenlust erweicht.   9.690

    Laß der Sonne Glanz verschwinden,
    Wenn es in der Seele tagt,
    Wir im eignen Herzen finden,
    Was die ganze Welt versagt.

(Helena, Faust, Euphorion in dem oben beschriebenen Kostüm)

EUPHORION

    Hört ihr Kindeslieder singen,
    Gleich ist's euer eigner Scherz;
    Seht ihr mich im Takte springen,
    Hüpft euch elterlich das Herz.

CORO

> Se te movem, criatura
> Hórrida, esses tons de encanto,
> A nós de alegria pura,
> Enternecem até o pranto.[12]
>
> Que do sol a luz se esvaia!
> Encontramos, na alma imerso,
> Quando em nós a aurora raia,
> O que nos nega o universo.

9.690

(Helena, Fausto, Eufórion, no traje acima descrito)

EUFÓRION

> Ao ver saltos infantis,
> Vós também vos alegrais;
> Quando eu rio, pulsa feliz
> Vosso coração de pais.[13]

---

[12] Profundamente comovido pelos "tons de encanto" que dominam a cena e acolhendo a exortação anterior de Fórquias, o Coro das troianas enverada agora pelos melodiosos versos rimados de sete sílabas empregados por aquela. O epíteto "criatura hórrida" elucida-se mais tarde pela referência à "coerção de espírito" (v. 9.963) imposta por Fórquias.

[13] A entrada em cena de Eufórion vem acompanhada do motivo do salto, da impulsão para o alto, tal como já fora anunciado por Fórquias: "Salta sobre o solo firme" (v. 9.604). No original, tal motivo desponta neste terceiro verso da estrofe (*springen*, pular, saltar), ao passo que a tradutora já o desloca para o inicial ("saltos infantis"). Goethe procurou espelhar (e também reforçar) os movimentos executados por Eufórion sobre o palco no ritmo de seus versos, em consonância com a observação de Fórquias de que as "melodias" lhe fluem das "veias" (v. 9.626) — literalmente: "movem-se pelos membros". De maneira consequente, o ritmo impresso às estrofes de Eufórion faz com que os versos terminem a cada vez num descenso (tésis, correspondente à sílaba átona), que sugere o seu retorno ao chão: *Nun la͟ßt mich hu͟pfen,/ Nun la͟ßt mich spri͟ngen* ["Deixai-me pular,/ Deixai-me saltar"]. Esses passos saltitantes irão, contudo, mover-se rumo ao salto extático e, por fim, à audaciosa (e fatal) tentativa de voo: "Não, já não quero/ Pairar no chão". Desse modo, os seus últimos versos confluirão não mais para o movimento rítmico de descenso, mas sim para o ascensional (ársis, correspondente à sílaba tônica): *Go͟nnt mir den Fl͟ug!* ["Permiti-me o voo!"]. Serão estas as suas últimas palavras, e o momento descensional aparecerá apenas na exclamação do Coro motivada pela sua queda: *I͟karus! I͟karus!*

HELENA

> Liebe, menschlich zu beglücken,
> Nähert sie ein edles Zwei,
> Doch zu göttlichem Entzücken
> Bildet sie ein köstlich Drei.

9.700

FAUST

> Alles ist sodann gefunden:
> Ich bin dein, und du bist mein;
> Und so stehen wir verbunden,
> Dürft' es doch nicht anders sein!

CHOR

> Wohlgefallen vieler Jahre
> In des Knaben mildem Schein
> Sammelt sich auf diesem Paare.
> O, wie rührt mich der Verein!

9.710

EUPHORION

> Nun laßt mich hüpfen,
> Nun laßt mich springen!
> Zu allen Lüften
> Hinaufzudringen,
> Ist mir Begierde,
> Sie faßt mich schon.

HELENA

    Ao unir dois, se reveste
    De delícia humana o amor;   9.700
    Mas para êxtase celeste
    Molda um três encantador.

FAUSTO

    Forma um todo, então, perfeito:
    Minha és, sou teu; do enlace
    Nos vincula o liame estreito,
    Para sempre perdurasse![14]

CORO

    De anos já, ventura nobre
    Na aura meiga da criança,
    Este par de bênçãos cobre.
    Como me comove a aliança![15]   9.710

EUFÓRION

    Deixai que aos saltos,
    Que de um só lance,[16]
    Atinja os altos,
    O éter alcance!
    Por flâmeo anelo
    Sou devorado.

---

[14] No original, Fausto exclama neste verso que "não poderia mesmo ser de outro modo!". Reverberam aqui, mais uma vez, as palavras do pacto, o que é captado com percuciência pela tradutora: "Para sempre [este momento de felicidade] perdurasse!".

[15] Literalmente, e formulados numa ordem direta, os versos do Coro dizem que a ventura nobre (ou regozijo) de muitos anos, [passados] na aura meiga da criança, acumula-se sobre este par.

[16] Literalmente, como já assinalado: "Deixai-me pular,/ Deixai-me saltar". Portanto, o ritmo típico de Eufórion, com sua dinâmica elasticidade. A tendência do jovem para o voo ilimitado, a aspiração em direção às alturas, ao incondicional, manifesta-se num crescendo.

FAUST

    Nur mäßig! mäßig!
    Nicht ins Verwegne,
    Daß Sturz und Unfall
    Dir nicht begegne,   9.720
    Zugrund uns richte
    Der teure Sohn!

EUPHORION

    Ich will nicht länger
    Am Boden stocken;
    Laßt meine Hände,
    Laßt meine Locken,
    Laßt meine Kleider!
    Sie sind ja mein.

HELENA

    O denk! o denke,
    Wem du gehörest!   9.730
    Wie es uns kränke,
    Wie du zerstörest
    Das schön errungene
    Mein, Dein und Sein.

CHOR

    Bald löst, ich fürchte,
    Sich der Verein!

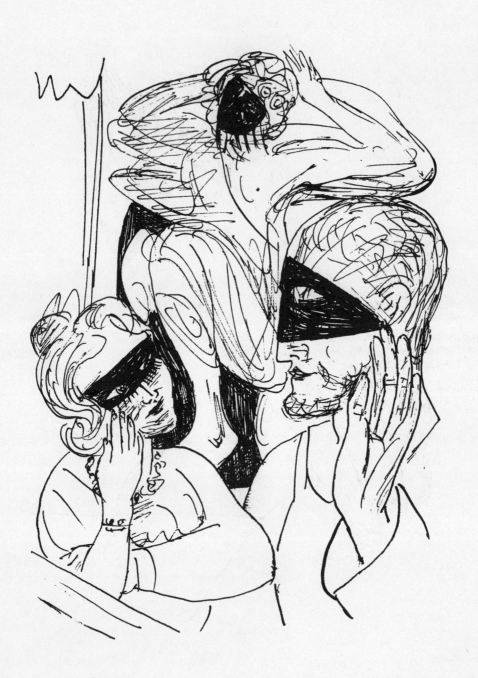

FAUSTO

> O arrojo em que ardes
> Calma, sossega![17]
> De um mal te guardes,
> Desgraça cega
> Não nos subtraia
> O filho amado!

9.720

EUFÓRION

> Não, já não quero
> Pairar no chão;
> Soltai o cabelo,
> Largai-me a mão!
> Largai-me as vestes!
> É tudo meu.

HELENA

> Rogo, ah!, que penses
> Em quem te trouxe,
> A quem pertences!
> Que dor se fosse
> Destruído o vínculo,
> Teu, seu e meu.

9.730

CORO

> Da união desfaz-se,
> Temo, o apogeu![18]

---

[17] A exortação do "pai" no sentido da moderação, da observância dos limites. Os pressupostos "fantasmagóricos" deste ato e, sobretudo, os seus princípios estilísticos recobrem a leve comicidade dos papéis desempenhados agora por Fausto (o pai que procura controlar o filho e, depois, consolar a mulher) e Helena (a mãe apreensiva e chorosa).

[18] O Coro pressente que a "união" logo (*bald*) irá se desfazer.

HELENA UND FAUST

    Bändige! bändige
    Eltern zuliebe
    Überlebendige,
    Heftige Triebe!   9.740
    Ländlich im stillen
    Ziere den Plan.

EUPHORION

    Nur euch zu Willen
    Halt' ich mich an.

(Durch den Chor sich schlingend und ihn zum Tanze fortziehend)

    Leichter umschweb' ich hie
    Muntres Geschlecht.
    Ist nun die Melodie,
    Ist die Bewegung recht?

HELENA

    Ja, das ist wohlgetan;
    Führe die Schönen an   9.750
    Künstlichem Reihn.

FAUST

    Wäre das doch vorbei!
    Mich kann die Gaukelei
    Gar nicht erfreun.

(Euphorion und Chor tanzend und singend
bewegen sich in verschlungenem Reihen)

HELENA E FAUSTO

    Freia, imprudente!
    Se amas teus pais,
    O afã fervente
    De atos fatais!   9.740
    Do bosque e prado
    Frui o recreio.

EUFÓRION

    Por vosso agrado
    Eu me refreio.

(Deslizando entre o Coro e arrastando-o para a dança)

    Na ronda das gentis
    Meninas me entrelaço.
    A melodia ouvis?
    Acerto o ritmo e o passo?

HELENA

    Sim, dás-te bem com elas;
    Da ronda das donzelas   9.750
    Integra a gentil arte.

FAUSTO

    Já terminada a visse!
    Jamais tal criancice
    Levei em boa parte.[19]

*(Eufórion e Coro, dançando e cantando,
movimentam-se em figuras entrelaçadas)*

---

[19] Fausto manifesta o seu descontentamento (e preocupação) com a ciranda tresloucada que Eufórion encetou agora com as moças do Coro: tal "criancice" (*Gaukelei*, no original, também no sentido de um jogo ilusório) não lhe agrada ou não lhe cheira bem.

CHOR

>   Wenn du der Arme Paar
>   Lieblich bewegest,
>   Im Glanz dein lockig Haar
>   Schüttelnd erregest,
>   Wenn dir der Fuß so leicht
>   Über die Erde schleicht, 9.760
>   Dort und da wieder hin
>   Glieder um Glied sich ziehn,
>   Hast du dein Ziel erreicht,
>   Liebliches Kind;
>   All' unsre Herzen sind
>   All' dir geneigt.

(Pause)

EUPHORION

>   Ihr seid so viele
>   Leichtfüßige Rehe;
>   Zu neuem Spiele
>   Frisch aus der Nähe! 9.770
>   Ich bin der Jäger,
>   Ihr seid das Wild.

CHOR

>   Willst du uns fangen,
>   Sei nicht behende,
>   Denn wir verlangen
>   Doch nur am Ende,
>   Dich zu umarmen,
>   Du schönes Bild!

CORO

        Quando com leve andar
        Célere acodes,
        Quando os cabelos no ar
        Rindo sacodes;
        Quando entre nós deslizas,
        De leve o solo pisas,   9.760
        Na órbita te entrelaças,
        Flóreas imagens traças:
        Não te esforçaste em vão,
        Criatura benquista;
        Já não há coração
        Que te resista.

(Pausa)

EUFÓRION

        Sereis corcinhas,
        Brincá-lo é ali!
        Por entre vinhas,
        Prestes fugi.   9.770
        A caça sois,
        Sou o caçador.[20]

CORO

        A caça almejas?
        É fácil a arte!
        Nem ágil sejas!
        Só a abraçar-te,
        É que aspiramos,
        Visão em flor!

---

[20] Eufórion propõe agora uma brincadeira de perseguição: ele próprio no papel de "caçador" e as coristas no de "caça", isto é, de "corcinhas" (ou, no original, "corças céleres, de pés leves"). O substantivo "vi-

EUPHORION

    Nur durch die Haine!
    Zu Stock und Steine!   9.780
    Das leicht Errungene,
    Das widert mir,
    Nur das Erzwungene
    Ergetzt mich schier.

HELENA UND FAUST

    Welch ein Mutwill'! welch ein Rasen!
    Keine Mäßigung ist zu hoffen.
    Klingt es doch wie Hörnerblasen
    Über Tal und Wälder dröhnend;
    Welch ein Unfug! welch Geschrei!

CHOR *(einzeln schnell eintretend)*

    Uns ist er vorbeigelaufen;   9.790
    Mit Verachtung uns verhöhnend,
    Schleppt er von dem ganzen Haufen
    Nun die Wildeste herbei.

EUPHORION *(ein junges Mädchen hereintragend)*

    Schlepp' ich her die derbe Kleine
    Zu erzwungenem Genusse;
    Mir zur Wonne, mir zur Lust
    Drück' ich widerspenstige Brust,
    Küss' ich widerwärtigen Mund,
    Tue Kraft und Willen kund.

EUFÓRION

> Entre arvoredos,
> Alto, aos rochedos!   9.780
> Do que é fácil desisto,
> Gosto algum traz;
> Só o que conquisto
> Pela força me apraz.[21]

HELENA E FAUSTO

> Que ímpetos, que petulância!
> Jamais há de moderar-se.
> Qual da trompa é a ressonância,
> Enche o ar com clangor tremendo.
> Que tumulto e gritaria!

CORO *(entrando uma por uma rapidamente)*

> Com desdém de nós zombando,   9.790
> Junto a nós passou correndo
> E de todo o vivo bando,
> Cá arrasta a mais bravia.

EUFÓRION *(carregando uma jovem nos braços)*

> Trago a ríspida pequena;
> Dominei-a, a meu prazer.
> Com seu gênio me deleito,
> Cinjo ao meu o arisco peito,
> Beijo a boca esquiva em cheio,
> Forte arbítrio patenteio.[22]

---

nhas", que na tradução rima com "corcinhas", não aparece nesta estrofe do original, mas na próxima estrofe de Eufórion as moças são exortadas a correrem pelos "arvoredos", "rochedos" e "cepas" ("videiras").

[21] Eufórion exprime o desejo de violentar uma das coristas (designada adiante como "a mais bravia"), pois só lhe "apraz" o que conquista pela força.

[22] Literalmente: "Dou demonstração de força e vontade".

MÄDCHEN

    Laß mich los! In dieser Hülle   9.800
    Ist auch Geistes Mut und Kraft;
    Deinem gleich ist unser Wille
    Nicht so leicht hinweggerafft.
    Glaubst du wohl mich im Gedränge?
    Deinem Arm vertraust du viel!
    Halte fest, und ich versenge
    Dich, den Toren, mir zum Spiel.

(Sie flammt auf und lodert in die Höhe)

    Folge mir in leichte Lüfte,
    Folge mir in starre Grüfte,
    Hasche das verschwundne Ziel!   9.810

EUPHORION *(die letzten Flammen abschüttelnd)*

    Felsengedränge hier
    Zwischen dem Waldgebüsch,
    Was soll die Enge mir,
    Bin ich doch jung und frisch.
    Winde, sie sausen ja,
    Wellen, sie brausen da;
    Hör' ich doch beides fern,
    Nah wär' ich gern.

(Er springt immer höher felsauf)

HELENA, FAUST UND CHOR

    Wolltest du den Gemsen gleichen?
    Vor dem Falle muß uns graun.   9.820

A JOVEM

    Vai-te! A nós também pertence 9.800
    Ânimo e vigor da mente;
    Qual o vosso, não se vence
    Nosso brio facilmente.
    Dócil julgas-me a teu rumo,
    À mercê do braço teu?
    Pois detém-me, e eu te consumo,
    Louco, para gáudio meu!

(Desfaz-se em chamas e ardendo sobe para o alto)

    Segue a etéreas redondezas,
    Segue a rijas profundezas,
    O alvo que se esvaneceu![23] 9.810

EUFÓRION *(sacudindo as últimas chamas)*

    Que apertado o maciço,
    De pedras, fosso, arbusto!
    Que tenho a ver com isso,
    Sou jovem e robusto.
    Vagas há, trovejantes,
    Ventos há, tumultuantes;
    Ao longe ouço ambos já,
    Quisera eu estar lá.

(Aos saltos sobe sempre mais alto pelos rochedos)

HELENA, FAUSTO E CORO

    Sobes qual silvestre cabra,
    Sem que a queda te amedronte? 9.820

---

[23] Desafiando Eufórion a segui-la às alturas e às "rijas profundezas" (no original, "etéreos ares" e "pétreas grutas"), a moça "em chamas" já preludia o motivo da ascensão e queda de Ícaro.

EUPHORION

>	Immer höher muß ich steigen,
>	Immer weiter muß ich schaun.
>	Weiß ich nun, wo ich bin!
>	Mitten der Insel drin,
>	Mitten in Pelops' Land,
>	Erde- wie seeverwandt.

CHOR

>	Magst nicht in Berg und Wald
>	Friedlich verweilen?
>	Suchen wir alsobald
>	Reben in Zeilen,
>	Reben am Hügelrand,
>	Feigen und Apfelgold.
>	Ach in dem holden Land
>	Bleibe du hold!

EUPHORION

>	Träumt ihr den Friedenstag?
>	Träume, wer träumen mag.
>	Krieg! ist das Losungswort.
>	Sieg! und so klingt es fort.

EUFÓRION

    Alto mais, para que se abra
    À distância outro horizonte![24]
    Sei onde estou! no centro
    Da ilha! estou-lhe adentro!
    De Pélops é a ilha, sim!
    Da terra e mar afim.[25]

CORO

    Se não páras, feliz,
    Na montanha e florestas,
    Vem colher nos gradis
    Ricas uvas em cestas.   9.830
    Figos no outeiro; à beira,
    Maçãs de ouro e de mel;
    À terra hospitaleira
    Permanece, ali, fiel!

EUFÓRION

    Sonhais sonhos de paz?
    Sonhe a quem praz.
    Guerra, glória, ressoe!
    Vitória, atroe![26]

---

[24] Literalmente: "Tenho de subir cada vez mais alto,/ Tenho de mirar cada vez mais longe". Assim se lhe descortina um outro, amplo horizonte, e Eufórion reconhece encontrar-se no centro da península do Peloponeso — ou ilha de Pélops (como se chamava um dos filhos de Tântalo).

[25] Trata-se, portanto, da península rica em baías e ligada igualmente ao mar e à terra.

[26] Desprezando os "sonhos de paz" enaltecidos pelo Coro, Eufórion faz ressoar agora o motivo da guerra. No original, ele refere-se ao processo de reconhecimento dos soldados entre si mediante senha e "contrassenha" (*Losungswort*): guerra-vitória.

CHOR

 Wer im Frieden
 Wünschet sich Krieg zurück,   9.840
 Der ist geschieden
 Vom Hoffnungsglück.

EUPHORION

 Welche dies Land gebar
 Aus Gefahr in Gefahr,
 Frei, unbegrenzten Muts,
 Verschwendrisch eignen Bluts,
 Den nicht zu dämpfenden
 Heiligen Sinn,
 Alle den Kämpfenden
 Bring' es Gewinn!   9.850

CHOR

 Seht hinauf, wie hoch gestiegen!
 Und er scheint uns doch nicht klein:
 Wie im Harnisch, wie zum Siegen,
 Wie von Erz und Stahl der Schein.

CORO

    Quem na paz acalenta
    Da árdua guerra a procura,   9.840
    Para sempre se isenta
    Da esperança e ventura.

EUFÓRION

    Aos que esta terra fez
    Em luta e intrepidez,
    Despendendo altos brios
    E o próprio sangue em rios,
    Brioso, altaneiro,
    Invicto peito,
    Traga ao guerreiro
    Glória e proveito![27]   9.850

CORO

    Vede aonde subiu, que altura!
    Mas não diminui no espaço,
    Qual guerreiro de armadura
    Brilha, qual de bronze e de aço!

---

[27] Os versos desta estrofe constituem no original — ainda mais do que na tradução — um dos momentos estilisticamente mais ousados da tragédia, formulados numa sintaxe elíptica e anacolútica. É como se Eufórion, que do alto da montanha galgada reconhece agora a situação política da Grécia sob o domínio turco, abandonasse também o solo seguro de construções gramaticais mais "normais" e compreensíveis. Os gregos são aqueles "que esta terra fez" e que passam de um "perigo" (*Gefahr*) a outro: do domínio otomano à guerra na qual Eufórion, à semelhança de Lord Byron, pretende agora engajar-se. A estes — assim se poderia interpretar o sentido das palavras de Eufórion — o brado "guerra-vitória" fortaleça o altaneiro "peito" ("sentido", no original) e, portanto, "traga glória e proveito ao guerreiro" (no original: "a todos os combatentes", isto é, aos gregos e aos voluntários das diversas nacionalidades).

EUPHORION

>	Keine Wälle, keine Mauern,
>	Jeder nur sich selbst bewußt;
>	Feste Burg, um auszudauern,
>	Ist des Mannes ehrne Brust.
>	Wollt ihr unerobert wohnen,
>	Leicht bewaffnet rasch ins Feld; 9.860
>	Frauen werden Amazonen
>	Und ein jedes Kind ein Held.

CHOR

>	Heilige Poesie,
>	Himmelan steige sie!
>	Glänze, der schönste Stern,
>	Fern und so weiter fern!
>	Und sie erreicht uns doch
>	Immer, man hört sie noch,
>	Vernimmt sie gern.

EUPHORION

>	Nein, nicht ein Kind bin ich erschienen, 9.870
>	In Waffen kommt der Jüngling an;
>	Gesellt zu Starken, Freien, Kühnen,
>	Hat er im Geiste schon getan.
>	Nun fort!
>	Nun dort
>	Eröffnet sich zum Ruhm die Bahn.

EUFÓRION

        Nem o mar, nem bastião térreo,
        Cada um só de si consciente![28]
        Do varão é o peito férreo,
        Torre rija e permanente.
        Se viver livre ambicionas,
        Arma-te: e ao combate avança!   9.860
        Virgens tornam-se amazonas,
        E um herói cada criança.

CORO

        Sagrada poesia,[29]
        Ale-se à etérea via!
        Fulge o astro deslumbrante,
        Distante e mais distante!
        E ainda assim chega a nós,
        Ainda se lhe ouve a voz.
        Eternamente encante!

EUFÓRION

        Não vim criança! Em armas surge   9.870
        Já o mancebo! Com ousadia
        À obra arrojada o afã o urge,
        Que no espírito já cria.
        Avante!
        Lá adiante
        Abre-se da glória a via!

---

[28] Almejando juntar-se aos combatentes pela liberdade grega, Eufórion experimenta-se como força autônoma, "só de si consciente", e que portanto não necessita de nenhum "bastião terreno" (conforme formula a tradução).

[29] No momento em que Eufórion está prestes a extrapolar o âmbito da Arcádia e adentrar a realidade histórica da guerra, o Coro apostrofa-o como "sagrada poesia" (no sentido, segundo a observação de Hölscher-Lohmeyer, da pura idealidade da arte) e exorta-o ao mesmo tempo a alçar-se aos céus e a fulgir como o mais belo astro.

HELENA UND FAUST

>Kaum ins Leben eingerufen,
>Heitrem Tag gegeben kaum,
>Sehnest du von Schwindelstufen
>Dich zu schmerzenvollem Raum. 9.880
>Sind denn wir
>Gar nichts dir?
>Ist der holde Bund ein Traum?

EUPHORION

>Und hört ihr donnern auf dem Meere?
>Dort widerdonnern Tal um Tal,
>In Staub und Wellen, Heer dem Heere,
>In Drang um Drang, zu Schmerz und Qual.
>Und der Tod
>Ist Gebot,
>Das versteht sich nun einmal. 9.890

HELENA, FAUST UND CHOR

>Welch Entsetzen! welches Grauen!
>Ist der Tod denn dir Gebot?

EUPHORION

>Sollt' ich aus der Ferne schauen?
>Nein! ich teile Sorg' und Not.

HELENA E FAUSTO

    Mal chamado para a vida,
    Na alva de auspiciosos passos,
    Já, de altura desmedida,
    Vibras com mortais espaços.[30]   9.880
    Como! e nós aqui,
    Nada somos para ti?
    São um sonho os doces laços?

EUFÓRION

    E sobre o mar ouvis trovoada,
    De vale a vale atroando ali?
    No pó, armada contra armada,
    Do mortal lance o frenesi?
    E que a morte
    Nos exorte![31]
    Isso entende-se por si.   9.890

HELENA, FAUSTO E CORO

    Que pavor, que dor cruciante!
    Como! é a morte tua sorte?

EUFÓRION

    Devo eu me quedar distante?
    Lida e ansiar também suporte!

---

[30] Novamente, a apreensão dos pais com a soberba do "mancebo" que, "mal chamado para a vida", já aspira — como diz literalmente o original —, "de degraus vertiginosos, a espaços cheios de dor".

[31] A aspiração por liberdade transforma-se em disposição para a morte; no original, Goethe rima "morte" (*Tod*) com "mandamento" (*Gebot*), no exato sentido de exortação.

DIE VORIGEN

    Übermut und Gefahr,
    Tödliches Los!

EUPHORION

    Doch! — und ein Flügelpaar
    Faltet sich los!
    Dorthin! Ich muß! ich muß!
    Gönnt mir den Flug!   9.900

(Er wirft sich in die Lüfte, die Gewande tragen ihn einen Augenblick, sein Haupt strahlt, ein Lichtschweif zieht nach)

CHOR

    Ikarus! Ikarus!
    Jammer genug.

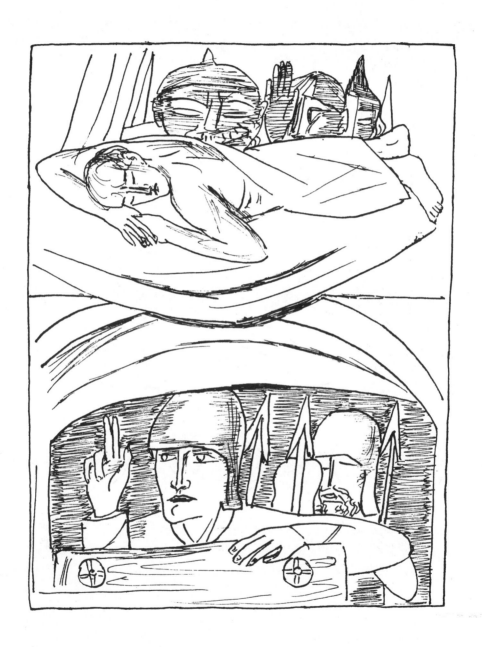

OS PERSONAGENS ANTERIORES[32]

 Orgulho e arrojo em brasas!
 Fatal é o saldo.

EUFÓRION

 Sim! — e um par de asas[33]
 No éter desfraldo!
 Devo ir-me, além! é lá!
 Deixai-me voar!   9.900

(Arremessa-se nos ares, as vestes sustentam-no por um instante, um fulgor envolve sua cabeça e segue-o um raio de luz)

CORO

 Ícaro, Ícaro, ah![34]
 Mortal pesar!

---

[32] Respondendo à determinação de Eufórion de partilhar "lida e ansiar" dos gregos oprimidos, "os anteriores", isto é, Fausto, Helena e o Coro, pressagiam o "saldo fatal" da combinação de "soberba e perigo".

[33] Como assinalado no comentário a esta cena, Goethe pôde ler na enciclopédia mitológica de Hederich que Eufórion, o filho de Aquiles e de Helena, "veio ao mundo com asas". O motivo do voo desdobra e intensifica o motivo que acompanhou a entrada em cena de Eufórion (o "saltar e pular") e, ao mesmo tempo, desperta reminiscências de antigas aspirações de Fausto, a exemplo do v. 1.075: "Do solo, ah! me pudesse alar alguma asa!". Mas, como anunciara Fórquias, o novo Eufórion chegou ao mundo na condição de "geniozinho nu, sem asas", e a assunção obstinada do papel mítico tem consequentemente desfecho trágico. Sintaticamente solto no início do verso, esse "Sim!" configura-se como uma exclamação da alma em êxtase, a qual parece replicar apenas a poderes invisíveis.

[34] O brado do Coro acompanha e elucida a tentativa de voo e a queda de Eufórion repetindo o grito que escapa a Dédalo, segundo o relato de Ovídio no canto VIII das *Metamorfoses* (vv. 231-32), ao presenciar a queda do filho: "'Meu Ícaro', exclama ele, 'Ícaro!', exclama ele, 'onde estás? Onde devo agora procurar-te no mundo?'". O poeta latino narra em seu *epos* a história de Dédalo e seu filho Ícaro, mantidos como prisioneiros no labirinto de Creta pelo rei Minos. Dédalo constrói então asas para a fuga, colando-as com cera aos próprios ombros e aos do filho. Ícaro, contudo, movido pela *hybris*, ignora as advertências paternas e aproxima-se demasiadamente do sol, de modo que o calor derrete a cera que prendia o seu "par de asas" e ele despenca no mar.

Dritter Akt — Schattiger Hain

(Ein schöner Jüngling stürzt zu der Eltern Füßen, man glaubt in dem Toten eine bekannte Gestalt zu erblicken; doch das Körperliche verschwindet sogleich, die Aureole steigt wie ein Komet zum Himmel auf, Kleid, Mantel und Lyra bleiben liegen)

HELENA UND FAUST

    Der Freude folgt sogleich
    Grimmige Pein.

EUPHORIONS STIMME *(aus der Tiefe)*

    Laß mich im düstern Reich,
    Mutter, mich nicht allein!

(Pause)

CHOR *(Trauergesang)*

    Nicht allein! — wo du auch weilest,
    Denn wir glauben dich zu kennen;

(Um mancebo formoso se despenca aos pés dos pais; julgamos reconhecer no morto um vulto conhecido; todavia a matéria corporeal se desvanece imediatamente, sobe a auréola ao céu como um cometa, o traje, o manto e a lira ficam no solo)[35]

HELENA E FAUSTO
> Segue-se à alegria
> Logo o mais cruento dó.

VOZ DE EUFÓRION *(das profundezas)*
> Na vala negra e fria,
> Mãe, não me deixes só!

(Pausa)

CORO *(canto fúnebre)*[36]
> Só, não! — onde quer que pares,
> Segue-te a aura que te banha.[37]

---

[35] A forma plural "julgamos" corresponde no original a "julga-se", que parece remeter ao Coro que em seguida irá entoar o canto fúnebre em homenagem a Eufórion e ao "vulto conhecido", isto é, Lord Byron, o qual, liderando uma tropa de quinhentos soldados arregimentados e financiados por ele mesmo (com elmos fabricados segundo o modelo homérico), veio em socorro à cidade sitiada de Missolunghi, mas sucumbiu à febre no dia 19 de abril de 1824, aos 36 anos de idade. Numa carta de setembro de 1827, Goethe explicava que a "auréola" (termo pouco comum em alemão) era uma "palavra usual na língua francesa, indicando o brilho sagrado ao redor das cabeças de pessoas divinas ou divinizadas. Esse brilho já aparece em velhas pinturas de Pompeia, circundando as cabeças divinas. Também não faltam nas antigas sepulturas cristãs".

[36] Na longa conversa datada de 5 de julho de 1827, já mencionada, Goethe observava a Eckermann que o Coro, no momento deste canto fúnebre, saía de seu papel: "antes disso, ele se manteve continuamente em estilo antigo, ou também não negou em nenhum momento a sua jovem natureza feminina; aqui, porém, ele de repente torna-se sério e altamente reflexivo, pronunciando coisas em que jamais pensou antes e também nunca poderia ter pensado". E após uma intervenção do seu interlocutor, Goethe continuou: "Muito me admirará o que os críticos alemães irão dizer a respeito. Pergunto-me se terão liberdade e ousadia suficientes para passarem por cima disso. Para os franceses, a razão será um obstáculo e eles não irão considerar que a fantasia tem suas próprias leis, as quais a razão não consegue e não deve alcançar".

[37] No original, literalmente: "Pois nós acreditamos conhecer-te". Se no verso anterior o Coro abre o seu

Ach! wenn du dem Tag enteilest,
Wird kein Herz von dir sich trennen. 9.910
Wüßten wir doch kaum zu klagen,
Neidend singen wir dein Los:
Dir in klar- und trüben Tagen
Lied und Mut war schön und groß.

Ach! zum Erdenglück geboren,
Hoher Ahnen, großer Kraft,
Leider früh dir selbst verloren,
Jugendblüte weggerafft!
Scharfer Blick, die Welt zu schauen,
Mitsinn jedem Herzensdrang, 9.920
Liebesglut der besten Frauen
Und ein eigenster Gesang.

Doch du ranntest unaufhaltsam
Frei ins willenlose Netz,
So entzweitest du gewaltsam
Dich mit Sitte, mit Gesetz;
Doch zuletzt das höchste Sinnen
Gab dem reinen Mut Gewicht,
Wolltest Herrliches gewinnen,
Aber es gelang dir nicht. 9.930

Wem gelingt es? — Trübe Frage,
Der das Schicksal sich vermummt,
Wenn am unglückseligsten Tage
Blutend alles Volk verstummt.

Se fugiste aos térreos ares,
Nossa alma ainda te acompanha.   9.910
Lástimas vãs não nos levas,
Invejar-te é o nosso anelo,
Na hora clara e na de trevas,
Foi teu estro nobre e belo.

Para os térreos bens nascido,
De alta origem, brioso ardor,
Cedo a ti mesmo perdido,
Ah! ceifado em tua flor!
Do universo hauriste as dores,
Penetraste da alma o Eu,   9.920
Das mais belas fruíste amores
E teu canto foi só teu.

Mas, indômito, correste
A enredar-te em fatal teia;
E, violento, assim rompeste
Da moral e norma a peia.
No alto intuito se redime
Já no fim o ardente zelo;
Aspiraste a um quê sublime,
Mas não te foi dado obtê-lo.   9.930

Quem o obtém? — Questão sombria
A que foge o augúrio, quando
Todo um povo, em negro dia,
Emudece, em dor sangrando.

elogio fúnebre retomando as palavras evanescentes de Eufórion ("nicht allein", "não me deixes só") e integrando-as em outro padrão rítmico, neste verso o Coro remonta à rubrica imediatamente anterior: "julgamos reconhecer no morto um vulto conhecido". Dois meses após a morte de Byron, Goethe escreveu as palavras: "O mais belo astro do século poético desapareceu. Aos que ficam impõe-se o dever de manter sempre presente, nos círculos maiores e menores, a sua memória imperecível". À medida que a homenagem póstuma se desenvolve, os traços do poeta inglês vão se sobrepondo cada vez mais, na imagem do pranteado, aos de Eufórion.

> Doch erfrischet neue Lieder,
> Steht nicht länger tief gebeugt:
> Denn der Boden zeugt sie wieder,
> Wie von je er sie gezeugt.

(Völlige Pause. Die Musik hört auf)

HELENA *(zu Faust)*

> Ein altes Wort bewährt sich leider auch an mir:
> Daß Glück und Schönheit dauerhaft sich nicht vereint.   9.940
> Zerrissen ist des Lebens wie der Liebe Band;
> Bejammernd beide, sag' ich schmerzlich Lebewohl
> Und werfe mich noch einmal in die Arme dir.
> Persephoneia, nimm den Knaben auf und mich!

(Sie umarmt Faust, das Körperliche verschwindet, Kleid und Schleier bleiben ihm in den Armen)

Canto fresco entoai! O colo
Reerguei, que tão prostrado!
Pois de novo os gera o solo,
Como sempre os tem gerado.[38]

(Pausa total. A música cessa)

HELENA *(a Fausto)*

Confirma-se um fatal e velho dito em mim:
Da boa fortuna e da beleza a aliança é efêmera.[39]   9.940
Desfez-se o frágil nó do amor como o da vida;
Pranteando ambos, de ti magoada me despeço,
E pela última vez me lanço nos teus braços.[40]
Perséfone, a ambos nós, meu filho e a mim, acolhe!

(Abraça-se com Fausto, a matéria corporeal de Helena se esvanece, o traje e o véu ficam nos braços de Fausto)

---

[38] Após aludir a diversos detalhes da biografia e da obra byroniana (tal como Goethe as via), o Coro aponta, na última estrofe, para os limites da condição humana: quem obtém o sublime? Mas, em seguida — após a referência à dor de todo um povo (durante 21 dias Byron foi pranteado na Grécia) —, vem a passagem da morte para a vida: a exortação a entoar novas canções e a levantar a cabeça, "Pois de novo os gera o solo,/ Como sempre os tem gerado". No penúltimo verso, Goethe deixa o pronome "os" sintaticamente solto, podendo ser relacionado pelo leitor aos cantos que brotam continuamente do solo ou, 94 versos acima, "aos que esta terra fez em luta e intrepidez".

[39] Voltando ao verso característico da tragédia grega (trímetro jâmbico), Helena vê novamente o seu destino submetido a uma ordem superior. Literalmente, o "velho dito" constata que "felicidade e beleza não se unem por muito tempo". Os manuscritos do *Fausto* revelam onze variantes para este verso, todas elas opondo entre si os conceitos de beleza e felicidade. Como apontam os comentadores, Goethe remonta aqui a uma passagem da comédia de Calderón de la Barca *El Purgatorio de San Patricio*, escrita por volta de 1634: "Polonia desdichada [referência à filha do rei irlandês]/ Pension de la hermosura celebrada/ Fué siempre la desdichada;/ Que no se avienen bien belleza y dicha".

[40] Não é apenas o "frágil nó" do amor e da vida que está desfeito, mas também o da forma poética em que se consumara a união entre Helena e Fausto. Despedindo-se do cavaleiro nórdico e pronta a retornar ao Hades de Perséfone, a Rainha faz rimar ainda, de maneira quase imperceptível (e não captada pela tradução), os pronomes dativos *dir* ("a ti", isto é, "nos braços, a ti") e *mir* ("em mim").

PHORKYAS *(zu Faust)*

    Halte fest, was dir von allem übrigblieb.
    Das Kleid, laß es nicht los. Da zupfen schon
    Dämonen an den Zipfeln, möchten gern
    Zur Unterwelt es reißen. Halte fest!
    Die Göttin ist's nicht mehr, die du verlorst,
    Doch göttlich ist's. Bediene dich der hohen,   9.950
    Unschätzbaren Gunst und hebe dich empor:
    Es trägt dich über alles Gemeine rasch
    Am Äther hin, so lange du dauern kannst.
    Wir sehn uns wieder, weit, gar weit von hier.

(Helenens Gewande lösen sich in Wolken auf, umgeben Faust, heben ihn in die Höhe und ziehen mit ihm vorüber)

PHORKYAS *(nimmt Euphorions Kleid, Mantel und Lyra von der Erde, tritt ins Proszenium, hebt die Exuvien in die Höhe und spricht)*

    Noch immer glücklich aufgefunden!
    Die Flamme freilich ist verschwunden,
    Doch ist mir um die Welt nicht leid.
    Hier bleibt genug, Poeten einzuweihen,
    Zu stiften Gild- und Handwerksneid;

FÓRQUIAS *(a Fausto)*

Agarra-te ao que ainda te sobrou!
Não vás largar do traje. Já demônios
Estiram sôfregos as pontas para
Levá-lo ao Tártaro. A ele atêm-te, firme!
Já não é a deusa que perdeste,
Mas é divino. O inestimável dom   9.950
Aproveitando, eleva-te nos altos!
Por sobre o vulgo há de levar-te, rápido
Pelo éter, quanto tempo te mantenhas.
Rever-me-ás, longe, ah, bem longe daqui![41]

*(Os trajes de Helena dissolvem-se em nuvens que envolvem Fausto,
o elevam para as alturas e passam adiante)*

FÓRQUIAS *(levanta do solo o vestido, o manto e a lira de Eufórion,
adianta-se para o proscênio, ergue ao alto as exúvias e fala)*[42]

É o que encontrei: feliz achado!
Sumiu-se a flama, de outro lado.
Contudo o mundo não lamento.
Para iniciar poetaços basta o resto,
Do ciúme e inveja instar o alento;

---

[41] Retomando o verso branco, Mefisto-Fórquias exorta Fausto a agarrar firme o traje deixado pela "deusa", o qual, reminiscência material do idílio arcádico, seria "divino". É este traje que, transformado em "nuvens" (e fazendo as vezes do manto mágico de Mefistófeles), tira Fausto desse terreno fantasmagórico, transportando-o à paisagem montanhosa do quarto ato — "longe, ah!, bem longe daqui!".

[42] "Exúvia" significa a parte da epiderme eliminada por animais artrópodes (especialmente serpentes) após a muda. Em sentido figurado, refere-se aos despojos de um guerreiro — ou a vestimentas, instrumentos, armas etc. tomados a alguém.

    Und kann ich die Talente nicht verleihen,   9.960
    Verborg' ich wenigstens das Kleid.

(Sie setzt sich im Proszenium an eine Säule nieder)

PANTHALIS

  Nun eilig, Mädchen! Sind wir doch den Zauber los,
  Der alt-thessalischen Vettel wüsten Geisteszwang,
  So des Geklimpers vielverworrner Töne Rausch,
  Das Ohr verwirrend, schlimmer noch den innern Sinn.
  Hinab zum Hades! Eilte doch die Königin
  Mit ernstem Gang hinunter. Ihrer Sohle sei
  Unmittelbar getreuer Mägde Schritt gefügt.
  Wir finden sie am Throne der Unerforschlichen.

CHOR

    Königinnen freilich, überall sind sie gern;   9.970
    Auch im Hades stehen sie obenan,
    Stolz zu ihresgleichen gesellt,
    Mit Persephonen innigst vertraut;
    Aber wir im Hintergrunde
    Tiefer Asphodelos-Wiesen,
    Langgestreckten Pappeln,

E o traje ao menos lhes empresto,　　　　　　9.960
Não podendo emprestar-lhes o talento.⁴³

(Senta-se no proscênio, encostada a uma coluna)

PANTALIS

Vamos, meninas! Livres nós da velha bruxa
Tessália, a sua coerção de espírito e outras mágicas!
Do estrépito confuso e múltiplo dos sons
Que turba e enleia o ouvido e o senso íntimo mais!⁴⁴
Baixar é ao Hades! Já a Rainha aviou-se abaixo
Com majestoso passo; as pegadas lhe sigam
As suas servas fiéis. Havemos de encontrá-la
Ao trono da deidade inescrutável do Orco.⁴⁵

CORO

Seja onde for, praz-lhes serem rainhas;　　　9.970
Estão no Hades, até, por cima.
Juntam-se altivas a seus pares
Na intimidade com Perséfone.
Mas nós, no último plano
De campinas de asfódelos,
A esguios álamos agregadas

---

⁴³ Completa-se neste verso a alusão irônica a poetas epigonais, reunidos em corporações artesanais em que impera a "inveja" (*Handwerksneid*). Extinguindo-se a "flama" de Byron, Mefisto-Fórquias parece apontar para o fim de um período áureo da poesia. Albrecht Schöne cita neste contexto as palavras escritas por Heinrich Heine em 1831: "Minha velha profecia do fim do período artístico, que se iniciou no berço de Goethe e se encerrará no seu ataúde, parece perto da realização".

⁴⁴ Pronta a seguir os passos da Rainha ao Hades, a corifeia Pantalis refere-se à intendente do palácio como "velha bruxa tessália" em virtude da "coerção de espírito" e demais feitos mágicos que partiram de Mefisto-Fórquias nessa fantasmagoria clássico-romântica. Assim, ela também se despede aliviada da influência encantatória da música moderna, estranha à sensibilidade helênica e, por isso, confundindo o "ouvido" e mais ainda o "senso íntimo".

⁴⁵ No original, Pantalis diz neste verso que "nós a encontraremos junto ao trono da inescrutável", em nova alusão a Perséfone ou Prosérpina, a deusa dos mundo ínferos.

Unfruchtbaren Weiden zugesellt,
Welchen Zeitvertreib haben wir?
Fledermausgleich zu piepsen,
Geflüster, unerfreulich, gespenstig. 9.980

PANTHALIS

Wer keinen Namen sich erwarb noch Edles will,
Gehört den Elementen an; so fahret hin!
Mit meiner Königin zu sein, verlangt mich heiß;
Nicht nur Verdienst, auch Treue wahrt uns die Person.

(Ab)

ALLE

Zurückgegeben sind wir dem Tageslicht,
Zwar Personen nicht mehr,
Das fühlen, das wissen wir,
Aber zum Hades kehren wir nimmer.
Ewig lebendige Natur
Macht auf uns Geister, 9.990
Wir auf sie vollgültigen Anspruch.

E aos estéreis salgueiros,
Que passatempo temos?
Piar como morcegos,
Sussurros, espectrais, insípidos!⁴⁶   9.980

PANTALIS

Quem não granjeou renome algum, nem ao que é nobre
Aspira, parte faz dos elementos; ide-vos!⁴⁷
Almejo eu só à minha Rainha unir-me; a par
Do mérito, fieldade é o que preserva o ser.

(Sai)

TODAS

À luz do dia fomos restituídas.
Pessoas já não somos,
Sabemo-lo, o sentimos,
Mas nunca ao Hades baixaremos.
A natureza sempre viva
A nós, espíritos,   9.990
Reivindica, e nós, a ela.⁴⁸

---

[46] Nesta descrição do Hades feita pelo Coro, Goethe inseriu vários elementos tomados à *Odisseia* de Homero: as campinas de asfódelos (espécie de planta liliácea típica da região mediterrânica), álamos e salgueiros, assim como o silvo dos morcegos a que são comparados, no último canto da epopeia, os gritos das almas dos pretendentes conduzidas por Hermes.

[47] Com estas palavras, a corifeia Pantalis abre a derradeira parte da cena e do ato, que irá mostrar o destino das moças troianas. Goethe preludia assim concepções próprias sobre formas de existência *post mortem*, em especial o conceito, tomado a Aristóteles e Leibniz, de enteléquia, que será desdobrado na última cena da tragédia ("Furnas montanhosas"), em que se dá a ascensão da "parte imortal" de Fausto sob o influxo do "Eterno-Feminino". Com a data de 1º de janeiro de 1829, Eckermann anotava as seguintes palavras do velho poeta: "Eu não duvido de nossa permanência, pois a Natureza não pode prescindir da enteléquia. Mas não somos imortais sempre do mesmo modo, e para se manifestar futuramente como grande enteléquia é preciso que antes já se tenha vivido como tal".

[48] A fidelidade que faz Pantalis, agora como "grande enteléquia", acompanhar Helena ao Hades não se estende às moças do Coro, que decidem permanecer sob a luz do dia e integrar-se aos "elementos". Na sequência, o Coro irá dividir-se em quatro grupos de ninfas, numa coreografia que desperta reminiscências

EIN TEIL DES CHORS

Wir in dieser tausend Äste Flüsterzittern, Säuselschweben
Reizen tändlend, locken leise wurzelauf des Lebens Quellen
Nach den Zweigen; bald mit Blättern, bald mit Blüten überschwenglich
Zieren wir die Flatterhaare frei zu luftigem Gedeihn.
Fällt die Frucht, sogleich versammeln lebenslustig Volk und Herden
Sich zum Greifen, sich zum Naschen, eilig kommend, emsig drängend;
Und wie vor den ersten Göttern bückt sich alles um uns her.

EIN ANDRER TEIL

Wir, an dieser Felsenwände weithinleuchtend glattem Spiegel
Schmiegen wir, in sanften Wellen uns bewegend, schmeichelnd an; 10.000
Horchen, lauschen jedem Laute, Vogelsängen, Röhrigflöten,
Sei es Pans furchtbarer Stimme, Antwort ist sogleich bereit;
Säuselt's, säuseln wir erwidernd, donnert's, rollen unsre Donner
In erschütterndem Verdoppeln, dreifach, zehnfach hintennach.

UMA PARTE DO CORO[49]

Nós, no trêmulo murmúrio de mil hastes sussurrantes,
Das raízes atraímos, tronco acima, a seiva viva
Para a rama; já com folhas, já com múltiplas corolas,
Cachos flútuos adornamos, para que, livres, medrem no ar.
Cai a fruta, logo acodem povo e gado, na alegria,
Vindo às pressas, aos apertos, apanhando, saboreando,
E ante nós se verga tudo, como ante os primeiros deuses.

UMA OUTRA PARTE[50]

Nós, ao fúlgido, áqueo espelho, lá, aos pés do penhascal
Ondulando em vagas suaves, meigas nos aconchegamos,   10.000
Dando ouvido a todo som. Ao canto da ave, aiar da frauta,
Tonitruante voz de Pã, replica rápido eco nosso.
Se sussurra, sussurramos, se troveja, a nossa atroada
Troa, e em duplo, triplo estrondo abala os ares ao redor.[51]

---

de antigos mistérios cultuais. Buscando elucidar o teor desta estrofe, Albrecht Schöne reproduz as seguintes palavras pronunciadas por Goethe numa conversa de janeiro de 1813: "Contudo, as mônadas são por natureza tão indestrutíveis que no próprio momento da dissolução elas não cessam ou perdem a sua atividade, mas nesse mesmo instante dão prosseguimento a esta. Cada mônada ingressa na esfera a que pertence: na água, no ar, na terra, no fogo, nas estrelas; sim, o alento que as transporta contém ao mesmo tempo o segredo de sua determinação futura".

[49] O primeiro grupo de coristas transforma-se em ninfas das árvores e bosques, as chamadas dríades. Deixando cair frutos maduros, elas atraem a si homens e animais, alegrando-se ao vê-los se curvarem ao chão como "ante os primeiros deuses". (Vale notar que o botânico alemão Carl Friedrich Philipp von Martius, 1794--1868, designou uma das cinco regiões geográficas em que dividiu a flora brasileira como "dríade".)

[50] O segundo grupo transforma-se em ninfas dos rochedos e montanhas, as oréades: em suaves ondas "sonoras" (assim se subentende o substantivo "ondas", *Wellen*, ou "ondulando", na tradução) elas aconchegam-se "ao fúlgido, áqueo espelho" de paredes rochosas (ou "aos pés do penhascal", como formula a tradução). Na enciclopédia de Hederich se lê que "Eco" era uma ninfa especialmente tagarela e, por isso, foi transformada por Juno em pedra, "de tal modo que dela não restou senão a voz, e mesmo assim apenas o suficiente para que pudesse repetir as últimas palavras ou sílabas do que era pronunciado diante dela".

[51] O original refere-se à "terrível voz de Pã", o deus que, segundo a enciclopédia de Hederich, integrava o exército de Baco (ou Dioniso) e, "com seus trompetes e outros instrumentos, também com o seu grito, fazia com que as montanhas duplicassem tudo com o eco", de tal modo que os inimigos "se punham em fuga e deixavam a vitória a Baco".

EIN DRITTER TEIL

Schwestern! Wir, bewegtern Sinnes, eilen mit den Bächen weiter;
Denn es reizen jener Ferne reichgeschmückte Hügelzüge.
Immer abwärts, immer tiefer wässern wir, mäandrisch wallend,
Jetzt die Wiese, dann die Matten, gleich den Garten um das Haus.
Dort bezeichnen's der Zypressen schlanke Wipfel, über Landschaft,
Uferzug und Wellenspiegel nach dem Äther steigende. 10.010

EIN VIERTER TEIL

Wallt ihr andern, wo's beliebet; wir umzingeln, wir umrauschen
Den durchaus bepflanzten Hügel, wo am Stab die Rebe grünt;
Dort zu aller Tage Stunden läßt die Leidenschaft des Winzers
Uns des liebevollsten Fleißes zweifelhaft Gelingen sehn.
Bald mit Hacke, bald mit Spaten, bald mit Häufeln, Schneiden, Binden
Betet er zu allen Göttern, fördersamst zum Sonnengott.
Bacchus kümmert sich, der Weichling, wenig um den treuen Diener,
Ruht in Lauben, lehnt in Höhlen, faselnd mit dem jüngsten Faun.
Was zu seiner Träumereien halbem Rausch er je bedurfte,
Immer bleibt es ihm in Schläuchen, ihm in Krügen und Gefäßen, 10.020
Rechts und links der kühlen Grüfte, ewige Zeiten aufbewahrt.

UMA TERCEIRA PARTE[52]

Nós, irmãs, ligeiras mais, ao longe com os ribeiros fluímos,
Pois atrai-nos no horizonte a ondeante linha azul dos morros.
Sempre abaixo e mais abaixo, em curso meândrico regamos
Ora o prado, ora a pastagem, ora um flórido jardim.
Lá ao longe no-lo indica a esguia copa dos ciprestes,
Quando por sobre a orla da água e o panorama, ao éter se alam.   10.010

UMA QUARTA PARTE[53]

Ide aonde vos leve o rumo; nós rodeamos, envolvemos,
A colina toda culta em que verdeja à estaca a cepa.
A toda hora, lá, do dia, o amor do vinhadeiro empenha
Zelo máximo e árdua lida, seja dúbio, embora, o êxito.
Ora a pá usa, ora a enxada, cava, poda, amarra, empilha,
Invocando os deuses todos, mas mormente o Deus do Sol.[54]
Baco, esse molenga ocioso,[55] pouco liga ao servo fiel;
Reclinado em grutas, bosques, folga com o mais jovem fauno.
O que para mil visões da meia embriaguez requer,
Sempre em cântaros e em odres e ânforas lhe é conservado,   10.020
Ao redor de grutas frescas, desde os tempos mais remotos.

---

[52] Este grupo "mais ligeiro" de coristas troianas converte-se em ninfas das fontes e das águas, as náiades. Fluindo em curso "meândrico" (adjetivo derivado de sinuoso rio da Ásia Menor, chamado em grego de *Maíandros*), regam prados, pastagens, o "jardim ao redor da casa" e os ciprestes que ao longe, com sua copa esguia, indicam a ação fertilizante das náiades.

[53] A quarta e última parte das coristas transforma-se em ninfas das vinhas e da viticultura, as mênades (ou "leneanas", que deriva de Leneu, um dos nomes de Dioniso). A pantomima que executam sobre o palco configura-se como espécie de "bacanal", no sentido etimológico do termo, e excede amplamente as três anteriores. A esse respeito, as seguintes palavras de Goethe dirigidas ao Chanceler von Müller em julho de 1827: "O último Coro no ato de Helena está mais desenvolvido do que os demais apenas porque toda sinfonia aspira a terminar brilhantemente com o concurso de todos os instrumentos".

[54] Isto é, Hélios, a quem o vinhateiro ora para o êxito da safra.

Haben aber alle Götter, hat nun Helios vor allen,
Lüftend, feuchtend, wärmend, glutend, Beeren-Füllhorn aufgehäuft,
Wo der stille Winzer wirkte, dort auf einmal wird's lebendig,
Und es rauscht in jedem Laube, raschelt um von Stock zu Stock.
Körbe knarren, Eimer klappern, Tragebutten ächzen hin,
Alles nach der großen Kufe zu der Keltrer kräft'gem Tanz;
Und so wird die heilige Fülle reingeborner saftiger Beeren
Frech zertreten, schäumend, sprühend mischt sich's, widerlich zerquetscht.
Und nun gellt ins Ohr der Zimbeln mit der Becken Erzgetöne,   10.030
Denn es hat sich Dionysos aus Mysterien enthüllt;
Kommt hervor mit Ziegenfüßlern, schwenkend Ziegenfüßlerinnen,
Und dazwischen schreit unbändig grell Silenus' öhrig Tier.
Nichts geschont! Gespaltne Klauen treten alle Sitte nieder,
Alle Sinne wirbeln taumlich, gräßlich übertäubt das Ohr.
Nach der Schale tappen Trunkne, überfüllt sind Kopf und Wänste,
Sorglich ist noch ein und andrer, doch vermehrt er die Tumulte,
Denn um neuen Most zu bergen, leert man rasch den alten Schlauch!

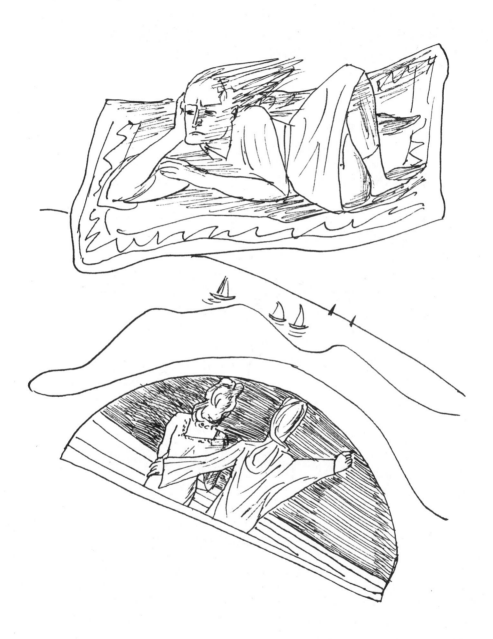

Mas havendo os deuses todos, e mormente Hélios provido
De calor, sol, luz e orvalho, da áurea fruta a cornucópia,
Tudo anima-se onde obrava, silencioso, o vinhateiro.
Há sussurros na ramada, a marulhar de estaca a estaca.
Cestas chiam, baldes rangem, sob o peso arquejam tinas,
Em caminho à grande cuba e à dança rude no lagar.[56]
E destarte aos pés se calca a rica, sumarenta safra;
Escumosa, espúmea, ferve em repulsivo esmagamento.
E atordoa o brônzeo toar de címbalos, metais, o ouvido,
Pois Dioniso se revela: surge ele, ébrio, dos mistérios;[57]
Cercam-no os de pés de cabra, gira, tonto, com as caprípedes.
De Sileno, solta orneio estrídulo a orelhuda besta.
Nada poupam: pés fendidos pisam normas e decência;
Rodopiantes, cambaleantes, tino e ouvido se atordoam.
Ébrios taça e jarra apalpam, miolo e pança empanturrando;
Cuida inda um ou outro da ordem, mas aumenta a bulha, já que
Pra guardar-se o mosto novo, à pressa os odres velhos vazam!

---

[55] Baco, na mitologia romana o deus correspondente a Dioniso, é geralmente representado como jovem indolente (daí "molenga ocioso", na tradução) e com um rosto afeminado.

[56] Os frutos que em cestos, baldes, tinas chegam ao lagar serão pisoteados em "dança rude" pelos lagareiros, no primeiro processo da produção do vinho: o "repulsivo esmagamento" referido dois versos abaixo.

[57] Nos versos anteriores, o quarto Coro de ninfas celebrou o zelo amoroso do vinhateiro na cultura da uva, na vindima (ou colheita) e, por fim, nos lagares. Destes "mistérios" surge agora o próprio Dioniso, o deus ébrio e orgiástico. Em seu séquito são mencionados os sátiros ("caprípedes", pois dotados, entre outros atributos, de pés de cabra ou bode), bamboleando com as "caprípedes" e, no meio destes, o feio e velho sátiro Sileno, representado habitualmente sobre um burro ou mula ("orelhuda besta") de que, em virtude de sua embriaguez, está sempre prestes a cair. O motivo final desta cena, desdobrada pelas coristas que Mefisto-Fórquias já havia chamado de "ébrias, ou ménades em fúria" (ver nota ao v. 8.772), conflui portanto para a representação de um desenfreado tumulto (ou "bulha", conforme opta a tradutora) das bacantes, que culmina na exortação ditirâmbica a se esvaziarem às pressas "os odres velhos".

Dritter Akt — Schattiger Hain

(Der Vorhang fällt. Phorkyas im Proszenium richtet sich riesenhaft auf, tritt aber von den Kothurnen herunter, lehnt Maske und Schleier zurück und zeigt sich als Mephistopheles, um, insofern es nötig wäre, im Epilog das Stück zu kommentieren)

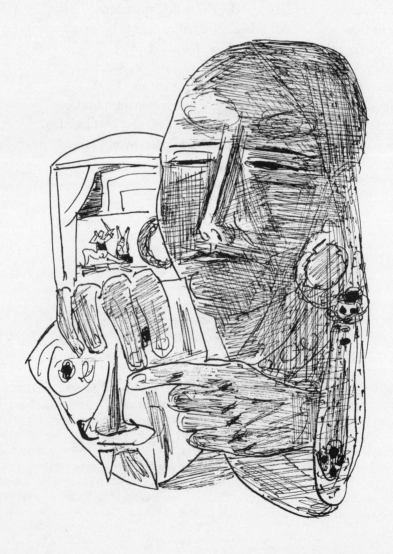

Terceiro ato — Bosque frondoso

(Cai o pano. Fórquias ergue-se gigantesca no proscênio,
mas desce dos coturnos, retira o véu e a máscara
e aparece como Mefistófeles, para, caso houver necessidade,
comentar a peça no epílogo)[58]

---

[58] Em encenações do início do século XIX, o "pano" ou cortina (*Vorhang*) a que se refere esta rubrica costumava descer, entre o palco propriamente dito e o proscênio (junto à ribalta), para marcar o intervalo entre os atos. Adentrando agora o proscênio, localizado fora do espaço da ficção teatral, a intendente do palácio desfaz-se dos coturnos (calçados de madeira e de sola alta, usados pelos antigos atores trágicos), afasta de si véu e máscara (geralmente presa na ponta de um bastão) e mostra-se como o "ator" Mefistófeles.

Vierter Akt

Quarto ato

Hochgebirg

Alta região montanhosa

Estruturada em três segmentos, esta cena que abre o penúltimo e mais breve ato do *Fausto II* faz ressoar, já em seu título, uma alusão ao "monte muito alto" a que o diabo, em sua terceira tentativa de sedução, conduziu Cristo, oferecendo-lhe "todos os reinos do mundo com seu esplendor" (*Mateus*, 4: 8). Oferta semelhante é descortinada agora a Fausto por um Mefistófeles que, retomando sob vários aspectos o diálogo da aposta na segunda cena "Quarto de trabalho", assume claramente o papel de "tentador" e busca aliciar o pactuário com figurações das magnificências do poder secular e de prazeres sensuais. Mais uma vez, porém, as palavras de Mefisto passam ao largo do "afã supremo" de Fausto, da alta aspiração que parece eternamente invulnerável ao afrouxamento hedonista num "leito de lazer".

Sob a data de 13 de fevereiro de 1831, Eckermann registra o seguinte comentário de Goethe referente a este quarto ato que — com suas imagens da esfera estatal em torno do Imperador, dos príncipes-eleitores, comandantes militares, soldados e também dos desdobramentos da guerra civil — seria redigido, como conclusão de sua "ocupação principal" (*Hauptgeschäft*), nos subsequentes meses de maio a julho: "Este ato tem novamente um caráter todo próprio, de tal modo que, como um pequeno mundo fundamentado em si mesmo, não toca o restante e apenas mediante uma tênue relação com o anterior e o posterior se integra ao todo".

Fundamentado, por seu turno, "em si mesmo", o monólogo inicial de Fausto (que Goethe reveste do antigo trímetro da tragédia grega, indiciando assim a tradição cultural em que se inserira o terceiro ato) assenta-se, com a sua simbologia de nuvens, nos estudos meteorológicos desenvolvidos pelo poeta a partir de 1815, estimulado pela nomenclatura das formas de nuvens estabelecida pelo cientista e meteorologista inglês Luke Howard (1772-1864), que em 1803 publicara o seu *Essay on the modification of clouds*.

Aos três tipos de nuvens cientificamente descritos por Howard (estrato, cúmulo e cirro), o próprio Goethe buscou acrescentar um quarto tipo, para o qual sugeriu a designação de *paries*, em virtude da semelhança com uma "parede" nubígena. É precisamente este tipo (que, no entanto, acabou sendo refutado pelos meteorologistas como "ilusão óptica") que se delineia no final da primeira estrofe, aglomerando-se no oriente "qual montanhês geleira" e espelhando "a nobre evocação de horas efêmeras". A alusão ao fantasmagórico e efêmero idílio do terceiro ato é inequívoca, e já vinha prefigurada na imagem das vestes de Helena que se metamorfoseiam nas nuvens que envolvem Fausto e, sob a forma compacta do tipo "cúmulo", o trazem à "alta região montanhosa" da abertura do quarto ato.

Contudo, se esta nuvem evoca a Fausto, numa sequência de metamorfoses, três grandes figuras femininas da mitologia antiga — primeiramente a deusa romana Juno, em seguida Leda e, por fim, a sua filha Helena —, a "suave faixa de névoa" que se apresenta na segunda estrofe sob a forma de "cirro" (ou "estrato-cirro") é inequivocamente a nuvem de Margarida (Gretchen): evoca não apenas a história amorosa da primeira parte da tragédia (imagem do "fugidio bem da juventude"), mas também antecipa de modo tênue e sutil — à medida que "ao alto se ala adentro do éter,/ E de meu fundo ser leva o melhor consigo" — a derradeira cena (que então já estava redigida) "Furnas montanhosas", quando a Mater Gloriosa exorta a penitente "outrora chamada Gretchen" a alar-se "à mais alta esfera" e conduzir assim a ascensão de Fausto.

Concluído esse monólogo de abertura, o segundo segmento cênico principia-se com a chegada de Mefisto, munido das lendárias botas de sete-léguas e trazendo consigo o chamado "verso madrigal", ao cume da montanha em que se encontra o solitário Fausto. Tem início então uma contenda geológica entre o "vulcanismo" de Mefisto e o "netunismo" de Fausto, constituindo-se assim, mais uma vez, "uma tênue relação com o anterior", isto é, a disputa travada, na "Noite de Valpúrgis clássica", entre Anaxágoras ("Vapor de fogo engendrou essa rocha!") e Tales ("Tudo, tudo é da água oriundo!!"). Mas também nessa moderna plasmação mito-poética de teorias científicas contemporâneas talvez se possa vislumbrar um leve vínculo com o posterior, ou seja, o império "netunista" que Fausto irá arrancar ao mar (porém como que "a ferro e fogo") e o novo reino do Imperador, o pretenso "mundo regenerado" (*frisch geschaffne Welt*, v. 10.283) oriundo dos abalos sísmicos e vulcânicos da guerra civil.

Em relação ao surgimento da crosta terrestre os cientistas dividiam-se, na passagem do século XVIII para o XIX, em duas correntes opostas. Em torno do conceituado mineralogista e geólogo Abraham Gottlob Werner (1740-1817) constituiu-se a escola dos "netunistas", que explicavam os fenômenos geológicos como espécie de "sedimentações" de um oceano primordial que foi paulatinamente recuando. Já o "vulcanismo" (ou "plutonismo"), que tinha em Alexander von Humboldt (1769-1859) o seu nome mais proeminente, relacionava a gênese das rochas a um "fogo central" no interior da terra e à ação de lavas primordiais. A tendência de Goethe por desenvolvimentos lentos e paulatinos, por metamorfoses orgânicas, o fez aliar-se de forma decidida à escola netunista. Via assim com crescente desalento a expansão da corrente oposta, sobretudo após a morte de A. G. Werner, com quem mantinha estreitas relações. A publicação, em 1823, do tratado geológico de Alexander von Humboldt "Sobre a estrutura e atividade dos vulcões em diferentes regiões da terra", elaborado durante suas viagens científicas pela América do Sul, provocou em Goethe, como observa Albrecht Schöne, profundo abalo, levando-o às raias do desespero. Sua última palavra a respeito dessa questão foi pronunciada numa carta de outubro de 1831, dirigida a seu amigo Zelter: "Que as montanhas do Himalaia tenham se alçado do solo a uma altura de 25.000 metros e, tão imóveis e orgulhosas, fendam os céus como se não houvesse acontecido nada, isso está além dos limites da minha cabeça, nas sombrias regiões em que se aninham as transubstanciações, e o meu sistema cerebral teria de ser inteiramente reorganizado — o que seria pena — se houvesse necessidade de se encontrar espaço para esses milagres".

Vislumbrando uma analogia estrutural entre as revoluções geológicas que teriam dado origem à superfície terrestre e as convulsões políticas (como a que se deflagra em Paris em julho de 1830), Goethe aferrou-se, até o final da vida, a um "netunismo" que se constituiu em componente fundamental de sua postura decididamente antirrevolucionária. E é justamente tal relação estrutural entre a dimensão geológica e a política que encaminha o último segmento desta cena: do alto da controversa montanha, Fausto e Mefistófeles ouvem o som dos tambores e de música marcial. Chegou o momento do "vulcanismo" político, no qual Mefistófeles enxerga a ocasião bem-vinda para propiciar a Fausto a concretização de sua recente aspiração colonizadora. Acompanhados dos "três valentões" alegóricos recrutados por Mefisto, descem aos contrafortes da montanha e chegam até a tenda do Imperador, de onde se descortina uma vista panorâmica sobre a formação dos exércitos inimigos e, logo em seguida, os desdobramentos da guerra civil. [M.V.M.]

VIERTER AKT — HOCHGEBIRG

(Starre, zackige Felsengipfel)

(Eine Wolke zieht herbei, lehnt sich an, senkt sich auf eine vorstehende Platte herab. Sie teilt sich)

FAUST *(tritt hervor)*

    Der Einsamkeiten tiefste schauend unter meinem Fuß,
    Betret' ich wohlbedächtig dieser Gipfel Saum,   10.040
    Entlassend meiner Wolke Tragewerk, die mich sanft
    An klaren Tagen über Land und Meer geführt.
    Sie löst sich langsam, nicht zerstiebend, von mir ab.
    Nach Osten strebt die Masse mit geballtem Zug,
    Ihr strebt das Auge staunend in Bewundrung nach.
    Sie teilt sich wandelnd, wogenhaft, veränderlich.
    Doch will sich's modeln. — Ja! das Auge trügt mich nicht! —
    Auf sonnbeglänzten Pfühlen herrlich hingestreckt,
    Zwar riesenhaft, ein göttergleiches Fraungebild,
    Ich seh's! Junonen ähnlich, Leda'n, Helenen,   10.050
    Wie majestätisch lieblich mir's im Auge schwankt.
    Ach! schon verrückt sich's! Formlos breit und aufgetürmt
    Ruht es in Osten, fernen Eisgebirgen gleich,
    Und spiegelt blendend flücht'ger Tage großen Sinn.

    Doch mir umschwebt ein zarter Lichter Nebelstreif
    Noch Brust und Stirn, erheiternd, kühl und schmeichelhaft.
    Nun steigt es leicht und zaudernd hoch und höher auf,
    Fügt sich zusammen. — Täuscht mich ein entzückend Bild,
    Als jugenderstes, längstentbehrtes höchstes Gut?
    Des tiefsten Herzens früheste Schätze quellen auf: 10.060
    Aurorens Liebe, leichten Schwungs bezeichnet's mir,
    Den schnellempfundnen, ersten, kaum verstandnen Blick,
    Der, festgehalten, überglänzte jeden Schatz.

(Tremendos escarpados de rochedos)

(Desce uma nuvem que se pousa sobre uma das saliências. A nuvem se divide)

FAUSTO *(surge dela)*

    Aos pés mirando as mais profundas solidões,
    Piso meditativo as bordas destes cimos,
    Abandonando a nuvem que tão suavemente
    Por sobre terra e mar à luz do sol me trouxe.
    De mim se afasta aos poucos, sem que se desmanche.
    De sua massa enfunada o rumo ao Leste tende,
    E segue-lhe assombrado o meu olhar a rota.
    Divide-se em seu curso e ondeante, multiforme,
    Adquire um molde. — Sim! a vista não me engana! —
    Em leito ensolarado e níveo, se reclina,
    Gigântea, divinal figura de mulher,
    Juno evocando à nossa vista, Leda, Helena;
    Flutua-me ante o olhar seu majestoso encanto.
    Desloca-se, ah! informe e túrgida; no Oriente
    Qual montanhês geleira ao longe jaz, e espelha,
    Radiosa, a nobre evocação de horas efêmeras.

    Mas como um sopro afaga-me, ainda, amena e fresca,
    A fronte e o peito, uma difusa, suave faixa.
    Trêmula e leve, alto e mais alto se ala e funde-se
    Num todo. É uma visão de encanto que me ilude?
    Do fugidio bem da juventude a imagem?
    Tesouros juvenis jorram-me do imo peito,
    Que em vibração etérea o amor de Aurora evoca,[1]
    O êxtase do primeiro olhar, o qual de súbito
    A alma penetra e que tesouro algum iguala.

---

[1] Alusão de Fausto a seu antigo e agora já remoto amor por Gretchen. — Aurora como a deusa romana do alvorecer, da própria "aurora", corresponde à deusa grega Eos que pertence, como filha de Hipérion e Tia, à primeira geração divina, a dos Titãs.

Wie Seelenschönheit steigert sich die holde Form,
Löst sich nicht auf, erhebt sich in den Äther hin
Und zieht das Beste meines Innern mit sich fort.

*(Ein Siebenmeilenstiefel tappt auf. Ein anderer folgt alsbald.
Mephistopheles steigt ab. Die Stiefel schreiten eilig weiter)*

MEPHISTOPHELES

Das heiß' ich endlich vorgeschritten!
Nun aber sag, was fällt dir ein?
Steigst ab in solcher Greuel Mitten,
Im gräßlich gähnenden Gestein?
Ich kenn' es wohl, doch nicht an dieser Stelle,
Denn eigentlich war das der Grund der Hölle.

10.070

FAUST

Es fehlt dir nie an närrischen Legenden;
Fängst wieder an, dergleichen auszuspenden.

MEPHISTOPHELES *(ernsthaft)*

Als Gott der Herr — ich weiß auch wohl, warum —
Uns aus der Luft in tiefste Tiefen bannte,
Da, wo zentralisch glühend, um und um,

Cresce em beleza espiritual o ameno vulto;
Não se esvanece, e ao alto se ala adentro do éter,
E de meu fundo ser leva o melhor consigo.

(Surge uma bota de sete-léguas, seguida por outra. Mefistófeles desce delas. As botas afastam-se rapidamente)[2]

MEFISTÓFELES

Bem, isto é andar mui bem andado![3]
Mas deu em ti que pasmaceira?
Descer a este ermo descarnado
De escancarada pedranceira?   10.070
O ponto é outro, mas não me é o sítio estranho,
Pois do inferno era a própria base antanho.

FAUSTO

Nunca à míngua andas de invenções absurdas;
Chegas-te aqui pra que tais lendas urdas!

MEFISTÓFELES *(com seriedade)*

Deus o Senhor — sabe-se a causa[4] — quando
Do éter nos exilou à atra profundeza
Em que arde fogo cêntrico, abraseando

---

[2] Motivo oriundo dos contos maravilhosos alemães, como aparece, por exemplo, na história do "querido Rolando" (*Der Liebste Roland*) coligida pelos irmãos Grimm. Atribuindo a Mefistófeles esse apetrecho nórdico e mágico (com o qual se percorrem sete léguas a cada passo), Goethe confere à sua entrada em cena um caráter burlesco e algo grotesco.

[3] Mefistófeles dá a entender neste verso que mesmo as botas de sete-léguas não puderam acompanhar o transporte nubígeno (isto é, formado por nuvens: *meiner Wolke Tragewerk*) utilizado por Fausto.

[4] No original, Mefisto declara-se informado — "também sei muito bem por quê" — sobre as razões que levaram Deus a expulsar das alturas os anjos caídos e lançá-los às profundezas. Na *Segunda Epístola de Pedro* (2: 4) é dito, com efeito, que "Deus não poupou os anjos que pecaram, mas lançou-os nos abismos tenebrosos do Tártaro, onde estão guardados à espera do Julgamento". Albrecht Schöne observa a respeito dessa queda dos anjos que a escolástica medieval fez dessas indicações bíblicas "um 'Prólogo no Céu' à 'tragédia' no paraíso, isto é, à queda dos primeiros seres humanos, à qual se alude repetidamente no *Fausto*".

Ein ewig Feuer flammend sich durchbrannte,
Wir fanden uns bei allzugroßer Hellung
In sehr gedrängter, unbequemer Stellung. 10.080
Die Teufel fingen sämtlich an zu husten,
Von oben und von unten aus zu pusten;
Die Hölle schwoll von Schwefelstank und — säure,
Das gab ein Gas! Das ging ins Ungeheure,
So daß gar bald der Länder flache Kruste,
So dick sie war, zerkrachend bersten mußte.
Nun haben wir's an einem andern Zipfel,
Was ehmals Grund war, ist nun Gipfel.
Sie gründen auch hierauf die rechten Lehren,
Das Unterste ins Oberste zu kehren. 10.090
Denn wir entrannen knechtisch-heißer Gruft
Ins Übermaß der Herrschaft freier Luft.
Ein offenbar Geheimnis, wohl verwahrt,
Und wird nur spät den Völkern offenbart. (*Ephes*. VI, 12)

FAUST

Gebirgesmasse bleibt mir edel-stumm,
Ich frage nicht woher und nicht warum.
Als die Natur sich in sich selbst gegründet,
Da hat sie rein den Erdball abgeründet,

Voraz conflagração em torno acesa,
Vimo-nos lá, na luz exagerada,
Em situação incômoda e apertada.   10.080
Pôs-se a tossir toda a mó dos demônios,
Do alto e baixo a expelir bofes medonhos;[5]
O inferno encheu de enxofre, ácido e azia,
Deu isso um gás! monstruoso em demasia,
Até que em breve, apesar de robusta,
Rebentou afinal a térrea crusta.
A cousa agora está por outro bico:
O que antes era a base, hoje é o pico.
Daí o ensino lógico é oriundo:
Virar-se para o mais alto o mais fundo;   10.090
Pois escapamos da opressiva esfera,
À integração no ar livre da atmosfera.
É segredo óbvio, muito bem guardado,
Pois aos povos não foi tão cedo revelado. (*Ef.* VI, 12)[6]

FAUSTO

Por que, nem de onde, indago. Em mudez nobre[7]
A montês massa o seu enigma encobre.
Quando em si se esculpiu a natureza,
Arrematou o globo com pureza;

---

[5] No original, a vulgaridade do "vulcanismo" mefistofélico fica mais explícita: os demônios começaram todos juntos a tossir e "assoprar" não só por cima (isto é, pela boca), mas também "por baixo".

[6] Primeira indicação explícita que Goethe deu às inúmeras alusões e referências bíblicas no *Fausto*. A correspondente passagem na *Epístola de Paulo aos Efésios* (que o autor assinalou a lápis no manuscrito da tragédia) diz: "Pois o nosso combate não é contra o sangue nem contra a carne, mas contra os Principados, contra as Autoridades, contra os Dominadores deste mundo de trevas, contra os Espíritos do Mal, que povoam as regiões celestiais". A remissão de Mefistófeles a esta passagem bíblica pode estar conotando uma expansão de seu "vulcanismo" revolucionário, fundamentado em atritos, abalos e combates, para a esfera místico-religiosa.

[7] À explosiva doutrina geognóstica de Mefistófeles, Fausto contrapõe imagens de um "netunismo" mais suave: a massa montanhosa em "mudez nobre", o globo terrestre arrematado com "pureza", o alinhamento de "rochas, montanhas, morros", "elos de colinas" em "queda suave para o vale".

Vierter Akt — Hochgebirg

Der Gipfel sich, der Schluchten sich erfreut
Und Fels an Fels und Berg an Berg gereiht, 10.100
Die Hügel dann bequem hinabgebildet,
Mit sanftem Zug sie in das Tal gemildet.
Da grünt's und wächst's, und um sich zu erfreuen,
Bedarf sie nicht der tollen Strudeleien.

MEPHISTOPHELES

Das sprecht Ihr so! Das scheint Euch sonnenklar;
Doch weiß es anders, der zugegen war.
Ich war dabei, als noch da drunten siedend
Der Abgrund schwoll und strömend Flammen trug;
Als Molochs Hammer, Fels an Felsen schmiedend,
Gebirgestrümmer in die Ferne schlug. 10.110
Noch starrt das Land von fremden Zentnermassen;
Wer gibt Erklärung solcher Schleudermacht?
Der Philosoph, er weiß es nicht zu fassen,
Da liegt der Fels, man muß ihn liegen lassen,
Zuschanden haben wir uns schon gedacht. —
Das treu-gemeine Volk allein begreift
Und läßt sich im Begriff nicht stören;
Ihm ist die Weisheit längst gereift:
Ein Wunder ist's, der Satan kommt zu Ehren.
Mein Wandrer hinkt an seiner Glaubenskrücke 10.120
Zum Teufelsstein, zur Teufelsbrücke.

Com píncaros e abismos se encantou,
Rochas, montanhas, morros alinhou;   10.100
Em elos de colinas decompôs-se,
Que em queda suave para o vale trouxe.
Por seu prazer tudo verdeja e cresce,
De absurdos torvelinhos não carece.

MEFISTÓFELES

Julgais que é claro! Mas quem lá presente
Se achava, o sabe diferentemente.
No abismo túrgido vi-me ainda, quando
Fervia em vórtices de fogo e lava;
Moloque,[8] a rocha uma a outra martelando,
Da massa ao longe, o entulho arremessava.   10.110
De quintais ainda o solo cheio jaz;
Tal impulsão, não há quem esclareça;
Vê-se disso o filósofo incapaz;[9]
Lá a rocha jaz, fique a jazer em paz;
Bastante já quebramos a cabeça. —
Somente o ingênuo povo cria
Firmes noções em sua lógica sã;
Cedo extraiu disso a sabedoria:
Cabe a honra do milagre a Dom Satã.
O andarilho, a empunhar bastão de fé,   10.120
À Ponte, à Foz do Diabo,[10] arrasta o pé.

---

[8] Ídolo dos amonitas no Antigo Testamento (*Levítico*, 18: 21). Aparece também no *Paraíso perdido* (I, 392) de Milton e no *Messias* (II, 352) de Klopstock — neste último, um *epos* bíblico em vinte cantos publicado entre 1748 e 1773, Moloque erige com os "Príncipes do Inferno" uma barreira de montanhas como proteção contra Jeová.

[9] Isto é, os filósofos ou estudiosos da Natureza, entre os quais Mefisto se inclui em seguida ao afirmar que "bastante já quebramos a cabeça".

[10] No original, "Pedra do Diabo", "Ponte do Diabo": designações geográficas que Goethe conhecia de suas escaladas ao monte São Gotardo, nos Alpes suíços. O "bastão de fé" (ou antes "muleta", *Krücke*) do andarilho deve dar-lhe a entender, em explicação supersticiosa, que o "milagre" geológico que tem diante de si é, na verdade, obra do diabo.

FAUST

    Es ist doch auch bemerkenswert zu achten,
    Zu sehn, wie Teufel die Natur betrachten.

MEPHISTOPHELES

    Was geht mich's an! Natur sei, wie sie sei!
    's ist Ehrenpunkt: der Teufel war dabei!
    Wir sind die Leute, Großes zu erreichen;
    Tumult, Gewalt und Unsinn! sieh das Zeichen! —
    Doch, daß ich endlich ganz verständlich spreche,
    Gefiel dir nichts an unsrer Oberfläche?
    Du übersahst, in ungemeßnen Weiten,   10.130
    Die Reiche der Welt und ihre Herrlichkeiten. (*Matth.* IV)
    Doch, ungenügsam, wie du bist,
    Empfandest du wohl kein Gelüst?

FAUST

    Und doch! ein Großes zog mich an.
    Errate!

MEPHISTOPHELES

        Das ist bald getan.

FAUSTO

    Do diabo vale a pena ver também
    Em que conceito a natureza tem.

MEFISTÓFELES

    Tanto faz! Seja ela o que for, imponho
    Só um ponto de honra: estava lá o demônio!
    Somos pessoal de intuitos colossais;
    Violência, convulsões! vês os sinais! —[11]
    Mas, para que o ouças: ainda que o previsse,
    Nada te aprouve em nossa superfície?
    Viste de etéreas, infinitas trilhas   10.130
    Os reinos do Universo e suas maravilhas. (*Mat.* IV)[12]
    Mas insaciável como és, nada atiça
    Um teu desejo, uma cobiça?

FAUSTO

    Pois sim! atrai-me grande intento.
    Adivinha-o!

MEFISTÓFELES

            Já te contento.

---

[11] Albrecht Schöne aponta para uma analogia entre o "sinal" erigido pelos demônios "vulcanistas" (tumultos, absurdos, violência) e o arco-íris instituído por Deus como "sinal da aliança" com todos os sobreviventes do Dilúvio (*Gênesis*, 9: 12).

[12] A referência explícita a esta célebre passagem do *Evangelho de Mateus*, em que o diabo propõe a Cristo uma espécie de "pacto", evidencia a importância que Goethe quis atribuir à subsequente cena da tentação de Fausto nessa "alta região montanhosa". *Mateus*, 4: 8: "Tornou o diabo a levá-lo, agora para um monte muito alto. E mostrou-lhe todos os reinos do mundo com seu esplendor e disse-lhe: 'Tudo isso te darei, se, prostrado, me adorares'".

Ich suchte mir so eine Hauptstadt aus,
Im Kerne Bürger-Nahrungs-Graus,
Krummenge Gäßchen, spitze Giebeln,
Beschränkten Markt, Kohl, Rüben, Zwiebeln;
Fleischbänke, wo die Schmeißen hausen, 10.140
Die fetten Braten anzuschmausen;
Da findest du zu jeder Zeit
Gewiß Gestank und Tätigkeit.
Dann weite Plätze, breite Straßen,
Vornehmen Schein sich anzumaßen;
Und endlich, wo kein Tor beschränkt,
Vorstädte grenzenlos verlängt.
Da freut' ich mich an Rollekutschen,
Am lärmigen Hin- und Widerrutschen,
Am ewigen Hin- und Widerlaufen 10.150
Zerstreuter Ameis-Wimmelhaufen.
Und wenn ich führe, wenn ich ritte,
Erschien' ich immer ihre Mitte,
Von Hunderttausenden verehrt.

FAUST

Das kann mich nicht zufriedenstellen.
Man freut sich, daß das Volk sich mehrt,
Nach seiner Art behäglich nährt,

Escolheria uma metrópole graúda,
Onde o habitante um a outro gruda,[13]
Entre arcos, vielas, frontões, becos,
Feira de couves, nabos secos,
Bancas nas quais hordas nefandas   10.140
De moscas pastam gordas viandas,
Em qualquer tempo a gente lá há de
Ver podridão e atividade.
Depois, ruas e vastas praças,
A darem-se ares de ricaças;
E, onde portal algum limita,
Subúrbios numa área infinita.[14]
Rodando em coches folgaria
Lá em ruidosa correria,
Por entre o vaivém desordeiro   10.150
Do espesso humano formigueiro.
Montado, ou andando eu lá por dentro,
Seria eu sempre a mira, o centro,
Por mil aclamado altamente.

FAUSTO

Tal alvo não me satisfaz!
Folgar-se-á em que o povo aumente,
Que a seu contento se alimente,

---

[13] No original, esta passagem apresenta uma estrutura sintática um tanto truncada e elíptica: Mefistófeles escolheria uma capital, "no centro, o horror da alimentação dos burgueses" (ou cidadãos, habitantes). Os comentadores apontam aqui para uma analogia com vivências do menino Goethe, evocadas na autobiografia *Poesia e verdade*, referentes ao centro de sua cidade natal Frankfurt: "Lembro-me também como, a cada vez, fugia horrorizado das bancas de carne contíguas [à feira desassossegada e apinhada de gente], estreitas e feias".

[14] A visão de Mefisto atém-se agora aos portões que, junto com as muralhas defensivas, comprimiam o centro mais antigo da cidade (Frankfurt, por exemplo), para além dos quais a metrópole continuava a espraiar-se em seus subúrbios ilimitados.

Sogar sich bildet, sich belehrt —
Und man erzieht sich nur Rebellen.

MEPHISTOPHELES

    Dann baut' ich, grandios, mir selbst bewußt,
    Am lustigen Ort ein Schloß zur Lust.
    Wald, Hügel, Flächen, Wiesen, Feld
    Zum Garten prächtig umbestellt.
    Vor grünen Wänden Sammetmatten,
    Schnurwege, kunstgerechte Schatten,
    Kaskadensturz, durch Fels zu Fels gepaart,
    Und Wasserstrahlen aller Art;
    Ehrwürdig steigt es dort, doch an den Seiten
    Da zischt's und pißt's in tausend Kleinigkeiten.
    Dann aber ließ ich allerschönsten Frauen
    Vertraut-bequeme Häuslein bauen;
    Verbrächte da grenzenlose Zeit
    In allerliebst-geselliger Einsamkeit.
    Ich sage Fraun; denn ein für allemal
    Denk' ich die Schönen im Plural.

Que até se instrua, forme a mente —
E criar rebéis é o que se faz.[15]

MEFISTÓFELES

Construiria um castelo, após, grandioso,   10.160
No campo, para o meu repouso.[16]
Florestas, morro, áreas sem fim,
Formando esplêndido jardim.
Ao pé do bosque, verde alfombra,
Além doando luz e sombra,
Cascata a fluir, flóreos lauréis e buchos
Orlando artísticos repuxos
Que ao alto lançam jato argênteo e esguio,
Que em mil miudezas logo escorre a fio.
Erguendo inda às mulheres mais formosas   10.170
Casinhas íntimo-amorosas,
Passava um bom tempinho, então,
Em tão gentil, sociável solidão.
Eu disse: às damas; faze por lembrá-lo!
Das belas no plural só falo.

---

[15] Fausto rejeita essas imagens que o colocam como figura central de tal metrópole moderna, que lembraria uma Londres ou Paris, porque conjectura que os seus habitantes — instruindo-se e formando a mente — poderiam converter-se por fim em rebeldes. Desse modo, parece delinear-se a tendência à ação absolutista e autocrática (hostil a todo germe de rebeldia) que se concretizará no ato subsequente. Sobretudo aos leitores contemporâneos, essas palavras reforçariam a concepção de que um dos pressupostos centrais da rebelião contra o *Ancien Régime* foi o esclarecimento e a instrução de amplas parcelas da população francesa durante o Iluminismo. A esse respeito, a seguinte anotação do genial aforista G. C. Lichtenberg (1742-1799): "A Revolução Francesa como obra dos filósofos; mas que salto do *cogito ergo sum* até o primeiro ressoar do *à la Bastille* no Palais Royal".

[16] No original, Mefisto fala de um castelo "para o prazer" (*zur Lust*), onde Fausto poderia então comprazer-se (ou "repousar") em meio às "mulheres mais formosas": fantasias que também evocam o estilo absolutista francês e que encontrarão certa correspondência no "palácio" do autocrata e solitário ancião do quinto e último ato.

FAUST

    Schlecht und modern! Sardanapal!

MEPHISTOPHELES

    Errät man wohl, wornach du strebtest?
    Es war gewiß erhaben kühn.
    Der du dem Mond um so viel näher schwebtest,
    Dich zog wohl deine Sucht dahin?   10.180

FAUST

    Mit nichten! dieser Erdenkreis
    Gewährt noch Raum zu großen Taten.
    Erstaunenswürdiges soll geraten,
    Ich fühle Kraft zu kühnem Fleiß.

MEPHISTOPHELES

    Und also willst du Ruhm verdienen?
    Man merkt's, du kommst von Heroinen.

FAUST

    Herrschaft gewinn' ich, Eigentum!
    Die Tat ist alles, nichts der Ruhm.

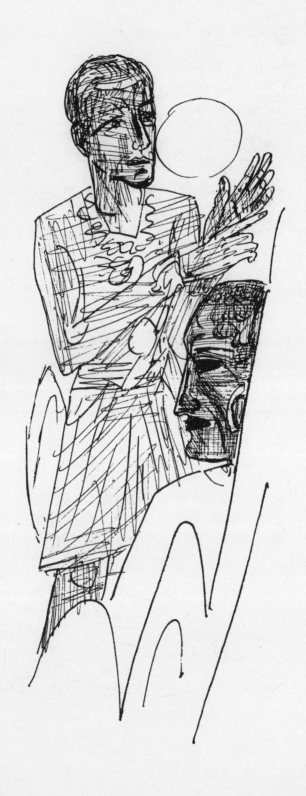

FAUSTO

Moderno e mau! Sardanapalo![17]

MEFISTÓFELES

Qual será pois essa ânsia tua?
Decerto algo é de ousado e belo.
Já que tão próximo pairas da lua,[18]
Para ela atrai-te o teu anelo?   10.180

FAUSTO

Em nada! Este âmbito terreno
Tem para a ação espaço assaz.
Realizo nele o intuito em pleno,
De esforço e arrojo sou capaz.

MEFISTÓFELES

A auferir glórias te destinas?
Vê-se que andaste com heroínas!

FAUSTO

Poder aufiro, posse, alto conteúdo!
Nada é a fama; a ação é tudo.

---

[17] Nome grego do rei assírio Assurbanipal (668-626 a.C.). Segundo antigas lendas, o concupiscente e efeminado Sardanapalo se comprazia numa vida em meio a luxo extremo e extravagâncias sexuais. Em 1821, Lord Byron escreveu a sua tragédia *Sardanapalus*, dedicada a Goethe.

[18] Provável alusão à nuvem que trouxe Fausto a esta "alta região montanhosa" e, em chave irônica, também uma eventual alusão aos seus antigos devaneios alados ("lunáticos", na visão sarcástica de Mefisto): "Do solo, ah! Me pudesse alar alguma asa!" (v. 1.074).

MEPHISTOPHELES

>   Doch werden sich Poeten finden,
>   Der Nachwelt deinen Glanz zu künden, 10.190
>   Durch Torheit Torheit zu entzünden.

FAUST

>   Von allem ist dir nichts gewährt.
>   Was weißt du, was der Mensch begehrt?
>   Dein widrig Wesen, bitter, scharf,
>   Was weiß es, was der Mensch bedarf?

MEPHISTOPHELES

>   Geschehe denn nach deinem Willen!
>   Vertraue mir den Umfang deiner Grillen.

FAUST

>   Mein Auge war aufs hohe Meer gezogen;
>   Es schwoll empor, sich in sich selbst zu türmen,
>   Dann ließ es nach und schüttete die Wogen, 10.200
>   Des flachen Ufers Breite zu bestürmen.
>   Und das verdroß mich; wie der Übermut
>   Den freien Geist, der alle Rechte schätzt,
>   Durch leidenschaftlich aufgeregtes Blut
>   Ins Mißbehagen des Gefühls versetzt.

MEFISTÓFELES

No entanto encontrar-se-ão poetas,
Que, a alçarem tuas gloriosas metas,   10.190
Inflamem com chavões patetas.[19]

FAUSTO

Nada, a ti, disso se revela.
Que sabes do homem, do que anela?[20]
Teu ser de aguda, hostil pesquisa,
Sabe do que o homem precisa?

MEFISTÓFELES

Cumpra-se pois tua fantasia!
O alcance de teu sonho me confia.

FAUSTO

Percorreu meu olhar o vasto oceano;
Cresce, e em si mesmo se encapela, alto;
Logo após se desmancha e ao vasto plano   10.200
Da orla, se lança em tumultuoso assalto.
Amuou-me. O gênio livre, independente,
Preza o direito e o seu lugar à luz,
Mas a arrogância, a exaltação fremente,
Só mal-estar no espírito produz.

---

[19] Esses três versos de Mefisto fazem ressoar, em chave irônica, aquilo que o poeta dissera, em sua dicção idealista, no "Prólogo no Teatro" sobre a missão de enaltecer e difundir os feitos humanos e legá-los à posteridade: "Quem a coroa verde enrama/ Que do merecimento a glória sela?/ Quem firma o Olimpo, à união os deuses chama?/ O gênio humano, que no poeta se revela" (vv. 154-7).

[20] Fausto remonta ao argumento que lançara contra Mefisto, na segunda cena "Quarto de trabalho" (vv. 1675-7), portanto antes do início da "tragédia amorosa": "Que queres tu dar, pobre demo?/ Quando é que o gênio humano, em seu afã supremo/ Foi compreendido pela tua raça?". Indagação semelhante é feita agora, conforme observa Erich Trunz, cinco versos antes do início da "tragédia do colonizador", preludiada pelas palavras: "Percorreu meu olhar o vasto oceano".

Ich hielt's für Zufall, schärfte meinen Blick:
Die Woge stand und rollte dann zurück,
Entfernte sich vom stolz erreichten Ziel;
Die Stunde kommt, sie wiederholt das Spiel.

MEPHISTOPHELES *(ad spectatores)*

Da ist für mich nichts Neues zu erfahren, 10.210
Das kenn' ich schon seit hunderttausend Jahren.

FAUST *(leidenschaftlich fortfahrend)*

Sie schleicht heran, an abertausend Enden,
Unfruchtbar selbst, Unfruchtbarkeit zu spenden;
Nun schwillt's und wächst und rollt und überzieht
Der wüsten Strecke widerlich Gebiet.
Da herrschet Well' auf Welle kraftbegeistet,
Zieht sich zurück, und es ist nichts geleistet,
Was zur Verzweiflung mich beängstigen könnte!
Zwecklose Kraft unbändiger Elemente!
Da wagt mein Geist, sich selbst zu überfliegen; 10.220
Hier möcht' ich kämpfen, dies möcht' ich besiegen.

Und es ist möglich! — Flutend wie sie sei,
An jedem Hügel schmiegt sie sich vorbei;
Sie mag sich noch so übermütig regen,
Geringe Höhe ragt ihr stolz entgegen,

Julguei-o acaso, e firmei bem o olhar:
A onda estacou, para depois recuar;
Após vencê-la, a vaga ignora a meta;
Chega a hora, a brincadeira reenceta.

MEFISTÓFELES *(ad spectatores)*

Que grande novidade aí se dá!   10.210
Sei disso há mais de cem mil anos já.

FAUSTO *(continua apaixonadamente)*

Vem, sorrateira, todo canto invade,
E espalha, estéril, a esterilidade.
Cresce, incha, rola, se desfaz, e alaga
A árida vastidão da inútil plaga.
Impera onda após onda, agigantada!
Para trás volta e não realizou nada.
E me aborrece aquilo! é-me um tormento!
O poder vão do indômito elemento![21]
Ousou transpor meu gênio a própria esfera;   10.220
Lutar quisera aí, vencer quisera!

E pode ser. — Se flutuante ele é,
Onde há um morro, amolda-se-lhe ao pé;
Por mais que em incessante flux se agite,
Qualquer elevação lhe impõe limite;

---

[21] No original, esse "poder vão do indômito elemento" não apenas aborrece e atormenta Fausto, mas — como ele diz literalmente no verso anterior — "poderia atemorizar-me até o desespero!". O esforço do homem em dominar o poder "indômito" da Natureza, que começa a se delinear como a nova "aspiração" de Fausto, foi também objeto de reflexões teóricas de Goethe. Em seu *Ensaio de uma teoria meteorológica* (1825), que se refere explicitamente às inundações que em fevereiro de 1825 assolaram a região costeira do Mar do Norte, lê-se: "Os elementos, portanto, devem ser vistos como adversários colossais, contra os quais teremos de lutar eternamente e que só poderemos dominar, em casos isolados, mediante a mais alta força do espírito, mediante coragem e astúcia. [...] O mais elevado, contudo, que o pensamento pode alcançar nesses casos é perceber o que a Natureza traz em si mesma como lei e regra para se impor ao elemento desenfreado e escapo à lei".

Geringe Tiefe zieht sie mächtig an.
Da faßt' ich schnell im Geiste Plan auf Plan:
Erlange dir das köstliche Genießen,
Das herrische Meer vom Ufer auszuschließen,
Der feuchten Breite Grenzen zu verengen 10.230
Und, weit hinein, sie in sich selbst zu drängen.
Von Schritt zu Schritt wußt' ich mir's zu erörtern;
Das ist mein Wunsch, den wage zu befördern!

(Trommeln und kriegerische Musik im Rücken der Zuschauer, aus der Ferne, von der rechten Seite her)

MEPHISTOPHELES

Wie leicht ist das! Hörst du die Trommeln fern?

FAUST

Schon wieder Krieg! der Kluge hört's nicht gern.

MEPHISTOPHELES

Krieg oder Frieden. Klug ist das Bemühen,
Zu seinem Vorteil etwas auszuziehen.
Man paßt, man merkt auf jedes günstige Nu.
Gelegenheit ist da, nun, Fauste, greife zu!

FAUST

Mit solchem Rätselkram verschone mich! 10.240
Und kurz und gut, was soll's? Erkläre dich.

Qualquer baixada o atrai possantemente.
Criei plano após plano então na mente,
Por conquistar o gozo soberano
De dominar, eu, o orgulhoso oceano,
De ao lençol áqueo impor nova barreira,   10.230
E ao longe, em si, repelir-lhe a fronteira.
Consegui passo a passo elaborá-lo.
Eis meu desejo, ousa tu apoiá-lo!

*(Rufar de tambores e música marcial, distante,
vindo do fundo da plateia, do lado direito)*

MEFISTÓFELES

É fácil! — Do tambor ao longe ouves o som?

FAUSTO

Guerra outra vez! não o acha o sábio bom.

MEFISTÓFELES

Na guerra ou paz, sagaz sempre é o conceito:
De todo ensejo extrair-se um proveito!
É olhá-lo, espiá-lo assim que se revela;
Fausto, é a ocasião: tens de apegar-te a ela!

FAUSTO

Poupa-me estas charadas, rogo.   10.240
De que se trata? explica-o logo.

MEPHISTOPHELES

>   Auf meinem Zuge blieb mir nicht verborgen:
>   Der gute Kaiser schwebt in großen Sorgen.
>   Du kennst ihn ja. Als wir ihn unterhielten,
>   Ihm falschen Reichtum in die Hände spielten,
>   Da war die ganze Welt ihm feil.
>   Denn jung ward ihm der Thron zuteil,
>   Und ihm beliebt' es, falsch zu schließen,
>   Es könne wohl zusammengehen
>   Und sei recht wünschenswert und schön: 10.250
>   Regieren und zugleich genießen.

FAUST

>   Ein großer Irrtum. Wer befehlen soll,
>   Muß im Befehlen Seligkeit empfinden.
>   Ihm ist die Brust von hohem Willen voll,
>   Doch was er will, es darf's kein Mensch ergründen.
>   Was er den Treusten in das Ohr geraunt,
>   Es ist getan, und alle Welt erstaunt.
>   So wird er stets der Allerhöchste sein,
>   Der Würdigste —; Genießen macht gemein.

MEFISTÓFELES

    Pude avaliar, em meu percurso cá,[22]
    Que o bom do imperador num grande apuro está.
    Lembras-te dele. Quando o divertimos,
    Riqueza espúria às mãos lhe conduzimos;[23]
    Do mundo ainda se cria dono,
    Pois jovem acedera ao trono.
    E aprouve-lhe a tese indevida,
    Que poderia andar a par,
    Ser bom e de se desejar: 10.250
    Reinar e estar gozando a vida.[24]

FAUSTO

    Grande erro. A quem é dado que comande,
    Ventura pode achar só no comando:
    Num alto intuito o peito se lhe expande,
    Ninguém percebe o que está planejando.
    O que ao mais fiel no ouvido tem soprado,
    Com pasmo o mundo vê realizado.
    Assim sempre será o ente lendário,
    O Altíssimo —; gozar torna ordinário.[25]

---

[22] Isto é, atravessando as terras imperiais com as botas de sete-léguas.

[23] Referência de Mefisto aos acontecimentos desdobrados na quarta cena do primeiro ato ("Parque de recreio"), isto é, a implementação do seu plano econômico baseado no papel-moeda sem lastro (os "papéis mágicos" na expressão do bobo da corte).

[24] Em uma de suas *Máximas e reflexões* (a de número 101 na edição de referência publicada em 1907 por Max Hecker) encontra-se a seguinte formulação de Goethe sobre essa "tese indevida": "Reinar e gozar a vida não podem caminhar lado a lado. Gozar a vida significa pertencer a si e aos outros em regozijo; reinar significa fazer benefícios a si e aos outros no mais sério sentido".

[25] O "Altíssimo" (*der Allerhöchste*) refere-se aqui àquele que encontra a "ventura" apenas "no comando" — no original, Fausto o designa ainda como "o mais digno" (*der Würdigste*). O adjetivo "ordinário" (*gemein*) deve ser entendido, no contexto desta estrofe, menos em sentido moralmente pejorativo do que no de comunhão "em regozijo" com os outros.

MEPHISTOPHELES

> So ist er nicht. Er selbst genoß, und wie! 10.260
> Indes zerfiel das Reich in Anarchie,
> Wo groß und klein sich kreuz und quer befehdeten
> Und Brüder sich vertrieben, töteten,
> Burg gegen Burg, Stadt gegen Stadt,
> Zunft gegen Adel Fehde hat,
> Der Bischof mit Kapitel und Gemeinde;
> Was sich nur ansah, waren Feinde.
> In Kirchen Mord und Totschlag, vor den Toren
> Ist jeder Kauf- und Wandersmann verloren.
> Und allen wuchs die Kühnheit nicht gering; 10.270
> Denn leben hieß sich wehren. — Nun, das ging.

FAUST

> Es ging — es hinkte, fiel, stand wieder auf,
> Dann überschlug sich's, rollte plump zuhauf.

MEPHISTOPHELES

> Und solchen Zustand durfte niemand schelten,
> Ein jeder konnte, jeder wollte gelten.
> Der Kleinste selbst, er galt für voll.
> Doch war's zuletzt den Besten allzutoll.
> Die Tüchtigen, sie standen auf mit Kraft
> Und sagten: Herr ist, der uns Ruhe schafft.
> Der Kaiser kann's nicht, will's nicht — laßt uns wählen, 10.280
> Den neuen Kaiser neu das Reich beseelen,
> Indem er jeden sicher stellt,
> In einer frisch geschaffnen Welt
> Fried' und Gerechtigkeit vermählen.

MEFISTÓFELES

>Não é ele assim! O gozo — e como! — fruía; 10.260
>Caía o reino entanto na anarquia;
>Pequenos, grandes, nele hostilizavam-se,
>Irmãos matavam-se, expulsavam-se,
>Guerreavam entre si burgos, cidades,
>Grêmios, nobreza, em ódio e inimizades,
>Congregações, arcebispado em briga;
>Bastava a gente olhar-se, era inimiga.
>Morte e assassínio nas igrejas, diante
>Das portas da cidade, assaltos ao viandante.
>E em cada qual crescia a valentia: 10.270
>Pois defender-se era a vida. — Assim é que ia.

FAUSTO

>Ia — a mancar, cair, rolar no chão
>De pés para o ar, despencar de roldão.

MEFISTÓFELES

>Ninguém ousava denunciar o mal,
>Cada um queria ser, podia ser o tal.
>Tornava-se o mais vil senhor de monta.
>Mas houve a quem passasse enfim da conta.
>Gente capaz se ergueu, armou o levante,
>Clamou: Senhor é quem a paz garante.
>O imperador é inerte nesta fase. 10.280
>Eleja-se outro: dê-nos nova base,
>Em que cada um seguro viva,
>Numa era nova, sã, ativa,
>Em que com a paz a lei se case.

FAUST

Das klingt sehr pfäffisch.

MEPHISTOPHELES

      Pfaffen waren's auch,
Sie sicherten den wohlgenährten Bauch.
Sie waren mehr als andere beteiligt.
Der Aufruhr schwoll, der Aufruhr ward geheiligt;
Und unser Kaiser, den wir froh gemacht,
Zieht sich hieher, vielleicht zur letzten Schlacht.   10.290

FAUST

Er jammert mich; er war so gut und offen.

MEPHISTOPHELES

Komm, sehn wir zu! der Lebende soll hoffen.
Befrein wir ihn aus diesem engen Tale!
Einmal gerettet, ist's für tausend Male.
Wer weiß, wie noch die Würfel fallen?
Und hat er Glück, so hat er auch Vasallen.

(Sie steigen über das Mittelgebirg herüber und beschauen die Anordnung des Heeres im Tal. Trommeln und Kriegsmusik schallt von unten auf)

MEPHISTOPHELES

Die Stellung, seh' ich, gut ist sie genommen;
Wir treten zu, dann ist der Sieg vollkommen.

FAUSTO

A frades soa.

MEFISTÓFELES

              Influíam na balança,[26]
A garantir a bem nutrida pança.
Mais que outros lá meteram-se no fim:
Quando cresceu, sagraram o motim;
E o Imperador, espero que lhe valha!,
Retrai-se aqui, talvez para a última batalha.   10.290

FAUSTO

Lamento-o, tão bondoso e dado ele era.

MEFISTÓFELES

Veremos em que dá; quem vive, espera.
Cumpre livrá-lo desse estreito vale!
Salvo uma vez, por cem vezes já vale,
Caem dados como à sorte praz lançá-los;
Se lhe sorrir, terá também vassalos.

(Atravessam o maciço médio e contemplam a disposição do exército no vale. Debaixo repercute o rufar de tambores e música guerreira)

MEFISTÓFELES

A posição vejo bem escolhida;
Com o nosso auxílio, é sorte garantida.

---

[26] Isto é, os "frades" mencionados por Fausto no primeiro segmento do verso.

FAUST

    Was kann da zu erwarten sein?
    Trug! Zauberblendwerk! Hohler Schein.

MEPHISTOPHELES

    Kriegslist, um Schlachten zu gewinnen!
    Befestige dich bei großen Sinnen,
    Indem du deinen Zweck bedenkst.
    Erhalten wir dem Kaiser Thron und Lande,
    So kniest du nieder und empfängst
    Die Lehn von grenzenlosem Strande.

FAUST

    Schon manches hast du durchgemacht,
    Nun, so gewinn auch eine Schlacht!

MEPHISTOPHELES

    Nein, du gewinnst sie! Diesesmal
    Bist du der Obergeneral.

FAUST

    Das wäre mir die rechte Höhe,
    Da zu befehlen, wo ich nichts verstehe!

FAUSTO

    Em tal caso a esperança é pouca:
    Que sai disso? Ilusão, burla oca.   10.300

MEFISTÓFELES

    Ardil guerreiro, que o combate vença!
    Em teu nobre objetivo pensa;[27]
    Sê firme, e acata-me os conselhos.
    Conserva-lhe hoje o território e o trono,
    E auferirás do Imperador, de joelhos,
    Da praia o feudo em rico abono.

FAUSTO

    Bem, já fizeste o que o equivalha;
    Ganha também uma batalha.

MEFISTÓFELES

    Não, tu a ganhes, um por dez!
    Sem mais, generalíssimo és.   10.310

FAUSTO

    Ora, que encargo este, estupendo!
    Comandar onde nada entendo!

---

[27] Mefisto exorta o cético Fausto a não perder de vista o seu desejo, formulado há pouco, em relação ao "vasto oceano". A vitória do Imperador na batalha iminente poderá propiciar-lhe o terreno necessário para o cumprimento de sua nova aspiração, isto é, o "feudo de ilimitada praia" (conforme o original).

MEPHISTOPHELES

    Laß du den Generalstab sorgen,
    Und der Feldmarschall ist geborgen.
    Kriegsunrat hab' ich längst verspürt,
    Den Kriegsrat gleich voraus formiert
    Aus Urgebirgs Urmenschenkraft;
    Wohl dem, der sie zusammenrafft.

FAUST

    Was seh' ich dort, was Waffen trägt?
    Hast du das Bergvolk aufgeregt?   10.320

MEPHISTOPHELES

    Nein! aber, gleich Herrn Peter Squenz,
    Vom ganzen Praß die Quintessenz.

(Die drei Gewaltigen treten auf) (2 Sam. XXIII, 8)

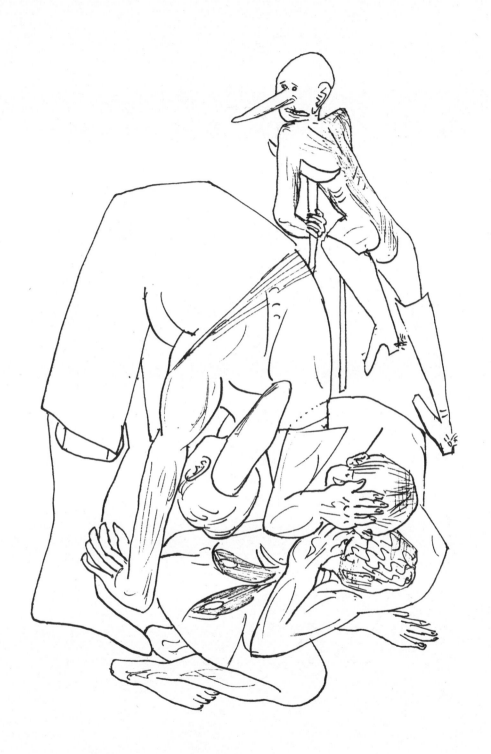

MEFISTÓFELES

    Cuidados ao Estado-Maior deixas.
    O marechal não terá queixas.
    Previ da guerra o caótico aparelho,
    Logo formei novo Conselho[28]
    Com íncolas da primeva serra:
    Quem sua força usa, jamais erra.

FAUSTO

    Não vejo lá armas brilhando?
    Dos montes convocaste o bando?[29]   10.320

MEFISTÓFELES

    Não, mas juntei, dessa assistência,
    Qual Pedro Quince, a quinta-essência.[30]

(Surgem os três valentões) (2 Sam. XXIII, 8)[31]

---

[28] Trocadilho com as palavras *Kriegsunrat* (na tradução: o "caótico" aparelho da guerra) e *Kriegsrat* ("conselho" de guerra). Goethe emprega os termos *Unrat* e *Rat* no sentido que possuíam até o início do século XVIII: o primeiro como "desorientação, desconcerto, confusão" e o segundo, conforme a definição do dicionário Adelung, no sentido de "ajuda ou apoio para uma empresa".

[29] Literalmente, o "povo das montanhas", referindo-se aos "íncolas" (os primitivos homens da "primeva serra") recrutados por Mefisto.

[30] Referência à peça de Andreas Gryphius (1616-1664) *Absurda Comica. Oder Herr Peter Squentz* (1657). Nessa peça do barroco alemão, inspirada na comédia shakespeariana *Sonhos de uma noite de verão* (e em sua personagem "Peter Quince"), o herói apresenta individualmente os membros "diletantes" de sua companhia teatral, do mesmo modo como Mefistófeles faz desfilar aqui, um a um, os truculentos membros de sua "assistência" ou "cambada" (*Prass*).

[31] Com esta nova indicação bíblica, Goethe alude aos três "valentes" do rei Davi, os quais lhe asseguraram a vitória sobre os filisteus e a restauração de seu reinado: Isbaal (que "brandiu a sua lança matando oitocentos de uma só vez"), Eleazar (que "combateu os filisteus até que a sua mão adormeceu e ficou colada à espada [...] e o exército retornou após ele, mas só para apoderar-se dos despojos") e Sama (que "se pôs no meio do campo [de lentilhas] e o defendeu, e venceu os filisteus"). Assim, Goethe estabelece uma correspondência entre esta guerra civil imperial e a mítica batalha narrada no segundo livro do profeta Samuel, mas ao mesmo tempo reverte esse paralelo para uma dimensão perversa e negativa, marcada exclusivamente pela agressividade, ganância e avareza.

MEPHISTOPHELES

>   Da kommen meine Bursche ja!
>   Du siehst, von sehr verschiednen Jahren,
>   Verschiednem Kleid und Rüstung sind sie da;
>   Du wirst nicht schlecht mit ihnen fahren.

(Ad spectatores)

>   Es liebt sich jetzt ein jedes Kind
>   Den Harnisch und den Ritterkragen;
>   Und, allegorisch wie die Lumpe sind,
>   Sie werden nur um desto mehr behagen. 10.330

RAUFEBOLD *(jung, leicht bewaffnet, bunt gekleidet)*

>   Wenn einer mir ins Auge sieht,
>   Werd' ich ihm mit der Faust gleich in die Fresse fahren,
>   Und eine Memme, wenn sie flieht,
>   Fass' ich bei ihren letzten Haaren.

HABEBALD *(männlich, wohlbewaffnet, reich gekleidet)*

>   So leere Händel, das sind Possen,
>   Damit verdirbt man seinen Tag;
>   Im Nehmen sei nur unverdrossen,
>   Nach allem andern frag' hernach.

MEFISTÓFELES

> Lá chegam meus rapazes, prestes;
> De assaz variada idade, aliás,
> Variado equipamento e vestes;
> Com eles, mal não passarás.

(Ad spectatores)

> Vê cada criança, hoje, eufórica,
> No arnês de cavaleiro, um trunfo;[32]
> E a turba ali sendo alegórica,
> Maior será o seu triunfo.

10.330

MATA-SETE[33] *(jovem, armado de leve, trajes coloridos)*

> Se houver quem a me olhar se arroje,
> Dou-lhe com o punho na bocarra;
> E também o poltrão que foge
> Pelo cabelo o Mata-Sete agarra.

PEGA-JÁ[34] *(viril, bem armado, ricamente trajado)*

> Rixas vazias, mera troça!
> Perde-se o dia assim. Mister
> É pegar tudo o que se possa,
> Para após fique o mais que houver.

---

[32] "Alfinetada" de Goethe na popularidade de que gozavam então romances e peças que exaltavam romanticamente as virtudes e os feitos cavalheirescos da Idade Média.

[33] No original, o nome do primeiro dessa "turba alegórica" significa "arruaceiro, brigão". Apresenta-se como a encarnação da agressividade juvenil.

[34] "Pega-já" ou "Tem-já" (do verbo *haben*, "ter, possuir", e *bald*, "já, logo") mostra-se como a corporificação da ganância ou do desejo de posse do adulto.

HALTEFEST *(bejahrt, stark bewaffnet, ohne Gewand)*

    Damit ist auch nicht viel gewonnen!
    Bald ist ein großes Gut zerronnen,   10.340
    Es rauscht im Lebensstrom hinab.
    Zwar nehmen ist recht gut, doch besser ist's, behalten;
    Laß du den grauen Kerl nur walten,
    Und niemand nimmt dir etwas ab.

(Sie steigen allzusammen tiefer)

TEM-QUEM-TEM[35] *(idoso, fortemente armado, trajes sóbrios)*
  Nada de bom lucras com isso!
  Dos bens é rápido o sumiço: 10.340
  Da vida leva-os a enxurrada.
  Pegar é bom, mas conservá-lo é o galho!
  Deixa-o por conta do rufião grisalho,
  E de ti ninguém tira nada.

(Descem todos mais abaixo)

---

[35] Entra em cena agora a personificação alegórica da avareza (ou desejo de conservação) do idoso, cujo nome significa em alemão "Segura-firme". No momento de recolher os despojos da guerra, ainda se juntará a essa "turba alegórica" a "vivandeira" *Eilebeute* ("Rápido-ao-Saque", "Corre-ao-Saque" ou ainda, conforme a tradução de Jenny Klabin Segall, "Sus-ao-Saque"), nome que Goethe tomou à tradução luterana do livro de Isaías (8: 1-3).

Auf dem Vorgebirg

Nas montanhas do primeiro plano

Na alta montanha da cena anterior, Fausto revelou a Mefistófeles o objeto de sua mais recente aspiração: "Por conquistar o gozo soberano/ De dominar, eu, o orgulhoso oceano,/ De ao lençol áqueo impor nova barreira,/ E ao longe, em si, repelir-lhe a fronteira" (vv. 10.228-31). Na realidade violenta da guerra civil, que irá deflagrar-se nesta cena, Mefisto enxerga a oportunidade bem-vinda para conduzir Fausto ao enfrentamento da tarefa titânica de submeter o mar e colonizar extensões de terra ocupadas até então pelas águas. Enquanto, porém, a doação a Fausto do feudo costeiro irá limitar-se a uma breve e acerba menção do Arcebispo na cena seguinte ("Cedeste ao homem malfadado/ Do reino as praias"), os meios que levam a esse fim — isto é, os desdobramentos militares — estendem-se por 438 versos.

Para tornar sensíveis ao leitor e espectador eventos que dificilmente se poderiam representar sobre o palco de maneira direta, o velho Goethe, largamente experimentado em técnicas cênicas, lança mão de sinalizações acústicas, de relatos de emissários ou mensageiros que retornam da frente dos combates e ainda da antiga técnica da *teichoscopia*, em que observadores em posição elevada — tradicionalmente no alto de uma muralha (*teichos*, em grego), mas também de uma torre ou, como no caso em questão, de uma colina — fazem chegar ao público o que se passa além dos domínios do palco. Desse modo, Goethe encena na imaginação ou no "palco íntimo" do leitor lances bélicos que se embasam em sólidos conhecimentos no campo da teoria militar, adquiridos como presidente da comissão de guerra do ducado de Weimar (nos anos de 1779 a 1786), como participante (e relator) da *Campanha da França em 1792*, e ainda através de leituras de obras militares assim como do contato pessoal com inúmeros dignitários dos exércitos europeus (inclusive Napoleão Bonaparte).

Contudo, além de deslocamentos táticos verificados em batalhas napoleônicas (como a de Jena em 1806 ou a de Kulm em 1813), também podem ter entrado na configuração desta cena — como demonstram comentadores e intérpretes — descrições fabulosas de combates, feitas por Plutarco (por exemplo, no capítulo XXVIII da biografia de Timoleão), assim como mirabolantes episódios militares vivenciados pela personagem de Fausto nos livros publicados em 1587, 1674 e 1725 — na visão de Albrecht Schöne, seria esta a derradeira influência da lenda popular fáustica sobre a tragédia de Goethe.

Em seus textos e comentários ao *Fausto II*, no volume XVIII da edição de Munique publicado em 1997, Dorothea Hölscher-Lohmeyer observa que Goethe, no que diz respeito a estratégias e táticas de combate, tecnologia armamentista, formação das tropas etc., resume e condensa em uma única época a história militar europeia desde o final da Idade Média até a Restauração. De maneira mais específica, Ralf-Henning Steinmetz, em artigo publicado em 1994 no *Anuário Goethe* ("Guibert und Carl von Österreich. Krieg und Kriegswissenschaft im vierten Akt von 'Faust II'") ["Guibert e Carl von Österreich. Guerra e ciência da guerra no quarto ato do 'Fausto II'"], demonstrou a presença, neste penúltimo ato da tragédia goethiana, de dois manuais militares com orientações opostas: *Grundsätze der Strategie* [Princípios da estratégia], publicado em 1814 pelo arquiduque austríaco Carl von Österreich (de quem Goethe, que o conhecia pessoalmente, recebeu um exemplar com dedicatória) e um manual mais antigo, porém mais avançado e debatido amplamente na época, não apenas em círculos militares mas também em jornais e salões: *Essai général de tactique* (1770-72), do teórico militar francês (e mestre de Napoleão) Antoine Hyppolite Guibert.

A disposição inicial das tropas imperiais sob o comando do "Generalíssimo" (o posicionamento defensivo integrado às condições topográficas do *terrain*) assim como a subsequente investida da sua ala direita (apoiada pela "ponta" da falange) contra o flanco esquerdo do inimigo — essa primeira movimentação tática estaria colocando em cena orientações desdobradas por Carl von Österreich no manual acima mencionado. O êxito da manobra parece assegurado, o que leva Mefistófeles à exclamação: "Maravilha é, bem nos valha!/ Foi, por nós, ganha a batalha!". A comemoração mostra-se precipitada, pois o comandante do Anti-Imperador (seguindo táticas propostas por Guibert) reage deslocando o grosso de suas tropas sobre a esquerda do inimigo, visando à conquista do estratégico "passe estreito" do desfiladeiro. As ousadas manobras inspiradas pelo *Essai général de tactique*, do mestre teórico de Napoleão, revelam sua superioridade sobre as orientações conservadoras do estrategista e comandante em chefe austríaco. Desalentado, o Imperador dá a guerra por perdida ("Mau fim de um profano afã!/ Foi vossa arte toda vã") e o Generalíssimo entrega o bastão de comando.

É o momento em que entra em cena a magia de Mefistófeles, substituindo-se à representação realista da guerra civil. De sua posição no alto da colina, ele lança mão de recursos fantásticos, que revertem a vantagem das tropas do Anti-Imperador. Entretanto, o que o velho Goethe parece oferecer ao leitor sob a aparência da feitiçaria mefistofélica é a alegorização de invenções marcantes (e mesmo de técnicas então incipientes) na "arte bélica": a utilização planejada da força aquática, como na guerra de libertação dos holandeses contra o domínio espanhol (as inundações ilusórias provocadas pelas "Ondinas"); o emprego da pólvora (o "singular chamejo" que acompanha o deslocamento da falange ou os "mil fogos-fátuos" ofuscantes qual "raio ígneo"); a comunicação à distância (corvos de Mefistófeles); truques de guerra psicológica (o barulho ensurdecedor produzido pelo "povo das montanhas"). Além disso, o recurso aos antigos arsenais e "criptas" do reino parece delinear outra irônica alfinetada do velho Goethe na exaltação romântica do passado medieval alemão, manipulada como propaganda oca nas guerras antinapoleônicas.

A intervenção mágico-alegórica de Mefistófeles decide a batalha em prol do Imperador, abrindo caminho não só à doação do feudo costeiro a Fausto mas também à restauração do reino, representada na cena seguinte. Contudo, o pretenso "mundo regenerado" que resulta do "vulcanismo" político se mostrará como uma formação estatal altamente problemática, uma vez que a restauração ultraconservadora apenas intensifica as mazelas e contradições sociais que levaram à guerra civil. [M.V.M.]

VIERTER AKT — AUF DEM VORGEBIRG

(Trommeln und kriegerische Musik von unten.
Des Kaisers Zelt wird aufgeschlagen)

(Kaiser. Obergeneral. Trabanten)

OBERGENERAL

> Noch immer scheint der Vorsatz wohlerwogen,
> Daß wir in dies gelegene Tal
> Das ganze Heer gedrängt zurückgezogen;
> Ich hoffe fest, uns glückt die Wahl.

KAISER

> Wie es nun geht, es muß sich zeigen;
> Doch mich verdrießt die halbe Flucht, das Weichen. 10.350

OBERGENERAL

> Schau hier, mein Fürst, auf unsre rechte Flanke!
> Solch ein Terrain wünscht sich der Kriegsgedanke:
> Nicht steil die Hügel, doch nicht allzu gänglich,
> Den Unsern vorteilhaft, dem Feind verfänglich;
> Wir, halb versteckt, auf wellenförmigem Plan;
> Die Reiterei, sie wagt sich nicht heran.

KAISER

> Mir bleibt nichts übrig, als zu loben;
> Hier kann sich Arm und Brust erproben.

(Rufar de tambores e música guerreira vindo de baixo.
Armam a tenda do Imperador)

(Imperador. Generalíssimo. Soldados da guarda)[1]

GENERALÍSSIMO

    É plano válido ainda, que entre
    As bordas desse vale estreito,
    O exército em seu todo se concentre.
    Possa valer-nos o conceito.[2]

IMPERADOR

    Ver-se-á em que dá. Mas eu me amuo
    Com a semifuga, com o recuo.   10.350

GENERALÍSSIMO

    Vê, Príncipe, à direita o nosso flanco!
    O plano é ideal: pouco íngreme o barranco.[3]
    Mas se é o acesso aos nossos vantajoso,
    Para o inimigo é traiçoeiro e penoso.
    O solo ondeante o nosso abrigo cria;
    Não ousa advir, lá, sua cavalaria.

IMPERADOR

    Merece loas o conceito,
    Que à prova põe aí o braço e o peito.

---

[1] "Generalíssimo" (*Obergeneral* — ou ainda *Oberfeldherr*, conforme indicação cênica adiante, no início das operações militares) como o comandante supremo das tropas imperiais. "Soldados da guarda" corresponde a *Trabanten*, no sentido de "guarda-costas" (ou "satélites") do Imperador (no século XV o substantivo *Trabant*, provavelmente derivado do tcheco *drabant*, designava um lansquenê ou soldado de infantaria).

[2] Literalmente: "Espero firmemente que a escolha nos seja bem-sucedida", isto é, a estratégia de concentrar o exército no vale.

[3] No original, o Generalíssimo fala aqui em *Terrain*, termo técnico frequente em tratados militares da época, como os de Guibert e Carl von Österreich, já citados anteriormente.

OBERGENERAL

> Hier, auf der Mittelwiese flachen Räumlichkeiten,
> Siehst du den Phalanx, wohlgemut zu streiten. 10.360
> Die Piken blinken flimmernd in der Luft,
> Im Sonnenglanz, durch Morgennebelduft.
> Wie dunkel wogt das mächtige Quadrat!
> Zu Tausenden glüht's hier auf große Tat.
> Du kannst daran der Masse Kraft erkennen,
> Ich trau' ihr zu, der Feinde Kraft zu trennen.

KAISER

> Den schönen Blick hab' ich zum erstenmal.
> Ein solches Heer gilt für die Doppelzahl.

OBERGENERAL

> Von unsrer Linken hab' ich nichts zu melden,
> Den starren Fels besetzen wackere Helden, 10.370
> Das Steingeklipp, das jetzt von Waffen blitzt,
> Den wichtigen Paß der engen Klause schützt.
> Ich ahne schon, hier scheitern Feindeskräfte
> Unvorgesehn im blutigen Geschäfte.

GENERALÍSSIMO

No espaço vão que o central prado abrange,
Vês, pronta a combater, nossa falange.⁴
Brilha o aço na atmosfera⁵ que ilumina
A luz do sol entre a auroreal neblina.
Do sólido quadrado ondula a trama!
Arde em milhares do heroísmo a flama.
Nisso avalias o poder da massa;
A força do inimigo hoje desfaça!

10.360

IMPERADOR

Ver quadro tão formoso enfim me é dado.
Um tal exército vale dobrado.

GENERALÍSSIMO

Não há, da esquerda, o que se comunique:
Há heróis no paredão que se ergue a pique.
No penhascal reflexo de armas brilha;
Guardam do passo estreito a essencial trilha.⁶
Sinto-o; aqui falha o ímpeto adversário,
Na imprevisão do encontro sanguinário.

10.370

---

⁴ *Phalanx* (que Goethe ainda emprega no masculino) como termo técnico para um corpo de infantaria com formação compacta e tetragonal: o "sólido quadrado" mencionado em seguida. Ideal para combates em terrenos planos ou pouco íngremes, como esse "prado central" do vale.

⁵ No original, o Generalíssimo refere-se às "lanças" afiadas e longas (*Piken*) da infantaria. A respeito deste verso, Albrecht Schöne lembra uma visão descrita por Goethe em seu relato sobre a *Campanha na França em 1792*: "Ao meio-dia surgiu então um clarão solar e refletiu-se em todas as espingardas. Permaneci sobre uma elevação e vi aproximar-se o brilho daquele rio de armas resplandecentes".

⁶ Isto é, as armas que reluzem no "penhascal" guardam essa "essencial trilha" — ou, como diz o original, "a importante passagem da estreita garganta" (ou "desfiladeiro"). Katharina Mommsen, em seu ensaio "*Fausto II* como testamento político do estadista Goethe" (1989), relaciona esse lance tático do Generalíssimo à batalha de Jena, em 1806, entre as forças napoleônicas e prussianas.

KAISER

    Dort ziehn sie her, die falschen Anverwandten,
    Wie sie mich Oheim, Vetter, Bruder nannten,
    Sich immer mehr und wieder mehr erlaubten,
    Dem Zepter Kraft, dem Thron Verehrung raubten,
    Dann, unter sich entzweit, das Reich verheerten
    Und nun gesamt sich gegen mich empörten.   10.380
    Die Menge schwankt im ungewissen Geist,
    Dann strömt sie nach, wohin der Strom sie reißt.

OBERGENERAL

    Ein treuer Mann, auf Kundschaft ausgeschickt,
    Kommt eilig felsenab; sei's ihm geglückt!

ERSTER KUNDSCHAFTER

        Glücklich ist sie uns gelungen,
        Listig, mutig, unsre Kunst,
        Daß wir hin und her gedrungen;
        Doch wir bringen wenig Gunst.
        Viele schwören reine Huldigung
        Dir, wie manche treue Schar;   10.390
        Doch Untätigkeits-Entschuldigung:
        Innere Gärung, Volksgefahr.

IMPERADOR

    Falsos parentes!⁷ Sobem rumo aos cimos;
    Irmãos diziam-se, eram tios, primos.
    Crescia o seu orgulho e desrespeito,
    Roubando a força ao cetro, ao trono o preito.
    Em desunião o reino devastaram,
    E unidos, contra mim se rebelaram.   10.380
    A multidão vacila na incerteza,
    Depois flui aonde a arrasta a correnteza.

GENERALÍSSIMO

    Desce apressado o morro, pelo corte,
    Um nosso enviado: oxalá tenha tido sorte!

PRIMEIRO EMISSÁRIO

        De ousadia e de hábil arte,
        Na tarefa nos valemos,
        Penetrando em toda parte;
        Mas reforços não trazemos.
        Muitos que, para contigo,
        Juram fé leal, preito eterno,   10.390
        Culpam, da inação, perigo
        Popular, fermento interno.⁸

---

⁷ Referência a parentes infiéis ou a traidores que se dirigiam ao Imperador como "tio, primo, irmão" (*Oheim, Vetter, Bruder*), tratamento corrente entre príncipes.

⁸ No original, este verso do emissário é um tanto elíptico, em estilo militarmente lacônico: "Contudo, desculpa para a inação:/ Fermento interno, perigo popular".

Vierter Akt — Auf dem Vorgebirg

KAISER

Sich selbst erhalten bleibt der Selbstsucht Lehre,
Nicht Dankbarkeit und Neigung, Pflicht und Ehre.
Bedenkt ihr nicht, wenn eure Rechnung voll,
Daß Nachbars Hausbrand euch verzehren soll?

OBERGENERAL

Der zweite kommt, nur langsam steigt er nieder,
Dem müden Manne zittern alle Glieder.

ZWEITER KUNDSCHAFTER

Erst gewahrten wir vergnüglich
Wilden Wesens irren Lauf; 10.400
Unerwartet, unverzüglich
Trat ein neuer Kaiser auf.
Und auf vorgeschriebnen Bahnen
Zieht die Menge durch die Flur;
Den entrollten Lügenfahnen
Folgen alle. — Schafsnatur!

KAISER

Ein Gegenkaiser kommt mir zum Gewinn:
Nun fühl' ich erst, daß ich der Kaiser bin.
Nur als Soldat legt' ich den Harnisch an,
Zu höherm Zweck ist er nun umgetan. 10.410
Bei jedem Fest, wenn's noch so glänzend war,
Nichts ward vermißt, mir fehlte die Gefahr.

IMPERADOR

>Conservar-se a si mesmo, o egoísmo prega,
>Dever, fé, honra, inclinação renega.
>Não percebeis, pois, que chegando a hora,
>O incêndio do vizinho vos devora?⁹

GENERALÍSSIMO

>Desce o segundo, mal arrasta o passo,
>Treme-lhe o corpo todo de cansaço.

SEGUNDO EMISSÁRIO

>>Foi de início por nós visto
>>Caos confuso e correria;   10.400
>>De repente, de imprevisto,
>>Novo Imperador surgia.
>>Povo aflui de toda parte,
>>Todos põem-se em marcha, ordeiros;
>>A aclamar falso estandarte,
>>Tudo acorre. — Vis carneiros!

IMPERADOR

>Esse Anti-Imperador surge em bem meu:
>Sinto hoje, sim, que o Imperador sou eu.
>Como soldado envergara a couraça,
>De ação gloriosa, o rumo ora me traça.   10.410
>Em toda festa, ainda que esplandecente,
>A mim faltava-me o perigo ausente.

---

⁹ Alusão ao hexâmetro de Horácio *Nam tua res agitur, paries cum proximus ardet* (*Epístolas*, I: 18, 84): "Pois está em perigo a tua casa, quando a parede do vizinho pega fogo" (tradução de Paulo Rónai).

Vierter Akt — Auf dem Vorgebirg

Wie ihr auch seid, zum Ringspiel rietet ihr,
Mir schlug das Herz, ich atmete Turnier;
Und hättet ihr mir nicht vom Kriegen abgeraten,
Jetzt glänzt' ich schon in lichten Heldentaten.
Selbständig fühlt' ich meine Brust besiegelt,
Als ich mich dort im Feuerreich bespiegelt;
Das Element drang gräßlich auf mich los,
Es war nur Schein, allein der Schein war groß. 10.420
Von Sieg und Ruhm hab' ich verwirrt geträumt;
Ich bringe nach, was frevelhaft versäumt.

(Die Herolde werden abgefertigt zu Herausforderung des Gegenkaisers)

(Faust geharnischt, mit halbgeschloßnem Helme. Die drei Gewaltigen gerüstet und gekleidet wie oben)

FAUST

Wir treten auf und hoffen, ungescholten;
Auch ohne Not hat Vorsicht wohl gegolten.
Du weißt, das Bergvolk denkt und simuliert,
Ist in Natur- und Felsenschrift studiert.

Jogos de anéis queríeis, mas meu seio
Almejava as bravuras do torneio;[10]
Não me pusésseis à guerra empecilho,
Já do heroísmo ornar-me-ia o brilho.
Fremiu meu peito altivo e independente
Ao me espelhar no reino incandescente.[11]
Veio, contra mim, o fogo com violência;
Era ilusão, mas foi grande a aparência.　　　　　10.420
Da glória hauri visão confusa e vasta;
Recupere, ora, uma omissão nefasta!

(Os arautos são enviados para o desafio ao Anti-Imperador)

*(Fausto, de couraça, com capacete semiabaixado.
Os Três Valentes, armados e trajados como antes)*[12]

FAUSTO

Eis-nos, espero sem que se repreenda;
A previsão sempre se recomenda.[13]
Sabes que a grei montês, em ler a escrita
Da natureza e rochas, é erudita.

---

[10] Nos "jogos de anéis" os competidores, em pleno galope e empunhando uma lança, tinham de acertar um ou mais anéis dependurados. Já no "torneio" cavaleiros revestidos de armadura mediam forças com uma lança mais pesada, buscando derrubar o oponente da sela. Para evitar ferimentos, ao Imperador só era permitido participar dos "jogos de anéis".

[11] O Imperador se recorda aqui do incêndio ilusório (a prestidigitação chamejante deflagrada na arca de Pluto-Fausto) no final da cena "Sala vasta", que tivera então o efeito de fortalecer a sua autoconfiança.

[12] Provavelmente para não ser reconhecido como o coautor do plano econômico fracassado (cena "Jardim de recreio"), Fausto se aproxima do Imperador com a viseira do elmo semiabaixada. Desse modo ele poderá apresentar-se também como enviado do Sabino de Nórcia.

[13] Literalmente: "Mesmo fora de apuro, a previsão (ou cuidado) sempre valeu". Fausto, que ainda na cena anterior amaldiçoara a guerra (v. 10.235), entra agora em ação (impelido pelo desejo de conquistar o feudo da região costeira) sem a companhia de Mefistófeles. Na sequência, buscará convencer o Imperador de que as forças que lhes virão em socorro, durante os desdobramentos bélicos, são atribuíveis à "magia branca" (*magia naturalis*) e não à magia negra demoníaca.

Die Geister, längst dem flachen Land entzogen,
Sind mehr als sonst dem Felsgebirg gewogen.
Sie wirken still durch labyrinthische Klüfte
Im edlen Gas metallisch reicher Düfte; 10.430
In stetem Sondern, Prüfen und Verbinden
Ihr einziger Trieb ist, Neues zu erfinden.
Mit leisem Finger geistiger Gewalten
Erbauen sie durchsichtige Gestalten;
Dann im Kristall und seiner ewigen Schweignis
Erblicken sie der Oberwelt Ereignis.

KAISER

Vernommen hab' ich's, und ich glaube dir;
Doch, wackrer Mann, sag an: was soll das hier?

FAUST

Der Negromant von Norcia, der Sabiner,
Ist dein getreuer, ehrenhafter Diener. 10.440
Welch greulich Schicksal droht' ihm ungeheuer!

Gênios, alheados já de há muito à terra plana,
Votam-se à serra e à profundez serrana;
De labirínticas, abismais bases,
Extraem metálicas essências, ricos gases.   10.430
Fundindo e decompondo, os põem à prova.
Têm por alvo o inventarem coisa nova.
Moldam com leve toque espiritual
Translúcidas figuras de cristal;
E após, em seu silêncio e enigma eterno,
Vislumbram a atuação do mundo externo.[14]

IMPERADOR

Disso já ouvi falar, e creio em ti,
Meu bravo, mas que tem com isto aqui?

FAUSTO

O Sabino de Nórcia, o necromante,[15]
É servo teu, o mais fiel e constante.   10.440
Outrora o ameaçara fado horrendo!

---

[14] Alusão à cristalomancia, que já tivera menção na cena "Diante da porta da cidade" (ver comentário ao v. 878). Fausto atribui agora esse recurso de feitiçaria aos novos aliados do Imperador, os membros da "grei montês" (ou "povo da montanha"): duendes, gnomos (segundo Paracelsus, também silfos e pigmeus), responsáveis pelos minérios, gases (as "metálicas essências" referidas por Fausto) e tesouros subterrâneos.

[15] Buscando dissimular ao Imperador a ação da "bruxaria" mefistofélica e introduzir de modo plausível a si e a seus ajudantes mágicos, Fausto recorre a uma história que será retomada ainda nesta cena (v. 10.603--19) pelo próprio Imperador e, pela perspectiva do Arcebispo, no final da cena seguinte (vv. 10.987-90). Um mágico de Nórcia, nos montes Sabinos, havia sido condenado em Roma à fogueira. Nessa mesma época acontecia, também em Roma, a coroação do Imperador. Como este, após a cerimônia, tinha a prerrogativa de perdoar um condenado, sua escolha acaba recaindo sobre o mágico. Eternamente grato e sabendo agora dos apuros do Imperador, o sabino envia-lhe ajuda. Goethe inspirou-se para essa história em passagens da autobiografia de Benvenuto Cellini (1500-1571), que ele traduziu para o alemão em 1796 (publicada em edição revista em 1803). Em sua *Vita*, Cellini fala de "Mestre Cecco", da região de Nórcia (famosa por casos de bruxaria), queimado em Florença, no ano de 1327, por causa de nigromancia e ainda no século XVI fortemente presente na imaginação popular. (Na edição de Weimar, assim como na de Hamburgo e em várias outras, lê-se *Nekromant*, equívoco cometido por Eckermann ao substituir o correto *Negromant*, que corresponde ao italiano *negromante*.)

Das Reisig prasselte, schon züngelte das Feuer;
Die trocknen Scheite, ringsumher verschränkt,
Mit Pech und Schwefelruten untermengt;
Nicht Mensch, noch Gott, noch Teufel konnte retten,
Die Majestät zersprengte glühende Ketten.
Dort war's in Rom. Er bleibt dir hoch verpflichtet,
Auf deinen Gang in Sorge stets gerichtet.
Von jener Stund' an ganz vergaß er sich,
Er fragt den Stern, die Tiefe nur für dich. 10.450
Er trug uns auf, als eiligstes Geschäfte,
Bei dir zu stehn. Groß sind des Berges Kräfte;
Da wirkt Natur so übermächtig frei,
Der Pfaffen Stumpfsinn schilt es Zauberei.

KAISER

Am Freudentag, wenn wir die Gäste grüßen,
Die heiter kommen, heiter zu genießen,
Da freut uns jeder, wie er schiebt und drängt
Und, Mann für Mann, der Säle Raum verengt.
Doch höchst willkommen muß der Biedre sein,
Tritt er als Beistand kräftig zu uns ein 10.460
Zur Morgenstunde, die bedenklich waltet,
Weil über ihr des Schicksals Waage schaltet.
Doch lenket hier im hohen Augenblick
Die starke Hand vom willigen Schwert zurück,
Ehrt den Moment, wo manche Tausend schreiten,
Für oder wider mich zu streiten.
Selbst ist der Mann! Wer Thron und Kron' begehrt,
Persönlich sei er solcher Ehren wert.
Sei das Gespenst, das, gegen uns erstanden,
Sich Kaiser nennt und Herr von unsern Landen, 10.470
Des Heeres Herzog, Lehnherr unsrer Großen,
Mit eigner Faust ins Totenreich gestoßen!

Línguas de fogo aos seus pés acorrendo,
Feixes de lenha a arderem abraseados,
Com pez sulfúreo e enxofre entremeados;
Nem Deus, nem homem, nem Satã o salvariam;
Rompeu o Imperador grilhões que já ardiam.
Em Roma foi. Votou-te a vida e a morte;
Só dedicado a teu poder e sorte.
Sim, desde então, a si mesmo esqueceu,
Os astros só consulta em favor teu. 10.450
De te assistirmos, deu-nos o alvo urgente;
Do espírito da serra a força é ingente.
Lá a natureza livre e onipotente cria;
Cegueira clerical chama-o de bruxaria.

IMPERADOR

Quando saudamos os joviais convivas,
Que ledos vêm gozar reuniões festivas,
Se nos praz cada qual, que, a romper alas,
Faz força e enche o apertão das salas.
Bem-vindo mais, o bravo ante nós surge
Que chega à hora em que assistir-nos urge, 10.460
Na madrugada que, pressaga, avança,
Com o fado a erguer sobre nós a balança.[16]
Mas que nesta hora de elevado alcance,
Da espada a vossa briosa mão descanse,
Honre hostes, que marchando estão, a fim
De combater por mim, ou contra mim.
Por si vale o homem! Quem o trono almeja,
Dessa honra pessoalmente digno seja!
Sim! e esse espectro erguido contra nós,
Que de amo e Imperador se arroga a voz, 10.470
Que de duque feudal usurpa o cunho,
Arroje-o à morte, hoje, meu próprio punho!

---

[16] No original: "Porque sobre ela (a pressaga madrugada ou hora matutina) atua a balança do destino".

FAUST

> Wie es auch sei, das Große zu vollenden,
> Du tust nicht wohl, dein Haupt so zu verpfänden.
> Ist nicht der Helm mit Kamm und Busch geschmückt?
> Er schützt das Haupt, das unsern Mut entzückt.
> Was, ohne Haupt, was förderten die Glieder?
> Denn schläfert jenes, alle sinken nieder;
> Wird es verletzt, gleich alle sind verwundet,
> Erstehen frisch, wenn jenes rasch gesundet. 10.480
> Schnell weiß der Arm sein starkes Recht zu nützen;
> Er hebt den Schild, den Schädel zu beschützen;
> Das Schwert gewahret seiner Pflicht sogleich,
> Lenkt kräftig ab und wiederholt den Streich;
> Der tüchtige Fuß nimmt teil an ihrem Glück,
> Setzt dem Erschlagnen frisch sich ins Genick.

KAISER

> Das ist mein Zorn, so möcht' ich ihn behandeln,
> Das stolze Haupt in Schemeltritt verwandeln!

HEROLDE *(kommen zurück)*

> > Wenig Ehre, wenig Geltung
> > Haben wir daselbst genossen, 10.490
> > Unsrer kräftig edlen Meldung
> > Lachten sie als schaler Possen:
> > »Euer Kaiser ist verschollen,
> > Echo dort im engen Tal;

FAUSTO

> Por mais que de altos feitos se careça,
> Senhor, erro é empenhares a cabeça.
> Não te ornam o elmo a cimeira e o penacho?
> Guardam a fronte que nos alça o brio macho.
> Sem a cabeça, há no corpo o que valha?
> Se ela cochila, todo o resto falha.
> Quando algo a fere, está tudo ferido,
> Se sara logo, tudo ressurgido.   10.480
> Protege-a o braço em ímpeto espontâneo,
> Erguendo o escudo, salvaguarda o crânio;
> Cumpre a espada o dever sem que balance;
> Veloz, se esquiva ao golpe e dobra o lance;
> O pé também concorre à luta, e o colo
> Do opoente derrotado pisa ao solo.

IMPERADOR

> Quisera, assim, em minha ira abatê-lo;
> Mudar-lhe a fronte altiva em escabelo.[17]

ARAUTOS *(regressam)*

> Honra alguma ou homenagem,
> Nos tem sido lá prestada;   10.490
> Da marcial, nobre mensagem,
> Riram-se qual de piada.
> "Foi-se o Imperador. No vale
> Estreito em eco se desfez.

---

[17] O Imperador faz ressoar aqui uma imagem presente na primeira estrofe do Salmo 110: "Oráculo de Iahweh ao meu senhor:/ 'Senta-te à minha direita,/ até que eu ponha teus inimigos/ como escabelo de teus pés'".

Wenn wir sein gedenken sollen,
Märchen sagt; — Es war einmal.«

FAUST

Dem Wunsch gemäß der Besten ist's geschehn,
Die fest und treu an deiner Seite stehn.
Dort naht der Feind, die Deinen harren brünstig;
Befiehl den Angriff, der Moment ist günstig. 10.500

KAISER

Auf das Kommando leist' ich hier Verzicht.

(Zum Oberfeldherrn)

In deinen Händen, Fürst, sei deine Pflicht.

OBERGENERAL

So trete denn der rechte Flügel an!
Des Feindes Linke, eben jetzt im Steigen,
Soll, eh' sie noch den letzten Schritt getan,
Der Jugendkraft geprüfter Treue weichen.

FAUST

Erlaube denn, daß dieser muntre Held
Sich ungesäumt in deine Reihen stellt,
Sich deinen Reihen innigst einverleibt
Und, so gesellt, sein kräftig Wesen treibt. 10.510

> Se lembrá-lo ainda vale,
> Diz a lenda: — Era uma vez."[18]

FAUSTO

> O afã dos teus se vê realizado,
> Firmes e fiéis encontram-se ao teu lado.
> Briosos veem o opoente entrar em cena;
> O ensejo te é propício, ataque ordena.   10.500

IMPERADOR

> É a hora em que ao comando renuncio.

(Ao Generalíssimo)[19]

> Príncipe, o alto encargo te confio.

GENERALÍSSIMO

> A ala direita, pois, entre em ação!
> Que a esquerda adversa, ora em plena ascensão,
> Ainda antes que ao desfiladeiro aceda,
> Ante o ímpeto da lealdade ceda.

FAUSTO

> Permite que este bravo alegre
> Se incorpore em fileiras tuas,
> Que nelas com valor se integre,
> E posto assim, faça das suas.   10.510

---

[18] Favorecendo involuntariamente o conselho de Fausto ("Senhor, erro é empenhares a cabeça"), o Anti-Imperador rechaçou o desafio para o duelo e escarneceu da mentalidade obsoleta do Imperador, preso ainda a rituais cavalheirescos de épocas passadas. Se, pouco antes, o Imperador se referira ao seu adversário como "espectro" (v. 10.469), este o vê agora como personagem de um "conto maravilhoso ou da carochinha" (*Märchen*), com o seu típico gesto verbal do "era uma vez".

[19] Como já observado, Goethe usa aqui a designação *Oberfeldherrn* (no dativo), assim como antes dos versos 10.519 e 10.537 (que, no entanto, algumas edições, como a de Weimar e a de Hamburgo, tomada como base para esta edição bilíngue, substituem por *Obergeneral*).

(Er deutet zur Rechten)

RAUFEBOLD *(tritt vor)*

   Wer das Gesicht mir zeigt, der kehrt's nicht ab
   Als mit zerschlagnen Unter- und Oberbacken;
   Wer mir den Rücken kehrt, gleich liegt ihm schlapp
   Hals, Kopf und Schopf hinschlotternd graß im Nacken.
   Und schlagen deine Männer dann
   Mit Schwert und Kolben, wie ich wüte,
   So stürzt der Feind, Mann über Mann,
   Ersäuft im eigenen Geblüte.

(Ab)

OBERGENERAL

   Der Phalanx unsrer Mitte folge sacht,
   Dem Feind begegn' er, klug mit aller Macht;   10.520
   Ein wenig rechts, dort hat bereits, erbittert,
   Der Unsern Streitkraft ihren Plan erschüttert.

FAUST *(auf den Mittelsten deutend)*

   So folge denn auch dieser deinem Wort!
   Er ist behend, reißt alles mit sich fort.

(Aponta para a direita)

MATA-SETE *(adianta-se)*

> Quem me mostrar a cara, adeus, maxila!
> Ambos os queixos lhe descolo;
> Se der-me as costas, já lhe oscila,
> Sobre a espádua, o sangrento colo.
> Com ferro e clava, se comigo
> Dos teus houver golpes de arromba,
> Logo um após outro o inimigo
> Afogado em seu sangue tomba.[20]

(Sai)

GENERALÍSSIMO

> Nosso centro a falange siga
> Para investir a ala inimiga,
> Pois nosso ataque, no outro lado,
> Seu plano já tem abalado.[21]

10.520

FAUSTO *(apontando para o do meio)*

> Este também, te obedeça o comando.
> [Ágil é, consigo tudo arrastando.][22]

---

[20] No original, Goethe faz com que os "golpes de arromba" do truculento Mata-Sete agridam também o ritmo jâmbico dos versos desta estrofe. Literalmente ele diz aqui ao Generalíssimo: "E se os teus homens investirem então/ Com espada e clava, assim como eu devasto,/ Logo um após outro [...]".

[21] Nesta estrofe, a supressão, por Jenny Klabin Segall, de advérbios e adjetivos presentes no original torna o texto da tradução mais conciso, o que se reflete na extensão dos versos. Em tradução literal: "Que a falange siga ligeiro o nosso centro,/ Prudente e com toda força invista contra o inimigo;/ Pois lá, um pouco à direita, encarniçadas,/ As nossas forças já abalaram o seu plano".

[22] Num dos manuscritos em que se baseia a edição de Weimar (provavelmente a base, por sua vez, desta tradução), falta o verso *Er ist behend, reißt alles mit sich fort*, como se pode ler na edição de Hamburgo. A tradução aqui proposta é fiel ao sentido do original, preservando a métrica decassilábica e a rima adotadas pela tradutora.

HABEBALD *(tritt hervor)*

    Dem Heldenmut der Kaiserscharen
    Soll sich der Durst nach Beute paaren;
    Und allen sei das Ziel gestellt:
    Des Gegenkaisers reiches Zelt.
    Er prahlt nicht lang auf seinem Sitze,
    Ich ordne mich dem Phalanx an die Spitze.   10.530

EILEBEUTE *(Marketenderin, sich an ihn anschmiegend)*

    Bin ich auch ihm nicht angeweibt,
    Er mir der liebste Buhle bleibt.
    Für uns ist solch ein Herbst gereift!
    Die Frau ist grimmig, wenn sie greift,
    Ist ohne Schonung, wenn sie raubt;
    Im Sieg voran! und alles ist erlaubt.

(Beide ab)

OBERGENERAL

    Auf unsre Linke, wie vorauszusehn,
    Stürzt ihre Rechte, kräftig. Widerstehn
    Wird Mann für Mann dem wütenden Beginnen,
    Den engen Paß des Felswegs zu gewinnen.   10.540

PEGA-JÁ *(adianta-se)*

> Junte a tropa ao marcial arrojo
> Também a sede do despojo.
> Pra todos num só alvo implica:
> Do César falso a tenda rica.
> De lá muito em breve o desloco:
> A testa da falange eu toco.[23]

10.530

SUS-AO-SAQUE[24] *(vivandeira, aconchegando-se a ele)*

> Sem que a ele me una o himeneu,
> Este é o bem mais querido meu.
> A safra é para nós madura![25]
> A mulher, quando agarra, é dura;
> Nada há que em saque e roubo a abale;
> Eia! à vitória! e tudo vale.

(Saem ambos)

GENERALÍSSIMO

> Cai sobre a nossa esquerda a ação prevista
> De sua direita. A ordem é que resista.[26]
> Antes que o passo estreito tomem,
> Defender-se-á homem por homem.

10.540

---

[23] Literalmente: "Eu me integro à ponta da falange".

[24] Como já observado na nota ao v. 10.323, surge agora a vivandeira "Sus-ao-Saque" — *Eilebeute* em alemão, nome que remonta à tradução luterana do *Livro de Isaías* (8: 1-3). (Na *Bíblia de Jerusalém* lê-se: "Então Iahweh me disse: Põe-lhe o nome de Maer-Salal Has-Baz [Raubebald-Eilebeute, em Lutero: algo como Roubalogo-Rápido-aos-Despojos], porque, antes que a criança saiba dizer 'papai' e 'mamãe', as riquezas de Damasco e os despojos de Samaria serão levados para o rei da Assíria".)

[25] No original lê-se "outono" neste verso, mas no sentido de "safra" ou "colheita" dos despojos de guerra.

[26] Como primeira manobra tática, o inimigo investe contra o flanco esquerdo das tropas imperiais na tentativa de conquistar a passagem estreita pelos rochedos. O Generalíssimo ordena resistir a esse "início furioso" (*dem wütenden Beginn*).

FAUST *(winkt nach der Linken)*

  So bitte, Herr, auch diesen zu bemerken;
  Es schadet nichts, wenn Starke sich verstärken.

HALTEFEST *(tritt vor)*

  Dem linken Flügel keine Sorgen!
  Da, wo ich bin, ist der Besitz geborgen;
  In ihm bewähret sich der Alte,
  Kein Strahlblitz spaltet, was ich halte.

(Ab)

MEPHISTOPHELES *(von oben herunterkommend)*

  Nun schauet, wie im Hintergrunde
  Aus jedem zackigen Felsenschlunde
  Bewaffnete hervor sich drängen,
  Die schmalen Pfade zu verengen,
  Mit Helm und Harnisch, Schwertern, Schilden
  In unserm Rücken eine Mauer bilden,
  Den Wink erwartend, zuzuschlagen.

(Leise zu den Wissenden)

QUARTO ATO — NAS MONTANHAS DO PRIMEIRO PLANO

FAUSTO *(acena para a esquerda)*

    Senhor, mais deste aceitai o suporte:
    Convém que aos fortes se una mais um forte.

TEM-QUEM-TEM *(adianta-se)*

    Não se afobe a ala esquerda tanto!
    A posse, onde eu estou, garanto.
    Comprova-se onde o velho se acha;
    O que em mãos tem, raio algum racha.[27]

(Sai)

MEFISTÓFELES *(descendo do alto)*[28]

    Vede, no fundo, de atras fendas,
    De cada garganta escarpada,
    Está surgindo gente armada,
    Abarrotando estreitas sendas.   10.550
    Têm do elmo, arnês e escudo a farda,
    Baluarte são da nossa retaguarda.
    Aguardai que ao furor se juntem.

(Baixinho, para aqueles que sabem)[29]

---

[27] Em consonância com o seu instinto de "posse", Tem-Quem-Tem, já entrado nos anos e por isso se intitulando "o velho", garante aqui a conservação da passagem disputada.

[28] Com a intenção de propiciar a Fausto o feudo costeiro, Mefistófeles deixou-lhe a iniciativa do primeiro contato com o Imperador. Somente agora, descendo pelo "maciço médio" de onde contemplaram a disposição dos exércitos no final do primeiro ato, ele chega aos contrafortes dessa região montanhosa.

[29] Num dos manuscritos do *Fausto*, esta rubrica cênica diz ainda *ad spectatores*. A indicação posterior "para aqueles que sabem" está voltada sobretudo ao leitor, que imagina Mefistófeles dirigindo-se em voz baixa ao público: "De onde isto vem, não me perguntem".

Woher das kommt, müßt ihr nicht fragen.
Ich habe freilich nicht gesäumt,
Die Waffensäle ringsum ausgeräumt;
Da standen sie zu Fuß, zu Pferde,
Als wären sie noch Herrn der Erde;
Sonst waren's Ritter, König, Kaiser,
Jetzt sind es nichts als leere Schneckenhäuser; 10.560
Gar manch Gespenst hat sich darein geputzt,
Das Mittelalter lebhaft aufgestutzt.
Welch Teufelchen auch drinne steckt,
Für diesmal macht es doch Effekt.

(Laut)

Hört, wie sie sich voraus erbosen,
Blechklappernd aneinander stoßen!
Auch flattern Fahnenfetzen bei Standarten,
Die frischer Lüftchen ungeduldig harrten.
Bedenkt, hier ist ein altes Volk bereit
Und mischte gern sich auch zum neuen Streit. 10.570

(Furchtbarer Posaunenschall von oben, im feindlichen
Heere merkliche Schwankung)

FAUST

Der Horizont hat sich verdunkelt,
Nur hie und da bedeutend funkelt
Ein roter ahnungsvoller Schein;

De onde isto vem, não me perguntem.
Eu trabalhei à minha moda,
As criptas esvaziei à roda;[30]
Via-os, em pé, corcéis montando,
Donos do mundo ainda bancando.
Guerreiros, reis, Césares já não sois!
Casquinhas ocas, sim, de caracóis. 10.560
Mais de um espectro as revestiu já, na comédia
De reavivar um pouco a Idade Média.
Inda que haja diabretes por detrás,
Efeitozinho a coisa ainda hoje faz.

(Alto)

Vê como a turma se enfuria;
Esbarra um no outro ao som da lataria!
Dos estandartes voejam lá farrapos;
De ar fresco precisavam estes trapos.
Prestes cá vemos velho povo,
No afã de se imiscuir no embate novo. 10.570

(Tremenda percussão de trompas ressoa do alto.
No exército inimigo nota-se marcante deslocação)

FAUSTO

Obscureceu-se o horizonte,
Tão só lá, no alto, ainda, no monte
Clarão purpúreo se reflete;

---

[30] "Criptas" corresponde neste verso a "salas de armas" (*Waffensäle*), isto é, os antigos arsenais ou armarias do reino. A opção da tradutora esclarece-se com os versos seguintes: os "antigos donos do mundo" encontram-se sepultados nas criptas sobre "corcéis" ou "em pé", revestidos de armaduras. Além disso, no final da cena Fausto irá referir-se literalmente às "armas ocas" oriundas das "criptas das salas".

Schon blutig blinken die Gewehre;
Der Fels, der Wald, die Atmosphäre,
Der ganze Himmel mischt sich ein.

MEPHISTOPHELES

Die rechte Flanke hält sich kräftig;
Doch seh' ich ragend unter diesen
Hans Raufbold, den behenden Riesen,
Auf seine Weise rasch geschäftig. 10.580

KAISER

Erst sah ich einen Arm erhoben,
Jetzt seh' ich schon ein Dutzend toben;
Naturgemäß geschieht es nicht.

FAUST

Vernahmst du nichts von Nebelstreifen,
Die auf Siziliens Küsten schweifen?
Dort, schwankend klar, im Tageslicht,
Erhoben zu den Mittellüften,
Gespiegelt in besondern Düften,
Erscheint ein seltsames Gesicht:
Da schwanken Städte hin und wider, 10.590

Sangrentos brilham os fuzis;[31]
Rocha, mata, o éter cor de giz,
O céu inteiro se intromete.

MEFISTÓFELES

Sustenta-se o flanco, o direito;
Mas vejo entre eles, dominante,
O Mata-Sete, o hábil gigante,
Que atarefado age a seu jeito.   10.580

IMPERADOR

De início vi erguido um braço.
Vejo ora dúzias pelo espaço;
Leis naturais isto é negar!

FAUSTO

Sabes da névoa, quando trilha,
Em faixas, costas da Sicília?[32]
Lá, a oscilar na luz solar,
Ao centro da atmosfera alada,
Em véus difusos espelhada,
Surge uma imagem singular:
Cidades no éter estremecem,   10.590

---

[31] *Gewehre*, no original, em geral traduzido como "espingardas". O dicionário de Adelung, obra de consulta para Goethe, define *Gewehre* como aprestos militares de ferro, "os quais chamamos, num registro mais alto, de armas". O brilho "sangrento" pode estar se referindo às baionetas na ponta desses "fuzis", designação genérica também para espingardas, carabinas, mosquetes etc.

[32] Segundo observação de Albrecht Schöne, as palavras de Fausto nesta estrofe apoiam-se no livro de Athanasius Kirchner *Ars magna lucis et umbrae* (Roma, 1646), comentado por Goethe em sua *Doutrina das cores*. Kirchner relata sobre reflexos atmosféricos (miragens) nas costas sicilianas, os quais produziam a ilusão de cidades e jardins oscilantes em meio ao ar vaporoso: "É portanto notório que as miragens se originam de modo natural, sendo que imagens variadas das coisas se apresentam aos homens, sem qualquer intervenção ou mesmo fantasmagoria de demônios, como certos sinais miraculosos".

Da steigen Gärten auf und nieder,
Wie Bild um Bild den Äther bricht.

KAISER

Doch wie bedenklich! Alle Spitzen
Der hohen Speere seh' ich blitzen;
Auf unsres Phalanx blanken Lanzen
Seh' ich behende Flämmchen tanzen.
Das scheint mir gar zu geisterhaft.

FAUST

Verzeih, o Herr, das sind die Spuren
Verschollner geistiger Naturen,
Ein Widerschein der Dioskuren, 10.600
Bei denen alle Schiffer schwuren;
Sie sammeln hier die letzte Kraft.

KAISER

Doch sage: wem sind wir verpflichtet,
Daß die Natur, auf uns gerichtet,
Das Seltenste zusammenrafft?

MEPHISTOPHELES

Wem als dem Meister, jenem hohen,
Der dein Geschick im Busen trägt?

Jardins estranhos sobem, descem,
Visão após visão turba o ar.

IMPERADOR

É crítico isso! Em fogo raia
A ponta de toda azagaia.
Nas lanças da falange vejo
Dançar um singular chamejo.
Demais aquilo é espectral!

FAUSTO

Perdão, senhor, vestígios são de obscuros
Espíritos sumidos, imaturos,
Meros reflexos dos Dioscuros,   10.600
Por quem os nautas juram os esconjuros.
Concentram cá seu ímpeto final.[33]

IMPERADOR

Dize-me pois a quem devemos
Ir a natura a tais extremos,
Por nós, num prodígio especial?

MEFISTÓFELES

Quem, a não ser o Mestre sem segundo
Que em peito leal teu fado abraça?[34]

---

[33] Fausto relaciona os reflexos luminosos que inquietam o Imperador ao chamado "fogo de Erasmo" (*Elmsfeuer*), também conhecido como "fogo de santelmo" — fenômenos luminosos que se produzem, em atmosfera eletricamente carregada (durante tormentas), nos mastros de navios, como descrito por Vasco da Gama nos *Lusíadas* (Canto V, 18ª estrofe): "Vi, claramente visto, o lume vivo/ Que a marítima gente tem por santo,/ Em tempo de tormenta e vento esquivo,/ De tempestade escura e triste pranto". Já observado e descrito na Antiguidade (na *História natural* de Plínio, por exemplo), esse fenômeno recebeu a sua designação da crença que o atribuía a São Elmo (ou Erasmo), santo padroeiro dos marinheiros do Mediterrâneo. Dois desses reflexos eram chamados de Castor e Pólux (os "Dioscuros") e auguravam uma travessia bem-sucedida.

[34] Isto é, o nigromante de Nórcia, de quem Mefistófeles exalta a fidelidade incondicional ao Imperador.

Durch deiner Feinde starkes Drohen
Ist er im Tiefsten aufgeregt.
Sein Dank will dich gerettet sehen,   10.610
Und sollt' er selbst daran vergehen.

KAISER

Sie jubelten, mich pomphaft umzuführen;
Ich war nun was, das wollt' ich auch probieren
Und fand's gelegen, ohne viel zu denken,
Dem weißen Barte kühle Luft zu schenken.
Dem Klerus hab' ich eine Lust verdorben,
Und ihre Gunst mir freilich nicht erworben.
Nun sollt' ich, seit so manchen Jahren,
Die Wirkung frohen Tuns erfahren?

FAUST

Freiherzige Wohltat wuchert reich;   10.620
Laß deinen Blick sich aufwärts wenden!
Mich deucht, er will ein Zeichen senden,
Gib acht, es deutet sich sogleich.

KAISER

Ein Adler schwebt im Himmelhohen,
Ein Greif ihm nach mit wildem Drohen.

Perturba-lhe a alma até o mais fundo,
De quem te agride, a odiosa ameaça.
Salvar-te, agradecido, almeja, 10.610
Ainda que dele a ruína seja.

IMPERADOR

Estavam-me aclamando a pompa nova;
Agora eu era Alguém. Quis pô-lo à prova,
E, sem mais, na hora achei cavalheiresco
Fazer à barba branca o dom do ar fresco.[35]
Do clero, é fato, um prazer estraguei,
E seu favor com tal não conquistei.
Agora, anos depois, o efeito
Verei de um prazeroso feito?

FAUSTO

A boa ação traz seara rica; 10.620
Dirige ao alto o teu olhar!
Algum sinal te quer enviar:
Logo ver-se-á o que significa.[36]

IMPERADOR

Uma águia plana na atmosfera,
Segue-a de um grifo a ameaça fera.

---

[35] O Imperador retoma agora a história introduzida anteriormente por Fausto e relata de sua perspectiva o ato, após a coroação, de conceder liberdade ("ar fresco") ao nigromante (designado metonimicamente como "barba branca").

[36] Em correspondência com antigos augúrios representados pelo voo das aves (*signum ex avibus*), o nigromante de Nórcia encenará agora, segundo a ficção de Fausto, uma batalha aérea entre a águia imperial (a ave heráldica do Sacro Império Romano-Germânico) e o grifo, representação alegórica do Anti-Imperador.

Vierter Akt — Auf dem Vorgebirg

FAUST

> Gib acht: gar günstig scheint es mir.
> Greif ist ein fabelhaftes Tier;
> Wie kann er sich so weit vergessen,
> Mit echtem Adler sich zu messen?

KAISER

> Nunmehr, in weitgedehnten Kreisen, 10.630
> Umziehn sie sich; — in gleichem Nu
> Sie fahren aufeinander zu,
> Sich Brust und Hälse zu zerreißen.

FAUST

> Nun merke, wie der leidige Greif,
> Zerzerrt, zerzaust, nur Schaden findet
> Und mit gesenktem Löwenschweif,
> Zum Gipfelwald gestürzt, verschwindet.

KAISER

> Sei's, wie gedeutet, so getan!
> Ich nehm' es mit Verwundrung an.

MEPHISTOPHELES *(gegen die Rechte)*

> Dringend wiederholten Streichen 10.640
> Müssen unsre Feinde weichen,
> Und mit ungewissem Fechten
> Drängen sie nach ihrer Rechten

FAUSTO

    O augúrio em tal vejo auspicioso:
    É o grifo um bicho fabuloso.
    Esquecer-se-ia ele a ponto tal,
    De se medir com a águia-real?[37]

IMPERADOR

    Em largos círculos se espaçam!   10.630
    Rondam-se, antes que as forças meçam,
    Um contra outro já se arremessam,
    Gargantas, peitos espedaçam.

FAUSTO

    Vês que o êxito o vil grifo frauda;
    Roto, esguelhado, ele, num ai,
    Baixada a leonina cauda,
    Na mata some-se, em que cai.

IMPERADOR

    Como é apontado, seja feito!
    Pasmado, o estranho augúrio aceito.

MEFISTÓFELES *(virado para o lado direito)*[38]

    De cem golpes o progresso   10.640
    Força o opoente ao retrocesso,
    Em luta árdua e imperfeita,
    Rompe para a sua direita,

---

[37] "Real" aqui no sentido de "verdadeira, autêntica, genuína" (*echt*), em contraposição ao quimérico e "fabuloso" grifo.

[38] Isto é, voltado para a investida, até aqui vitoriosa, da ala direita das tropas imperiais.

Und verwirren so im Streite
Ihrer Hauptmacht linke Seite.
Unsers Phalanx feste Spitze
Zieht sich rechts, und gleich dem Blitze
Fährt sie in die schwache Stelle. —
Nun, wie sturmerregte Welle
Sprühend, wüten gleiche Mächte   10.650
Wild in doppeltem Gefechte;
Herrlichers ist nichts ersonnen,
Uns ist diese Schlacht gewonnen!

KAISER *(an der linken Seite zu Faust)*

Schau! Mir scheint es dort bedenklich,
Unser Posten steht verfänglich.
Keine Steine seh' ich fliegen,
Niedre Felsen sind erstiegen,
Obre stehen schon verlassen.
Jetzt! — Der Feind, zu ganzen Massen
Immer näher angedrungen,   10.660
Hat vielleicht den Paß errungen,
Schlußerfolg unheiligen Strebens!
Eure Künste sind vergebens.

(Pause)

E o recuo assim abala
De sua esquerda a essencial ala.
Da falange nossa, a ponta,
Viva, como o raio pronta,
No lugar fraco se entrosa. —
E, qual vaga tempestuosa,
Um campo e outro lá esbraveja,   10.650
Furibundo, na peleja.
Maravilha é, bem nos valha!
Foi, por nós, ganha a batalha!

IMPERADOR *(no lado esquerdo, a Fausto)*[39]

Lá vai mal! O nosso posto
Se acha inteiramente exposto.
Não se veem pedras lançadas,
Rochas vejo já escaladas,
De outras, no abandono as bordas.
Vê como adversárias hordas,
Perto chegam já, ligeiro,   10.660
E entram no desfiladeiro.[40]
Mau fim de um profano afã!
Foi vossa arte toda vã.

(Pausa)

---

[39] No lado esquerdo da colina, de onde contemplam os deslocamentos bélicos e também observam o contra-ataque do inimigo em direção ao estratégico "desfiladeiro".

[40] O Imperador diz neste verso que o inimigo "talvez já tenha conquistado o desfiladeiro", pois as tropas destacadas para protegê-lo não oferecem nenhuma resistência, nem sequer "se veem pedras lançadas".

MEPHISTOPHELES

    Da kommen meine beiden Raben,
    Was mögen die für Botschaft haben?
    Ich fürchte gar, es geht uns schlecht.

KAISER

    Was sollen diese leidigen Vögel?
    Sie richten ihre schwarzen Segel
    Hierher vom heißen Felsgefecht.

MEPHISTOPHELES *(zu den Raben)*

    Setzt euch ganz nah zu meinen Ohren.   10.670
    Wen ihr beschützt, ist nicht verloren,
    Denn euer Rat ist folgerecht.

FAUST *(zum Kaiser)*

    Von Tauben hast du ja vernommen,
    Die aus den fernsten Landen kommen
    Zu ihres Nestes Brut und Kost.
    Hier ist's mit wichtigen Unterschieden:
    Die Taubenpost bedient den Frieden,
    Der Krieg befiehlt die Rabenpost.

MEFISTÓFELES

Vêm meus dois corvos voando cá,[41]
Que novas não trarão de lá?
Vai tudo mal naquela frente.

IMPERADOR

Que há com essas malditas aves?
Suas velas negras de atras naves[42]
Fogem pra cá da luta ardente.

MEFISTÓFELES *(aos corvos)*

Sentai-vos junto ao meu ouvido.   10.670
Quem vos tem, não está perdido;
Vosso conselho é consequente.

FAUSTO *(ao Imperador)*

Sabes de pombos, cuja rota
Os traz da região mais remota.
Seu ninho, e a cria, eis seu destino;
É aquilo, com variante, aliás:[43]
Pombos-correios servem à paz,
Na guerra entra o correio corvino.

---

[41] Como observam alguns comentadores, Goethe atribui ao demônio nórdico Mefistófeles os dois corvos (*Huginn*, "pensamento", e *Muninn*, "memória") que acompanhavam Odin (o deus germânico da guerra), pousados sobre os seus ombros e sussurrando-lhe conselhos. (Por esses corvos já perguntara a bruxa na cena do rejuvenescimento de Fausto; ver nota ao v. 2.491).

[42] Conforme o imaginário popular, o Imperador vê nos corvos um sinal de mau agouro. Quanto às suas asas comparadas a velas negras, Schöne lembra o mito de Teseu, narrada por Hederich em sua *Enciclopédia*, leitura assídua de Goethe: ao retornar à pátria, o herói grego se esquece de substituir as velas negras pelas brancas, conforme combinado com seu pai Egeu, em caso de vitória sobre o Minotauro. Acreditando, à vista das velas negras, que o filho fora morto pelo monstro, o velho Egeu se suicida atirando-se ao mar.

[43] Isto é, aqui é diferente, pois os corvos, ao retornar do campo de batalha (onde também se alimentam de cadáveres), servem à guerra, ao passo que os pombos, que retornam ao ninho e ao local de alimentação, são mensageiros em tempo de paz.

MEPHISTOPHELES

    Es meldet sich ein schwer Verhängnis:
    Seht hin! gewahret die Bedrängnis   10.680
    Um unsrer Helden Felsenrand!
    Die nächsten Höhen sind erstiegen.
    Und würden sie den Paß besiegen,
    Wir hätten einen schweren Stand.

KAISER

    So bin ich endlich doch betrogen!
    Ihr habt mich in das Netz gezogen;
    Mir graut, seitdem es mich umstrickt.

MEPHISTOPHELES

    Nur Mut! Noch ist es nicht mißglückt.
    Geduld und Pfiff zum letzten Knoten!
    Gewöhnlich geht's am Ende scharf.   10.690
    Ich habe meine sichern Boten;
    Befehlt, daß ich befehlen darf!

OBERGENERAL *(der indessen herangekommen)*

    Mit diesen hast du dich vereinigt,
    Mich hat's die ganze Zeit gepeinigt,
    Das Gaukeln schafft kein festes Glück.
    Ich weiß nichts an der Schlacht zu wenden;
    Begannen sie's, sie mögen's enden,
    Ich gebe meinen Stab zurück.

MEFISTÓFELES

    Lá prenuncia-se um desastre,
    Quero esperar que não se alastre.   10.680
    Na escarpa estão nossos heróis,
    De outras vejo escalada a face.
    Se o passo ali se conquistasse,
    Ver-se-ia a gente em maus lençóis.

IMPERADOR

    Destarte vejo-me traído!
    À rede tendes me atraído;
    Pasma-me ver como me envolve!

MEFISTÓFELES

    Ânimo! O caso ainda se solve.
    De astúcia se use em tais extremos!
    É duro o fim, mas na obra nossa   10.690
    Seguros mensageiros temos.
    Ordenai que ordenar eu possa.

GENERALÍSSIMO *(que chegou nesse ínterim)*

    Foste te aliar com este pessoal,
    Todo o tempo o levei a mal,
    A mágica a sorte embaralha.
    Revirem eles o recuo;[44]
    Quem a iniciou, finde a batalha,
    O meu bastão te restituo.[45]

---

[44] Literalmente, o general diz neste verso: "Não sei reverter mais nada nesta batalha".

[45] O "bastão" enquanto atributo e símbolo do cargo, como em relação ao arauto no início da cena da mascarada carnavalesca ("Sala vasta").

KAISER

>   Behalt ihn bis zu bessern Stunden,
>   Die uns vielleicht das Glück verleiht.
>   Mir schaudert vor dem garstigen Kunden
>   Und seiner Rabentraulichkeit.

10.700

(Zu Mephistopheles)

>   Den Stab kann ich dir nicht verleihen,
>   Du scheinst mir nicht der rechte Mann;
>   Befiehl und such uns zu befreien!
>   Geschehe, was geschehen kann.

(Ab ins Zelt mit dem Obergeneral)

MEPHISTOPHELES

>   Mag ihn der stumpfe Stab beschützen!
>   Uns andern könnt' er wenig nützen,
>   Es war so was vom Kreuz daran.

FAUST

>   Was ist zu tun?

10.710

MEPHISTOPHELES

>   Es ist getan! —
>   Nun, schwarze Vettern, rasch im Dienen,
>   Zum großen Bergsee! grüßt mir die Undinen
>   Und bittet sie um ihrer Fluten Schein.

IMPERADOR

    Conserva-o até que haja o registro,
    Talvez, de eventos menos torvos.   10.700
    Põe-me a fremir, do homem sinistro,
    O laço familiar com os corvos.

(A Mefistófeles)

    Outorgar-te o bastão não posso;
    Não te convém ele, a meu ver.
    Trata do salvamento nosso!
    Aconteça o que acontecer.

(Retira-se à tenda com o Generalíssimo)

MEFISTÓFELES

    Pois que o proteja o bastão oco!
    Ser-nos-ia ele de uso pouco,
    Sinais de cruz havia lá.

FAUSTO

    Que é que se faz pois?   10.710

MEFISTÓFELES

                Feito está! —
    Bem, primos negros, prestes à obediência,
    Ao lago, no alto, rogai às Ondinas[46]
    Que evoquem de suas águas a aparência.

---

[46] Espíritos elementares relacionados à água, como na invocação feita por Fausto na primeira cena "Quarto de trabalho" (v. 1.274) para esconjurar a aparição de Mefistófeles. Às "ondinas" (chamadas em seguida de "ninfas ou donzelas da água", *Wasserfräulein*) é atribuído aqui o dom de "separar o Parecer do Ser" e iludir assim os olhos humanos com a "aparência" de uma inundação.

Durch Weiberkünste, schwer zu kennen,
Verstehen sie vom Sein den Schein zu trennen,
Und jeder schwört, das sei das Sein.

(Pause)

FAUST

Den Wasserfräulein müssen unsre Raben
Recht aus dem Grund geschmeichelt haben;
Dort fängt es schon zu rieseln an.
An mancher trocknen, kahlen Felsenstelle 10.720
Entwickelt sich die volle, rasche Quelle;
Um jener Sieg ist es getan.

MEPHISTOPHELES

Das ist ein wunderbarer Gruß,
Die kühnsten Klettrer sind konfus.

FAUST

Schon rauscht ein Bach zu Bächen mächtig nieder,
Aus Schluchten kehren sie gedoppelt wieder,
Ein Strom nun wirft den Bogenstrahl;
Auf einmal legt er sich in flache Felsenbreite
Und rauscht und schäumt nach der und jener Seite,
Und stufenweise wirft er sich ins Tal. 10.730
Was hilft ein tapfres, heldenmäßiges Stemmen?
Die mächtige Woge strömt, sie wegzuschwemmen.
Mir schaudert selbst vor solchem wilden Schwall.

Por intricadas artes femininas,
Elas abstraem do Ser o Parecer,
E cada um jura que é o Ser.

(Pausa)

FAUSTO

Terão elas de nossos corvos
Haurido a adulação aos sorvos;
Lá já começa a marulhar.
Em rochas áridas do monte   10.720
Surge, abundante, veloz fonte;
Virou-lhes a vitória azar.

MEFISTÓFELES

Surpresas dessas que lhes valham!
Até os mais bravos se atrapalham.

FAUSTO

Possante corre o arroio e o riacho alarga,
Dobrados lançam penha abaixo a carga,
Da correnteza o vasto raio avança;
De súbito a um planalto raso ruma,
Por todo lado aquilo ruge e espuma,
E na valada, por degraus se lança.   10.730
Que adianta resistência heroica? A vasta
Torrente, em seu percurso, tudo arrasta.
Até a mim me arrepia o turbilhão.

MEPHISTOPHELES

Ich sehe nichts von diesen Wasserlügen,
Nur Menschenaugen lassen sich betrügen,
Und mich ergetzt der wunderliche Fall.
Sie stürzen fort zu ganzen hellen Haufen,
Die Narren wähnen zu ersaufen,
Indem sie frei auf festem Lande schnaufen
Und lächerlich mit Schwimmgebärden laufen.   10.740
Nun ist Verwirrung überall.

(Die Raben sind wiedergekommen)

Ich werd' euch bei dem hohen Meister loben;
Wollt ihr euch nun als Meister selbst erproben,
So eilet zu der glühnden Schmiede,
Wo das Gezwergvolk, nimmer müde,
Metall und Stein zu Funken schlägt.
Verlangt, weitläufig sie beschwatzend,
Ein Feuer, leuchtend, blinkend, platzend,
Wie man's im hohen Sinne hegt.
Zwar Wetterleuchten in der weiten Ferne,   10.750
Blickschnelles Fallen allerhöchster Sterne
Mag jede Sommernacht geschehn;
Doch Wetterleuchten in verworren Büschen
Und Sterne, die am feuchten Boden zischen,
Das hat man nicht so leicht gesehn.
So müßt ihr, ohn' euch viel zu quälen,
Zuvörderst bitten, dann befehlen.

(Raben ab. Es geschieht, wie vorgeschrieben)

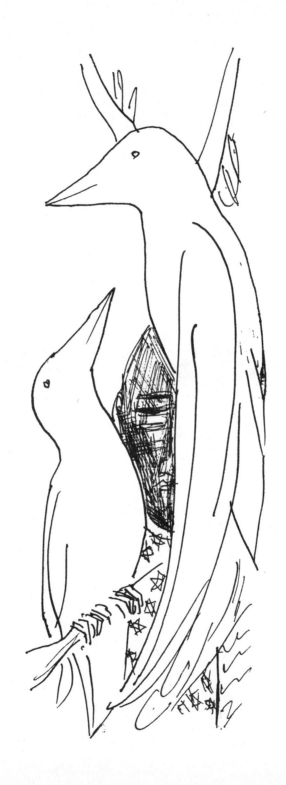

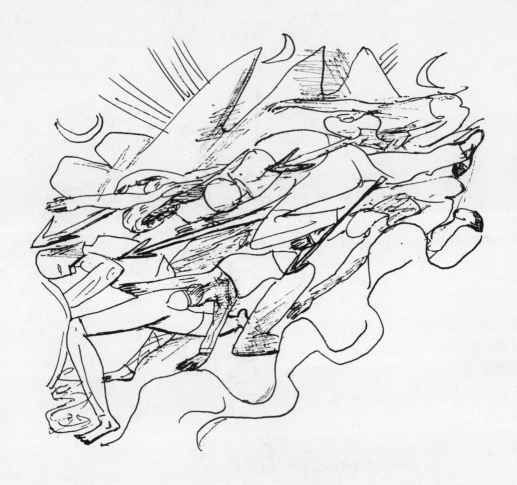

MEFISTÓFELES

    Nada vejo eu da aquática mentira,
    Do olhar humano, só, perturba a mira,
    E me divirto com a alucinação.[47]
    Aos montes, de tropel, a área despejam,
    Pensam que a afogar-se estejam,
    Enquanto em terra firme arquejam,
    E como que a nadar, no chão rastejam   10.740
    Na mais risível confusão.

(Os corvos regressam)

    Hei de louvar-vos junto ao sumo Mestre;[48]
    Mas para que vossa arte mais se adestre,
    Correi à forja incandescente,
    Lá a grei de anões, nunca indolente,
    Da rocha e do metal chispas expele.
    Requerei, com discurso persuasivo,
    Fogo de estouro, fúlgido, explosivo,
    Para que no auge o seu pavor revele.
    Relâmpagos, quando à distância raiam,   10.750
    Estrelas que, instantâneas, do alto caiam,
    Em noites de verão se veem.
    Porém coriscos que entre a mata oscilam,
    E estrelas que em solo úmido sibilam,
    Isso nunca ainda viu alguém.
    Sem mais delonga aquilo sai;
    Pedi primeiro, e após mandai.

(Os corvos afastam-se. Acontece o prescrito)

---

[47] Literalmente: "Somente olhos humanos se deixam enganar" (mas não a visão dos demônios).

[48] Com o epíteto de "sumo Mestre", Mefistófeles pode estar se referindo a Satã, como propõem alguns comentadores, ou então, como entendem outros, ao nigromante de Nórcia, apresentado antes como o agente oculto dos prodígios que se dão em prol do Imperador.

MEPHISTOPHELES

    Den Feinden dichte Finsternisse!
    Und Tritt und Schritt ins Ungewisse!
    Irrfunkenblick an allen Enden,   10.760
    Ein Leuchten, plötzlich zu verblenden!
    Das alles wäre wunderschön,
    Nun aber braucht's noch Schreckgetön.

FAUST

    Die hohlen Waffen aus der Säle Grüften
    Empfinden sich erstarkt in freien Lüften;
    Da droben klappert's, rasselt's lange schon,
    Ein wunderbarer falscher Ton.

MEPHISTOPHELES

    Ganz recht! Sie sind nicht mehr zu zügeln;
    Schon schallt's von ritterlichen Prügeln,
    Wie in der holden alten Zeit.   10.770
    Armschienen wie der Beine Schienen,
    Als Guelfen und als Ghibellinen,
    Erneuen rasch den ewigen Streit.

MEFISTÓFELES

>Ao inimigo treva densa!
>A cada passo o medo o vença!
>Mil fogos-fátuos na penumbra,   10.760
>Raio ígneo que de vez deslumbra![49]
>Tudo isto já é belo e bom,
>Mas falta um pavoroso som.

FAUSTO

>A oca armação da cripta fria
>No ar livre nova força cria.[50]
>Repica, estala lá adiante,
>Num mágico tom dissonante.

MEFISTÓFELES

>Sim! Nada os cavaleiros refrearia;
>Retumba a fidalgal pancadaria
>Como em saudosa era de outrora.   10.770
>Coxotes são, braçais genuínos;
>Dos Guelfos e dos Gibelinos[51]
>A eterna luta se acalora.

---

[49] Esse novo aspecto da guerra fantasmagórica (ou psicológica) movida por Mefistófeles surge como resultado da intervenção dos anões e duendes malhando rochas e metais em sua subterrânea "forja incandescente". Em guerras do século XVIII já era comum recorrer-se a artifícios que produziam clarões, estrondos, fumaça e vapor ("mil fogos-fátuos") para ofuscar e intimidar o inimigo.

[50] Entra em ação agora o exército fantasma de Mefisto, constituído pelas "armas ocas" recolhidas nos antigos arsenais (as "criptas das salas") do reino.

[51] Como já na cena de abertura do primeiro ato ("Sala do trono", ver nota ao v. 4.845), também aqui a referência a Guelfos e Gibelinos, os partidos rivais surgidos na Itália do século XIII e ligados respectivamente ao poder papal e aos imperadores germânicos, tem função tipificadora, exprimindo o "ódio partidário" que se herda de uma geração a outra (em "senso hereditário") e renova agora, preservado nas "armas ocas", a "eterna luta".

Vierter Akt — Auf dem Vorgebirg

Fest, im ererbten Sinne wöhnlich,
Erweisen sie sich unversöhnlich;
Schon klingt das Tosen weit und breit.
Zuletzt, bei allen Teufelsfesten,
Wirkt der Parteihaß doch zum besten,
Bis in den allerletzten Graus;
Schallt wider-widerwärtig panisch,   10.780
Mitunter grell und scharf satanisch,
Erschreckend in das Tal hinaus.

(Kriegstumult im Orchester,
zuletzt übergehend in militärisch heitre Weisen)

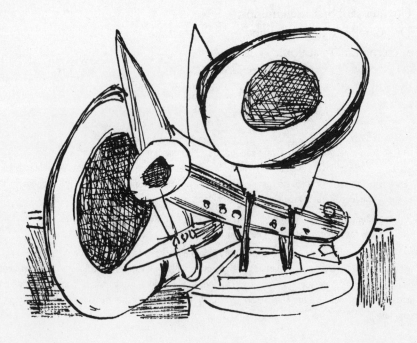

No senso hereditário estáveis,
Continuam irreconciliáveis,
E o estrondo ecoa ao longe e afora.
Em festa nossa isso é lendário:[52]
O que vale é o ódio partidário
Levado ao derradeiro horror;
Com atroador clamor de pânico,   10.780
Num tom estrídulo, satânico,
No vale ecoa aterrador.

*(Tumulto bélico na orquestração,
passando finalmente para alegres músicas militares)*[53]

---

[52] Isto é, "em todas as festas do demônio" (*bei allen Teufelsfesten*). Em seguida, ao falar desse "ódio partidário" que "no vale ecoa aterrador", Goethe, visando provavelmente enfatizar a reciprocidade do ódio, constrói um neologismo ao duplicar a partícula *wider* (preposição que significa "contra", "adverso a") no adjetivo *widerwärtig*, "repugnante" (v. 10.780).

[53] Após o "rufar de tambores e música guerreira" que, "vindo de baixo", abrem a cena, e a "tremenda percussão de trompas" ressoando "do alto" (logo antes do v. 10.571), Goethe mobiliza agora este derradeiro recurso acústico para sinalizar a vitória das forças imperiais, apoiadas por Fausto e Mefistófeles, sobre as tropas do Anti-Imperador.

Des Gegenkaisers Zelt

Tenda do Anti-Imperador

Após as disputas entre Fausto e Mefistófeles na alta montanha da cena de abertura do quarto ato e os lances da guerra civil, desdobrados em boa parte entre as "Montanhas do primeiro plano", este, que é o mais breve ato do *Fausto II*, fecha-se com a cena da restauração do reino, redigida em julho de 1831, portanto, a última da tragédia a ser finalizada, conforme anota Goethe em seu diário no dia 22 de julho: "A ocupação principal (*Hauptgeschäft*) levada a cabo. Último *Mundum*. Tudo passado a limpo e encadernado".

Com a redação desta cena perfaz-se um arco que remonta à infância do autor, abarcando assim nada menos do que 75 anos. Pois o verso alexandrino, que reveste a pomposa fala do Imperador e dos príncipes-eleitores, é o mesmo dos primeiros exercícios poéticos do menino Goethe. Além disso, em 1764 o adolescente vivenciou de perto a festa da eleição e coroação, em Frankfurt, do Imperador José II, descrita no quinto livro da autobiografia *Poesia e verdade* com grande riqueza de detalhes, muitos dos quais entraram na configuração deste ato estatal encenado ao ar livre, em meio às instalações suntuosas da "Tenda do Anti-Imperador". Entraram nesta cena, sobretudo, as normas e cerimônias prescritas pela "Bula de Ouro" (ou "Bula Áurea", *Goldene Bulle*), a constituição do Sacro Império Romano-Germânico entre os anos de 1356 e 1806, com a qual Goethe, também na adolescência, se familiarizou por intermédio da convivência com Johann Daniel Olenschlager, que em 1766 publicou uma edição comentada desta Bula (ver o comentário à cena "Sala do trono", no primeiro ato).

Promulgada pelo Imperador Carlos IV, a Bula de Ouro indicava, entre os dignitários laicos com direito a voto na eleição do Imperador, o príncipe-eleitor da Saxônia (que assumia o título de "grão-marechal" ou "marechal-mor"), o rei da Boêmia ("escanção-mor"), o margrave de Brandenburgo ("camareiro-mor") e o conde palatino da região renana ("mordomo-mor"). Entre os príncipes eclesiásticos, estipulava em três o número dos votantes: os arcebispos de Colônia, Treves (*Trier*) e da Mogúncia (*Mainz*), sendo que este último acumulava ainda o posto de Arquichanceler e possuía a prerrogativa de decidir situações de impasse. Goethe transpõe esta constelação para a cena que se desenrola na "Tenda do Anti-Imperador", mas condensando a tripla representação eclesiástica na figura única do Arcebispo da Mogúncia (e "Chanceler-Mor"), cujo poder torna-se assim mais saliente.

Da Bula de Ouro, que Goethe leu pela última vez em junho de 1831, advêm ainda as expressões da antiga linguagem jurídica que vincam esta cena, como os vários impostos e "contribuições" (aduana, censo, dízimos, dons, peagem, renda etc.) que os senhores feudais impingiam à população. O travo de crítica social na representação da pilhagem do Estado, perpetrada pelos "grandes" do reino (sobretudo pelo Arcebispo), é inequívoco e não destoa da ironia com que detalhes da suntuosa e obsoleta coroação de 1764 são descritos no quinto livro, redigido em 1811, da autobiografia *Poesia e verdade*: "O novo regente arrastava-se nas vestes descomunais com as joias de Carlos Magno como num disfarce, de tal modo que ele próprio, olhando de tempos em tempos para o pai, não podia abster-se de um sorriso. A coroa, que deveria ter sido bastante enchumaçada, descaía de sua cabeça como um telhado saliente. A dalmática, a estola, por mais bem ajustadas e cosidas que estivessem, de modo algum ofereciam uma aparência favorável". E nessa mesma chave irônica são registrados ainda outros elementos das cerimônias que "por um momento faziam reviver o império alemão, praticamente soterrado por tantos pergaminhos, papéis e livros". Quanto aos príncipes, é observado que encarnavam interesses conflitantes e, como também se verifica nesta cena de fecho, "só estavam de acordo no tocante à intenção de limitar o novo soberano ainda mais do que o antigo; que cada um se comprazia na sua influência apenas na medida em que esperava conservar e ampliar os seus privilégios e assegurar ainda mais a sua independência". Como observa Albrecht Schöne, ao olhar de historiador de Goethe "não passou de modo algum despercebido que a Bula de Ouro, ao reforçar o poder territorial dos soberanos locais, selou a débil fragmentação do império".

A cerimônia suntuosa, mas também obsoleta e artificial, desenrolada na "Tenda do Anti-Imperador" encontra o seu equivalente formal no verso alexandrino que, em sua afinidade com brilho retórico, *pathos* e afetação principesca, foi especialmente cultivado no barroco alemão. No original, Goethe emprega por vezes esse verso de maneira intencionalmente forçada e canhestra, com rimas sentimentais, e pontilhando a fala empoada e oca das personagens com eventuais tropeços métricos. A declamação erodida do Imperador, esteada num metro então já anacrônico, afina-se assim com a retomada de uma constituição estatal também historicamente ultrapassada, sugerindo que a restauração ultraconservadora já contém em si o fermento para uma futura guerra civil.

Esse longo e pomposo trecho em alexandrino vem precedido de versos mais breves (octossilábicos na tradução) e rimados em parelha, pelos quais falam Pega-Já, Sus-ao-Saque e ainda, como pretensos guardiões da ordem, os soldados ou arqueiros do Imperador. Em seu amplo estudo sobre *A simbologia do "Fausto II"* (*Die Symbolik von "Faust II"*, 1943), Wilhelm Emrich aponta para um contraste entre esses dois blocos da cena "Tenda do Anti-Imperador": à degradação da dignidade imperial, perpetrada por Pega-Já e Sus-ao-Saque, contrapor-se-ia a restauração da ordem e das instituições do Estado. Já Albrecht Schöne interpreta o ataque inicial ao espólio do Anti-Imperador como espécie de preliminar, na esfera da "arraia-miúda", ao saque em grande estilo levado a cabo pelo Arcebispo — uma política de rapina delineada já na cena "Passeio" do *Fausto I*, com a referência ao robusto "estômago" da Igreja: "'Tragou países, em montão,/ E nunca teve indigestão;/ A Igreja só, beatas mulheres,/ Digere ilícitos haveres'" (vv. 2.836-41).

Como modelo histórico contemporâneo para esta cena conclusiva do quarto ato costuma-se considerar a restauração, em 1814, da monarquia dos Bourbons (Luís XVIII) no trono francês, em cujo bojo a Igreja católica pôde recuperar terras e privilégios perdidos com a Revolução de 1789. [M.V.M.]

(Thron, reiche Umgebung)

(Habebald. Eilebeute)

EILEBEUTE

So sind wir doch die ersten hier!

HABEBALD

Kein Rabe fliegt so schnell als wir.

EILEBEUTE

O! welch ein Schatz liegt hier zuhauf!
Wo fang' ich an? Wo hör' ich auf?

HABEBALD

Steht doch der ganze Raum so voll!
Weiß nicht, wozu ich greifen soll.

EILEBEUTE

Der Teppich wär' mir eben recht,
Mein Lager ist oft gar zu schlecht. 10.790

HABEBALD

Hier hängt von Stahl ein Morgenstern,
Dergleichen hätt' ich lange gern.

Quarto ato — Tenda do Anti-Imperador

(Um trono, instalação pomposa)

(Pega-Já, Sus-ao-Saque)

SUS-AO-SAQUE

    Chegamos pois aqui primeiro!

PEGA-JÁ

    Corvo algum voa tão ligeiro.[1]

SUS-AO-SAQUE

    Vê! espólio aos montões! É raro!
    Onde começo? Onde é que paro?

PEGA-JÁ

    Abarrota o recinto inteiro!
    Não sei o que apanhar primeiro.

SUS-AO-SAQUE

    Trar-me-á o tapete bom proveito,
    Costuma ser tão ruim meu leito.[2]   10.790

PEGA-JÁ

    Eis uma clava de metal,[3]
    Que tempos não desejo tal!

---

[1] Pega-Já parece pensar aqui menos nos corvos de Mefistófeles do que na atração que objetos reluzentes (como os metais a serem pilhados) exercem sobre esses pássaros. Assim, ressoa também neste verso a locução alemã "roubar como um corvo" (*stehlen wie ein Rabe*).

[2] Tapete (*Teppich*) entendido, conforme o verbete no dicionário de Adelung, em sentido amplo, como guarnição de tecido para o chão, paredes, mesas, altares, poltronas e também "leitos".

[3] Bastante difundida na Europa desde a Idade Média até o século XV, "clava" ou maça (*Morgenstern* no original: literalmente, "estrela da manhã") designava uma arma constituída por uma pesada bola dentada na extremidade de um cabo ou corrente.

EILEBEUTE

>Den roten Mantel goldgesäumt,
>So etwas hatt' ich mir geträumt.

HABEBALD *(die Waffe nehmend)*

>Damit ist es gar bald getan,
>Man schlägt ihn tot und geht voran.
>Du hast so viel schon aufgepackt
>Und doch nichts Rechtes eingesackt.
>Den Plunder laß an seinem Ort,
>Nehm' eines dieser Kistchen fort! 10.800
>Dies ist des Heers beschiedner Sold,
>In seinem Bauche lauter Gold.

EILEBEUTE

>Das hat ein mörderisch Gewicht!
>Ich heb' es nicht, ich trag' es nicht.

HABEBALD

>Geschwinde duck' dich! Mußt dich bücken!
>Ich hucke dir's auf den starken Rücken.

EILEBEUTE

>O weh! O weh, nun ist's vorbei!
>Die Last bricht mir das Kreuz entzwei.

(Das Kistchen stürzt und springt auf)

Quarto ato — Tenda do Anti-Imperador

SUS-AO-SAQUE

> Orlado de ouro o manto rubro!
> Um velho sonho aqui descubro.[4]

PEGA-JÁ *(apanhando a arma)*

> Solve isto tudo num instante,
> Mata-se alguém e vai-se adiante.
> Com tudo o que hás empacotado,
> Nada de bom tens ensacado.
> Deixa os tarecos onde estão,
> A caixa pega lá no chão!
> Da tropa é o soldo! Em tal se adentre
> A gente! Ouro é o que têm no ventre.

10.800

SUS-AO-SAQUE

> Que peso tem! É de assombrar.
> Não a posso abrir nem levantar.

PEGA-JÁ

> Vamos, depressa, o corpo abaixa!
> Coloco-te no lombo a caixa.

SUS-AO-SAQUE

> Ai de mim, ai!, desgraça minha!
> A carga me escangalha a espinha.

(A caixa cai e se abre na queda)

---

[4] O vermelho ou "rubro", de acordo com prescrições da época, estava reservado para vestimentas de reis, nobres, juízes e altos dignitários. O "velho sonho" da vivandeira Sus-ao-Saque, que finalmente se realiza nesta pilhagem, indicia o seu desejo de ascensão social.

HABEBALD

    Da liegt das rote Gold zuhauf —
    Geschwinde zu und raff es auf!   10.810

EILEBEUTE *(kauert nieder)*

    Geschwinde nur zum Schoß hinein!
    Noch immer wird's zur Gnüge sein.

HABEBALD

    Und so genug! und eile doch!

(Sie steht auf)

    O weh, die Schürze hat ein Loch!
    Wohin du gehst und wo du stehst,
    Verschwenderisch die Schätze säst.

TRABANTEN *(unsres Kaisers)*

    Was schafft ihr hier am heiligen Platz?
    Was kramt ihr in dem Kaiserschatz?

HABEBALD

    Wir trugen unsre Glieder feil
    Und holen unser Beuteteil.   10.820
    In Feindeszelten ist's der Brauch,
    Und wir, Soldaten sind wir auch.

PEGA-JÁ

> Jaz aqui de ouro uma montanha —
> Avia-te, o acervo todo apanha!   10.810

SUS-AO-SAQUE *(acocorada)*

> Tudo num ai, no colo,[5] e avante!
> O que couber será bastante.

PEGA-JÁ

> Depressa, aí! vamos, no duro!

(Ela se levanta)

> Desgraça! o avental tem um furo!
> Para onde andas de cargas cheias,
> Tesouros ao redor semeias.

SOLDADOS DA GUARDA *(de nosso Imperador)*[6]

> Que procurais neste local?
> Vasculhais no tesouro real?

PEGA-JÁ

> Meteu-se em tudo nosso arrojo:[7]
> Queremos parte do despojo.   10.820
> São, da guerra, usos consagrados,
> E somos também nós soldados.

---

[5] Isto é, os objetos da pilhagem são amontoados no avental dobrado em forma de saco.

[6] Os guarda-costas armados já mencionados na cena anterior. Albrecht Schöne aponta no pronome possessivo "nosso" — referindo-se certamente ao Imperador vitorioso — uma curiosa transgressão das regras do gênero dramático.

[7] Pega-Já diz literalmente: "Expusemos nossos membros" (no sentido de "arriscamos a nossa pele").

Vierter Akt — Des Gegenkaisers Zelt

TRABANTEN

    Das passet nicht in unsern Kreis:
    Zugleich Soldat und Diebsgeschmeiß;
    Und wer sich unserm Kaiser naht,
    Der sei ein redlicher Soldat.

HABEBALD

    Die Redlichkeit, die kennt man schon,
    Sie heißet: Kontribution.
    Ihr alle seid auf gleichem Fuß:
    Gib her! das ist der Handwerksgruß.   10.830

(Zu Eilebeute)

    Mach fort und schleppe, was du hast,
    Hier sind wir nicht willkommner Gast.

(Ab)

ERSTER TRABANT

    Sag, warum gabst du nicht sogleich
    Dem frechen Kerl einen Backenstreich?

ZWEITER

    Ich weiß nicht, mir verging die Kraft,
    Sie waren so gespensterhaft.

DRITTER

    Mir ward es vor den Augen schlecht,
    Da flimmert' es, ich sah nicht recht.

SOLDADOS DA GUARDA

>Dos nossos não é isso padrão:
>O ser soldado e ser ladrão;
>Quem ser do Imperador almeja,
>Soldado honesto e reto seja.

PEGA-JÁ

>Conhece-se esta retidão;
>Seu título é: Contribuição.[8]
>Todos estais no mesmo pé:
>Dá cá! do ofício a senha é.

10.830

(A Sus-ao-Saque)

>Arrasta o que tens, vamos indo,
>Não se é hóspede aqui bem-vindo.

(Saem)

PRIMEIRO SOLDADO DA GUARDA

>Por que não tens tão logo dado
>Murro dos bons no descarado?

SEGUNDO

>Falhou-me a força para tal,
>A dupla era tão espectral.

TERCEIRO

>Tinha ante a vista uma luz brava,
>A bruxulear. Nem enxergava.

---

[8] Pagamentos que os comandantes militares extorquiam da população de regiões ocupadas, com a finalidade de evitar saques e desapropriações forçadas. Praticada pelos poderosos, essa "extorsão", argumenta Pega-Já, chama-se "retidão"; praticada pelos soldados rasos, que caem sobre os despojos de guerra, é "ladroagem".

Vierter Akt — Des Gegenkaisers Zelt

VIERTER

> Wie ich es nicht zu sagen weiß:
> Es war den ganzen Tag so heiß, 10.840
> So bänglich, so beklommen schwül,
> Der eine stand, der andre fiel,
> Man tappte hin und schlug zugleich,
> Der Gegner fiel vor jedem Streich,
> Vor Augen schwebt' es wie ein Flor,
> Dann summt's und saust's und zischt' im Ohr;
> Das ging so fort, nun sind wir da
> Und wissen selbst nicht, wie's geschah.

(Kaiser mit vier Fürsten treten auf.
Die Trabanten entfernen sich)

KAISER

> Es sei nun, wie ihm sei! uns ist die Schlacht gewonnen,
> Des Feinds zerstreute Flucht im flachen Feld zerronnen. 10.850
> Hier steht der leere Thron, verräterischer Schatz,
> Von Teppichen umhüllt, verengt umher den Platz.
> Wir, ehrenvoll geschützt von eigenen Trabanten,
> Erwarten kaiserlich der Völker Abgesandten;
> Von allen Seiten her kommt frohe Botschaft an:
> Beruhigt sei das Reich, uns freudig zugetan.
> Hat sich in unsern Kampf auch Gaukelei geflochten,
> Am Ende haben wir uns nur allein gefochten.

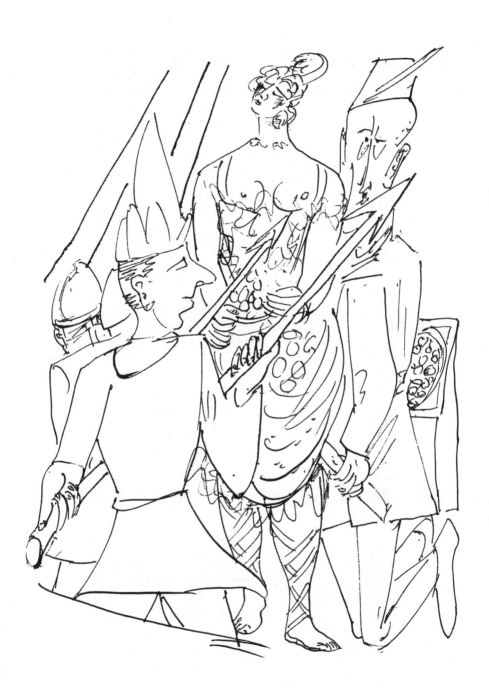

QUARTO

> Pois não sei como é que o comente!
> O dia todo foi tão quente, 10.840
> Tão abafado e opressivo,
> Morto um, caído, outro em pé, vivo.
> A gente às cegas se golpeava,
> E o opoente logo ao chão tombava.
> Velava o olhar névoa vermelha,[9]
> Silvo e zunido enchia a orelha.
> Aqui'stais vós, e aqui'stou eu,
> Sem se saber como se deu.

(Entra o Imperador com quatro altos dignatários.
Os soldados da guarda afastam-se)

IMPERADOR

> Esteja ele onde for! vencemos a batalha;[10]
> Na planície o inimigo em pânico se espalha. 10.850
> Eis o trono vazio, o ilícito tesouro,
> Em tapetes envolto, enchendo o logradouro.
> Com a guarda de honra, ali, de nossos fiéis soldados,
> Já aguardamos, nós, dos povos os enviados.
> Por todo lado chega a nós grata mensagem,
> Do reino em paz render à coroa homenagem.
> Se houve hoje em nossa luta uns toques de magia,
> No fim valeu-nos só a própria valentia.

---

[9] Referência às artimanhas mágicas (que o próprio soldado da guarda todavia desconhece) mobilizadas por Mefistófeles durante a guerra. O original fala apenas em "véu" (*Flor*), mas que no contexto pode significar também "névoa".

[10] Começa aqui o longo trecho de 193 versos redigido inteiramente em alexandrino. No original, o primeiro hemistíquio deste verso de abertura não se refere diretamente ao "inimigo" (como dá a entender a tradução com o pronome "ele"), mas diz: "Seja então como for!". Esta formulação indicia um assunto já em curso (provavelmente a participação de forças "escusas" nas batalhas), que o Imperador retoma agora de uma perspectiva atenuadora, de quem "coloca panos quentes".

Zufälle kommen ja dem Streitenden zugut:
Vom Himmel fällt ein Stein, dem Feinde regnet's Blut, 10.860
Aus Felsenhöhlen tönt's von mächtigen Wunderklängen,
Die unsre Brust erhöhn, des Feindes Brust verengen.
Der Überwundne fiel, zu stets erneutem Spott,
Der Sieger, wie er prangt, preist den gewognen Gott.
Und alles stimmt mit ein, er braucht nicht zu befehlen,
Herr Gott, dich loben wir! aus Millionen Kehlen.
Jedoch zum höchsten Preis wend' ich den frommen Blick,
Das selten sonst geschah, zur eignen Brust zurück.
Ein junger, muntrer Fürst mag seinen Tag vergeuden,
Die Jahre lehren ihn des Augenblicks Bedeuten. 10.870
Deshalb denn ungesäumt verbind' ich mich sogleich
Mit euch vier Würdigen, für Haus und Hof und Reich.

(Zum ersten)

Dein war, o Fürst! des Heers geordnet kluge Schichtung,
Sodann im Hauptmoment heroisch kühne Richtung;
Im Frieden wirke nun, wie es die Zeit begehrt,
Erzmarschall nenn' ich dich, verleihe dir das Schwert.

QUARTO ATO — TENDA DO ANTI-IMPERADOR

Nas guerras vale o acaso às vezes por troféu;
Sangue inunda o inimigo, ou pedras caem do céu.¹¹   10.860
De cavernas ribomba um horroroso estrondo,
Que nos anima e nele influi pavor hediondo.
Vencido, alvo se vê de escárnios e labéus;
Soberbo, o vencedor louva o propício Deus.
E o povo coro faz: ressoa em preces santas
Louvai Deus, o Senhor! de milhões de gargantas.¹²
Mas o devoto olhar levo em supremo preito,
O que antes era raro, agora ao próprio peito.
Pode um monarca moço esperdiçar seu dia,
Com os anos o valor do momento avalia.   10.870
Eis por que com vós quatro ilustres, firmo o laço,
Para que vingue em bem do Reino, Corte e Paço.

(Ao primeiro)

Príncipe, a ti se deve a posição sagaz
Do exército, e na crise, a arremetida audaz.
Lida na paz conforme o instar do tempo a alçada!
Sê meu Grão-Marechal, a ti confiro a espada.¹³

---

¹¹ Buscando dissimular a ajuda de forças demoníacas, o Imperador recorre a uma crendice popular que lhe permite interpretar a derrota do "inimigo" como vontade dos céus. No *Dicionário da superstição alemã* (*Handwörterbuch des deutschen Aberglaubens*, 10 vols., 1927-42), a "chuva de sangue" é associada a "terremotos e queda de meteoros — como sinal miraculoso do céu, que anunciava ou a ira da divindade ou guerra e, por extensão, uma outra desgraça ameaçadora ao Estado".

¹² Palavras iniciais, na tradução de Lutero, do antigo hino cristão *Te Deum laudamus* ("Louvamos-te Deus"), atribuído a Santo Ambrósio (340-397). Goethe dá a entender aqui que esse hino de louvor é entoado sobre um campo de batalha coberto de cadáveres. A intenção crítica é inequívoca, e a esse respeito Albrecht Schöne cita a resposta de Goethe (numa conversa em março de 1830, anotada pelo seu jovem amigo Frédéric Soret) a um bispo inglês que o acusara de ter levado muitos jovens ao suicídio com o seu *Werther*: "O senhor fala assim também dos grandes deste mundo que, com uma penada e com os exercícios estilísticos de seus diplomatas, enviam centenas de milhares ao campo de batalha, mandam matar oitenta mil pessoas e instigam os seus súditos ao assassinato, roubo, estupro e ainda a outros crimes pérfidos? Em face disso tudo, o senhor entoa um *Te Deum*!".

¹³ O Imperador dá início à concessão dos mais altos títulos honoríficos (acompanhados de funções simbólicas) aos príncipes-eleitores que lhe mantiveram fidelidade durante a guerra civil. Num dos manuscritos de

Vierter Akt — Des Gegenkaisers Zelt

ERZMARSCHALL

    Dein treues Heer, bis jetzt im Inneren beschäftigt,
    Wenn's an der Grenze dich und deinen Thron bekräftigt,
    Dann sei es uns vergönnt, bei Festesdrang im Saal
    Geräumiger Väterburg zu rüsten dir das Mahl.   10.880
    Blank trag' ich's dir dann vor, blank halt' ich dir's zur Seite,
    Der höchsten Majestät zu ewigem Geleite.

DER KAISER *(zum zweiten)*

    Der sich als tapfrer Mann auch zart gefällig zeigt,
    Du! sei Erzkämmerer; der Auftrag ist nicht leicht.
    Du bist der Oberste von allem Hausgesinde,
    Bei deren innerm Streit ich schlechte Diener finde;
    Dein Beispiel sei fortan in Ehren aufgestellt,
    Wie man dem Herrn, dem Hof und allen wohlgefällt.

ERZKÄMMERER

    Des Herren großen Sinn zu fördern, bringt zu Gnaden:
    Den Besten hülfreich sein, den Schlechten selbst nicht schaden,   10.890
    Dann klar sein ohne List und ruhig ohne Trug!
    Wenn du mich, Herr, durchschaust, geschieht mir schon genug.
    Darf sich die Phantasie auf jenes Fest erstrecken?
    Wenn du zur Tafel gehst, reich' ich das goldne Becken,
    Die Ringe halt' ich dir, damit zur Wonnezeit
    Sich deine Hand erfrischt, wie mich dein Blick erfreut.

GRÃO-MARECHAL

    Teu exército leal, findo o interno levante,
    Garante de teu reino a fronteira distante.
    Concede-nos então, armarmos, no átrio vasto
    De teu burgo ancestral, da festa o áureo repasto.   10.880
    Saúda-te o aço fiel, branco ao teu lado o empunho,[14]
    Do preito à Majestade eterno testemunho.

IMPERADOR *(ao segundo)*

    Tu, que és valente, e a um tempo ameno e delicado,
    Sê Camareiro-Mor; o encargo é complicado.
    Chefia a Imperial Casa, e seu pessoal governa:
    Maus servos vejo, havendo entre eles briga interna.
    Teu alto cargo e exemplo ensine aos serviçais
    Como se agrada ao Amo, à Corte e a todos mais.

CAMAREIRO-MOR

    Senhor, glória é acatar teu juízo soberano:
    Dar sempre auxílio aos bons e aos maus não causar dano.   10.890
    Ser sem astúcia franco, e sem traição sereno!
    Se o coração me vês, estarei pago em pleno.
    No idear-se aquela festa, eu posso fazer coro?
    Estendo-te ao festim rica bacia de ouro,
    Teus anéis guardo,[15] e assim como a pura onda fria
    Refresca tua mão, teu olhar me extasia.

Goethe, a palavra *Marschall* (marechal) vem precedida do prefixo *Erb*, compondo o significado "marechal hereditário" (*Erbmarschall*). Já o prefixo *Erz*, como consta nesta edição, corresponde em português a *arc* (*Erzbischof*: Arcebispo) ou *arqu*, o que levaria a "arquimarechal" e, por extensão, "arquicamareiro", "arquimordomo", "arquiescanção", "arquichanceler", termos que a tradutora contorna coerentemente pelo antepositivo "Grão" e pelo pospositivo "Mor".

[14] Isto é, a espada que o Imperador acaba de conferir-lhe e que será empunhada durante o solene banquete da vitória.

[15] Isto é, os anéis que o Imperador deverá tirar antes de mergulhar as mãos na "bacia de ouro".

KAISER

    Zwar fühl' ich mich zu ernst, auf Festlichkeit zu sinnen,
    Doch sei's! Es fördert auch frohmütiges Beginnen.

(Zum dritten)

    Dich wähl' ich zum Erztruchseß! Also sei fortan
    Dir Jagd, Geflügelhof und Vorwerk untertan;   10.900
    Der Lieblingsspeisen Wahl laß mir zu allen Zeiten,
    Wie sie der Monat bringt, und sorgsam zubereiten.

ERZTRUCHSESS

    Streng Fasten sei für mich die angenehmste Pflicht,
    Bis, vor dich hingestellt, dich freut ein Wohlgericht.
    Der Küche Dienerschaft soll sich mit mir vereinigen,
    Das Ferne beizuziehn, die Jahrszeit zu beschleunigen.
    Dich reizt nicht Fern und Früh, womit die Tafel prangt,
    Einfach und kräftig ist's, wornach dein Sinn verlangt.

KAISER *(zum vierten)*

    Weil unausweichlich hier sich's nur von Festen handelt,
    So sei mir, junger Held, zum Schenken umgewandelt.   10.910
    Erzschenke, sorge nun, daß unsre Kellerei
    Aufs reichlichste versorgt mit gutem Weine sei.
    Du selbst sei mäßig, laß nicht über Heiterkeiten
    Durch der Gelegenheit Verlocken dich verleiten!

IMPERADOR

>Demais sério ainda estou pra que em festas me integre.
>Mas seja! Traz também proveito o ensejo alegre.

(Ao terceiro)

>Para Mordomo-Mor do Império é a ti que escolho.
>Sobre quinta, aves, caça, hás de trazer o olho.   10.900
>Provê, pois, ao sabor das sazões e seu giro,
>O cardápio imperial ao gosto que prefiro.

MORDOMO-MOR

>Seja um jejum austero o meu dever mais grato,
>Até que te deleite um saboroso prato.
>Copa e cozinha a mim unir-se-ão na procura
>Do produto incomum, da fruta prematura.[16]
>Mas não te atrai na mesa o exótico que traz:
>Simples e substancial é o que te satisfaz.

IMPERADOR *(ao quarto)*

>Prevalecendo aqui de festas o critério,
>Sê tu, jovem herói, Escanção-Mor do império.   10.910
>Às nossas cavas, pois, devota o teu carinho,
>Que as abarrote o mais fogoso e velho vinho.
>Mas que em calma alegria estaques tu, contente,
>Sem que no ensejo oferto, excesso algum te tente!

---

[16] Literalmente, o Mordomo-Mor propõe-se aqui, unido aos serviçais da cozinha, a "providenciar o distante" (o "produto incomum") e "apressar as estações" (a "fruta prematura"). Talvez uma mera fórmula cerimonial, pois em seguida ele dirá que ao Imperador não atraem o distante ("exótico") e prematuro.

Vierter Akt — Des Gegenkaisers Zelt

ERZSCHENK

    Mein Fürst, die Jugend selbst, wenn man ihr nur vertraut,
    Steht, eh' man sich's versieht, zu Männern auferbaut.
    Auch ich versetze mich zu jenem großen Feste;
    Ein kaiserlich Büfett schmück' ich aufs allerbeste
    Mit Prachtgefäßen, gülden, silbern allzumal,
    Doch wähl' ich dir voraus den lieblichsten Pokal: 10.920
    Ein blank venedisch Glas, worin Behagen lauschet,
    Des Weins Geschmack sich stärkt und nimmermehr berauschet.
    Auf solchen Wunderschatz vertraut man oft zu sehr;
    Doch deine Mäßigkeit, du Höchster, schützt noch mehr.

KAISER

    Was ich euch zugedacht in dieser ernsten Stunde,
    Vernahmt ihr mit Vertraun aus zuverlässigem Munde.
    Des Kaisers Wort ist groß und sichert jede Gift,
    Doch zur Bekräftigung bedarf's der edlen Schrift,
    Bedarf's der Signatur. Die förmlich zu bereiten,
    Seh' ich den rechten Mann zu rechter Stunde schreiten.   10.930

(Der Erzbischof [Erzkanzler] tritt auf)

ESCANÇÃO-MOR

    Meu amo, é onde se tem confiança em quem é jovem,
    Que em breve a homem feito os dias o promovem.
    Preparo-me eu também àquela grande festa;
    Da mesa o rico ornato o meu serviço apresta,
    De taças de ouro e prata a fúlgida beleza.
    Mas para ti a mais linda escolho: de Veneza   10.920
    Um límpido cristal de que emana euforia,
    Que alça o sabor do vinho, e jamais inebria.[17]
    Há quem se fie em tal milagre por demais:
    Do Imperador protege a sobriedade mais.

IMPERADOR

    Do que em hora solene eu vos dei a fiança,
    Dos lábios meus haveis ouvido com confiança.
    A palavra imperial garante é de seu dom;
    Mas para confirmá-la, um texto nobre é bom.
    Firma imperial requer para o formal registo,[18]
    E o homem certo, a entrar em hora certa, avisto.   10.930

(Entra o Arcebispo [Chanceler-Mor])[19]

---

[17] Segundo uma crença medieval, determinados cristais de Veneza possuíam a propriedade miraculosa de intensificar o sabor do vinho, acusar eventual veneno misturado à bebida e prevenir a embriaguez.

[18] Para dar forma legal às nomeações e concessões, o Imperador dispõe-se a assinar agora o documento preparado e selado na chancelaria.

[19] Esta indicação cênica possui fundamentação histórica, pois a Bula de Ouro determinava que o Arcebispo da Mogúncia deveria ocupar também o cargo de Chanceler-Mor (ou Arquichanceler).

Vierter Akt — Des Gegenkaisers Zelt

KAISER

> Wenn ein Gewölbe sich dem Schlußstein anvertraut,
> Dann ist's mit Sicherheit für ewige Zeit erbaut.
> Du siehst vier Fürsten da! Wir haben erst erörtert,
> Was den Bestand zunächst von Haus und Hof befördert.
> Nun aber, was das Reich in seinem Ganzen hegt,
> Sei, mit Gewicht und Kraft, der Fünfzahl auferlegt.
> An Ländern sollen sie vor allen andern glänzen;
> Deshalb erweitr' ich gleich jetzt des Besitztums Grenzen
> Vom Erbteil jener, die sich von uns abgewandt.
> Euch Treuen sprech' ich zu so manches schöne Land,   10.940
> Zugleich das hohe Recht, euch nach Gelegenheiten
> Durch Anfall, Kauf und Tausch ins Weitere zu verbreiten;
> Dann sei bestimmt vergönnt, zu üben ungestört,
> Was von Gerechtsamen euch Landesherrn gehört.
> Als Richter werdet ihr die Endurteile fällen,
> Berufung gelte nicht von euern höchsten Stellen.
> Dann Steuer, Zins und Beth', Lehn und Geleit und Zoll,
> Berg-, Salz- und Münzregal euch angehören soll.
> Denn meine Dankbarkeit vollgültig zu erproben,
> Hab ich euch ganz zunächst der Majestät erhoben.   10.950

IMPERADOR

Quando, em seu fecho, enfim a abóbada descansa,
Dá-nos, de para sempre erguer-se, a segurança.[20]
Quatro príncipes vês. Foi nosso afã, de início,
Provermos do Palácio e nossa Corte o ofício.
Mas do Reino é zelar-se o organismo integral,
E de vós Cinco adoto o número por tal.
Sobre amplo território ostentai vosso mando,
De vossas possessões desde hoje o marco expando:
Da herança dos infiéis que o Imperador traíram,
Que, hoje, a vós, meus fiéis, as terras se confiram;   10.940
E o direito também, de, conforme a ocasião,
As ampliardes por troca, herança e aquisição.[21]
O direito, outrossim, da justiça exercei:
Em terra vossa haveis de instituir, vós, a lei.
E do juízo final tereis o privilégio,[22]
Sem que haja apelação de vosso Foro egrégio.
Caibam-vos feudo, aduana, peagem, censo bruto,
Também das minas, sal, e da moeda o tributo.[23]
Pois à vossa lealdade e valor em abono,
Alcei-vos ao degrau mais próximo do trono.   10.950

---

[20] Isto é, quando a abóbada "descansa" por fim na pedra de fecho (metaforizando a assinatura imperial no documento preparado pelo Chanceler-Mor), então construiu-se seguramente para a eternidade (ou "dá-nos a segurança de erguer-se para sempre").

[21] As prerrogativas concedidas aos príncipes-eleitores encontram a sua fundamentação histórica nas determinações da Bula de Ouro. Neste verso, "herança" corresponde a *Anfall*, que significava a obtenção de bens ou territórios por herança, matrimônio ou carta de doação.

[22] Isto é, os súditos não terão a possibilidade de recorrer, junto aos tribunais imperiais, das sentenças proferidas nos domínios sob jurisdição dos príncipes-eleitores (*Privilegium de non appelando*).

[23] Após conferir aos príncipes o direito de "feudo" (*Lehn*), "aduana" (*Zoll*), "peagem" (*Geleit*) e "censo bruto" — no original, "impostos", *Steuer*, e porcentagens sobre o arrendamento de terras (em dinheiro, *Zins*, ou espécie, *Beth*) —, o Imperador delega-lhes agora o monopólio sobre a exploração de recursos naturais e do sal assim como a prerrogativa de cunhar moedas.

ERZBISCHOF

>   Im Namen aller sei dir tiefster Dank gebracht!
>   Du machst uns stark und fest und stärkest deine Macht.

KAISER

>   Euch fünfen will ich noch erhöhtere Würde geben.
>   Noch leb' ich meinem Reich und habe Lust, zu leben;
>   Doch hoher Ahnen Kette zieht bedächtigen Blick
>   Aus rascher Strebsamkeit ins Drohende zurück.
>   Auch werd' ich seinerzeit mich von den Teuren trennen,
>   Dann sei es eure Pflicht, den Folger zu ernennen.
>   Gekrönt erhebt ihn hoch auf heiligem Altar,
>   Und friedlich ende dann, was jetzt so stürmisch war. 10.960

ERZKANZLER

>   Mit Stolz in tiefster Brust, mit Demut an Gebärde,
>   Stehn Fürsten dir gebeugt, die ersten auf der Erde.
>   Solang das treue Blut die vollen Adern regt,
>   Sind wir der Körper, den dein Wille leicht bewegt.

KAISER

>   Und also sei, zum Schluß, was wir bisher betätigt,
>   Für alle Folgezeit durch Schrift und Zug bestätigt.

Quarto ato — Tenda do Anti-Imperador

ARCEBISPO

De todos nós te exprimo a gratidão profunda!
O poder que nos dás em poder teu redunda.

IMPERADOR

Mas que honra ainda maior vos seja concedida.
Por meu reino ainda vivo, e tenho amor à vida;
Linha augusta ancestral, contudo, à mente traça
Que em meio às glórias de hoje há do porvir a ameaça.
Quando, de dar o adeus aos que amo, tempo for,
Será vosso dever nomear meu sucessor.
Coroado o erguei no altar, ungido do óleo santo,
E então termine em paz, o que hoje custou tanto.[24]

10.960

CHANCELER-MOR

Com jeito humilde, mas orgulho no ser fundo,
Rendem preito a teus pés príncipes-mores do mundo.
Enquanto sangue vivo em nossas veias flua,
Corpo somos que move uma palavra tua.[25]

IMPERADOR

E confirmem no fim, por toda a era futura,
Do que determinei, o teor e a assinatura.[26]

---

[24] Consciente da "linha augusta ancestral" (isto é, o curso das sucessões no trono), o Imperador prevê agora a eleição ordenada e pacífica do seu sucessor pelos príncipes presentes, para que "termine em paz" o que começou em meio aos tumultos "vulcânicos" da guerra civil.

[25] Antiga metáfora política do "corpo estatal" constituído pela cabeça (o soberano) e pelos membros (os súditos).

[26] Isto é, o documento providenciado pelo Chanceler-Mor e a assinatura imperial. Conforme observa Ulrich Gaier em seus comentários, o assentamento textual da constituição do Sacro Império começa com a Bula de Ouro, que assinala assim o início da história e do desenvolvimento moderno do direito constitucional. O acontecimento correspondente no tempo de Goethe foi a nova ordem europeia estabelecida pelo Congresso de Viena em 1815 e a formação da Liga dos principados alemães, com 35 estados soberanos.

Zwar habt ihr den Besitz als Herren völlig frei,
Mit dem Beding jedoch, daß er unteilbar sei.
Und wie ihr auch vermehrt, was ihr von uns empfangen,
Es soll's der älteste Sohn in gleichem Maß erlangen. 10.970

ERZKANZLER

Dem Pergament alsbald vertrau' ich wohlgemut,
Zum Glück dem Reich und uns, das wichtigste Statut;
Reinschrift und Sieglung soll die Kanzelei beschäftigen,
Mit heiliger Signatur wirst du's, der Herr, bekräftigen.

KAISER

Und so entlass' ich euch, damit den großen Tag
Gesammelt jedermann sich überlegen mag.

(Die weltlichen Fürsten entfernen sich)

DER GEISTLICHE *(bleibt und spricht pathetisch)*

Der Kanzler ging hinweg, der Bischof ist geblieben,
Vom ernsten Warnegeist zu deinem Ohr getrieben!
Sein väterliches Herz, von Sorge bangt's um dich.

KAISER

Was hast du Bängliches zur frohen Stunde? sprich! 10.980

Ainda que a terra doada em tudo livre esteja,
Imponho a condição que indivisível seja.
Por mais que amplieis o que hoje eu vos hei outorgado,
Dos filhos, em seu todo o herde o primeiro-nado.[27]   10.970

CHANCELER-MOR

Para a glória do império e em bem nosso encaminho
Tão insigne estatuto agora ao pergaminho;
Selagem, cópia e o mais cabe à chancelaria.
Dá tua augusta firma à ata a imperial valia.

IMPERADOR

E agora eu vos dispenso, a fim de que balance
No espírito, cada um, do grande dia o alcance.

(Saem os dignatários temporais)

O SACERDOTE *(permanece e fala em tom enfático)*

O Chanceler se foi, quedou-se o Bispo aqui.[28]
Gravíssima advertência é o que o conduz a ti,
Por quem temor paterno o coração lhe abala.

IMPERADOR

Em hora tão feliz, que há de temer-se? Fala!   10.980

---

[27] A indivisibilidade dos principados e o direito de primogenitura estavam estabelecidos no capítulo XXV da Bula de Ouro.

[28] Palavras que explicitam o cargo duplo exercido por sua pessoa. Se até agora o Chanceler comportou-se como leal, submisso e prestativo servidor do Imperador, toma a palavra agora o inflexível Arcebispo e apresenta rispidamente suas exigências.

Vierter Akt — Des Gegenkaisers Zelt

ERZBISCHOF

Mit welchem bittern Schmerz find' ich, in dieser Stunde,
Dein hochgeheiligt Haupt mit Satanas im Bunde!
Zwar, wie es scheinen will, gesichert auf dem Thron,
Doch leider! Gott dem Herrn, dem Vater Papst zum Hohn.
Wenn dieser es erfährt, schnell wird er sträflich richten,
Mit heiligem Strahl dein Reich, das sündige, zu vernichten.
Denn noch vergaß er nicht, wie du, zur höchsten Zeit,
An deinem Krönungstag, den Zauberer befreit.
Von deinem Diadem, der Christenheit zum Schaden,
Traf das verfluchte Haupt der erste Strahl der Gnaden.   10.990
Doch schlag an deine Brust und gib vom frevlen Glück
Ein mäßig Scherflein gleich dem Heiligtum zurück:
Den breiten Hügelraum, da, wo dein Zelt gestanden,
Wo böse Geister sich zu deinem Schutz verbanden,
Dem Lügenfürsten du ein horchsam Ohr geliehn,
Den stifte, fromm belehrt, zu heiligem Bemühn;
Mit Berg und dichtem Wald, so weit sie sich erstrecken,
Mit Höhen, die sich grün zu fetter Weide decken,
Fischreichen, klaren Seen, dann Bächlein ohne Zahl,
Wie sie sich, eilig schlängelnd, stürzen ab zu Tal;   11.000
Das breite Tal dann selbst, mit Wiesen, Gauen, Gründen:
Die Reue spricht sich aus, und du wirst Gnade finden.

KAISER

Durch meinen schweren Fehl bin ich so tief erschreckt;
Die Grenze sei von dir nach eignem Maß gesteckt.

ARCEBISPO

    Que mágoa amarga é a minha ao ver, na hora de paz,
Tão consagrada fronte aliada a Satanás!
Nada, pela aparência, o trono te solapa,
Mas é a Deus desafio, e ao Santo Padre, o papa.
Julgando, ao saber dela, esta ímpia culpa tua,
Fulgor sagrado cai que o reino e a ti destrua.[29]
Lembra ainda o haveres tu, no júbilo primeiro
De tua coroação, salvo o vil feiticeiro;[30]
Para mal dos cristãos, ter tão nefanda raça
Granjeado da coroa o ato inicial da graça.   10.990
Mas bate o peito em tempo, e do êxito nefário
Trata de restituir um óbolo ao santuário.
O extenso monte em qual se erguia a tua tenda,
E em que os gênios do mal te instruíram na contenda,
Onde prestaste ouvido ao Príncipe do inferno,
Institui para o bem e a glória do Ente Eterno.
Montanhas, mata densa, em seus limites vastos,
Alturas a formar contínuos verdes pastos,
Lagos de pescaria e mil ribeiros frescos,
Correndo vale abaixo em curvas e arabescos,   11.000
E os campos, prados, tudo enfim que o vale abraça:
Mostra-te arrependido e auferirás tua graça.

IMPERADOR

    Quão fundo o meu error infausto a alma me aterra!
Fixa os limites tu, em que a expiação se encerra.

---

[29] Isto é, o Imperador e todo o reino seriam fulminados pela excomunhão, pelo anátema lançado pelo papa.

[30] Nova alusão à história do nigromante de Nórcia, introduzida por Fausto na cena anterior (ver nota ao v. 10.439).

Vierter Akt — Des Gegenkaisers Zelt

ERZBISCHOF

Erst! der entweihte Raum, wo man sich so versündigt,
Sei alsobald zum Dienst des Höchsten angekündigt.
Behende steigt im Geist Gemäuer stark empor,
Der Morgensonne Blick erleuchtet schon das Chor,
Zum Kreuz erweitert sich das wachsende Gebäude,
Das Schiff erlängt, erhöht sich zu der Gläubigen Freude; 11.010
Sie strömen brünstig schon durchs würdige Portal,
Der erste Glockenruf erscholl durch Berg und Tal,
Von hohen Türmen tönt's, wie sie zum Himmel streben,
Der Büßer kommt heran zu neugeschaffnem Leben.
Dem hohen Weihetag — er trete bald herein! —
Wird deine Gegenwart die höchste Zierde sein.

KAISER

Mag ein so großes Werk den frommen Sinn verkündigen,
Zu preisen Gott den Herrn, so wie mich zu entsündigen.
Genug! Ich fühle schon, wie sich mein Sinn erhöht.

ERZBISCHOF

Als Kanzler fördr' ich nun Schluß und Formalität. 11.020

KAISER

Ein förmlich Dokument, der Kirche das zu eignen,
Du legst es vor, ich will's mit Freuden unterzeichnen.

ARCEBISPO

    Seja pois de teu erro o espaço profanado,
    Ao culto do Senhor tão logo proclamado.
    Muros já visualizo, a erguerem-se até o foro;
    Sol matinal em breve a iluminar o coro.[31]
    Amplia-se, crescendo, o alto edifício em cruz,
    A nave, ao se alongar, nos crentes dita induz![32]
    Já afluem pelo portal ao serviço divino;
    Tange por morro e vale a grave voz do sino,
    A ressoar da alta torre ao firmamento erguida,
    Que ao penitente traz perdão e nova vida.
    De tão magna ocasião — não tarde, ah!, seu momento! —
    Será tua presença o mais belo ornamento.

IMPERADOR

    Meu máximo afã voto a essa obra augusta e pia,
    Que, a alçar Deus o Senhor, o meu pecado expia.
    É o meu desejo ardente! Ao céu praza benzer-mo.

ARCEBISPO

    Promove o Chanceler da legal forma o termo.[33]

IMPERADOR

    Prepara a ata imperial; seja a área à igreja doada,
    Com funda devoção será por mim firmada.

---

[31] Tradicionalmente a construção de uma igreja começava com o coro, voltado para leste (iluminado, portanto, pelo "sol matinal"). Em seguida, passava-se à edificação da nave central e transversal.

[32] Literalmente: "A nave alonga-se, eleva-se para a alegria dos crentes".

[33] O príncipe eclesiástico é absorvido neste momento pela figura do príncipe secular: "Como chanceler promovo agora conclusão e formalidade".

Vierter Akt — Des Gegenkaisers Zelt

ERZBISCHOF *(hat sich beurlaubt, kehrt aber beim Ausgang um)*

> Dann widmest du zugleich dem Werke, wie's entsteht,
> Gesamte Landsgefälle: Zehnten, Zinsen, Beth',
> Für ewig. Viel bedarf's zu würdiger Unterhaltung,
> Und schwere Kosten macht die sorgliche Verwaltung.
> Zum schnellen Aufbau selbst auf solchem wüsten Platz
> Reichst du uns einiges Gold, aus deinem Beuteschatz.
> Daneben braucht man auch, ich kann es nicht verschweigen,
> Entferntes Holz und Kalk und Schiefer und dergleichen.
> Die Fuhren tut das Volk, vom Predigtstuhl belehrt,
> Die Kirche segnet den, der ihr zu Diensten fährt.

(Ab)

KAISER

> Die Sünd' ist groß und schwer, womit ich mich beladen;
> Das leidige Zaubervolk bringt mich in harten Schaden.

ERZBISCHOF *(abermals zurückkehrend, mit tiefster Verbeugung)*

> Verzeih, o Herr! Es ward dem sehr verrufnen Mann
> Des Reiches Strand verliehn; doch diesen trifft der Bann,
> Verleihst du reuig nicht der hohen Kirchenstelle
> Auch dort den Zehnten, Zins und Gaben und Gefälle.

ARCEBISPO *(já na saída para retirar-se, torna a voltar)*

À obra, enquanto surge, e ao passo em que se estenda,
Votas mais coimas, dons, dízimos, censo e renda,[34]
Para sempre. O mantê-la alto custo registra,
Sujeito a ônus pesado é o órgão que a administra.
Para a edificação no inculto logradouro,
Do espólio, aqui, da guerra, entregas parte de ouro.[35]
Haverá precisão também de materiais:
Madeira a vir de longe, ardósia, cal, e o mais.
Povo os carretos traz; todo sermão lho ensina;
Para auferir da igreja a graça e a luz divina.

11.030

(Sai)

IMPERADOR

É pesada e onerosa a falta em que caí;
Traz-me a grei feiticeira imenso dano aí.

ARCEBISPO *(tornando a voltar, com profunda reverência)*

Perdão, Senhor. Cedeste ao homem malfadado
Do reino as praias. Mas, o interdito é seu fado,
Se não doares também, do território extenso,
À santa igreja os dons, dízimos, renda e censo.[36]

---

[34] Após ter-se despedido e afastado, o Arcebispo retorna para exigir novos recursos para a construção da catedral: contribuições e impostos que príncipes feudais faziam incidir sobre a posse ou arrendamento de terras (*Landsgefälle*). Aos impostos mencionados acima (ver nota ao v. 10.948) pelo próprio Imperador, o Arcebispo acrescenta aqui o "dízimo" (*Zehnt*), a décima parte da colheita, do gado, lã e demais produtos naturais.

[35] A ganância do Arcebispo se volta agora para o ouro que pertencia ao Anti-Imperador.

[36] A insaciabilidade do Arcebispo o faz avançar agora sobre as terras que Fausto pretende conquistar ao mar. Para alcançar o seu objetivo, ameaça o futuro colonizador do feudo ainda submerso com a excomunhão (o "interdito") e, ao mesmo tempo, sugere ao Imperador que este poderá impedir o anátema se, arrependido, conceder já à Igreja os futuros "dons, dízimos, renda e censo" sobre as extensões doadas. Esboçada e

KAISER *(verdrießlich)*

Das Land ist noch nicht da, im Meere liegt es breit.

ERZBISCHOF

Wer 's Recht hat und Geduld, für den kommt auch die Zeit. 11.040
Für uns mög' Euer Wort in seinen Kräften bleiben!

KAISER *(allein)*

So könnt' ich wohl zunächst das ganze Reich verschreiben.

Quarto ato — Tenda do Anti-Imperador

IMPERADOR *(aborrecido)*

A terra ainda imersa em fundo mar está.

ARCEBISPO

Quem está com o direito, espera, e a hora virá. 11.040
De tua magna palavra a anuência só requeiro!

IMPERADOR *(só)*

Destarte só faltava eu doar o reino inteiro.

---

parcialmente desenvolvida nos *paralipomena*, a cena da doação do feudo costeiro acabou não entrando no texto final, limitando-se a essa breve referência do Arcebispo. A renúncia, que alguns intérpretes atribuem a um declínio da força criadora do velho Goethe, deve-se a uma necessidade interna da tragédia: para evitar a inclusão de Fausto entre os saqueadores do reino e também em função do interesse do Imperador em abafar o apoio que recebeu do "homem malfadado". Nesse sentido, as doações aos príncipes (e, sobretudo, a aceitação das extorsões praticadas pelo Arcebispo) podem ser vistas como suborno para o silêncio.

Fünfter Akt

Quinto ato

Offene Gegend

Região aberta

Sob a data de 2 de maio de 1831, Eckermann registrava em seu caderno de conversações as seguintes palavras: "Goethe alegrou-me com a notícia de que nestes dias praticamente conseguiu concluir o início, que ainda estava faltando, do quinto ato do *Fausto*. 'Também a intenção dessas cenas', disse ele, 'remonta a mais de trinta anos; era de tal importância, que nunca perdi o interesse, mas tão difícil de realizar que eu recuava de medo. Bem, por meio de muitos artifícios, entrei novamente no ritmo, e se a sorte for favorável, escrevo agora o quarto ato de uma tacada só'".

Redigida em abril de 1831, esta cena inicial, localizada numa "região aberta", descortina aos olhos do leitor — após um intervalo temporal que se deve calcular em décadas — a gigantesca obra de drenagem que Fausto vem executando nas terras costeiras que lhe foram doadas pelo Imperador. E como já ocorrera na cena "Nas montanhas do primeiro plano", também aqui recorre Goethe à antiga técnica da *teichoscopia*, agora mediante o relato que Filemon e Baucis fazem, do alto de uma duna, ao Peregrino que retorna ao local em que naufragara muitos anos atrás, para contemplar boquiaberto as profundas transformações operadas na região.

Com esse salto temporal que deixa implícita a magnitude da intervenção humana sobre a Natureza, o velho Goethe parece trazer o império fáustico de um contexto da baixa Idade Média à incipiente era das máquinas, que acompanhava com máxima atenção. No caso específico das novas técnicas em que se baseia o projeto colonizatório de Fausto (construção de canais, arroteamento de novas terras, obras de drenagem), pode-se recorrer mais uma vez a Eckermann e citar o seu testemunho de 21 de fevereiro de 1827 sobre o interesse do poeta pelos planos de construção dos canais do Panamá, de Suez e do Reno-Danúbio: "Gostaria de viver ainda essas três grandes coisas, e por causa delas certamente valeria a pena suportar mais uns cinquenta anos neste mundo".

Se na vida real Goethe não pôde vivenciar a concretização desses projetos, no plano simbólico permite ao seu Fausto realizar "obras miraculosas" (ou "portentos", na expressão de Filemon e Baucis), em que se inscrevem as condições sociais, econômicas e políticas da moderna era industrial. Avultando agora na tragédia traços decisivos da moderna dialética do progresso (pelo menos em seus estágios iniciais), recuam para um segundo plano as imposições colocadas pelo Arcebispo na cena anterior — não se pronuncia mais nenhuma palavra a respeito dos mencionados impostos e tributos ou da construção da catedral gótica. Também não se esboça nenhum empenho em subjugar o "poder vão do indômito elemento" (v. 10.219) em prol da segurança e do bem-estar dos seres humanos. Em vez disso, afloram os traços destrutivos do projeto colonizatório de Fausto, sobretudo em relação ao casal de anciãos que parece habitar a região desde tempos imemoriais. Já os seus nomes despertam a lembrança de um mundo idílico, mas que se mostra em vias de extinção, com as duas tílias ancestrais, a cabana e a capela corroídas pelos anos. Embora ínfima, é uma esfera de vida que questiona radicalmente o poderoso império em que está encravada, e Goethe elaborou essa relação de oposição de maneira admiravelmente sutil, começando pelos nomes tomados às *Metamorfoses* de Ovídio, em uma lenda cujo sentido se inverterá nesta cena de abertura.

Um resumo do episódio narrado por Ovídio no capítulo VIII de seu *epos* encontra-se na enciclopédia de Hederich, *Gründliches Lexikon mythologicum* (1724). Conta-se aí como Baucis e Filemon, já em idade avançada, viviam satisfeitos e em paz em sua miserável cabana. "Certa vez em que Júpiter e Mercúrio percorriam o país disfarçados, para ver como as pessoas viviam, não houve ninguém que os acolhesse, exceto esses anciãos. Serviram àqueles com todos os seus recursos e possibilidades, até que por fim perceberam que os seus convidados deviam ser deuses, pois o vinho que lhes ofereciam jamais diminuía. Finalmente, deram-se a conhecer e exortaram os dois idosos a segui-los, pois uma insólita desgraça atingiria o país. Assim fizeram eles e, acompanhando os deuses, subiram uma montanha de onde puderam ver como toda a região abaixo fora coberta por água, à exceção de sua cabana, que então foi transformada num magnífico templo de mármore. Quando Júpiter lhes ordenou por fim que fizessem um pedido, desejaram então tornar-se sacerdotes do novo templo e, ainda, que um não vivenciasse a morte do outro. Assim lhes foi concedido; e quando narravam certa vez às pessoas o que se passara com eles e com a terra submersa, foram ambos transformados ao mesmo tempo em árvores, Filemon num carvalho, Baucis numa tília; essas árvores ficavam diante do templo mencionado e por longo tempo foram veneradas com todas as honras. Essa lenda ensina que a divindade se agrada muito da hospitalidade e que de forma alguma deixa de recompensá-la; mas, além disso, que ela abençoa pessoas pias e de bom coração, exaltando-as e coroando-as com honras e imortalidade, por mais pobres e humildes que possam ser."

Embora Goethe tivesse negado uma influência direta desta lenda na concepção de seu casal de idosos, o leitor atento que ele desejava para o seu *Fausto* — sensível a "gestos, acenos e leves alusões" — poderá perceber o adensamento simbólico que já a simples escolha dos nomes traz para as três primeiras cenas do ato. Os motivos clássicos da hospitalidade, do sentimento religioso, da inundação ("Os elementos estão conjurados conosco/ E tudo marcha para a destruição", dirá literalmente Mefisto nos vv. 11.549-50), das duas árvores e da morte comum foram todos aproveitados por Goethe, mas invertendo-se a lição de recompensa explicitada por Ovídio.

Em seus comentários à edição de Hamburgo, Erich Trunz enfatiza a presença do motivo religioso nesta abertura de um ato que culmina com a ascensão da alma de Fausto nas "furnas montanhosas": a prece do Peregrino, a devoção dos idosos e seu recolhimento à capela, para contemplar o "último pôr do sol", assim como o traço oposto da impiedade que vem do palácio (v. 11.131). Lembrando ainda um paralelismo sugerido por Goethe, em seu romance de velhice *Os anos de peregrinação de Wilhelm Meister*, entre histórias dos vários povos (e, portanto, da antiga tradição grega e judaica), Trunz vislumbra uma possível correspondência com a visita de Deus e seus dois anjos ao velho casal Abraão e Sara (*Gênesis*, 18): "Estes acolhem os visitantes de maneira tão hospitaleira quanto Filemon e Baucis. Aqui se segue uma inundação catastrófica; lá, a destruição de Sodoma e Gomorra. Goethe conhecia, na Bíblia ilustrada de Merian, a impressionante gravura em cobre da visita a Abraão e Sara; e como a sua memória visual conservou durante toda a vida tais motivos, é possível que também aqui atue o motivo bíblico no sentido daquela afinidade sugerida nos *Anos de peregrinação*". [M.V.M.]

WANDERER

>Ja! sie sind's, die dunkeln Linden,
>Dort, in ihres Alters Kraft.
>Und ich soll sie wiederfinden,
>Nach so langer Wanderschaft!
>Ist es doch die alte Stelle,
>Jene Hütte, die mich barg,
>Als die sturmerregte Welle
>Mich an jene Dünen warf! 11.050
>Meine Wirte möcht' ich segnen,
>Hilfsbereit, ein wackres Paar,
>Das, um heut mir zu begegnen,
>Alt schon jener Tage war.
>Ach! das waren fromme Leute!
>Poch' ich? ruf' ich? — Seid gegrüßt,
>Wenn gastfreundlich auch noch heute
>Ihr des Wohltuns Glück genießt!

BAUCIS *(Mütterchen, sehr alt)*

>Lieber Kömmling! Leise! Leise!
>Ruhe! laß den Gatten ruhn! 11.060
>Langer Schlaf verleiht dem Greise
>Kurzen Wachens rasches Tun.

WANDERER

>Sage, Mutter: bist du's eben,
>Meinen Dank noch zu empfahn,
>Was du für des Jünglings Leben
>Mit dem Gatten einst getan?
>Bist du Baucis, die geschäftig
>Halberstorbnen Mund erquickt?

(Der Gatte tritt auf)

PEREGRINO

    São as velhas tílias, sim,
    No esplendor da anciã ramagem.
    Torno a achá-las, pois, no fim
    De anos de peregrinagem!
    Sim, é a casa, é este o lugar;
    Abrigou-me ali a fortuna,
    Quando o tempestuoso mar
    Me lançou naquela duna!   11.050
    O bom par que, com desvelo,
    Me acolhera, eu ver quisera,
    Mas, hoje ainda hei de revê-lo?
    Tão idoso então já era!
    Gente cândida e feliz!
    Bato? chamo? — Eu vos saúdo!
    Se a ventura sempre fruís,
    De fazer o bem em tudo.

BAUCIS *(avozinha muito idosa)*

    Forasteiro, entra de leve!
    Não despertes meu esposo;   11.060
    Ao ancião dão vigor breve
    Longas horas de repouso.

PEREGRINO

    Se és, mãezinha, a que percebo,
    Com o esposo te bendigo
    Pela vida do mancebo,
    Por vós salvo, em dia antigo.
    Baucis és, que a inanimado
    Lábio a vida restaurou?

(Surge o esposo)

Du Philemon, der so kräftig
Meinen Schatz der Flut entrückt?
Eure Flammen raschen Feuers,
Eures Glöckchens Silberlaut,
Jenes grausen Abenteuers
Lösung war euch anvertraut.

Und nun laßt hervor mich treten,
Schaun das grenzenlose Meer;
Laßt mich knieen, laßt mich beten,
Mich bedrängt die Brust so sehr.

(Er schreitet vorwärts auf der Düne)

PHILEMON *(zu Baucis)*

Eile nur, den Tisch zu decken,
Wo's im Gärtchen munter blüht.
Laß ihn rennen, ihn erschrecken,
Denn er glaubt nicht, was er sieht.

(Neben dem Wandrer stehend)

Das Euch grimmig mißgehandelt,
Wog' auf Woge, schäumend wild,
Seht als Garten Ihr behandelt,
Seht ein paradiesisch Bild.
Älter, war ich nicht zuhanden,
Hülfreich nicht wie sonst bereit;
Und wie meine Kräfte schwanden,
War auch schon die Woge weit.

Filemon, tu, que, arrojado,
Meu tesouro à onda arrancou?
Vosso fogo, o eco argentino
Da sineta na negrura,
Transformaram o destino
Da terrífica aventura.[1]

Mas, deixai que eu vá mirar
Do mar vasto o arco indistinto;
Quero prosternar-me, orar,
Tão opresso o peito sinto.

(Dirige-se para a extremidade da duna)

FILEMON *(para Baucis)*

Corre, a mesa põe num canto
Flóreo do jardim, na sombra;
Deixa-o ir, silenciar de espanto,
O que avista, o olhar lhe assombra.

(Ao lado do Peregrino)

O que te lesara assim,
De onda após onda a voragem,
Vês mudado hoje em jardim,
Vês frondosa, idônea imagem.[2]
Velho, já, eu não podia
Como dantes, ajudar,
E, como o vigor se me ia,
Ia se afastando o mar.

---

[1] Isto é, ao acender um fogo na praia e tocar o pequeno sino, Filemon salvou não apenas a vida do náufrago que agora retorna, mas também os seus pertences.

[2] No original Filemon diz: "Vedes uma imagem paradisíaca", utilizando o adjetivo (*paradiesisch*) que aparecerá no último monólogo de Fausto, em que este exprime sua visão de um "povo livre" vivendo em "solo livre". Uma vez que o Peregrino parece de fato silenciar "de espanto" perante a nova paisagem, são as palavras do ancião que transmitem ao leitor ou espectador, mediante a técnica da *teichoscopia*, uma descrição da assombrosa intervenção de Fausto sobre toda essa região costeira.

Kluger Herren kühne Knechte
Gruben Gräben, dämmten ein,
Schmälerten des Meeres Rechte,
Herrn an seiner Statt zu sein.
Schaue grünend Wies' an Wiese,
Anger, Garten, Dorf und Wald. —
Komm nun aber und genieße,
Denn die Sonne scheidet bald. —
Dort im Fernsten ziehen Segel,
Suchen nächtlich sichern Port.
Kennen doch ihr Nest die Vögel;
Denn jetzt ist der Hafen dort.
So erblickst du in der Weite
Erst des Meeres blauen Saum,
Rechts und links, in aller Breite,
Dichtgedrängt bewohnten Raum.

(Am Tische zu drei, im Gärtchen)

BAUCIS

Bleibst du stumm? und keinen Bissen
Bringst du zum verlechzten Mund?

PHILEMON

Möcht' er doch vom Wunder wissen;
Sprichst so gerne, tu's ihm kund.

Servos, sob ativo mando,[3]
Fosso abriram, dique e valo,
Do mar o áqueo reino enfreando
Para a gosto dominá-lo.
Campo e prado vês, em flora,
Bosque, aldeia, agro, campina! —
Mas, vem refrescar-te agora,
Já que o sol no céu declina. —
Vogam naus, longe, a caminho
Do noturno abrigo, já! 11.100
Eis como a ave ruma ao ninho,
Pois agora o porto é lá.[4]
Assim vês, só no horizonte,
A orla azul do infindo oceano,
Na área plana, até o monte,
Denso povoamento humano.

(Os três à mesa, no jardinzinho)

BAUCIS

Mudo estás, e do alimento
Nada tens na boca posto?[5]

FILEMON

Quer informes do portento;
Narra-o tu, que é de teu gosto. 11.110

---

[3] O ancião fala neste verso, literalmente, de "servos intrépidos" (*kühne Knechte*) de "argutos" ou "inteligentes senhores" (*kluger Herren*). Já parece delinear-se aqui o confronto sub-reptício de Goethe com o pensamento político de Saint-Simon, o que leva Fausto a exclamar, em seu último discurso, que "um espírito" (ou um "cérebro") basta para "mil mãos".

[4] Isto é, ao "longe", onde outrora dominava o mar alto e agora se veem naus atracando no novo porto avançado.

[5] No original, o substantivo "boca" (*Mund*) vem acompanhado do adjetivo *verlechzt*, empregado aqui no sentido de "sequioso": subentende-se a imagem do visitante "boquiaberto", sequioso ou ávido por explicações para o "portento" que tem diante dos olhos.

BAUCIS

> Wohl! ein Wunder ist's gewesen!
> Läßt mich heut noch nicht in Ruh;
> Denn es ging das ganze Wesen
> Nicht mit rechten Dingen zu.

PHILEMON

> Kann der Kaiser sich versünd'gen,
> Der das Ufer ihm verliehn?
> Tät's ein Herold nicht verkünd'gen
> Schmetternd im Vorüberziehn?
> Nicht entfernt von unsern Dünen
> Ward der erste Fuß gefaßt,
> Zelte, Hütten! — Doch im Grünen
> Richtet bald sich ein Palast.

BAUCIS

> Tags umsonst die Knechte lärmten,
> Hack' und Schaufel, Schlag um Schlag;
> Wo die Flämmchen nächtig schwärmten,
> Stand ein Damm den andern Tag.

BAUCIS

Foi portento, com certeza!
Não me deixa ainda hoje em paz;
Já que em toda aquela empresa
Certo que nada me apraz.

FILEMON

Pecaria o Imperador
Que lhe doara a beira-mar?[6]
Um arauto, com clangor,
Não surgiu, para o anunciar?
Junto às dunas, lá, foi onde
Deram o primeiro passo;
Barracões! — Mas, entre a fronde,
Surgiu logo um rico paço.[7]

11.120

BAUCIS

Golpes sob o sol ressoavam,
Mas em vão; em noite fria
Mil luzinhas enxameavam,[8]
Diques vias no outro dia.

---

[6] Ao contrário da desconfiança que Baucis, jazendo jus àquela ancestral homônima que sofrera a inundação de seu país, demonstra em relação às novas terras conquistadas à água, Goethe atribui ao seu Filemon certa credulidade ingênua perante a autoridade (o Imperador e agora também o novo colonizador) e as obras miraculosas que tem diante dos olhos.

[7] "Paço" empregado aqui como sinônimo de "palácio", que já aparece contraposto a "barracas" ou "tendas" (*Zelte*) assim como a "barracões" ou "choupanas" (*Hütten*), preludiando a oposição que recrudescerá na próxima cena, intitulada justamente "Palácio".

[8] O testemunho visual de Baucis descortina sub-repticiamente ao leitor ou espectador imagens do processo de industrialização que, baseado sobretudo na máquina a vapor (desenvolvida por James Watt em 1782-84), acarreta transformações profundas na indústria têxtil, mineração, construção de estradas, arroteamento de terras, hidráulica etc. Goethe acompanhou atentamente essa nova fase da subjugação das forças da natureza pelo homem e a tematizou também em seu romance de velhice, *Os anos de peregrinação de Wilhelm Meister*. Nesta passagem do *Fausto*, a anciã Baucis expressa a sua perplexidade e profunda desconfiança com os enigmáticos reflexos da atividade da maquinaria durante a madrugada (o enxame de "luzinhas", o "mar de lavas" que fazia surgir pela manhã um novo "canal") e sugere tratar-se de algo demoníaco.

Menschenopfer mußten bluten,
Nachts erscholl des Jammers Qual;
Meerab flossen Feuergluten,
Morgens war es ein Kanal.
Gottlos ist er, ihn gelüstet
Unsre Hütte, unser Hain;
Wie er sich als Nachbar brüstet,
Soll man untertänig sein.

PHILEMON

Hat er uns doch angeboten
Schönes Gut im neuen Land!

BAUCIS

Traue nicht dem Wasserboden,
Halt auf deiner Höhe stand!

PHILEMON

Laßt uns zur Kapelle treten,
Letzten Sonnenblick zu schaun!
Laßt uns läuten, knieen, beten
Und dem alten Gott vertraun!

Carne humana ao luar sangrava,[9]
De ais ecoava a dor mortal,
Fluía ao mar um mar de lava,
De manhã era um canal.   11.130
Ímpio ele é, nossa cabana
E agro, teima em cobiçá-los;[10]
Da riqueza ele se ufana,
Trata-nos como vassalos.

FILEMON

Tem-nos, todavia, oferto
Na área nova terra rica!

BAUCIS

Foge ao solo aguado e incerto,[11]
Nos teus altos firme fica!

FILEMON

Vamos do alto da capela
Do sol poente ver o adeus;   11.140
Soar o sino em paz singela
E nos fiar no eterno Deus!

---

[9] Numa anotação de 10 de fevereiro de 1829, Eckermann relata o interesse que despertou em Goethe a construção do porto de Bremen, acompanhada de elevada taxa de vítimas. Albrecht Schöne refere-se ainda, nesse contexto, a um relato, publicado em 1782, de Friedrich von Brenkenhof que, a mando de Frederico o Grande, conduziu trabalhos de drenagem numa região da Prússia ocidental: a construção de um canal de apenas 36 km custou a vida de 1.500 pessoas.

[10] Baucis parece aludir à transgressão, pelo "ímpio", também do nono mandamento: "Não cobiçarás a casa do teu próximo".

[11] Num dos manuscritos lê-se neste verso, em vez de *Wasserboden* (substantivo formado por *Boden*, "solo", e *Wasser*, "água", traduzido adequadamente como "solo aguado e incerto"), *Wasserboten*, "mensageiros [*Boten*] da água", isto é, os arautos que Fausto envia das terras conquistadas ao mar para propor ao casal de anciãos a troca de propriedade. A grande maioria das edições do *Fausto* traz *Wasserboden*; contudo, a edição de Frankfurt, preparada por Albrecht Schöne, opta por *Wasserboten*.

Palast

Palácio

Após a abertura junto ao modesto mundo dos anciãos Filemon e Baucis (igrejinha, choupana e pequeno jardim), o ato desloca-se para o suntuoso palácio de Fausto, cercado por vasto parque ornamental e um grande canal de traçado retilíneo. Também este espaço é habitado por um ancião, mas muito diferente dos que se apresentaram na cena anterior: um ancião solitário, irascível, despótico, obstinado, cobiçoso... Palácio e cabana encontram-se, portanto, em uma relação de oposição, que Goethe modulou em conformidade com um antigo *topos* da tradição ocidental, que remonta, entre outros, a Horácio e Virgílio: a choupana em que o humilde lavrador repousa num sono sereno dos esforços do dia a dia e, na esfera oposta, a habitação do poderoso ímpio, em que se aninham a apreensão, o temor e a insônia. Conforme observam Albrecht Schöne e Ulrich Gaier em seus comentários, esse antigo *topos* experimentou uma significativa atualização política no tempo de Goethe, com a palavra de ordem lançada pelos revolucionários franceses em 1792: *Guerre aux châteaux! Paix aux chaumières!* ("Guerra aos palácios! Paz às choupanas!").

A mesma antinomia entre a suntuosa e a humilde habitação desdobra-se na relação entre o palácio de Fausto e os barracões e tendas em que se amontoam seus operários. Nesse âmbito Schöne lembra ainda formulações que o jovem Karl Marx, doze anos após a morte de Goethe, desenvolvia no capítulo de seus *Manuscritos econômico-filosóficos* (1844) dedicado ao "trabalho alienado": "O trabalho produz obras miraculosas para os ricos, mas produz despojamento para o operário. Produz palácios, mas apenas grotões para o operário".

Uma outra variante da oposição entre palácio e cabana está implícita na história bíblica a que Mefistófeles, voltando-se aos espectadores, alude no final da cena, quando sai com os três valentes camaradas para cumprir a ordem de "pôr de lado" os anciãos. Trata-se da história, narrada no capítulo 21 do primeiro *Livro dos Reis*, da vinha de Nabot que, por situar-se "ao lado do palácio de Acab, rei de Semaria", é cobiçada por este: "Cede-me tua vinha para que eu a transforme numa horta, já que ela está situada junto ao meu palácio; em troca te darei uma vinha melhor, ou, se preferires, pagarei em dinheiro o seu valor". Nabot, contudo, recusa-se a vendê-la ou trocá-la para não cometer ato desagradável aos olhos de Deus: "Iahweh me livre de ceder-te a herança dos meus pais!". A recusa faz o rei mergulhar num estado de prostração, até que sua mulher Jezabel arma uma intriga que leva ao apedrejamento e eliminação de Nabot. [M.V.M.]

(Weiter Ziergarten, großer, gradgeführter Kanal)

(Faust im höchsten Alter, wandelnd, nachdenkend)

LYNKEUS DER TÜRMER *(durchs Sprachrohr)*

Die Sonne sinkt, die letzten Schiffe,
Sie ziehen munter hafenein.
Ein großer Kahn ist im Begriffe,
Auf dem Kanale hier zu sein.
Die bunten Wimpel wehen fröhlich,
Die starren Masten stehn bereit;
In dir preist sich der Bootsmann selig,
Dich grüßt das Glück zur höchsten Zeit. 11.150

QUINTO ATO — PALÁCIO

(Vasto parque, canal largo de traçado reto)[1]

(Fausto, em idade bíblica, caminhando imerso em meditação)[2]

LINCEU, O VIGIA *(pelo porta-voz)*[3]

> A luz cai; ainda, em curso suave,
> Rondam uns barcos o pontal,
> Apresta-se uma grande nave
> Para aportar, cá, no canal.[4]
> Voam flâmulas de cor da vela,
> Dos mastros rígidos da escuna;
> És do barqueiro a boa estrela,
> Na idade mima-te a fortuna.[5]

11.150

---

[1] *Ziergarten*, no original: algo como jardim ou parque "ornamental", que Goethe entendia como um espaço de traçado geométrico e regular, ao estilo francês (e, portanto, em oposição à aparente espontaneidade do jardim inglês). Como observa Albrecht Schöne, as indicações cênicas "Palácio, vasto parque, canal largo de traçado reto" indiciam não apenas o domínio e manipulação do homem sobre a Natureza, mas também a condição social daquele que, "imerso em meditação", passeia pelos domínios do parque: "Pois os contemporâneos de Goethe entendiam a liberdade de estilo do jardim inglês como demonstração de liberdade política antifeudal — e, ao contrário, os antigos jardins de plano arquitetônico geométrico e regular, cujo paradigma era o parque de Versailles, como símbolo de uma ordem social absolutista".

[2] No original, Goethe escreve apenas "na mais avançada idade"; mas Eckermann registra, sob a data de 6 de junho de 1831, as seguintes palavras: "O Fausto, tal como aparece no quinto ato, disse ainda Goethe, deve ter, segundo a minha intenção, exatamente 100 anos de idade e eu não estou seguro se não seria bom explicitar isso com toda clareza em algum lugar".

[3] Como já acontecera no terceiro ato da tragédia (cena "Palácio interior de uma fortaleza"), também aqui o atalaia ou vigia da torre (*Turmwächter*), no palácio de Fausto, recebe o nome de Linceu (o de olho de lince), como se chamava um dos argonautas dotado de visão extraordinariamente aguçada. O retorno do nome não significa que se trata da mesma personagem, mas se deve antes à coincidência de função. Nesta cena, o uso do "porta-voz" — isto é, de um alto-falante ou megafone — pode estar conotando a surdez já avançada do velho amo.

[4] Neste relato, Linceu fala primeiro em "navios" e, em seguida, num grande "bote ou barco." (*Kahn*, traduzido por "nave"). Uma vez que os navios só podiam chegar até o novo porto (avançado mar adentro), a carga e a tripulação alcançavam a praia navegando pelo canal, em embarcações menores.

[5] A apóstrofe pode estar dirigida à "grande nave" ou ao "canal", expressando-se a alegria do marinheiro por ter escapado dos perigos da viagem marítima, ou então ao Fausto "na mais alta idade", em cuja figura, como diz o original com conotação bíblica, o barqueiro "se louva bem-aventurado".

FÜNFTER AKT — PALAST

(Das Glöckchen läutet auf der Düne)

FAUST *(auffahrend)*

> Verdammtes Läuten! Allzuschändlich
> Verwundet's, wie ein tückischer Schuß;
> Vor Augen ist mein Reich unendlich,
> Im Rücken neckt mich der Verdruß,
> Erinnert mich durch neidische Laute:
> Mein Hochbesitz, er ist nicht rein,
> Der Lindenraum, die braune Baute,
> Das morsche Kirchlein ist nicht mein.
> Und wünscht' ich, dort mich zu erholen,
> Vor fremdem Schatten schaudert mir, 11.160
> Ist Dorn den Augen, Dorn den Sohlen;
> O! wär' ich weit hinweg von hier!

TÜRMER *(wie oben)*

> Wie segelt froh der bunte Kahn
> Mit frischem Abendwind heran!
> Wie türmt sich sein behender Lauf
> In Kisten, Kasten, Säcken auf!

*(Toca a sineta na duna)*⁶

FAUSTO *(num sobressalto)*

> De novo! esse tilim maldito!
> Qual tiro pérfido ressoa;
> Meu reino à vista é infinito,
> Por detrás, só desgosto ecoa;
> Maldoso, fere e me espezinha:
> Meu alto império é uma ilusão;
> A arca das tílias, a igrejinha,
> O colmo pardo, meus não são.
> E se eu quisesse lá folgar,
> Traz sombra alheia tédio em si,
> Aflige a mente, aflige o olhar;⁷
> Oh! visse-me eu longe daqui!

11.160

O VIGIA *(como dantes)*

> Que alegre a rica nau desliza
> Ao noturnal frescor da brisa!
> Em cúmulos como amontoa
> Os fartos bens da popa à proa!

---

⁶ No final da cena anterior, Filemon anunciara o desejo de tocar o pequeno sino. Compreende-se, portanto, que esta cena tem lugar imediatamente após aquela.

⁷ *Ist Dorn den Augen, Dorn den Sohlen*, em tradução literal: "É espinho para os olhos, espinho para as solas [dos pés]". Essa linguagem imagética com que Fausto exprime a sua intenção de expulsar o casal de anciãos tem por referência uma passagem do Antigo Testamento (*Números*, 33: 50-6) em que Iahweh ordena aos israelitas tomar a terra de Canaã, expulsar os habitantes e destruir as suas imagens de culto: "Contudo, se não expulsardes de diante de vós os habitantes da terra, aqueles que deixardes entre eles se tornarão espinhos para os vossos olhos e aguilhões nas vossas ilhargas".

Além de lembrar as remotas origens de uma história de deportações e massacres, a alusão bíblica sugere, no contexto desta passagem, que o substantivo "sombra", no verso anterior, deve ser entendido no plural, referindo-se a Filemon e Baucis, e não apenas à "igrejinha", como pressupõe a forma singular que aparece nesta tradução.

FÜNFTER AKT — PALAST

(Prächtiger Kahn, reich und bunt beladen mit Erzeugnissen fremder Weltgegenden)

(Mephistopheles. Die drei gewaltigen Gesellen)

CHORUS

>Da landen wir,
>Da sind wir schon.
>Glückan dem Herren,
>Dem Patron! 11.170

(Sie steigen aus, die Güter werden ans Land geschafft)

MEPHISTOPHELES

So haben wir uns wohl erprobt,
Vergnügt, wenn der Patron es lobt.
Nur mit zwei Schiffen ging es fort,
Mit zwanzig sind wir nun im Port.
Was große Dinge wir getan,
Das sieht man unsrer Ladung an.
Das freie Meer befreit den Geist,
Wer weiß da, was Besinnen heißt!
Da fördert nur ein rascher Griff,
Man fängt den Fisch, man fängt ein Schiff, 11.180
Und ist man erst der Herr zu drei,
Dann hakelt man das vierte bei;

*(Galé magnífica, ricamente carregada
de produtos variados de regiões exóticas)*

(Mefistófeles. Os três valentes camaradas)

CHORUS

    Eis-nos no porto,
    Aqui estamos.
    Salve o patrão!
    O amo saudamos![8]   11.170

(Desembarcam. A carga é levada para a terra)

MEFISTÓFELES

Vencemos, pois, com brilho a prova,
Alegres, se o amo a empresa aprova.
Com duas naus desamarramos,
No cais com vinte hoje atracamos.
Dos nossos feitos vês, à larga,
O prêmio em nossa rica carga.
Mar livre o espírito liberta,[9]
Dissipa a hesitação incerta.
Rápido lance, sangue frio,
Um peixe tens, tens um navio,   11.180
E se em três rumas mar em fora,
O quarto apanhas sem demora;

---

[8] Irrompendo na cena com versos curtos em tom de fanfarronice, os "três valentes camaradas" usam o substantivo *Patron*, que no dicionário de Johann Christoph Adelung, obra de consulta assídua para Goethe, é definido como "proprietário de navio" ou "o responsável pela supervisão do navio e de sua carga".

[9] Mefisto parece arremedar neste verso, com o seu habitual cinismo, o momento afirmativo dos grandes empreendimentos marítimos, como se observa, por exemplo, no canto V da epopeia camoniana. Mas logo em seguida ele irá explicitar o verdadeiro motor da empresa náutica que expande o império de Fausto: "Tens força, tens, pois, o direito. [...]/ Conhece-se a navegação!/ Comércio, piratagem, guerra,/ Trindade inseparável são".

Da geht es denn dem fünften schlecht,
Man hat Gewalt, so hat man Recht.
Man fragt ums Was, und nicht ums Wie.
Ich müßte keine Schiffahrt kennen:
Krieg, Handel und Piraterie,
Dreieinig sind sie, nicht zu trennen.

DIE DREI GEWALTIGEN GESELLEN

> Nicht Dank und Gruß!
> Nicht Gruß und Dank! 11.190
> Als brächten wir
> Dem Herrn Gestank.
> Er macht ein
> Widerlich Gesicht;
> Das Königsgut
> Gefällt ihm nicht.

MEPHISTOPHELES

> Erwartet weiter
> Keinen Lohn!
> Nahmt ihr doch
> Euren Teil davon. 11.200

DIE GESELLEN

> Das ist nur für
> Die Langeweil';

É para o quinto ruim o efeito;
Tens força, tens, pois, o direito.
Sem Como a gente ao Quê se aferra;[10]
Conhece-se a navegação!
Comércio, piratagem, guerra,
Trindade inseparável são.

OS TRÊS VALENTES CAMARADAS

Não cumprimenta!
Não agradece!   11.190
Como se a carga
Nada valesse!
Cara enfastiada[11]
É o que o amo faz;
O real tesouro
Não lhe apraz.

MEFISTÓFELES

Não aguardeis
Prêmio que farte,
Pois já tirastes
Vossa parte.   11.200

OS CAMARADAS

Só como amostra
Aquilo fica;[12]

---

[10] Em tradução literal: "Pergunta-se pelo quê, e não pelo como". O que importa, sugere Mefistófeles num sentido "maquiavélico", é "o que" se conquista (e não "como").

[11] A expressão "enfastiada" (*widerlich*, no original, adjetivo empregado aqui no sentido de "repugnada") não se deve à repulsa pela pirataria conduzida por Mefistófeles, mas sim — como virá à tona em seguida — à resistência de Baucis e Filemon em ceder a sua pequena propriedade.

[12] No original, os "valentões" dão a entender que a parte que lhes coube é apenas a recompensa pelo "longo tempo" — *Langeweil*, no sentido de *lange* ("longo") *Weile* ("período") — passado no mar.

Wir alle fordern
Gleichen Teil.

MEPHISTOPHELES

    Erst ordnet oben
    Saal an Saal
    Die Kostbarkeiten
    Allzumal!
    Und tritt er zu
    Der reichen Schau,   11.210
    Berechnet er alles
    Mehr genau,
    Er sich gewiß
    Nicht lumpen läßt
    Und gibt der Flotte
    Fest nach Fest.
    Die bunten Vögel kommen morgen,
    Für die werd' ich zum besten sorgen.

(Die Ladung wird weggeschafft)

MEPHISTOPHELES *(zu Faust)*

Mit ernster Stirn, mit düstrem Blick
Vernimmst du dein erhaben Glück.   11.220
Die hohe Weisheit wird gekrönt,
Das Ufer ist dem Meer versöhnt;

Queremos parte
Igual e rica.

MEFISTÓFELES

No alto ordenai,
De sala em sala,
Os ricos bens
Em vasta escala.
Logo ele irá
Vê-los de perto,   11.210
A computar
Seu valor certo
E com largueza
Manifesta,
Dar à flotilha
Festa após festa.
Vêm amanhã as ledas aves,[13]
Tomo conta eu de homens e naves.

(A carga é transportada para fora)

MEFISTÓFELES *(a Fausto)*

Com fronte austera e rijo porte[14]
Me ouviste a tua magna sorte.   11.220
Coroou-se da alta ciência a obra,
Submisso, à terra o mar se dobra;

---

[13] Conforme observa Albrecht Schöne, tais aves "ledas" (ou "coloridas", como diz o original) podem significar os "navios" ancorados no porto distante, ou então os "marinheiros", ou ainda, em sentido concreto, "pássaros exóticos", trazidos de longe. Mas podem significar também, considerando que Mefisto está anunciando uma festa, "aves-prostitutas" (*Hurenvögel*) em vestes coloridas: o verbo alemão *vögeln*, derivado do substantivo *Vogel* ("ave" ou "pássaro"), significa "copular" e é empregado para humanos em sentido grosseiro ou mesmo chulo.

[14] No original, Mefisto refere-se à "fronte austera" e ao "olhar sombrio" com que o colonizador irascível ouve a sua "magna sorte".

Fünfter Akt — Palast

Vom Ufer nimmt, zu rascher Bahn,
Das Meer die Schiffe willig an;
So sprich, daß hier, hier vom Palast
Dein Arm die ganze Welt umfaßt.
Von dieser Stelle ging es aus,
Hier stand das erste Bretterhaus;
Ein Gräbchen ward hinabgeritzt,
Wo jetzt das Ruder emsig spritzt. 11.230
Dein hoher Sinn, der Deinen Fleiß
Erwarb des Meers, der Erde Preis.
Von hier aus —

FAUST

          Das verfluchte Hier!
Das eben, leidig lastet's mir.
Dir Vielgewandtem muß ich's sagen,
Mir gibt's im Herzen Stich um Stich,
Mir ist's unmöglich zu ertragen!
Und wie ich's sage, schäm' ich mich.
Die Alten droben sollten weichen,
Die Linden wünscht' ich mir zum Sitz, 11.240
Die wenig Bäume, nicht mein eigen,
Verderben mir den Weltbesitz.
Dort wollt' ich, weit umherzuschauen,
Von Ast zu Ast Gerüste bauen,
Dem Blick eröffnen weite Bahn,
Zu sehn, was alles ich getan,

QUINTO ATO — PALÁCIO

E em franca união, da costa, adota
As naus para a longínqua rota.
Ordena, pois, pra que teu braço[15]
Abranja o mundo deste paço.
Daqui surgiu o plano inteiro,
Ergueu-se um barracão primeiro;
Gravou-se um fosso, uma comporta,
Onde hoje o remo as ondas corta.   11.230
Dos teus o suor, teu gênio e arrojo,
Da terra e mar traz-te o despojo.
Daqui é que —

FAUSTO

         Esse aqui maldito!
É o que me deixa irado e aflito.
Contigo, esperto e apto, é que falo;
Ofende e fere-me em excesso;
Não me é possível aturá-lo,
E envergonhado é que o confesso:
Das tílias quero a possessão,
Ceda o par velho o privilégio!   11.240
Os poucos pés que meus não são[16]
Estragam-me o domínio régio.
Lá quero armar, de braço em braço,
Andaimes sobre o vasto espaço,
A fim de contemplar, ao largo,
Tudo o que aqui fiz, sem embargo,

---

[15] No original, Mefistófeles usa duas vezes neste verso o advérbio "aqui" ("Dize então que aqui, aqui deste palácio"), preparando o acesso de ira de Fausto logo a seguir contra "este aqui maldito".

[16] Literalmente: "As poucas árvores, que minhas não são". Evidencia-se que por trás do ódio de Fausto está um fenômeno de poder político: o menor enclave, um elemento mínimo de autonomia, questiona e estraga-lhe o "domínio régio".

Zu überschaun mit einem Blick
Des Menschengeistes Meisterstück,
Betätigend mit klugem Sinn
Der Völker breiten Wohngewinn.

So sind am härtsten wir gequält,
Im Reichtum fühlend, was uns fehlt.
Des Glöckchens Klang, der Linden Duft
Umfängt mich wie in Kirch' und Gruft.
Des allgewaltigen Willens Kür
Bricht sich an diesem Sande hier.
Wie schaff' ich mir es vom Gemüte!
Das Glöcklein läutet, und ich wüte.

MEPHISTOPHELES

Natürlich! daß ein Hauptverdruß
Das Leben dir vergällen muß.
Wer leugnet's! Jedem edlen Ohr
Kommt das Geklingel widrig vor.
Und das verfluchte Bim-Baum-Bimmel,
Umnebelnd heitern Abendhimmel,
Mischt sich in jegliches Begebnis,
Vom ersten Bad bis zum Begräbnis,
Als wäre zwischen Bim und Baum
Das Leben ein verschollner Traum.

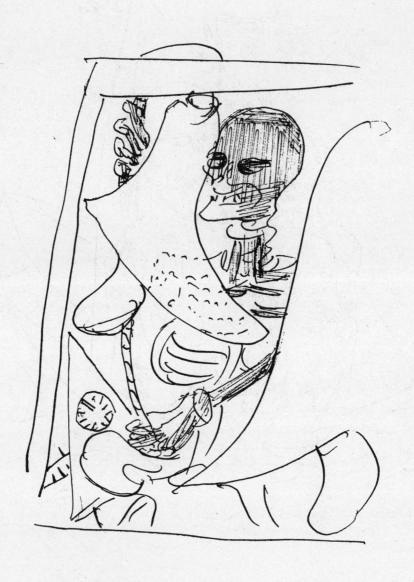

E com o olhar cobrir, de cima,
Do espírito humano a obra-prima,
Na vasta e sábia ação que os novos
Espaços doou ao bem dos povos.[17]   11.250

Na posse, assim, mais nos assalta
Mágoa e ânsia pelo que nos falta.
Das tílias o hálito, e perfume,[18]
Bafo de cripta e igreja assume.
Do poderoso o arbítrio férreo[19]
Estaca ante um recanto térreo.
Como livrar-me desse fardo!
Toca a sineta, e em cólera ardo.

MEFISTÓFELES

Vê-se que deve tal agrura
Encher-te a vida de amargura.   11.260
Quem o nega! A um ouvido nobre
Repugna o som desse vil cobre.
E o malfazejo tilim-tlim,
Nublando o céu, se mete assim
Em cada evento, com emperro,
Desde o batismo até ao enterro,[20]
Como se entre tlin-tlins a vida
Fosse sonho e ilusão perdida.

---

[17] O último monólogo de Fausto já é preludiado neste verso que exprime o projeto de conquistar "novos espaços" para o "bem dos povos". Contudo, há que apontar o elemento da contradição, que desmascara a racionalização do seu ato: para isso, ele precisa expatriar o casal de idosos enraizado nesta terra.

[18] No original, Fausto refere-se também ao som da sineta (*des Glöckchens Klang*) que, junto com o "hálito das tílias", o envolve como "em igreja e cripta". Pode-se perguntar aqui se essas referências não estariam sugerindo uma premonição de sua morte próxima.

[19] Neste verso, Goethe segmenta o substantivo alemão *Willkür* ("arbitrariedade") em *Kür* ("decisão", "escolha") e *Willens* ("da vontade"). Como observa Erich Trunz, a palavra "arbitrariedade" é evitada e ao mesmo tempo enfatizada. O sentido do verso é captado com precisão pela tradutora.

[20] No original, Mefistófeles alude ao batismo de maneira irônica: "Do primeiro banho até ao enterro".

FAUST

    Das Widerstehn, der Eigensinn
    Verkümmern herrlichsten Gewinn,
    Daß man, zu tiefer, grimmiger Pein,
    Ermüden muß, gerecht zu sein.

MEPHISTOPHELES

    Was willst du dich denn hier genieren?
    Mußt du nicht längst kolonisieren?

FAUST

    So geht und schafft sie mir zur Seite! —
    Das schöne Gütchen kennst du ja,
    Das ich den Alten ausersah.

MEPHISTOPHELES

    Man trägt sie fort und setzt sie nieder,
    Eh' man sich umsieht, stehn sie wieder;
    Nach überstandener Gewalt
    Versöhnt ein schöner Aufenthalt.

FAUSTO

> A resistência, a teimosia,
> O esplendor todo me atrofia,   11.270
> E é só com ira e a muito custo
> Que me conservo ainda justo.[21]

MEFISTÓFELES

> Que cerimônia, ora! e até quando?
> Pois não estás colonizando?[22]

FAUSTO

> Bem, vai; põe-nos enfim de lado! —[23]
> Sabes da bela quintazinha
> Que aos velhos reservado tinha.

MEFISTÓFELES

> A gente os pega e os bota lá,
> De novo em pé ver-se-ão num já;
> Compensa o susto e a violência   11.280
> À farta a nova residência.

---

[21] Atormentado há tempos pelo repique da sineta vizinha, Fausto se declara já cansado de ser justo com o casal de anciãos que resiste à expansão de seus domínios.

[22] No episódio bíblico aludido por Goethe, Jezabel diz ao rei contrariado pela recusa de Nabot em ceder a sua pequena propriedade: "Pois não és tu que governas Israel?". O verso de Mefisto faz ecoar essa remota exortação ao uso da força, sendo que o verbo "colonizar" significava, no vocabulário da economia política contemporânea, a apropriação violenta de terras e possessões alheias.

[23] A tradução corresponde exatamente ao sentido indeterminado da ordem que Fausto profere aqui a Mefistófeles e aos seus "valentões": *und schafft sie mir zur Seite!* — colocai-os de lado, afastai-os de minha vista, o que pode ou não conotar a orientação de eliminá-los. Em todo o contexto do diálogo entre Fausto e Mefistófeles, este verso aparece como o único "solto", isto é, sem rima. Quis Goethe enfatizar assim a gravidade dessa exortação? De qualquer modo, a expressão "pôr de lado" não deixa claro, conforme observado, tratar-se de uma ordem de execução, como fará Mefistófeles em seguida. Deve-se considerar ainda que a referência atenuante de Fausto à "bela quintazinha" oferecida aos anciãos surge somente após a pausa indiciada pelo travessão.

(Er pfeift gellend)

(Die Drei treten auf)

MEPHISTOPHELES

Kommt, wie der Herr gebieten läßt!
Und morgen gibt's ein Flottenfest.

DIE DREI

Der alte Herr empfing uns schlecht,
Ein flottes Fest ist uns zu Recht.

MEPHISTOPHELES *(ad spectatores)*

Auch hier geschieht, was längst geschah,
Denn Naboths Weinberg war schon da. *(1 Regum* XXI)

(Apita estridentemente)

(Surgem os Três)

MEFISTÓFELES

    Anda, à obra que o nosso amo ordena!
    Para amanhã a festa acena.

OS TRÊS

    O velho amo acolheu-nos mal,
    Dê uma festa sem igual.

MEFISTÓFELES *(ad spectatores)*

    Já se deu o que aqui se dá,
    De Naboth houve a vinha já. (*1 Reis* XXI)[24]

---

[24] Esta última referência explícita de Goethe ao Antigo Testamento pode estar indiciando não apenas um remoto caso semelhante de desapropriação e assassínio ("De Naboth houve a vinha já"), mas também — considerando-se o conjunto do capítulo 21 do primeiro *Livro dos Reis* — a vingança que se segue ao ato de violenta arbitrariedade: na sequência do episódio bíblico, o profeta Elias dirige-se a Acab para anunciar-lhe o castigo: "Mataste e ainda por cima roubas! [...] Porque te deixaste subornar para fazer o que é mau aos olhos de Iahweh, farei cair sobre ti a desgraça".

Tiefe Nacht

Noite profunda

As duas primeiras cenas do ato mostraram, sob a luz do pôr do sol, a "região aberta" em que se localiza a cabana de Baucis e Filemon e, em seguida, os extensos jardim e canal em torno do palácio do colonizador. Reina agora a escuridão, mas o espaço é ainda o palácio e assim continuará até a penúltima cena da tragédia, pois é em seu átrio que se deve imaginar o sepultamento de Fausto. Como nas cenas localizadas no palácio imperial do primeiro ato, ou ainda diante do palácio de Menelau no terceiro ato, também aqui várias entradas no mesmo espaço constituem um agrupamento cênico coerente e amarrado.

Do alto da torre de vigia ouve-se agora a célebre "canção de Linceu", composta em abril de 1831 e considerada a quinta-essência da religiosidade mundana de Goethe: "Felizes meus olhos,/ O que heis percebido,/ Lá seja o que for,/ Tão belo tem sido!". Mas a canção se insere, em flagrante contraste, entre o sinistro acontecimento anunciado por Mefistófeles ("De Naboth houve a vinha já") e a sua perpetração, de modo que o louvor lírico da beleza e da harmonia da criação se converte em lamento elegíaco: "O que a vista deliciava/ Com os séculos se foi".

Em seguida, aparece Fausto sobre um balcão, numa altura intermediária, e os seus versos articulam uma racionalização do crime: a construção de um belvedere para se contemplar o avanço ininterrupto de sua empresa colonizatória. Por fim, surge mais embaixo Mefisto com os seus três sicários, e em versos paratáticos, numa cadência surda e acelerada, ouve-se o relato frio e cínico da eliminação dos anciãos recalcitrantes.

Em seus comentários a esta cena, Erich Trunz ressalta na figura de Linceu o momento da contemplação pura, que se constitui como antítese ao frenético agir do colonizador: "Fausto é ativo, mas permanece junto a Mefisto. Linceu é apenas visão, mas não pode ajudar. Ele enaltece a Natureza e lamenta o que vê no mundo dos humanos. Também o mundo de Fausto não poderia ser constituído de modo a que Linceu pudesse enaltecê-lo? Para que a ordenança ativa e soberana pudesse ser incluída nesse grandioso contemplar afirmativo ela teria de oferecer uma imagem tal como a pinta mais tarde o monólogo final (vv. 11.559-86). Fausto como soberano: ação e realidade, mas nenhuma beleza. Linceu: beleza e realidade, mas nenhuma ação. O monólogo final de Fausto: ação e beleza, mas nenhuma realidade". [M.V.M.]

Fünfter Akt — Tiefe Nacht

LYNKEUS DER TÜRMER *(auf der Schloßwarte, singend)*

    Zum Sehen geboren,
    Zum Schauen bestellt,
    Dem Turme geschworen,   11.290
    Gefällt mir die Welt.
    Ich blick' in die Ferne,
    Ich seh' in der Näh'
    Den Mond und die Sterne,
    Den Wald und das Reh.
    So seh' ich in allen
    Die ewige Zier,
    Und wie mir's gefallen,
    Gefall' ich auch mir.
    Ihr glücklichen Augen,   11.300
    Was je ihr gesehn,
    Es sei wie es wolle,
    Es war doch so schön!

(Pause)

    Nicht allein mich zu ergetzen,
    Bin ich hier so hoch gestellt;
    Welch ein greuliches Entsetzen
    Droht mir aus der finstern Welt!
    Funkenblicke seh' ich sprühen
    Durch der Linden Doppelnacht,

QUINTO ATO — NOITE PROFUNDA

LINCEU, O VIGIA *(cantando na torre do castelo)*

> A ver destinado,
> À torre preposto,[1]
> Vigia jurado,   11.290
> O mundo é meu gosto.
> Contemplo distante
> E próximo observo
> O luar no levante,
> O bosque, a ave e o cervo.
> Assim vejo em tudo
> Beleza sem fim,
> E, como me agrada,
> Agrado-me a mim.
> Felizes meus olhos,   11.300
> O que heis percebido,
> Lá seja o que for,
> Tão belo tem sido!

(Pausa)

> Mas nem sempre para o gozo
> Velo o mundo desta altura;
> Com que horror mais espantoso
> Me confronto na negrura!
> Chispas vejo que faíscam
> Pelas tílias, lá, na treva,[2]

---

[1] No original, o vigia Linceu inicia este canto com os versos "Para ver nascido,/ Para olhar destinado", explicitando a diferença, tão cara ao pensamento de Goethe, entre a mera percepção visual do "ver" (*sehen*) e o "olhar" ou "mirar" (*schauen*) que busca penetrar na essência dos fenômenos. Também Otto Maria Carpeaux, em suas explanações sobre Goethe (*História da literatura ocidental*, vol. III, p. 1.620), enxerga nesses versos uma espécie de quinta-essência ou balanço final da experiência de vida do poeta, a expressão do "equilíbrio que o fez tirar a conclusão de sua vida: 'tudo o que chegaram a ver esses olhos felizes, como quer que tenha sido — foi bom'".

[2] No original, Linceu fala neste verso em chispas que faíscam "pela dupla noite das tílias". A imagem deve-se possivelmente ao fato de as duas árvores, recortadas perante o pano de fundo da cabana em cha-

Immer stärker wühlt ein Glühen, 11.310
Von der Zugluft angefacht.
Ach! die innre Hütte lodert,
Die bemoost und feucht gestanden;
Schnelle Hülfe wird gefodert,
Keine Rettung ist vorhanden.
Ach! die guten alten Leute,
Sonst so sorglich um das Feuer,
Werden sie dem Qualm zur Beute!
Welch ein schrecklich Abenteuer!
Flamme flammet, rot in Gluten 11.320
Steht das schwarze Moosgestelle;
Retteten sich nur die Guten
Aus der wildentbrannten Hölle!
Züngelnd lichte Blitze steigen
Zwischen Blättern, zwischen Zweigen;
Äste dürr, die flackernd brennen,
Glühen schnell und stürzen ein.
Sollt ihr Augen dies erkennen!
Muß ich so weitsichtig sein!
Das Kapellchen bricht zusammen 11.330
Von der Äste Sturz und Last.
Schlängelnd sind, mit spitzen Flammen,
Schon die Gipfel angefaßt.
Bis zur Wurzel glühn die hohlen
Stämme, purpurrot im Glühn. —

Raios fúlgidos coriscam,   11.310
Que o ar atiça e à roda leva.
Ah! no bosque a casa arde,[3]
Que em musgo úmido se erguia;
Urge auxílio! ali, que não tarde!
Esperança vã, baldia!
O parzinho venerando,
Sempre ao fogo tão atento,
Preso, e em fumo e em brasa arfando!
Que agonia, que tormento!
Fulge a choça em luz purpúrea   11.320
Dentro do atro entulho externo;
Salvem-se esses bons da fúria
Do tremendo, ardente inferno!
Flâmea língua se esparrama
Pelas hastes, pela rama;
Galhos, crepitando e ardendo,
Ruem em rápida ignição.
Olhos meus, ah! que estais vendo!
Por que tenho tal visão!
A capela cai em ruínas   11.330
Sob a alta haste despencada.
Serpenteiam chamas finas
Pelo cume da ramada.
Nos pés ocos corre a lava,
Rubro ardor raízes rói. —

---

mas, apresentarem-se aos olhos do vigia como especialmente negras (antes, portanto, de serem elas mesmas atingidas pelo fogo).

[3] No original, Linceu transmite a visão de chamas que ardem de dentro para fora: "Ah!, o interior da choupana arde".

(Lange Pause, Gesang)

> Was sich sonst dem Blick empfohlen,
> Mit Jahrhunderten ist hin.

FAUST *(auf dem Balkon, gegen die Dünen)*

> Von oben welch ein singend Wimmern?
> Das Wort ist hier, der Ton zu spat.
> Mein Türmer jammert; mich, im Innern,
> Verdrießt die ungeduld'ge Tat.
> Doch sei der Lindenwuchs vernichtet
> Zu halbverkohlter Stämme Graun,
> Ein Luginsland ist bald errichtet,
> Um ins Unendliche zu schaun.
> Da seh' ich auch die neue Wohnung,
> Die jenes alte Paar umschließt,
> Das, im Gefühl großmütiger Schonung,
> Der späten Tage froh genießt.

11.340

(Longa pausa, canto)[4]

      O que a vista deliciava
      Com os séculos se foi.[5]

FAUSTO *(no balcão, virado para as dunas)*

Do alto ouço um canto lamuriento.
Cumpriu-se a ordem; choro vão!
Geme o guarda; eu também lamento   11.340
No íntimo a irrefletida ação.
Mas que das tílias só subsista
Tronco semicarbonizado,
Para uma ilimitada vista,
Ergue-se um belveder, ao lado.[6]
Lá, também vejo o novo lar
No qual, com proteção honrosa
E em paz serena, o velho par
Tranquilo o fim da vida goza.

---

[4] Em seu alentado estudo *A colônia de Fausto* (*Fausts Kolonie*, Würzburg, 2004), Michael Jaeger interpreta esta segunda e "longa" pausa no canto de Linceu como sinalização da ruptura irreparável com a milenar tradição clássica e judaico-cristã simbolizada por Baucis e Filemon. A interrupção faz resplandecer por um instante não só a ruína dos anciãos e a tragédia de Fausto, mas sobretudo a catástrofe provocada por uma modernidade inexorável e intrinsecamente destrutiva: "No mar de chamas descrito por Linceu consomem-se os vigamentos que sustentam a edificação da cultura europeia" (p. 414).

[5] Após a "longa pausa" vêm então os versos conclusivos de Linceu, os quais podem estar se referindo tanto às velhas tílias agora carbonizadas (e, com elas, os "séculos" de sua existência) como à cabana e à pequena capela, símbolos do velho mundo representado por Baucis e Filemon.

[6] *Luginsland*, no original: substantivo derivado do verbo *lugen* ("espiar", "mirar"), *ins* ("no") e *Land* ("país", "campo", "terra" etc). Trata-se de um mirante ou belvedere (substantivo italiano, incorporado pela língua portuguesa, composto pelo verbo *vedere*, "ver, olhar") em forma de torre, do qual se poderá observar toda a região ao redor, inclusive — nos planos de Fausto — o pedaço de terra que teria oferecido ao casal de anciãos.

FÜNFTER AKT — TIEFE NACHT

MEPHISTOPHELES UND DIE DREIE *(unten)*

> Da kommen wir mit vollem Trab; 11.350
> Verzeiht! es ging nicht gütlich ab.
> Wir klopften an, wir pochten an,
> Und immer ward nicht aufgetan;
> Wir rüttelten, wir pochten fort,
> Da lag die morsche Türe dort;
> Wir riefen laut und drohten schwer,
> Allein wir fanden kein Gehör.
> Und wie's in solchem Fall geschicht,
> Sie hörten nicht, sie wollten nicht;
> Wir aber haben nicht gesäumt, 11.360
> Behende dir sie weggeräumt.
> Das Paar hat sich nicht viel gequält,
> Vor Schrecken fielen sie entseelt.
> Ein Fremder, der sich dort versteckt
> Und fechten wollte, ward gestreckt.
> In wilden Kampfes kurzer Zeit
> Von Kohlen, ringsumher gestreut,
> Entflammte Stroh. Nun lodert's frei,
> Als Scheiterhaufen dieser drei.

FAUST

> Wart ihr für meine Worte taub? 11.370
> Tausch wollt' ich, wollte keinen Raub.
> Dem unbesonnenen wilden Streich,
> Ihm fluch' ich; teilt es unter euch!

MEFISTÓFELES E OS TRÊS *(embaixo)*

    Aqui a galope pleno estamos;   11.350
    Perdão! por bem não o arranjamos.
    Batemos rijo e forte à entrada,
    Porém, não nos foi facultada;[7]
    Batendo, sacudindo em vão,
    A rota porta fez-se ao chão;
    Ameaçador, soou nosso brado,
    Sem que nos fosse ouvido dado.
    Isso é, ninguém, é de se ver,[8]
    Nos quis ouvir, quis atender;
    Mais cerimônia, então, não fiz,   11.360
    Deles livramos-te num triz.
    Não sofreu muito o par vetusto,
    Caiu sem vida, já, com o susto.
    Um forasteiro, lá pousado,
    E que lutar quis, foi prostrado.
    Na curta ação da luta brava,
    Carvão, que à roda se espalhava,
    Palha incendiou. Ardendo vês,
    Lá, a fogueira desses três.

FAUSTO

    Não me entendeste? Falei alto!   11.370
    Quis troca, não quis morte e assalto.
    O golpe irrefletido e atroz
    Amaldiçoo, e todos vós!

---

[7] Albrecht Schöne vislumbra neste verso uma possível alusão sarcástica de Mefistófeles às palavras de Cristo, "batei e vos será aberto" (*Mateus*, 7: 7). De qualquer modo, entrando Mefisto "às brutas" — conforme se lê no *Grande sertão: veredas*, de Guimarães Rosa ("Diabo é às brutas, Deus é traiçoeiro") — estabelece-se expressivo contraste com a chegada suave do Peregrino.

[8] No original, Mefisto diz aqui: "E como acontece em caso tal", sendo que Goethe grafa o verbo "acontece" (*geschieht*) como *geschicht*, derivado de "história", *Geschichte* — reforçando talvez o sentido da velha história de Nabot, que aqui se repete.

CHORUS

> Das alte Wort, das Wort erschallt:
> Gehorche willig der Gewalt!
> Und bist du kühn und hältst du Stich,
> So wage Haus und Hof und — dich.

(Ab)

FAUST *(auf dem Balkon)*

> Die Sterne bergen Blick und Schein,
> Das Feuer sinkt und lodert klein;
> Ein Schauerwindchen fächelt's an,
> Bringt Rauch und Dunst zu mir heran.
> Geboten schnell, zu schnell getan! —
> Was schwebet schattenhaft heran?

11.380

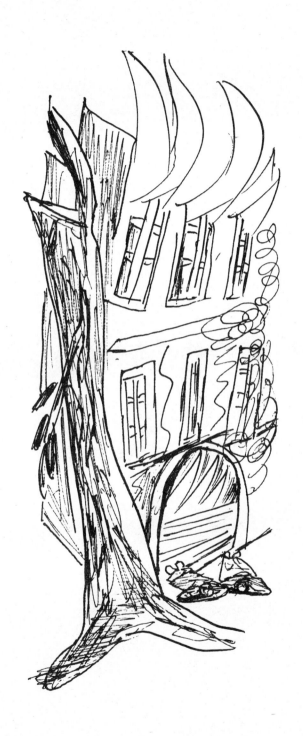

CORO

    O velho brado repercuta:
    Rende obediência à força bruta!
    E se lhe obstares a investida,
    Arrisca o teto, os bens e a vida.

(Saem)

FAUSTO *(sobre o balcão)*

    Somem-se os astros na neblina,
    Do fogo baixo o ardor declina;
    Um ventozinho úmido o abana,   11.380
    Fumo e vapor traz que lhe emana.
    Mal ordenado, feito o mal! —
    Que vem voando em voo espectral?[9]

---

[9] Da fumaça da cabana, capela e tílias destruídas pelo fogo, assim como dos três corpos carbonizados, vêm voando, em "voo espectral", as alegorias ("quatro mulheres grisalhas") que se apresentam a Fausto na abertura da cena seguinte. Como observa Erich Trunz, a ligação intrínseca entre o aniquilamento do mundo de Baucis e Filemon e os acontecimentos da subsequente cena "Meia-noite" é estabelecida pela rima entre este último verso e o imediatamente anterior, "Mal ordenado, feito o mal! —" (literalmente: "Ordenado depressa, executado demasiado depressa! —"), palavras com que Fausto parece reprovar apenas a perpetração, demasiado precipitada, do assassinato dos idosos.

Mitternacht

Meia-noite

Surgida da fumaça que se evola do massacre perpetrado contra Baucis e Filemon, a cena "Meia-noite" tem início ao ar livre, com a aproximação das quatro figuras alegóricas; logo, porém, se desloca para o interior do palácio, aonde a Apreensão se insinua pelo buraco da fechadura. No vocabulário do velho Goethe, o termo "meia-noite" é empregado muitas vezes não só como marcação da cesura entre dia e noite, mas sobretudo enquanto cifra da abolição do tempo. No quinto ato da tragédia assinala-se assim, com esta cena "Meia-noite", o momento em que adentram o palco acontecimentos que parecem desenrolar-se no íntimo de Fausto, encaminhando a sua morte e, por conseguinte, a anulação do relógio e a queda do ponteiro, como explicitarão versos posteriores na cena "Grande átrio do palácio".

As personagens que primeiro entram em cena são caracterizadas por Goethe como "quatro mulheres grisalhas", as quais parecem lembrar mensageiros celestes que no teatro religioso medieval procuravam conduzir o pecador ao arrependimento. Portanto, afastando-se de um princípio fundamental de sua estética clássica, o velho poeta lança mão aqui do procedimento alegórico, uma vez que as figuras surgem, sem a mediação simbólica do particular, enquanto personificações de grandes conceitos abstratos, como acontece nos mistérios da Idade Média, nos autos ibéricos (forma mobilizada, entre nós, por José de Anchieta), ou ainda no drama barroco alemão, tal como estudado por Walter Benjamin.

Dentre essas quatro alegorias sobreleva a figura da Apreensão (*Sorge*, no original, traduzível também por "preocupação" ou "cuidado"), com a qual Fausto já se confrontara na cena de abertura ("Noite") da primeira parte da tragédia: "Cria no fundo peito a apreensão logo vulto,/ Nele obra um sofrimento oculto,/ A paz turba e a alegria, irrequieta, a abalar-se;/ Continuamente assume algum novo disfarce;/ [...] Tremes com tudo o que não acontece,/ E o que não vais perder, já vives a prantear" (vv. 644-51).

Em sua enciclopédia mitológica, Hederich escreve sob a palavra latina *Cura* tratar-se de "uma deusa da apreensão (*Sorge*) e da inquietação"; já as *Curae* (no plural) seriam "as deusas da vingança dos antigos", as quais eram as primeiras a perturbar a consciência culposa dos homens.

Outra provável fonte para a concepção desta cena foi apontada por Wolfgang Wittkowski no ensaio "Goethe, Schopenhauer und Fausts Schlussvision" ["Goethe, Schopenhauer e a visão final de Fausto"], publicado em 1990 no *Goethe Yearbook*: os vultos alegóricos da Penúria (*Mangel*), Apreensão e Privação (*Not*) remontariam também à leitura que fez Goethe da primeira parte, publicada em 1818, de *O mundo como vontade e representação* de Arthur Schopenhauer, que por sua vez foi um leitor entusiasta do *Fausto I*. No parágrafo 57 desta obra, Schopenhauer caracteriza a vontade de viver como "aspiração constante, sem finalidade e sem descanso", a qual gera um sofrimento ontológico. "Os esforços ininterruptos para banir o sofrimento fazem apenas com que este abandone a sua aparência original de penúria (*Mangel*), privação (*Not*), preocupação (*Sorge*) com a conservação da vida. Se [os esforços humanos] lograrem, o que é muito difícil, recalcar o sofrimento sob esta aparência, ele logo se anuncia de volta sob mil outras figuras diversas, de acordo com a idade e as circunstâncias". E se tais figuras voláteis e cambiantes não conseguem penetrar de imediato "na consciência humana", a "substância da apreensão" (*Sorgestoff*) nelas encarnada permanece à espreita "em sua região extrema [da consciência], como uma figura de névoa (*Nebelgestalt*) escura e despercebida".

O enceguecimento de Fausto, provocado pelo bafejo da "figura de névoa" da Apreensão, constitui um dos pontos mais controversos da tragédia. O colonizador recusa-se terminantemente a reconhecer o poder de sua antagonista e reage à cegueira com a afirmação titânica da vontade de ação e de sua luz interior: "A noite cai mais fundamente fundo,/ Mas no íntimo me fulge ardente luz". As chamadas leituras perfectibilistas (Ernst Beutler, Wilhelm Emrich, Emil Staiger, entre outros), que interpretam a aspiração fáustica como ascensão constante a esferas cada vez mais elevadas, puras, aperfeiçoadas, vislumbram nesses versos — em consonância com o círculo hermenêutico da correspondência de sentido entre a parte e o todo — uma vitória de Fausto sobre a Apreensão, já que ele teria convertido a cegueira num ganho íntimo. Nessa chave interpretativa, Emrich observa que a cegueira significaria então a "mais profunda e benfazeja graça", uma vez que "supera a morte porque não mais permite que se veja o aspecto casual, real e fragmentário da ação, mas antes remete Fausto à eterna força criadora de seu íntimo". Também Erich Trunz tende, neste passo da tragédia, à leitura perfectibilista, observando que a "grandeza de Fausto" prevalece sobre as trágicas ilusões que cercam os seus últimos momentos: "comprimido em si mesmo, o seu ser mostra-se, no novo monólogo, no mais puro aspecto".

Já Albrecht Schöne acena com a possibilidade de ler os versos pronunciados pelo ancião cego envoltos em ressalva irônica do próprio Goethe — como testemunho, portanto, dos equívocos do colonizador que perdeu os vínculos com a realidade: "Ele explica aqui o próprio enceguecimento como a noite que vai penetrando cada vez mais fundo e, pouco depois, toma os Lêmures pelos seus *servos* [*obreiros*, na tradução de Jenny Klabin Segall] arrancados do sono; confunde a cova, que eles lhe cavam em meio à escuridão, com o grande canal de drenagem e, em face da morte iminente, agarra-se à gigantesca obra de vida supostamente em avanço contínuo (da qual, contudo, Mefisto já prognosticou o aniquilamento)". [M.V.M.]

(Vier graue Weiber treten auf)

ERSTE

    Ich heiße der Mangel.

ZWEITE

                  Ich heiße die Schuld.

DRITTE

    Ich heiße die Sorge.

VIERTE

                  Ich heiße die Not.

ZU DREI

    Die Tür ist verschlossen, wir können nicht ein;
    Drin wohnt ein Reicher, wir mögen nicht 'nein.

MANGEL

    Da werd' ich zum Schatten.

SCHULD

                  Da werd' ich zunicht.

(Surgem quatro sombrios vultos de mulher)

PRIMEIRA

Meu nome é a Penúria.

SEGUNDA

O meu é a Insolvência.[1]

TERCEIRA

O meu é a Apreensão.

QUARTA

O meu é a Privação.

AS TRÊS

Fechou-se o portal, não podemos entrar;
De um rico é a mansão, não devemos entrar.

PENÚRIA

Lá torno-me em sombra.

INSOLVÊNCIA

Lá torno-me em nada.

---

[1] No original, o segundo vulto feminino a adentrar a cena apresenta-se como *Schuld*, que pode ser entendido tanto no sentido de falta moral (*culpa*) como de débito ou dívida material (*debitum*). Alguns comentadores (entre eles, Wilhelm Emrich e Emil Staiger) interpretam-no naquela primeira acepção, enquanto culpa. Entretanto, no dicionário de Adelung (1808) o substantivo *Schuld* é definido como "toda obrigação (*Verbindlichkeit*) que se deve a um terceiro", sobretudo no sentido de tributos em dinheiro, cereais ou prestação de serviços. Como essa alegoria se inclui entre as três (junto com a Penúria e a Privação) que nada podem contra um "rico", o sentido de *debitum* parece ser aquele visado por Goethe, justificando-se portanto a opção da tradutora por "Insolvência": a vultosa dívida material praticamente impossível de se solver, acarretando assim penúria, privação e esgotamento físico (excesso de trabalho) e psíquico.

NOT

> Man wendet von mir das verwöhnte Gesicht.

SORGE

> Ihr Schwestern, ihr könnt nicht und dürft nicht hinein. 11.390
> Die Sorge, sie schleicht sich durchs Schlüsselloch ein.

(Sorge verschwindet)

MANGEL

> Ihr, graue Geschwister, entfernt euch von hier.

SCHULD

> Ganz nah an der Seite verbind' ich mich dir.

NOT

> Ganz nah an der Ferse begleitet die Not.

ZU DREI

> Es ziehen die Wolken, es schwinden die Sterne!
> Dahinten, dahinten! von ferne, von ferne,
> Da kommt er, der Bruder, da kommt er, der — — Tod.

PRIVAÇÃO

Desviam de mim lá a vista mimada.

APREENSÃO

Irmãs, não podeis, não deveis vós entrar;   11.390
Mas entra a Apreensão junto ao hálito do ar.²

(A Apreensão desaparece)

PENÚRIA

Sombrias irmãs, afastai-vos daqui.

INSOLVÊNCIA

Seguindo-te os passos conchego-me a ti.

PRIVAÇÃO

Pegada a teus pés te acompanho o alvo e a sorte.

AS TRÊS

Estrelas se ocultam, voam nuvens adiante!
De trás, lá de trás! lá, distante, distante,
Lá vem nossa irmã, lá vem ela, a — — — Morte!³

---

² No original, a Apreensão esgueira-se para dentro do palácio pelo "buraco da fechadura", o qual, segundo a superstição popular, seria um dos pontos de entrada para poderes mágicos, demônios e espíritos de toda espécie.

³ Como em alemão o substantivo "morte" é masculino, as três mulheres grisalhas (Privação, Insolvência e Penúria) referem-se à aproximação do "irmão". A "lúgubre rima" percebida a seguir por Fausto se dá diretamente entre *Not* (Privação) e *Tod* (Morte).

FAUST *(im Palast)*

    Vier sah ich kommen, drei nur gehn;
    Den Sinn der Rede konnt' ich nicht verstehn.
    Es klang so nach, als hieß' es — Not,   11.400
    Ein düstres Reimwort folgte — Tod.
    Es tönte hohl, gespensterhaft gedämpft.
    Noch hab' ich mich ins Freie nicht gekämpft.
    Könnt' ich Magie von meinem Pfad entfernen,
    Die Zaubersprüche ganz und gar verlernen,
    Stünd' ich, Natur, vor dir ein Mann allein,
    Da wär's der Mühe wert, ein Mensch zu sein.

    Das war ich sonst, eh' ich's im Düstern suchte,
    Mit Frevelwort mich und die Welt verfluchte.
    Nun ist die Luft von solchem Spuk so voll,   11.410
    Daß niemand weiß, wie er ihn meiden soll.
    Wenn auch ein Tag uns klar vernünftig lacht,
    In Traumgespinst verwickelt uns die Nacht;
    Wir kehren froh von junger Flur zurück,
    Ein Vogel krächzt; was krächzt er? Mißgeschick.

FAUSTO *(no palácio)*

    Vi quatro vindo, apenas três têm ido;
    De seu discurso, obscuro era o sentido,
    Confusamente soou, qual — sorte,   11.400
    Lúgubre rima ecoou-lhe — morte.
    Toava oco, surdo, espectralmente incerto.
    Até o ar e a luz inda não me hei liberto.
    Pudesse eu rejeitar toda a feitiçaria,
    Desaprender os termos de magia,
    Só homem ver-me, homem só, perante a Criação,
    Ser homem valeria a pena, então.[4]

    Era-o eu, antes que as trevas explorasse;
    Blasfemo, o mundo e o próprio ser amaldiçoasse.[5]
    Hoje o ar está de espíritos tão cheio,   11.410
    Que não há como opor-se a seu enleio.
    Se um dia te sorri, radioso e são,
    Prende-te a noite em teias de visão;
    Voltas do campo, alegre, entre a frescura,[6]
    Grasna uma ave, e que grasna? Desventura.

---

[4] Os comentadores e intérpretes que veem na trajetória de Fausto um aperfeiçoamento humano contínuo, um movimento ascendente no sentido do humanismo ou mesmo do socialismo utópico, encontram nesta passagem um significativo ponto de apoio para essa leitura "perfectibilista". Esboços preliminares desses versos revelam, no entanto, a intenção de Goethe em abafar ou relativizar a sugestão de que Fausto tenha se libertado, ou esteja efetivamente se libertando, da influência de Mefistófeles. Num dos manuscritos ele afirma já ter "há muito tempo afastado a magia, desaprendido voluntariamente os termos de feitiçaria" (*Magie hab ich schon längst entfernt/ Die Zauberfrevel williglich verlernt*). Na versão definitiva, após outras formulações intermediárias, Goethe substitui esse "há muito tempo" (*längst*) pelo mero desejo, talvez inalcançável, expresso no modo condicional: "Pudesse eu rejeitar toda a feitiçaria,/ Desaprender os termos de magia".

[5] Provável alusão às maldições que proferiu, na segunda cena "Quarto de trabalho" (vv. 1.591-606), contra si próprio, contra o mundo e mesmo as virtudes cristãs: "Maldita fé, crença e esperança!/ E mais maldita ainda a paciência!".

[6] Isto é, um campo no frescor da primavera ou — no contexto da empresa colonizadora de Fausto — um campo (*junge Flur*) recém-conquistado ao mar. Na sequência, Fausto alude à antiga superstição que interpreta o grasnido ou crocito de corvos, gralhas etc. como anúncio de desgraça e morte.

Von Aberglauben früh und spat umgarnt:
Es eignet sich, es zeigt sich an, es warnt.
Und so verschüchtert, stehen wir allein.
Die Pforte knarrt, und niemand kommt herein.

(Erschüttert)

Ist jemand hier? 11.420

SORGE

Die Frage fordert Ja!

FAUST

Und du, wer bist denn du?

SORGE

Bin einmal da.

FAUST

Entferne dich!

SORGE

Ich bin am rechten Ort.

FAUST *(erst ergrimmt, dann besänftigt, für sich)*

Nimm dich in acht und sprich kein Zauberwort.

Superstição te envolve em malha aziaga:
Adverte, se anuncia, ocorre, indaga.
E vês-te só, e em ti temor advém.
A porta range, e sem entrar ninguém.

(Estremecendo)

Há alguém lá? 11.420

APREENSÃO

A resposta é: sim, há!

FAUSTO

E tu, quem és então?

APREENSÃO

Sou quem está.

FAUSTO

Pois sai!

APREENSÃO

Estou lá onde devo estar.

FAUSTO *(primeiro irritado, depois calmo, para si mesmo)*

Calma, exorcismo algum vás pronunciar.[7]

---

[7] Como deixa claro a indicação cênica que introduz este verso, Fausto está falando aqui consigo mesmo e não com a Apreensão. De certo modo, já é um ensaio do seu desejo de "rejeitar toda a feitiçaria" — no caso, o esconjuro ou "exorcismo" que poderia afastar o espectro da Apreensão.

SORGE

      Würde mich kein Ohr vernehmen,
      Müßt' es doch im Herzen dröhnen;
      In verwandelter Gestalt
      Üb' ich grimmige Gewalt.
      Auf den Pfaden, auf der Welle,
      Ewig ängstlicher Geselle,
      Stets gefunden, nie gesucht,   11.430
      So geschmeichelt wie verflucht. —
Hast du die Sorge nie gekannt?

FAUST

Ich bin nur durch die Welt gerannt;
Ein jed' Gelüst ergriff ich bei den Haaren,
Was nicht genügte, ließ ich fahren,
Was mir entwischte, ließ ich ziehn.
Ich habe nur begehrt und nur vollbracht
Und abermals gewünscht und so mit Macht
Mein Leben durchgestürmt; erst groß und mächtig,
Nun aber geht es weise, geht bedächtig.   11.440
Der Erdenkreis ist mir genug bekannt,
Nach drüben ist die Aussicht uns verrannt;
Tor, wer dorthin die Augen blinzelnd richtet,
Sich über Wolken seinesgleichen dichtet!

APREENSÃO

    Não pudesse o ouvido ouvir-me,
    Na alma inda eu toaria firme;
    Sob o aspecto mais diverso,
    Violência imensa exerço.
    No mar, terra, em qualquer plaga,
    Companheira negra, aziaga,[8]
    Sem procura sempre achada,   11.430
    Entre afagos maldiçoada. —
Nunca a Apreensão tens conhecido?

FAUSTO

Pelo mundo hei tão só corrido;
A todo anelo me apeguei, fremente,
Largava o que era insuficiente,
Deixava ir o que me escapava.
Só desejado e consumado tenho,
E ansiado mais, e assim, com força e empenho
Transposto a vida; antes grande e potente,
Mas hoje vai já sábia, lentamente.   11.440
O círculo terreal conheço a fundo,
À nossa vista cerra-se o outro mundo;
Parvo quem para lá o olhar alteia;[9]
Além das nuvens seus iguais ideia!

---

[8] Literalmente, "companheira eternamente angustiante" — *ängstlich*, no sentido de inquietante, amedrontador, que produz medo ou angústia (*Angst*).

[9] Afirmações semelhantes já fizera Fausto durante o diálogo com Mefisto travado na segunda cena "Quarto de trabalho": "Que importam do outro mundo os embaraços?/ Faze primeiro este em pedaços,/ Surja o outro após, se assim quiser! Emana desta terra o meu contento,/ E este sol brilha ao meu tormento" (vv. 1.660-70). Afastando aqui, com inquebrantável energia, toda e qualquer preocupação com o além, o ancião reprova no verso seguinte o homem que "ideia" (ou imagina, fantasia, engendra) acima das nuvens seres iguais a si — ou, invertendo-se a expressão bíblica, à sua imagem e semelhança.

Er stehe fest und sehe hier sich um;
Dem Tüchtigen ist diese Welt nicht stumm.
Was braucht er in die Ewigkeit zu schweifen!
Was er erkennt, läßt sich ergreifen.
Er wandle so den Erdentag entlang;
Wenn Geister spuken, geh' er seinen Gang,
Im Weiterschreiten find' er Qual und Glück,
Er, unbefriedigt jeden Augenblick!

SORGE

    Wen ich einmal mir besitze,
    Dem ist alle Welt nichts nütze;
    Ewiges Düstre steigt herunter,
    Sonne geht nicht auf noch unter,
    Bei vollkommen äußern Sinnen

Aqui se quede, firme, a olhar à roda;
Ao homem apto, este mundo acomoda.[10]
Por que ir vagueando pela eternidade?
O perceptível arrecade.[11]
Percorra, assim, o trânsito terreno;
Em meio a assombrações ande sereno,　　　　　　　　　11.450
No avanço encontre ele êxtase ou tormento,
Insatisfeito embora, hoje e a qualquer momento![12]

APREENSÃO

    Quem possuo é meu a fundo,[13]
    Lucro algum lhe outorga o mundo;
    Ronda-o treva permanente,
    Não vê sol nascente ou poente;
    Com perfeita vista externa[14]

---

[10] Literalmente, Fausto diz neste verso que ao homem ativo ou capaz (*dem Tüchtigen*) "este mundo não é mudo". Até certo ponto, é a visão do próprio Goethe, que numa conversa com Eckermann, a 25 de fevereiro de 1824, rejeitava especulações excessivas sobre o além e a eternidade: "Um homem capaz, porém, que já aqui pretende valer alguma coisa e, por isso, tem de aspirar, lutar e atuar diariamente, deixa em paz o mundo futuro e procura ser ativo e útil neste mundo".

[11] Literalmente, no original: "O que ele [o homem apto] reconhece, se deixa agarrar", nova exortação à conquista deste mundo apreensível pelos sentidos.

[12] Fausto apresenta, portanto, a "insatisfação" como força propulsora de toda atividade humana (e não apenas de sua condição atual), não importando se o homem encontra em sua marcha "êxtase ou tormento".

[13] Em seus comentários, Albrecht Schöne reproduz palavras do professor de medicina Frank Nager (*Der heilkundige Dichter. Goethe und die Medizin* [O poeta terapêutico. Goethe e a medicina], 1990) sobre esta estrofe em que a Apreensão, num atordoante tom de ladainha, fala de seu poder sobre os seres humanos: estariam presentes aqui "todos os sintomas clínicos clássicos que caracterizam o estado psíquico depressivo: obscurecimento de ânimo e visão pessimista, pensamento destrutivo e negativo, incapacidade de cumprir mesmo as menores obrigações do cotidiano, paralisia da mente, indolência interior e exterior, fixação neurótica, lentidão de todas as funções, excesso de cerimônias, indecisão paralisante, ações cumpridas pela metade, incapacidade de enfrentar o momento presente, achaques colaterais, distúrbios de sono, irradiação negativa sobre as outras pessoas".

[14] No original, a Apreensão refere-se nestes versos aos sentidos exteriores: fisiologicamente "perfeitos", mas tomados pelas trevas.

Wohnen Finsternisse drinnen,
Und er weiß von allen Schätzen
Sich nicht in Besitz zu setzen. 11.460
Glück und Unglück wird zur Grille,
Er verhungert in der Fülle;
Sei es Wonne, sei es Plage,
Schiebt er's zu dem andern Tage,
Ist der Zukunft nur gewärtig,
Und so wird er niemals fertig.

FAUST

Hör auf! so kommst du mir nicht bei!
Ich mag nicht solchen Unsinn hören.
Fahr hin! die schlechte Litanei,
Sie könnte selbst den klügsten Mann betören. 11.470

SORGE

Soll er gehen, soll er kommen?
Der Entschluß ist ihm genommen;
Auf gebahnten Weges Mitte
Wankt er tastend halbe Schritte.
Er verliert sich immer tiefer,
Siehet alle Dinge schiefer,
Sich und andre lästig drückend,
Atemholend und erstickend;
Nicht erstickt und ohne Leben,
Nicht verzweiflend, nicht ergeben. 11.480

No Eu lhe mora sombra eterna,
E com ricos bens em mão,
Não lhes frui a possessão.   11.460
Torna em cisma azar, ventura,
Morre à míngua na fartura;
Seja dor, seja alegria,
Passa-as para o outro dia,
Do futuro, só, consciente,
Indeciso eternamente.

FAUSTO

Para! assim não me pegarás!
Não quero ouvir-te a absurda lábia.
Seria ladainha tal capaz
De perturbar até a razão mais sábia.   11.470

APREENSÃO

Deve ele ir-se? deve vir?
Não lhe cabe decidir;
Sobre aberta e chã vereia[15]
Meios passos cambaleia.
Mais a fundo se perdendo,
Tudo mais disforme vendo,
A si e a outros molestando,
Haurindo o ar e sufocando;
Respirando ainda e qual morto,
Sem descanso, sem conforto.   11.480

---

[15] "Vereia", variação de "vereda", corresponde neste verso a *Weg* (empregado no genitivo, *Weges*): "caminho, rota, trilha etc.". Aquele que perdeu a capacidade de decidir-se, diz aqui a Apreensão, avança cambaleante e a meios passos.

So ein unaufhaltsam Rollen,
Schmerzlich Lassen, widrig Sollen
Bald Befreien, bald Erdrücken,
Halber Schlaf und schlecht Erquicken
Heftet ihn an seine Stelle
Und bereitet ihn zur Hölle.

FAUST

Unselige Gespenster! so behandelt ihr
Das menschliche Geschlecht zu tausend Malen;
Gleichgültige Tage selbst verwandelt ihr
In garstigen Wirrwarr netzumstrickter Qualen. 11.490
Dämonen, weiß ich, wird man schwerlich los,
Das geistig-strenge Band ist nicht zu trennen;
Doch deine Macht, o Sorge, schleichend groß,
Ich werde sie nicht anerkennen.

SORGE

Erfahre sie, wie ich geschwind
Mich mit Verwünschung von dir wende!
Die Menschen sind im ganzen Leben blind,
Nun, Fauste, werde du's am Ende!

(Sie haucht ihn an)

Um rolar contínuo, assim,
Renunciar, dever, sem fim,
Ora folga, ora opressão,
Semissono e alívio vão,
Prendem-no em martírio eterno,
E o preparam para o inferno.[16]

FAUSTO

Cruéis fantasmas, eis como tratais
As míseras humanas criaturas;
Até a hora quotidiana transformais
Em malha horrenda de fatais torturas.   11.490
Dos demos é árduo libertar-se o ser humano,
Não há como romper-se o rijo, abstrato elo;
Mas teu poder, tão tredo quão tirano,
Não vou jamais, ó Apreensão, reconhecê-lo.[17]

APREENSÃO

Prova-o; já que eu, com maldição,
De ti me aparto como vim!
A vida inteira os homens cegos são,
Tu, Fausto, fica-o, pois, no fim!

(Ela o bafeja)[18]

---

[16] O "rolar" ou giro contínuo das coisas, o qual prepara para o inferno aquele de quem a Apreensão se apoderou, é especificado nestes versos que falam da alternância angustiante de folga e opressão, de semissono e alívio vão, e — formulação mais hermética — da renúncia ao que produziria prazer e da obrigação de cumprir o que repugna ("Renunciar, dever, sem fim" ou, conforme o original, "Um renunciar doloroso, um dever repugnante").

[17] Nesta passagem Fausto afirma que não reconhecerá o poder da Apreensão, por maior e mais insidioso (*schleichend*, também no sentido de traiçoeiro ou "tredo") que este seja.

[18] Em consonância com a suposição, bastante difundida na mitologia e nas superstições, de que o hálito ou bafejo de seres demoníacos libera forças invisíveis e destrutivas, Albrecht Schöne sugere aqui uma inversão do "hálito de vida" que Deus insufla nas narinas do primeiro homem, modelado com a "argila do sono", para torná-lo um ser vivente (*Gênesis*, 2: 7).

FAUST *(erblindet)*
    Die Nacht scheint tiefer tief hereinzudringen,
    Allein im Innern leuchtet helles Licht;
    Was ich gedacht, ich eil' es zu vollbringen;
    Des Herren Wort, es gibt allein Gewicht.
    Vom Lager auf, ihr Knechte! Mann für Mann!
    Laßt glücklich schauen, was ich kühn ersann.
    Ergreift das Werkzeug, Schaufel rührt und Spaten!
    Das Abgesteckte muß sogleich geraten.
    Auf strenges Ordnen, raschen Fleiß
    Erfolgt der allerschönste Preis;
    Daß sich das größte Werk vollende,
    Genügt ein Geist für tausend Hände.

FAUSTO *(enceguecido)*

    A noite cai mais fundamente fundo,
    Mas no íntimo me fulge ardente luz;   11.500
    Corro a pôr termo ao meu labor fecundo;
    Só a voz do amo efeito real produz.
    De pé, obreiros, vós! o povo todo!
    Torne-se um feito o que ideei com denodo.
    Pegai da ferramenta, enxadas, pás!
    Completai logo o traçamento audaz.
    Esforço ativo, ordem austera,
    O mais formoso prêmio gera.
    A fim de aviar-se a obra mais vasta,
    Um gênio para mil mãos basta.[19]   11.510

---

[19] "Gênio" corresponde no original a "espírito" (*Geist*), sugerindo ambos os termos o sentido de "cabeça" ou "mente" — metonímia do "amo" cuja voz "efeito real produz", como proclamado oito versos acima. Num estudo original publicado em Nova York no ano de 1935 ("Julirevolution, St. Simonismus und die Faustpartien von 1831"), Gottlieb C. L. Schuchard demonstrou que estes versos (assim como outras passagens do quinto ato) têm como pano de fundo um confronto intenso do velho Goethe com o socialismo utópico de Saint-Simon. Reagindo à cegueira com a afirmação titânica da vontade — em consonância, como mostra Schuchard, com uma das divisas do teórico francês ("*il suffit de vouloir, et nous voulons*": "basta querer, e nós queremos") — e explicitando enérgica ideologia da ordem, do esforço coletivo e do progresso dirigido por uma única mente, Fausto apoia-se de maneira sub-reptícia nas palavras que Saint-Simon faz os operários de seu *Système industriel* dizer aos *chefs de l'industrie*: "Vós sois ricos, nós somos pobres; vós trabalhais com a cabeça, nós com os braços; destas diferenças fundamentais resulta que somos e devemos ser os vossos subordinados".

Großer Vorhof des Palasts

Grande átrio do palácio

"Quem se me opôs com força tão tenaz,/ Venceu o tempo, o ancião na areia jaz": com estas palavras Mefistófeles irá sumariar nesta cena, diante do corpo recém-tombado do centenário Fausto, a trajetória daquele que várias décadas antes escarnecera da possibilidade de vivenciar a plena satisfação neste mundo, de encontrar um momento de felicidade e fruição ao qual pudesse dizer: "Oh, para! és tão formoso!".

Sob o comando de Mefistófeles, as figuras espectrais dos Lêmures marcham até o adro do suntuoso palácio e começam a escavar a cova de seu proprietário. Este, cegado pela Apreensão e, por isso, orientando-se pelo tato, ouve o tinido das pás (mavioso aos seus ouvidos, ao contrário do sino de Baucis e Filemon) e, inspirado pelo suposto avanço de sua obra colonizadora, arroja-se a mais um discurso titânico, que será o derradeiro. Sobre esses 28 versos pronunciados pelo colonizador em idade bíblica — um novo Moisés a quem é dado contemplar no momento da morte a sua Terra Prometida (a visão utópica de um povo livre trabalhando numa terra livre) — a filologia goethiana levantou um verdadeiro maciço de exegeses, muitas delas de cunho eminentemente político-ideológico.

Para a leitura marxista da tragédia de Goethe, o discurso final de Fausto constitui evidentemente um momento privilegiado. Todavia, enquanto Georg Lukács, em seus *Estudos sobre o Fausto* de 1940, limita-se a caracterizar esse monólogo como "a forma mais elevada e decidida da recusa subjetiva ao princípio demoníaco" (identificado com a dinâmica capitalista), intérpretes posteriores procuraram estreitar os laços entre a última visão fáustica e as análises empreendidas por Marx. Thomas Metscher — para citar apenas um entre dezenas de exemplos possíveis — enfoca em seu estudo "Fausto e a economia" (1976) o "substrato social-histórico" da tragédia de Goethe, acentuando o aspecto da representação "da ideologia burguesa no processo de transição para a socialista". Metscher aponta ainda para o aparecimento da classe operária como "massa disponível" neste quinto ato da tragédia e estabelece uma relação entre as figuras espectrais dos lêmures, que portam as ferramentas dos trabalhadores da obra de drenagem, e a imagem do "espectro do comunismo", que abre o *Manifesto* de Marx e Engels, publicado 16 anos após a conclusão do *Fausto II*. Num excelente ensaio de 1983 ("The Politics of *Faust II*: Another Look at the Stratum of 1831"), Nicholas Boyle — um crítico, de resto, muito distante do marxismo — enfoca traços comuns entre o socialismo utópico de Saint-Simon e o pensamento de Marx e arremata seu estudo observando que "a fala final de Fausto é uma profecia do marxismo".

No entanto, tendências críticas mais recentes subordinam inteiramente os traços utópicos e "progressistas" que assomam nas derradeiras manifestações de Fausto às marcas sombrias também disseminadas pelas cenas do quinto ato: a ordem de enviar imediatamente, em plena madrugada, os obreiros escravizados às frentes de trabalho (v. 11.503); a afirmação autocrática de que "um espírito" deve comandar "mil mãos" (v. 11.510); o regozijo do colonizador com a multidão que lhe presta corveia (v. 11.540); a ordem ao capataz Mefisto de recrutar à força e sob engodo mão de obra para a drenagem do charco (v. 11.554). À luz de passagens como estas, Michael Jaeger, em seu estudo *A Colônia de Fausto* (2004), contrapõe-se decididamente tanto às interpretações marxistas desenvolvidas em torno da ideia do progresso tecnológico e material ou do otimismo histórico, que estariam implícitos nesse quinto ato, como à análise de Heinz Schlaffer (referida no comentário à cena "Sala vasta" do primeiro ato) sobre o potencial crítico das alegorias goethianas em relação à moderna sociedade capitalista: "Aqui então Goethe e Marx, assim se poderia variar a tese de Schlaffer, começam a 'se comentar mutuamente' no sentido de uma contradição fundamental", constata Jaeger à página 614 de seu livro.

Inclinando-se igualmente à leitura que ressalta o pessimismo histórico que permeia várias passagens desse quinto ato, Albrecht Schöne observa, enfocando o monólogo final, que Goethe cercou "as últimas palavras de Fausto com decididas reservas e as obscureceu com profunda ironia e desesperança".

Para a compreensão aprofundada do monólogo derradeiro de Fausto talvez seja útil conhecer, mesmo em tradução literal, algumas etapas preliminares de sua elaboração. Originalmente, como revelam os *paralipomena* correspondentes, o monólogo estendia-se por apenas nove versos, abrindo-se com a insistência do colonizador sobre a "obra do cavado" (ironizada por Mefisto a meia-voz nos vv. 11.557-58): "Do cavado, que se estende pelos brejos/ E por fim alcança o mar./ Conquisto espaço para muitos milhões/ E então quero viver entre eles,/ Pisar em solo e terra próprios./ Posso dizer então ao momento:/ Oh, para! és tão formoso!/ Os vestígios dos meus dias terrenos/ Não perecerão em éones" (em tradução literal).

Numa variante posterior do monólogo percebe-se, entre outras particularidades, a intenção do poeta em trabalhar sobre a referência a "solo e terra próprios". Goethe acrescenta assim o advérbio *wahrhaft* ("verdadeiramente"), que reforça a sugestão de propriedade sobre o espaço que lhe fora doado como feudo: "Pisar em solo e terra verdadeiramente próprios". Mas numa versão subsequente, já expandida para os 28 versos do texto canônico, o novo atributo (*wahrhaft*) acarreta a substituição do adjetivo "próprio" (*eigen*) por "livre": "Um tal povoamento (ou "bulício", *Gewimmel*) gostaria de ver,/ Pisar em solo e terra verdadeiramente livres". E no passo que leva à formulação definitiva, a imagem de uma terra "livre" não só continua prevalecendo sobre o aspecto da propriedade e do domínio (indiciado antes pelo adjetivo "próprio", *eigen*), mas é intensificada por Goethe, na medida em que se dispensam agora o advérbio "verdadeiramente" assim como o substantivo "solo" (*Boden*, que em alemão é mais ligado ao aspecto da posse): "Um tal povoamento gostaria de ver,/ Pisar em terra livre com povo livre", exprime então Fausto a sua mais alta aspiração social, em face da qual poderia pronunciar por fim as palavras fatídicas, acordadas na aposta com Mefistófeles: "Oh, para! és tão formoso!".

Quatro vezes assomam no monólogo de Fausto os termos "livre" e "liberdade" (vv. 11.564, 11.575, 11.580). Para os contemporâneos de Goethe essa ocorrência despertava, como observa Albrecht Schöne, associações concretas com a libertação dos servos da gleba na Prússia, com a declaração de independência dos Estados Unidos e, sobretudo, com a Revolução Francesa, sobre a qual escrevia Hegel em 1802 que havia depurado o conceito e a palavra *liberdade* de "seu vazio e indeterminação". Mas o povo livre com que sonha Fausto é também um povo consciente dos perigos que o cercam, que concebe a sua existência como condicionada pela luta incessante com os elementos, as ameaças do mar em recobrar os seus direitos: "Lá fora brame, então, a maré./ E, se para invadi-la à força, lambe a terra,/ Comum esforço acode e a brecha aberta cerra".

Para Erich Trunz o termo "liberdade", sobre o qual tanto insiste o colonizador em seus últimos versos, deve ser entendido no contexto específico deste quinto ato da tragédia: "A palavra 'livre' significa aqui, antes de tudo: livre de Penúria, Insolvência, Apreensão, Privação (esta é a ligação implícita com a cena anterior), mas também livre de magia. É a imagem do ser humano, como ele deve ser. [...] Os habitantes dos pôlderes sabem-se condicionados: precisam cuidar do dique e cultivar o solo; somente então serão livres. Fausto gostaria de participar dessa liberdade, como o líder deles. Isso é dito textualmente. O elemento político pode estar também em jogo — livre da coação de uma ordem feudal opressiva — mas não é o mais importante e está contido naquela acepção. Também quanto ao termo *povo* cumpre atentar ao uso goethiano da palavra, o qual, tributário do século XVIII, é diferente do emprego atual, marcado pelo Romantismo e pelo século XIX. *Povo* significa para Goethe, na maioria das vezes, simplesmente uma multidão de pessoas [...] O que Fausto tem em mente nesta passagem é uma multidão de homens livres. E o solo é livre porque não pertence a nenhum outro além dele mesmo, e os habitantes podem usufruir daquilo que cultivam. [...] Nessa medida é um desdobramento do desejo 'Pudesse eu rejeitar toda feitiçaria' (v. 11.404). Enquanto nos cálculos de Mefistófeles todo o território drenado será engolido novamente pelo mar, Fausto acredita empreender um feito para todos os tempos, como sempre de maneira superlativa. Mas ele tem apenas a *presciência* disso. Ele não frui o fato de já ter drenado considerável extensão do mar, ele pensa apenas nos projetos maiores, que em espírito já vê realizados diante de si. É esse o seu último momento: aspiração, movimento em direção de algo, não é de forma alguma posse e gozo". [M.V.M.]

(Fackeln)

MEPHISTOPHELES *(als Aufseher voran)*

    Herbei, herbei! Herein, herein!
    Ihr schlotternden Lemuren,
    Aus Bändern, Sehnen und Gebein
    Geflickte Halbnaturen.

LEMUREN *(im Chor)*

    Wir treten dir sogleich zur Hand,
    Und wie wir halb vernommen,
    Es gilt wohl gar ein weites Land,
    Das sollen wir bekommen.

(Archotes)

MEFISTÓFELES *(à frente, como superintendente)*[1]
    Entrai! entrai! fúnebres servos!
    Vós, lêmures frementes,
    Remendos de ossos, tendões, nervos,[2]
    De algures semi-entes.

LÊMURES *(em coro)*[3]
    Aqui nos tens tão logo à mão,
    E, se entendemos certo,
    De um território amplo é questão,
    Que nos será oferto.

---

[1] A rubrica cênica não explicita claramente se Mefisto atua de fato, neste quinto ato, como "superintendente" (ou "capataz", "chefe": *Aufseher*) da imensa obra colonizadora de Fausto ou se ele apenas está usurpando esse papel (como no primeiro ato, em relação ao posto de "bobo da corte").

[2] Edições mais recentes do *Fausto* (como as de Albrecht Schöne e Ulrich Gaier) trazem neste verso, em lugar de "ossos, tendões, nervos", apenas "ligamentos e ossos" (*Ligamenten und Gebein*). Essa alteração remonta a um trabalho de restauração dos manuscritos da tragédia, realizado em 1990-91, quando se evidenciou que uma tira de papel com o verso *Aus Ligamenten und Gebein* ("De ligamentos e ossos"), destinada por Goethe a ser colada sobre a variante anterior, constituía provavelmente a versão definitiva.

[3] Designação, na antiga Roma, para os espíritos ou espectros dos mortos, que se esconjuravam na festa dos "Lemuria", nos dias 9, 11 e 13 de maio. Goethe familiarizou-se com essas entidades mitológicas mediante os seus estudos de arte antiga, e em 1812 publicou o ensaio "O túmulo da bailarina", em que descreve imagens de Lêmures no baixo-relevo de um túmulo na cidade italiana de Cumae. Também pôde ler, na enciclopédia mitológica de Hederich, que a aparição dos Lêmures em uma casa, rondando-a e fazendo barulho, significava que alguém estava prestes a morrer. Em consonância com esse detalhe, o tinido das pás, picaretas e demais ferramentas, que nesta cena chega aos ouvidos de Fausto, é devido à abertura de sua própria cova — e não em solo consagrado (indispensável, segundo a crendice popular, para a salvação da alma), mas no próprio átrio do palácio.

Convocados por Mefistófeles, os Lêmures surgem com as ferramentas dos construtores dos canais, diques, cavados etc., o que também permite concebê-los como espectros dos operários mortos durante o trabalho, conforme o relato de Baucis: "Carne humana ao luar sangrava,/ De ais ecoava a dor mortal,/ Fluía ao mar um mar de lava,/ De manhã era um canal".

Gespitzte Pfähle, die sind da, 11.520
Die Kette lang zum Messen;
Warum an uns der Ruf geschah,
Das haben wir vergessen.

MEPHISTOPHELES

Hier gilt kein künstlerisch Bemühn;
Verfahret nur nach eignen Maßen!
Der Längste lege längelang sich hin,
Ihr andern lüftet ringsumher den Rasen;
Wie man's für unsre Väter tat,
Vertieft ein längliches Quadrat!
Aus dem Palast ins enge Haus, 11.530
So dumm läuft es am Ende doch hinaus.

LEMUREN *(mit neckischen Gebärden grabend)*

Wie jung ich war und lebt' und liebt',
Mich deucht, das war wohl süße;
Wo's fröhlich klang und lustig ging,
Da rührten sich meine Füße.

Nun hat das tückische Alter mich
Mit seiner Krücke getroffen;

Paus aguçados, ei-los cá, 11.520
Grilhões para a medida;⁴
A razão deste apelo, já
Por nós foi esquecida.

MEFISTÓFELES

Não cuida de arte esta encomenda;
Serve, ao medir, vosso contorno!⁵
Ao longo o mais longo entre vós se estenda,
Cortais, vós outros, o gramado em torno;
Como se fez pra nossos pais,
Um quadro oblongo aprofundais!
Do paço rico ao fosso estreito,⁶ 11.530
Acaba mesmo desse jeito.

LÊMURES *(cavando com gesticulações motejadoras)*

Quando era vivo e moço e amava,
Lembro quão doce era isso;
Onde alegria havia e canto,
Dançava, eu, movediço.

A treda idade me atingiu
Com seu bordão em certo;

---

⁴ Como as estacas aguçadas (os "paus" mencionados no verso anterior), esses "grilhões" ou correntes constituíam a instrumentária para a medição, divisão ou demarcação de terrenos — a agrimensura que na época de Goethe procedia segundo a chamada técnica da "triangulação". Albrecht Schöne observa que o leitor contemporâneo podia associar a mensuração de terras aqui delineada com o famoso levantamento topográfico da França realizado por César-François Cassini de Thury, cuja *Carte de la France 1: 86.400*, concluída em 1789, serviu de base para a reestruturação revolucionária do país em 83 *Départements*.

⁵ Isto é, para a abertura do túmulo de Fausto, Mefistófeles rejeita, como sendo supérflua ou artificial (*künstlerisch*), a mensuração mediante estacas, correntes etc. Propõe antes que as medidas do mais alto dos Lêmures sirvam como contorno para a abertura do túmulo.

⁶ No original, Mefistófeles diz literalmente que tudo termina mesmo de maneira "assim estúpida" (*so dumm*), isto é, "Do palácio à casa estreita": da suntuosa e ampla residência do colonizador à exígua cova que os Lêmures vão abrir. De certo modo, este verso volta a repercutir a oposição, trabalhada nas primeiras cenas do ato, entre palácio e choupana.

Ich stolpert' über Grabes Tür,
Warum stand sie just offen!

FAUST *(aus dem Palaste tretend, tastet an den Türpfosten)*

Wie das Geklirr der Spaten mich ergetzt! 11.540
Es ist die Menge, die mir frönet,
Die Erde mit sich selbst versöhnet,
Den Wellen ihre Grenze setzt,
Das Meer mit strengem Band umzieht.

MEPHISTOPHELES *(beiseite)*

Du bist doch nur für uns bemüht
Mit deinen Dämmen, deinen Buhnen;
Denn du bereitest schon Neptunen,
Dem Wasserteufel, großen Schmaus.
In jeder Art seid ihr verloren; —
Die Elemente sind mit uns verschworen, 11.550
Und auf Vernichtung läuft's hinaus.

No umbral do túmulo esbarrei,
Por que é que estava aberto?[7]

FAUSTO *(saindo do palácio, tateando os umbrais da porta)*

Como o tinido dos alviões me apraz!　　　　　　　　　　11.540
É a multidão, que o seu labor me traz,[8]
Consigo mesma irmana a terra,
Em rija zona o mar encerra,
Às ondas põe limite e freio.

MEFISTÓFELES *(à parte)*

Por nós estás zelando em cheio
Com tuas docas, teus açudes;[9]
Netuno, o demo da água, não iludes,
E já lhe aprontas o festim.
À ruína estais mesmo fadados; —
Conosco os elementos conjurados,　　　　　　　　　　11.550
E a destruição é sempre o fim.

---

[7] A exemplo da canção entoada por Mefistófeles na cena da morte de Valentim (ver nota ao v. 3.680), os versos pronunciados aqui pelos Lêmures, de forma zombeteira ("com gesticulações motejadoras", conforme a rubrica), constituem uma livre adaptação da canção do coveiro no início do quinto ato do *Hamlet* (cena da abertura da cova de Ofélia, quando vem à luz o crânio de Yorick).

Goethe apoiou-se na versão que consta da coletânea *Reliques of Ancient English Poetry*, publicada em 1765 por Thomas Percy. Nesta versão, a primeira e a terceira estrofe dizem: "I lothe that I did love,/ In youth that I thought swete:/ As tyme requires for my behove,/ Me thinkes they are not mete.// For age with stealing steps,/ Hath clawed me with his crowch/ And lusty life away he leapes,/ As there had ben none such".

[8] Após sair tateando do palácio, o colonizador centenário (e agora cego) dá início à sua última fala na tragédia. No original, este verso rima com o seguinte ("Consigo mesma irmana a terra") e não com o anterior. Goethe constrói assim uma rima entre os verbos *frönen*, grafado na época como *fröhnen* e que significava prestar trabalho pesado e ilícito (ou mesmo "corveia"), e *versöhnen*, reconciliar ou "irmanar", referido aqui à terra conquistada ao mar — e pacificada, irmanada "consigo mesma" — mediante as obras de drenagem. Goethe, portanto, combina a semelhança de som com uma discrepância de sentido.

[9] Em seu prognóstico agourento, Mefisto refere-se neste verso, ao lado dos "diques" (*Dämmen*) da obra fáustica, também a *Buhnen*, termo técnico que designa as barreiras construídas mar adentro (ao passo que os diques correm paralelamente à orla marítima).

FAUST

Aufseher!

MEPHISTOPHELES

    Hier!

FAUST

        Wie es auch möglich sei,
Arbeiter schaffe Meng' auf Menge,
Ermuntere durch Genuß und Strenge,
Bezahle, locke, presse bei!
Mit jedem Tage will ich Nachricht haben,
Wie sich verlängt der unternommene Graben.

MEPHISTOPHELES *(halblaut)*

Man spricht, wie man mir Nachricht gab,
Von keinem Graben, doch vom Grab.

FAUSTO

    Chefe![10]

MEFISTÓFELES

    Eis-me aqui!

FAUSTO

          Com rogo e mando,
Contrata obreiros às centenas,
Promete regalias plenas,
Paga, estimula, vai forçando![11]
De dia em dia deixa-me informado
De como se prolonga a obra do cavado.

MEFISTÓFELES *(a meia-voz)*

    Trata-se, disso tive a nova,
Não de um cavado, mas da cova.[12]

---

[10] No original retorna o mesmo termo (*Aufseher*) traduzido no início da cena como "superintendente". Não fica inteiramente claro se Mefisto foi investido mesmo dessa função ou se, conforme já apontado, apenas insinuou-se no lugar do verdadeiro capataz. A primeira alternativa pressupõe que Fausto permanece até o fim associado ao mal, como intuíra Baucis: "Já que em toda aquela empresa,/ Certo que nada me apraz". Já a segunda leitura delinearia o seu empenho efetivo em "rejeitar toda a feitiçaria,/ Desaprender os termos de magia", conforme as palavras expressas na cena "Meia-noite" (v. 11.404).

[11] Fausto explicita aqui os duvidosos métodos empregados no recrutamento de trabalhadores: pagar, estimular ou atrair sob engodo (*locke*) e pressionar (*presse bei*: trazer para cá, *herbei*, sob pressão).

[12] No original, o trocadilho se estabelece entre os substantivos *Graben* (o novo "fosso" que, na imaginação de Fausto, ajudará a "drenar o apodrecido charco") e *Grab*, a "cova" que os Lêmures estão escavando sob o comando de Mefisto. O verbo comum a ambos os substantivos (portanto, etimologicamente ligados) é *graben* ("escavar, revolver a terra"), do qual derivou o francês *graver* (e, por extensão, "gravar" em português).

FAUST

    Ein Sumpf zieht am Gebirge hin,
    Verpestet alles schon Errungene;
    Den faulen Pfuhl auch abzuziehn,
    Das Letzte wär' das Höchsterrungene.
    Eröffn' ich Räume vielen Millionen,
    Nicht sicher zwar, doch tätig-frei zu wohnen.
    Grün das Gefilde, fruchtbar; Mensch und Herde
    Sogleich behaglich auf der neusten Erde,
    Gleich angesiedelt an des Hügels Kraft,
    Den aufgewälzt kühn-emsige Völkerschaft.
    Im Innern hier ein paradiesisch Land,
    Da rase draußen Flut bis auf zum Rand,
    Und wie sie nascht, gewaltsam einzuschießen,
    Gemeindrang eilt, die Lücke zu verschließen.

FAUSTO

Do pé da serra forma um brejo o marco,
Toda a área conquistada infecta; 11.560
Drenar o apodrecido charco,
Seria isso a obra máxima, completa.¹³
Espaço abro a milhões — lá a massa humana viva,
Se não segura, ao menos livre e ativa.
Fértil o campo, verde; homens, rebanhos,
Povoando, prósperos, os sítios ganhos,
Sob a colina que os sombreia e ampara,
Que a multidão ativa-intrépida amontoara.
Paradisíaco agro, ao centro e ao pé;¹⁴
Lá fora brame, então, até à beira a maré. 11.570
E, se para invadi-la à força, lambe a terra,
Comum esforço acode e a brecha aberta cerra.

---

[13] Estendendo-se ao "pé da serra" ou da cadeia de montanhas (*am Gebirge*), esse terreno pantanoso — que se formou portanto terra adentro, além da barreira de diques (provavelmente junto à antiga linha de dunas) — ameaça empestar e, consequentemente, destruir todo o trabalho já realizado. Drená-lo seria então, na derradeira visão de Fausto, a sua conquista mais elevada (*das Höchsterrungene*), e é esse o objetivo que atribui implicitamente à escavação do imenso fosso, a "obra do cavado". (Valeria lembrar aqui, retornando à acima mencionada instrumentalização ideológica desse monólogo final, que Walter Ulbricht, secretário-geral do partido comunista da Alemanha oriental entre 1950 e 1971, refere-se em seu discurso "Ao conjunto da nação alemã!", de 1962, às "forças reacionárias na República Federal da Alemanha e em Berlim ocidental" como um "pântano de exploração capitalista, um foco de política bélica e revanchista e um pântano de corrupção desavergonhada. Esse pântano, que chega até as fronteiras de nossa Alemanha socialista, impede a asseguração da paz e infecta a atmosfera, precisa ser drenado".)

Como fundamento para a concepção dessas imagens do monólogo, os comentadores apontam leituras específicas de Goethe (como o *Panorama de toda a técnica hidráulica*, obra em dois volumes publicada em 1796 por Johann Georg Büsch) e observações concretas, como a sua viagem pela região alagadiça do Pontino, os brejais cuja drenagem se inicia, sob ordem papal, já durante a Baixa Idade Média, mas que é finalizada apenas no governo de Mussolini. (A travessia pelos pântanos pontinos é narrada por Goethe na sétima parte de sua *Viagem à Itália*, sob a data de 23 de fevereiro de 1787.)

[14] Mais para o interior de suas possessões (*im Innern*), ao pé da "colina" levantada pela "multidão ativa-intrépida" (provável metáfora para os poderosos diques), Fausto imagina uma terra "paradisíaca", utilizando o mesmo adjetivo empregado por Filemon na cena de abertura deste ato (ver nota ao v. 11.086).

Fünfter Akt — Grosser Vorhof des Palasts

Ja! diesem Sinne bin ich ganz ergeben,
Das ist der Weisheit letzter Schluß:
Nur der verdient sich Freiheit wie das Leben,
Der täglich sie erobern muß.
Und so verbringt, umrungen von Gefahr,
Hier Kindheit, Mann und Greis sein tüchtig Jahr.
Solch ein Gewimmel möcht' ich sehn,
Auf freiem Grund mit freiem Volke stehn. 11.580
Zum Augenblicke dürft' ich sagen:
Verweile doch, du bist so schön!
Es kann die Spur von meinen Erdetagen
Nicht in Äonen untergehn. —
Im Vorgefühl von solchem hohen Glück
Genieß' ich jetzt den höchsten Augenblick.

(Faust sinkt zurück, die Lemuren fassen ihn auf und legen ihn auf den Boden)

QUINTO ATO — GRANDE ÁTRIO DO PALÁCIO

Sim! da razão isto é a suprema luz,[15]
A esse sentido, enfim, me entrego ardente:
À liberdade e à vida só faz jus,
Quem tem de conquistá-las diariamente.
E assim, passam em luta e em destemor,
Criança, adulto e ancião, seus anos de labor.
Quisera eu ver tal povoamento novo,
E em solo livre ver-me em meio a um livre povo.   11.580
Sim, ao Momento então diria:
Oh! para enfim — és tão formoso!
Jamais perecerá, de minha térrea via,
Este vestígio portentoso! —[16]
Na ima presciência desse altíssimo contento,
Vivo ora o máximo, único momento.

*(Fausto cai para trás, os Lêmures o amparam
e o estendem no solo)*[17]

---

[15] No original, Goethe emprega neste verso um termo técnico da lógica, *Schluss* ("conclusão"), que lhe era corrente desde os seus tempos de estudante (ver a sátira de Mefisto ao *Collegium Logicum*, na cena com o estudante, e a nota ao v. 1.911). Em seus comentários, Erich Trunz observa que Fausto emprega este termo técnico (que corresponde a *syllogismus, ratiocinatio, conclusio*) como antigo erudito, dando-lhe contudo um novo sentido; "pois não é a conclusão lógica ao fim de uma cadeia racional de premissas, mas sim 'a última conclusão da verdade', portanto, uma sentença que se encontra ao fim de sua experiência e sabedoria de vida, e que decorre dessa experiência como a conclusão lógica decorre das premissas. O seu conteúdo é uma imagem do ser humano que *conquista* para si, *diariamente*, vida e *liberdade* — uma imagem que somente agora se tornou nítida para Fausto".

[16] No original, Fausto diz que os vestígios de seus dias terrenos não desaparecerão nem mesmo em "éones" (*Äonen*, em alemão), termo de origem grega, *aion*, que designa incomensuráveis períodos de tempo. Uma palavra característica do colonizador visionário e hiperbólico, mas não — como observa Erich Trunz — de Goethe: "Aqui o poeta coloca-se ironicamente de lado. Enquanto Fausto fala de eternidade, a morte, e com ela a derrocada de sua obra, estão bem próximas. Enquanto ele fala de 'comum esforço', há ao seu redor uma 'multidão' submetida à corveia, engodada e pressionada. Contudo, a sua visão é grandiosa e nobre".

[17] Anunciada anteriormente pelo coro alegórico da Privação, Insolvência e Penúria ("Lá vem nossa irmã, lá vem ela, a — — — Morte!") e pelo trocadilho irônico que Mefisto acaba de fazer, a morte de Fausto não parece dever-se apenas ao fato de ter pronunciado as palavras que, pela aposta firmada na segunda cena

MEPHISTOPHELES

    Ihn sättigt keine Lust, ihm gnügt kein Glück,
    So buhlt er fort nach wechselnden Gestalten;
    Den letzten, schlechten, leeren Augenblick,
    Der Arme wünscht ihn festzuhalten.   11.590
    Der mir so kräftig widerstand,
    Die Zeit wird Herr, der Greis hier liegt im Sand.
    Die Uhr steht still —

CHOR

                Steht still! Sie schweigt wie Mitternacht.
    Der Zeiger fällt.

MEPHISTOPHELES

        Er fällt, es ist vollbracht.

CHOR

    Es ist vorbei.

QUINTO ATO — GRANDE ÁTRIO DO PALÁCIO

MEFISTÓFELES

Jamais se satisfaz, vão lhe é qualquer contento,
Miragens múltiplas corteja ansiado;
Ao último, oco, insípido momento,
Tenta apegar-se ainda o coitado.   11.590
Quem se me opôs com força tão tenaz,
Venceu o tempo, o ancião na areia jaz.
Para o relógio —

CORO

               Para! Qual meia-noite está calado.
Cai o ponteiro.

MEFISTÓFELES

               Cai. Está, pois, consumado.[18]

CORO

Passou.

"Quarto de trabalho", poria fim à sua existência. Pode-se pensar, em relação a um centenário, numa *causa mortis* natural. Característico talvez da relação de recalque de Goethe com a morte (não viu os corpos de amigos como Schiller e Karl August e nem da mulher Christiane Vulpius) é o fato de a palavra ser inteiramente contornada nesta cena da morte (como na rubrica: "cai para trás") e aparecer uma única vez na cena seguinte da inumação ("Perdeu a velha morte o efeito pronto", v. 11.632). Albrecht Schöne lembra neste contexto palavras do octogenário Goethe sobre uma pintura representando um sepultamento: "E agora, por fim e para completar, ainda um morto, um cadáver; mas eu não vou estatuar a morte".

[18] Mefisto e o coro dos Lêmures retomam palavras pronunciadas por Fausto ao selar a aposta: "Pare a hora então, caia o ponteiro./ O Tempo acabe para mim!". Contudo, à alusão blasfema de Mefisto às últimas palavras de Cristo ("Está consumado!", *João*, 19: 30), os Lêmures irão contrapor o seu "passou", que por sua vez irá provocar exacerbada reação de Mefisto.

MEPHISTOPHELES

    Vorbei! ein dummes Wort.
Warum vorbei?
Vorbei und reines Nicht, vollkommnes Einerlei!
Was soll uns denn das ew'ge Schaffen!
Geschaffenes zu nichts hinwegzuraffen!
Da ist's vorbei! Was ist daran zu lesen?
Es ist so gut, als wär' es nicht gewesen,
Und treibt sich doch im Kreis, als wenn es wäre.
Ich liebte mir dafür das Ewig-Leere.

MEFISTÓFELES

    Passou! palavra estúpida!
Passou por quê? Tolice!
Passou, nada integral, insípida mesmice!
De que serve a perpétua obra criada,
Se logo algo a arremessa para o Nada?[19]   11.600
Pronto, passou! Onde há nisso um sentido?
Ora! é tal qual nunca houvesse existido,
E como se existisse, embora, ronda em giro.
Pudera! o Vácuo-Eterno àquilo então prefiro.

---

[19] Por ocasião de sua primeira aparição na cena "Quarto de trabalho", Mefistófeles já se caracterizara enquanto princípio niilista e destrutivo: "O Gênio sou que sempre nega!/ E com razão; tudo o que vem a ser/ É digno só de perecer". Neste final de cena, diante dos restos mortais de seu "tenaz" opositor, ele proclama o "Vácuo-Eterno" (ou o Vazio-Eterno, *das Ewig-Leere*) como princípio universal e, assim, radicaliza ainda mais o seu niilismo, negando agora realidade ao próprio ser — antes apenas "digno de perecer": se toda a Vida é, sem exceção e inexoravelmente, arremessada para o "Nada", como propõe aqui a lógica mefistofélica, é como se "nunca houvesse existido" — *As there had ben none such* ("Como se tal não tivesse sido"), conforme se lê igualmente num dos versos da canção shakespeariana adaptada por Goethe.

Grablegung

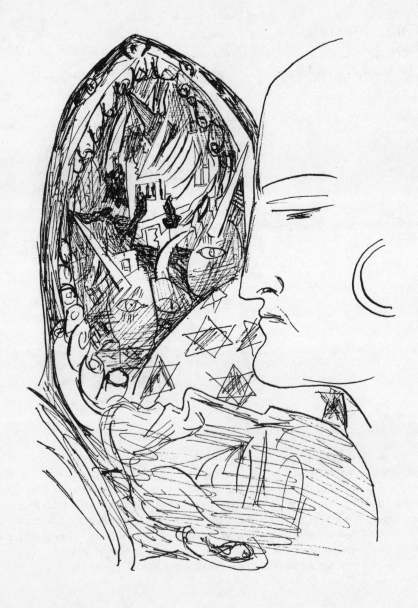

Inumação

Entre as grandiosas imagens da morte de Fausto, impregnadas de trágica ironia, e a ascensão de sua alma ou parte "imortal" (*Unsterbliches*) pela região das "furnas montanhosas", sob o empuxo do "Eterno-Feminino", Goethe inseriu esta cena que, mais do que qualquer outra, ilustra a referência à tragédia (na mencionada carta de 17 de março de 1832 a Wilhelm von Humboldt) como "esses gracejos muito sérios" (*diese sehr ernsten Scherze*).

O título "Inumação" parece concernir em primeiro lugar aos restos mortais de Fausto; o verdadeiro conteúdo desta cena é, porém, o destino de sua parte "imortal", que se evola do corpo e torna-se alvo de intensa disputa entre anjos e demônios. Trata-se, com efeito, de motivo frequente na literatura medieval (e também no período renascentista e da Contrarreforma), objeto de representação séria em peças litúrgicas, nos mistérios e também nos autos ibéricos, gênero este representado, sobretudo, por Juan Del Encina e Gil Vicente (autor de *O auto da alma*, por exemplo, encenado provavelmente em 1508).

Contudo, a influência decisiva para a elaboração desta cena não provém da literatura, mas sim da pintura, mais precisamente de um conjunto de afrescos no claustro do cemitério de Pisa intitulado *Il trionfo della morte*. Pintados por volta de 1360 por vários artistas (entre os quais Andrea Orcagna, discípulo de Giotto), esses afrescos foram reproduzidos em Florença, entre 1812 e 1822, em uma série de 40 gravuras sob o título *Pitture a fresco del Campo Santo di Pisa intagliate da Carlo Conte Lasinio*. Goethe possuía em sua coleção particular algumas dessas reproduções, entre elas o *Trionfo della morte*, em que as almas, sob a forma de pequenas figuras humanas, saem da boca dos mortos e são disputadas por anjos e demônios. Na parte superior da gravura vê-se ainda uma batalha aérea entre diabos de chifres retos e recurvos, aparelhados com gigantescas asas de morcego, e belos anjos que, concentrando-se mais à direita, levam consigo as almas redimidas, enquanto aqueles arremessam suas presas para dentro de um turbilhão de chamas que se ergue de uma cratera vulcânica.

Goethe também conhecia o motivo a partir da lenda apócrifa em torno da morte e da assunção de Moisés, cujo corpo, conforme aludido na *Epístola de São Judas*, teria sido reclamado inicialmente pelo diabo, mas por fim — após altercação com o arcanjo Miguel — arrebatado aos céus por este.

Todavia, se, por um lado, o velho poeta recorreu a esses antigos modelos literários, artísticos e religiosos para a configuração da penúltima cena da tragédia, deu-lhes, por outro lado, um tratamento predominantemente irônico, de tal modo que a justa final entre os Anjos do Bem e do Mal pela alma de Fausto avulta também como paródia de uma peça litúrgica. Nem sequer fica faltando o tradicional requisito da monstruosa "goela" do Inferno, que os diabos de chifres retos e curvos trazem para o palco obedecendo a ordens de Mefisto. Espécie, portanto, de *Intermezzo* burlesco imediatamente antes do desfecho da tragédia na paisagem mística e sublime das "Furnas montanhosas", a cena "Inumação" lembra ainda, desviando o olhar da tradição cristã para o antigo teatro grego, o chamado "drama satírico": designado a partir do coro dos "sátiros", demônios da fecundidade no séquito de Dionísio, esse gênero (preservado integralmente apenas na peça *O ciclope*, de Eurípides) costumava seguir-se como epílogo alegre e jocoso à tragédia grega clássica.

Aos olhos dos contemporâneos de Goethe o "drama satírico" (o "gracejo muito sério") que aqui se desenrola devia certamente aparecer como obsceno e altamente ofensivo, pois Mefisto e seus ajudantes não apenas são contemplados com os traços grotescos que a tradição teatral costumava atribuir ao Anjo do Mal (como se observa também em peças do padre Anchieta, o diabo Guaixará na *Festa de São Lourenço*, Lúcifer e Satanás no auto *Na vila de Vitória*); Goethe vai mais longe no ousado jogo desta penúltima cena e faz com que Mefisto seja acometido, à vista dos "apetecentes" Anjos, de arrepios homossexuais. É a maneira pela qual o amor irradiado pelo "ataque" das pétalas de rosa atua sobre Mefisto, obrigado a assumir por fim o antigo papel do diabo burro, luxurioso e logrado. Enquanto lamenta, em suas duas derradeiras estrofes, a derrota sofrida nesta cena (e, por conseguinte, a frustração de todos os esforços despendidos ao longo de anos e décadas), os Anjos ascendem levando consigo a essência imortal de Fausto.

Prepara-se, desse modo, a transição para a próxima e última cena da tragédia, a escalada pelas furnas rochosas imantadas pelo amor divino, um arriscado passo dramático que Goethe procurou fundamentar, entre outros apoios, na doutrina do teólogo grego Orígenes (185-254), mais precisamente, como ainda se verá, em sua concepção da "apocatástase" (*apokatastasis panton*), a "recondução" à fonte primordial de todos os entes e seres, inclusive Lúcifer e os demais anjos caídos, que também emanaram de Deus.

O recurso do velho Goethe à doutrina origenista não se pautou, evidentemente, pela finalidade de conferir à tragédia um caráter religioso-confessional (e, muito menos, por proselitismo), mas sim porque aquela lhe facilitou o retorno à moldura metafísica esboçada no "Prólogo no céu" e a concepções então explicitadas pelo "Altíssimo". Ao negar ao Mal a categoria de absoluto e eterno, o origenismo proporcionou a Goethe subsídios teológicos para a configuração dos acontecimentos que se abrirão nas "Furnas montanhosas", isto é, a recondução da essência imortal de Fausto à esfera divina, apesar de todos os erros, faltas e desgraças derivados de seu inquebrantável titanismo terreno: o aniquilamento de Margarida e toda a sua família, o massacre de Baucis e Filemon, ou ainda o sacrifício de vidas imposto por sua obra colonizadora.

Em larga extensão, esta cena é dominada pelos monólogos de Mefisto, articulados, como de costume, nos chamados versos madrigais. Enfeixados em estrofes de três a vinte versos, com padrões métricos variáveis (tanto no número de sílabas quanto na distribuição dos acentos) e esquema livre de rimas (por vezes incorporando até mesmo versos soltos, não rimados), os madrigais mostram-se como que talhados para o discurso mefistofélico, o seu palratório cínico e mordaz que desemboca não raro em conclusões niilistas.

Contrastando com essa forma maleável (já a caminho do verso livre moderno), Goethe introduz aqui a expressão lírica que dominará toda a cena seguinte: os versos breves e etéreos entoados pelos Anjos, trazendo também à lembrança o coro de Páscoa que, com o seu ritmo encantatório, demovera Fausto, no final da primeira cena "Noite", da ideia do suicídio.

Às seis intervenções do Coro dos Anjos nesta cena, as edições do *Fausto* preparadas por Albrecht Schöne e Ulrich Gaier acrescentam uma sétima, inserida imediatamente após o verso 11.831 — cortando ao meio, portanto, o monólogo final de Mefisto. Essa derradeira manifestação dos Anjos encontra-se em dois manuscritos da tragédia, mas não na versão final, a chamada *Reinschrift*, que Goethe mandou encadernar em agosto de 1831 e que serviu de base para a publicação póstuma. Trata-se de uma estrofe de nove versos, omitida aparentemente por mero descuido (o manuscrito apresenta uma mudança de tinta no ponto em que deveria entrar a estrofe). Os cinco primeiros versos dessa estrofe tematizam a interação de "amor" (*Liebe*) e "graça" (*Gnade*), que aparecem não apenas como substantivos, mas também se qualificando mutuamente em função adjetiva. O sexto e sétimo versos apresentam estrutura sintática de difícil compreensão: *Fielen der Bande/ Irdischer Flor*, formulação elíptica que sugere terem se desprendido de Fausto os laços ou os vínculos (*Bande*) terrenos como um leve véu (*Flor*). Por fim, os dois últimos versos preludiam o motivo das "nuvens" (*Wolken*), que será desdobrado na subsequente cena de encerramento.

Acompanhada da rubrica cênica *Engel, indessen entschwebend* (Anjos, nesse meio-tempo evolando-se no ar), essa estrofe diz no original:

> *Liebe, die gnädige,*
> *Hegende, tätige,*
> *Gnade die liebende*
> *Schonung verübende*
> *Schweben uns vor.*
> *Fielen der Bande*
> *Irdischer Flor*
> *Wolkengewande*
> *Tragt ihn empor.*

Em tradução literal: "Amor, misericordioso,/ Acalentando, atuante,/ Graça, amante,/ Proteção doando/ Pairam à nossa frente./ Se caíram os laços/ Como véu terreno/ Vestes de nuvens/ Transportai-o para cima". [M.V.M.]

LEMUR *(Solo)*

    Wer hat das Haus so schlecht gebaut,
    Mit Schaufeln und mit Spaten?

LEMUREN *(Chor)*

    Dir, dumpfer Gast im hänfnen Gewand,
    Ist's viel zu gut geraten.

LEMUR *(Solo)*

    Wer hat den Saal so schlecht versorgt?
    Wo blieben Tisch und Stühle?

LEMUREN *(Chor)*

    Es war auf kurze Zeit geborgt;   11.610
    Der Gläubiger sind so viele.

MEPHISTOPHELES

Der Körper liegt, und will der Geist entfliehn,
Ich zeig' ihm rasch den blutgeschriebnen Titel; —
Doch leider hat man jetzt so viele Mittel,
Dem Teufel Seelen zu entziehn.

LÊMUR *(solo)*

    Quem tem tão mal construído a casa,[1]
    Com picaretas, pás?

LÊMURES *(coro)*

    Mudo hóspede em talar de cânhamo,[2]
    Não a desprezarás.

LÊMUR *(solo)*

    Quem fez da sala pouco caso?
    Cadeiras, mesas, onde estão?

LÊMURES *(coro)*

    Foi emprestada a curto prazo;   11.610
    Há dos credores multidão.

MEFISTÓFELES

    O corpo jaz e à fuga o espírito se apronta;
    O título, ei-lo aqui: firmado em sangue, e idôneo; —[3]
    O mal é que hoje em dia, há métodos sem conta,
    Para se subtrair as almas ao demônio.

---

[1] Goethe retoma nesta abertura de cena a sua adaptação da canção do coveiro no quinto ato do *Hamlet*. Trata-se agora da terceira e última estrofe na tragédia shakespeariana — glosada por Goethe a partir da coletânea *Reliques of Ancient English Poetry*, de Thomas Percy: "*A pikeax and a spade,/ And eke of shrowding shete,/ A howse of clay for to be made,/ For such a guest most mete*". Goethe acrescenta novos versos à sua adaptação e cria um jogral entre o canto-solo de um Lêmure (ou Lêmur) e o coro.

[2] Versos independentes do modelo inglês. "Mudo" corresponde, no original alemão, a *dumpf*, apático, embotado. O "talar de cânhamo" indicia uma mortalha rústica, de baixa qualidade. As cadeiras e mesas mencionadas em seguida constituem provável referência à mobília do palácio, "emprestada a curto prazo". Em seus comentários, Ulrich Gaier associa a "multidão dos credores" aos vermes que fazem o corpo retornar à terra, como sendo algo apenas emprestado.

[3] Isto é, aquelas poucas "linhas" do documento (*titulus*) do pacto ou aposta, o qual Fausto assinara com o próprio sangue (v. 1.737) e que Mefisto pretende agora resgatar na presumível condição de vencedor.

Auf altem Wege stößt man an,
Auf neuem sind wir nicht empfohlen;
Sonst hätt' ich es allein getan,
Jetzt muß ich Helfershelfer holen.

Uns geht's in allen Dingen schlecht! 11.620
Herkömmliche Gewohnheit, altes Recht,
Man kann auf gar nichts mehr vertrauen.
Sonst mit dem letzten Atem fuhr sie aus,
Ich paßt' ihr auf und, wie die schnellste Maus,
Schnapps! hielt ich sie in fest verschloßnen Klauen.
Nun zaudert sie und will den düstern Ort,
Des schlechten Leichnams ekles Haus nicht lassen;
Die Elemente, die sich hassen,
Die treiben sie am Ende schmählich fort.
Und wenn ich Tag' und Stunden mich zerplage, 11.630
Wann? wie? und wo? das ist die leidige Frage;
Der alte Tod verlor die rasche Kraft,
Das Ob? sogar ist lange zweifelhaft;
Oft sah ich lüstern auf die starren Glieder —
Es war nur Schein, das rührte, das regte sich wieder.

Por modo antigo a gente ofende,
Não há, por novo, quem nos recomende;[4]
A sós teria o feito dantes,
Hoje preciso de ajudantes.

É que, pra nós, tudo vai mal!   11.620
Direito antigo, uso tradicional,
Não pode mais fiar-se a gente em nada.
Surgia, outrora, com o supremo alento,[5]
Vigiava-a, e, zás! nas garras, a contento,
Qual veloz rato a via aprisionada.
Vacila, hoje, em deixar o podre abrigo,
Do vil cadáver a morada repelente;
Os elementos, em mútuo ódio imigo,
No fim a expelem oprobriosamente.
E ainda que horas, dias, me ande atormentando,   11.630
Surge a fatal questão: por onde? como? quando?
Perdeu a velha morte o efeito pronto;[6]
Defunto ou não? até isso me põe tonto;
Quanta vez não espiei a massa rija e fria —
Era ilusão, vibrava inda, algo se movia.

---

[4] Mefisto provavelmente está lamentando neste verso que também por modos ou métodos mais modernos (como cobrar o resgate de um "título") o diabo não é bem-vindo (e tampouco pode valer-se de recomendações: "não há quem nos recomende"). Já por modo antigo, como vir buscar a alma de um pactário com raios, trovões, exalações de enxofre etc., o diabo hoje em dia ofende e escandaliza.

[5] Literalmente, diz Mefisto neste verso que outrora a alma saía (abandonava o corpo) com o último suspiro.

[6] As queixas de Mefisto têm como pano de fundo, conforme observam comentadores (Albrecht Schöne, Ulrich Gaier), discussões contemporâneas, motivadas por casos de morte aparente que vieram à tona no século XVII, sobre o momento preciso de comprovar-se o óbito e estabelecer a data do enterro. Desse debate participou também o Dr. Christoph Hufeland, médico particular de Goethe (ver nota ao v. 2.349), que em 1791 publicou o estudo *Sobre a imprecisão da morte e o único meio infalível para se convencer de sua realidade e tornar impossível o sepultamento de pessoas vivas*. Com o argumento de que apenas a decomposição do corpo pela putrefação daria certeza irrefutável nessa questão, o Dr. Hufeland preconizou com êxito a abertura de um necrotério em Weimar.

(Phantastisch-flügelmännische Beschwörungsgebärden)

> Nur frisch heran! verdoppelt euren Schritt,
> Ihr Herrn vom graden, Herrn vom krummen Horne,
> Von altem Teufelsschrot und — korne,
> Bringt ihr zugleich den Höllenrachen mit.
> Zwar hat die Hölle Rachen viele! viele!
> Nach Standsgebühr und Würden schlingt sie ein;
> Doch wird man auch bei diesem letzten Spiele
> Ins künftige nicht so bedenklich sein.

11.640

(Der greuliche Höllenrachen tut sich links auf)

> Eckzähne klaffen; dem Gewölb des Schlundes
> Entquillt der Feuerstrom in Wut,
> Und in dem Siedequalm des Hintergrundes
> Seh' ich die Flammenstadt in ewiger Glut.
> Die rote Brandung schlägt hervor bis an die Zähne,
> Verdammte, Rettung hoffend, schwimmen an;

Quinto ato — Inumação

(Fantásticos gestos giratórios de exorcismo)[7]

Vinde pra cá! dobrai o passo, à frente!
Senhores, vós, do real, diabólico feitio,[8]
Do corno reto, vós, e vós, do curvo, esguio!
Trazei, também, do inferno a goela incandescente.[9]
De fato o inferno tem mil goelas, e em seu fogo   11.640
Traga conforme a classe, o posto e as honrarias;
Contudo, no porvir, no derradeiro jogo,
Não ligaremos mais àquelas ninharias.[10]

(Abre-se, à esquerda, a goela monstruosa do inferno)

A fauce se abre, enorme, e da abismal garganta,
Vejo jorrar caudais de fogo em fúria,
E no fundo, entre a brasa e o fumo que alevanta,
A urbe ígnea em perenal conflagração purpúrea.[11]
Sobe, até a beira, a maré rubra, acesa,
Danados, pra salvar-se, a nado afluem à foz;

---

[7] Literalmente, esta indicação cênica significa algo como "fantásticos gestos de esconjuro, à maneira de um chefe de ala". Goethe emprega aqui o substantivo *Flügelmann*, chefe de fila (ou ala: *Flügel*, em alemão), geralmente o soldado mais alto de uma divisão, que mostrava aos demais os movimentos a serem executados. Mefistófeles realiza, portanto, uma gesticulação de cunho militar, que deve servir como orientação e modelo aos demônios arregimentados que logo surgirão em cena.

[8] Para designar os "senhores" dos cornos retos e recurvos, Mefisto alude no original à expressão *von echtem Schrot und Korn*, que em alemão possui significado bastante positivo: caracteriza alguém da "velha cepa", da "gema", uma pessoa de "torcer e não quebrar". Goethe cria assim um neologismo mediante a fusão de "demônio" (*Teufel*) com *Schrot* (literalmente, cereal triturado) e *Korn* (cereal em grão): os senhores do "real, diabólico feitio".

[9] A "goela" ou a "fauce" hiante do Inferno constituía requisito frequente em peças e mistérios religiosos da Idade Média. Como que investindo os seus "ajudantes" da função de técnicos cênicos, Mefisto conclama-os a instalarem sobre o palco a tradicional "goela" do Inferno.

[10] Isto é, Mefisto prevê (e teme para breve) a abolição do ingresso no Inferno por "goelas" diferentes, segundo a condição social das almas: "a classe, o posto e as honrarias". No original, o sujeito desses dois versos finais não é a primeira pessoa do plural, mas o pronome impessoal "se": "não se ligará mais".

[11] "Cidade das chamas", no original: alusão à *città del fuoco* de Dante, como no canto X do *Inferno* (v. 22), em que se dá o encontro com Farinata e Cavalcanti.

Doch kolossal zerknirscht sie die Hyäne, 11.650
Und sie erneuen ängstlich heiße Bahn.
In Winkeln bleibt noch vieles zu entdecken,
So viel Erschrecklichstes im engsten Raum!
Ihr tut sehr wohl, die Sünder zu erschrecken;
Sie halten's doch für Lug und Trug und Traum.

(Zu den Dickteufeln vom kurzen, graden Horne)

Nun, wanstige Schuften mit den Feuerbacken!
Ihr glüht so recht vom Höllenschwefel feist;
Klotzartige, kurze, nie bewegte Nacken!
Hier unten lauert, ob's wie Phosphor gleißt:
Das ist das Seelchen, Psyche mit den Flügeln, 11.660
Die rupft ihr aus, so ist's ein garstiger Wurm;
Mit meinem Stempel will ich sie besiegeln,
Dann fort mit ihr im Feuerwirbelsturm!

Paßt auf die niedern Regionen,
Ihr Schläuche, das ist eure Pflicht;
Ob's ihr beliebte, da zu wohnen,
So akkurat weiß man das nicht.
Im Nabel ist sie gern zu Haus —
Nehmt es in acht, sie wischt euch dort heraus.

(Zu den Dürrteufeln vom langen, krummen Horne)

Quinto ato — Inumação

Mas, colossal, tritura a flâmea hiena a presa,   11.650
E têm de retrilhar a estrada quente e atroz.
Muito há de oculto inda nos cantos, mil horrores;
Em tão exíguo espaço esse pavor medonho!
Fazeis bem em encher de assombro os pecadores;
Pois julgam que é ilusão, tão só, mentira e sonho.

(Dirigindo-se aos demônios rechonchudos, de chifres retos e curtos)

Eh vós, das panças de barril, ventas purpúreas!
Biltres dos rígidos, maciços colos nus!
Que ardeis em pez oleoso e exalações sulfúreas,
Olhai bem se algo a fósforo reluz:
Isso é a almazinha, esquiva, alada psique,   11.660
Torna-se verme vil, perdendo as asas;
Pois arrancai-lhas pra que o selo meu lhe aplique,
E ponde-a fora, em turbilhão de brasas!

Vigiai bem a região mais baixa,[12]
Vis odres, tal dever vos cabe;
Se é esse o lugar em que se encaixa,
É o que ninguém ao certo sabe.
Também no umbigo ela à vontade está —
Cautela, ou vos escapa ainda por lá.

(Para os demônios esquálidos de chifres longos e recurvados)[13]

---

[12] Conclamando os diabos gordos (apostrofados com grotescos epítetos: "panças de barril", "vis odres" etc.) a vigiar a eventual fuga da alma pelas "regiões baixas", Mefisto refere-se a esta logo acima (v. 11.660) no diminutivo e ainda como "psique" (*Psyche*), que em grego significa "alma" e também "borboleta".

[13] Nesta estrofe, Mefistófeles dá ordens aos diabos compridos e esquálidos (ou macilentos, ressequidos: *dürr*), instando-os a vigiar uma possível fuga da alma pelo alto. No original, são apostrofados também como *Firlefanze*, que desde Lutero significa "tolos, parvos" (daí o adjetivo "bufo" na tradução); é também um nome de diabo na tradução da *Divina Comédia* publicada em 1826 por Adolf F. Carl Streckfuss, muito apreciada por Goethe.

FÜNFTER AKT — GRABLEGUNG

Ihr Firlefanze, flügelmännische Riesen, 11.670
Greift in die Luft, versucht euch ohne Rast!
Die Arme strack, die Klauen scharf gewiesen,
Daß ihr die Flatternde, die Flüchtige faßt.
Es ist ihr sicher schlecht im alten Haus,
Und das Genie, es will gleich obenaus.

(Glorie von oben rechts)

HIMMLISCHE HEERSCHAR

    Folget, Gesandte,
    Himmelsverwandte,
    Gemächlichen Flugs:
    Sündern vergeben,
    Staub zu beleben; 11.680
    Allen Naturen
    Freundliche Spuren
    Wirket im Schweben
    Des weilenden Zugs!

Cabos de fila, espetos bufos e gigantes! 11.670
Batei o ar, em constante expectativa!
Visem bem o alvo as vossas garras rapinantes,
Para apanhardes a voadora fugitiva!
Do velho lar, na certa, sente enjoo.
E o gênio logo tenta abrir pelo alto o voo.[14]

(Resplandor do alto, à direita)[15]

LEGIÃO CELESTE

    Flui, hoste angélica,[16]
    Da órbita célica,
    Em suave adejo:
    Falhas perdoando,[17]
    Pó reavivando; 11.680
    Dita nascente,
    Graça a todo ente,
    Fluindo, manando,
    Do almo cortejo!

---

[14] Se perante os diabos gordos Mefisto denominou a alma como "psique", agora ele a chama, diante desses "espetos bufos e gigantes", de "gênio", sobre o qual escreve Hederich em sua enciclopédia: "o gênio de um ser humano não é outra coisa senão a sua alma (*Animus*)".

[15] "Resplandor" corresponde no original ao substantivo *Glorie*, que em português (glória) também tem entre os seus significados, conforme assinala o dicionário *Houaiss*, o de "representação pictórica do Céu" e o de "auréola, halo, resplendor que simboliza a santidade". Na teoria cênica é também o "lugar elevado e iluminado em que surge um céu aberto, com os seres divinos". O fato desse resplandor aparecer aqui à direita não é casual — em suas lições práticas reunidas no volume *Regeln für Schauspieler* [Regras para atores], Goethe escreve que pessoas distintas ou veneráveis devem estar sempre à direita: "Quem estiver do lado direito deverá por isso mesmo fazer valer o seu direito e não ser empurrado contra os bastidores, mas permanecer firme no seu lugar". (Na sequência, Mefisto será "impelido para o proscênio" pelos Anjos que assomam da direita.)

[16] Esta autodenominação "hoste angélica" corresponde no original a *Gesandte*, que significa "emissário, mensageiro", mas que também traduz literalmente a palavra grega *Angelos*.

[17] Literalmente, exprime-se aqui a exortação para "perdoar os pecadores"; e, em seguida, "reavivar o pó", isto é, despertar os mortos para a nova vida.

MEPHISTOPHELES

> Mißtöne hör' ich, garstiges Geklimper,
> Von oben kommt's mit unwillkommnem Tag;
> Es ist das bübisch-mädchenhafte Gestümper,
> Wie frömmelnder Geschmack sich's lieben mag.
> Ihr wißt, wie wir in tiefverruchten Stunden
> Vernichtung sannen menschlichem Geschlecht; 11.690
> Das Schändlichste, was wir erfunden,
> Ist ihrer Andacht eben recht.
>
> Sie kommen gleisnerisch, die Laffen!
> So haben sie uns manchen weggeschnappt,
> Bekriegen uns mit unsern eignen Waffen;
> Es sind auch Teufel, doch verkappt.
> Hier zu verlieren, wär' euch ew'ge Schande;
> Ans Grab heran und haltet fest am Rande!

CHOR DER ENGEL *(Rosen streuend)*

>> Rosen, ihr blendenden,
>> Balsam versendenden! 11.700
>> Flatternde, schwebende,
>> Heimlich belebende,

MEFISTÓFELES

    Ouço tons díssonos, tinidos repelentes,
    Vem do alto com importuno brilho e dia;[18]
    Medíocre função, digna de adolescentes,
    Tal como o bigotismo hipócrita o aprecia.
    Sabeis como em perversas horas planejamos
    Da espécie humana a ruína e a perdição;   11.690
    O mais iníquo que inventamos,
    É o que convém à sua devoção.[19]

    De manso vêm, beatões! é com tais troças,
    Que muitos, já, nos foram surrupiados!
    Guerreiam-nos com próprias armas nossas;
    Demônios são também, mas embuçados.[20]
    Perder, aqui, seria opróbrio eterno;
    Junto ao sepulcro, e firmes, pelo inferno!

CORO DOS ANJOS *(espalhando rosas)*[21]

        Do alto frutuosas,
        Rútilas rosas!   11.700
        Voantes, flutuantes,
        Vivificantes,

---

[18] Isto é, a luz ou o brilho da "Glória", que irrompe nesta cena noturna.

[19] Os comentadores interpretam este "mais iníquo" de diferentes maneiras. Erich Trunz faz um apanhado de importantes posições na filologia fáustica: "Düntzer: 'Os pecados mais malignos'. Erich Schmidt: 'Alusão ao hermafroditismo'. Witkowski: 'Os tormentos das almas no inferno'. Beutler: 'Crucificar o Filho de Deus'. Buchwald: 'A condição de castrado'. Erler: 'Provável alusão aos corais sacros ainda famosos no tempo de Goethe, cujos cantores eram castrados'".

[20] Distorção teológica típica de Mefistófeles: os anjos não são demônios "embuçados", mas estes é que são anjos caídos, como já se delineara no "Prólogo no céu" (ver nota ao v. 344).

[21] Como se evidenciará na cena seguinte, são as rosas que os Anjos receberam das mãos das sagradas e amorosas Penitentes (v. 11.942). Esse motivo simbólico das rosas (provenientes do amor divino e, por isso, aniquilando o elemento terreno e intensificando o espiritual) irá percorrer os demais versos pronunciados pelos Anjos. Breves, ligados por um ritmo "deslizante" e plenos de sonoridade encantatória, esses versos lembram o Coro dos Anjos e o Coro dos Discípulos na parte final da cena "Noite" (ver nota à rubrica anterior ao v. 737).

Zweiglein beflügelte,
Knospen entsiegelte,
Eilet zu blühn.

Frühling entsprieße,
Purpur und Grün!
Tragt Paradiese
Dem Ruhenden hin.

MEPHISTOPHELES *(zu den Satanen)*

Was duckt und zuckt ihr? ist das Höllenbrauch? 11.710
So haltet stand und laßt sie streuen.
An seinen Platz ein jeder Gauch!
Sie denken wohl, mit solchen Blümeleien
Die heißen Teufel einzuschneien;
Das schmilzt und schrumpft vor eurem Hauch.
Nun pustet, Püstriche! — Genug, genug!
Vor eurem Broden bleicht der ganze Flug. —
Nicht so gewaltsam! schließet Maul und Nasen!
Fürwahr, ihr habt zu stark geblasen.
Daß ihr doch nie die rechten Maße kennt! 11.720
Das schrumpft nicht nur, es bräunt sich, dorrt, es brennt!

Semeai, alíferas,
Hastes frondíferas!
Verde e purpúreo,[22]

Traga o murmúrio
Do hálito verno,
A essa alma, o augúrio
Do Éden eterno.

MEFISTÓFELES *(para os satanases)*

Recuais? estremeceis? do inferno isso é uso, então? 11.710
Deixai que espalhem, e firmai as frentes.
Cada um a postos! sem hesitação!
Julgam com semeaduras florescentes
Poder gelar demônios quentes;
Isso se funde à vossa exalação!
Bufai, soprai![23] — Basta, basta, é demais!
Esvai-se o voo ante bafejos tais. —
Menos violência! segurai fauces e trombas!
Foi demais forte o bafo, com mil bombas!
Nunca há entre vós quem as medidas guarde! 11.720
Não só se funde, isso flameja, torra-se, arde!

---

[22] Em sua *Teoria das cores* (em especial nos parágrafos 794-6 e 915-9) Goethe discorre sobre o significado simbólico e místico do verde e do purpúreo, que pertenceriam àquelas cores complementares que "contêm em si a totalidade do espectro colorido". No original, essas cores são mencionadas na segunda estrofe, junto com o brotar da primavera (o "hálito verno"), o que evidencia a liberdade que se permitiu Jenny Klabin Segall na tradução desses versos etéreos, em que o sentido parece importar menos do que a sonoridade. Contudo, na primeira versão deste último ato, publicada em 1949, lê-se nesta segunda estrofe: "Verde e purpúreo,/ Transmita o hálito verno/ Ao que ali jaz, o augúrio/ Do Éden eterno". (Na "transcriação" de Haroldo de Campos, os versos pronunciados pelos Anjos excedem sistematicamente, com exceção de duas estrofes, o número de versos no original goethiano: nesta cena cabem aos Anjos 55 versos no original e 66 na versão "transcriada".)

[23] No original, Mefisto confere aqui aos demônios — em consonância com a ordem de "soprar" (*pusten*), o epíteto de *Püstriche*, como eram chamados, em antigas esculturas, espíritos que vertiam fogo pela boca. Quatro versos antes, Mefisto usara o epíteto "moscardo" (*Gauch*): "Cada moscardo em seu posto!".

Schon schwebt's heran mit giftig klaren Flammen;
Stemmt euch dagegen, drängt euch fest zusammen! —
Die Kraft erlischt! dahin ist aller Mut!
Die Teufel wittern fremde Schmeichelglut.

ENGEL

>Blüten, die seligen,
>Flammen, die fröhlichen,
>Liebe verbreiten sie,
>Wonne bereiten sie,
>Herz wie es mag.
>Worte, die wahren,
>Äther im Klaren,
>Ewigen Scharen
>Überall Tag!

MEPHISTOPHELES

O Fluch! o Schande solchen Tröpfen!
Satane stehen auf den Köpfen,
Die Plumpen schlagen Rad auf Rad
Und stürzen ärschlings in die Hölle.
Gesegn' euch das verdiente heiße Bad!
Ich aber bleib' auf meiner Stelle. —

(Sich mit den schwebenden Rosen herumschlagend)

Irrlichter, fort! Du, leuchte noch so stark,
Du bleibst, gehascht, ein ekler Gallert-Quark.

Vem voando cá com venenosos raios;
Firmai-vos, todos juntos! enfrentai-os! —
Vai-se o vigor, todo o ânimo despejam!
Os demos o insinuante e estranho ardor farejam.

ANJOS

    Chamas balsâmeas,
    Pétalas flâmeas,
    Bênção influindo,
    O éter imbuindo
    De auras de amor.   11.730
    Do alto a voz vera
    Da etérea esfera,
    Na áurea hoste gera
    Brilho e luz aonde for!

MEFISTÓFELES

Oh danação! Malditos incapazes!
De pé sobre a cabeça estão os satanases,
E, reboleando às cambalhotas,
Despenham-se no inferno, à fé![24]
Valha-vos o devido banho quente, idiotas!
Mas eu daqui não tiro o pé. —   11.740

(Debatendo-se em meio às rosas esvoaçantes)

Zus, fogos-fátuos! Tu, que lá reluzes,
Pilhado, a gelatina imunda te reduzes.[25]

---

[24] Neste verso, Goethe exprime-se de maneira mais crassa do que a tradutora: os diabos despencam "de bunda" no inferno — ou "de culatra", como diz Haroldo de Campos; já o português João Barrento traduz: "Caem de cu no inferno aberto".

[25] Trunz e Schöne apontam neste verso uma reminiscência de um estudo sobre "fogos-fátuos" (que Mefisto compara às pétalas em chamas) publicado em 1812 numa revista especializada em química e física (*Journal für Chemie und Physik*). O seu autor, R. L. Ruhland, apresenta a tese, então já amplamente refutada, de

Was flatterst du? Willst du dich packen! —
Es klemmt wie Pech und Schwefel mir im Nacken.

CHOR DER ENGEL

    Was euch nicht angehört,
    Müsset ihr meiden,
    Was euch das Innre stört,
    Dürft ihr nicht leiden.
    Dringt es gewaltig ein,
    Müssen wir tüchtig sein.   11.750
    Liebe nur Liebende
    Führet herein!

MEPHISTOPHELES

Mir brennt der Kopf, das Herz, die Leber brennt,
Ein überteuflisch Element!
Weit spitziger als Höllenfeuer! —
Drum jammert ihr so ungeheuer,
Unglückliche Verliebte! die, verschmäht,
Verdrehten Halses nach der Liebsten späht.

Teimas em voar? Fora, de chofre! —
Grudou-se à minha nuca a arder qual piche e enxofre.

CORO DOS ANJOS

    O que vos é alheio,[26]
    Do espírito afastai.
    O que vos turba o seio,
    Do íntimo rejeitai.
    Se inda assim, se introduz,
    Firme ânimo o reduz.   11.750
    Só a quem ama, o amor[27]
    Leva à perene luz!

MEFISTÓFELES

A fronte me arde, o peito, o corpo em fogo cruento,[28]
Um suprademoníaco elemento!
Pior do que do inferno o fogo mais tremendo! —
Por isso aos ais viveis gemendo,
Pobre amantes vós, que espreitais, desprezados,
A bem-amada com pescoços deslocados!

---

que os fogos-fátuos, uma vez apanhados (*gehascht*, como escreve Goethe), se reduzem a uma "massa gelatinosa, semelhante a ovas de rã, um tanto pegajosa e que, como a matéria de estrelas cadentes e bólides, propaga um cheiro de enxofre".

[26] Apesar do que poderia fazer supor o pronome oblíquo "vos", os Anjos continuam nesta estrofe a exprimir a sua mensagem sem dirigir-se aos demônios — só uma única vez voltam-se diretamente àqueles, em versos mais longos e "prosaicos" (vv. 11.778-9) do que nos Coros. Como traço fundamental da próxima cena veremos as figuras exprimirem diretamente as suas mensagens, sem dirigir-se uns aos outros.

[27] Implicitamente delineia-se aqui a exclusão de Mefistófeles desse "elo universal" promovido pelo Amor e, ao mesmo tempo, o acolhimento da "parte ou elemento imortal" de Fausto.

[28] Literalmente, diz Mefisto neste verso arder-lhe "a cabeça, o coração, o fígado", expressões metafóricas para o entendimento, o sentimento e a sensualidade, já que na superstição ou crença popular o fígado (*Leber*) aparecia por vezes como a sede da volúpia sexual.

Auch mir! Was zieht den Kopf auf jene Seite?
Bin ich mit ihr doch in geschwornem Streite!　　　　11.760
Der Anblick war mir sonst so feindlich scharf.
Hat mich ein Fremdes durch und durch gedrungen?
Ich mag sie gerne sehn, die allerliebsten Jungen;
Was hält mich ab, daß ich nicht fluchen darf? —
Und wenn ich mich betören lasse,
Wer heißt denn künftighin der Tor?
Die Wetterbuben, die ich hasse,
Sie kommen mir doch gar zu lieblich vor! —

Ihr schönen Kinder, laßt mich wissen:
Seid ihr nicht auch von Luzifers Geschlecht?　　　　11.770
Ihr seid so hübsch, fürwahr ich möcht' euch küssen,
Mir ist's, als kämt ihr eben recht.
Es ist mir so behaglich, so natürlich,
Als hätt' ich euch schon tausendmal gesehn;
So heimlich-kätzchenhaft begierlich;
Mit jedem Blick aufs neue schöner schön.
O nähert euch, o gönnt mir einen Blick!

ENGEL

Wir kommen schon, warum weichst du zurück?
Wir nähern uns, und wenn du kannst, so bleib!

(Die Engel nehmen, umherziehend, den ganzen Raum ein)

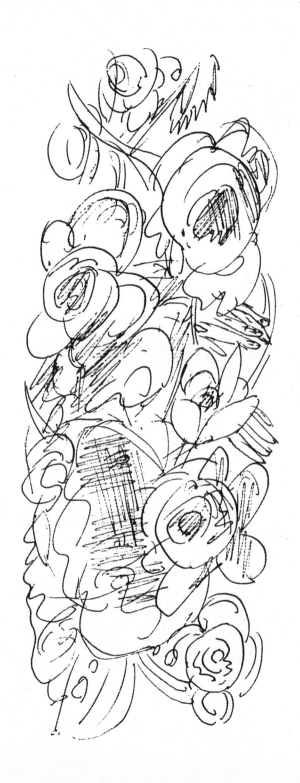

Quinto ato — Inumação

E eu! Que há para que o olhar ali derive?
Com ela sempre em mortal luta estive,[29]   11.760
E odiei-lhe sempre o aspecto. Que há comigo?
Têm-me embebido eflúvios estranháveis?
Vejo-os com gosto, esses mancebos adoráveis;
Que me retém? Nem praguejar consigo! —
E se me ilude a mim tão falso enleio,
Quem, doravante, há de ser o imbecil?
Esses espertalhões que odeio,
Vejo-os manando o encanto mais sutil! —

Dizei-me, lindos jovens, pois:
Também da geração de Lúcifer proviestes?   11.770
Quisera vos beijar, tão sedutores sois,
Julgo que em boa hora aqui viestes.
Tão natural me sinto e grato,
Como se amigos velhos fôsseis e bem-vindos;
Chegais sensuais, mansinhos, como gato,[30]
E cada vez mais lindamente lindos;
Oh vinde perto, oh concedei-me um vosso olhar!

ANJOS

Aqui estamos: que te obriga a recuar?
Estamos perto; fica, se o puderes.

(Os Anjos, em movimento envolvente, ocupam o palco todo)

---

[29] O pronome "ela" neste verso elucida-se a partir do verso anterior, em que Mefisto se interroga sobre o porquê de voltar compulsivamente a cabeça para "aquele lado" ou "aquela parte" (*jene Seite*) em que estão os Anjos.

[30] Sobre essa associação entre sensualidade e gatos ver a nota ao v. 3.655.

Fünfter Akt — Grablegung

MEPHISTOPHELES *(der ins Proszenium gedrängt wird)*

    Ihr scheltet uns verdammte Geister   11.780
    Und seid die wahren Hexenmeister;
    Denn ihr verführet Mann und Weib. —
    Welch ein verfluchtes Abenteuer!
    Ist dies das Liebeselement?
    Der ganze Körper steht in Feuer,
    Ich fühle kaum, daß es im Nacken brennt. —
    Ihr schwanket hin und her, so senkt euch nieder,
    Ein bißchen weltlicher bewegt die holden Glieder;
    Fürwahr, der Ernst steht euch recht schön;
    Doch möcht' ich euch nur einmal lächeln sehn!   11.790
    Das wäre mir ein ewiges Entzücken.
    Ich meine so, wie wenn Verliebte blicken:
    Ein kleiner Zug am Mund, so ist's getan.
    Dich, langer Bursche, dich mag ich am liebsten leiden,
    Die Pfaffenmiene will dich gar nicht kleiden,
    So sieh mich doch ein wenig lüstern an!
    Auch könntet ihr anständig-nackter gehen,
    Das lange Faltenhemd ist übersittlich —
    Sie wenden sich — von hinten anzusehen! —
    Die Racker sind doch gar zu appetitlich!   11.800

CHOR DER ENGEL

        Wendet zur Klarheit
        Euch, liebende Flammen!
        Die sich verdammen,
        Heile die Wahrheit;

MEFISTÓFELES *(que se vê impelido para o proscênio)*
    Tratais-nos de malditos feiticeiros,   11.780
    Enquanto sois os bruxos verdadeiros,
    Pois seduzis vós homens e mulheres. —
    Maldita, incômoda aventura!
    É isso, do amor, a elementar essência?
    Meu corpo todo em brasas se tortura,
    Mal sinto, já, da nuca a incandescência. —[31]
    De cá flutuais, de lá; baixai para o meu plano,
    As formas agitai de modo mais mundano;
    De fato, o aspecto austero em vós é lindo,
    Mas, quisera uma vez, tão só, vos ver sorrindo!   11.790
    Ser-me-ia um gosto eterno, nunca visto dantes.
    Digo: do modo pelo qual se olham amantes,
    Dos lábios é um jeitinho, tão somente.
    Alto marmanjo, és tu quem mais me agrada;
    Não te orna o ar sonso de padreco em nada,
    Olha pra mim algo lascivamente!
    Podíeis sem desonra andar mais nus, aliás;
    As amplas vestes são supradecentes;
    Desviam-se — assim vistos, por detrás! —[32]
    São os malandros por demais apetecentes!   11.800

CORO DOS ANJOS
        Vertei claridade,
        Chamejos benditos!
        Redima os precitos
        A luz da verdade!

---

[31] Mefisto dissera anteriormente (v. 11.744) que as pétalas ardentes se haviam grudado à sua nuca; agora ele não sente mais essa dor localizada porque o "corpo todo", tomado pelo desejo homossexual, "em brasas se tortura".

[32] Ao se desviarem, os Anjos voltam as costas e, portanto, as nádegas a Mefisto.

> Daß sie vom Bösen
> Froh sich erlösen,
> Um in dem Allverein
> Selig zu sein.

MEPHISTOPHELES *(sich fassend)*

> Wie wird mir! — Hiobsartig, Beul' an Beule
> Der ganze Kerl, dem's vor sich selber graut, 11.810
> Und triumphiert zugleich, wenn er sich ganz durchschaut,
> Wenn er auf sich und seinen Stamm vertraut;
> Gerettet sind die edlen Teufelsteile,
> Der Liebespuk, er wirft sich auf die Haut;
> Schon ausgebrannt sind die verruchten Flammen,
> Und wie es sich gehört, fluch' ich euch allzusammen!

CHOR DER ENGEL

> Heilige Gluten!
> Wen sie umschweben,
> Fühlt sich im Leben
> Selig mit Guten. 11.820
> Alle vereinigt
> Hebt euch und preist!
> Luft ist gereinigt,
> Atme der Geist!

Já beatos e salvos,
Afluindo a áureos alvos;
Libertos do Mal,
No elo universal!³³

MEFISTÓFELES *(tornando a si)*

Como é? — qual Jó, em chagas e úlceras me acho,³⁴
Como um rufião, que a si próprio repele,   11.810
Mas triunfa ainda assim quando vê bem quem é ele,
E em si confia e na linhagem dele;
A salvo estão os nobres símbolos do diacho;
Ficou o malefício à flor da pele;³⁵
Das chamas se acha enfim extinto o odioso voo
E, como é justo, todos vós amaldiçoo!

CORO DOS ANJOS

Santa flamância!
Quem se lhe entranha,
Junto aos bons, ganha
Mística aliança.   11.820
Louve-se a esfera
Da hoste adoranda!
Limpa a atmosfera,
A alma se expanda!

---

[33] O conceito de "elo universal" (*Allverein*), no qual todos serão venturosos (*selig*), "libertos do mal", provém de Orígenes, já citado no comentário a esta cena, cuja doutrina da "recondução de todas as almas a Deus" (*apokatastasis panton*) constitui um dos fundamentos do ato seguinte, o último da tragédia.

[34] De maneira um tanto grotesca, Mefisto se vê agora na pele de Jó, ferido por Satanás "com chagas malignas, desde a planta dos pés até o cume da cabeça" (*Jó*, 2: 7).

[35] Isto é, apenas na superfície da pele, razão pela qual Mefisto "triunfa" a seu modo (em analogia antitética com o triunfo final de Jó, que confia na sua "linhagem") e diz a salvo "os nobres símbolos do diacho", em analogia antitética a versos posteriores dos Anjos referentes a Fausto: "O nobre espírito está salvo/ Do mundo atro dos demos". (Conforme observa Albrecht Schöne, o primeiro significado para a palavra "rosa", *Rose*, registrado pelo dicionário de Adelung dizia justamente "inflamação na superfície do corpo humano", conhecida também como "fogo sagrado".)

FÜNFTER AKT — GRABLEGUNG

(Sie erheben sich, Faustens Unsterbliches entführend)

MEPHISTOPHELES *(sich umsehend)*

>Doch wie? — wo sind sie hingezogen?
>Unmündiges Volk, du hast mich überrascht,
>Sind mit der Beute himmelwärts entflogen;
>Drum haben sie an dieser Gruft genascht!
>Mir ist ein großer, einziger Schatz entwendet:
>Die hohe Seele, die sich mir verpfändet, 11.830
>Die haben sie mir pfiffig weggepascht.
>
>Bei wem soll ich mich nun beklagen?
>Wer schafft mir mein erworbenes Recht?
>Du bist getäuscht in deinen alten Tagen,
>Du hast's verdient, es geht dir grimmig schlecht.
>Ich habe schimpflich mißgehandelt,
>Ein großer Aufwand, schmählich! ist vertan;
>Gemein Gelüst, absurde Liebschaft wandelt
>Den ausgepichten Teufel an.

(Elevam-se às alturas, levando a alma imortal de Fausto)[36]

MEFISTÓFELES *(olhando em volta de si)*

Que é isso? — Aonde se foram? Voaram? Como!
Tomou-me de surpresa esse imaturo bando![37]
Foi-se o tesouro! Ao alto a súcia carregou-mo!
Eis por que andaram este túmulo rodeando!
Foi-me abstraída a posse única e rara,
A alma sem par, que se me penhorara: 11.830
Raptaram-na, com sutil contrabando.[38]

E pra dar queixa agora, aonde, a quem me dirijo?
De quem meu bom direito exijo?
Logrado em tua idade vês-te!
Passas mal, e além disso o mereceste!
Pudera! fiz asneira grossa,
Tanto aparato, e em vão, tudo esbanjado!
Vulgar luxúria, absurdo amor se apossa
Do Satanás empezinhado.[39]

---

[36] No original, Goethe escreve *Unsterbliches*, o elemento ou a parte "imortal" de Fausto. Em esboços preliminares desses versos encontra-se "enteléquia", termo tomado à filosofia de Aristóteles. É sobretudo esta rubrica cênica que estabelece a ligação com a cena seguinte, que irá mostrar a ascensão da parte imortal de Fausto.

[37] O adjetivo "imaturo" corresponde no original a *unmündig*, que designa alguém que ainda não atingiu a "maioridade" ou permanece submetido, como registra o dicionário de Adelung, à proteção de um pai (no caso dos Anjos, Deus) ou tutor.

[38] O verbo usado por Mefisto neste verso (*paschen*, mas no particípio e acrescido da partícula *weg*, "embora": *weggepascht*) tem precisamente o sentido de "contrabandear". O advérbio *pfiffig* significa "de maneira finória".

[39] "Empezinhado", isto é, coberto com pez, traduz literalmente o adjetivo alemão *ausgepicht*, particípio do antigo verbo *auspichen*, lambuzar com pez, piche (*Pech*). Significa, em sentido figurado, uma pessoa muito experiente e astuta.

Fünfter Akt — Grablegung

Und hat mit diesem kindisch-tollen Ding 11.840
Der Klugerfahrne sich beschäftigt,
So ist fürwahr die Torheit nicht gering,
Die seiner sich am Schluß bemächtigt.

E se essa farsa infantil, tola e oca, 11.840
O esperto e prático embrulhou assim,⁴⁰
De fato a parvoíce não é pouca
Que dele se apossou no fim.

---

[40] Achando-se por fim no antigo e cômico papel do diabo logrado, o "esperto e prático" Mefisto (*Klugerfahrne*, "astutamente experiente") deplora agora ter-se envolvido com a coisa "infantil e tola", o que parece referir-se não apenas à derrota sofrida nesta cena da "inumação", mas a todos os serviços, diligências e esforços despendidos com a finalidade de apoderar-se da alma de Fausto.

Bergschluchten, Wald, Fels

Furnas montanhosas, floresta, rochedo

No magnífico prólogo que Goethe faz desenrolar-se nas alturas celestes, Mefisto explicitara a intenção de arrastar Fausto para a sua "estrada". O "Altíssimo", por seu turno, prontificou-se a deixar-lhe o caminho livre para a tentativa: "Enquanto embaixo ele respira/ Nada te vedo nesse assunto;/ Erra o homem enquanto a algo aspira". Mas também não deixou de advertir que "o homem de bem", mesmo em meio à obscuridade de sua aspiração, "da trilha certa se acha sempre a par". E lançou ainda a promessa de trazer o seu servo Fausto à luz.

Chegou o momento de cumprirem-se tais palavras, e nas "furnas montanhosas" desta cena de encerramento veremos Fausto — ou o ser outrora assim chamado — irromper pelas luminosas esferas celestes, cercado pelos versos de delicadas Penitentes, pelos cantos de Infantes Bem-Aventurados e de Anjos que anunciam redenção a todo aquele que sempre se esforça aspirando.

Apontamentos e esboços deixados por Goethe revelam sua intenção original de concluir a tragédia com um "Epílogo no céu", motivado por uma espécie de recurso impetrado por Mefisto contra a ação pretensamente ilícita dos Anjos ao arrebatar-lhe a alma de Fausto. Nesse epílogo, a sentença final sobre tal litígio metafísico seria proferida então não mais pelo "Altíssimo", mas sim por Cristo, na condição de regente do império celeste (*Reichsverweser*). Contudo, a fantasia criadora de Goethe enveredou por outros caminhos e, provavelmente em dezembro de 1830, decidiu-se por esse novo desfecho, marcado por imagens de ascensão, aperfeiçoamento e intensificação espiritual, as quais provavelmente passaram a exprimir com maior precisão as intuições religiosas do poeta octogenário. Surgiu assim a cena *Bergschluchten*, traduzida aqui, de maneira fiel e expressiva, como "Furnas montanhosas" (e "Barrocais" por Agostinho D'Ornellas, "Desfiladeiros" por João Barrento, e transcriada como "Passos íngremes na montanha" por Haroldo de Campos).

É uma cena vincada, sobretudo, por personagens e concepções da fé católica, que Goethe mobiliza todavia como uma espécie de "mitologia" — termo que emprega ao descrever, em resenha sobre a coletânea de canções populares *A trompa mágica do menino*, uma imagem da Virgem Maria: "Bonita e delicada, tal como os católicos, com suas figuras mitológicas, sabem entreter e instruir o público devoto de modo bem prático". E em palavras registradas por Eckermann em 6 de junho de 1831, Goethe falava do risco, ao redigir esta cena "em que se caminha para o alto com a alma de Fausto", de perder-se em concepções vagas se não tivesse conferido às suas "intenções poéticas" firmeza e forma circunscritiva mediante figuras católico-cristãs "firmemente delineadas" (*scharf umrissen* — a mesma expressão que usa em 1826 para elogiar as personagens do além criadas por Dante).

Conforme levantam os comentadores, elementos de várias fontes concorreram para a configuração das místicas imagens conclusivas da tragédia. Em primeiro lugar, mais uma vez, um afresco no claustro do cemitério de Pisa, cuja reprodução em gravura constava da coleção particular de Goethe. Intitulado *Gli anacoreti nella Tebaide*, o afresco exibe uma paisagem montanhosa povoada de monges eremitas absortos em orações e intensos exercícios espirituais, em meio a cavernas e esguias árvores por onde rondam leões mansos. A parte inferior do afresco é delimitada pelo curso ondeante de um rio ("Jorra a onda da onda oriunda") e, por cima, vê-se a abóbada celeste fechando-se sobre esse cenário representativo do cristianismo primitivo — como diz o título, trata-se da região de Tebas no Alto Egito, onde se estabeleceram os primeiros anacoretas, em parte refugiando-se das perseguições aos cristãos.

Reminiscências de uma carta que Wilhelm von Humboldt dirigiu a Goethe no ano de 1800 parecem ter entrado igualmente na elaboração da cena. Em sua maior parte, a carta consiste na descrição de impressões de uma viagem a Montserrat, nas imediações de Barcelona, concentrando-se sobretudo nos monges que, dispersos pelas encostas íngremes das montanhas ("alguns se viam literalmente flutuando no ar"), levavam "a sua vida de eremitas e santos". Com seus "eternos exercícios de devoção e fraquezas corporais" eram chamados, acrescenta Humboldt em espanhol, "*gente retirada e desengañada*", e esclarece em seguida "que *desengaño* tem quase sempre um ressaibo patético, é a palavra solene do poeta quando um sentimento de exaltação arrebata a alma, puxando-a da vanidade das alegrias terrestres para as alturas do céu".

Por fim, Humboldt diz ainda ter presenciado em Montserrat "o mais grandioso e magnífico espetáculo de nuvens de que posso lembrar-me", e com grande plasticidade descreve o seu movimento ao redor dos picos montanhosos e pela planície, o denso avolumar-se das nuvens ao entardecer, o seu fluxo circular e lento nas regiões mais baixas e o esgarçamento nas mais altas: "Desse mar de brumas alçavam-se ao céu puro, de maneira delicada e leve, nuvens alongadas e flocadas". A 15 de setembro de 1800, respondia Goethe:

"Com a descrição de Montserrat o senhor nos proporcionou um grande prazer. A exposição está muito bem escrita e a gente não consegue tirá-la da imaginação. Desde então, sem que eu me dê conta, encontro-me na companhia de um ou outro de seus eremitas".

Afora essas sugestões imagéticas mais imediatas, concepções oriundas dos vastos conhecimentos de Goethe no âmbito teológico e filosófico também contribuíram para enformar a derradeira cena da tragédia. Jochen Schmidt, em seu livro sobre o *Fausto* (*Goethes Faust*, 2001), destaca como o fulcro central das "Furnas montanhosas" uma concepção neoplatônica tributária sobretudo de Pseudo-Dionísio Areopagita, mais precisamente do seu tratado, redigido por volta do ano 500, *Sobre a hierarquia celeste*. A aparição dos anacoretas, em seguida dos Anjos e Infantes Bem-Aventurados, por fim das mulheres Penitentes, acompanharia a organização hierárquica celestial concebida por aquele teólogo neoplatônico, considerado o fundador da mística ocidental. Para Schmidt, é também neste ponto que se evidenciariam as afinidades mais relevantes do *Fausto* com a *Divina Comédia*, inspirada, entre outras fontes, na tradição que tem o seu ponto de partida em Dionísio Areopagita: "Já Dante configura as 'ordens' dos anjos hierarquicamente graduadas e também vai conduzindo a ação para cada vez mais alto — primeiro no Purgatório e, em seguida, passando pelas nove esferas celestes até chegar ao empíreo. Goethe pôde encontrar em Dante os piedosos pais, os coros angelicais, os infantes, as penitentes, as mulheres e, acima de tudo e de todos, a Rainha do Céu. Não que a *Divina Commedia* represente algo como um segundo mundo espiritual, no qual Goethe tenha se inspirado para o final do seu *Fausto*; trata-se antes do mesmo mundo espiritual neoplatônico, determinado pela representação de Eros, que se intensifica e vai se alçando ao mais elevado, e ao mesmo tempo pela concepção da 'hierarquia celeste'".

Enquanto, porém, o enfoque de Jochen Schmidt sobre a cena final do *Fausto* detém-se pormenorizadamente no tratado *Sobre a hierarquia celeste* e na tradição neoplatônica, Albrecht Schöne, desenvolvendo teses de comentadores anteriores, remonta ao teólogo grego Orígenes, um dos mais importantes Padres da Igreja. Na perspectiva de Schöne, o elemento verdadeiramente estruturador das "Furnas montanhosas" seria a doutrina origenista, em particular sua concepção de "apocatástase", que, fundamentada em certas passagens do Novo Testamento (*Primeira Epístola aos Coríntios*, 15: 28; *Epístola aos Efésios*, 1: 10), sustenta a ideia de que no final dos tempos todos os seres que um dia emanaram de Deus serão conduzidos de volta a essa fonte primordial. Embora condenada pela ortodoxia católica já no quinto concílio ecumênico do ano de 553, a escatologia origenista jamais desapareceu do pensamento teológico, e na Alemanha do final do século XVII conheceu verdadeiro *revival*, em grande parte devido à sua recepção por Gottfried Arnold (1660-1714), figura de proa do pietismo alemão que em 1700 publicou a volumosa obra *Unpartheiische Kirchen- und Ketzerhistorie* [História imparcial da Igreja e dos hereges]. Goethe a leu pela primeira vez ainda na adolescência, durante um período de convalescença em Frankfurt, e assim familiarizou-se com a doutrina herética de Orígenes, guardando-lhe grande simpatia pelo resto de sua vida.

De maneira pormenorizada, Albrecht Schöne demonstra como vários versos desta cena final apoiam-se em formulações desenvolvidas por Orígenes em sua obra *Dos princípios* (*Peri Archon*), tal como reproduzidas e comentadas por Arnold. Mas ainda para além dessa intertextualidade, Schöne detecta uma estrutura homológica entre as representações escatológicas de Orígenes (as infinitas *mansiones* que a alma, em seu processo de purificação e aperfeiçoamento, tem de percorrer durante incomensuráveis espaços temporais) e a coreografia final da tragédia de Goethe, de modo que todos os movimentos e ações referidos nestas "Furnas montanhosas" se dariam nas trilhas preestabelecidas da apocatástase origenista.

As imagens empregadas por Goethe no fechamento da tragédia não se esgotam, contudo, na constituição de uma dimensão teológica. Irisadas e ambíguas, elas permitem também (ao lado dos vocábulos relacionados ao movimento ascensional, a fenômenos de transformação e intensificação) uma leitura morfológico-científica, inspirada pelos estudos meteorológicos, em especial sobre o sistema de nuvens, que o poeta passou a desenvolver na velhice, a partir do contato com o cientista inglês Lucke Howard (ver o comentário à cena "Alta região montanhosa"). Nessa perspectiva, a cena da ascensão pelas "furnas montanhosas" — na sequência, pelas sucessivas esferas celestes (as *mansiones* referidas por Orígenes) — configurar-se-ia como uma espécie de "teatro meteorológico", conforme observa Albrecht Schöne ao retomar sugestões de um estudo publicado em 1927 por Karl Lohmeyer ("O mar e as nuvens nos dois últimos atos do *Fausto*"). Desse modo, as indicações cênicas "região baixa", "região mediana", "atmosfera superior" revelar-se-iam também enquanto termos técnicos das ciências naturais, tal como aparecem nos diários em que Goethe registrava suas medições atmosféricas e meteorológicas, assim como observações relativas à metamorfose das nuvens: as mutações entre os tipos "estrato", "cúmulo" e "cirro", até a volatilização final deste último tipo nas regiões superiores, quando passa então a dominar, como escreve o poeta-cientista, "um azul profundo em toda a atmosfera".

Ao aproximar o texto da cena "Furnas montanhosas" a fenômenos meteorológicos relacionados ao sistema de nuvens, Goethe ao mesmo tempo confere plasticidade poética à concepção panteísta que o ensinou, segundo suas próprias palavras, "a enxergar, de maneira irrevogável, Deus na Natureza, a Natureza em Deus" — uma concepção que, conforme afirma o poeta, constitui-se no "fundamento de toda a minha existência".

O primeiro verso do longo poema "Testamento", escrito por Goethe em fevereiro de 1829, diz: "Ser algum pode desintegrar-se em nada!". Também como uma espécie de "testamento" pode ser considerada esta cena final do *Fausto*, pois a ela confluíram certamente especulações e reflexões do poeta octogenário sobre a própria morte. Goethe associava suas intuições sobre a continuidade *post mortem* da existência ao conceito de "enteléquia", que absorvera de suas leituras de Aristóteles e relacionara depois à filosofia monadológica de Leibniz. Nos anos de velhice, Goethe pronunciou-se em diversas ocasiões a respeito de suas intuições sobre a transcendência. As seguintes palavras, por exemplo, são relatadas pelo chanceler Friedrich von Müller, no livro em que registrou suas conversações com o poeta: "Por mais que a terra, com os seus milhares e milhares de fenômenos, atraia o ser humano, ele não deixa, contudo, perscrutando e anelando, de levantar os olhos para o céu, que se fecha em abóboda sobre ele em espaços incomensuráveis, porque ele sente em seu íntimo, de maneira profunda e clara, que é um membro daquele reino espiritual, ao qual não podemos recusar a nossa crença. Nesse pressentimento reside o segredo da eterna aspiração rumo a uma meta desconhecida, é como que o elemento impulsionador de nosso meditar e perscrutar, o delicado laço entre poesia e realidade". E em março de 1827, numa carta dirigida a outro amigo de velhice (Carl F. Zelter), Goethe se expressava nos seguintes termos: "Continuemos a atuar até que, convocados mais cedo ou mais tarde pelo espírito do mundo, retornemos ao éter! E que então o Ser eternamente vivo não nos recuse novas atividades, análogas àquelas nas quais já nos experimentamos. [...] A entelequia-mônada precisa manter-se em atividade incansável; se esta se lhe converte numa segunda natureza, então não lhe poderá faltar ocupação por toda a eternidade. Perdoa estes pensamentos abstrusos! Mas desde sempre a gente tem se perdido nessas regiões, tem tentado comunicar-se com tais expressões num campo em que a razão não basta e onde não se deseja que impere a desrazão". Também Eckermann registra semelhantes reflexões de Goethe, a exemplo destas palavras de 4 de fevereiro de 1829: "A convicção de nossa permanência brota para mim do conceito de atividade; pois se até o fim de minha vida eu atuar de maneira incansável, a Natureza estará obrigada a atribuir-me uma outra forma de existência logo que a atual não puder mais conservar-se ao meu espírito".

É forçoso observar, contudo, que em nenhum momento Goethe estende tais "pensamentos abstrusos" ao colonizador centenário. Até o fim este permanece voltado, com inquebrantável energia, à imanência histórica: "À nossa vista cerra-se o outro mundo;/ Parvo quem para lá o olhar alteia;/ Além das nuvens, seus iguais ideia". Também seria temerário afirmar que a ascensão da "entelequia de Fausto" (como Goethe formulara originalmente) tenha sido franqueada pela sua "atividade" — sempre incansável, até mesmo avassaladora, mas por isso mesmo deixando atrás de si um rastro de sangue. O fundamento que propicia o desfecho redentor da tragédia assenta-se, como foi visto, em outras fontes, especialmente as especulações escatológicas de Orígenes. No entanto, tais concepções, assim como as imagens e figuras católicas mobilizadas nesta cena "Furnas montanhosas", não são senão metáforas, meios impróprios para conotar uma finalidade própria — símbolos, enfim, em que o velho poeta procurou vazar suas derradeiras intuições sobre algo apostrofado pelo Chorus Mysticus como "indescritível". Desse modo, delineia-se um acontecimento que, subtraindo-se à vista e à linguagem, está destinado a desdobrar-se além do "Finis" que suspende essa grande liturgia final dominada pela palavra "Amor" — a força que, como se formula no último verso da *Divina Comédia*, "move o sol e as demais estrelas". Dirigir o olhar para além desse limiar seria aprofundar-se nos domínios da mística, e para lá Goethe dirige apenas um leve aceno com os versos conclusivos do Chorus Mysticus. [M.V.M.]

FÜNFTER AKT — BERGSCHLUCHTEN, WALD, FELS

(Einöde)

*(Heilige Anachoreten gebirgauf verteilt,
gelagert zwischen Klüften)*

CHOR UND ECHO

>Waldung, sie schwankt heran,
>Felsen, sie lasten dran,
>Wurzeln, sie klammern an,
>Stamm dicht an Stamm hinan.
>Woge nach Woge spritzt,
>Höhle, die tiefste, schützt.
>Löwen, sie schleichen stumm-
>freundlich um uns herum,
>Ehren geweihten Ort,
>Heiligen Liebeshort.

11.850

PATER ECSTATICUS *(auf und ab schwebend)*

>Ewiger Wonnebrand,
>Glühendes Liebeband,

(Ermo)

(Anacoretas santos dispersos sobre as alturas, estendidos entre despenhadeiros)[1]

CORO E ECO

> Freme o verdor na serra,
> Crava-se a rocha em terra,
> Silva à raiz se aferra,
> Mata alta mata encerra.
> Jorra a onda da onda oriunda,
> Sombra em caverna afunda.
> Mansos, com passo amigo,   11.850
> Rondam leões nosso abrigo,
> Sítio a orações votado,
> Cume do amor sagrado.

PATER ECSTATICUS *(flutuando acima e abaixo)*[2]

> Do êxtase eterno ardor,
> Férvida união de amor,

---

[1] Personagens e coreografia desta abertura de cena (monges eremitas nos primeiros tempos do cristianismo e sua distribuição pelas alturas dos despenhadeiros) já estavam prefiguradas, como mencionado anteriormente, no afresco do cemitério de Pisa e na descrição de Montserrat feita por Wilhelm von Humboldt. A resposta do eco ao coro dos eremitas pode ser imaginada como uma duplicação do final de cada verso: "Freme o verdor na serra" — "na serra"; "Crava-se a rocha em terra" — "em terra" etc. Desse modo, a sonoridade também parece reforçar dinamicamente o entrelaçamento dos elementos referidos na estrofe: rochas, ondas, raízes, caules, matas e florestas oscilantes.

[2] Abrindo a sequência dos Patres, aparece em primeiro lugar o Pater Ecstaticus (ou Extaticus, conforme aparece na edição de Albrecht Schöne), caracterizado em particular pelo dom do êxtase e pela levitação, fenômeno este descrito por Goethe no relato sobre a sua "segunda estadia em Roma", no capítulo dedicado à vida de São Felipe Néri. As designações desses "Pais" não constituem livre invenção do poeta, mas foram tomadas à tradição medieval-católica, que as atribuiu, entre outros, a Santo Antônio, São Bernardo e São Francisco de Assis. Os exercícios "extáticos" deste primeiro Pater (que evidentemente não se confunde com nenhum santo em particular) referem-se a instrumentos de martírio mencionados com frequência em relatos hagiográficos: setas, lanças e clavas. Observe-se também que já no segundo e no último verso proferidos pelo Pater Ecstaticus soa a palavra fundamental desta última cena, que no original recorre catorze vezes: amor.

Siedender Schmerz der Brust,
Schäumende Gotteslust.
Pfeile, durchdringet mich,
Lanzen, bezwinget mich,
Keulen, zerschmettert mich, 11.860
Blitze, durchwettert mich!
Daß ja das Nichtige
Alles verflüchtige,
Glänze der Dauerstern,
Ewiger Liebe Kern.

PATER PROFUNDUS *(tiefe Region)*

Wie Felsenabgrund mir zu Füßen
Auf tieferm Abgrund lastend ruht,
Wie tausend Bäche strahlend fließen
Zum grausen Sturz des Schaums der Flut,
Wie strack mit eignem kräftigen Triebe 11.870
Der Stamm sich in die Lüfte trägt:
So ist es die allmächtige Liebe,
Die alles bildet, alles hegt.

Ist um mich her ein wildes Brausen,
Als wogte Wald und Felsengrund,
Und doch stürzt, liebevoll im Sausen,
Die Wasserfülle sich zum Schlund,
Berufen, gleich das Tal zu wässern;
Der Blitz, der flammend niederschlug,
Die Atmosphäre zu verbessern, 11.880
Die Gift und Dunst im Busen trug —

Flâmeo penar do seio,
Célico, espúmeo enleio.
Fogos, abrasem-me,
Clavas, arrasem-me,
Setas, lancinem-me,   11.860
Raios, fulminem-me!
Tudo o que passa,
Vão se desfaça,
Brilhe o imortal fulgor
Do astro do eterno amor.

PATER PROFUNDUS *(região baixa)*[3]

Como, a meus pés, rocha abismal
Domina abismos mais nos baixos,
Como à voragem torrencial
Afluem mil cristalinos riachos,
Como seu próprio vigor,   11.870
Eleva o tronco na atmosfera,
Assim é o onipotente amor
Que tudo cria, tudo opera.

Fragor tremendo me circunda,
Tal qual tremessem serra e mata,
Mas, em profícua ação se afunda
Ao precipício a catarata,
Chamada a aguar o vale ameno;
O raio que, ígneo, resvalara,
A limpar o ar que acre veneno   11.880
E miasmas do solo exalara —

---

[3] Também em relação a este segundo Pater, o cognome indicia a sua característica fundamental: a ligação com as regiões profundas da Natureza (rochas e abismos, águas torrenciais, serras e mata etc.), de onde clama ao amor divino (*De profundis clamo ad te, Domine*) para que lhe apazigue os pensamentos ("de minha alma a sede aplaca") e lhe ilumine o coração.

Sind Liebesboten, sie verkünden,
Was ewig schaffend uns umwallt.
Mein Innres mög' es auch entzünden,
Wo sich der Geist, verworren, kalt,
Verquält in stumpfer Sinne Schranken,
Scharfangeschloßnem Kettenschmerz.
O Gott! beschwichtige die Gedanken,
Erleuchte mein bedürftig Herz!

PATER SERAPHICUS *(mittlere Region)*

Welch ein Morgenwölkchen schwebet 11.890
Durch der Tannen schwankend Haar!
Ahn' ich, was im Innern lebet?
Es ist junge Geisterschar.

CHOR SELIGER KNABEN

Sag uns, Vater, wo wir wallen,
Sag uns, Guter, wer wir sind?
Glücklich sind wir: allen, allen
Ist das Dasein so gelind.

Núncios de amor são! Vozes trazem
De que, ao redor, perpétuo, cria.
O fundo ser também me abrasem,
Onde a razão, nublada, fria,
Atada à percepção mais fraca,
Se exaure em dor que, ardente, a mina.
Deus, de minha alma a sede aplaca!
Meus pensamentos ilumina!

PATER SERAPHICUS *(região mediana)*[4]

Que áurea nuvenzinha plana   11.890
Entre a ondulação dos pinhos?
Sinto a vida que lhe emana?
São os jovens geniozinhos.

CORO DOS INFANTES BEM-AVENTURADOS

Dize-nos, Padre sereno,[5]
Onde estamos, somos quem?
Gratos vês-nos, tão ameno
De toda existência é o bem.

---

[4] O atributo deste Pater revela a sua afinidade com os serafins, que na escala de anjos concebida na Idade Média pertencem, ao lado dos querubins, à ordem mais elevada. O seu domínio localiza-se na região mediana e consequentemente uma de suas funções é promover a mediação entre os Infantes Bem-Aventurados, que carecem de experiência mundana, e a realidade terrena.

[5] Conforme apontam os comentadores, Goethe recorre aqui a concepções do místico sueco Emanuel Swedenborg (1688-1772), que em sua obra *Arcana coelestia* [Segredos celestiais] afirmava que crianças natimortas ou logo falecidas necessitavam, no outro mundo, de orientação e ensinamentos suplementares, uma vez que não puderam adquirir experiência terrena. No original, os Infantes Bem-Aventurados apostrofam o seu interlocutor de "pai", significado literal de Pater.

PATER SERAPHICUS

  Knaben! Mitternachts-Geborne,
  Halb erschlossen Geist und Sinn,
  Für die Eltern gleich Verlorne,   11.900
  Für die Engel zum Gewinn.
  Daß ein Liebender zugegen,
  Fühlt ihr wohl, so naht euch nur;
  Doch von schroffen Erdewegen,
  Glückliche! habt ihr keine Spur.
  Steigt herab in meiner Augen
  Welt- und erdgemäß Organ,
  Könnt sie als die euern brauchen,
  Schaut euch diese Gegend an!

(Er nimmt sie in sich)

  Das sind Bäume, das sind Felsen,   11.910
  Wasserstrom, der abestürzt
  Und mit ungeheurem Wälzen
  Sich den steilen Weg verkürzt.

PATER SERAPHICUS

        Seres! Meia-noite nados,[6]
        Alma e senso ainda dormentes,
        Logo aos pais arrebatados,   11.900
        Ganho dos celestes entes.
        Quem vos ama, etéreos filhos,[7]
        Percebeis; chegai-vos, pois!
        Mas os árduos térreos trilhos
        Ignorais, felizes sois!
        Vinde no órgão do qual raia
        Minha terrenal visão,
        Como a vossa própria usai-a,[8]
        Contemplai esta região!

(Acolhe-os em si)

        Árvores são, são rochedos,   11.910
        Quedas de água, que em remoinho
        Troante caem por pedras, bredos,
        Encurtando o árduo caminho.

---

[6] Antigas crenças populares teciam diversas especulações em torno de crianças nascidas à meia-noite: ou encarnavam mau agouro, ou eram contempladas com o dom de prever o futuro e desvendar segredos, ou — superstição mais difundida — faleciam logo após o nascimento. Vários comentadores falam assim, a propósito deste verso, em crianças que morreram sem o batismo cristão: inocentes, portanto, mas marcadas enquanto seres humanos com o pecado original. Albrecht Schöne considera, contudo, que esses seres "logo aos pais arrebatados" (mas para "ganho" dos Anjos) receberam o sacramento do batismo, que em certos casos podia ser dispensado já durante o nascimento ou mesmo antes. (No canto XXXII do *Paraíso*, Dante localiza tais infantes ao redor do trono de Deus, onde pairam e entoam cantos.)

[7] "Quem vos ama" corresponde no original a "um amante", cuja presença é intuída ou percebida pelos Infantes. Parece tratar-se de uma referência a Fausto, que na cena "Cárcere" prostrara-se diante de Gretchen com as palavras: "O teu amante aos teus pés jaz" (v. 4.451).

[8] Goethe recorre novamente a uma concepção de Swedenborg, que na mencionada obra (*Arcana coelestia*, § 1.880) relata a seguinte experiência: "Quando a visão interior me foi facultada pela primeira vez e os anjos e espíritos viram, por intermédio dos meus olhos, o mundo e tudo aquilo que existe no mundo, ficaram muito espantados e disseram que isso era o portento dos portentos". Goethe familiarizou-se na juventude com a mística de Swedenborg (três de seus livros constavam na biblioteca paterna) e em diversas cartas aludiu a essa concepção de que um espírito podia incorporar outros espíritos e emprestar-lhes a visão interior.

SELIGE KNABEN *(von innen)*

 Das ist mächtig anzuschauen,
 Doch zu düster ist der Ort,
 Schüttelt uns mit Schreck und Grauen.
 Edler, Guter, laß uns fort!

PATER SERAPHICUS

 Steigt hinan zu höherm Kreise,
 Wachset immer unvermerkt,
 Wie, nach ewig reiner Weise,   11.920
 Gottes Gegenwart verstärkt.
 Denn das ist der Geister Nahrung,
 Die im freisten Äther waltet:
 Ewigen Liebens Offenbarung,
 Die zur Seligkeit entfaltet.

CHOR SELIGER KNABEN *(um die höchsten Gipfel kreisend)*

 Hände verschlinget
 Freudig zum Ringverein,
 Regt euch und singet
 Heil'ge Gefühle drein!
 Göttlich belehret,   11.930
 Dürft ihr vertrauen;
 Den ihr verehret,
 Werdet ihr schauen.

INFANTES BEM-AVENTURADOS *(de dentro)*

    Majestoso isso é, imenso,
    Mas, sombrio ao nosso olhar,
    De pavor nos enche o senso.
    Deixa-nos, bom pai, voltar!

PATER SERAPHICUS

    Retornai à luz superna,[9]
    Crescei sempre em graça rica,
    Onde em forma pura, eterna,   11.920
    De Deus a aura fortifica.
    Pois dos gênios o alimento
    No éter livre, só, se alcança:
    Do perene amor portento,
    Que ala à bem-aventurança.

CORO DOS INFANTES BEM-AVENTURADOS *(circundando os píncaros mais altos)*

    As mãos enlaçai
    Em ronda nos ares,
    Com júbilo entoai
    Sagrados cantares!
    Celestes sinais   11.930
    Segui no almo enlace,
    O Ser que adorais[10]
    Vereis face a face.

---

[9] No original o Pater Seraphicus orienta os Infantes a ascender a um círculo mais elevado, onde os espera o verdadeiro "alimento" dos espíritos: o amor "que ala à bem-aventurança". Após a contemplação, mediante os olhos emprestados, de árvores, rochedos, quedas-d'água em "remoinho troante", essa orientação parece ir ao encontro do anelo dos meninos bem-aventurados por imagens mais luminosas e delicadas.

[10] Alusão à visão beatífica de Deus, como se formula no *Evangelho de S. Mateus* ("Bem-aventurados os puros de coração, porque verão a Deus", 5: 8) e em outras passagens bíblicas.

ENGEL *(schwebend in der höheren Atmosphäre,*
Faustens Unsterbliches tragend)

    Gerettet ist das edle Glied
    Der Geisterwelt vom Bösen,
    Wer immer strebend sich bemüht,
    Den können wir erlösen.
    Und hat an ihm die Liebe gar
    Von oben teilgenommen,
    Begegnet ihm die selige Schar   11.940
    Mit herzlichem Willkommen.

DIE JÜNGEREN ENGEL

    Jene Rosen aus den Händen
    Liebend-heiliger Büßerinnen
    Halfen uns den Sieg gewinnen,
    Uns das hohe Werk vollenden,
    Diesen Seelenschatz erbeuten.
    Böse wichen, als wir streuten,
    Teufel flohen, als wir trafen.
    Statt gewohnter Höllenstrafen
    Fühlten Liebesqual die Geister;   11.950

ANJOS *(planando na atmosfera superior,*
levando a alma imortal de Fausto)

    O nobre espírito está salvo
    Do mundo atro dos demos:
    Quem aspirar, lutando, ao alvo,
    À redenção traremos.[11]
    E se lhe houvera haurir de cima,
    Do amor a graça infinda,
    Dele a suma hoste se aproxima   11.940
    Com franca boa-vinda.

OS ANJOS MAIS JOVENS

    Rosas, que a fé expiatória[12]
    De almas salvas espalhara,
    Foram lanças da vitória;
    Consumou-se a ação preclara,
    Da alma eterna houve a conquista.
    Pôs-se em fuga a horda malquista,
    De anjos maus limpou-se a arena;
    Em vez de ânsias da Geena,
    Os feriu amor mordaz;   11.950

---

[11] Em suas *Conversações com Goethe*, num registro datado de 6 de junho de 1831, Eckermann reproduz toda esta estrofe dos anjos ascendendo com a parte "imortal" de Fausto, destaca com espaçamento os dois versos em que declaram poder redimir todo aquele que sempre se esforça aspirando ("Quem aspirar, lutando,/ À redenção traremos") e afirma ter-lhe dito o poeta que aí estaria a chave para a salvação de Fausto. Em consonância com tais palavras, muitas edições da tragédia trazem esses dois versos com espaçamento maior, ou entre aspas, em negrito etc., embora Goethe, num manuscrito de próprio punho, não os tenha destacado de modo algum. Albrecht Schöne questiona em sua edição a autenticidade dessa afirmação de Eckermann e observa ainda que o uso goethiano do verbo "redimir" (*erlösen*) está muito distante do sentido cristão da "redenção" pela morte na cruz, significando antes um desprender-se dos confusos enredamentos terrenos, um libertar-se do "fardo terrenal" (v. 11.973).

[12] Os Anjos mais jovens recapitulam aqui acontecimentos da cena anterior (vv. 11.699-824): as rosas que os auxiliaram na vitória sobre Mefisto e sua horda satânica vieram, portanto, como diz o original, das mãos de "amorosas e santas Penitentes".

Selbst der alte Satansmeister
War von spitzer Pein durchdrungen.
Jauchzet auf! es ist gelungen.

DIE VOLLENDETEREN ENGEL

Uns bleibt ein Erdenrest
Zu tragen peinlich,
Und wär' er von Asbest,
Er ist nicht reinlich.
Wenn starke Geisteskraft
Die Elemente
An sich herangerafft,
Kein Engel trennte
Geeinte Zwienatur
Der innigen beiden,
Die ewige Liebe nur
Vermag's zu scheiden.

DIE JÜNGEREN ENGEL

Nebelnd um Felsenhöh'
Spür' ich soeben,
Regend sich in der Näh',
Ein Geisterleben.
Die Wölkchen werden klar,
Ich seh' bewegte Schar

Até o Mestre-Satanás
Em pungente amor soçobra.
Jubilai! findou-se a obra!

OS ANJOS MAIS PERFEITOS

    De alçar o térreo resto
    O fardo nos é dado,
    E fosse ele de asbesto,[13]
    Não é imaculado.
    Se o espírito amalgama
    Com força os elementos,
    Anjo nenhum destrama   11.960
    Os firmes ligamentos
    Da íntima essência dual[14]
    Do entrelaçado par:
    Só o amor eternal
    O pode separar.

OS ANJOS MAIS JOVENS

    Nublando nas alturas,
    Na alva aérea,
    Sinto almas puras,
    Em vida etérea.
    A nuvem se esclarece!   11.970
    Vívida hoste aparece

---

[13] Enquanto os Anjos mais jovens rejubilam-se com a conquista da alma, os mais perfeitos pensam no longo caminho de depuração que esta tem ainda pela frente. Para reforçar a magnitude da tarefa, dizem que o "térreo resto" de Fausto não seria puro mesmo se constituído de "asbesto", isto é, um mineral incombustível que, quando exposto ao fogo, desprende todas as impurezas sem contudo alterar-se em sua substância. Goethe familiarizou-se com o asbesto em seus estudos de mineralogia; como se revela aqui, muitas vezes construiu metáforas poéticas a partir de seus conhecimentos científicos.

[14] Com tal força o espírito de Fausto amalgamou "elementos" materiais e espirituais que os Anjos declaram-se agora impotentes para separá-los: essa tarefa só é possível ao "amor eternal". Albrecht Schöne enxerga aqui uma alusão a processos alquímicos de depuração, que segrega o elemento impuro de turvações terrenas (culpas) e o desprende da substância "pura" da enteléquia.

Seliger Knaben,
Los von der Erde Druck,
Im Kreis gesellt,
Die sich erlaben
Am neuen Lenz und Schmuck
Der Obern Welt.
Sei er zum Anbeginn,
Steigendem Vollgewinn
Diesen gesellt! 11.980

DIE SELIGEN KNABEN

Freudig empfangen wir
Diesen im Puppenstand;
Also erlangen wir
Englisches Unterpfand.
Löset die Flocken los,
Die ihn umgeben!
Schon ist er schön und groß
Von heiligem Leben.

De infantes beatos,
Livres do fardo terrenal,[15]
Bailando na atmosfera,
Que aspiram gratos
Nova aura e luz vernal
Da empírea esfera.
No umbral das perfeições celestes
Seja ele unido a estes,
Em beata espera! 11.980

OS INFANTES BEM-AVENTURADOS

Com júbilo o acolhemos
No estado de crisálida;[16]
Da angélica hoste obtemos
Destarte fiança válida.
O véu de flóculos se esvaia[17]
Que ainda lhe envolve a essência!
Grande e magnífico já raia,
Em célica existência.

---

[15] Literalmente, no original: "Livres da pressão da terra", isto é, da pressão atmosférica existente na terra, que diminui na "atmosfera superior" (onde planam os Anjos com a enteléquia de Fausto). A imagem parece mostrar-se como metáfora meteorológica para o "fardo terrenal", do qual se desprende a "nuvenzinha" (*Wölkchen*) dos Infantes beatos.

[16] O dicionário de Adelung, que Goethe costumava consultar, define "estado de crisálida" como a fase de um inseto que "se segue ao estado da lagarta e precede de imediato o estado do inseto plenamente desenvolvido". Goethe emprega, portanto, o velho símbolo da alma como "borboleta" (ver nota ao v. 11.660) e ilustra o estado presente de Fausto, silencioso e passivo, antes da intervenção do amor divino. Numa carta a Schiller, datada de agosto de 1796, Goethe escreve ser a metamorfose da crisálida (ou pupa) em borboleta "o mais belo fenômeno que conheço no mundo orgânico".

[17] Flocos ou "flóculos" (*Flocken*) no dicionário de Adelung: "todo tufo ou penacho de matéria leve e solto que ao menor sopro sobe aos ares". No contexto dessas imagens que mostram Fausto enredado em seu casulo como crisálida, a exortação de abrir o invólucro soltando os flocos (no original: "Desprendei os flocos") visa propiciar a irrupção da borboleta. (Schöne vislumbra neste verso também uma metáfora meteorológica: o esgarçamento de uma nuvem — cúmulo — em flocos e sua metamorfose no tipo mais etéreo de cirro.)

DOCTOR MARIANUS *(in der höchsten, reinlichsten Zelle)*

    Hier ist die Aussicht frei,
    Der Geist erhoben.
    Dort ziehen Fraun vorbei,
    Schwebend nach oben.
    Die Herrliche mitteninn
    Im Sternenkranze,
    Die Himmelskönigin,
    Ich seh's am Glanze.

(Entzückt)

    Höchste Herrscherin der Welt!
    Lasse mich im blauen,
    Ausgespannten Himmelszelt
    Dein Geheimnis schauen.
    Billige, was des Mannes Brust
    Ernst und zart beweget
    Und mit heiliger Liebeslust
    Dir entgegenträget.

    Unbezwinglich unser Mut,
    Wenn du hehr gebietest;
    Plötzlich mildert sich die Glut,
    Wie du uns befriedest.

QUINTO ATO — FURNAS MONTANHOSAS, FLORESTA, ROCHEDO

DOCTOR MARIANUS *(na mais alta, translúcida cela)*[18]

    É imensa a vista aqui,
    O ser se exalta e apura.   11.990
    Fluem vultos feminis ali,
    Flutuando à altura.
    Ao centro, a Altíssima, no véu
    Fulgente de astros, é Ela!
    Rainha esplêndida do Céu,
    Em glória se revela.

(Extasiado)

    Soberana-mor do mundo!
    Deixa-me no azul etéreo,
    No arco celestial, profundo,
    Contemplar o teu mistério!   12.000
    Vê o que imo e suave encanta
    A alma do varão,
    E o que te oferece em santa,
    Rapta exultação.[19]

    Firme e invicto o brio em nós
    Quando, augusta, ordenas;
    Calma-se o ardor, logo após,
    Quando nos serenas.

---

[18] Num dos manuscritos lê-se PATER MARIANUS nesta rubrica cênica. Em dezembro de 1830, Goethe fez a seguinte solicitação ao bibliotecário da Universidade de Jena: "Se bem me lembro, na Idade Média um teólogo erudito adquiriu o título de Doctor Marianus pela sua veneração à Virgem Maria e pela eloquente exaltação dogmática da mesma; uma informação mais detalhada a esse respeito muito me alegraria". Enquanto a designação de Pater remete aos santos do cristianismo primitivo, Doctor associa-se a místicos e teólogos medievais, como Duns Scot e Anselmo de Canterbury, devotos de Maria. Alguns comentadores do Fausto (Ulrich Gaier, por exemplo) aproximam esta última figura masculina, que em sua cela "mais alta e pura" se destaca dos Patres nas regiões inferiores, de São Bernardo (Bernard de Clairveaux), o último guia de Dante em sua ascensão a Deus.

[19] A expressão correspondente no original é "sagrado prazer de amor", que insinua a presença também do "amor terreno" na grande liturgia amorosa que atravessa toda essa cena final.

Jungfrau, rein im schönsten Sinn,
Mutter, Ehren würdig,
Uns erwählte Königin,
Göttern ebenbürtig.

> Um sie verschlingen
> Sich leichte Wölkchen,
> Sind Büßerinnen,
> Ein zartes Völkchen,
> Um Ihre Kniee
> Den Äther schlürfend,
> Gnade bedürfend.

Dir, der Unberührbaren,
Ist es nicht benommen,
Daß die leicht Verführbaren
Traulich zu dir kommen.

In die Schwachheit hingerafft,
Sind sie schwer zu retten;
Wer zerreißt aus eigner Kraft
Der Gelüste Ketten?
Wie entgleitet schnell der Fuß
Schiefem, glattem Boden?
Wen betört nicht Blick und Gruß,
Schmeichelhafter Odem?

Virgem cândida, perfeita,
Mãe de claridade,   12.010
Soberana Nossa Eleita,
Suma divindade.[20]

    Nuvens a envolvem,
    Leves, fluentes,
    Frágil povinho
    De penitentes,
    Estão-lhe aos joelhos,
    O éter haurindo,
    Graça usufruindo.

Tu, que imaculada és,   12.020
A ti é outorgado
Virem-te em confiança aos pés,
As que têm errado.

Arrastadas na fraqueza,
Falham; quem, a sós,
Dos desejos frágil presa,
Lhes desprende os nós?
Que pé pisa sem falhar
Chão liso e traiçoeiro?
A quem não seduz olhar,[21]   12.030
Bafo lisonjeiro?

---

[20] No original, algo como "semelhante a deuses" — a mesma expressão empregada por Fausto em relação a Helena: "O eterno ser, a deuses comparável" (v. 7.440).

[21] Literalmente: "A quem não atordoa olhar e saudação,/ Bafo lisonjeiro?". Foi o que aconteceu a Gretchen, como se exprime em versos de sua canção junto à roca de fiar: "O seu sorriso,/ E olhar gentil,// De sua voz/ O som almejo,/ Seu trato meigo,/ Ai, e seu beijo!" (vv. 3.396-401).

MATER GLORIOSA *(schwebt einher)*

CHOR DER BÜSSERINNEN

> Du schwebst zu Höhen
> Der ewigen Reiche,
> Vernimm das Flehen,
> Du Ohnegleiche,
> Du Gnadenreiche!

MAGNA PECCATRIX (*St. Lucae* VII, 36)

> Bei der Liebe, die den Füßen
> Deines gottverklärten Sohnes
> Tränen ließ zum Balsam fließen,
> Trotz des Pharisäerhohnes;
> Beim Gefäße, das so reichlich
> Tropfte Wohlgeruch hernieder,
> Bei den Locken, die so weichlich
> Trockneten die heil'gen Glieder —

12.040

QUINTO ATO — FURNAS MONTANHOSAS, FLORESTA, ROCHEDO

MATER GLORIOSA *(surge planando)*[22]

CORO DAS PENITENTES[23]

    Elevas-te, ó Rainha,
    À perenal mansão;
    Ouve-me, ó Virgem Minha,
    Ó fúlgida visão,
    Ó Mãe de Compaixão!

MAGNA PECCATRIX (*São Lucas* VII, 36)[24]

    Pelo amor que aos joelhos santos
    De teu Filho, Homem e Deus,[25]
    Derramou balsâmeos prantos,
    Não obstante os fariseus;   12.040
    Pelo aroma que a bacia
    Largamente gotejou,
    Pela trança que, macia,
    Os pés sacros enxugou —

---

[22] Goethe conhecia muitas imagens da Madona, entre as quais a *Ascensão de Maria* pintada por Tiziano, a qual descreve em sua *Viagem à Itália* como uma "deusa" com os olhos voltados não para os céus, mas para baixo. Em um texto de 1946 (*Goethe con una scelta delle liriche nuovamente tradotte, parte seconda*), Benedetto Croce aponta possíveis reminiscências, neste passo da tragédia, de uma imagem da *Mater Gloriosa* pintada em 1595 por Benedetto Caliari, que Goethe conheceu provavelmente em 1790, na *Chiesa del Soccorso* em Veneza, pertencente então à *Casa del Soccorso*, uma instituição de caridade (também chamada *Le Penitenti*) para "moças perdidas". A pintura mostra a *Mater Gloriosa* pairando sobre nuvens e cercada pelos Anjos, com os olhos piedosamente postos sobre um grupo de Penitentes ajoelhadas; mais próxima da "Rainha do Céu", vê-se a *Magna peccatrix* (identificável pelo frasco, ou "bacia", de aromas) intercedendo pelas grandes pecadoras abaixo.

[23] O coro se abre com uma apóstrofe de cinco versos à Mater Gloriosa. Em seguida, estendendo-se por 24 versos, formula-se com admirável maestria artística a primeira parte de um pedido à Virgem, estruturado em três cantos-solo que se introduzem com a fórmula: "Pelo amor...", "Pelo poço...", "Pela cova...".

[24] A grande pecadora que, segundo o *Evangelho de Lucas*, vai à casa de um fariseu onde Jesus comia, banha-lhe os pés com lágrimas, enxuga-os com os cabelos, cobre-os de beijos e unge-os com bálsamo: "Por essa razão, eu te digo, seus numerosos pecados lhe estão perdoados, porque ela demonstrou muito amor".

[25] Literalmente: "De teu Filho, transfigurado em Deus". Somente neste verso e em referências feitas pelas duas outras Penitentes (vv. 12.048 e 12.054), Cristo é mencionado nesta cena final.

MULIER SAMARITANA (*St. Joh.* IV)

    Bei dem Bronn, zu dem schon weiland
    Abram ließ die Herde führen,
    Bei dem Eimer, der dem Heiland
    Kühl die Lippe durft' berühren;
    Bei der reinen, reichen Quelle,
    Die nun dorther sich ergießet,   12.050
    Überflüssig, ewig helle
    Rings durch alle Welten fließet —

MARIA AEGYPTIACA (*Acta Sanctorum*)

    Bei dem hochgeweihten Orte,
    Wo den Herrn man niederließ,
    Bei dem Arm, der von der Pforte
    Warnend mich zurücke stieß;
    Bei der vierzigjährigen Buße,
    Der ich treu in Wüsten blieb,
    Bei dem seligen Scheidegruße,
    Den im Sand ich niederschrieb —   12.060

MULIER SAMARITANA (*São João* IV)[26]
>Pelo poço ao qual o gado
>Já antanho Abrão levara,[27]
>Pelo jarro que o sagrado
>Lábio do Senhor tocara;
>Pelo manancial divino,
>Que, de lá, brotou fecundo, 12.050
>E em curso eterno, cristalino,
>Ao redor irriga o mundo —

MARIA AEGYPTIACA (*Acta Sanctorum*)[28]
>Pela cova consagrada
>A que o Salvador baixou,
>Pelo braço que da entrada,
>Exortante, me expulsou;
>Pelos anos de expiação
>Que passei no árduo deserto,
>Pelo adeus que, em rapta unção,
>Gravei sob o céu aberto — 12.060

---

[26] Trata-se da mulher da Samaria, a qual, por ocasião de seu encontro com Jesus, já tivera cinco maridos e vivia então extraconjugalmente com um sexto. No poço de Jacó, numa cidade chamada Sicar, Jesus lhe pede água (infringindo o resguardo dos judeus perante os samaritanos) e diz: "Aquele que bebe desta água terá sede novamente; mas quem beber da água que eu lhe darei, nunca mais terá sede. Pois a água que eu lhe der tornar-se-á nele uma fonte de água jorrando para a vida eterna".

[27] Goethe emprega o nome anterior do patriarca, antes de ser rebatizado por Deus: "E não mais te chamarás Abrão, mas teu nome será Abraão, pois eu te faço pai de uma multidão de nações" (*Gênesis*, 17: 5). Theodor W. Adorno sobre este verso: "No luminoso âmbito do nome exótico, a figura familiar do Antigo Testamento, coberta por incontáveis associações, transforma-se repentinamente no príncipe de tribo nômade-oriental. A recordação fiel desse príncipe é vigorosamente subtraída à tradição canonizada".

No original, a tendência arcaizante da linguagem manifesta-se ainda no substantivo *Bronn*, antiga forma poética de *Brunnen* (fonte, poço) e no advérbio *weiland*, traduzido adequadamente como "antanho".

[28] Na coletânea latina de vidas de santos e mártires publicada em Antuérpia, em 1675, narra-se a história de uma egípcia chamada Maria (canonizada como Santa Maria Egipcíaca) que ganhava a vida como prostituta em Alexandria; partindo em peregrinação à Terra Santa, paga a passagem entregando o corpo ao barqueiro. Uma força invisível impediu-lhe a entrada na Igreja do Sepulcro em Jerusalém, o que a levou a suplicar a intercessão da Virgem Maria. Esta lhe permitiu o acesso à cruz do Senhor e ordenou-lhe uma expiação de 47 anos no deserto, onde ela, pouco antes da morte, gravou na areia o pedido por um sepultamento cristão.

FÜNFTER AKT — BERGSCHLUCHTEN, WALD, FELS

ZU DREI

>Die du großen Sünderinnen
>Deine Nähe nicht verweigerst
>Und ein büßendes Gewinnen
>In die Ewigkeiten steigerst,
>Gönn auch dieser guten Seele,
>Die sich einmal nur vergessen,
>Die nicht ahnte, daß sie fehle,
>Dein Verzeihen angemessen!

UNA POENITENTIUM *(sonst Gretchen genannt. Sich anschmiegend)*

>Neige, neige,
>Du Ohnegleiche,   12.070
>Du Strahlenreiche,
>Dein Antlitz gnädig meinem Glück!
>Der früh Geliebte,
>Nicht mehr Getrübte,
>Er kommt zurück.

AS TRÊS[29]

    Tu que a grandes pecadoras
    Não recusas caridade,
    Penitências redentoras
    Elevando à Eternidade,[30]
    Dá também a essa alma amante,
    Que falhou só uma vez,
    Que da falta era ignorante,
    Teu perdão, tuas mercês.

UNA POENITENTIUM *(outrora chamada Gretchen. Apegando-se a ela)*[31]

    Inclina, inclina,
    Ó Mãe Divina,   12.070
    À luz que me ilumina,
    O dom de teu perdão infindo!
    O outrora-amado
    Já bem-fadado,[32]
    Voltou, vem vindo.

---

[29] Somente agora, com esta oração principal entoada novamente em coro, irá completar-se o pedido iniciado 24 versos antes.

[30] Albrecht Schöne vê neste verso um outro indício da doutrina de Orígenes, cuja concepção de "apocatástase" pressupõe um processo de aperfeiçoamento que se estende por eternidades, intensificando-se continuamente — no original goethiano, o "ganho" (*Gewinn*) de "penitências redentoras".

[31] "Uma das Penitentes", como se traduz esta rubrica formulada com o caso genitivo (num esboço de próprio punho, Goethe usa a forma UNA POENITENTUM, própria do latim medieval dos humanistas). A expressão "outrora chamada Gretchen" constitui a última intervenção do poeta no manuscrito encadernado, feita provavelmente em janeiro de 1832. Esse adendo, desnecessário para a identificação da Penitente, vem reforçar a metamorfose de felicidade que se processa em Gretchen, do mesmo modo como a Mater Dolorosa da cena "Diante dos muros fortificados da cidade" transfigurou-se na Mater Gloriosa desta cena final.

[32] Os quatro primeiros versos desta estrofe estabelecem significativa relação retrospectiva com a prece de angústia e desespero balbuciada por Gretchen "diante dos muros fortificados da cidade", inspirada por sua vez no hino *Stabat Mater dolorosa*. Aqui, porém, tudo passa por uma metamorfose de felicidade e bem-aventurança e o "outrora-amado" está retornando "bem-fadado", ou — como diz o original — "não mais turvado" (ou seja, depurado das culpas e faltas acumuladas ao longo de sua trajetória terrena). Com isso, cumprem-se e intensificam-se as palavras de Gretchen na cena "Cárcere": "Hei de ver-te ainda" (v. 4.585).

FÜNFTER AKT — BERGSCHLUCHTEN, WALD, FELS

SELIGE KNABEN *(in Kreisbewegung sich nähernd)*

    Er überwächst uns schon
    An mächtigen Gliedern,
    Wird treuer Pflege Lohn
    Reichlich erwidern.
    Wir wurden früh entfernt   12.080
    Von Lebechören;
    Doch dieser hat gelernt,
    Er wird uns lehren.

DIE EINE BÜSSERIN *(sonst Gretchen genannt)*

    Vom edlen Geisterchor umgeben,
    Wird sich der Neue kaum gewahr,
    Er ahnet kaum das frische Leben,
    So gleicht er schon der heiligen Schar.
    Sieh, wie er jedem Erdenbande
    Der alten Hülle sich entrafft
    Und aus ätherischem Gewande   12.090
    Hervortritt erste Jugendkraft.
    Vergönne mir, ihn zu belehren,
    Noch blendet ihn der neue Tag.

INFANTES BEM-AVENTURADOS *(aproximando-se em movimento circular)*

    Supera-nos, possante,
    Dele a estatura, já;
    O nosso zelo amante
    À larga premiará.
    Para nós se perdeu[33]   12.080
    Cedo o terrestre estar;
    Mas este aprendeu,
    Há de nos ensinar.

A PENITENTE *(outrora chamada Gretchen)*[34]

    Em meio ao coro transcendente,
    De si mal tem ciência o ente novo,
    A vida eterna mal pressente,
    Já se assemelha ao santo povo.
    Vê, como todo nó terreno
    Despeja com a matéria humana,
    E das etéreas vestes pleno   12.090
    Vigor da juventude emana![35]
    Concede-me orientar-lhe a espera,
    Cega-o ainda a nova luz que o banha.

---

[33] No original, os Infantes dizem terem sido afastados cedo do "coro dos viventes".

[34] Nesta rubrica, Goethe emprega o artigo definido feminino "a" (*die*) antes de "uma penitente", sugerindo assim a fusão do artigo indefinido "uma" (*eine*) e "penitente" num único substantivo. Realça-se assim essa nova manifestação daquela *una poenitentium* "outrora chamada Gretchen". Trata-se de uma pequena sutileza linguística, mas de difícil transposição para o português ("a mesma penitente" seria uma aproximação possível).

[35] Albrecht Schöne refere-se aqui à concepção de Santo Agostinho (*De Civitate Dei*, XXII, 15), segundo a qual os ressuscitados recobrariam a aparência e o ser que possuíram na juventude.

MATER GLORIOSA

    Komm! hebe dich zu höhern Sphären!
    Wenn er dich ahnet, folgt er nach.

DOCTOR MARIANUS *(auf dem Angesicht anbetend)*

    Blicket auf zum Retterblick,
    Alle reuig Zarten,
    Euch zu seligem Geschick
    Dankend umzuarten.
    Werde jeder beßre Sinn   12.100
    Dir zum Dienst erbötig;
    Jungfrau, Mutter, Königin,
    Göttin, bleibe gnädig!

CHORUS MYSTICUS

    Alles Vergängliche
    Ist nur ein Gleichnis;

MATER GLORIOSA

    Vem! ala-te à mais alta esfera!³⁶
    Se te pressente, te acompanha.

DOCTOR MARIANUS *(prosternado em adoração)*

    Implorai o olhar divino,
    Frágeis penitentes,
    E ao sol do redentor destino,
    Vinde, renascentes!
    Quem em tua luz caminha,   12.100
    Louve, adore-te a mercê;
    Virgem, Mãe, Deusa-Rainha,³⁷
    Misericordiosa sê!

CHORUS MYSTICUS³⁸

    Tudo o que é efêmero é somente
    Preexistência;³⁹

---

[36] Nestes dois únicos versos que pronuncia, a Mater Gloriosa retoma e completa pela rima o par de versos que ficou solto e aberto na estrofe anterior de Gretchen (os oito primeiros rimam entre si de modo alternado ou, usando uma expressão significativa para o contexto, "em cruz"). A rima indicia assim o movimento da "Mãe Divina" em direção à prece da Penitente, desempenhando papel análogo ao que tivera no diálogo de amor entre Fausto e Helena no "Pátio interior de uma fortaleza" (vv. 9.377-84).

[37] Após dirigir-se, nos quatro primeiros versos, às "frágeis Penitentes" (*alle reuig Zarten*, no original: construção típica da linguagem goethiana da velhice, que significa algo como "todas as que se arrependem com alma delicada"), o Doctor Marianus implora agora à Mater Gloriosa atribuindo-lhe, neste penúltimo verso, os três epítetos tradicionais da liturgia católica (*Virgo, Mater, Regina*) e, por fim, junto com o pedido de mercê, a designação incomum de "deusa", correspondente, porém, à sua expressão anterior "semelhante a deuses" (ver nota ao v. 12.012).

[38] Originalmente esta indicação cênica dizia CHORUS IN EXCELSIS, em alusão à fórmula litúrgica *Gloria in excelsis Deo*, derivada do *Evangelho de Lucas* (2: 14): "Glória a Deus no mais alto dos céus". Enquanto esta designação ainda situa o coro final (do qual não se sabe mais quem lhe confere voz) na topografia e no movimento ascensional das "furnas montanhosas", a sua substituição por Chorus Mysticus parece conduzi-lo a uma dimensão misteriosa e inapreensível.

[39] A concepção de que tudo na vida terrena é efêmero, transitório, mas ao mesmo tempo símile (ou "preexistência", como formula a tradutora) da dimensão divina, remete também, conforme observa Schöne, às palavras de Paulo (*Primeira Epístola aos Coríntios*, 13: 12): "Agora vemos em espelho e de maneira confusa,

Das Unzulängliche,
Hier wird's Ereignis;
Das Unbeschreibliche,
Hier ist's getan;

O Humano-Térreo-Insuficiente
Aqui é essência;[40]
O Transcendente-Indefinível
É fato aqui;[41]

mas, depois, veremos face a face". Esta concepção fundamental da cosmovisão goethiana aparece ao longo de toda a sua obra e num texto de 1825, *Ensaio de uma teoria meteorológica* (ver nota ao v. 4.726), encontrou a seguinte formulação: "O verdadeiro, idêntico ao divino, jamais se deixa apreender por nós de maneira direta. Nós o contemplamos apenas como reflexo, como exemplo, símbolo, em fenômenos particulares e afins. Nós o percebemos como vida incompreensível e, contudo, não podemos renunciar ao desejo de compreendê-lo. Isto vale para todos os fenômenos do mundo apreensível".

[40] No original, esta parelha de versos diz apenas, como mencionado acima, que "o insuficiente [*Das Unzulängliche*] torna-se aqui acontecimento". Erich Trunz comenta: "Aquilo que na terra é *insuficiente*, incompleto, torna-se lá completo; é este o acontecimento já delineado nos versos 11.964 e 12.099". Para uma tal leitura do substantivo "insuficiente" aponta a maioria dos comentários; Ernst Beutler, por exemplo, escreve: "Diante do trono do Juiz, Fausto é insuficiente, mas a sua redenção se consuma, torna-se acontecimento mediante a graça". Jochen Schmidt, no entanto, interpreta esse "insuficiente" goethiano no sentido de "inacessível", aquilo que não é "alcançável" com conceitos humanos. Já Albrecht Schöne acena com a possibilidade de relacionar estes dois versos ao próprio desenrolar da peça sobre o palco: "Nesse sentido, a própria cena 'Furnas montanhosas' seria então insuficiente — um sucedâneo apenas e incompleto em face do *indescritível* [*Das Unbeschreibliche*] que aqui se consuma. Isso corresponderia ao desfecho da *Divina Commedia* de Dante, em que, após a oração de São Bernardo a Maria, invocada como 'Virgem, Mãe' e 'Rainha', fala-se por fim que o poeta não consegue apreender em sua insuficiente linguagem humana aquilo que de indescritível contempla na luz eterna (*Paraíso*, XXXIII, v. 121). — '*Tudo o que é efêmero*', do qual diz o Chorus Mysticus ser apenas um *símile*, incluiria assim a obra de arte constituída pela linguagem humana".

[41] Literalmente: "O indescritível/ Aqui se efetua". Trunz observa sobre esta terceira parelha: "Uma vez que a linguagem humana não basta para designar o divino, resta apenas, como indicação, um elemento negativo, o *indescritível*" — e lembra ainda que em seu ciclo de poemas *Divã ocidental-oriental* (1819), Goethe caracteriza a ascensão a esferas mais altas como "passagem da linguagem humana para a expressão supralinguística". Outros comentadores, como E. Beutler, veem no *indescritível* uma referência direta à graça.

Embora Goethe não tenha empregado apóstrofo neste antepenúltimo verso, a maioria das edições traz *Hier ist's getan*. A justificativa para tal intervenção seria a necessidade de estabelecer plena harmonia rítmica e métrica entre os versos desta estrofe, aqui em particular entre os versos 12.109 e 12.111 (mas repetindo também o apóstrofo no v. 12.107). Trunz: "Nessa estrutura não pode haver nenhuma irregularidade, nenhum tropeço. Somente quando na fala essa harmonia torna-se som, a forma simboliza o desfecho, a depuração, que se intensifica ao longo de toda a cena e faz soar aqui o seu derradeiro acorde". No entanto, Schöne restitui a forma original visada por Goethe (*Hier ist es getan*) e refuta a propalada necessidade de harmonia: "A irregularidade métrica, mediante a qual Goethe suspendeu de maneira tão claramente consciente a simetria plana desses versos corais, faz pleno sentido. O esbarrar exatamente nesta passagem, silencioso e retardador, avulta como expressão linguística inserida com grande sensibilidade rítmica, um indício de que nesta última cena se trata de fato do *indescritível*, de algo arrebatador e inapreensível mesmo para o Chorus Mysticus".

Fünfter Akt — Bergschluchten, wald, fels

Das Ewig-Weibliche
Zieht uns hinan.

FINIS

O Feminil-Imperecível   12.110
Nos ala a si.⁴²

FINIS⁴³

⁴² A última palavra pronunciada pelo Chorus Mysticus é o advérbio *hinan* ("acima" ou "para cima"). Em tradução literal: "O Eterno-Feminino/ Puxa-nos para cima". O poema encerra-se assim com a reverberação de um último acorde no movimento ascensional que atravessa toda esta cena, desde as palavras iniciais dos santos anacoretas nas regiões baixas até a prostração do Doctor Marianus, na cela mais pura e elevada, perante a Mater Gloriosa que exorta a Penitente Gretchen a alar-se a esferas ainda superiores.

Remetendo-se à concepção goethiana de "polaridade" e "intensificação", entendidas como as duas grandes forças motrizes de toda a Natureza, Albrecht Schöne vislumbra nessa referência conclusiva do Chorus Mysticus ao "Eterno-Feminino" um amálgama de tendências complementares em uma totalidade humana: "Enquanto na ação interna da *tragédia* o elemento ativo, violento, sempre aspirando e errando, é representado como um 'Eterno-Masculino', o amor salvífico, prestimoso, que doa a graça, revela-se aqui no *símile* do *Eterno-Feminino*".

⁴³ Somente aqui, ao término da obra que o acompanhou por mais de sessenta anos, Goethe usa essa designação característica de pergaminhos da Antiguidade e manuscritos da Idade Média. Com este FINIS acabou selando também todo o seu trabalho de vida — e isso justamente no final da cena que desenrola perante os olhos do leitor, ou do espectador, com os meios "insuficientes" da linguagem, a superação da finitude humana.

Apêndice

Agradecimentos

O trabalho nesta edição bilíngue e comentada do *Fausto II* incluiu uma estada de dois meses (junho e julho de 2005) na cidade de Weimar, onde pude realizar pesquisas na biblioteca Anna Amalia, importante centro de estudos goethianos da Alemanha. Desse modo, tive acesso a uma série de obras (dicionários, enciclopédias, histórias da literatura, volumes coletivos e monografias sobre o *Fausto*, traduções deste para outros idiomas etc.) que forneceram importantes subsídios para a elaboração do aparato crítico que acompanha a presente tradução. Essa estada de pesquisa foi-me proporcionada por uma bolsa da Fundação do Classicismo e dos Acervos Artísticos de Weimar (*Stiftung Weimarer Klassiker und Kunstsammlungen*), instituição a que registro aqui o meu agradecimento, extensível também à Comissão de Cooperação Internacional (Ccint) e à Pró-Reitoria de Pós-Graduação da Universidade de São Paulo, que forneceram auxílio financeiro para as despesas de viagem.

Gostaria igualmente de expressar minha gratidão a amigos e colegas que de diferentes maneiras contribuíram para o trabalho consubstanciado nesta edição. Limito-me, porém, a lembrar as muitas conversas elucidativas com Helmut Galle e a mencionar a leitura que Alfredo Bosi e Murilo Marcondes de Moura fizeram de vários dos comentários e textos introdutórios às cenas. Estimulante e produtiva foi ainda a colaboração que encontrei na Editora 34, na figura de seus editores, o que também enseja um agradecimento de minha parte.

O professor Jochen Golz, presidente da Sociedade Goethe em Weimar e diretor do Arquivo Goethe-Schiller nessa mesma cidade, proporcionou-me o privilégio de poder examinar a última e mais importante versão manuscrita do *Fausto II*, a chamada *Reinschrift* preparada pelos secretários Johann August F. John (atos I, II, IV e V) e Johann Schuchardt (ato III) e lacrada pelo poeta para publicação póstuma. Com o devido reconhecimento deixo registrado que a consulta a essa preciosidade contribuiu para a elucidação de dúvidas quanto à forma de apresentação dos atos e cenas da obra que remonta à primeira infância do autor e na qual fez últimos adendos em janeiro de 1832, poucas semanas antes da morte. Graças ainda à mediação de Jochen Golz pude encontrar-me, no Arquivo Goethe-Schiller, com o professor Albrecht Schöne e expor-lhe os critérios e princípios que nortearam o trabalho nesta edição.

Fechando esta nota de agradecimentos, que todavia deveria estender-se a várias outras pessoas, gostaria de ressaltar o fecundo diálogo que venho mantendo ao longo dos anos com Michael Jaeger, nome de proa na recente filologia fáustica e autor de estudos que propiciam valiosas sugestões para uma percepção mais acurada do potencial crítico subjacente a esta tragédia — verdadeira *opera della vita* que germinou no encontro do menino de quatro ou cinco anos com as marionetes que vivificavam a velha história do doutor Fausto.

Marcus Vinicius Mazzari

Bibliografia de referência

A bibliografia sobre o *Fausto* de Goethe já ultrapassou amplamente os 10 mil títulos e há muito não pode mais ser abarcada em pesquisas individuais. As obras abaixo relacionadas constituem assim uma pequena fração desse maciço exegético, mas é também uma amostra representativa, pois traz estudos de primeiro plano, como a maioria dos que são discutidos no corpo das notas e dos demais textos que acompanham a tradução de Jenny Klabin Segall. Também as edições comentadas constituem hoje, decorridos 175 anos da morte de Goethe, um número considerável, que evidentemente não se restringe às que contribuíram para a elaboração do aparato crítico presente neste volume. No entanto, também aqui a relação abaixo distingue-se por sua representatividade, seja pelo significado histórico de uma edição como a de Heinrich Düntzer (1813-1901), publicada originalmente em 1850 (e aperfeiçoada com as sucessivas reedições), o ainda hoje valioso comentário de Georg Witkowski (1863-1939), que aparece pela primeira vez em 1906, ou as edições exponenciais de Erich Trunz (1905-2001), cuja primeira versão é de 1949, e de Albrecht Schöne (1925), que surge em 1994 e desde então vem se ampliando e aperfeiçoando a cada reedição.

A indicação de ano, nos títulos abaixo, não corresponde necessariamente às primeiras edições, mas sim àquelas a que se teve acesso durante a elaboração deste trabalho. A indicação de editora se faz apenas em relação a obras em língua portuguesa. [M.V.M.]

I. Edições comentadas (em ordem alfabética segundo os nomes dos responsáveis)

BEUTLER, Ernst. *Gedenkausgabe der Werke Goethes* (edição comemorativa), vol. 51. Zurique, 1950.

BOHNENKAMP, Anne; HENKE, Silke; JANNIDIS, Fotis. *Johann Wolfgang Goethe: Faust — Historisch-kritische Edition*, <http://www.faustedition.net/> (edição em formato digital). Frankfurt am Main/Weimar/Würzburg, 2018.

DÜNTZER, Heinrich. *Goethes Faust. Erster Teil*. Leipzig, 1899.

_____. *Goethes Faust. Zweiter Teil*. Leipzig, 1900.

ERLER, Gotthard. *Berliner Ausgabe* (BA, Edição de Berlim), vol. 8. Berlim/Weimar, 1990.

GAIER, Ulrich. *Erläuterungen und Dokumente — Faust: Der Tragödie Zweiter Teil*. Stuttgart, 2004.

_____. *Goethes Faust-Dichtungen. Ein Kommentar*, 3 vols. Stuttgart, 1999.

HECKER, Max. *Faust. Der Tragödie zweiter Teil*, in: *Goethes Werke*, vol. 13. Leipzig, 1937.

_____. *Urfaust — Faust. Ein Fragment. — Faust. Der Tragödie erster Teil*, in: *Goethes Werke*, vol. 12. Leipzig, 1937.

HÖLSCHER-LOHMEYER, Dorothea; HENCKMANN, Gisela. *Letzte Jahre. 1827-1832* [*Faust II*]. *Münchener Ausgabe* (MA, Edição de Munique), vol. 18.1. Munique, 1997.

Lange, Victor. *Weimarer Klassik. 1798-1806 [Faust I]. Münchener Ausgabe* (MA, Edição de Munique), vol. 6.1. Munique, 1986.

Schmidt, Erich. *Jubiläumsausgabe der Werke Goethes* (Edição de Jubileu), vols. 13-14: *Faust*, Teil I/II. Stuttgart/Berlim, 1903 e 1906.

_____. *Weimarer- oder Sophienausgabe* (Edição de Weimar ou da Grande Duquesa Sofia), vol. 14: *Faust I*, Lesarten; vol. 15: *Faust II*, Lesarten. Weimar, 1888.

Schöne, Albrecht. *Frankfurter Ausgabe* (FA, Edição de Frankfurt), vols. 7/12. Frankfurt, 1999.

_____. *Faust. Texte und Kommentare* (Deutscher Klassiker Verlag). Berlim, 2017.

Trunz, Erich. *Der Tragödie erster und zweiter Teil. Urfaust* (Sonderausgabe). Munique, 1986.

_____. *Hamburger Ausgabe* (HA, Edição de Hamburgo), vol. 3. Munique, 1998.

Witkowski, Georg. *Goethes Faust*, vol. 2: *Kommentar und Erläuterungen*. Leiden, 1950.

_____. *Goethes Faust*, vol. 1: *Erster und zweiter Teil — Urfaust — Fragment — Helena — Nachlass*. Leiden, 1949.

II. Bibliografia secundária

Adorno, Theodor W. "Zur Schlußszene des Faust", in: *Gesammelte Schriften*, vol. 11, Rolf Tiedemann (org.). Frankfurt, 1974.

Alewyn, Richard. "Goethe und die Antike", in: *Probleme und Gestalten*. Frankfurt, 1974.

Arens, Hans. *Kommentar zu Goethes Faust I*. Heidelberg, 1982.

_____. *Kommentar zu Goethes Faust II*. Heidelberg, 1989.

Atkins, Stuart. *Goethe's Faust: a Literary Analysis*. Cambridge, Mass., 1958.

Barrento, João. "Introdução", in: *Fausto*. Lisboa: Relógio D'Água, 1999.

_____. *Goethe: o eterno amador*. Lisboa: Bertrand, 2018.

Bauer, Manuel. *Der literarische Faust-Mythos*. Stuttgart: J. B. Metzler, 2018.

Berman, Marshall. *Tudo o que é sólido desmancha no ar*. São Paulo: Companhia das Letras, 2007.

Beutler, Ernst. *Essays um Goethe*. Zurique/Munique, 1980.

Binder, Wolfgang. *Goethes Faust: "Und was der ganzen Menschheit zugeteilt ist"*. Giessen, 1944.

Binswanger, Hans-Christoph. *Geld und Magie. Deutung und Kritik der modernen Wirtschaft anhand von Goethes Faust*. Stuttgart, 1985.

Bloch, Ernst. "Figuren der Grenzüberschreitung; Faust und Wette um den erfüllten Augenblick", *Sinn und Form* 8 (1956). Também em *Das Prinzip Hoffnung* (cap. 49), Gesamtausgabe, vol. 5.2, Frankfurt, 1959.

BOERNER, Peter; JOHNSON, Sidney. *Faust through Four Centuries: Retrospect and Analysis*. Tübingen, 1989.

BÖHM, Wilhelm. *Faust der Nichtfaustische*. Halle, 1933.

BOHNENKAMP, Anne. *"... das Hauptgeschäft nicht ausser Augen lassend". Die Paralipomena zu Goethes Faust*. Frankfurt, 1994.

BOYLE, Nicholas. "The Politics of Faust II: Another Look at the Stratum of 1831", *Publications of the English Goethe Society* 52 (1982).

BUCHWALD, Reinhard. *Führer durch Goethes Faustdichtung*. Stuttgart, 1964.

BURDACH, Konrad. "Faust und Moses" in: *Sitzungsberichte der königlich-preussischen Akademie der Wissenschaften*. Berlim, 1912.

CAMPOS, Haroldo de. *Deus e o Diabo no* Fausto *de Goethe*. São Paulo: Perspectiva, 1981.

CARPEAUX, Otto Maria. *História da literatura ocidental*, vol. 3. Rio de Janeiro: Edições O Cruzeiro, 1966.

CREUZER, Friedrich. *Symbolik und Mythologie der alten Völker besonders der Griechen*. Leipzig/Darmstadt, 1821.

D'ORNELLAS, Agostinho. "Prefácio do tradutor", in: *Fausto: tragédia de Goethe*. Coimbra: Atlântida Livraria Editora, 1958.

ECKERMANN, Johann Peter. *Gespräche mit Goethe in den letzten Jahren seines Lebens* (Otto Schönberg, org.). Stuttgart, 1998.

EIBL, Karl. *Das monumentale Ich — Wege zu Goethes Faust*. Frankfurt, 2000.

EMRICH, Wilhelm. *Die Symbolik von "Faust II"*. Wiesbaden, 1978.

ENGELHARDT, Michael von. *Der plutonische Faust. Eine motivgeschichtliche Studie zur Arbeit am Mythos in der Faust-Tradition*. Frankfurt, 1992.

_____. "Fausto en América", in: Dietrich e Marlene Rall (orgs.), *Letras comunicantes. Estudios de literatura comparada*. Frankfurt/Cidade do México, 1996.

GAIER, Ulrich. *Fausts Modernität. Essays*. Stuttgart, 2000.

HAMM, Heinz. *Goethe und die französische Zeitschrift "Le Globe". Eine Lektüre im Zeichen der "Weltliteratur"*. Weimar, 1998.

HEISENBERG, Werner. "Goethes Naturbild und die technische Welt", *Goethe-Jahrbuch* 84 (1967).

HENKEL, Arthur. "Erwägungen zur Philemon- und Baucis-Szene im 5. Akt von Goethes Faust II", *Études Germaniques* 38 (1983).

HERRMANN, Helene. "Faust und die Sorge", *Zeitschrift für Ästhetik und allgemeine Kunstwissenschaft* 31 (1937).

Historia von D. Johann Fausten (edição crítica do texto publicado por Johann Spies em 1587). Stuttgart, 1999.

HOLANDA, Sérgio Buarque de. "Prefácio" ao *Fausto* de J. W. v. Goethe. São Paulo: Instituto Progresso Editorial, 1949.

HÖLSCHER-LOHMEYER, Dorothea. "Auf dem Hochgebirg. Faust II: Die erste Szene des 4. Aktes", *Jahrbuch der Deutschen Schillergesellschaft* 25 (1981).

HOLTZHAUER, Helmut. *Werk, Leben und Zeit Goethes in Dokumenten*. Berlim, 1969.

HOUAISS, Antonio. "Prefácio", in: *Fausto* de J. W. v. Goethe. São Paulo: Martins, 1970.

JAEGER, Michael (org.). *"Verweile doch" — Goethes Faust heute. Blätter des deutschen Theaters*. Berlim, 2006.

JAEGER, Michael. *Fausts Kolonie: Goethes kritische Phänomenologie der Moderne*. Würzburg, 2004.

_____. *Global Player Fausto oder Das Verschwinden der Gegenwart. Zur Aktualität Goethes*. Berlim, 2008.

_____. *Wanderers Verstummen, Goethes Schweigen, Fausts Tragödie*. Würzburg: Königshausen & Neumann, 2014.

JANTZ, Harold. *Goethe's Faust as a Renaissance Man: Parallels and Prototypes*. Princeton, 1951.

Jenny K. Segall — 1982: 15º aniversário de falecimento. Associação Museu Lasar Segall/Biblioteca Jenny K. Segall. São Paulo, 1982.

KAISER, Gerhard. "Goethes Faust und die Bibel", *Deutsche Vierteljahrsschrift* 58 (1984).

_____. "Noch einmal: 'Das Unzulängliche/ Hier wird's Ereignis' (Faust 12.106 f.)", *Zeitschrift für deutsche Philologie* 115 (1996).

_____. *Ist der Mensch zu retten? Vision und Kritik der Moderne in Goethes "Faust"*. Friburgo, 1994.

KELLER, Werner (org.). *Aufsätze zu Goethes "Faust I"*. Darmstadt, 1974.

_____ (org.). *Aufsätze zu Goethes "Faust II"*. Darmstadt, 1992.

KELLER, Werner. *Johann Wolfgang von Goethe: "Urfaust", "Faust: ein Fragment", "Faust I" — Ein Paralleldruck* (2 vols.). Frankfurt, 1985.

KERÉNYI, Karl. "Das ägäische Fest. Eine mythologische Studie", in: *Humanistische Seelenforschung*. Wiesbaden, 1978.

KLETT, Ada M. *Der Streit um 'Faust II' seit 1900*. Iena, 1939.

KOMMERELL, Max. *Geist und Buchstabe der Dichtung*. Frankfurt, 1991.

KOSELLECK, Reinhart. "Goethes unzeitgemässe Geschichte" *Goethe-Jahrbuch* 110 (1993).

LOHMEYER, Karl. "Das Meer und die Wolken in den beiden letzten Akten des 'Faust'", *Jahrbuch der Goethe-Gesellschaft* 13 (1927).

LUKÁCS, Georg. "Faust-Studien", in: *Goethe und seine Zeit*. Berna, 1947.

LÜTZELER, Paul Michael. "Goethes Faust und der Sozialismus. Zur Rezeption des klassischen Erbes in der DDR", *Jahrbuch für deutsche Gegenwartsliteratur* 5 (1975).

MANDELKOW, Karl Robert (org.). *Goethe im Urteil seiner Kritiker. Dokumente zur Wirkungsgeschichte Goethes in Deutschland (1773-1982)*. Munique, 1975-1984.

MANN, Thomas. *Gesammelte Werke in 12 Bänden*, vol. 9 (I. Reden und Aufsätze). Oldenburg, 1960.

MATTENKLOTT, Gert. "Das Monströse und das Schöne. Zur Mummenschanz im Faust II mit einem Rückblick auf die Aufklärung", *Text & Kontext* 9.2 (1981).

MAY, Kurt. *Faust 2. Teil. In der Sprachform gedeutet*. Munique, 1962.

MAZZARI, Marcus Vinicius. *A dupla noite das tílias: história e natureza no Fausto de Goethe*. São Paulo: Editora 34, 2019.

METSCHER, Thomas. "Faust und die Ökonomie", in: *Vom Faustus bis Karl Valentin. Der Bürger in Geschichte und Literatur*. Argument-Sonderband 3 (1976).

MEYER, Augusto. "Tradução do Fausto", *Correio da Manhã*, Rio de Janeiro, 27/3/1949.

MICHELSEN, Peter. *Im Banne Fausts. Zwölf Faust-Studien*. Würzburg, 2000.

MIETH, Günter. "Fausts letzter Monolog: Poetische Struktur einer geschichtlichen Vision", *Goethe-Jahrbuch* 97 (1980).

MÖBUS, Frank. *Von "Faust" zu Faust. Wechselspiele zwischen Fiktion und Faktizität*. Göttingen, 1999.

MOMMSEN, Katharina. "'Faust II' als politisches Vermächtnis des Staatsmannes Goethe", *Jahrbuch des Freien Deutschen Hochstifts*, 1989.

_____. *Goethe und 1001 Nacht*. Frankfurt, 1981.

MOMMSEN, Momme. "Zu Vers 7.782", *Jahrbuch der Goethe-Gesellschaft*, 1951.

MOMMSEN, Wilhelm. *Die politischen Anschauungen Goethes*. Stuttgart, 1948.

NAGER, Frank. *Der heilkundige Dichter. Goethe und die Medizin*. Zurique/Munique, 1990.

NEGT, Oskar. *Die Faust-Karriere. Vom verzweifelten Intellektuellen zum gescheiterten Unternehmer*. Göttingen, 2006.

OSTEN, Manfred. *"Alles veloziferisch" — oder Goethes Entdeckung der Langsamkeit*. Frankfurt, 2003.

PESTALOZZI, Karl. *Bergschluchten*. Basileia: Schwabe, 2012.

PICKERODT, Gerhart. "Nachwort", in: *Faust*. Berlim/Weimar, 1978.

POLITZER, Heinz. "Der blinde Faust", *German Quarterly* 49 (1976).

QUINTELA, Paulo. "Prefácio", in: *Fausto: primeira e segunda partes* (tradução de Agostinho D'Ornellas). Lisboa: Relógio D'Água, 1987.

ROHDE, Carsten; VALK, Thorsten; MAYER, Mathias. *Faust-Handbuch: Konstellationen, Diskurse, Medien*. Stuttgart: J. B. Metzler, 2018.

RÓNAI, Paulo. "Teatro: monumento de uma tradutora", *Jornal do Brasil*, Rio de Janeiro, 23/3/1974.

ROSENKRANZ, Karl. "Der zweite Theil des *Faust*", in: *Göethe und seine Werke*. Königsberg, 1847.

ROSENTHAL, Erwin Theodor. "Prefácio", in: *Fausto* de J. W. v. Goethe. Belo Horizonte/ São Paulo: Itatiaia/Edusp, 1981.

SCHADEWALDT, Wolfgang. *Goethestudien: Natur und Altertum*. Zurique, 1963.

SCHINGS, Hans-Jürgen. *Klassik in Zeiten der Revolution*. Würzburg: Königshausen & Neumann, 2016.

SCHLAFFER, Heinz. *Faust Zweiter Teil. Die Allegorie des 19. Jahrhunderts*. Stuttgart, 1981.

SCHMIDT, Jochen. *Goethes Faust. Erster und Zweiter Teil: Grundlagen — Werk — Wirkung*. Munique, 2001.

SCHÖNE, Albrecht. "'Das Unzulängliche/ Hier wird's Ereignis' (Faust 12.106 f.)", *Sprachwissenschaft* 19 (1994).

_____. *Götterzeichen Liebeszauber Satanskult*. Munique, 1982.

_____. *Der Briefschreiber Goethe*. Munique: C. H. Beck, 2015.

SCHUCHARD, Gottlieb C. L. "Julirevolution, St. Simonismus und die Faustpartien von 1831", *Zeitschrift für deutsche Philologie* 60 (1935).

SCHWEITZER, Albert. *Goethe. Vier Reden*. Munique, 1950.

SCHWERTE, Hans (Hans Ernst Schneider). *Faust und das Faustische. Ein Kapitel deutscher Ideologie*. Stuttgart, 1962.

SPENGLER, Oswald. *Der Untergang des Abendlands. Umrisse einer Morphologie der Weltgeschichte*. Munique, 1988.

STAIGER, Emil. *Goethe* (3 vols.). Zurique, 1952-1959.

STEINMETZ, Ralf-Henning. "Goethe, Guibert und Carl von Osterreich. Krieg und Kriegswissenschaft im vierten Akt von 'Faust II'", *Goethe-Jahrbuch* 111 (1994).

VOSSKAMP, Wilhelm. "'Höchstes Exemplar des utopischen Menschen': Ernst Bloch und Goethes Faust", *Deutsche Vierteljahresschrift* 59 (1985).

WEIZSÄCKER, Carl Friedrich von. "Einige Begriffe aus Goethes Naturwissenschaft", in: *Hamburger Ausgabe*, vol. 13. Munique, 1998.

WITTKOWSKI, Wolfgang. "Goethe, Schopenhauer und Fausts Schlussvision", *Goethe Yearbook* 5 (1990).

ZABKA, Thomas. *Faust II: Das Klassische und das Romantische. Goethes "Eingriff in die neueste Literatur"*. Tübingen, 1993.

III. Obras de consulta geral

A Bíblia de Jerusalém. São Paulo: Paulus, 1980.

ADELUNG, Johann Christoph. *Versuch eines vollständigen grammatisch-kritischen Wörterbuches der hochdeutschen Mundart*. Leipzig, 1774-1786 (5 vols.).

Brockhaus Enzyklopädie. Wiesbaden, 1966.

CURTIUS, Ernst Robert. *Europäische Literatur und lateinisches Mittelalter*. Tübingen, 1993.

Dicionário Houaiss da Língua Portuguesa. Rio de Janeiro: Objetiva, 2004.

Die Bibel (mit Apokryphen und Wortkonkordanz zur Lutherübersetzung). Stuttgart, 1994.

Encyclopedia Britannica. Chicago/Londres *et al.*, 1967.

GOETHE, Johann Wolfgang von. *Goethes Werke in 14 Bänden*. Hamburgo, 1998.

Goethe. Handbuch, vol. 2 (Theo Buck, org.). Stuttgart/Weimar, 1996.

Goethes Briefe (Hamburger Ausgabe in vier Bänden. Textkritisch durchgesehen und mit Anmerkungen versehen von Karl Robert Mandelkow). Hamburgo, 1967.

Goethe-Wörterbuch (Academia das Ciências da RDA, Academia das Ciências de Göttingen e Academia das Ciências de Heidelberg, org.). Stuttgart, 1978.

Grande Enciclopédia Portuguesa e Brasileira. Lisboa/Rio de Janeiro: Editorial Enciclopédia, 1960.

GRIMAL, Pierre. *Dicionário da Mitologia Grega e Romana*. Rio de Janeiro: Bertrand Brasil, 2000.

Handwörterbuch des deutschen Aberglaubens (Hanns Bächtold-Stäubli, org.). Berlin/Leipzig, 1927-1942.

HEDERICH, Benjamin. *Gründliches mythologisches Lexicon*. Darmstadt, 1996.

Kindlers Neues Literaturlexikon in 22 Bänden. Colônia, 2001.

Larousse du XXe. Siècle (Paul Augé, org.). Paris, 1928.

LAUTENBACH, Ernst. *Lexikon Goethe Zitate. Auslese für das 21. Jahrhundert aus Werk und Leben*. Munique, 2004.

Lexikon der Goethe-Zitate (Richard Dobel, org.). Munique, 1995.

LINK, Stefan. *Wörterbuch der Antike*. Stuttgart, 2002.

WILPERT, Gero von. *Goethe Lexikon*. Stuttgart, 1998.

IV. Edições da tradução do *Fausto* realizada por Jenny Klabin Segall

Fausto: primeira parte. São Paulo: Companhia Editora Nacional, 1943.

Fausto: primeira parte revista e quinto ato da segunda parte. Prefácio de Sérgio Buarque de Holanda; introdução ao quinto ato da segunda parte de Ernesto Feder. São Paulo: Instituto Progresso Editorial, 1949.

Fausto: primeira e segunda partes (2 vols.). Prefácio de Antonio Houaiss. São Paulo: Martins, 1970.

Fausto. Prefácio de Erwin Theodor Rosenthal. Belo Horizonte/São Paulo: Itatiaia/Edusp, 1981.

Fausto: uma tragédia — Primeira parte (edição bilíngue). Apresentação, comentários e notas de Marcus Vinicius Mazzari; ilustrações de Eugène Delacroix. São Paulo: Editora 34, 2004; 7ª ed., 2020.

Fausto: uma tragédia — Segunda parte (edição bilíngue). Apresentação, comentários e notas de Marcus Vinicius Mazzari; ilustrações de Max Beckmann. São Paulo: Editora 34, 2007; 6ª ed., 2020.

V. Outras traduções integrais do *Fausto* para o português

Fausto: tragédia de Goethe. Tradução de Agostinho D'Ornellas. Lisboa: Typographia Franco-Portugueza, 1867 (primeira parte) e 1873 (segunda parte). Nova edição, organizada por Paulo Quintela, Coimbra: Atlântida Livraria Editora, 1958.

Fausto. Tradução de João Barrento. Lisboa: Relógio D'Água, 1999.

Sobre o autor

Johann Wolfgang Goethe nasceu a 28 de agosto de 1749 em Frankfurt am Main, na época uma cidade-Estado com cerca de 30 mil habitantes. Seu pai, Johann Kaspar Goethe, que começara a vida como simples advogado, logo alcançou o título de Conselheiro Imperial e, ao casar-se com Katharina Elisabeth Textor, de alta família, teve acesso aos círculos mais importantes da cidade.

Seguindo o desejo paterno, Johann Wolfgang iniciou os estudos de Direito em Leipzig, aos 16 anos. Nesse período, que se estende de 1765 a 1768, teve aulas de História, Filosofia, Teologia e Poética na universidade; ocupou-se de Medicina e Ciências Naturais; tomou aulas de desenho e frequentou assiduamente o teatro. Simultaneamente, iniciava-se na leitura dos clássicos franceses e escrevia seus primeiros poemas. No curso de uma doença grave, volta em 1768 para a casa dos pais em Frankfurt. Enquanto se recupera, é atraído pela alquimia, a astrologia e o ocultismo, interesses que mais tarde se farão visíveis no *Fausto*. Dois anos depois, transfere-se para Estrasburgo, onde completa os estudos de Direito. Lá se aproxima de Johann Gottfried von Herder, que o marca profundamente com sua concepção da poesia como a linguagem original da humanidade.

Em 1772, já trabalhando em Wetzlar como advogado, apaixona-se por Charlotte Buff, noiva de um amigo. Nessa época, escreve a peça *Götz von Berlichingen*, de inspiração shakespeariana, que alcança grande repercussão, e começa a redigir o *Fausto*. No outono de 1774, publica *Os sofrimentos do jovem Werther*, romance que obtém enorme sucesso e transforma o jovem poeta em um dos mais eminentes representantes do movimento "Tempestade e Ímpeto", que catalisava as aspirações da juventude alemã.

No ano seguinte, após um turbulento noivado com Lili Schönemann, moça da alta burguesia, Goethe rompe repentinamente o compromisso e aceita o convite do jovem duque de Weimar para trabalhar em sua corte na pequena cidade, que contava então com 6 mil habitantes.

Como alto funcionário da administração, o escritor rebelde desdobra-se em homem de Estado. Apesar da pouca idade, é nomeado membro do Conselho Secreto de Weimar e, nos anos seguintes, se incumbiria da administração financeira do Estado, da exploração dos recursos minerais, da construção de estradas e outras funções. No centro de sua vida em Weimar está a figura de Charlotte (esposa do barão von Stein), com quem mantém uma relação de afeto duradoura que, entretanto, nunca ultrapassa os limites do decoro.

Ao mesmo tempo, Goethe constrói para si uma rotina de trabalho que o impede de se perder no caos dos múltiplos deveres e interesses. Só isso explica como, ao lado dos encargos administrativos, o poeta tenha encontrado tempo para prosseguir no *Fausto* e iniciar vários projetos literários, ao mesmo tempo que, como seu personagem, estende sua sede de conhecimento a vários domínios, entre eles as Artes Plásticas, a Filosofia, a Mineralogia, a Botânica e outras ciências.

Dez anos depois, no entanto, saturado com o ambiente intelectual alemão e a monotonia de suas relações na corte, põe em prática um plano há muito arquitetado: com no-

Termo de compromisso assinado por Goethe e Johann Peter Eckermann em maio e junho de 1831, onde o velho poeta alemão confia a seu amigo a chave da caixa que guarda o manuscrito sigiloso do *Fausto II*, com instruções expressas para publicação somente após a sua morte.

me falso, parte de madrugada para a Itália, sem sequer se despedir de seus amigos. Inicia-se assim uma temporada de quase dois anos, na qual o poeta assimila os valores clássicos da Antiguidade, e que está registrada nas cartas e notas de diário que compõem *Viagem à Itália*, cuja primeira parte seria publicada em 1816 e a segunda, em 1829.

Quando retorna a Weimar, em 1788, Goethe afasta-se de Charlotte von Stein e abandona as tarefas ministeriais mais imediatas. No ano seguinte, nasce seu filho August, único a sobreviver dentre os vários que teve com a florista Christiane Vulpius, a quem só irá desposar oficialmente em 1806. Mas o acontecimento de maior impacto na vida intelectual de Goethe nesses anos será a amizade que estabelece com Friedrich Schiller (1759--1805), que ensinava História na Universidade de Iena, e que duraria até a morte deste.

Em 1790, assume a superintendência dos Institutos de Arte e Ciências de Weimar e Iena e, no ano seguinte, a direção do Teatro de Weimar, estreitando assim seus laços com a arte dramática. Não por acaso, em seu célebre romance de formação *Os anos de aprendizado de Wilhelm Meister* (de 1796, ao qual se seguiria *Os anos de peregrinação de Wilhelm Meister*, publicado em duas partes, em 1821 e 1829), a ação se desenvolve entre os membros de uma companhia de comediantes.

Com uma capacidade de renovação constante, Goethe publicaria ainda, entre muitas outras obras de interesse, o poema épico *Hermann e Dorothea* (1797), a primeira parte do *Fausto* (1808) e o romance *As afinidades eletivas* (1809), os estudos de óptica de *A teoria das cores* (1810), em que se contrapõe a Newton, a autobiografia *Poesia e verdade* (redigida em partes, entre 1811 e 1831) e uma coletânea de cerca de 250 poemas amorosos, o *Divã ocidental-oriental* (1819), em que se nota o interesse pela poesia persa e por outras culturas.

Nas décadas finais de sua vida, Goethe cercou-se de um grande número de colaboradores, ao mesmo tempo que sua residência atraía visitantes de toda a Europa. Os relatos desses encontros são contrastantes, ora acentuando o caráter caloroso e interessado do escritor, ora descrevendo-o como um homem insensível, sempre fora do alcance dos demais.

Mas, como observou Walter Benjamin, o grande fenômeno dos últimos anos de sua vida "foi como ele conseguiu reduzir concentricamente a uma última obra de porte — a segunda parte do *Fausto* — o círculo incomensurável" de seus estudos e interesses. Nesse poema se encontram filosofia da natureza, mitologia, literatura, arte, filologia, além de ecos de suas antigas atividades com finanças, teatro, maçonaria, diplomacia e mineração. Após sessenta anos de trabalho no *Fausto*, Goethe conclui a segunda parte da tragédia poucos meses antes de sua morte, a 22 de março de 1832, em sua residência na praça Frauenplan, em Weimar.

Sobre o ilustrador

Max Beckmann nasceu a 12 de fevereiro de 1884, na cidade de Leipzig, na Alemanha, terceiro filho de um próspero comerciante de farinha. Perdeu o pai aos dez anos de idade e aos quinze, apesar das resistências familiares, resolveu tornar-se pintor.

Em 1900, após fracassar nos exames de admissão para a Academia Real de Arte de Dresden, foi aceito na conservadora Academia de Weimar, onde obteve um sólido aprendizado acadêmico, sobretudo no que toca ao desenho da figura humana, exercitado tanto a partir de modelos de esculturas da Antiguidade como em sessões de modelo vivo.

Tendo completado os estudos em 1903, Beckmann empreende a primeira das muitas viagens que faria a Paris ao longo da vida, cidade que representava para ele a meca da criação artística. As instabilidades políticas e econômicas da Europa, entretanto, iriam impedi-lo de realizar o sonho de se radicar definitivamente na França. Assim, no final de 1904, atraído pela vivacidade cultural de Berlim, decide estabelecer-se nesta cidade, onde continua a pintar, agora sob influência dos impressionistas alemães Lovis Corinth (1858-1925) e Max Liebermann (1847-1935).

Em 1906, casa-se com Minna Tube, ex-colega da Academia de Weimar, que será mãe de seu único filho. No mesmo ano, tem um de seus quadros adquirido pelo Museu de Weimar — o que constitui um sucesso sem precedentes para um pintor de vinte e poucos anos — e é admitido como membro no grupo Secessão de Berlim, cujos principais nomes são precisamente Corinth e Liebermann. Nos anos seguintes, sua pintura alcança cada vez mais notoriedade — graças, sobretudo, às grandes telas, motivadas em boa parte pelos exemplos de Rubens e Delacroix —, e é objeto de várias exposições na Alemanha, bem como dos primeiros ensaios interpretativos. Na realidade, porém, Beckmann ainda luta para superar a herança do Impressionismo e encontrar o seu idioma plástico mais eficaz.

Em 1914, com a deflagração da Primeira Guerra Mundial, o artista, agora com trinta anos, alista-se como voluntário no corpo médico do exército e é enviado para a linha de frente na Rússia. No começo de 1915, é transferido para um hospital em Flandres, onde testemunha cotidianamente os horrores da guerra e das operações cirúrgicas. Sempre desenhando, Beckmann simplifica as formas e busca um efeito mais concentrado em suas composições. No meio do ano, dá sinais de esgotamento nervoso, é dispensado do exército e enviado de volta a Frankfurt para recuperação.

Nesta cidade, onde permanecerá pelas próximas duas décadas, aprofunda seu estudo da arte medieval, do gótico alemão e de mestres do passado como Bosch e Grünewald. Em 1917, quando volta a pintar, Beckmann deixa de lado tanto os valores da perspectiva tradicional como o tom sentimental e melodramático que caracterizava suas obras anteriores. O espaço da tela agora se mostra raso, quase sem profundidade, e as figuras, pressionadas contra o primeiro plano, parecem se comportar como atores num palco.

Inicia-se então para Beckmann um período extremamente produtivo. Em meados da década de 1920, é reconhecido, ao lado de Georg Grosz (1893-1959) e Otto Dix (1891--1968), como um dos expoentes da Nova Objetividade (*Neue Sachlichkeit*), corrente que,

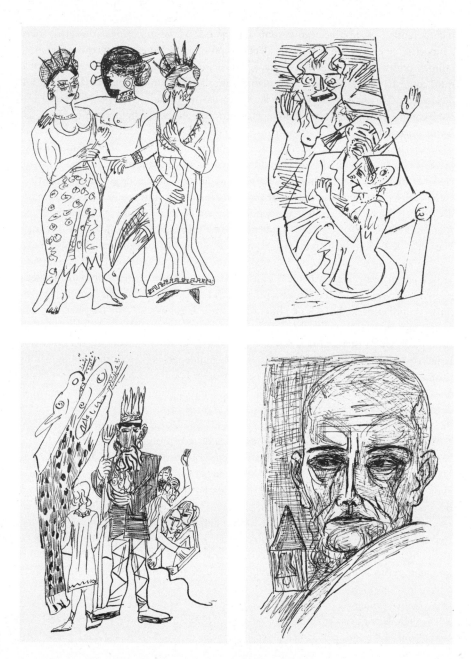

Ilustrações de Max Beckmann para a cena "Palatinado Imperial — Sala vasta com aposentos contíguos", do primeiro ato do *Fausto II* (acima e abaixo à esquerda). Em diversos desenhos realizados para a tragédia de Goethe, a personagem principal é retratada com as feições do próprio artista (abaixo à direita, imagem do quinto ato, cena "Palácio").

incorporando o áspero traço expressionista, propõe-se a fazer um comentário agudo sobre a hipocrisia que impera na sociedade alemã do pós-guerra. No caso de Beckmann, entretanto, a crítica social, ainda que direta, se fará sempre com um distanciamento maior e num contexto mais largo. Sem abrir mão de um sentido de monumentalidade clássica e dos temas alegóricos e metafísicos que lhe são caros, sua pintura se vale de um arranjo bastante complexo de figuras com ressonâncias míticas, políticas e religiosas, cujo efeito final é o de uma poderosa indagação sobre o sentido da história e das relações humanas.

Os próximos anos são de crescente reconhecimento. Em 1925, Beckmann torna-se professor do Instituto Städel, de Frankfurt. Divorcia-se de sua primeira mulher e casa-se com Mathilde von Kaulbach, que seria representada em muitas de suas telas (inclusive como Helena, em algumas cenas deste *Fausto*). No ano seguinte, realiza sua primeira individual em Nova York e dois anos depois uma ampla retrospectiva em Mannheim, na Alemanha. Em 1930 e 32, respectivamente, o Instituto Städel, de Frankfurt, e o Museu Nacional, de Berlim, inauguram salas com exposição permanente de suas obras.

A ascensão do nazismo em 1933 assinalaria, entretanto, uma reviravolta no mundo artístico alemão. Beckmann perde o posto de professor e tem centenas de trabalhos seus removidos dos museus ou confiscados pelas autoridades. Em 1937, no dia seguinte à transmissão radiofônica do discurso de Hitler na abertura da exposição "Arte Degenerada", que incluía obras suas e dos mais célebres pintores alemães do século XX, Beckmann foge com sua esposa para Amsterdã. Inicia-se assim um período de exílio que duraria dez anos, durante o qual o casal Beckmann leva uma vida de grande recolhimento, com pouquíssimos contatos externos. Os diários do artista nesse período fazem referências constantes à falta de comida, eletricidade e aquecimento, e aos incontáveis bombardeios. Em que pesem as dificuldades, é nesta época que cria alguns dos grandes trípticos que marcariam sua obra de maturidade: *Acrobatas* (1939), *Atores* (1941-42) e *Carnaval* (1942-43).

O período de guerra vê nascer ainda outra de suas produções espetaculares: a série completa de ilustrações para o *Fausto II*, de Goethe, que produz a convite do editor Georg Hartmann (que lhe dera, como outra possibilidade, o *Quixote*, de Cervantes). Entre 15 de abril de 1943 e 15 de fevereiro de 1944, Beckmann realiza 143 magistrais desenhos a bico de pena e nanquim (integralmente reproduzidos nesta edição), por meio dos quais o artista atualiza a tragédia de Goethe para o leitor contemporâneo, incorporando reiteradamente elementos de sua própria experiência, no contexto da guerra. O encontro entre o artista e a obra literária foi de tal ordem que Beckmann não hesitou em retratar-se em mais de um momento entre as figuras do poema: seu rosto surge ora como o Imperador, ora como Fausto, ora ainda como Mefisto.

Com o fim da guerra, Beckmann emigra com sua esposa para os Estados Unidos em 1947, onde leciona nas cidades de Saint-Louis (Missouri), Boulder (Colorado) e Nova York. Em 1949, é agraciado com o primeiro lugar na exposição "Pintura nos Estados Unidos", promovida pelo Carnegie Institute, de Pittsburgh. O pintor falece a 27 de dezembro de 1950, em Nova York, deixando uma obra importantíssima que, em certos aspectos, constitui um elemento de ligação entre as vanguardas europeias do início do século XX e as grandes composições do Expressionismo Abstrato norte-americano.

Sobre a tradutora

Jenny Klabin Segall nasceu a 15 de fevereiro de 1899 em São Paulo, segundo dos quatro filhos de Berta e Mauricio Klabin, imigrantes judeus de origem russa que haviam chegado ao Brasil no final do século XIX. Em 1904, a família se muda para Berlim e mais tarde para Genebra, onde permanece até 1909. Em Berlim, Jenny conhece o pintor russo Lasar Segall, então com 15 anos, que abandonara a cidade natal de Vilna para prosseguir seus estudos de arte na Alemanha. Os dois irão se reencontrar no final de 1912, no Brasil. Em nosso país, Segall expõe seus quadros em Campinas e, sendo irmão de Luba Segall Klabin, tia de Jenny — a quem o pintor dá aulas de desenho nessa temporada — frequenta a casa da família Klabin, na Vila Mariana.

Em São Paulo, Jenny aprofunda a educação que iniciara em escolas alemãs e suíças, tendo aulas com professores particulares e tornando-se fluente em francês, inglês e alemão. Em 1923, após uma estadia de três anos na Europa com a família, Jenny volta ao Brasil. Nesse mesmo ano, Segall, então casado com sua primeira mulher, alemã, instala-se definitivamente em nosso país. Aqui o casamento logo se desfaz, com sua esposa retornando à Europa. Mas o pintor decide permanecer e adquire nacionalidade brasileira. Dois anos depois, a 2 de junho de 1925, Jenny Klabin e Lasar Segall casam-se em São Paulo.

A partir de 1926 o casal inicia um período de viagens entre São Paulo, Berlim e Paris, cidades onde nascem seus filhos, Mauricio em 1926 e Oscar em 1930. Em 1932, o casal retorna ao Brasil, fixando residência na Vila Mariana, em casa projetada pelo arquiteto russo Gregori Warchavchik, casado com Mina, irmã de Jenny. No início dos anos 30, os casais Segall e Warchavchik participam ativamente da SPAM — Sociedade Pró-Arte Moderna, levando adiante os ideais de renovação e rebeldia do Modernismo de 22.

Em meados dessa década, Jenny Klabin Segall inicia sua longa atividade literária, traduzindo por interesse próprio obras fundamentais da literatura universal. Além do *Fausto* integral (Partes I e II), trabalho já por si monumental, traduziu ainda *Escola de maridos*, *O marido da fidalga*, *As sabichonas*, *Escola de mulheres*, *O tartufo* e *O misantropo*, de Molière; *Ester*, *Atalia*, *Andrômaca*, *Britânico* e *Fedra*, de Racine; e *Polieucto*, *O Cid* e *Horácio*, de Corneille. Traduções pautadas por um espírito de profundo respeito ao texto original e que lhe valeram múltiplos elogios.

Após a morte de Lasar Segall em 2 de agosto de 1957, Jenny abandona a atividade literária para se dedicar exclusivamente à organização do acervo do pintor, realizando diversas exposições na Europa, com a cooperação do Itamaraty, no intuito de recolocar a obra e o nome do marido no mundo da arte ocidental. Simultaneamente dedica-se à criação de um museu que preservasse sua obra, negando-se a dispersá-la no mercado de arte. Em meados da década de 60, retoma seu trabalho literário, completando a tradução do *Fausto II*, de há muito aguardada pelos críticos. A 2 de agosto de 1967, Jenny Klabin Segall tem um enfarte, vindo a falecer três dias depois. Em setembro do mesmo ano, é inaugurado por seus filhos o Museu Lasar Segall, hoje incorporado ao IPHAN — Instituto do Patrimônio Histórico e Artístico Nacional, fruto, em grande parte, de seus esforços.

Sobre o organizador

Marcus Vinicius Mazzari nasceu em São Carlos, SP, em 1958. Fez o estudo primário e secundário em Marília, SP, e ingressou no curso de Letras da Universidade de São Paulo em 1977. Concluiu o mestrado em literatura alemã em 1989 com uma dissertação sobre o romance *O tambor de lata*, de Günter Grass. Entre outubro de 1989 e junho de 1994 realizou o curso de doutorado na Universidade Livre de Berlim (Freie Universität Berlin), redigindo e apresentando a tese *Die Danziger Trilogie von Günter Grass: Erzählen gegen die Dämonisierung deutscher Geschichte* [A Trilogia de Danzig de Günter Grass: narrativas contra a demonização da história alemã]. Em 1997 concluiu o pós-doutorado no Departamento de Teoria Literária e Literatura Comparada da Universidade de São Paulo, com um estudo sobre os romances *O Ateneu*, de Raul Pompeia, e *Die Verwirrungen des Zöglings Törless* [As atribulações do pupilo Törless], de Robert Musil.

Desde 1996 é professor de Teoria Literária e Literatura Comparada na Universidade de São Paulo. Traduziu para o português textos de Adelbert von Chamisso, Bertolt Brecht, Gottfried Keller, Günter Grass, Heinrich Heine, Jeremias Gotthelf, J. W. Goethe, Karl Marx, Thomas Mann e Walter Benjamin, entre outros. Entre suas publicações estão *Romance de formação em perspectiva histórica* (Ateliê, 1999), *Labirintos da aprendizagem: pacto fáustico, romance de formação e outros temas de literatura comparada* (Editora 34, 2010), *A dupla noite das tílias: história e natureza no Fausto de Goethe* (Editora 34, 2019) e a co-organização da coletânea de ensaios *Fausto e a América Latina* (Humanitas, 2010). Elaborou comentários, notas, apresentações e posfácios para a obra-prima de Goethe: *Fausto: uma tragédia — Primeira parte* (tradução de Jenny Klabin Segall, ilustrações de Eugène Delacroix, Editora 34, 2004; nova edição revista e ampliada, 2010) e *Fausto: uma tragédia — Segunda parte* (tradução de Jenny Klabin Segall, ilustrações de Max Beckmann, Editora 34, 2007). É um dos fundadores da Associação Goethe do Brasil, criada em março de 2009, e atualmente coordena a Coleção Thomas Mann, editada pela Companhia das Letras.

Em 2021 foi agraciado com a "Medalha de Ouro Goethe" pela Goethe-Gesellschaft de Weimar.

Este livro foi composto em Adobe Garamond e Frutiger Condensed pela Bracher & Malta, com CTP e impressão da Edições Loyola em papel Pólen Natural 70 g/m² da Cia. Suzano de Papel e Celulose para a Editora 34, em fevereiro de 2024.